张浩文 ◎ 著

新 星 出 版 社　NEW STAR PRESS

图书在版编目（CIP）数据

绝秦书：上下册/张浩文著． ——北京：新星出版社，2019.11
ISBN 978-7-5133-3780-9

Ⅰ.①绝… Ⅱ.①张… Ⅲ.①长篇小说-中国-当代 Ⅳ.①I247.5

中国版本图书馆CIP数据核字（2019）第226974号

绝秦书：上下册

张浩文 著

责任编辑：高晓岩
责任校对：刘 义
责任印制：李珊珊
装帧设计：李 甦

出版发行：新星出版社
出 版 人：马汝军
社　　址：北京市西城区车公庄大街丙3号楼　　100044
网　　址：www.newstarpress.com
电　　话：010-88310888
传　　真：010-65270449
法律顾问：北京市岳成律师事务所

读者服务：010-88310811　　service@newstarpress.com
邮购地址：北京市西城区车公庄大街丙3号楼　　100044

印　　刷：北京盛通印刷股份有限公司
开　　本：910mm×1230mm　1/32
印　　张：18.5
字　　数：320千字
版　　次：2019年11月第一版　2019年11月第一次印刷
书　　号：ISBN 978-7-5133-3780-9
定　　价：88.00元

版权专有，侵权必究。如有质量问题，请与印刷厂联系调换。

周原膴膴,堇荼如饴。

      ——诗经

民国十八年年馑

馑，饥荒。陕西人把一料庄稼绝收称为饥年，两料绝收称为荒年，连续三料绝收称为年馑。民国十七年至民国十九年（1928—1930年）北方八省持续三年大饥荒，这场灾荒在民国十八年达到顶峰，史称民国十八年年馑。

这次巨灾以陕西、甘肃为中心，遍及山西、绥远、河北、察哈尔、热河、河南八省，并波及鲁、苏、皖、鄂、湘、川、桂等省，以旱灾为主，蝗、风、雪、雹、水、疫并发，造成一千多万人死亡，五千多万人逃难，被历史学家列入二十世纪人类十大灾难之一。

陕西全省原有人口逾一千万，在三年大灾荒中死亡三百多万，逃亡三百多万。陕西重灾区是人口密集的关中地区，肥沃富足的八百里秦川赤野千里，渭河两岸饿殍枕藉。

有民谣唱道："人吃人狗吃狗，雀儿饿得吃石头，老鼠饿得没法走"；"李四早上埋张三，中午李四升了天。刘二王五去送葬，月落双赴鬼门关"。

目次

上卷 1—282

下卷 283—548

附：初版结局 /545

初版后记 /565

关于修订版的说明 /568

各界评论摘录 /573

《绝秦书》人物关系表

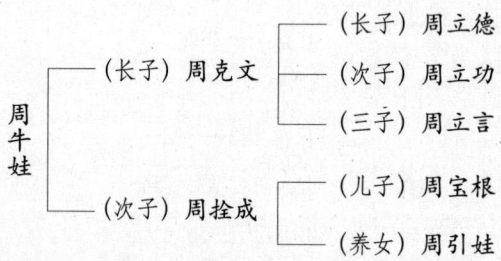

刘寿娃（旱地龙、秦山魁）

序　曲

民国十八年，
遭下大年馑。
高粱面涮糊汤，
三天喝一顿。

庄稼汉实可怜，
日子真格难。
打下二斗秕谷子，
一口吹上天。

叫声过路的，
我要卖老婆，
老婆跟我受可怜，
光景实难过。

大的七八岁，
二的两三岁，
还有一个怀抱的，
谁要都给谁。

不是我心狠，
实是我家穷，
娃他妈你甭伤情，
设法逃活命。

——陕西民歌·卖老婆

一

土匪早就来了。

土匪敲锣打鼓来的,周家寨人不知道。可狗知道,狗知道也不顶事,任凭它们对着社火大喊大叫,就是没有人理会。周家寨人乐疯了,耳朵灌满了鞭炮声锣鼓声,根本听不见狗呐喊。狗急了,去拽黑丑裤腿,黑丑正端着老碗喝烧酒呢,一个趔趄把酒全灌进领口了,他骂道:"我奍你妈!"转身踢了狗一脚,狗也一个趔趄,差点跌倒。它委屈地呜呜着,想给黑丑解释,黑丑不耐烦,见狗还磨叽,就在地上摸石头。狗害怕了,转过身,它也骂了声:"我奍你妈,不管这怂事了!"这条公狗给旁边的一条母狗摇摇尾巴,它们一起跑到麦草垛背后快活去了。

狗的话人听不懂,这就误了一件大事。

社火有周家寨的,也有四邻八乡的,把全寨的人都惹到了寨门外的麦场上,他们在那里耍把戏。今天是五月五,周家寨人过节呢。周家寨一带的关中道上,端午可是一个大节,甚至比过年还热闹。过年仅仅就是过节,可端午不光是过节,还是庆典。他们不是庆祝屈原淹死,也不是庆祝伍子胥砍头,这些都是古人,还是南蛮,离他们太远了,他们不惦记那些跟他们八竿子打不着的事。周家寨人很实在,他们庆贺的是眼前脚下的好事情:夏季丰收。对周家寨一带的关中人来说,夏季收成就是一年的收成。

夏季收的啥？大烟嘛。漫山遍野的鸦片果子变成了庄户人家里满罐满坛的大烟膏，这黑乎乎的软膏比金子银子都贵重，一年的生活就指望它了。既然比金子银子都贵重，当然比粮食更贵重了，所以周家寨一带的人早就不种粮食了。有了大烟，啥都可以换回来，还愁粮食么？当然，他们也不是不想种粮食，农民么，种粮食本来就是他们的本份，可是种大烟的收成比种粮食高多了，一亩大烟顶得上十亩麦子，厚利之下谁还愿意种粮食？再说了，这大烟特别耗地力，种一料，土地就得歇半年，根本没有空当种粮食了。

今年的收成格外好。自民国开元到现在十五年，难得有这么风调雨顺的好年景。周家寨的社火今年也格外出彩，连多年未见的血社火都上阵了。一个画着漆黑脸谱的大汉骑在马上，威武森煞，头顶上站着一个白衣女子，女子额颅上横劈着一把菜刀，鲜血淋漓，滴滴答答滚到衣服上，白底红点分外刺目。既然是血社火，当然要流血了。不过今年的血社火与往年不同，添了新花样：首先是高空叠人，那满脸鲜血的女子竟然站在了黑脸汉子的头顶上；其次是火龙出世，那高空中的女子手擎火把，不时对着它吹气，每一口气都从嘴里带出一条火龙，火龙张牙舞爪，窜上高空。这人上叠人的社火叫高芯社火，这口吐火龙的社火叫喷火社火，今天周家寨把血社火、高芯社火、喷火社火一锅烩了。这样的新鲜玩意儿以往谁也没有见过，周家寨人都看瓜了。黑丑惊呼，我的爷，阴曹地府没关门，把牛鬼蛇神都放出来了！他后悔没把瘫在炕上的老妈背出来，让她也开开眼。可看看身边的人山人海，黑丑就知道自己后悔也是枉然，人太多了，他一个精壮小伙子挤进人堆里都使了牛马力，再背一个软塌塌的肉包袱根本不可能。不过黑丑也不着急，他知道社火在麦场上耍够了就要进寨子去，压轴节目是到各家各户去送福，到时候把老妈从炕上扶起来就能瞧见了。

周家寨的社火之所以这么俏，是因为去年端午节赛社火时他们输了。这一带的端午节跟别处不同，耍社火不是各自为政，他们嫌那样太单薄，不热闹，要远近十数里的村庄结伙成群一起耍，村庄之间争奇斗艳，后来就有了社火赛。端午这天，各村的社火装扮好了，大家集中在一个村庄，从这个村庄开始一路耍将下来，到最后一个村庄耍完了，就评出优劣来。得了状元的社火队不但有奖赏，明年的社火也要先从他们村耍起，这叫龙头，最差的社火队虽然不处罚，但来年耍社火要最后才到他们村，这叫鼠尾。去年周家寨就是鼠尾，全寨人没面子，今年憋足劲要翻身。

跟周家寨势均力敌的是一队狮子社火。公狮母狮率领十几个欢蹦乱跳的狮娃，滚动一个碌碡大的绣球。狮父狮母块头很大，一看就是三人合演的。他们不时踩上轰轰隆隆的绣球，做出腾挪跳跃各种姿势，博得众人接连叫好。那绣球上站一个人尚且不易，站三个人简直神了。周家寨人急了，怕自己的社火队吃不住劲，黑丑高声吆喝：“百锁，你撑得住吗？”骑在马上的黑脸汉子回应说：“我没事，就看引娃了。”说着他故意抖抖身子，头顶的白衣女子就风摆柳一样晃。那女子骂道：“百锁，你尻眼钻蝎子了！”女子身子晃荡，脸上的血自然就洒了下来，滴在黑脸汉子的脑门上。黑脸汉子抹了一把说：“引娃，你吓得尿裤子了吧，还是血尿呢！”女子笑着说：“我看你口干了，给你倒茶呢。”那血当然不是人血，因为那女子额颅上的菜刀就不是真菜刀，它是木头的，涂上彩，跟真的一样。木刀不可能劈进女子脑门，她脑门那里粘了一团掺了胶水的熟面疙瘩，木刀插进面疙瘩，周围抹上猪血，刀劈活人的样子就出来了。黑丑看着晃里晃荡的社火，担心地喊："你们甭斗嘴了，小心芯子！"芯子就是一根拇指粗的铁杠子，它下端插在一个小巧的木头架子上，木架子固定在黑脸汉子身上。汉子穿上衣服，它包在里面，不留心是看不出来的。铁杠子上端拴一个精致的皮套子，皮套子做成马甲样子，那女子穿上它身体就悬空了，看起来就像是站在下面人的头顶上。

社火在麦场上耍了一阵，太阳落山时他们该要送福了。浩浩荡荡的队伍来到寨门口，却不料被拦住了。四个端枪的护寨队员守在门口，凡是本寨的一律放行，其他人都被挡下了，社火队更是不能进，因为他们化了装，谁也弄不清他们的真面目。

周立德不停地给愤怒的社火队说好话，他是护寨队的队长，负责寨子安全。周立德解释说每年大烟一入库土匪就猖狂，周家寨已经吃过亏了，不能不防，所以生人不能随便进寨，请大家谅解。他说已经派人去请各村的乡约了，让他们来辨认本村的社火队，这不会耽误多少工夫的。正说着有一个村的乡约来了，周立德叮咛他一定认真查验，说人命关天，马虎不得。那个乡约看了看自己村的社火队，说没问题，但周立德见他说话的口气有点软，就感觉可能不保险。他说麻烦乡约把他们名字叫一下，看能对上不？果然有一个人乡约拿不准，他说人脸上抹了油彩就变样了。周立德觉得问题严重，他要大家先把油彩洗了，验明正身再补妆。

这下社火队不干了，那个狮子社火队吆喝说："把我们当贼防啊？你们这怂地方我们还不去了呢，打道回府！"他们收拾家伙就要走人，别的社火队也纷纷响应。

周家寨人在家门口等社火呢，等了半天没有动静，到寨门口一看，他们不乐意了，送福送福，咋能送到寨门口就打住了呢？

送福不到家，来年出麻达！老辈子人都是这么说的，把福送到半路撂下了，这不是祸害人吗？

黑丑数落周立德："哪里有土匪？土匪还给你耍社火？想得美！"

周立德说："怕他们混在社火里嘛。"

黑丑说："怕土匪你把护寨队扎到你家里去，我不怕，光毬一杆还怕人抢？我等社火送福呢，我妈还等着看社火耍把戏呢！"

寨里其他人也纷纷参言，说这光天化日的，哪有土匪？大过节的，不要搅了一寨人的兴头。

周立德两面受敌，里外不是人，他解释了这边又解释那边，安抚了里面再安抚外面。正闹得不可开交，一个人吼了一声，大家立马哑静了。

"放人，看把你能的！"

说话的是周克文。他是周立德的父亲，周家寨的族长。

周立德赶紧闪到一边，让社火队鱼贯而入。

土匪出来了！

他们呼啦一下就控制了明德堂，活像变戏法一样，狮子眨眼成了强盗。这很容易，社火的行头全是布绘和纸扎的，只要一把撕开，狮子死了强盗活了。土匪乱拳捶开绣球，里面藏的长枪短枪伸胳膊蹬腿都挣出来了。周克文率领一家人在门口接福，除了在寨门口值守的周立德，当下被土匪捉了个干净。跟着社火看热闹的村民见了这阵势一哄而散，赶紧跑回家躲了起来。他们不是怕土匪看见他们，而是怕自己看见土匪。土匪做的事都是见不得人的，他们最怕别人看见自己。这不光是为了自己的名誉，更是为了自己的安全。因此在土匪看来，最保险的方法是把见了他们真面目的人杀掉灭口，反正杀人是他们的职业，杀一个是杀，杀一百个也是杀。周家寨的人以前不太相信这种说法，七拐老汉的事情让他们见识了土匪的心狠手辣。上次土匪抢明德堂，别人都躲了，七拐腿不好使，跑得慢，慢也罢了，他还不时扭过头去看，可能觉得抢劫这事很稀奇，一辈子难得碰上一回，不看几眼亏得慌，结果被土匪发觉了，出寨时顺手把老汉掳了去。其实那是晚上，黑咕隆咚的，离得又远，七拐能看见啥？但土匪认定他看见了，从那以后七拐就没了，活不见人，死不见尸。周家寨人也就是从那以后晓得了土匪的厉害，他们宁愿碰见阎王也不愿意跟土匪打照面。

村民一哄而散在情理中，按说护寨队现在应该挺身而出，俗话说养兵千日用兵一时嘛。可周家寨的护寨队压根就是一帮乌合之众，成立的时间短，又没有任何实战经验，一见气势汹汹的土匪立马就乱了营，任凭周立德怎么吆喝都没有用，根本组织不成队伍。他们手忙脚乱地爬上寨墙，躲在工事里死活不肯出去。都是一个村子的人，周立德也不能把谁枪毙了。再说了，周立德一家人现在都在土匪手里，他即使胆子再大，枪法再准，也不敢贸然行事，只能跟护寨队员一起猫起来干着急。

周克文懵了，一时半晌反应不过来，直到枪管子把他肚皮顶疼了，他才说了声："噢，都来了？"这话说得莫名其妙，好像土匪是他请来的客人似的。土匪脸上都涂着厚厚的油彩，根本看不清他们真面目，周克文不知道他们是哪路毛贼。不过土匪遮了脸却没有遮头，一个头上有秃斑的土匪说："没有都来，还有一帮弟兄在寨门外面接应呢！"有了上次被抢的经验，周克文知道该咋做了，抗拒根本没用，他爹上次不就是白搭上了性命吗！既然不能反抗，那就逆来顺受吧，他干脆就把土匪当客人招待。事已至此，只能认了。

"进屋坐吧，天要黑了。"周克文热情地招呼土匪，"春娥，还愣着干啥，赶紧回去点火做饭，军爷们还饿着肚子呢！"

春娥是周克文的大儿媳妇，他想让她先脱身，她正怀着娃娃，一身两命。

春娥刚想动弹，那个秃斑说："别动，周夫人，我要拿你召回周大队长呢！"然后他转过身来对周克文说："秀才叔，麻烦你到寨门口去把周队长叫回来，顺便把一短四长五个家伙也拿过来，我早就看上了。"

周克文一愣，心想，这是熟人啊，看来土匪早就盯上他了。这真是不怕贼偷就怕贼惦啊。贼不光惦记他，还惦记着枪呢。这五杆枪是全寨人摊钱买回来的，虽然他出了大头，可不管咋说那是大家的财产，要是由他把枪交给土匪，全寨人不骂死他！这不光是缴枪的问题，更重要的是辱没了自己的信誉，这护寨队可是他捣鼓着建立的，没有枪这护寨队还有屁用！

前年自己遭抢以后周克文就想到了寨子的治安问题，这年头兵荒马乱，政府根本指望不上，军队警察过土匪，真正是土匪如篦，军队如剃，要维持一村一寨的安全只能靠自己，建立村寨武装是唯一的办法。当然他完全可以成立一个护院队，自己买枪，自己雇人，只护自己一家人。不过这么做太扎眼了，把自己跟全寨人隔离开了，这跟他为人处世的原则不合窍。况且这样做自己的负担也太重，买枪的钱还好说，雇人的钱也勉强付得起，可万一死了人咋办？一条人命那得多少钱啊！再说了，这不光是钱的问题，还关乎声誉。都是一村一寨的乡里乡亲，人家为了保护你们家送了命，你得背多大的人情债！跟土匪打仗，谁敢保证不死人？可是如果成立全村的护寨队，这些问题就好办了，钱大家公摊，自己多出一些也无所谓。关键是人，护寨队员由全寨青壮轮流职任，万一出了人命，那也是为公牺牲，不用他担待责任。他跟寨里人商量成立护寨队，很多人根本不热心，他们知道土匪看不上抢他们，他给他们说了多少好话，也分析了土匪都是生冷不忌的二百五，红枣青枣一竿扫，当然少不了举七拐老汉的例子，证明谁也不可能完全置身匪祸之外。周克文的顽强劝说终于见效，去年寨子成立了护寨队。有了队伍当然就要有武器，寨子里有土枪，村民手里也有镬头铁锨，可土匪手里有快枪，猎具农具显然不是快枪的对手。在周克文的倡议下，全村人集资购置了五杆快枪，这可是护寨队的全部家当啊。这五杆快枪本来是用来打土匪的，现在可好，土匪让周克文把它们当礼物送给自己，这不是逼他去吃屎吗！

秃斑见周克文不动，就给同伙说："伙计几个，秀才叔有点瞌睡，你们把他打搅一下。"话音一落，一个土匪唰一声点着了扫帚，那扫帚芒已经在周家的油缸里蘸过了，呼呼的火苗烧得竹节爆出噼里啪啦的炸响，另外两个土匪把一卷麻绳绽了开来。周克文知道接下来的刑罚是啥了，他爹那年就是被绑在树上用火炙烤的。

可土匪没有动他，却走到春娥面前。春娥吓得腿一软，扑塌一下坐在地上。周克文老婆周梁氏立马哭出声来，嘴里连声叫道："老天爷呀，我媳妇怀着娃娃呢！"她颠着小脚跑过去护住媳妇。

周克文说："我去。"

秃斑说："这就对了，放心去，队长夫人由我照顾着呢。"

土匪还要大烟，他们就是奔这个来的。

这是周克文料到的，每年大烟收获入库时节是最危险的日子，土匪就在这关口下手。来早了烟浆没有割，来晚了烟膏就被换了粮食卖了钱。土匪不是善良到不忍心抢夺粮食勒索钱，他们只是觉得粮食和钱都没有大烟合算。粮食体积大，抢到手运输麻烦，车拉马驮行动迟缓，弄不好会被保安团追上。钱确实是好东西，但那要看是啥钱，是银圆那再好不过了，可眼下市面上流通的是富秦券，毛着呢，三天两头贬值，老百姓说这纸币擦尻子都扎得慌！只有这大烟，体积小，携带方便，是黑金子，硬通货。不要说土匪，就连督军府县衙门也把大烟当宝贝，储蓄保值。

周克文料到土匪会来抢大烟，所以他这些天一直叮咛周立德要严密防范，日夜巡查，但他没料到土匪会以这种方式混进来。他想五月端午嘛，大家都过节呢，土匪也该歇一歇吧，没料到土匪都是劳累的命，节假日都不休息。就算他料到了土匪今天会来，那也是硬来，硬来不怕，周家寨的地形让土匪占不了便宜。周家寨背靠黄龙塬，前有夯土墙，墙高七尺，宽三尺，绵延二里，包裹村寨，墙下有深达三丈的壕沟，是当年筑墙取土掘成的，虽然没有蓄水，但沟墙连为一体，构成了一道差不多四丈高的屏障，没有梯子根本无法翻越。寨子仅有一道门可通外界，只要关上大门，在寨墙上跟土匪对峙，土匪也没啥办法。就算寨墙守不住，全寨人也可以攀上高窑，居高临下抛石头砸土匪，土匪没有重火器，只能干瞪眼。周家寨护寨队的硬火器虽然只有五杆快枪，操持在五位常备队员手里，但寨子里有几十个猎户，他们都有土枪，这些人是后备队员，只要寨子的大钟敲响，他们立即就能持械参战。土枪虽然没有快枪打得远，可近距离杀伤面积大，它里面装填的全是铁渣，喷出来一大片。几十杆猎枪在寨墙上密密麻麻排出来，也怪吓人的。

可土匪没有硬来，这一伙土匪是看过兵书的，他们用了巧劲。他们不过端午节，却知道周家寨人肯定会隆重欢度端午节，于是就变"节"为"劫"，而且是智劫。这是周克文没有料到的。就算他能掐会算，料到了土匪会乔装打扮混进来，可在当时那种场合里他也不敢犯众怒，把所有社火队拦在外面。

一句话，周克文觉得今天这事是天罚，人力无法阻挡。既然这样，他就坦然了，土匪要啥就给啥，把今年收获的五老碗药膏全拿了出来。已经回来缴了枪的周立德气得脸色乌青，可煤油灯昏暗，他爹看不见。就算看见了又能咋样，他都乖乖缴枪了，他爹一个老头子敢忤逆土匪？

土匪得手顺当，他们把大烟装进褡裢里，挎在肩膀准备走人。秃斑说："秀才叔，我们没有抢你，是借你的。"另一个土匪笑嘻嘻地说了几句快板："我们都是穷光蛋，一辈子借钱买米面，这辈子借了下辈子还，还不上了你甭嫌。"周克文连声说："岂敢岂敢。"

秃斑接着说："有一句丑话我先说了，你借给我们钱咱是朋友，你要是到官府告了我们，咱当下就成了仇人。按道上的规矩，跟我们见了面的人是不留活口的，虽说我们都是遮了脸的，但说不定你老叔眼神好就看穿了我们。不过今天你老叔很大方，我们就不动刀子了。可你们要记着，你们家门朝哪边开，你们老少几口人，我们都一清二楚的，说来我们立马就来！"

秃斑说完了一招手，土匪拔腿就走。

"慢着！"周克文招呼了一声。土匪一怔，他们唰地掏出枪来，气氛骤然紧张。秃斑说："秀才叔，甭要怪，寨子外面我们还有人呢，警察和保安进不来，惹火了咱就叫刀子舔血！"

周家人也一愣,这老汉是不想活了?土匪要走你就让他走嘛,还留这些害货干啥!

周克文说:"各位少安毋躁,我没有恶意,你们要啥我给啥,掌柜的也夸我大方呢。待客之道有来有往,来而不往非礼也,我这里斗胆也向各位军爷借一点东西,就一点点。"

嘿,土匪大为诧异,抢了多少人家,遭抢的人都吓得稀屎一裤裆,没见过这么一个愣胆大,还敢向自己借东西!

秃斑奇怪得都结巴了,他说:"你、你、你……想借啥东西?"

"工夫,片刻工夫。"周克文说。

秃斑没听明白:"你说啥?"

"就是时间,一锅烟的时间。"周克文说。

秃斑有点好奇,他说:"我还当你要借啥呢,时间我有。"另一个土匪说:"二掌柜,咱时间紧得很,还有一档生意要做呢。"秃斑说:"闭上你的屁嘴!"他啪地给了那家伙一嘴巴子,狗肏的忘了规矩,咋能泄漏他的真实身份呢。不过这家伙倒是提醒了他,按照大掌柜早地龙的吩咐,今晚上确实还要抢另一家。秃斑只得把好奇心收拾了,踢了一脚刚才那个倒霉的土匪说:"都滚。"土匪再次抬脚要走了,秃斑有点不忍心,最后问了一句周克文:"你要时间干吗?"

"讲个故事。"周克文说。

嘿,土匪乐了,秃斑说:"你这个人有意思,好,把故事留下,以后到我们山寨讲,今天晚上我们顾不上了,忙着呢。"

周克文说:"你们忙的事不就是挣钱么?这样吧,我给各位每人一个银圆,买你们一点时间行不行?"

秃斑扑哧笑了,今天算是遇见妙人了!银圆可是稀罕货啊,就算他们现在立即去抢另外一家，也未必能抢到银圆。再说了，一个故事能讲多长时间呢，听完故事再去抢人也来得及。"行嘛。"秃斑说。

周家人惊讶得眼珠子都要掉到地上了！这老汉不是吓瓜了就是吓疯了，哪有自动给土匪送钱的？更没见过在强盗面前露富的，这不是招祸吗？

可周克文不管这些，对老婆说："你给军爷们拿钱去。"又招呼周立德给土匪看座。周梁氏钻进窑洞里，土匪的眼睛一直跟着她，周克文说："甭瞄了，该给的都给你们了，剩下的是我一家人的活命钱。"周梁氏不敢点灯，怕土匪看见藏钱的地方，她摸黑刨开窑洞里头的麦糠堆子，挖出了钱罐罐，从里面抠出八块银圆，又把钱罐罐塞到了炕洞里，这个地方连周克文也不知道。周梁氏多了一个心眼，这老汉要是真疯了他也拿不到钱，土匪要钱就把她打死算了，她豁出去了，这家里的男人没有一个长毬的！她把银圆给了周克文，周克文一人一个给了土匪，土匪大概好久没见过银圆了，高兴得不知道咋把玩。有人噙在嘴里咬，有人对着月亮瞄，有人使劲在衣服上蹭。秃斑说："都交给我，我给你们保管上。"那几个不愿意可又不敢不交，秃斑把八个银圆连续相互击打，悦耳的响声听得他一脸陶醉。这情景让周立德更生气了，他把搬来的几个板凳咣咣咣往地上蹾，土匪也不计较，他们全被银圆迷住了。

周克文坐在一张太师椅上，接过儿子递上的紫砂壶，啜了一口茶清清嗓子，然后拉开架势说："我今天给各位讲一个盗亦有道的故事。"

"啥叫盗亦有道？"秃斑问。

"盗亦有道嘛，"周克文斟酌着词语。周立德有点紧张，他怕他爹说不好惹火了土匪，土匪是说变脸就变脸的。

周克文说了："盗嘛，就是盗窃，道嘛，就是仁义道德，盗亦有道的意思就是贼娃子也要讲仁义道德。"

周立德捏紧的拳头放松了一些，他爹说的是盗的原意，这不太刺耳。

"贼娃子？"秃斑问。

"对，贼娃子。"周克文说。

"贼娃子算个屁，"秃斑撇撇嘴，"也配讲仁义道德？"

周克文说："掌柜的不要生气，我开始给你们讲故事吧。"

土匪："对，管它盗还是道，我们听故事。"

"好，"周克文说，"那我就开讲了，这个故事是《庄子》里的。"

"哪个庄子的？"秃斑问。

周立德想笑，他爹这是对牛弹琴，他这么费劲干吗？

周克文说："这个庄子是古代的一个人名，不是哪个村庄。他写了一本书，这书就叫《庄子》，书里写了一个人，名字叫跖，他率领一帮人打家劫舍，别人也叫他盗跖。"

"甭急，"刚才挨耳光的土匪说，"这个刀子的故事你讲过了。"他把盗跖听成了刀子，周克文想纠正他，拦不住他嘴快，土匪继续说："故事里说好土匪要一眼能看出屋里藏了多少财宝，要带头冲锋，最后撤退，抢来的东西要公平分配。"他这么说的时候眼睛一直瞄着秃斑，意思当然是暗示秃斑不是好土匪。

秃斑说："我咋没听过呢？"

"上次你没来嘛。"

叭唧！秃斑气得又扇了他一嘴巴子，骂道："就你这个猪多嘴。"

周立德明白了，这伙人就是前年抢劫他家的那帮土匪。那次他爹也给土匪讲过故事，只不过那次不是拿钱买时间，而是拿饭换的。那次也是八个人，他们抢完人后直呼饿死了，周克文赶紧吩咐家人擀面烙馍，在土匪吃饭的空隙里，周克文给他们讲了盗跖的故事。周立德就觉得这些人有点眼熟呢，虽然他们脸上抹了油彩，可声音是变不了的。

周克文说："那好，咱另讲一个《虬髯客传》。"

刚挨了揍的那个土匪笑着问道："为啥要把毯染黑？女人喜爱黑毯吗？"土匪们哈哈大笑。

周克文没有理他，继续讲："髯是胡子，虬是蜷曲，虬髯客就是说这个人是络腮胡子。"周克文把虬髯客、李靖、红拂女、李世民的故事讲得活灵活现，惊心动魄，几个土匪都听瓜了。他们痴呆呆地望着周克文，他都讲完了他们还回不过神来。

"没有了？"秃斑问。

"没有了。"周克文说。

"再讲点嘛，秀才叔。"秃斑眼巴巴的，他把后面还要抢人的事情都忘了。那个多嘴的土匪本来想提醒秃斑，可这次他不敢了，把冒出喉咙的话和着一口浓痰咽回肚子里。

"那我就再讲点，"周克文说，"虬髯客是啥人，是盗，这个盗不是盗窃的盗，是强盗的盗。说白了，"周克文顿了一下，看着土匪说，"就是土匪！"

土匪一个激灵，周克文不管他们，接着说："可他不是一般的土匪，是了不得的土匪。他抢了那么多财宝，不是自己海吃山喝糟蹋掉，而是送给李靖，让他辅佐李世民打天下，这是大土匪，是真土匪，这种土匪叫英雄豪杰！英雄豪杰不干偷鸡摸狗的下作事，不做欺男霸女的丧德事，要干就干治国安邦的大事情。

这个故事一辈一辈传下来，就是要让后来的土匪跟虬髯客学呢。"

周克文讲完了。土匪们都不吭声，他们安静地坐了一阵子，然后悄没声息站起来背上褡裢。临走时秃斑把那八块银圆搁在了桌子上。

"哎，那里边还有我的呢。"前面挨打的那个土匪说，"我十年都没有见过银圆了。"

啪！秃斑又给了他一嘴巴子，这次扇出血来了。

土匪走了。

周梁氏赶紧把大门关上，在插上门栓的同时，她双腿一软，顺着门扇瘫在地上。娘哎，老天爷啊，吓死人了！她长长地舒了一口气。

"有我呢，怕啥！"周克文说。

"哼，有你呢？"周梁氏撇撇嘴说，"你就知道孝敬土匪。"

"情非得已，能屈能直，这是大丈夫的处世之道，你不懂！"周克文说。

"我就是不懂！"周梁氏气哼哼哼地说，"还大丈夫呢，我只知道一年的收成让狼叼去了。"

"妇人之见！"周克文说道，"不懂就坐下，听我给你开蒙。"

"你不怕把舌头磨烂了？就知道显摆学问，我不听。"周梁氏说。

"你要听，从小不识字你麻糜不分。"周克文有点生气了，他看见周立德从地上扶他妈，也招呼儿子："你也跟着听。"他知道儿子对他也有气，只是不敢说出来。

周梁氏和周立德只得耐着性子，坐在土匪刚坐过的板凳上，听周克文上课。

周克文拈住胡须，摇头晃脑地吟了一首诗，诗曰：

百亩新池傍郭斜，居人行乐路人夸。
自言官长如灵运，能使江山似永嘉。
纵饮座中遗白帢，幽寻尽处见桃花。
不堪山鸟号归去，长遣王孙苦忆家。

周梁氏和周立德呆呆地望着周克文，像听天书。周克文知道他们不懂，也不解释，他知道即使解释他们还是不懂。周梁氏不懂是可怜，周立德不懂那就是活该了，谁叫他自小不好好念书呢？不过，这母子俩的懵懂，并不影响周克文继续讲下去的雅兴。他说，这首诗的名字叫《寄题兴州晁太守新开古东池》，是苏轼写的。

"苏轼知道吧？"周克文盯着周立德，他知道周梁氏肯定不知道，可周立德应该知道。周立德瓷在那里，周克文说了声："朽木！苏轼是宋朝的大诗人，"周克文耐着性子往下说，"在咱们邻县凤翔当过签书判官，我吟这首诗是为了引出兴州晁太守。"

"这兴州在哪里你们知道吧？"周梁氏和周立德把头摇成拨浪鼓。"就知道你们不知道！在咱们陕西略阳，大宋朝那阵子把略阳叫兴州，那里的太守姓晁名仲约。苏轼有一个兄弟叫啥名字？"周克文顿了一下，这母子俩没有反应，周克文知道碰见糨子倌了。他决定不问了，直接往下讲："苏轼的兄弟叫苏辙，也是写文章的高手，他在《龙川别志》里记载了一件事：宋代庆历年间，江南出了一个大土匪张海，到处打抢人。有一次张率部从江苏高邮经过，高邮城的知军是晁仲约，他估摸城里兵少将寡，打不过土匪，就通知城里的富裕人家，拿出金银布帛牛羊美酒出城犒劳张海。张海吃饱喝足，拿了金银财宝，带队伍绕城走了，没有进去骚扰。这事后来传到朝廷，宋仁宗发了脾气，要杀晁仲约。范仲淹替他辩护，说要是城里的兵力能战胜土匪，晁仲约不抵抗，反倒贿赂他们，那应该把他杀了——可是高邮城里没有那么多军队，老百姓又愿意破财消灾，晁仲约这是趋利避害，是没有办法的办法。仁宗皇帝听了也觉得在理，就放过晁仲约。这晁仲约后来就来咱们略阳当官了。"

周立德真佩服他爹，觉得这老汉肚子里或许没有五脏六腑，装的全是嚼烂了咽进去的书本。为自己辩护，竟然能拽出那么多的古人来垫背。

果然，周克文就说了："你们看到了没有，晁仲约给土匪献财宝，就连宰相范仲淹都替他说好话，即使皇帝佬儿也觉得有道理，我给土匪一点烟膏，你们有啥弹嫌的？"

周梁氏哼了一声说："你就不能少给点？"

周克文说："土匪不是瓜娃，你没看见他们张口就叫我秀才叔，说明对咱家情况一清二楚，他一算就知道咱一年的收成，你给少了他能饶了咱？甭忘了咱爹是咋死的！"

周立德觉得他爹说得也有道理，好汉不吃眼前亏嘛。不过他还是反问了一句："你都知道土匪是害货，还费唾沫给他们讲故事？"

周克文说："这就是你娃娃眼窝浅了吧！你当我是给他们找乐子吗？我是给他们上课呢。咱折了那么多烟膏，总要换回来一点东西吧？能把土匪说转了，让他们改邪归正，不是为民除害吗？"

"那你换回来啥了？"周梁氏问。

"银圆嘛！"周克文得意地说，他把桌上的银圆捧在手心，像簸粮食一样簸起来，银圆相互碰撞，发出叮叮当当的乐音。

　　周克文的得意还没有消退，厢房里就传出了儿媳妇的呻唤。春娥由于惊吓，早就上炕歇着了。周立德和他妈失急忙慌地奔向厢房。

　　远处几声狗叫，在哑静的深夜分外瘆人。土匪走了，周家寨的狗才敢出声。

二

周家遭劫的第二天，明德堂发生了两件事。

一是春娥小产了，二是周立功回家了。这一悲一喜的两件事都出乎周家人的意料，却碰巧在同一天降临了。

春娥的小产让周立德快疯了。土匪欠了他们家两条命，作为男子汉大丈夫，他是眼睁睁看着土匪造孽的，却拿他们没办法，真是奇耻大辱啊。他爷爷虽然不是土匪直接烧死的，可老人家后来一直大小便失禁胡言乱语，没挨过一个月就过世了，显然是给吓死的。那时周家寨没有护寨队，他们手里没有枪，让土匪抢了，勉强还有理由搪塞。可现在啥都有了，结果还是让土匪钻了空子，自己被缴了械，你说这窝囊不窝囊！春娥过门几年了，一直不开怀，这次好不容易有喜了，没想到却遭遇这样的横祸。虽说春娥身体没受大亏，留得青山在，不愁没柴烧，可没有出生的娃娃毕竟也是一条命啊，他为人夫为人父，羞愧得恨不得一头撞死。

周立德决心去投军了。他知道只有当兵吃粮，在军队中混出个一官半职，才能镇住土匪，保一家平安。护寨队这样的乡村武装根本不是土匪的对手，土匪怕的还是正规军。姜家堡的姜大巴掌在甘肃的马家军里当团长，他家是方圆百里的头号大户，土匪从不敢招惹他家，逢年过节还要给孝敬礼品呢。

可是周克文两口子不同意，说他们眼看就老了，家里总得有一个人帮扶着。眼前老二在北京念书,老三在凤翔开烧坊,只有靠老大了。

事情说巧也就真巧了,他们正说着老二呢,出门多年的老二在这天忽然回家了。

周立功是从北京回来的,他在京城念大学。能从西北一隅的穷乡僻壤跑到千里之外的首都读大学,这事情也只能出在明德堂。

周家是有敬学传统的,这传统从周立功的爷爷周牛娃就开始了。不要以为周牛娃是啥饱学之士,他大字不识一个,是标准的睁眼瞎。这样的睁眼瞎当时遍地都是,周牛娃也不觉得寒碜。他想我就一个戳牛屁眼的庄稼汉,不工不商,每天土里刨食,土里能刨出红芋疙瘩,刨不出之乎者也,识字有怂用!的确,从小到大他就没有跟文字碰过头,文字不可能难为他。可没有想到的是,当他成年之后,文字却找到他了,而且把他绊了一个大跟头,让他一辈子气都不顺。那时他二十岁,家里给张罗成亲,这个年龄在当时已经是偏大了。提亲提得晚,不是因为周牛娃长得丑没人看得上;相反,他高个子宽身板,大鼻子方脸盘,是硬扎扎的关中愣娃,招人得很。一直拖到这岁数是因为穷,家里出不起礼金。好不容易凑够了彩礼,订了一门北山畔的媳妇。北山畔离周家寨有百十里路,远是远了些,而且是山区,比不上周家寨的一马平川,可周牛娃知道自己的家境,加上岁数偏大,也不好弹嫌。事实上他不但不弹嫌,还高兴呢,因为女方家是不大不小的财东,她家一门心思要把闺女嫁到平川来,陪嫁是翻了番的。

说媒的是董家湾的董拐子,一辈子吃媒妁饭,撮合成的事情多得很。有夸他的,也有骂他的,可不管是夸他的还是骂他的,都佩服他最会来事。周牛娃的事是董拐子自己找上门的,这把周牛娃他爹他妈高兴得话都不会说了,只知道嘿嘿嘿地笑,明显是让天上掉下来的大馅饼砸瓜了。不过周牛娃本人还算清醒,他问那女娃长得咋样,董拐子说:"嗨,没说的,心疼死个人,画匠都画不出来!"周牛娃说:"我能不能先看一眼?"董拐子说:"看你这娃,长这么大了咋一点礼数都不懂,没过门的女子能随便看么?人家是大家闺秀,不像咱这没家教的野汉子!"周牛娃他爹一看媒人不高兴了,唯恐这好事落了空,黑了脸骂周牛娃:"闭上你的屄嘴,这事情没有你掺言的份儿,自古婚姻都是父母之命,媒妁之言,我们说了算!"周牛娃他爹虽然没文化,可老辈子的规矩他知道。

周牛娃也知道娶媳妇这事就是口袋里买猫,有货不能看,只能凭运气。可他心里总有一点不踏实:人家财东家的闺女,要是没毛病,为啥愿意嫁给他这个穷光蛋?他把这个担心说给媒人,媒人说:"人家女娃就是为了嫁一个平川汉子,以后不再翻山越岭,北山那地方沟深坡陡,出一回门人要折几斤肉。你要是不信,你们两家都把自家娃娃的生辰八字和容貌长相写在纸上,相互交换,立此存照,也省得说我这媒人弄虚打谎。"周牛娃觉得这是最好不过的。他不太相信媒人,人常说媒人嘴疯狗腿,那是没准的。为了混吃混喝骗钱骗财,媒人是两面说虚话,见面和稀泥,让男女两家不得实情,最后只要拜了天地推进洞房,媒人就算完事大吉,此后一切事情都与他不相干。就算纸里包不住火,隐瞒的事最后都露了底,男女双方打架怄气以至寻死觅活,那也只能凭自己的造化。

周牛娃说这办法好,他料想女方一定跟他的想法一样,为了自己以后的幸福,她不至于日鬼弄棒槌,会说真话的。尽管周牛娃不识字，可找一个识字的人帮他读帖子不是太难的事，读帖子的人与这事没有关系，他没有必要糊弄人。

后来媒人很快就送来了女方的庚帖，上面除了生辰八字，还有一句描绘姑娘长相的话："黄花大闺女黑发无麻子。"庚帖是要找阴阳先生掐算的，看与男方的八字是否合配。为这事周牛娃花了一吊铜钱。他信不过本地的阴阳师，专门跑到绛帐镇上找了名气很大的贾半仙。半仙掐算过后连声说："天作之合啊，福禄寿喜，一应俱全！"周牛娃特意问贾先生后面的那段话是啥意思，贾先生说："这么简单的你还不明白吗？"周牛娃只好说自己不识字，贾先生给他读了一遍，解释说："这前一句我不说你也清楚，就是原封货嘛。这后一句说的是这女娃长得俊，黑头发白光脸。"

周牛娃彻底放心了。

不光是放心，更是高兴！高兴得心里像猫抓一样奇痒难耐，恨不得立即把这女娃搂到怀里。终于等到洞房花烛夜，他迫不及待地揭开新娘的红盖头，明亮的烛光下他一声惊呼："我的爷啊！"差点昏倒。

新娘是疮疤头麻子脸！

周牛娃后来找媒人问罪，董拐子说："人家没有欺瞒你呀，黄花大闺女，没麻达吧？"周牛娃说："下一句！"董拐子说："不是一句，是两句：黑发无，麻子。就是没有黑头发，脸上长麻子。人家写得明明白白的嘛。"

周牛娃惊讶得眼珠子都要跳出来了！他就这样被人坑了。后来他一想起这事就来气，一见老婆的麻脸就发火。老婆比他还气呢，她说："你得了便宜还卖乖，就你这叫花子样子，要啥没啥，也就我瞎了眼睛，跳了这火坑。要是没有我娘家的陪嫁，你拿啥买牛买马，置地盖房！还不是一年四季给别人拉长工，狗食盆里抢饭吃！"

周牛娃想一想也确实如此。人常说男人有三件宝，丑妻薄田破棉袄，这婆娘丑是丑了点，但她却是旺夫旺家的命，没有她，他哪能在周家寨翻身？这事他认了！可道理是一回事，情感又是另一回事，时不时地周牛娃心里总会冒出个疙瘩：这辈子让文字给陷害了！

儿子无论如何要识字！周牛娃下了决心，他现在不光觉得有这个必要，而且他也有了这个能力。

周牛娃有两个儿子。别看他老婆脸丑，可肚子争气，一口气给周牛娃生了两个长牛牛的儿娃。在那之后就再也不开怀了，好像浑身的力气都使尽了。她一歇气也让周牛娃喘了一口气。周牛娃一直提心吊胆的，生怕老婆把秃疮麻脸遗传给下一代。老婆生一个，他的心就往上提一截，两个儿子生下来，他的心已经提到嗓子眼了，老婆要再生下去，他肯定就疯了。万幸两个儿子都随了他，也万幸老婆卡壳了。不过，庆幸的同时，周牛娃也有点不甘，他咋能没有闺女呢？儿女双全才是福嘛。可他也明白这当中的风险太大了，好运气又不是他爹，不会总罩着他，女儿随母亲那是顺茬，万一老婆给他生一个秃头花脸的女儿那才叫虎头蛇尾呢。

周牛娃觉得他这是跟老天爷掷骰子呢，老天爷打了一个盹儿让他捡了便宜，这两个没有一星半点瑕疵的儿子是从老天爷的指头缝里漏出来的。正因为这样，周牛娃才特别疼爱这两个宝贝疙瘩。

周牛娃要精心培养这哥俩。他把他们送进了绛帐镇上的鸿儒学馆。学馆是镇上几家有钱人合股开设的，聘请一位西府老秀才当先生，为自家子弟开蒙。虽是私塾，可商人的脑袋活泛，他们也对外招生，赚钱补贴办学费用。

　　周克文入学时八岁，他弟弟周拴成七岁。不过那时候周克文还不叫周克文，用的还是他爹给起的小名，叫周拴牢。拴就是绑住，牢就是结实，他爹给他起这个名字就是要跟阎王爷叫板，严防偷死鬼勾命。周拴牢在那里一口气读了七年圣贤书，从《三字经》《百家姓》《千字文》到四书五经，背了个滚瓜烂熟，十六岁参加童试，就取得了生员资格，入了县学，还是由官家提供食宿的廪生，这可是秀才中的佼佼者。大伙都把这娃叫神童，说他以后的前程不可限量。这喜坏了周牛娃，他知道周家的坟头上要冒浓烟了。可这也气坏了周拴成，他跟他哥一比，简直就不像人了。他在学馆里三年背不下一个《三字经》，早就卷铺盖回家放羊了。

　　十九岁时周拴牢参加乡试，却不幸落榜。他拿《周易》起卦，给自己算命，得知名字与命相尅悖，拴牢就是束缚，就是阻塞，不能一飞冲天，于是改名周克文。《尔雅》曰：克，能也。文者，文采、文章也。有文采，能文章，何愁不中？三年后再考，不料晚清科举改革，取消八股文，改考地理算数军事政治等新学，周克文两眼一抹黑，不知赤道几何炸弹内阁等为何物，只能徒唤奈何。本来他还打算苦学三年，再战科场，没想到袁世凯张之洞一番闹腾，科举竟然被废了！他呼天抢地痛哭一场，自叹生不逢时，只能把出将入相的宏图大略嚼碎了咽到肚里再拉进茅坑，从此蜗居土窑躬身陇亩。

　　这可把周拴成乐坏了。看到周克文蔫头耷脑的样子，他觉得当年挨先生的板子挨他爹的拳头现在都找齐了，人再蹦跶能蹦跶得过命吗？疙蛋蹦得再高也就是蹦到裤裆里咬卵蛋！苦心费力地念那些没怂用的书能咋样，还不是回来戳牛屁眼！圈在学馆里就跟坐牢房一样难受，哪有自己整天在田野上撒欢畅快。他当然也不会用他哥给他改的新名字周克武，克字是好字吗？那犯忌，人不是常说寡妇是克夫的命吗？亏他哥还是个秀才，念了一河滩的书都念到尻子去了！克武不是要让他变成没脾气、没力气、谁都可以欺负的怂包蛋吗？他才不上那个当呢。他哥要是不改自己名字的话，说不定还能考上呢，真是个瓜怂！

周克文没有跃进龙门，着实不甘心，他知道自己是时运不济，而非资质愚钝，偏偏赶上了改朝换代的节骨眼，一肚子的学问沤成了大粪。他把希望寄托在儿子身上，刚到上学年龄，就把他们送进了学堂。现在是民国了，是新时代了，他相信儿子赶上了好时代。

周克文有三个儿子，老大周立德，老二周立功，老三周立言。老大老二相差一岁，老二老三相差四岁。他先把老大老二送进学堂，老三还小，不着急。

新式学堂设在县城，距周家寨四十里路，周立德周立功就住在学校念书。这哥俩把父辈的德行不走样地承续下来了，只不过在次序上调了个：周立德像他叔父周拴成，周立功像他父亲周克文。脱离了父母的管辖，周立德像解了笼头的野马，上天入地撒欢，他从旧货摊上淘来一把弹弓，整天沉迷于瞄准射击，学得一手百步穿杨的好技法。课余时间穿巷过街，到处弹麻雀射乌鸦，腰上经常挂着一嘟噜一嘟噜的死鸟，像古代腰悬人头的大将军一样得意扬扬。到了学期末，周立德各门功课都不及格。相反，他弟弟周立功的所有考试都是满分，获得了一张品学兼优好学生的奖状。那年放假回家的路上，周立功拿着奖状心花怒放，却不料被哥哥一把抢去撕了个粉碎。他哭着捡起那些碎纸片，想把它们粘起来，又被周立德抢过去塞进嘴里嚼烂了吐在地上。周立德绝不允许弟弟把这东西带回去，他爹看见弟弟的奖状一定也会问他要奖状！他威胁周立功回家绝不能提奖状的事，也不要显摆自己考得好，就说大家都差不多。周立功在威胁下替他哥保着密，可周立德却自己把自己揭穿了。他原先用弹弓弹射的都是落在树上地上静止的鸟，后来本事大了，就射击空中飞行的鸟，终于有一天，他射下了一只大户人家豢养的名贵鸽子，给学校惹来麻烦。周克文被招到学校，除了赔钱，还赔尽笑脸，希望学校继续收留他大儿子。学校告诉他："你这老大根本就不是念书的料，硬把他留在学校也念不出个名堂。看你家也不是什么大财东，不如你舍一个保一个，把所有的财力都用在老二身上，这娃娃差不多就是一个神童！"

再次听到神童这两个字，周克文眼睛一热，差点哭出来。他把给老大的伙食费全部转到老二名下，再把老大的铺盖搬到老二床上，给二儿子铺了两层褥子，盖了两床被子。

周立功没有辜负父亲的希望。他在县城读完小学，考入西安读中学，再考入北京读大学。

明德堂挤满了人。周家寨的人不是来慰问的，倒是来看稀罕的，引娃当然也来了。虽然家就在隔壁，她却来迟了，她要洗完碗喂了猪把家里收拾停当才能出门。看热闹的人把明德堂的门堵死了，引娃踮着脚也看不见里面的情景，这简直比耍猴还招人嘛。她试图从人缝往里钻，可努力半天仅仅塞进一个脑袋。她一看没辙，就声嘶力竭地喊叫起来："土匪来了！土匪进寨了！"

这一声喊叫可不得了，看热闹的人当下炸了窝，他们争先恐后地挤出明德堂，朝家里狂奔，绊倒摔倒踏倒的叽哩呱啦哭爹喊娘。土匪昨天刚抢过周家寨，周家寨人被吓毛了，成了惊弓之鸟。

明德堂刹那间就空了。周克文一家也慌里慌张地准备钻高窑，引娃嘿嘿嘿笑着走进来说："大伯，没有土匪。"

周克文惊魂未定地问："你咋知道的？"

引娃说："是我吆喝的嘛。"周克文问："真的没有？"引娃说："真的没有，我还能给大伯说虚话么？"

"你这就是虚话嘛，"周克文说，"没土匪你说土匪来了！"

"我不这么说就看不见我立功哥嘛。"引娃这时候才看清了站在对面的周立功。她又扑哧一笑说："怪不得全寨人都来这里看耍猴呢。"

周立功惶然地看看自己，又看看引娃，他不知道自己哪里像猴子，也不知道这个把自己叫哥的女娃是谁。

引娃好奇地围着周立功转了一圈，然后撇撇嘴说："不对吧，大伯还在世，你咋就穿孝袍呢？"周立功有些惶惑，他明明穿的是白夏布西式短袖衬衫，咋就成孝衣了呢？引娃拽一拽周立功的领带说："这是缰绳吧？人又不是牲口，给脖颈上拴这玩意干吗！"

周立功有点不高兴了，回到寨里谁不把他当人物敬仰，刚才围观他的人，那眼神就像到庙里看菩萨一样，现在怎么冒出这么一个野女子，说话缺礼少教，还动手动脚的。他问："你是谁呀？"

引娃翻了他一白眼说："怪不得人都说念书的娃娃是一年土，二年洋，三年不认爹和娘。看来爹和娘你还认得，可妹妹你却认不得了。"

周立功更糊涂了，他压根就没有妹妹。

周克文说:"她是引娃,你二爸的闺女。"

引娃说:"记得吧,就是你从狼嘴里救下来的那个黄毛丫头!"

一说到狼嘴里救人,周立功马上知道这丫头是谁了。不过,他惊讶的是这女娃的变化。他打狼那阵子她才多大呀,就一个鼻涕娃娃,每次只要周立功周末从学校回来,她就像尾巴一样粘着他,连上茅房她也守在门口。

碰见狼那年周立功十岁,引娃六岁。那是一个春天的午后,刚下过一场大雨,从学校回来的周立功要去黄龙塬上捋桑叶喂蚕,经过二爸门前时被引娃看见了,死活要跟了去。他不想带她,女娃子麻烦,再说她家也不养蚕,可她拽住他的绊笼不撒手,他只得答应了。

没想到,他们一爬上塬顶就跟狼打了照面。春天是青黄不接的季节,不光人容易闹饥荒,狼也是。而且,春季还是狼发情的时节,交配是力气活,更容易肚子饿。狼跟他们是忽然遭遇的。当时狼由塬里往塬边上走,他们是从塬下往塬上爬,双方隔着一个几乎九十度的夹角,谁也看不见谁。就在周立功他们爬上塬边的一瞬间,人与狼猝然碰头了,彼此一个愣怔,各自后退一步。

当双方互相看清楚后,一方乐了,一方慌了。狼倒是没有立即扑上来咬他们,只是龇牙咧嘴做鬼脸,大概在琢磨先拿哪个下嘴。引娃吓哭了,她一把抱住周立功后腰,把自己藏起来。周立功也想把自己藏起来,可他个子比引娃高,即使溜到引娃背后也藏不住。他只得硬撑着,把绊笼横在前面当盾牌,暂时挡住狼。

周立功当然害怕,他自小就知道狼是残忍的动物。他还是碎娃时,如果晚上哭,他妈只要说一声:"再哭狼就来了!"他立即噤声。那时候毕竟只是在想象狼，今天可是面对真狼！周立功的腿在晃荡，胳膊在哆嗦，就连牙齿也在上下磕打。恐惧掐住了周立功的脖子，他大口地吸气喘气。可周立功没有被吓瓜，他猛然想起看过的《聊斋志异》里边有一篇屠夫杀狼的故事，那个屠夫是一个人对付两只狼，凭借机智勇敢，最终狼死人活。现在他们是两个人对一只狼，这让周立功心里多少生出一些底气。当然屠夫是有武器的：一把锋利的杀猪刀！可是他也有……泥屐！

周立功想到了脚上的泥屐。泥屐是关中人雨天穿的木屐，在锯成脚形的木板下面装四根木柱，高约五寸，下雨天绑在脚上，既能防滑也能保护布鞋不浸水不踩上泥巴。不过一般庄稼人不喜欢泥屐，穿戴麻烦，也走不快，不如光脚走泥地利索。可周立功不是一般的庄稼人，他讲究，下雨天肯定是要穿泥屐的。这泥屐都是好木头做的，既沉重又结实，拿在手里差不多就是一把木槌。

周立功对引娃说："甭哭了，给我把泥屐带子解开。"引娃很听话，叫她不哭就不哭。她猫在周立功的尻子下哆哆嗦嗦地把泥屐带子解开了。周立功从泥屐上跳下来，把两只泥屐拿在手里舞将起来，像风车一样欢实。狼一下子愣了，没见过这种武器。趁狼发呆的当儿，周立功对引娃说："哭！大声哭！"

引娃像被拧了开关一样，猛然间嚎叫起来。尖利的叫声惊动了在死娃沟放羊的六爷，他提着鞭子跑过来，把狼抽走了。

狼一走，周立功扑塌一声坐在地上，六爷扶都扶不起来，只好把他背回家。

三

　　第二天清晨，周立功登上了黄龙塬。

　　每次回家，一放下行李，只要没有事情绊缠，周立功都会急不可待地爬上这个村寨的制高点。尽管在这里遇见过狼，险些被狼吃了，可这也挡不住他登高远望的心愿。只有站在这里，居高临下，才能把周家寨尽收眼底，才能看清这个村寨的犄角旮旯。

　　周立功太想念这个地方了！

　　这在周家寨人看来是很好笑的事情。这里有啥嘛，除了黄土就是沟坎，兔子不拉屎的地方。可周立功对这里却有着不同的感受：这是他的故乡。故乡是对游子而言的，周家寨除了周立功，没有一个人在外飘荡过，因此他们没有故乡的概念，也就不会有故乡的感觉。不过话说回来，周家寨就算有另外的漂泊者，他也未必有周立功的感觉——因为故乡不光是地理概念，还是文化概念，没有读过唐诗宋词的人，是不会有乡愁的。在周家寨，有文化的人就两个：周兑义和周立功。周兑义一辈子蜗居祖宅，哪里都没去过，压根是品不出"故乡"这两个字的滋味的。

　　这时候太阳出来了。站在高处能看清楚远处的秦岭，太白山顶的积雪锃亮耀眼，雪线下面是黝黑的林海，林海一直蔓延到山脚下的渭河滩涂。阴历五月正是关中的暴雨季节，凶猛的河水卷着泡沫呼啸而下，轰隆隆的响声站在黄龙塬上都能听见。从渭河北岸到黄龙塬下是宽阔平坦的沃野，这是关中道最富庶的渭河平原，旱涝保收，撒豆成金。眼下夏粮已经收割了，勤勉的庄稼人正在地里播种下一料田禾。

把目光往回收，周立功就看见了脚底下的周家寨。阳光下的周家寨充满生机。鸡出了窝，在街道上撒欢。猪到了进食的时间，扯着喉咙高声吆喝，它们拿尖长的嘴巴拱抬圈门，用肥厚的身体撞击食槽，对迟到的早饭表示抗议。牛已经套好了轭头准备出工，它们伸长脖颈，用浑厚的嗓音呻唤着，央求主人今天的鞭子不要抽得太狠。主人们正在吃早饭，一家一户的庄稼汉都圪蹴在自家的院子里，围成一个圆圈，他们的筷子轮番戳向圆心里的一个粗瓷大盘，盘里不是血红的辣椒条就是乌黑的芥疙瘩，这是他们的佐菜。就着这些辣得呛人酸得倒牙的菜肴，他们把玉米糁子喝得山呼海啸。

周立功把目光再往回收，就看见自家的院子了。院子是土墙圈成的，土墙又厚又高，像长城一样，这种夯土筑墙的方法是从秦始皇手里传下来的，至今没有变样。院子里有四孔窑，这四孔窑并排凿在周立功脚下的黄龙塬背上。院子中央坐北朝南矗立着一座大房，东西两边是两溜厦房。大房是他爹妈居住的，也是全家人聚集的公共场所，他爹给它取名为明德堂，并且用厚重敦实的颜体书写在门楣上。周立功知道"明德"二字源于《大学》，寄寓着他爹修身齐家治国平天下的理想。门楣两边的门框上是一副对联：一等人忠臣孝子，两件事读书耕田。东厦房是大哥周立德的卧房，西厦房平时空着，偶尔他和三弟周立言回来住。

这样的院子站在平地看跟别人家没有多少差别，高大的院墙把里面的格局都挡住了，只有站在高处才能看出它的不同凡响来：院落中央的大房在周家寨是独一无二的。周家寨大多数人只住得起窑洞，盖房子的寥寥无几。就这几家有房子的，他们也都是单薄简陋的偏厦房，像他家这种器宇轩昂的双跨房在整个寨子里绝无仅有，真正是鹤立鸡群，因此明德堂也就成了周克文家的代称。这些建筑上的差别一般人都能看得出，因为它是有形的，可周立功觉得他们家还有一种跟别人不同的无形差别：明德堂不光是一座房子，它更承载着一种精神，这种精神是他爹一生的追求和理想。在别人眼里，他爹盖这样的房子显然是炫耀财富，但在他看来，他爹是在修自己心里的庙堂。这么庄严的建筑会时时提醒他爹，立善树仁是人生最大的责任。

周立功最后把眼光落在自己的脚下。脚下的黄龙塬拔地而起，高达数十丈，绵延数百里，沟壑纵横，岇梁峰立，就像是一排排黄色的巨浪颠簸起伏，稍微一站久，人就觉得头晕。正是这座黄龙塬把周家寨弄成了半吊子，全村的土地一半在塬上，一半在塬下，一半是水田，一半是旱地。这种格局往好里说是旱涝保收，往坏里说就是半饥不饱。自周立功记事起，好像后者的情景远远多于前者，三年五载的总会闹一场灾荒。

想到这里，周立功激动的心情稍微冷静了一些，他意识到自己可能犯了中国传统文人的老毛病，总是把乡村生活诗意化。然而他理解自己的激动，毕竟四年没有回家了，家乡总在他的梦牵魂萦中。胡适教授在课堂上介绍过英国人爱德华·布洛博士的审美距离说，时间和空间的距离都可以产生美嘛。在这个意义上他难免不做一回陶渊明，对田园风光做一番礼赞。可是他知道自己不能真正成为陶渊明，他爹或许可以，他绝不能——否则就等于否定了他毅然决然返回家乡的目的。

周立功上的是北京大学，他最初学的是中国文学，这显然是受了他爹的影响，但后来他越来越觉得文学的空泛和缥缈，无力应对眼下纷乱的现实。南方的革命军纷纷扰扰，北京的北洋政府走马灯似的改换门庭，各地的工运学运此起彼伏，面对这天下大乱的现实，稍微有一些责任感的学生，怎么还能够沉浸在唐诗宋词的唯美世界里？周立功在学校里虽然不是思想激进的活跃分子，可也不是埋头故纸堆的书呆子，国民党共产党组织的各种游行示威他虽然概不参加，但学校里的各种讲座演讲他却一个不落，无论它们是宣传什么主义的，三民主义还是共产主义，自由主义还是法西斯主义，无政府主义还是国家主义，他都听得津津有味。除了文学系的课程，他还选修和旁听历史、哲学、政治学、社会学等其他学科，是马衡、胡适、熊十力、张慰慈、马叙伦、钱玄同、陈独秀等教授的课堂常客，他甚至跑到北京女子师范学堂去听鲁迅的课，因为他特别喜欢鲁迅描写江浙农村生活的短篇小说。在经过一段苦闷的彷徨之后，周立功将兴趣完全转向社会学，师从陶孟和教授搞乡村社会研究。他这样选择的理由有两条，第一，他觉得社会学是实实在在的学问，有现实的可操作性；第二，他是乡村子弟，乡村是他的根。

研习社会学一年之后，经陶孟和教授推荐，他认识了从美国回来的晏阳初先生，并参加了先生组织的中华平民教育促进会，跟着先生在长沙和烟台等地搞平民教育实验。回家之前周立功刚刚去了河北定县，晏阳初已经在那里把单纯的平民扫盲活动发展成了治理愚、贫、弱、私的系统的乡村建设运动，并取得了可观的成绩。正是定县的变化影响了毕业关头的周立功，他放弃了在北京就职的念头，也谢绝了几位已经在陕西各级政府任职的往届同学的加盟邀请，毅然决然地返回故乡，立志开展乡村建设运动。

想到这里，周立功明白了自己对这片土地的全部感情。他爱她,所以每次回来都要迫不及待地登上黄龙塬欣赏她,把她尽收眼底,揽入胸中。这习惯从他上中学就养成了,哪怕是离开老家一个月,他都会抑制不住对她的思念。正因为爱她,所以他才小心翼翼地避开她的丑陋和贫瘠,而避开的最好方式是远观,是把握轮廓而舍弃细节。此时此刻周立功忽然领悟了自己每次回家就要立即登高远望的奥秘。以前他的行动都是下意识的,他从来没有细想过其中的缘故,现在他豁然贯通了。他知道如果不立即登高,在村里待得稍微长一点,他的好心情马上就被破坏了。每家每户的门口都堆着高高的粪堆,粪堆沤出刺鼻的臭味,苍蝇哄哄哄地喧闹着,肆无忌惮地往人脸上撞,噼噼啪啪就像飞沙走石一般。由于干旱缺水,男人女人都蓬头垢面,不知道多久没有洗脸了,厚厚的垢甲让所有人的脸色都变成青乌色。孩子们拖着粗壮的鼻涕,就像鼻孔里爬出两条蚯蚓,要是蚯蚓从上嘴唇爬过下嘴唇了,他们就猛然一吸,把蚯蚓收进洞里;要是收不进去,他们就用手背一蹭,抹在自己的尻蛋上,反正他们差不多都是光身子的。偶尔有穿衣服的,那衣服就是宝贝,这习惯性的抹鼻涕动作立即招来大人的咒骂声,短寿的!天杀的!狗盦的!驴盦的!骂人的都是娃娃他妈,紧随骂声之后的是娃娃他爹的拳脚声,紧随拳脚声之后的就是孩子们尖厉的哭叫声……

　　还有更多的细节,自小在乡村长大的周立功知道很多。可是在登高远望的时候这一切都被过滤了,他看到的是采菊东篱下,悠然见南山的田园风光。这让周立功高兴,反正他在家乡也待不久,还没等他的好印象被破坏殆尽,他又离开家乡奔赴城市了,这总体上的聚少离多让周立功对家乡保持着大致的美好感受。

　　但这一次不同了,他不再是家乡的匆匆过客了,他要在这里扎下去,那些隐匿的丑陋肯定会全浮现出来,他必须有充分的思想准备。

就在周立功思绪万千的当儿,他的身后忽然响起了尖厉的狼嚎,周立功大吃一惊,他下意识地去摸自己的脚板,可他现在穿的不是泥屐,而是皮鞋,皮鞋根本就不能当武器。

危急关头却传来笑声,而且是女人的笑声。一直不敢回头的周立功回头一看,原来是引娃,她在学狼叫,学得太像了。周立功有些狼狈也有些生气,指着她说:"你……你……你看,你这姑娘……"

引娃笑得更厉害了,她说:"你看你,狼把你吓成啥样了,连话都不会说了嘛,乱了辈分了。我不是你姑也不是你娘,是你妹子!"

引娃显然是误会了周立功的意思。在他们家乡没有姑娘这个词儿,相应的叫法是女娃子。这误会让周立功意识到了他后面的工作该有多困难。像引娃这样的年轻人什么都不知道,简直就是井底之蛙,他先得教他们识文断字,这才能睁眼看世界,然后用现代文明熏陶他们,让他们知书达礼,变成新国民。这不是一年两年甚至十年二十年就能做成的事情,造就新国民是建设新国家的基础,这需要长期艰苦细致的工作。正因为看到了塑造人的难处,所以周立功反对一切疾风暴雨式的革命,无论是国民党领导的还是共产党发动的,他认为革命喜欢的是轰轰烈烈,这就像呼啦啦的雷阵雨,雷声大,雨点也大,但来得快走得也快,雨打地皮湿,水来不及渗透,都顺地表流走了。辛亥革命就是例子,皇帝倒是打跑了,却来了军阀,老百姓的辫子虽然剪了却依然是暴政下的顺民,这道理鲁迅的小说《阿Q正传》已经说得明明白白。建设新国家需要的是晏阳初、梁漱溟他们倡导的乡村建设运动，它从最基础的扫除文盲、讲究卫生、改良农作物品种、改造农民生活方式入手，看起来琐碎却是实实在在地为新国家奠基。

意识到了自己工作的非凡意义，周立功当即就有了精神动力，他决心不管遇到什么困难，都义无反顾地干下去。那就从引娃开始吧，周立功想，她一字不识，基本就是一个野闺女，先把她做一个样板，教她识字，再把她变成温文尔雅的淑女，让自己也让全村人见识一下乡村建设运动的奇效。

有了这个念头，周立功就打算多接触引娃了。他问引娃："你跑到塬上干什么来了？"

"叫你吃饭嘛，"引娃说，"大伯在塬下喊你，你听不到，我就上来叫你了。"

引娃说的大伯就是周克文。周立功这才觉得有点饿了，在学校是早晨起来就吃早饭，在家乡不同，关中农村的早饭一般是九、十点钟，农民清早起来先干一晌活儿才回来吃饭，他们硬是把城里的两晌变成了三晌，为自己挤出几小时卖苦力的时间。

在下塬坡的路上，引娃对周立功说："二哥，你把你身上的怪袄儿脱了吧。"

这怪袄儿当然指的是西服。周立功问："为啥？"

"人骂呢。"

"骂的啥？"周立功很有兴趣，他想知道村里人对新式文明能抵制到何种程度。

"像孝袍。"引娃说。

"这分明是你骂的嘛，"周立功说，"我昨天就听过了。"

"有人骂得更厉害！"

周立功问是谁，引娃不说。

到了塬下，路过引娃家的大门，周立功问引娃："二爸在家吧,我顺便进去打个招呼。"周立功的二爸是周拴成,按乡下规矩,小辈人外出归来是要向长辈人问安的。

"你不要去了,"引娃说,"他把你骂得猪狗不如。"

四

全村人都看过周立功了，就周拴成没去。他虽然没去，却知道周立功的样子，"吊死鬼么，脖颈拴半截绳子，啊呸！"他唾了一口痰骂道，"还穿着孝袍，给自己穿呢还是给他爹他妈穿呢！"

引娃知道他爹一定是扒墙缝偷看了。周克文周拴成兄弟俩是邻居，中间隔着一堵院墙，当时筑墙时为了两家交流方便，在墙腰上挖了一个老碗大的窟窿，有事时透过窟窿就可以相互招呼，不必绕路跑到对方家里。这个窟窿后来时堵时通，见证着两家关系的阴晴变换。两家关系密切时，他们不光通过窟窿殷勤问候对方，而且有了好吃的，比如包了饺子炸了麻糖，都会从这里送给兄弟分享。一旦两家关系恶化，这窟窿马上就被封堵起来了。不过好笑的是，不知是有意无意，无论谁家主动堵塞窟窿，都会留下一指宽的缝隙，透过它还是隐约可以观察到对方的动静。这往好里说是打断骨头连着筋，毕竟他们是亲兄弟；往坏里说那就让人心寒了：只有仇人才最惦记对方。

最近一次堵塞窟窿是前几天的事。起因是周克文的公鸡串门子跑到隔壁，给周拴成家的母鸡踏了蛋，这本来是好事，可那公鸡在踏蛋时嘴里叼着母鸡脖颈的一撮毛，下了背竟然把那撮毛揪掉了，这让周拴成有些心疼。他骂道，你狗贪的也太霸道了吧，享了福还揪人头发！顺手捞起一根竹竿扫了过去，打在鸡腿上，幸亏那公鸡强悍，腿上挨了一竹竿还能踮着一只脚满院子蹦跶，逃命中竟然把周拴成搁在厦房窗台上的紫砂茶壶撞下来摔碎了。周拴成火更大了，他把竹竿抡得呼呼生风，非要打死这公鸡不可。鸡的狂叫引起周克文的好奇，他扒在窟窿口一看，原来是自家的鸡闯了祸，他隔着墙招呼说："嗨，茶壶打了我赔就是，人不跟畜生计较。"

周克文说这话是为熄火，可周拴成火气却更大了，他哥这不是拐着弯骂他吗？啥叫人不跟畜生计较？谁是人？谁是畜生？

两个人就此生了口角，吵完架周拴成就把窟窿堵上了。

引娃不满意他爹这么骂周立功，虽然她也这么说过，可她知道这其中的意思完全不同。她提醒她爹说："立功哥可是你亲侄子。"

"看把你骚情的，"周拴成又转过来骂引娃，"你没见过哥了，把猪都叫哥？你有你哥，我可没有他这个侄子！"

周拴成一看周立功趾高气扬的张狂样子就气愤，这气愤来自他儿子周宝根与周立功的对比。

周宝根是周拴成的宝贝疙瘩，周拴成跟老婆在炕上折腾到四十岁，才好不容易捞了这么一个金蛋蛋。说起这个造人过程，是最让周拴成伤心的。

原先周牛娃在世的时候，已经给两个儿子都定了亲，并且亲自操持把媳妇娶进门。吸取了自己当年被麻子脸蒙骗的惨痛经历，这次周牛娃给儿子张罗婚事时小心翼翼，事必躬亲。他不但拐弯抹角验明了媳妇们的真身，而且连她们的祖宗三代都打问清楚了。女娃们长得好看自不必说了，而且都是正经庄户人家出身，三代里没有偷鸡摸狗的，就连唱戏当吹鼓手的都没有，这样的家庭调教出来的闺女人品没麻达。儿媳们的娘家都是大户，人丁兴旺，三代同堂，兄弟姐妹一长串，这样的家庭生养的女子保准能生善养。

事实证明，周牛娃的眼光真准。周克文结婚一年生了周立德，两年生了周立功。就在周立功生下百天后，周拴成结婚了。可事情在周拴成这里就不灵了。他老婆周郭氏一年不开怀，两年不开怀，甚至第四年他哥第三个儿子周立言都降生了，他老婆的肚子还像渭河平原一样坦荡，他真急得不知咋办了。

周拴成先是埋怨他爹周牛娃，没有金刚钻就不要揽瓷器活，自己都娶麻脸老婆，还不自量力地给儿子张罗媳妇，这不是害人吗！可反过去一想，又觉得自己没道理，他爹是娶了麻脸媳妇，可麻脸媳妇一口气生了两个儿子，没有麻脸媳妇哪来的他？再说了，生养这事定亲时他爹也不能在儿媳妇身上试，谁敢保准就不出差错。再再说了，他爹不给他张罗媳妇他恐怕现在还打光棍呢，这世上就没有儿女自己给自己成亲的事儿，就这一点他也得感谢他爹。

不能埋怨他爹那就埋怨他哥吧。他哥的运气太好了，念书比他好，个子比他高，房子比他高，吃饭端的碗比他大，走路比他步子大，置的地比他多，雇的长工比他多，连咳嗽都比他气壮。现在倒好，连被窝里的事都比他能干，老婆一口气生三个，还是清一色的牛牛娃！他凭啥这么好，还不是把别人的运气都吸走了，当然首先是把他周拴成的运气吸走了。因为他们是亲兄弟嘛，祖宗给的福荫是定量的，他哥多了他当然就少了！不过后来他一想，又觉得这样的念头断然不能有，承认他哥比他好那就等于承认自己不如人，是服输的表现。他咋能服输呢？这世事还长着呢，他的本事还没使完呢，咋能随便长他人威风灭自己志气呢？特别是被窝里的事，男子汉大丈夫岂能认怂！我的毯能当錾子用！他真想对村里那些笑话自己的人吆喝一声。

当所有外人不能埋怨的时候，周拴成就只能埋怨老婆了。老婆本来是第一个应该埋怨的，把她放在最后是有原因的，除了周拴成好面子，不愿让人看到他们家庭不和以外，还有内外有别、亲疏有序的考虑，他要把那些疏远的人先埋怨一通，最后再给老婆脸色，这样他就觉得给足老婆面子了。

谁知老婆根本不领情，反而觉得她受了天大的冤枉，跟周拴成寻死觅活地闹。一个说是一副好犁铧硬是碰上了盐碱地，一个说一方肥沃田硬是碰上了秕种子。这种事情谁也说不清，因此也就谁也不服谁。后来周拴成火大了，他要休妻。这当然也不全是负气话，他不能不为自己的香火考虑，不孝有三，无后为大！他不能死后连上坟的人都没有。

休妻是男人的权利，周拴成知道这是老辈子人传下来的规矩。可他也仅仅听人说过，没有见过。不光他没有见过，连在绛帐镇上摆文案专给人写状子的小贾先生都没有见过。这小贾先生是当年名气冲天的阴阳大师贾半仙的儿子，他上过洋学堂，走过西安府，算是见多识广的人物。周拴成找他打问过休妻的状子咋写，他说他也只听人说过有这种状子，自己根本没有写过。可见休妻是一件大事，是轻易行不得的禁忌，要不咋能这样稀少？

这个当然了，一个女人被夫家休弃，哪怕她再无辜，遭受了天大的冤屈，也是难以见容社会的，不用说再嫁，就是娘家也拒绝她踏入家门。周郭氏自然知道这个后果，她本来就不是一个软柿子，现在更是要以命相拼了。除了在家里跟周拴成打闹外，她还跑回娘家把哥哥弟弟们煽呼起来帮助她，因为谁家女子被休了,那可是娘家的奇耻大辱。

周郭氏的八个兄弟找上门时,周拴成正在厨房给自己做饭。他已经被老婆饿了好几天了。周拴成吃惯了现成饭,现在一猛子让他自己做饭简直是逼着老虎拉磨子。他在锅膛里戳弄半天,连火都生不起来,倒是煨出来满屋子的浓烟。他被熏得睁不开眼睛,跌跌撞撞地从厨房里摸出来,口里不住地痛骂那个臭婆娘。周拴成不知道这个臭婆娘已经回来了,他扑腾一下把眼睛睁开时,臭婆娘和她的八个兄弟已经气势汹汹地逼到他跟前了。周拴成转身就往厨房里跑,哧溜一下藏在了门背后。他知道这是老婆搬来的救兵,给她出气的。关中道的习俗就是这样,媳妇在婆家受气,娘家兄弟就会为她出头。娘家兄弟杀上门来,轻则砸东西,重则打人。当然,如果婆家的兄弟多,娘家人一看不是对手,只得顺势君子动口不动手了。

周拴成只有兄弟俩,而且那个交恶的哥哥根本就指望不上,好汉不吃眼前亏,所以他先跑了再说。

没料到那八条汉子并没有来硬的,他们说:"姐夫你甭怕,咱们先讲道理,先礼后兵。"

"就是该讲道理嘛。"周拴成从门背后钻出来绕到水瓮后边,隔着水瓮对他的小舅子们说。

"你讲道理就好办,"八条汉子问,"你要休我姐,总得有理由吧?"

周拴成这下理直气壮了,他说:"不生养么,我娶老婆干啥?"

八条汉子问:"你凭啥断定是我姐不生养?为啥不是你呢!"

周拴成本来要说粗话了,可面对的是他的小舅子,不好开口。他左右一瞅,看见案板上的擀面杖,一把操了过来。小舅子们以为他要打架，都往后一闪，揎拳捋袖。周拴成却把擀面杖在案板上甩得啪啪响，说："你看！你看！"

周郭氏满脸通红，骂道："羞你先人呢！"

八条汉子见姐夫这么没有道行，他们也就没啥顾忌了。他们说："这事儿说不准，光长秆不结棒的谎玉米有的是，咱们试一试吧？"

周拴成涎着脸问："咋试？"

八条汉子说："就让我姐私下里跟别人过一年吧，跟你哥周克文也行，权当是借种。一年内我姐要是还不显怀，不要说休了她，要杀要剐也由你。相反，要是我姐有了喜，那就要凭我们发落你了：那娃娃你得认了，全当是你亲生的，你要是不认，那就由我们兄弟几个把你腿打断，算是给我姐出气，也是给她恢复名誉。看你选哪个？"

周拴成抽了一口凉气，不由自主地摸着自己的脑袋。八条汉子说："错了，是腿！"

周拴成没有去摸腿，他说："咱们再商量啊，再商量。"

"商量你妈的腿！"小舅子们骂道，"这事没商量！姐，你把心放定了，他敢骚情看我们收拾他。"

八条汉子走的时候操起了刚才那根擀面杖，周拴成以为他们由"理"到"兵"，要打他。他们没有，兄弟几个轮流掰折擀面杖，最后一个在自己的膝盖上一顶，擀面杖咔嚓一声断为两截，他得意地瞅瞅周拴成说："哼，看见了吧。"

周拴成裤裆里一阵刺疼。

周拴成不提休妻了，他不敢跟小舅子们玩那种赌博。一年时间他等得起，老婆是盐碱地确定无疑，但盐碱地也可能会被拾掇好，碰上种庄稼的好把式说不定真能打下粮食来，周拴成是农民他不会不明白这个道理。万一这样那才叫冤呢，老婆让人白睡一年不说，生下一个野种还得自己养着！

与其让别人睡，还不如自己狠狠睡，周拴成反正破罐子破摔了，得空就在炕上折磨老婆。这除了报复以外，也有广种薄收的用意，说不定碰巧哪颗种子就发了芽。

这样折腾的结果，除了两人身子越来越精瘦，脾气越来越坏，啥事都没有，周郭氏的肚子依旧瘪塌塌的，而且比以前更瘪。

差不多就在他们绝望的时候，周郭氏一次在娘娘庙里遇见了周梁氏。娘娘就是送子观音，关中道的人都这么叫。周郭氏是这里的常客，她想不到她嫂子竟然也来这里了。这两家的女人毕竟比男人厚道一些，既然碰上了，免不了就要寒暄几句。原来这周梁氏也是来求子的，只不过她求的是女子而不是儿子。她硬铮铮三个儿子却没有一个女儿，这无论如何让他们两口子觉得不完满，人常说，女儿好，女儿好，女儿是父母的小棉袄嘛。

周郭氏听了这话当即伤心落泪，人家这是要好上加好，可怜自己连一点好都没有！看见弟媳如此恓惶，周梁氏就给她出了一个主意：暖怀。

暖怀就是久不生养的人抱养一个别人的小孩，给自己垫底，暖暖身子，说不定以后就会怀上自己的孩子。这就像母鸡不下蛋，给鸡窝里放一个别的母鸡下的蛋，这个母鸡把别人的蛋抱暖了，说不定就会自己下蛋了。这个放到鸡窝逗引母鸡下蛋的鸡蛋叫引蛋。也是病急乱投医了，周郭氏后来真的就抱养了一个女孩，起名引娃。

真是鬼使神差了，引娃进门一年后，周郭氏有了身孕，生下来一看还是牛牛娃，这把周拴成两口子高兴得差点疯了。

有了儿子周拴成就有了底气，他要跟隔壁比一比运数。他从来不服他哥。他哥的儿子干啥他就让自己的儿子干啥，而且要比他们干得好。他哥的老大是个逛蛋，只知道耍拳弄棒，自然是不必学他了，老三在凤翔商铺当相公，这也不必学，士农工商，做生意是最末等的营生，让人瞧不起。剩下的就是老二了，他哥的老二念书，他也让儿子念书，而且念最好的学校。

周围最好的学校要数绛帐镇上的富强小学了，收的都是富户官绅的子弟，学费昂贵。周拴成不心疼钱，非常慷慨地把儿子送进这座学校。儿子开始倒是觉得新鲜，可去了几天就死活不去了，周拴成着急了，催促他，没想到儿子发了火，他说："这么累的活儿，你咋不叫长工干，挣死我啊！"

长工满仓听了就笑说："对着哩，对着哩，掌柜的，你叫我跟宝根换换，看把娃累的。"

周拴成哭笑不得，不过想一想儿子的话也不无道理，念书起得早回来晚，确实不是轻省活儿，再加上这娃生下来就身体弱，可能真的吃不消。于是从当天开始就让满仓每天早晚套上大车接送宝根，中午时间短，就给他钱让他在街上买着吃，不必来回跑了。

这才得了宝根的趣，整天都可以耍了。起先满仓把他送到学校，他还能在课堂上坐一个上午，中午放学他走出校门就撒了欢，绛帐镇街道上吃货多，耍货更多。面皮、凉粉、扯面、饺子、甑糕、油糕、胡辣汤……他轮换着吃。吃饱之后就找耍货，耍猴的、耍把戏的、说书的、卖唱的、拉洋片的、赌博的、抽大烟的、开妓院的……当然最吸引他的是看秦腔戏。这一看就是一下午，上课的事早就忘得一干二净。到后来他干脆连上午的课也免了，满仓把他送到学校门口，看着他进了大门，赶回去交差，他在校园里转一个圈,估摸满仓走远了,就溜出学校,一头扎进街道里。有时不幸被老师逮住了,押进课堂。他总有办法逃学,或者装病,或者平地一声雷,忽然吆喝一声:"哎,来了!"老师同学都被吓一跳,他煞有介事地对老师说:"报告老师,我爹叫我,家里有事。"老师一愣,说:"我咋没有听见呢?"周宝根说:"老师你讲课太入神了,咋能听得见?"老师被蒙瓜了,糊里糊涂就放他走了。

他一出门就直奔戏园子。他最爱看的戏是《教学》,那是一个丑角戏,说的是一个富家子弟把万贯家产折腾精光,为了免得沦为乞丐,凭着识得几个文字教书骗人的故事。宝根看过无数遍了,可以一字不落地背出其中的台词:

> 一不吹牛二不喧,
> 俺家三辈做大官。
> 俺爷上过金銮殿,
> 俺婆见过娘娘面,
> 俺大穿过黄马褂,
> 俺娘穿过绫罗缎。
> 出门不走坐软轿,
> 回来捶背有丫鬟。
> 吃饭端的玉石碗,
> 尿盆镶的五彩蓝,
> 过年过节礼接满,
> 绅五绅六都来舔。
> 自打俺爹钻了土,
> 地方绅士趔得远,

换了人，换了脸，
转身给咱打算盘。
俺娘劝俺把书念，
俺不爱念书光捣蛋，
打先生，掀桌面，
把上学当成谝闲传。
人之初，性本善，
性相近，习相远，
下坡碌碡最好掀。
没几日，俺把这，
搓麻将，耍洋片，
掷骰子，老碗转，
抽签签，看点点，
出宝纳宝当宝官，
抽大烟，装水烟，
喝酒胡浪背巷里钻，
十八般武艺咔哩嘛嚓都学完。
到如今，没啥吃，没啥穿，
没铺盖，没麦秆，
没丫鬟，没公馆，
没大人，没祖先，
没媳妇，没家眷，
没吃没喝没穿没戴没铺没盖
　没爹没娘没婆娘没娃
就剩一个光杆杆。
……

每当在戏台下一坐,他就想笑,这戏不就是说自己吧?他简直太像那个浪荡哥了。不过他觉得这不能怪他,要怪也得怪他爹,明知道他们家没有念书的脉气,非要逼他去念书,硬是把好好一个乖娃逼成了浮浪子弟。他觉得自己没有赌博吃大烟已经算是对得起他爹了。他爹不说他也就罢了,要是不知趣找他麻烦,他就翻他爹当年念书的老底,你都那样凭啥说我!

就这样,宝根混完初小就回了家,而同期周立功已经考上了西安府的师范学堂,后来竟然考进了北京城去读大学,这咋不让周拴成生气呢!

"人狂没好事,狗狂挨砖头,"周拴成骂道,"总有一天让你狗㞎的难看!"

五

抢劫明德堂的土匪回到太白山已经是第二天清晨了。他们交了货，按惯例被带到山寨的一块平地上集体蹲下屙屎，周围有其他土匪监视着。每个人都必须屙，屙不出来不能走：这叫清堂。目的是防止土匪个人私藏大烟，藏的地方是肛门，行话叫行旱船。土匪头子知道喽啰们不会把大烟藏在衣服里，那很容易被发现，男人身上有一个隐秘孔道，那里是可以藏东西的。

那个总被秃斑扇耳光的土匪第一个屙了出来，奇臭无比。就这么臭的大粪，旁边监视的土匪还要拿棍子扒拉开检查，熏得其他人都捏住鼻子。秃斑骂道："半截毡，你狗㞘的吃猪粪了，还是沤了十年的陈猪粪！"回到山寨了他们不必隐姓埋名了，就敞开了吆喝。半截毡笑着说："二掌柜，尻眼放松些，早屙早解脱，回去还能睡一觉。"

秃斑也好不容易屙过了，刚准备回去睡觉，却被大掌柜旱地龙叫去了。旱地龙刚吃完早饭，他指着桌上一碗胡辣汤对秃斑说："马猴子，不知道你啥时候回来，特意叫厨子给你留的，刚热过了，还撒了芫荽，快吃吧。"

马猴子心头一热，觉得老大真细心，连他爱吃芫荽都记住了。他嘿嘿一笑，捧起比头还大的耀州老碗，稀里哗啦一阵就灌完了。他刚把碗放在桌子上，旱地龙问他："银圆呢？"

"狗奋的半截毡！"马猴子心里骂道。

"银圆……还给主家了。"马猴子吞吞吐吐地说。

"你好大的胆子！"旱地龙黑了脸喝问，"这银圆是你的还是我的？"

"是你的，是大掌柜的。"马猴子头上的汗吧嗒吧嗒滴下来。

"看你这怂样！"旱地龙把自己包头的白羊肚手巾解下来，狠狠地给马猴子擦了擦额头，说："你应该说既不是你的也不是我的，本来就是秀才叔的。"

马猴子望着旱地龙，不知道大掌柜是啥意思，也不知道自己该咋回话。他是土匪窝里滚出来的，最清楚土匪的反复无常了。

旱地龙忽然憋不住笑了起来，说："二掌柜，咱本来就没打算抢银圆，那是主家主动给的，你不要它显示了咱的仁义，做得好！"

马猴子这才松了一口气。

旱地龙问道："我秀才哥身体还硬朗吧？"

马猴子说："他连麻绳捆绑都不怕！"

旱地龙嘿嘿笑着问："你们没被人认出来吧？"

"没有，"马猴子说，"我们脸上涂着厚厚的油彩，不要说他们认不出来，连我们自己都认不出来。"

旱地龙跟周克文是熟人，他曾经是周牛娃的长工，当然那时候他还不叫旱地龙，真名寿娃，是周家寨邻村刘家沟人。他从小给家里放羊，十岁那年秋季，他在塬上放羊，忽然遇到大雨，他在一棵大皂角树下避雨。塬下他家的窑洞让洪水泡塌了，在地里干活的父母被大雨撵了回来，正好埋在崩土里，大家费了几个时辰才把他们挖出来，可是人已经没救了，死得硬邦邦的。

寿娃卖了仅有的五只羊，给父母置办白茬棺木把他们安葬了。本来还有几分薄田，可寿娃太小，不会耕种，被几个叔叔伯伯明抢暗夺瓜分了，他成了无依无靠的孤儿。

就在这时，周家寨的财东周牛娃找到他，让他给周家放羊，管吃管住管穿戴，每年再给一石麦子。主家的待遇不错，寿娃就答应了。

这是主雇双方都满意的事，他们各算各的账。周牛娃仔细盘算过，顾一个壮劳力的工钱是童工的三倍多，放羊这活，娃娃大人干差不多，何况这小长工以前放过羊，有经验。说是管吃，娃娃的饭量有多大？家里好几个长工呢，吃饭时就多一双筷子而已。管住也好办，牲口棚里的大炕宽展得很，再挤一两个人没问题。至于管穿戴那就更简单了，他儿子蜕却下来的旧衣服正好派上用场。最让周牛娃得意的是那一石麦子的工钱，给与不给都一样。这娃娃是个孤儿，他在这里吃饱喝足了，还要粮食干啥？周牛娃劝说寿娃把粮食先寄存在他这里，以后要用随时给。寿娃也觉得这是个好办法，他把粮食领回去没有地方搁，弄不好会便宜了那几个没良心的叔叔伯伯。工钱在周牛娃这里存着，实际上跟没给寿娃一样，至于以后给不给那是两说的事儿了，至少现在可以拿它去放贷。总之一句话，周牛娃觉得雇这样一个长工太值当了。作为刚刚把光景掀上坡的小财东，周牛娃不能不精打细算。

对于寿娃来说，他的账是另外一种算法。他没家没舍，不要说盖房了，就是重新打一眼窑，那要花多少钱？他现在年纪小，根本没有这个能力。没了羊没了地他指望啥生活？到叔叔伯伯家蹭一顿两顿饭可以，长此以往人家肯定不耐烦。他得自己养活自己，现在周牛娃雇了他，衣食住行都解决了，干它个十年八年，靠自己积攒的工钱,回家盖房娶媳妇大概也够了。

　　双方各有所图,相处倒也融洽。在长达八年的放羊营生中,寿娃练就了两手绝活。一是飞石投物,百发百中。周牛娃家的羊多,赶到沟里塬上散开一大片,驱赶和约束撒欢的羊群是一大难事,考验放羊娃的功夫。别人放羊拿羊铲,靠它掷土抛石击打头羊指挥羊群。寿娃嫌拿羊铲麻烦,他徒手抛物,时间长了就练得极有准头,指哪打哪,弹无虚发,就连叮在羊身上的牛虻也可以打下来。即使后来当了土匪,他也很少用枪,打家劫舍时总给腰间系一个大荷包,里面装的全是从渭河滩上捡来的麻石蛋,他喜欢这种原始武器,用得顺手又不会置人死地。

　　另一手绝活就是健步如飞,穿沟爬崖如履平地。有人给他讲过《水浒传》,说他像里面的神行太保戴宗,他觉得不像。戴宗是在腿上绑了咒符,凭借神助,他完全是干跑,拼的是自己的腿力。他放羊是真卖力,不像有的长工偷空就糊弄主家。放羊要赴有草的地方,近处的草啃光就得跑远处,有时一天要走几十里路,这路还不是平路,尽是沟壑拐坎。寿娃走得久了,这腿越来越细却越来越有劲。有时走得远了,赶不上回来吃午饭,寿娃就自己打野食。沟底塬顶的偏僻处经常藏着野兔野鸡,寿娃就飞石投掷,然后满山遍野追击受伤的野物,拿来烧烤充饥。有时野物距离太远,飞石够不着,寿娃就放开步子狂撵,直到把野兔野鸡追死为止。这样的功夫让寿娃经常能够打打牙祭,在抠门的周牛娃手下当长工,其他人只能在腊月二十三祭灶那天吃上主家一顿臊子面,因为这天是长工结账回家过年的日子,算是财东给长工送行。后来寿娃在土匪里之所以有旱地龙的大号,就是因为他的飞毛腿。

　　人常说花无百日红,人无百日好,到了第八个年头,接连发生了两件事,让寿娃最终离开了周家。

一件事是那年秋季遇上了狼,不是一两只狼,是一窝狼。秋季玉米高粱起了身,狼有了藏身的地方,胆子就特别大。那天黄昏时分,寿娃吆着羊群从马家峁上下来,就要踏上黄龙塬的官道了,一群狼忽然从青纱帐里钻出来截住他的去路。它们一字儿排开,叫寿娃和羊群都大吃一惊。寿娃搭眼一看,我的天爷,大大小小一共五只!羊群扭头朝后涌过来,撞得寿娃几乎站立不住。羊群要是四散逃入玉米地也就好了,可它们平时被寿娃调教得规规矩矩的,只吃野草,不嚼庄稼,只跑荒坡野岭,绝不踏进庄稼地。

羊群从寿娃身边逃了过去,就把寿娃撇在了狼当面,寿娃是赤手空拳啊,这时候他才后悔自己为啥不带羊铲。可狼好像对人不感兴趣,它们丢下寿娃直扑羊群,逮住羊噙住脖子就往玉米地里拖。寿娃当时似乎忘了害怕,他猫下腰在地上捡起一块块料礓石,左右开弓抛击恶狼。也不知道是狼吃饱了还是被寿娃打怕了,总之一个时辰后狼就不见踪影了。这时天已黑实,寿娃不敢耽搁,聚拢羊群带着它们飞奔回家。

回来后主家的态度让寿娃心凉得跌进冰窖。当他告诉周牛娃遭了狼袭之后,掌柜的立即火急火燎地奔向羊圈,把浑身血污的放羊娃撇在一边不闻不问!这完全出乎寿娃的意料,他以为财东就是装模作样也会先问人受伤没有。一会儿财东气急败坏地跑回来问寿娃:"你知道死了几只羊吗?五只!你是咋放羊的?"寿娃本来想回一句:"又不是我把狼请来的,谁愿意啊!"可话没出口眼泪却先流出来了,没妈的娃娃没人疼,吃下苦饭的人连财东家的牲口都不如!

更过分的是,他刚洗了脸换了衣服,连饭都没有顾得上吃呢，周牛娃递给他一个绊笼说："寿娃，你腿快，又知道地方，赶紧回去看看，那羊是不是都被咬死了，就是咬死了，狼没有吃净的骨头和肉都给咱捡回来，中秋节到了咱熬羊肉汤。"寿娃说："掌柜的，先让我吃几口饭。"周牛娃说："拿上馍边走边吃，去慢了让别人捡走了。"寿娃说："我害怕，不知道狼跑了没有？"周牛娃说："早走了，那是过路狼，要不你再叫上几个长工做伴。"马家峁到周家寨十几里路呢，那几个做伴的长工是被从被窝里叫醒的，一路上对寿娃骂不绝口。

从那件事后寿娃就心生退意，觉得自己反正是拉长工，另选一家仁义的主人不是难事。可是他没有想到后来发生了一件事，这件事逼得他立即离开主家。他离开后没有去寻另外的东家，却投了土匪。

这第二件事是他的奇耻大辱。就在这年冬季的一天，周家寨来了两个弹棉花的，周牛娃家正好要缝新被子过年，麻脸老婆就把他们留了下来弹絮套。这两人干到天黑才完活儿，晚上自然就在周牛娃家借宿。周牛娃把他们安排在牲口棚的大炕上，跟长工一起挤。那天寿娃被掌柜的派去给在县城念书的周拴牢送干粮，回来已经很晚了，等他到牲口棚睡觉时，发现炕上已经挤满了。这炕并不像周牛娃说的那么大，炕大了烧炕用的柴火多，周牛娃才不会那么浪费呢。平时炕上睡四个长工，外加寿娃一个半大小子，刚好合适。今天晚上一下子塞进两个壮汉，哪里还有寿娃睡觉的空当？寿娃把这情况告诉了周牛娃，说我是不是到厦房那里凑合一个晚上？厦房空着一张炕，偶尔大少爷回来住。周牛娃说："那炕是凉的，要烧呢。"他仍旧把寿娃领到牲口棚，对炕上的人说，大家挤一挤，再腾出一个位。那些人睡得跟死猪一样，没有一个人动弹。其实他们不是睡死了，而是不愿意。已经挤得贴饼子了,再塞进一个憋死人呀!周牛娃看出这些人是装睡的,他对寿娃说,你赶快脱衣服,我给你找空儿。说完他从外面拿来一根碾杠,在牲口槽头的水瓮里蘸湿了,朝炕上的人缝里塞进去。寒冬腊月,滴水成冰,那冰棍一样的杠子插进去左右一撬,立即撬出了一拃多宽的空当,周牛娃一拍寿娃说:"麻利钻进去。"

就这样,寿娃硬在肉缝里打进了一个楔子。那天晚上也是合该有事,他偏偏就插在了那两个弹棉花的中间。由于是紧紧地贴在一起,他根本就动弹不得,那两个人一前一后抱着他,不一会他就感觉到一根硬邦邦的橛子顶在了他的双股间。他开始没在意,睡大铺都是赤身裸体的,肢体碰撞是难免的。可奇怪的是那橛子一直动弹,越来越上行,竟直奔他的后门了。他这才忽然明白了是啥事,这不就是平时骂人的奯尻子吗?寿娃惊恐极了,他想喊叫,嘴巴却被人捂着,想抡胳膊蹬腿,全身都被别人的胳膊腿缠着。一个人在他耳边悄悄地说:"别吱声,旁人知道了你就没脸了。"

寿娃一想也是,一个男子汉大丈夫让人走了旱路,那真是奇耻大辱啊!这事传出去你就别想见人了,平时大家之所以拿这事骂人,实在是因为它太丢人了。寿娃忍辱含羞,一声不吭,让这两人得了便宜。原来这两个家伙是一对二尾子,怪不得两个大男人结伴做生意,形影不离。

第二天一早,那两个狗奯的匆匆离开了周家寨,他们出门时看着寿娃相视一笑。这一笑让寿娃羞愤交加,他决定报仇雪耻,这事要忍了他就不是长毯的!寿娃那天依然是出门放羊,可到外面不久他就弄死了一只肥羊扛在肩上做干粮,其余的羊用石头打回家,他不辞而别,追赶那两个弹棉花的去了。

他跟踪他们穿乡过村，走州越县，但一直没有机会下手。人家是两个，而且膀大腰圆，手里总操着棉弓木槌，他的飞石投掷打不死人，反而会打草惊蛇，给自己惹来麻烦，在人生地不熟的外面，人家弄死他就跟弄死蚂蚁一样容易。

跟踪的结果是搞清楚了那两人的老窝，他们总得回家嘛。

那两人回了家，寿娃就跑到秦岭山投了土匪，他知道只有借助他们才能收拾那两个王八蛋。

五年之后寿娃成了旱地龙。他当了大掌柜后干的第一件事就是长途奔袭，把那两个弹棉花的捉了来，先割了他们的舌头，防止他们泄露秘密，然后跟他们耍一次空中飞人的把戏。把戏这样耍：把两棵碗口粗的桑树压弯，树梢削尖，捅进两人的尻眼，然后撒手，树身猛地回弹，把他们送上蓝天。他们让他尻眼难受，他让他们尻眼更难受。这就叫一报还一报！

至于抢劫周牛娃，旱地龙认为那是讨回欠债。他白白给周牛娃干了八年，欠的工钱一分都没有拿到。当年走得急，不辞而别，无法要工钱。后来当了土匪，不敢公开露面，更不能要工钱。可这账总得了结啊。所以只能去抢，脸上抹了锅墨去要债。当然不能提债字，但相当于八石麦子的钱一分不能少。可偏偏这周牛娃是要钱不要命的啬皮，宁愿挨打也不肯吐财，不得已只能给他点颜色看看，于是架起来用火烧。

其实那火离得老远，主要是吓劲儿。旱地龙掌握着分寸，他虽然也恨周牛娃，这人抠门，私心重。不抠门不为省柴火那天晚上他就不会被人走后门，私心不重也不会把自家的羊看得比人还值钱。可是反过去一想，只要是想发家致富，不这样做不行啊，哪个财东不是抠门精？毕竟周牛娃没有害人嘛。这样的人总体应该算好人。再说了，人家在他最艰难的时候收留过他，这点好处一定是要记取的。旱地龙是功过分明睚眦必报的人，凡是欠他的，无论恩怨，他一定了结。

那一天，最后是周克文不忍心了，献出大烟救了他爹。秀才这人就是有意思，在那种情况下还忘不了卖弄学问，给他们讲啥庄子村子刀子的故事。书把人念瓜了。

听说后来周牛娃还是死了。有人说是吓死了，有人说是病死了，不管是咋死的，反正没有死在抢劫现场，就与他不相干。抢劫周家他是下了命令的：绝不能闹出人命。

事隔几年后再次抢劫周家，是为了给周克文一个警告。周克文这些年一直在乡间组织啥鸡巴护寨队，快枪也买，土枪也造，甚至放出话来要荡平秦岭土匪。如果任凭周克文这么折腾下去，各村各寨都学了样子，拉起武装，土匪的生意真不好做了。而且，这些乡村武装一旦实现了联合，荡平秦岭的说法保不齐变成现实。尽管秦岭土匪不止他们太白山这一支，但他旱地龙有责任为大家出头，先收拾了周克文，打下他的威风，杀一只鸡给猴子看看。

周克文不是吹嘘他们周家寨固若金汤吗，那太白山的人这次就把这寨子给砸了，缴了他们的枪，收了周克文的烟，扫了他的面子，让他彻底死了武装自卫的念头！

不过这次行动他没有下山，他上次已经去了一次明德堂，怕再露面让周家认出来，毕竟他在那里待过八年。

"秀才哥，"旱地龙笑着说，"你读了一河滩的书，可没读过兵书嘛！"

"他把书念到尻眼去了。"马猴子附和了一句。

一提尻字，旱地龙就感到自己啥地方被扎了一下。他啪地扇了马猴子一抽脖，骂道："就你狗夼的多嘴！"

马猴子被打得一愣,心想,这是报应,他扇了半截毯,旱地龙又扇他。

六

  明德堂老三周立言也回来了,是周克文捎话把他叫回家的。周家要商量大事了。
  明德堂两次遭劫,死了两个人,全都因为大烟,今年还要不要继续种大烟?如果不种,那又种啥?这让周克文犯了难。土地已经空出来,季节不等人,要种啥作物得赶紧决断。在这件事上,周克文比较看重老三的意见。老大从小耍枪弄棒,对庄稼不上心,老二是个书生,种田更是外行,唯有老三一直对土地情有独钟,在这点上周克文觉得老三最像他。虽说老三是做生意的,可他这生意直接跟庄稼有关。周立言在凤翔开烧坊,烧坊要酿酒,粮食是原料。
  开烧坊是周克文的主意,目的是自产自销,把自家多余的粮食变成商品,多挣些银子。
  同样是发家致富,周克文跟他爹不一样。周牛娃只是守住田地,苦做苦受,勤俭节约,他抠抠捏捏一辈子,在周家寨也就混了一个中等偏上的光景。家业传到周克文手里,他的做法就变了。周克文不忘老本,田亩庄稼精心侍弄,但他毕竟是读过书的人,眼界比他爹开阔,脑筋也要活泛一些。他虽然恪守士农工商的社会排序,坚持供老二念书,以期由士而仕,但周立功毕业后放弃仕途自愿回乡搞啥乡村建设,他激烈反对一阵后也就默认了，世事变化往往出乎人意，这是他体会最深的，谁能断定老二现今的选择一定是错的？再说了，乡村建设是造福梓里，作为周家寨人，为家乡出些力也是应该的，他不是也一直这么做吗？老二不从政了，他没有太多的遗憾。对商人他也不排斥，商人虽然排行最末，社会地位不高，可每朝每代都有富可敌国的大商巨贾，吕不韦陶朱公胡雪岩哪个不比王侯将相活得更舒坦？古人尚且知道无商不富的道理，现在都民国了，老规矩肯定得改改了。周克文看到老三心眼细致，是经商的坯子，等上完小学就把周立言送到凤翔最大的商铺天一行去学相公，学成以后创办了自家的凤来春烧坊，几年工夫周家烧酒就赢得美誉，生意红火得发紫。周家烧坊不光酿酒，还酿醋，酿醪糟，甚至泡浆水腌咸菜。周克文这样做来钱快，挣的钱拿来置地盖房买牲口，生意滋养了种田，田多地广，烧坊的原料就更多了。这样就进入良性循环，几年下来，周克文把他爹留下的家产翻了几番，成了周家寨第一大户。

　　虽然周克文有变的圆通，但也有不变的固执。他认为事物可以有新事物，但道理却只能是老道理。天不变，道亦不变，忠节孝悌礼义廉耻是万世不改的规程。为人立世这是根本，不管做啥都要拿这个匡衡，合则行，逆则舍。就赚钱而言，趋利是人之常情，合道可以大赚特赚；不合道，一分钱也不能取。

　　正因为这样，周克文一直对种大烟心存疑虑。人烟值钱谁都知道，一亩烟顶十亩粮。而且政府鼓励种植，强行规定每家每户的种植面积，完不成的要罚款，不愿种的更要重罚，这叫交"白地款"。虽然种大烟既合法又有利，可看到村里村外遍地都是大烟鬼，看着他们面黄肌瘦的怂样和卖儿卖女的恶行，周克文怎么都觉得这玩意不是好东西。种这东西就是造孽。大清朝的林则徐都烧过烟了,清朝为这事还跟洋人开过仗,现在这官府咋还撺掇农民种烟?民国都十五年了,咋连清朝都不如了呢!

除了良心上的疙瘩,周克文还有土匪的心病。土匪就专抢大烟。

家庭会商是在院中的葡萄架下进行的。一张方桌,四把靠背椅,周家父子四人相向而坐。五月的阳光硬朗馨香,透过晶莹的葡萄叶渲染出淡淡的绿雾,弥漫在每个人的身上。周克文有一种迷离的恍惚。多少年了,他们父子没有像今天这样团聚过,多少次梦里醒来,他和老婆述说的就是今天这样的情景。儿子们都长大了,他们天各一方,音信稀疏,从来就没有凑在一起过。他和老婆天天惦记着他们,为他们祈福祷告,今天他们忽然都平平安安地回来了,囫囫囵囵地坐在他面前。他觉得这都有点不真实,老婆端来饭菜的时候,他竟然对她说,我眼睛花得厉害,你帮我盯着,我叫娃娃的名字,你看对得上不?

周梁氏笑着说,你眼睛没花,是里面有泪呢,儿子仨,把头给你爹伸过去,让他点号。周家三兄弟都乖乖地把脑袋凑到他爹跟前,周克文窝起拇指和中指,依排行分别在他们额头上弹了一二三个爆脑。儿子们小的时候看见从地里干活回来的父亲,立即会扑向他的怀抱,周克文总是要在他们头上做这种游戏,老大一下,老二两下,老三三下,他把这叫作点号,望着噘着小嘴揉着额头的儿子们,周克文的幸福感油然而出,一身疲乏立即烟消云散。可是今天点号不一样,点着点着他竟老泪纵横。

周克文知道这既是一次聚会,又是一次饯行,吃完这顿饭,老大就要出门了。他是从军,是钻枪林弹雨,这次一别,不知道全家人啥时再能相聚?

周梁氏把饭菜都端上来了,碟碟碗碗的把方桌摆满了。都是自产的蔬菜瓜果,青白红绿,琳琅满目,最显眼的是放在中间的一大盆清炖鸡汤。那只惹祸的公鸡被宰了,也算是将功折罪。周克文对老大说:"立德,你看这一桌子,咱们家啥都不缺,爹最后再劝你一句,你不要当兵去了。"周立德说:"爹,这兵荒马乱的,咱今天有的说不定明天就没有了,你还是让我去吧,人常说好狗护三家呢,我混好了总比狗强吧!要是混不好我再回来也不迟,家里总还有两个弟弟呢。"

周克文对老三说:"立言,给你大哥把酒倒上。"酒是周立言带回来的,周家烧坊酿造的名酒凤鸣大曲。周立言给所有人都倒上了,还招呼着要给他妈倒,周克文说:"女人不上席这是规矩,就让你妈在灶房里自己喝吧。"

周克文端起酒杯说:"立德,你有志气,爹不挡你了。爹借这酒吟诗一首给你壮行。"周克文高声吟哦道:

> 葡萄美酒夜光杯,
> 欲饮琵琶马上催。
> 醉卧沙场君莫笑,
> 从来征战英雄归!

他神情肃然,扬头一饮而尽。

老二老三对周立德说:"大哥保重!"老大对两个弟弟说:"家里就托付二位兄弟了!"他们相对一碰,当啷一声也满饮一杯。

周梁氏出来给他们添饭,看见父子仨神情凝重的样子,就说:"你看你看,你们这是干啥呢,高高兴兴的事硬弄得跟吊丧一样。"

周克文说："我没么，我就是眼睛不好，见风流泪嘛。"

周梁氏说："就算你老了眼睛不好，你三个儿子年纪轻轻的也眼睛不好？要不要我给你们拿眼药去？"

他们扑哧都笑了。

接下来他们开始讨论种植计划。老大首先说："种啥都行，反正不能种大烟了，我一走土匪更没忌惮了。"

老二附和说："大哥说得对，坚决不能种大烟了，祸国殃民嘛！乡村建设运动就是要破除旧规陋俗，提倡新生活。种大烟抽大烟是根深蒂固的丑恶习俗，要改变它就先从咱们家开始。"

周克文望着老三，可老三没有立即表态。周克文知道这娃心思缜密，凡事都要反复掂量的，那就再让他想想吧。

周克文自己开口了。他说："不种大烟容易，我也不想种了，大不了咱们赔一点白地款。可种啥呢？种粮食吗？"周克文给他们算了账，每亩地平均产麦不过一斗多，玉米二斗多，能卖得五块多钱，可一亩地田赋得交一块，这是雷打不动，各种杂捐摊派合计三块，而且随时可能增加。

"都有什么捐税啊，这么多？"周立功问。他这些年虽然在大学念书，可也经常跑乡村搞调查，好像没有这么多的苛捐杂税嘛。

周立言笑着说："二哥，你跑的是啥地方？北京周边，那是天子脚下，咱们这里是天高皇帝远啊。"他给周立功掰着指头算，有城工捐、河防捐、银行股捐、等级捐、省政捐、西北水利奖捐、富户捐、杂支捐、鞋袜捐、村捐、汽车捐、草捐、庙捐、房捐、门牌捐、路灯捐、牲口税、印花税、剿匪公债、登记费、保安团费、开拔费、善后费、粮秣费、维护费、差费……他掰得指头不够用了也没有数完。

"莫名其妙！"周立功问，"咱们村里有路灯吗？有汽车吗？"

"除了这些，还要交白地款呢！明明你地里种了庄稼，只要不是大烟就算白地！"周克文气愤地说，"这不是逼良为娼吗？每亩还得再摊上两块。这样算起来种一年的粮食刚刚够填这些窟窿，基本上是白干！"

老大老二都哦了一声。周克文说："你们是不当家不知道油盐贵啊。"

"那爹的意思是咱还种大烟？"周立言问。

"不种！"周克文说，"缺德的钱咱不赚。我刚才的账是帮你算的，你想好了没有？"

"想好了，"周立言说，"种粮食。爹算的账都对，可算的是卖原粮。咱不卖原粮，搞加工，我算了，把烧坊再扩大一下，增加酿酒的产量，另外再开一座油坊榨油，还可以再盘下一座饭店。这样下来能把原粮的价格翻两番。"

"摊子是不是铺得太大了？"周克文问。

"是有点吃力，"周立言说，"不过我算了，咱拿得下来，做生意嘛，总有风险的。"

"我有一个没风险的主意，"周立功说，"种棉花！"

周立功为什么忽然想起种棉花呢？原来前几天他收到了一封同学来信，这同学叫赵丹娜，是他的准女朋友，其父是上海有名的资本家赵子昂。她在信中说她父亲即将把上海的纺织厂搬迁到西安，上海的原料和人力成本高，加上共产党闹工潮，很难继续做实业。她父亲已经考察过了，西北日照时间长，昼夜温差大，是种植棉花的好地方，更难得的是人工成本低，在那里开工厂利润高过上海数倍。她希望周立功在老家率先推广棉花种植，为他父亲的工厂打前站，并暗示说，这是他赢得她父亲信任的关键一招。信中还通告了一个重要信息，据赵子昂在南方革命党高层中的朋友透露，国民革命军已经开始北伐了，并必将在一年内完全取得胜利，打倒北洋军阀政府之后肯定会立即在全国禁烟，这是内应民众呼声、外应国际舆论的必然结果。

周立功把这个意思给大家说了，当然隐瞒了他跟赵丹娜的关系这一层，因为赵子昂有点瞧不上他这个乡下土财东的儿子，他正在积极争取他的好感呢。周立功强调只要上海的棉纺厂搬迁到西安，棉花价格必然上涨，这是稳赚不赔的生意。

周立言笑着对周立功说："二哥，你没有做过生意，不知道其中的窍道，开工厂必须有大量的原料，就像咱家开烧坊，周围到处都是麦子啊，只是咱一家种棉花，人家棉纺厂是不来的。"

周立功说："你说得对，可我保证他们明年肯定来，因为明年一禁烟，棉花就是最值钱的作物了，大家都抢着种。"

周立言说："这就更没准了，你凭啥保证明年就能禁烟呢？你又不是那个南蛮党，况且打仗这事很难说，输赢就像掷色子。再说了，就算是南蛮党赢了，就一定能禁大烟？从大清朝到现在的北洋衙门，哪个不禁烟？可眼下这大烟还是照种不误！"

周立功说："老三，你只是一个生意人，不懂政治！"他本来要说你就是一个山沟里的土包子，鼠目寸光，可他怕伤了弟弟的心。周立功于是拉开架势，长篇大论，从孙中山的三民主义讲到国民党的联俄联共，从苏俄革命讲到英美日德全球争霸，把他在北京大学听来的演讲差不多复述了一遍，最终的结论是革命必胜，大烟必禁。

大家都被他唬得一愣一愣的。

周克文说:"那就种棉花吧。"他在种庄稼的事情上信任老三,但在对时局的把握上不得不信服老二,既然现在种庄稼跟时局绑在一起了,那就只能听老二的。

周立言说:"我总是觉得有点不踏实。"

周克文说:"不管咋说,棉花总是比粮食值钱一些,就是难侍弄,要费神,咱精心一点就是了。"

"不难弄!"见他爹答应种棉花,周立功大喜过望,"现在有新品种了,叫脱字棉,我有同学在西安农林局,我去搞一些。"

周立德说:"那就试试吧,咱们种了一辈子粮食了,也换换花样吧。"

确定了种庄稼的事,最后就是给周立德送行了。周梁氏说:"你们几个眼睛不好,都不要出去送了,我送老大,你们都说了一河滩话了,该我们娘儿俩说几句体己话了。"

出了门,周梁氏问儿子:"昨晚上你跟媳妇……好着呢没有?"

"妈,春娥身子……还有些弱。"周立德说。

"妈知道,"周梁氏说,"妈是问……你看你这一走……"

"妈,好着呢。"周立德红着脸说。

"好着呢就好!"周梁氏悬着的心放下了。虽然周家有三个儿子,可眼下只有老大娶了媳妇,续香火就靠他了。周梁氏庆幸自己有先见之明,把媳妇挡在家里不让她送行,小夫妻分别哪有不伤心的,她要是一伤心动了胎气就麻烦了。

出了周家寨大门,过了城壕的石拱桥,见四下无人,周梁氏从怀里掏出一个物件塞给儿子,悄声说:"收好了,打仗时戴在心口,刀枪不入。"

周立德抖开一看，是一个银项圈，缀着一个巴掌大的十字架，十字架上还撑着一个人。他不知道这是从哪儿来的。

周梁氏说："是洋菩萨，你姥爷当年闹过长毛，从洋人身上抢来的；灵验得狠，你姥爷打过多少仗，汗毛都没少过，就是这洋菩萨保佑的。"

"我以前咋没见过呢？"周立德问。

"不要说你没见过，你爹都没见过，这是你姥爷陪给我的嫁妆，我一直藏着呢。"周梁氏说，"妈现在就给你戴上吧。"她把洋菩萨往儿子脖子上套，但又觉得链子凉凉的，就撩起衣襟，把那物件贴肚皮暖了一阵，然后才给儿子戴好。

周立德扑通一声给他妈跪下，他连磕三个头，爬起来一溜小跑，头也不回地走了。

直到看不见儿子了，一直强撑着的周梁氏这才放声大哭，像娃娃一样一尻子坐在地上，蹬腿拍地，眼泪鼻涕像下暴雨一般倾泻而出。

七

　　收罢大烟后就是农闲了，这是庄稼汉难得的享福时光。走亲戚的穿红挂绿，呼儿唤女，嘻嘻哈哈地穿梭在官道上。四邻八村唱戏的声音此起彼伏，看戏的人提着板凳马叉哼着戏文四处赶场。村里剩下的也优哉游哉，有的三五成群地圪蹴在树荫下谝闲传，有的围成一圈吆五喝六地掀花牌掷色子。

　　周立功决定利用这段空隙开办扫盲识字班。乡村建设最要紧的是文化建设，他听过梁漱溟《乡村建设的意义》的演讲，对梁先生"乡村建设除了消极地救济乡村之外，更要紧的还在积极地创造新文化"的主张深以为然。老师晏阳初也对他说过："吾国男女人民号称四万万，估计起来，至少就有大多数一个大字不识，像这样有眼不会识字的瞎民，怎能算做一健全的国民而监督政府呢？怎会不受一般政客官僚野心家的摧残蹂躏呢？"而缔造强盛国家的"万灵丹就在读书识字"。

　　周立功把识字班教室设在周家祠堂。作为族长，周克文赞同儿子的做法，因为这是惠及周家寨所有人的事。他请木匠做了一块案板大的木牌，用锅墨涂黑了做黑板，架在祖宗牌位前面，把神界与人界隔开，免得娃娃们的轻狂惹得祖宗们生气。挖来白土压碎成粉末，拿水调成糊糊，灌到制作蜡烛的铁范里铸成粉笔。坐的板凳要学生从自家带，写字先在地上画，周克文说："开始先不要讲究，讲究就是浪费，字写熟了再往本子上写。"

一切准备停当，周立功提上铜锣，从街道一路敲过去，高声呼喊："周家寨识字班开学喽！不收学费，不收书本费，一月脱盲，两月成秀才！"

周立功满以为只要一开学，学生就会挤破教室，这么好的事情谁不愿意啊！可是第一天开学，教室里只来了一个学生，那就是引娃。引娃头发梳得锃光，那是抹了菜油的，衣服也是新式的，学的周立功，把大襟改成对襟。她端端正正坐在底下，笑吟吟地望着周立功。可周立功却像猴子一样坐不住，他不时地跑到门口东张西望，说："第一天开学就这样迟到，还有没有纪律？"

引娃好奇地问："纪律是个啥？是虮子吧？我今天来时特意把头篦过，没有虮子。不信你看——"引娃把头伸到周立功面前。

周立功哭笑不得，说："不是虮子，是纪律，就是规矩！"引娃说："规矩我知道么，是规矩你就说规矩，说啥虮子呢？"

周立功知道跟她搅不清，就说："你瓜着呢。"引娃说："我知道我瓜着呢，不瓜咋跑这里给你当学生来了。你是先生嘛，赶紧给我上课。"

"就你一个人咋上课？"周立功说完走出教室，这次他不是在门口张望了，而是跑到了十字路口，焦急地左顾右盼。

引娃也跑到十字路口，她原地转一圈，高兴地说："没有人来了！"看见周立功还站这里卖呆，她把周立功往回拽，说："你这个先生是咋教书的，学生都等了这么长时间了你还不上课？赶紧回教室，咱上课。"

周立功一跺脚，说："就一个人啊！"

引娃说："咋一个人？咱们两个人嘛，多好！"

第二天,周立功出去动员学生了。他逢人就热情地打招呼,这在周家寨是很少见的。周立功一直在外求学,回家次数很少,就算偶尔回家,停留时间也短,他很少跟村人打交道,村人也难得跟他说几句话。今日周家二少爷这么客气,大家都有些受宠若惊,纷纷笑脸逢迎。几句庄稼天气之类的客套话后,周立功就邀请对方上识字班,多数人都嘿嘿嘿地憨笑着,不置可否。有个别实诚的就说:"忙得很嘛,白天地里抢镬头,黑夜还要喂牲口,抽空挑土垫圈,哪里有时间嘛?"遇到麻糜不分的,还撇凉腔说:"识字有怂用,我不识字谁能把我卖了?睁眼瞎子又咋了?只要不是真瞎子,能戳准牛尻眼就行。有识字的闲工夫还不如摸两把牌赢钱呢!"

游说一整天,唾沫费了一河滩,最终一个人也没有动员来。周立功很丧气。

周克文说:"甭急,看爹的。"周立功心想,要论年纪,你比我大,可要论学问,我肯定比你大,上识字班念书,学生当然是奔最有学问的先生,我都动员不来,你还能有什么办法呢?

周克文说:"给我三天时间,我给你拉来满满一教室学生。不过首先得有一个人给我帮忙。"

周立功说:"那当然是我了。"周克文说:"你不行,要一个女的。"

周立功立即想到了引娃。周克文犹豫了一阵,最后说:"豁出去了,引娃……也行。"

周立功不知道他爹要干什么,周克文说这你甭管,你只管到街道上说,三天后周家祠堂唱大戏,是周克文主唱,只准娃娃来看,大人一律不要。

周立功吃惊得嘴都合不上,平素里他爹虽然也爱哼几声戏文，可哪里见过他粉墨登场？他现在竟然要登台唱大戏，而且还是主角！他爹是不是被他的事熬煎糊涂了，他本来想问一问，可看他爹自满自得的样子，又忍住了。

到了第三天，周家祠堂果然被挤得水泄不通。本来说是只准娃娃来的，可娃娃哪里挤得过大人，没有人维持秩序，娃娃都被挤到大门外面去了。这可是周家寨难得的奇事了，谁不想来看看？唱戏不稀奇，在祠堂里给先人唱戏也不稀奇，稀奇的是周克文唱戏，是周家寨平常最讲究威仪的族长唱戏呢，而且还不准大人去看！越不让看就越要看，周家寨这天真是像过年一样热闹。

在热切的盼望中周克文登场了，那天唱的第一出戏是《镇台念书》。剧情讲的是武夫出身的镇台是个文盲，一切公文都由识文断字的夫人代劳。夫人劝他念书，他全不在意，反而说我没有念过书，不是也当上镇台了吗？夫人只好巧用计谋，逼他识字。周克文扮演镇台，引娃扮演夫人，伴奏的是周家寨的自乐班。

周克文一登场，提袍甩袖，吹胡子瞪眼睛，一招一式都有行家的架势，大家齐声叫好，年纪大的人说，这老汉不减当年啊！周克文以前是唱过戏的，只不过年轻人没见过而已。他念唱做打样样稔熟，把那个颟顸自负的武夫演得活灵活现。戏剧的高潮是镇台的顶头上司抚台来了公文，要求立即回复，可是镇台刚刚跟夫人为了念书的事情闹了别扭，不好意思张口求人，而抚台派来的差役却站在堂口不断催促。这时候的武夫急得像热锅上的蚂蚁，团团打转，抓耳挠腮。演到这里，周克文忽然挥手示意，让文武场面打住，把戏剧暂时中断，跑到观众跟前问："我就是镇台，谁给我出个主意，我现在咋办？"观众哄笑，说："还能咋办？给夫人赔罪嘛！"还有狠的，说："给人家下跪，磕头！"周克文说："这太难为人了吧？"他问台下张着大嘴瓜笑的黑丑：

"这事要是放你身上，你会咋办？"黑丑说："我不会给女人赔罪，更不会给媳妇下跪，男子汉大丈夫咋能那样下作呢？我就抽我自己的嘴巴子，谁叫我不识字？"

周克文说："黑丑有志气，可光有志气不行，还得有本事，胖子再肥也得过窄门，事把人逼到绝处了嘛，不低头也得低头啊——啊——啊——"这是叫板，文武伴奏骤然响起，周克文扑通一声跪在地上，顺势唱道：

　　　　一字难倒英雄汉，
　　　　镇台长跪夫人面。

这出戏演完，台下已经哑静多了。第二出戏是《文盲娶妻》，说的是一个文盲相亲，媒人的婚单上这样描述女方容貌：黄花大闺女黑发无麻子。谁知道拜了天地进了洞房揭了盖头新郎气得差点吐血，原来新娘又秃又麻！

大家笑得前仰后合，说："这不是演你爹吗？"周克文说："是的，是他老人家。我演前一个戏那是古人的事，大家可能觉得离咱很远，可我爹才下世几年呀，他的事就是眼前脚下的事情。两出戏一个理：人不识字不行！不要说当官干大事，就是日常琐事也会难倒你。"

大家不笑了。黑丑说："秀才叔的话太对了，我不识字，就碰上了丢人事。去年到县城给我妈抓药，屎急了看见一个茅房就一头扎进去，刚屙了一半，一个女人钻了进来，我俩都啊了一声，她红着脸又跑了出去。没想到一会儿她叫了一帮人闯进茅房，把我揪了出去，朝我吆喝六毛六毛，还要打我。我说你们还讲道理不？就一泡屎要我六毛，我的屎放在乡下还卖钱哩，多好的肥料。他们还要打我,说我钻了女茅房,我说谁先进来的?你们讲理不?茅房哪有男的女的,谁先进来就是谁的!"

周立功一听笑得岔了气。黑丑问:"二少爷,到今天我还是没有弄明白,我知道我是出了洋相了,可到底错在哪里了?"周立功说:"城里的茅房不叫茅房,叫厕所,是分男女两边的,不像咱乡下,就围一个挡身的,谁先占了算谁的。你那天肯定钻进女厕所了,人家骂你是流氓,不是要你六毛钱。"

"啥是流氓?"黑丑问。

"流氓就是在女人面前骚情的瞎怂!"周立功说。

大家又哗啦啦地笑起来。

"甭笑了!"周克文一声喝断,所有人都像被捏住了脖子,当即止声了。"这戏本来不是给你们看的,你们都这么大了,已经是废物了,识不识字不要紧。我是要娃娃识字的。"

黑丑赶紧说:"秀才叔,我二十刚出头,半大娃娃嘛,正活人哩,我要识字!"

麻豆说:"我三十岁了,就算半个废物吧,可剩下的半个我不想当废物了,我能识字吗?"

周克文说:"凡是要识字的,立马到识字班报名,名额有限,报满就不收了。我丑话说在前头,以后谁再要找我写信念信、记账算账,一概不理!"

最后这一招可了不得。周家寨就周克文这么一个宝贝疙瘩,谁家有文墨上的事不求他?他一撂挑子等于断了大家的后路。乖乖,这得靠自己了!

呼啦一下,一大帮人涌到周立功面前,当场就报了二三十人。周立功不得不佩服他爹,看来有学问不等于有本事,他得好好跟老汉修炼。

八

周立德离开周家寨往北走，他要去绥远投冯玉祥的队伍。至于为啥要投冯玉祥，周立德不知道别的，只听说冯玉祥的部队长官不打士兵。

路上走了将近一个月，周立德赶到了绥远的五原。那时候冯玉祥刚刚五原誓师，就任国民军联军总司令，正大肆招兵买马，准备南下参加北伐，周立德一报名立刻就被招录了。

周立德虽然精于枪法，而且组织过护寨队，但那都是野路子，正规的训练根本没有经历过。他被编入第一军新兵连参加训练。训练非常严格，也很辛苦，但周立德觉得很新鲜，也很兴奋，训练特别认真。周立德跟别的当兵的不一样，有些人当兵是为了吃粮，为了挣钱，可他当兵是喜欢这个行当。用他爹周克文的话说，他天生是武举的料，可惜科举废除了。由于周立德训练认真，在结业实弹射击中成绩突出，又好歹识几个字，因此训练结束后被任命为班长，编入第一军第二师第六团第一营。

新兵训练结束的那一天，冯玉祥总司令给新兵训话，周立德第一次目睹了这位传奇大将军的风采。出乎意料的是，这人竟然穿着跟他们一样的灰布军装，布鞋，打着裹腿，与他想象中的将校呢军装、彩色绶带、高筒马靴差得太远了。冯总司令一米八几的大个子，说起话来声如洪钟，他讲了联俄联共、南下北伐、打倒北洋军阀政府等等，周立德听得懵懵懂懂的，他不大懂得这些事情。但总司令最后一段话他可是听清楚了，冯玉祥说："我们既然是革命军人，当然要有革命精神、革命面貌，所以必须戒除一切陋规旧习，严禁吃喝嫖赌，不要说抽大烟，连抽纸烟也不准。从今天起，整个部队实行戒烟。今后谁要是吸烟，我就叫他把烟头吃了。"

这可让周立德犯了难。周立德没有别的嗜好，就喜欢抽两口纸烟。这都是当年在县城上学时跟一帮浪荡哥儿在一起养成的毛病。在家里他爹没少骂他，他也多次下决心戒烟，但最后都败给了烟瘾。现在到了部队上，看来是非戒不可了，俗话说军令如山，况且这是总司令下的军令。

编入正规军后不久的一天，周立德被派往司令部站岗。他们是外勤，站岗的位置离司令部大门有一段距离。即使这样他还是看到了一个让他高兴的场面：总司令冯玉祥出来送客，手里捏着一根烟。

这场景让周立德心里有底了，这戒烟是面上的事，你只要不公开抽烟就行了，总司令在屋子里不是照样抽吗？有一天周立德烟瘾发了，就跑到厕所里偷偷抽，不巧这时进来了一个人，他是周立德在新兵连时的同事，曾经跟周立德闹过别扭。他看见周立德躲在这里抽烟，立即揭发，让周立德把烟头吞下去。要是这时周立德向他求情也许就没事了，但周立德知道他是借机报复，偏不让他得势，那人就故意高声吆喝："周立德抽烟了，大家快看！"两个人拉拉扯扯地从厕所出来了，闹得不可开交。许多围观的人都指责周立德，让他立即把烟头吞下去。周立德笑了，说："你们还当真了啊，戒烟是不让公开抽罢了，总司令也私下抽嘛。"别人骂他胡说，周立德赌咒发誓，把那天的情景讲了一遍。

周立德的话刚说完，一个人挤进人群，从周立德的手中夺过烟头，塞进自己嘴中，咕叽一声咽了下去。这人就是冯玉祥！冯玉祥是下来微服巡营的，看到这里围了一堆人争吵，就过来观看。冯玉祥带兵很有特点，他不愿待在司令部，一有时间就往士兵堆里钻，经常轻装简行下营巡访。当时大家都被吵架的事吸引住了，没人发现总司令。当冯玉祥听到周立德的描述后，当下意识到自己忽视了禁令的严肃性，应该自罚。

所有的人都吓呆了，周立德更是吓得腿一软，扑通一声跪在地上。冯玉祥把他扶起来说："这不怪你，要怪就怪我老冯没有以身作则。"他立即命令勤务兵，把他屋里所有香烟都搬出来当众烧毁了，然后宣布："以后即使待客，我也不吸烟了。为了保证效果，我把这位兄弟调到我的手枪营，跟着我，专门监督我戒烟！"

周立德没想到事情会是这样，自己没有丢命反而成了总司令的近侍。他立即双脚一磕，行了一个标准的军礼。

后来的一段日子，周立德过得很神气。腰挎盒子炮，手带白手套，骑着高头大马，总司令走到哪里他就跟到哪里，别人给总司令敬礼，他也跟着享受，还得意扬扬地左顾右盼，看见那些诚惶诚恐的人觉得好笑。这样的日子当然很惬意，不用出操，不用劳动，不受长官呵斥，比起前一段的士兵生活，简直是上了天堂。可是时间一久，周立德就感到有些单调，有些乏味，与他想象中的军旅生涯差别太大。周立德虽然没有好好念书，那指的是正书，野书闲书他可没少看，《三国》《水浒》《说唐》《瓦岗寨》等都烂熟于心；边塞诗他虽然看不懂，但他爹也时常给他讲，那里边的英雄好汉、快意恩仇、铁马金戈、杀伐决断，自小就让周立德热血沸腾,他老早就幻想着自己成为一个驰骋疆场叱咤风云的铁血英雄。自己现在虽然投了军,有了实现理想的机会,但却被收到最高长官的卫兵营。谁都知道,最高长官是不可能亲临前线深入火线的,那他这辈子也别想到战场上去放一枪一炮,这算啥军人啊!

一晃到了十一月,军情忽然紧张起来。国民军应西安守军将领李虎臣、杨虎城的请求,决定挥师南下,解除北洋军阀刘镇华对西安的围困。有一天开完军事会议,冯玉祥要下营巡查,带着周立德。在路上,冯玉祥忽然问周立德:"是陕西人吧?""是。"冯玉祥问:"西安被刘镇华围困这事你知道吗?""我离开老家时就听说了。"冯玉祥说:"现在城里弹尽粮绝,饿死的人成千上万,这情况你知道不?""不知道。"冯玉祥说:"这些人都是你乡党啊,你想不想打回去?"周立德响亮地回答:"想!"冯玉祥说:"我看你是有志气的青年,枪法好,又识字,放在我跟前是浪费人才了,你想不想下连队去,到前线一刀一枪建功立业?"周立德刚要张口,冯玉祥说:"你先不要忙着回答,回去好好考虑一下。"他继续说:"你留在我身边,干到底也就是一个营长,因为你没有杀敌立功的机会。到前线去,只要你命硬不被打死,你可能会干到师长军长,我就是这么干上来的。当然了,你在手枪营会很安全,只要我老冯不死,你就不会遭难。两条道儿你自己选,我不强迫你。"

第二天一起床,周立德把铺盖卷儿打理好背在身上,精神抖擞地来到司令部,啪地给冯玉祥敬了一个军礼,朗声说:"报告总司令,第一军第二师第六团第一营三连五排二班班长周立德向您告别!"冯玉祥啪地还了一个军礼说:"错了,你现在是第一军第二师第六团第一营三连五排排长!"

冯玉祥把周立德送出司令部大门，分手时笑着说："感谢你这个陕西愣娃，硬是让我戒了烟，希望你把这愣劲用在枪口上，援陕还是要靠你们陕西人。"周立德忽然眼睛有些湿润，他强忍住眼泪，给总司令行了一个标准的军礼。

周立德所在的第一军作为先头部队，急行军十天后开到西安城外。他们的任务是在南门打开一个缺口，为后续部队提供总攻通道。

刘镇华的镇嵩军从三月份就开始围攻西安。西安城内军民一心，同仇敌忾，以区区不到两万人的军队，硬是抵挡住了十万大军的疯狂进攻，力保古城不失。刘镇华恼羞成怒，下令全面封锁西安，一粒米一寸布不许进入，要饿死困死守城军民。他们环绕城墙修筑了密密麻麻的工事，地堡暗道星罗棋布。

战斗异常惨烈。第一军从南稍门推进到南门，花了整整五天时间，三里多路程损失了三千人。南门口有一座碉堡，修建在地势高耸的护城河北岸上，全是拿终南山的青石板砌成。用大炮轰有忌讳，碉堡距城墙不远，怕伤了城墙，这倒不是为了保护古建筑，而是怕轰塌了让镇嵩军乘机钻了进去，这不是助敌攻城吗？小钢炮根本不管用，炮弹打过去只能蹭几个白点，权当是挠痒痒。爆破手派上去好几拨了，都是白白送死，因为河岸边是开阔地，全部暴露在碉堡的火力下，即使有人侥幸靠近了，中间又隔着数丈宽的护城河，炸药包甩不过去。

部队被挡在了这里。进攻的人像割麦子一样哗啦哗啦地倒下，血水都要没过人的脚踝了，仍然没有办法闯过这一关。天黑的时候，国民联军援陕军总指挥孙良诚到前线督战，别看这人个头没有冯玉祥大，官阶没有冯玉祥高，但脾气比冯玉祥大多了。

他走进担任主攻任务的六团团部，团长看他怒气冲冲的样子，赶紧端来椅子，请他坐下。他一脚把椅子踢翻了，骂道："狗肏的都给我站着，今天晚上打不下南门，你们跪着求饶都不行，老子把你们一个一个都枪毙了，叫你们趴下啃狗屎！"

团长立即召集排长以上军官开会，商讨对策。大家愁眉莫展。由于减员厉害，周立德所在的连队作为预备队被调上来了。他并不知道战况，听了团长的介绍，他大胆提出了一个建议：由工兵营连夜挖堑壕，趁黑挖到护城河南岸，然后由他带几个人潜伏过去，伺机打死碉堡里的机枪手。团长觉得这个计划很有想象力，但又太冒险了。成功与否的关键取决于射击手的能力，他要在黑暗中准确地击中碉堡的枪眼。

团长把桌子上的煤油灯端起来放到屋子尽头的墙洞里。团部占据的是一座寺庙的大殿，空间比较开阔，从桌子到墙洞的距离少说也有十五米，然后他把自己的手枪拔下来递给周立德。周立德甩手一枪，屋子立即陷入黑暗。勤务兵赶紧擦亮洋火，发现煤油灯完好无损，只是把豆大的火焰打灭了。

所有人同时发出惊叹。团长立即发令："工兵营长，马上开始作业！"

从前线到护城河的距离不远，堑壕到后半夜就挖好了。周立德对团长说，我们进去半小时后你们在这边打枪佯攻，吸引他们射击，然后每隔半小时重复一次，直到碉堡火力彻底哑了为止。

周立德带了四个弟兄潜伏到护城河南岸，这里距那座碉堡有七八十米，他对四个人说："你们只管猫在下面把自己的步枪填好弹药，轮流递给我就行了，打枪是我的事。"周立德他们使的枪是汉阳造，只能打单发，本来有机枪的，太笨重，周立德使不惯。

半小时后，周立德背后枪声大作，他迎面的碉堡立即吐出火舌，暴露了三个射击孔。周立德快速起身，啪啪啪三枪，那三个枪口立即哑了。他趴下躲了起来，隔了一会儿那枪眼又活了，周立德依法炮制，对方又熄火了。就这样一个晚上，周立德在那个呈扇形弯曲的堑壕里来回穿梭，指哪打哪，最终打得碉堡里再没有枪声了。

周立德以为他把里面的守军全打死了，其实没有，第二天天亮部队发起冲锋，拿下了那个坚固的堡垒。奇怪的是里面还有五个机枪手，问他们为什么不射击了，他们说："谁还敢呀，只要一摸机枪，立即就被打死了，摸枪把就是摸阎王爷鼻子！"

孙良诚那天一直在团部督战。仗一打完，他立刻把周立德找了来，说："这么好的枪法，放在连队真是糟蹋人才，调到我的手枪营。"

就这样，周立德又成了长官的侍卫。虽然官升一级成了连长，但他心里并不痛快。周立德觉得这可能是命中注定，今生今世他就是伺候人的。他只得认了。

九

农历九月,天气渐凉,人们出气都能呵出白雾来了。大雁相互打着招呼,成群结队越过人们头顶,奔赴温暖的南方。关中平原此时进入了一年中的大忙季,田野上人声鼎沸,牛欢马叫,热腾腾的人气抵消了深秋初冬的寒意。

这是种植大烟的季节。这种昂贵的植物生长期漫长,九月种下,来年五月收割,足足待字闺中九个月,似乎不这样就不足以显示自己贵重的身价。这种植物最耗地力,必须好水好肥供养着,这就像一个雍容华贵的女人,谁要享用她,必须先拿好菜好饭伺候着。由于太耗地力,凡种过一茬大烟的土地,后面就不能再种其他庄稼,得让地休息半年,这叫"歇茬"。歇茬过后,来年再种大烟。

种植大烟的土地,开犁前一定要饱施肥料。运肥的活计一进九月就开始了。赶大车的,套牛车的,掀推车的,挑担子的,凡是能出动的运输工具,此时都派上用场。这肥料是有讲究的,最好的是油渣,其次是鸡粪,再次是猪马牛羊粪,最次的是拆倒砸碎的灶壁炕坯和挖下的老崖老墙土。家境不同,地里上的肥料就不同,最后的收获当然不一样。

周家寨能上得起油渣的只有周克文,这不仅仅因为他家境厚实,更因为他自己开着烧坊。周家烧坊不光酿酒,还榨油,他有足够的油渣和酒糟当肥料，所以周克文家的大烟年年收成最好。

今年，周克文虽然不种大烟了，可他仍然给地里上油渣，他要把地养着，养得肥肥的，明年开春种棉花。棉花也是娇贵的田禾，老辈子人都有一个说法，庄稼最怕三老虎，伺候不好叫你哭。这三老虎就是大烟、棉花和西瓜，它们获利大，风险也大。周克文坚信一句话：人不哄地，地不欺人。种庄稼是老实人的事，这世上只有土地是最公道的，从不欺负实诚人。

周克文要种棉花的消息早就传遍周家寨了，因此看见在地里跟长工一起忙活的周克文，有人就开玩笑了，说："棉花是明年二三月种，你现在就着急施肥了，是见不得伙计清闲吧？"

周克文笑着说："想要生个胖娃娃，就得先把媳妇养肥了！"

虽然别人是说笑呢，但周克文知道他们说的也是实情。他挂在嘴边的话是吃不穷，穿不穷，谋划不周才受穷，这里的谋划当然也包含对长工的使用。雇多少伙计，雇啥样的伙计，周克文是要精心盘算和挑选的。他雇伙计，要提前打听，口碑好的熟人他才要。即使请到家，也不是一口说定，还要试用一到两个月。他要的伙计必须是能主动出活的人，比如锄地时能顺便把地里的石头瓦坷拣出来，铡草时能把裹在麦草中的麦粒抖出来，喂猪时顺便给猪逮虱子。他把这种长工叫作眼里有活的伙计。他常对伙计说："活不是主家派给你的，是你自己看见的，不能像磨子，推一把转一把，好伙计不用主家指拨。"

一旦雇了长工，那他就要把伙计榨够用尽，不给他们片刻清闲。比如白天干活，晚上吃完饭后不能立即睡觉，这段空闲时间要给牲口铡草。五月收了大烟到九月播种，这中间的四个月土地歇茬，可伙计不能歇茬，他们要运肥整地，为后面播种做准备。这些活干完了，就挑水把庄前屋后的大树小树齐齐浇一遍。

浇完了再去地里灌黄鼠，掘老鼠窝……总之，我是花钱雇你来干活的，不是让你来享清福。村里有人爱说闲话，私下议论周克文，说这人整天把仁义忠厚挂在嘴上，其实心黑着呢。这话传到了周克文耳朵里，他只哼一声表示鄙夷，也不分辩。他哪是榨取长工？这分明是教他们怎么做人嘛。韩信说过，"乘人之车者载人之患，衣人之衣者怀人之忧，食人之食者死人之事！"这是守信忠义，信义乃立世之本，无论你是当财东还是当长工！别人不理解他的用意，他自己去解释只能越抹越黑，因此索性不搭理。

可奇怪的是，尽管周克文这样用长工，别人还是抢着到他家当伙计。这是因为周克文不把长工当外人。他给长工的报酬高，别人给长工一年两石麦子，他给三石，这还不包括长工家里如果遇到婚丧嫁娶的大事缺粮食时，可以在他这里敞开借。逢年过节，给亲戚家备多少礼，长工也一样。一年四季，长工跟他在一个桌子上吃饭，他吃啥长工吃啥，农忙季节早晨还要加一个鸡蛋，晚上回来熬一罐酽茶。穿的戴的都由主家提供，夏天的草帽草鞋汗巾，冬天的棉帽子暖窝鞋围脖子，四时用具按时供给。一句话，周克文常这么说："咱们是一家人嘛，你不是来给我做活的，你是来这里寻亲的，咱们就是失散的兄弟嘛！"

对于长工来说，他未必相信周克文的话，但他觉得在这家当伙计值当。反正是给人卖力气，总要把自己卖个好价钱。虽然主家用人用得狠，但人家给的报酬也高，咬人锅盔，给人出力，这是天经地义的事。再说了，主家自己也没闲着，凡伙计干的，主家都一起干，而且干得比伙计更扎实。

这一点上周克文家的伙计是有对比的。同样是拉长工，隔壁周拴成家的伙计就差远了。报酬低不说了，就连按惯例由主家提供的劳保有时也免了。那年夏季麦收，周拴成家的伙计头戴雨帽脚穿泥屐来摊场，成心臊主家的脸皮，惹得全村人都来看热闹。

周克文哼着戏文，铲起饱饱一锨油渣均匀地撒出去，细碎的黄色颗粒像金粉一样覆盖在土地上，一股浓烈的油香弥漫开来，把人熏得昏昏欲醉。周克文撒完一垄地后圪蹴在地头抽旱烟，他看了看邻垄的土地觉得奇怪：这地里咋不上粪呢，难道他今年没有肥料了？

周拴成不可能没有肥料。油渣他未必有，但牲口粪一定有。他喂的牲口不必说，凡有屎必须拉在家里，如果在自家地里干活，那当然没问题，万一是外出套车拉货，牲口的尻子下方都戴一个竹编的粪兜，只要牲口拉屎，全部颗粒归兜。如果这粪兜是空的，吆车的伙计回来肯定挨骂，说他一定是嫌臭把粪倒掉了。

除了自家的牲口积攒肥料，周拴成还要自己出去拾粪。在周家寨，每天起来最早的人是周拴成，只要鸡一叫，他就拿着铁锨提上绊笼出去了，专在庄前屋后村头寨尾拾野粪。周拴成拾粪回来了，周家寨的狗们才出窝，它们急急忙忙跑出来去找屎吃，可往往都扑了空，因此它们最恨周拴成。周拴成走在晨光薄亮的街道上，身前身后全是愤怒的狗，它们用最响亮的咒骂把周拴成送回家。

有一次，周拴成走亲戚，因事耽误住在亲戚家。由于惦记着拾粪，第二天早晨他早早起来往回赶，不料在半路上就碰到了三堆新鲜的人粪。他既高兴又犯难，高兴的是人粪是最好的肥料，犯难的是他现在没有工具，咋把这宝贝弄回去。周拴成有心回家取家伙，又怕万一被别人拾走了咋办？况且还有四处游荡的野狗呢。犹豫半天，周拴成一咬牙，脱下两只鞋，一只鞋壳里装一摊粪，又摘下帽子，把最后一摊揽到帽壳里。他两只手托着两只鞋，嘴里叼着帽口，一路小跑颠回家。那可是滴水成冰的冬天啊，周拴成赤脚光头，竟然忘记了寒冷！

回到家，老婆见了差点背过气去。她说："你就是不嫌冷也不嫌臭啊？大粪就捂在你嘴边，不怕把你熏死！"

周拴成说："不臭，冻住了，不信你闻闻！"

老婆骂道："啊呸，大粪比你爹还亲！"

周拴成回应道："你说对了嘛，庄稼一枝花，全靠粪当家。我爹已经死了嘛，我指望不上他，现在只能指望大粪，你说我爹亲还是大粪亲！"

凭这股劲，周拴成家门口的粪堆每年都像山一样高。他可能会缺别的，但不会缺肥料。

周拴成现在不给这块地施肥是另有打算，他要卖地。

要问周拴成为啥要卖地，原因其实要追到周克文身上，是周克文为他树立了样子。周拴成一直是苦做苦受，勤劳节俭，期望以此发家致富，可是埋头苦干半辈子他却发现，他与自己暗中较劲的人的差距，不是越来越小，而是越来越大了。这个人就是周克文。他哥的光景越来越比他好，他一直不服气。论出力，他哥从小就念书，后来回家当掌柜的，也是指拨人的时候多，亲自干的时候少。可他却是从小出死力的，虽说现在大小也是个财东，但他每天干的活不比他家雇的长工少。论节俭，他可以说到了抠门的程度了，村里人形容他是屙出来的麦粒也要涮了吃。伙计经常跟他闹别扭，嫌他给的待遇差。他说了，我比你们还差呢，别人家掌柜跟伙计在一个桌子上吃饭，我却不敢跟你们一起吃，怕你们笑话。你们吃稠我吃稀的，你们吃白的我吃黑的，你们要觉得划不来就走人，我有钱还怕雇不到人吗？

尽管苦也苦够了，抠也抠扎了，可光景就是比不过周克文。后来仔细一对比，他发现自己比哥哥少了经商这条路。经商这事他一直认为是不务正业，庄稼汉无论如何都得凭种庄稼立世成业，一心二用咋能成事？况且你二用的那瓣心还搁在了你两眼一抹黑的行当里！他起先是准备看他哥的笑话的，可没想到人家生意越做越好，越做越大，后来竟至于撑起了一半的家业，这让他活生生地见识了无商不富的道理。

周拴成也要开商铺，而且要开比烧坊利润更大的商铺：大烟馆。自己种的大烟直接卖烟膏划不来，放烟馆里烧烟泡就值钱多了。可开烟馆要大笔款子，周拴成手头没有那么多现钱，只能卖地了。反正他家的土地也不少，卖一些他承受得了，舍不得娃娃套不住狼，甘蔗不会两头甜。

十

周拴成要卖地，周克文坐不住了。那是他们老周家的祖田，咋能随便卖呢？

可是他有啥办法呢？地是周拴成的，分家时就分给人家的，人家有权处置。要保住这块祖田，只有他去买，把它买到自己名下。可周克文知道这根本不可能，不是他买不起，而是周拴成压根就不会卖给自己！卖给他就等于周拴成拿大耳刮子抽自己的脸。周拴成是要强的人，他憋着劲要跟他哥一较高低，咋能把自己的地卖给对手，这不是自取其辱吗？况且这地还是他们周家的祖田，这不是叫他哥笑话自己是败家子吗？

周拴成跟周克文的梁子是分家时结下的。

早先他们兄弟俩还在一起过活的时候，周拴成就明里暗里地要求分家。那时周拴成结了婚还没有娃娃，周克文已经有两个儿子而且打算要送他们上学了，周拴成就觉得自己特别亏，养活老爹老妈不说了，还要帮别人养儿子。他自己闹，更撺掇他婆娘寻死觅活地闹。周牛娃被闹得没辙了，只好同意分家。

分家就是分家产，这要请中间人说话，关中习俗，这中间人一般是舅舅。那时麻脸老婆还在世，他娘家弟弟就过来当裁判了。这舅舅先不分财产却要先分人，就是先把两位老人的归属确定下来。按照乡间惯例，老人分家时一般归老小，这是因为父母一般最爱老小，中途分家时父母年纪都不大，还可以帮衬老小，帮他们干活带娃娃，而且他们还会把属于自己的那份财产带给老小。由于有这样的利益考虑，一般老小都会欢迎父母跟自己过活。

可事情到周拴成这里就不一样了。他老向他舅舅打听父母那份财产能分多少，舅舅不高兴了，说："你到底是图钱财呢还是图亲情呢？就你家这些家底，分三份你还算不出来吗？"周拴成当然能算出来，他一算就知道这事情划不来。虽然眼前父母还能帮自己干些活，可很快就变成他养活他们了；虽然他们能带来一份财产，可他们一老就成药罐子了，三天两头得花钱，如果得一个急病立马死了倒好，最怕得一个慢性病，长期瘫痪卧床，看病花钱且不说了，就端屎端尿也把你累死！不要这两个累赘，虽然少分一些家产，可他无牵无挂挣回来的不会比这少。周拴成决计不要父母。

这让周牛娃老两口很伤心，也让周克文非常气愤。他教训弟弟："百善孝为先，你咋是这么个货色！"周拴成回敬道："我这个货色不好，你是好货你养老人吧。"

"当然！"周克文响亮地说。

当分家的契约一出来，周拴成差点气死。财产虽然是三分，可他们兄弟俩的加起来还不到全部家当的三分之一，其余大半留给了父母。他们舅舅的解释是，你们家以前根本就是穷光蛋，后来是我姐姐帮你们发了家，家产是你们父母这一辈子创下的，他们当然要拿大头。他们当年几乎是白手起家，你们现在也白手起家自己创业吧。周拴成当下就明白了，其实这不是父母拿大头，而是他哥拿了大头！自己算来算去没想到给别人算到名下了。

周拴成反悔了，要求奉养父母。周牛娃老两口也愿意，毕竟老小还小，他们总觉得对他还没有尽到义务。舅舅对周拴成说，这是你们兄弟俩的事，只要你哥同意就可以。

可周克文一口就回绝了，"不行！"他说，"我不是贪图财产，而是不放心父母落在一个没良心的人手里。"然后他数说父母："你们咋这么没主见？你们不要说你们愿意，吃苦受罪你们认了，可我不愿意！你们生我养我，我有责任让你们享福，你们不享都不行！就跟着我，哪里都不去。"

就这样，周克文义正词严地把周家大部分财产纳入自己名下，周拴成一想这事就恨得牙痒痒。后来进一步的推究让周拴成觉得，这分家其实是一场阴谋，是他哥勾结他舅合伙算计了自己。为什么他舅违反常规，一开始不分财产先分人？一般分家都是先把财产平均分几份，然后由兄弟们自由挑选。这明显是设局诱骗他上当，他当时咋就没有看出来？当然村里也有人骂他活该，私心太重，可为人谁没有私心，他哥就没有私心？没有私心他为啥死活不把父母让出来，还不是为了图那份财产吗？只不过他的私心坦荡一些，他哥哥更狡猾，更虚伪，把私心说得比公心还好听。

正因为他哥得了一份大家产，才远远地把他甩在后面，以至于到现在他都赶不上。岂止赶不上，简直是越拉越远。

他因此痛恨他哥，也痛恨他舅，后来就跟他舅断了路，从此不再来往。

周拴成卖地的消息传出后，周克文提了一份点心到刘家沟去找财东刘奔头，向他订购那四亩祖田。刘奔头莫名其妙，他说："你买你兄弟的地咋跑我这里订购了，我跟他有啥关系？八竿子打不着的事嘛，人家既没有委托我卖，我也没打算去买。"周克文把这里面的曲里拐弯解释了一遍，说这是请他帮忙，把那块地买下来，然后再转卖给他。刘奔头说："这忙就算我愿意帮，我也不一定能够买到手啊，这卖地是卖者愿卖，买者愿买，谁也不能强买强卖。"

周克文说："无非是价钱问题嘛，你出的价合他的心意了，他肯定卖。"周克文请刘奔头给那块地估个价。刘奔头熟悉那块地，他们是邻村的嘛，那不算是太好的地，稍微有点漫坡，蓄不住水。不过他还是报了一个高价："三十块银圆吧。"

周克文知道刘奔头在敲诈他，那块地按时价顶多也就是十多块银圆，既然有求于人，他只得忍了。周克文说："这样吧，我每亩地四十块向你订购，总可以吧。"

"要是有人出的价钱更高呢？这可是保不齐的事。"刘奔头说。

这狗龟的得寸进尺。周克文在心里咒骂刘奔头，可表面还是笑着说："不会有我这么瓜的。"

"万一呢？"刘奔头说。看来他是秃子头上也要拔毛了。

钱周克文肯定是不会再加了，但刘奔头的话却提醒了他，买卖的事有时也会出意外，不排除有钱多得没处花的二杆子，一时气血蒙头，非摽着劲要买这地不可。周克文眼睛眨了几眨，一个主意想出来了。他对刘奔头说，"我有办法让别人都不跟你抢，你就放心吧。"

刘奔头还不甘心："那可是你们周家的祖田，叫别人买去你可就后悔了！"

周克文捻着胡须笑着说："你把心放到尻眼里吧。"

从刘家沟回来时周克文拐到了绛帐镇，在瓷器店买了一个带盖的小瓦罐，拿绳子系了提在手上，然后去肉铺买了一副猪下水装在里面。走在路上别人问他，他就说是打了酱油，引得别人一阵艳羡，说这财东的光景红火的，酱油拿瓦罐装呢。酱油是稀罕货，平常人家也就是逢年过节滴几点。

当晚后半夜，周克文扛上铁锹提上瓦罐，溜到那块祖田里，趁黑把猪下水埋到田中央，在土上面搁了三块核桃大的料礓石。忙完这一切，他早早把伙计们叫起来，指拨他们套牲口车水浇地。

周克文塬下的地都是水田，他自家掘了水井，装了畜力水车，这在周家寨是头一份。畜力水车劲头大，抽出来的水很有冲力，顺着渠道哗哗地灌起来，周克文提着铁锹在田里看水，一不小心水就冲决了畦子，淌到邻家的地里去了。那块地是漫坡，水借势而下，很快就把地皮浸湿了。昨晚挖土的痕迹顷刻被淹没了，只要水一干，谁也看不出这里有什么异样。

周克文立即把水改了回来，然后咒骂自己老了，不中用了，连水都看不住了。伙计们把他换了回来，安慰他：老虎都有打盹的时候。

第二天，周克文看见周拴成家的伙计百锁套车去绛帐镇卖粮，就尾随其后，趁机把他拽到一家饭馆，请他吃了一顿羊肉泡馍，然后跟他咬耳朵说了一阵话，百锁点着头把几块银圆揣在怀里，笑着离开了。

四天之后是看地的日子，要买地的人被周拴成带到了地头，大家要现场看地验地。看地验地是买地的必有程序，卖主介绍自己的田地，把它说得天花乱坠，买主知道这其中假多真少，必须现场验看，包括地形、地界、地的肥瘦，等等。

那天验地时周拴成带着伙计百锁，百锁扛着铁锨。地形只要拿眼睛看看就知道了，可地界就得动铁锨了，要刨出埋在土下的界石。至于勘验地的肥瘦就更费劲了，要在地里选几个点，拿铁锨铲下去，看熟土有多厚，更要看挖到多深碰到石头沙子，如果土层太浅那就是漏水田。

周拴成对自己的地有信心，这地虽然有些漫坡，但绝对是肥田，自己每年要给地里上一拃厚的粪，多年堆积起来，这土臭得连牛都不愿意下去犁地。当百锁在买主的指拨下这里那里铲土时，周拴成捏着一个紫砂茶壶站在田头细细品味龙井呢。忽然，地中央的买主们一声惊呼，失急忙慌跑到田埂上。

周拴成不知道发生了啥事，他喝问百锁："咋啦？"

百锁惊慌失措，他招呼周拴成："掌柜的，你来看，太……太岁！"

周拴成跑到跟前一看，啪地给了百锁一个巴掌，骂道："叫你胡说八道！"周拴成气极了，在这关键时刻说不吉利的话，不是砸他的锅吗？要害死他嘛！

周拴成看到了凶险的一幕：一摊新鲜的肉体被铲了出来，阳光下似乎还在蠕动，没有皮肤，没有毛发，只有这孤零零的怪物……这确实是传说中的太岁！太岁是恶煞，谁碰上谁倒霉，人常说谁敢在太岁头上动土，可见大家对这恶物的避讳。

"哪里是人岁？"周拴成强压住内心的恐慌，对人家说，"一只死鸡，我让伙计埋在地里肥田呢。"

没人相信他的话，买主纷纷走了，这是凶田啊，谁敢买！

周拴成拽住了犹豫的刘奔头，刘奔头说我不要，你不要害我！周拴成央求他说，你多少给几个钱吧，这地就是你的了。

周拴成现在是没有退路了，这地是不能留了，留下要妨人的。趁这消息还没有传播出去,赶紧卖了,能得多少是多少。

最后刘奔头以每亩十元的价钱买入这四亩地,转手赚了一大把。

周克文拿到祖田后长舒一口气,尽管费尽周折,可他问心无愧。得知祖田最终落到周克文手中,周拴成又气又喜。气的是他的地转到了他哥名下,喜的是让这凶田妨他吧。

十一

　　到了农忙季节，周立功的识字班只能晚上上课，村里人把这叫扫盲夜校。

　　夜校里坚持上课的人并不太多，不过周立功已经很满意了。一开始在他爹的煽呼下，呼啦来了一大堆人，可这些人中许多是来看热闹来的，随着识字教学的延长，那些没有耐心的人就渐渐逃学了。这也好。人多是热闹，但也嘈杂，光是把那些散乱惯了的野人收拢在一起就会把人嗓子喊哑。人少，清净，管理起来轻省。更重要的是吹尽狂沙始见金，周立功认为这些坚持下来的都是真心向学的人，他们才是值得他去教育的人，也是变革周家寨的骨干力量，给这些人上课他是好钢用在了刀刃上。

　　不过，周克文对此有看法。他认为识字班人数之所以减少，是因为周立功的教学方法有问题，枯燥、乏味，让人打瞌睡。他对周立功说："教书就像是做饭嘛，关键是看厨子的手艺，好厨子即使粗粮也能细做，色香味俱佳，让人馋得流口水。笨厨子就是山珍海味也糟蹋了，啥好东西都能煮成猪潲，让人大倒胃口。"他还举孔子的例子，说："别看圣人平时板着脸面，教起书来那可是花哨得很，唱歌跳舞奏乐啥都来，为的就是把课上活嘛。"

　　周立功觉得委屈，认为自己已经把课上得够活的了，识字时他尽量把生字编成口诀，让学生容易识记。如教"青""清""请"

"情""晴""睛"时，他就编了口诀："山青青，水清清，心头有事情。看东西用眼睛，出太阳天气晴，说话嘴边常常请。"教"池""地""驰"时，编口诀："有水可种荷花，有土可种庄稼，有马走遍天下。"教"蒜"是"二小二小，头上长草"。教"哥"是"小可见大可，张嘴叫哥哥"。教"金"是"一个人，他姓王，口袋装着两块糖"。教"日"是"画时圆，写时方，有它暖，没它凉"。

他这样的教法，比起当年他的启蒙老师来，已经是好到天上去了。他记得自己当年上小学一年级时，老师根本不跟你废话，一手拿课本一手拿板子，那些字不是记到心里去的全是打到心里去的。

尽管这样，周克文还是觉得周立功上课没有吸引力，他是跟自己想象中的情景比较的。他虽然没有当过先生，但他当过先生的学生，他当年在绛帐镇鸿儒学馆求学时，开蒙先生是西府老秀才，那真是汉儒马融数十代的嫡传弟子。传说当年马融讲课时，身边环列女乐歌妓，竹丝管弦，轻歌曼舞，但弟子却目不斜视专心致志，先生讲课的魅力可见一斑。西府老秀才虽然达不到他先辈的境界，却也能把他们这一帮调皮娃娃钉在板凳上纹丝不动，一坐一大晌，听得目瞪口呆，涎水吊得一拃长。周克文觉得自己虽然不才，但青出于蓝而胜于蓝还是有把握的，一旦他当先生，绝不在西府老秀才之下。他向儿子提出亲自上一堂课，试试他的教学方法。周克文嘴里说试试，其实心里很自信，他是要给儿子做个样子。周立功心想，你老说我课上得不好，这是站着说话不腰疼，你就亲自当一回厨子，看做出来的到底是佳肴还是猪潲，是骡子是马拉出来遛遛。周立功满口答应。

听说周克文要上课，这跟他要唱戏一样，都是新鲜事。那天晚上来的人真多。当然，这里边有学习的，也有看热闹的。

周克文的课果然讲得饶有趣味。他先从身边的地名开始讲起，一下子就吸引住了听众，因为大家虽然几辈子住在这里，可并不知道这"绛帐"的来历。

周克文说："东汉有一个大儒马融，想寻找一个地方设馆授徒，他跑遍全国都未能如愿，最后来到了咱们这里。站在平原中间，朝南眺望，只见渭河绵延，波浪滔天，这叫潜龙出水。再转身北望，黄土高原苍苍茫茫，像一只巨大的金龟奔向渭河，龟头就是咱们黄龙塬，这叫金龟探海。如此地脉，天下绝佳。于是在此设帐讲经，开馆授徒，一时名动天下，求学者络绎不绝。由于他讲经的帐子是绛色的，因此称为绛帐，久而久之，设立绛帐的这个地方也就叫绛帐了。"

大家"哦"了一声，如梦初醒。周克文乘机把"绛帐"两个字板书出来，说："这两个字大家一定要记住了，一个人不会写自己的名字，只丢自己的人，一个人不会写自己的地名，那可就是辱没了全绛帐的人，别人会说，马融老先生一千多年前就在绛帐开馆授徒，咋现在那里还有这么多的睁眼瞎子！"

听课的人都笑了，赶紧伸出手指头在空中反复比画。他们觉得老先生比他儿子讲得有味多了，周立功一开口就是什么打倒军阀啊，五族共和啊，亚细亚啊，欧罗巴啊，又大又空，听得人发懵。

周克文说："人都不是天生的圣贤，修行是靠后大的学习，就连马融也是这样。"他讲了马融少年时的逸闻趣事。说马融少时求学于京兆名儒挚恂门下，挚恂有一爱女碧玉，自幼承学父前，满腹经纶，见马融自恃天资聪慧不肯勤学苦练，就有意调教他，要和他比试学问。马融轻视她是女流之辈，慨然应允。他们一起来到挚恂面前，请求出题。挚恂出了"一牛生两尾"的字谜，马融半天答不出，碧玉不假思索写了一个"失"字。马融不服要求再试，挚恂又出"牛嫌天热不出头"的字谜，马融这次脱口而出，说是"伏"字，挚恂笑着摇头，碧玉不慌不忙写了个"午"字，挚恂颔首称是。马融强辩说，学生平日研习《周易》，最善解梦，请试占卜吧。挚恂依他，又出一题：有一妇女兵荒马乱中与丈夫孩子失散，夜里梦见推磨子磨面，此梦何解？马融如堕五里雾中，不知如何破解。碧玉笑答：磨面，必有麸子，麸子者夫与子也，此女当与丈夫孩子重逢。三个题目，马融均未答对，自此之后知耻后勇，发愤读书，终成一代大儒。

讲故事中周克文不失时机地板书出四个字谜的谜底"失""午""夫""子"，这真是一举两得。既告诉了学生"刀不磨不锋利，人不学不明理"的道理，又让学生在兴趣盎然中记住了四个字。

周克文讲得眉飞色舞，学生听得如醉如痴，许多站在旁边看热闹的人不知不觉地蹴在学生后面，加入了听课的行列。周克文自负地想，西府老秀才即使死而复生又当如何，充其量也不过如此吧。

周克文教了六个字，为了检验自己的教学效果，他擦掉板书，点名让学生到黑板跟前默写，结果六个字全写对了。周克文大为高兴，忽然灵感来临，他把六个生字中的"失"和"午"擦掉，只剩下"绛帐"和"夫""子"四个字，对学生说："'夫''子'两字也可以连读做'夫子'，指的是道德高尚的读书人，比如孔夫子，现在我们把这四个字连起来，就成了'绛帐夫子'，那谁是'绛帐夫子'呢？"

学生齐声回答："周克文！"

周克文那个得意啊，脸都笑成了老菊花！

老汉乘胜追击，决定考一考儿子教过的字，跟自己的效果比一比。他翻开周立功的教材《农民千字文》，翻到他们昨天学过的课文，挑了一个生字"扣"，写在黑板上，点名毛娃来认。

毛娃抓耳挠腮，吭吭哧哧半天答不出来。第一个提问就打住了，周立功脸上有些挂不住，眼睛直勾勾地盯毛娃。周克文倒是显得宽宏大量，他启发毛娃说："这个东西嘛，每天晚上睡觉时要摸一遍，早晨起来时还要摸一遍。"引娃那个急啊，这事关她立功哥的颜面，毛娃这个瓜怂咋这么憎呢？她着急地给毛娃打哑语，手在自己胸前的纽扣上比画，毛娃马上会意了，他高声回答："奶头！"

祠堂里人都笑翻了。毛娃的媳妇就坐在他旁边，气得使劲一掐丈夫的尻蛋子，毛娃赶紧纠正："不是奶头，是尻子！"

这一下很多人笑得岔气了，站在旁边看热闹的好几个哎哟哎哟地蹶在地上，坐在板凳上的学生歪倒一大片。周克文笑得涎水一拃长，他问道："毛娃，你不识字也不识数吗，是一个字还是两个字？"

周立功也笑了，可他笑得比哭还难看。

说周立功的书没有他爹教得好，他可以接受，反正不管谁教得好，都是给周家寨培养人才呢，目标是一致的。他不能接受的是他爹的思想，那跟科学和民主差得太远了。这样他跟他爹免不了要发生冲突。

有一天晚上他讲《农民千字文》中的《新女性》一节。课文说："新女性不缠足，保健康力气足。"周立功就大讲缠足的坏处，嘲笑小脚女人的病态，并且拿引娃现身说法，让她把自己的大脚亮出来，在众人面前走来走去，夸赞她健康、漂亮，说得引娃心花怒放，这可是她立功哥第一次这么夸她，而且是在大家面前。引娃听得美滋滋的，越发来劲，她索性把鞋脱了，亮出赤脚，让大家跟自己家里的小脚女子相比较，有轻薄后生竟至于在上面抠抠摸摸的。

"胡闹！"忽然一声断喝，吓了大家一跳，原来是周克文冲了进来。这老汉自从上次讲课后就有些上瘾，时不时就到祠堂里来转悠，想抽空子再显摆一次。今天转到这里，看到刚才一幕，简直怒发冲冠。

谁敢这么糟蹋小脚！男女之大防可以免了，但女子也不能在光天化日之下袒露身体吧？礼法何在！周克文拿起门背后的笤帚疙瘩就要抽引娃，周立功赶紧挡住。周克文一把推开他说："我今天晚上偏给你们讲讲小脚，让你们见识一下小脚的妙处。"

下面的人一见这父子俩顶牛就好笑，一见这老汉又要显摆就来劲，而且这老汉还要专在女人脚上下功夫，更是不亦乐乎，一齐煽呼周克文："讲！"

于是周克文从南唐后主李煜的窅娘讲起，历数方绚、李渔等品莲大师对小脚的赞美，中间还穿插苏东坡、杨铁崖、朱竹坨等人的咏莲诗，最后不忘把自己的得意之作写在黑板上：

> 金莲轻移柳摆风，
> 三上三下最销魂。
> 媚态自古画不得，
> 风情只在一握中。

结束讲课时周克文总结说："这小脚不光是为了好看，更是对女子的约束，让她静于闺中，行止有度。试想一个女子整天在外面连颠带跑，大呼二喝，这就是古人说的牝鸡司晨，成何体统！老先人的规矩还要不要？"

在发了一通火之后，老汉气顺多了，他笑眯眯地说："我当年相亲时一眼就看中了立功他妈的一双小脚，那小脚缠得哟……"老汉不停地吮咂嘴巴，手在空中捏摸着，好像沉浸在新婚之夜的品莲美梦中。

这让周立功太难堪了，简直是当众把他妈的小脚解开了让人看嘛。他赶紧给他爹倒了一杯水送到嘴边，没想到水也堵不住他爹的嘴，周克文说："把你能的，不要女人缠小脚，没有你妈的小脚，哪来的你！"

周立功有些生气了，他说："你别叨叨了，你没有问我妈这一辈子难受不？"

周克文很惊讶，说："她咋会难受呢？难受她还会自己给自己缠脚？"

周立功哼了一声，说："你不是女人，当然不知道她们难受了！"

周克文反问道："你不是女人，咋知道她们难受？"

周立功说："我们两人说不清，好在这里就有女人，让她们说说感受。"

周克文说："这才公平嘛，缠脚好不好她们说了算。"周克文觉得自己讲了一晚上小脚的好处了，学生总会听进去一些吧，有上次讲课的效果垫底，他对自己今晚的鼓动力很有把握。

没想到他的话音刚落，引娃就吆喝了一声："小脚一双，眼泪一缸！"

周克文气得骂道："你这个野女子，看伯扇你！"

十二

周拴成的烟馆经过几个月的筹备,在这年的腊月开张了。烟馆设在绛帐镇,起名赛仙堂。

周拴成开烟馆名义上是为了赚钱,其实是为了省钱。是以卖养吸,填补儿子周宝根这个黑窟窿。周宝根是个嗜烟如命的瘾君子。

按照周拴成的脾气,无论如何是不能允许儿子吸烟的。尽管就这么一个宝贝疙瘩,咋娇惯都不过分,但他不会让他吸烟,吸烟不光是名声不好,而且是烧钱呢。他这么节俭的人,咋能叫儿子如此糟蹋银子?

其实这吸烟还真不是儿子挑头的,怪只能怪周拴成自己。周宝根自小身体弱,患有凉病,稍受风寒就咳嗽不止,一咳起来喉咙抽得像风箱一样,青筋暴凸,面色酱红,浑身狂抖,内脏随时都可能喷出来……样子很吓人,好像一口气喘不过来就没命了。周拴成让儿子吓怕了,带儿子四处求医,喝了一渭河的中药了,可一点疗效都没有。一年当中,天热的时候还好一些;一到天凉,这病就三天两头发作。在北方,夏季短,秋冬春季长,漫长的凉季是周拴成两口子的徒刑,他们提心吊胆,战战兢兢,麻绳偏从细处断的咒语让他们心惊胆寒。后来有人告诉他们一个偏方,说大烟膏可治凉病,而且效果奇好。

得到这个偏方后,周拴成两口子犯了难。吸烟,很可能染上烟瘾;不吸的话,儿子的病好不了。两害相权取其轻吧,保住儿子的性命要紧,别的暂且放下。

这吸烟治病,周拴成想了,结果不外乎三种:一是最好的,吸了烟,治好了病却没有染上烟瘾;二是最差的,吸了烟,染上了烟瘾,却没有治好病;三是中间的,吸了烟,治好病,同时染上了烟瘾。周拴成觉得自己不是瞎怂,运气不至于坏到碰上最差的,也许还会碰上最好的呢。周郭氏为此每天求神,还忌了口。这忌口不是说不吃肉,周拴成平时哪里舍得沾荤带腥,也就过年时割些肉哄哄肚子而已。这忌口是指不骂人,特别是指不骂引娃,这在平时是很难做到的。

最后的结果不偏不倚,周宝根摊上了中间的。虽然有些遗憾,但他还是欣然接受了,毕竟治好了儿子的顽疾,给他留下了香火。

周宝根由此吸上烟。他开始吸烟时是在牲口棚里,他爹虽然允许他吸烟,但不愿看见他吸烟,他理解他爹的心情。牲口棚环境很不好,气味难闻,但为了治病他也忍了。到了后来,烟瘾一发作,他立即钻进牲口棚,根本就闻不见臭味了,满鼻子满嘴满肚子全是令人陶醉的馨香。

周宝根吸烟时那些牲口就望着他,它们大概觉得好奇,这周家的宝贝少爷咋总爱跟我们凑在一起啊。后来牲口也闻惯了大烟味,只要周宝根往牲口棚钻,这些牲口只要看见了,哪怕是在外面干啥,都会拼命地往牲口棚奔,跟周拴成分享大烟的美味。到后来,这些牲口也染上了烟瘾。周宝根要是今天不去牲口棚吸烟,它们就呵欠鼻涕的没精神,拉出去干活也是软塌塌的;只要周宝根朝它们喷两口烟,它们就亢奋得大声嘶吼,尥蹶子甩尾巴，干起活来跟疯了一样。

周宝根的烟瘾越来越大。尽管他吸烟时背着他爹，但周拴成有一次还是目睹了儿子烟瘾发作后的情景。那天由塬下往塬上运肥，长工一人一辆手推车，周拴成跟儿子两人合一辆，儿子驾辕在后面推，他拿绊绳在前头拉。走到坡中腰，周拴成骤然觉得绊绳加重了，勒得他当下走不动，车子开始往下滑。他不知道出了啥事，回头一看，只见周宝根张大嘴巴打哈欠，鼻涕眼泪齐刷刷涌下来。周拴成问儿子："你咋啦？"周宝根喘着气说："我烟瘾犯了，没劲儿了。"周拴成吓得要死，这是在陡坡上呀，你不往上推车子就往下坠，他在前面还好办，把绊绳丢掉就没事了，可儿子圈在车辕里，如果车子急速下滑，他根本没机会从车辕里钻出来，会被车子带着一起滚到塬下，后果不堪设想！

周拴成急中生智，大喊一声："宝根扛住，爹给你吃烟泡！"这一声真灵，周宝根瞬间一个激灵，他拿肩膀抵住推车，周拴成乘机从地上抓起一粒羊粪蛋，塞到儿子嘴里，说："大烟泡来了！"

周宝根把这东西噙在嘴里嚼碎咽下，立即两眼放光，精神抖擞。他说："爹，咱走！"周拴成这次拉上绊绳几乎没有感觉，那车子呼呼呼地就上了塬顶。到地里卸了粪，周宝根觉得奇怪，问他爹："哎，你身上咋带着烟泡？"

周拴成没有解释，只是问道："这烟泡咋样？"周宝根说："劲儿够大的，就是味道有点怪，一股臊气。"

周拴成真是觉得后怕啊，他没想到儿子烟瘾竟然这么大。长此以往咋办？

周拴成之所以一开始敢接受偏方，除了无路可走的原因外，他心里还有一个底，就是鸦片的来源他不发愁，自家就是种大烟的嘛。可是他没有想到这鸦片一旦吸上就不得了，烟瘾越来越大，吸量节节攀升，这账一细算下来，就吓了周拴成一跳。他有心叫儿子戒烟，又担心万一烟戒了那凉病犯了咋办，况且戒烟又谈何容易，多少大烟鬼把万贯家产都化成了灰烬，卖儿卖女男盗女娼，要是好戒的话他们早戒了。

不能戒那也不能坐抽山空啊，得想一个办法弥补一下，最后周拴成想到了开烟馆。开烟馆有三利：第一，本儿小，主要是租门面添烟具，烟膏是自产的，不花钱，大头免了；第二，利儿大，直接卖烟膏就像直接卖粮食，利润小，把烟膏加工好了放在自家的烟馆卖，利润翻几番；第三，发挥了儿子的专长，儿子已经是玩烟土的高手了。尽管可能有这么多好处，但周拴成比较现实，他不求多赚，但求少亏，最理想的是，儿子把自己的烟钱挣回来。

赛仙堂开张那天，大家都去祝贺。作为亲哥哥，周克文不能不去，可是去了又违背他的意愿。他对抽大烟是深恶痛绝的，咋能向烟馆贺喜？想了又想，无奈地叹道，人情大于礼法啊！

周克文去了。别人都送了礼，封了红包，有的还外带一挂鞭炮，在门口噼里啪啦点燃了，炸出满地红屑，给主人讨一个开门红的彩头。周克文只带了一幅裱糊好的条幅，一进门就招呼周宝根：寻一个敞亮的地方，把字挂起来。他不跟周拴成照面，怕热脸去蹭冷尻蛋。

周宝根把大伯的字挂在了中堂的位置上，大家都围上去看，只见一手颜体端端正正地写着：道人劝饮鸡苏水，童子能煎莺粟汤。苏东坡这两句诗把周克文想说的都表达出来了，他对自己这个主意颇为得意。道人对应的是赛仙堂，只有道士才追求成仙，而求仙不是抽大烟泡，而是喝莺粟（罂粟）汤。表面上事景相符，实际上劝人戒烟，这意思又是借古人之口道出，雅而隐，很符合他的身份。

有人笑着说，秀才叔，你也太抠了吧，你亲兄弟开业，你就送一张纸？

周宝根很会说话，他急忙纠正："我大伯的字那是宝贝，值钱着呢，县长都求不来。"

周宝根说的大抵是事实，不过周克文还是要顺着竹竿往上爬，他说："县长就不该来求，高山流水遇知音，我的字岂是送给俗人的！"

这句话既显摆了自己也抬高了对方，双方都爱听。

祝贺的客人都要被主人留下酒席招待，但周克文坚决要走。周宝根挡不住，就说："大伯，你不吃饭总要喝杯茶吧？"

周宝根到后面给周克文倒茶，周拴成塞给他一杯冷茶，周宝根说："这不合适吧，伸手不打送礼客嘛。"

周拴成说："他送的是啥烂礼，当手纸上面还有墨呢，怕把人尻蛋子染黑了。"

周宝根说："给人喝凉茶？我不去，要去你端去。"

周拴成哼了一声，说："我去伺候他？"他吆喝了一声："引娃，给你大伯端茶去。"

引娃不明就里，把那杯冷茶端了出去。周克文一接杯子就奇怪，大冬天的咋给人喝凉茶？再一看两位男主人都不露面，就知道啥意思了。

"还跟我记着仇呢。"周克文嘀咕着。

赛仙堂在年节前开张，正是人们的消闲期，无论是干啥的人，这时候都有几个闲钱，因而生意格外好。

一天，烟馆里来了一个衣衫褴褛、面黄肌瘦的人，一看就是大烟鬼。他刚要进门就被周拴成挡住了，他知道潦倒到这份上的人根本就没钱，到烟馆纯粹是为了蹭烟。

蹭烟就是一些既没钱买烟又戒不掉烟瘾的大烟鬼到烟馆向别人讨烟吃。这种乞丐有软讨和硬讨两种：软讨就是说吉利话，唱喜歌，比如说快板："一进门，喜气生，炕上躺个吕洞宾，虽然不是真神仙，脸前摆得照佛灯。"如果那人是个啬皮，不为所动，讨烟的就会恶语相向，变成硬讨，口念咒语："一进门，怒气升，炕上躺个活死人，虽然没有进棺材，脸前摆着照死灯。"不管是软讨硬讨，无非是死乞白赖地让别人赏他一口烟。

这人赶紧说他不是蹭烟的，是给掌柜的当伙计的，并且说他有一手烧烟泡的好本事，还不要工钱。赛仙堂刚刚开张，人手确实有些紧张，如今有这样的便宜事，周拴成自然是要试试的。他把那人放了进来，那人一进门就急速翕动鼻子，像溺水的人浮出水面一样，闻声出来的周宝根一看，就知道这人几天没有吃烟了。周拴成对儿子说："你试试他的本事。"

周宝根端出一盘烟具，拿出烟膏，自己躺在烟榻上，点燃烟灯，对那人说："来吧。"那人打开包烟的蜡纸，先不忙着动作，却把头俯下来对着烟膏深深地吸几口气，然后把蜡纸放在舌头上反复舔。周宝根催他快点，他一手执烟扦一手拿烟板，左右开弓，徐疾相间，为周宝根烧出了美女脱衣、蛤蟆晒肚、金蝉脱壳、官上加官、狮子头等模样华丽的烟泡。

这人果然身手不凡，应该留下来。不过周宝根奇怪的是，这人有如此手段，绛帐镇的烟馆好几家呢，为啥别人不要他？对这种来历不明的人还是小心为好，不要轻易招惹，还是给人付工钱吧。

可是周拴成坚决不同意，说："那是他自己应承的，又不是我们逼他。他愿干就干，不干走人！"

那人赶紧说："我干，我干，只要有饭吃就好。"

周拴成父子没有想到的是，这人进馆三天后竟然死在赛仙堂！

这人其实不是来吃饭的，是吃烟的，而且是偷吃，一次吃多了，撑死了。他本来不是凡人，是绛帐镇驻军一个排长的内弟，因为染上大烟被他姐夫撵了出来。他生活无着，先是在各个烟馆蹭烟，后来凭着一手烧烟泡的本事，在镇上多家烟馆当过免费伙计，但都因为偷吸行为被人赶走了。赛仙堂刚刚开业，不明就里雇了他，他由于熬了多日才逮到机会，一次偷吸过量毒死了。

这其实要怪周拴成。如果依了周宝根的建议，给他工钱，他很可能就拿钱来买烟抽，也就不会出事了。偷吸是有上顿没下顿，只要逮住机会就要吃饱，以支撑后面空白的日子，稍不留神就会过量。用钱买是细水长流，他不会有断顿的恐慌。

那时候烟鬼吃死是常见的事，况且这人还是偷吃。但这要看是啥人，一般烟鬼死了，有人管的给装一口薄棺材埋了，没人管的抬出去扔了喂狗。绛帐镇南门外的土壕里见天都有，肠肚撕得满地都是。

可这人是排长的小舅子，活的时候排长不认，死了他却认了。这事情麻烦大了！

排长提出公了私了两条路：公了是告赛仙堂谋害人命，蹲监狱受大刑甚至枪毙；私了好说，赔一千块银圆。

无论公了私了，对周拴成来说都是死路。他没办法打赢官司，也赔不起这么多钱。

在他们快要愁死的时候，引娃给他们出了一个主意：找周立德。

周立德当军官的消息早被周克文卖弄出去了，而且说是给冯玉祥当副官，这该是多大的官啊，周家寨的人连想都不敢想！

这确实是一条路，冯玉祥管着陕甘两省呢，他的副官还管不了一个小小的排长？

不过周立德不是他们能直接找的，必须先拜他老爷子。求人的口谁去开呢？他们犯了难。

引娃说："我去，我一个女娃娃，我大伯能把我咋的？"

周宝根说："还是我去吧，我姐去了我大伯会说咱轻慢他。"

周拴成叹口气说："算了吧，你们谁去都不行，你大伯这人我还不知道？他是专等我给他下话呢。"

周拴成提上两斤好茶叶，腆着老脸往隔壁走去。他刚走进大门，就听见周克文在葡萄架下唱秦腔《金沙滩》里的杨继业呢：

> 事急了才想起把佛念，
> 口内含冰满腹寒。
> 在大佛殿里拿本谏，
> 为臣还要苦谏言。
> 我主不该去还愿，
> 为臣也曾拿本参。
> 龙头出水遇风险，
> 惊动了圣驾非等闲。

周拴成知道这是说他呢,他没言传。事把人箍住了,你脖颈再硬也得低头。他把茶叶放下,操起门边搁着的镢头,朝院墙上砸过去,扑通一声把堵塞着的窟窿砸透了。

周克文说:"这就对了嘛,我马上给老大写信,屁大的事情嘛。"

十三

　　一场大雪过后，黄龙塬变成了一个巨大的蒸馍，又白又暄腾。人常说瑞雪兆丰年，民国十六年的春节在大雪簇拥下降临了，这预兆着周家寨一年的好光景。
　　进入腊月，年的味道就越来越重。先是腊八喝粥，把玉米在碾子上压碎，跟胡萝卜和豆腐一起煮，红白黄三色相间，不要说吃，光看颜色就让人流口水。腊八粥吃了心口热乎乎的，三九严寒就不在话下。腊月二十三祭灶，要烙锅盔，给灶王爷上贡，他老人家吃了圆圆的锅盔，上天只说圆满的事。腊月二十五，男人要杀猪。寨子里家家户户都养猪，为的就是在年终时吃肉。满寨都是猪的抱怨声，它们不明白一年来把它们当儿女宠爱的主人为啥忽然就变脸了，对自己白刀子进红刀子出。主人们刀子红红的，眼睛也红红的，不知道是杀红的还是眼泪泡红的。这场面女人绝对不来看，不光是害怕，更是心疼。她们这天要做的事是扫社，社在古时是祭祀的神位，到今天变成了各家各户的先人供台。女人们要把供奉先人的桌案烛台擦洗干净，让他们一回家就心情舒畅。忙完亡灵的清洁卫生，她们气都不能喘一口，紧接着忙活人的大扫除，把家里家外房前屋后都要打扫一番。腊月二十八蒸馍馍，女人们这一天从早忙到黑，起面，和面，揉面，盘面，面在她们手里成了妖精，变出兔子、老鼠、老虎、蛟龙、石榴、莲花、寿桃、元宝……她们虽然累，但也乐呵，这是展示自己手艺的最好机会。腊月二十九贴窗花，这还是女人的事，她们硬是拿五彩的纸张把灰头土脸的冬天打扮得花枝招展，让它一脸喜气走到年关。到腊月三十这天，有一件大事，女人是不能参与的，那就是请先人。每户人家的长房长子带领子孙们来到祖宗坟头，点燃蜡烛香表，行三叩九拜大礼，敬请祖宗随他们回家过年。迎神的队伍到家后，把先人的牌位摆放在擦洗干净的桌案上，然后供奉上礼馍和酒菜，这就算把祖宗安顿好了。黄昏时分，门神挂了，对联贴了，一家人守着满桌的猪肉和礼馍，虔诚地等候忙碌了三百六十五天的太阳爷落了驾，然后把挑在竹竿上的鞭炮点着了。剧烈的爆炸是年从空中着地的碰撞声，是年奔跑时的脚步声。它闻见了牺牲的香味，从天上一头扎下来，流着哈喇子急不可待地扑向每家每户的饭桌，跟人们共享这岁暮年关的最后一次盛宴。这顿饭吃得相当漫长，从三十吃到初一，这叫守岁；这顿饭最丰盛，馍馍要最白的，细面不掺杂粮，猪肉要最肥的，膘超过一拃厚，面汤的油要旺，一口气吹不透。人们辛苦一年了，他们有理由犒劳自己。这顿饭也是最快乐的，因为有年这个神圣在身边，谁都不能骂人，谁都不敢发脾气，怕年误以为是指桑骂槐，他老人家一生气可不得了。只能笑啊唱啊，乐啊疯啊，这欢声笑语能把村庄抬起来，呼儿嗨哟地就抬到了大年初一。

这一切快乐都跟引娃无关。别人过年，她是过难！每年的年关都是引娃的鬼门关。周家寨一带的风俗，凡是嫁出去的女儿绝不能在娘家过年。俗话说嫁出去的女儿泼出去的水，生为夫家人死为夫家鬼，她如果赖在娘家过年，就会把娘家的福气带到夫家去。引娃是嫁出去的女儿了，所以她不能在娘家过年；她又死了丈夫，跟公公婆婆闹翻了，又不能回夫家过年。每年到了这个时候，引娃就成了孤魂野鬼，只能在荒郊野外游荡。

　　引娃被周拴成夫妇抱回来时只有四个月大，谁也不知道这个女娃是从哪里来的，周拴成两口子守口如瓶，连对给他们出暖怀主意的周梁氏也不露一丝口风。这当然是怕小孩长大以后知道身世，去找自己的亲人。按周拴成夫妇的想法，即使暖怀也最好抱一个男娃做引子，这样更容易引出男娃。可长牛牛的多金贵啊，谁家肯送给别人？最后只能抱一个扎辫子的。

　　正因为是做引子的，所以不把她当人看也就在情理之中了，谁见过把药引子当药吃的？自从进了周家们，起名叫引娃，她的命运就注定了。周拴成两口子懒得管她，只要饿不死就行，就连女娃必须的缠脚礼周郭氏也免了。引娃果然灵验，暖了三年怀周郭氏就怀孕了，而且生的还是长牛牛的。从此以后，引娃几乎被周拴成夫妇忘记了，他们眼里只有宝贝儿子，这个女儿只能算是一个长工。要是长工倒也罢了，长工是请来干活的，不是挨打受骂的，他有人身自由，主家太苛刻了他就拍屁股走人，凭力气吃饭的人，为啥要受窝囊气！引娃不同，她除了当苦力还要当出气筒，这家人谁气不顺都在她身上撒，周拴成挨老婆骂了就骂引娃，周郭氏挨男人揍了就揍引娃，就连弟弟拉稀了着凉了惊夜了噎奶了都是引娃的错，拳打脚踢是家常便饭。引娃没地方躲，没人诉说，只能死扛着。

　　引娃也是命硬，尽管饱受折磨，却顽强地长大了，而且长得结结实实，正所谓粗粮淡饭好活人。与她形成鲜明对比的是她那个宝贝弟弟，一生下来就是蔫的，后来一直就泡在药罐里，啥好吃的给他吃了都是瞎吃，连一泡好粪都屙不出来。没人管束引娃，倒也让她自在，养成了一副率性而为的脾气，周家寨很多人说她没家教，周克文干脆叫她野女子。

引娃十岁那年出嫁了。男大当婚，女大当嫁，尽管引娃嫁得早了点，不过距天癸初通也快了，勉强说得过去。说不过去的是，引娃出嫁时丈夫还没有出生，还在他爸腿肚子上转筋呢，要靠引娃把他引出来。周家寨没有这么嫁女的，大家都惊讶得目瞪口呆。

可周拴成不惊讶，不就是当童养媳吗，区别只在于是现付还是预支，有啥大惊小怪的？

引娃的夫家是北山畔康家堡的，那个村有一对夫妇结婚十年还没有生育，急得寝食难安，不知道从哪里听到了引娃的事，觉得事情还有转机。那时候引娃的事已经传扬开了，传扬中又添盐加醋，变得更加神奇了，说这女娃是送子娘娘的童女，只要她进家门，这家人保准添丁加口，而且一定是小子！这对夫妻喜不自禁，决定去求女娃的养父，把这个引子转让给他们。他们觉得这事可以办成，因为引子的作用是引出自己的骨血，一旦这个目的达到了，引子也就成多余的了，既然是多余的，何不拿出来换些好处？

北山畔的男人找到周拴成，说了自己的意思，周拴成眼睛一瞪说："你这是要我卖女儿嘛！她是我的心肝宝贝，我咋能舍得！"紧接着，他诉说了女儿从小到大他怎么给她吃好的穿好的，怎么捧到手里怕摔了噙在嘴里怕化了。北山畔的男人撇了撇嘴，他已经打听过了，知道周拴成是如何薄待女儿的。他说："价钱咱们好商量。"周拴成很生气，他说："你这是啥话吗，我们是在卖牲口吗，这不是钱的事，是名誉的事！"北山畔的男人不甘心，问道："没有商量的余地吗？"周拴成义正词严地说：

"卖儿卖女是不仁不义的事,我周拴成就是当叫花子也不干这种事!"

北山畔的男人绝望了,他心灰意冷地走出门,爬上驴背正准备离开,不料周拴成叫住了他,说:"我看你也够可怜的,人也实诚,要不这样吧,咱们结个亲家吧。"

北山畔的男人大喜过望,连声说:"求之不得,求之不得啊!"周拴成说:"你娶媳妇我嫁女,这虽说是两全其美的事,可你儿子毕竟还没有生出来,我这么做是委屈我女儿啊。"北山畔的男人赶紧说:"我不会亏待亲家,也不会亏待儿媳妇的。"

事情走到这一步,北山畔的男人算是领教了亲家翁的精明:明明是没有用的引子了,他偏说舍不得,明明是虐待女儿,他偏说他为女儿上天摘星星下海剪龙须,这都是为了抬高身价。明明是卖女儿,却偏说是嫁闺女,把卖儿卖女的骂名撇得一干二净,嫁闺女要彩礼是天经地义的事,天王老子也管不着。明明知道把女儿嫁给还没出世的丈夫有风险,却把这个愧疚转嫁到别人身上,无非是要给对方施加压力,加倍讨取补偿。面对这样善于算计的人,北山畔的男人提醒自己必须处处小心。

就这样,两个男人讨价还价一整天,说得口干喉咙疼,最后谈妥了这笔生意。

生意基本上是买空卖空,依引娃的性格,她本该抗议的,叫她啥也没有说。引娃是这么想的,她在周家已经待够了,这里把她不当人,再待下去说不定会叫人打死。万幸没有打死,自己也可能受不了去自杀,要是这样还不如换个地方去试试,运气好的话还能碰上一个好人家呢。她觉得自己这辈子已经晦气到底了,该转运了吧。当然了,她去当引子本身有风险,有可能引出一个丈夫，也可能不会。引出来了，不管他比自己小多少，毕竟是她的男人，她这辈子就有了依靠。这是最好的。但也可能根本引不来，那她就得守一辈子活寡。守就守吧，引娃当时还小，不知道这其中的难处，觉得自己可以忍受，就权当给别人当一辈子不出阁的闺女。

引娃不反对周拴成把自己卖了，还有另外的考虑，那就是报恩。她虽然不知道自己是哪里来的，但无论从哪里来都有一个前提，那就是她的亲生父母不要她了！当时女娃轻贱，生下不愿养的基本都是弄死，不是塞进尿盆淹死就是扔到荒郊野外喂狗，她能逃得活命全赖周拴成夫妻的收养。尽管后来他们待她不好，但她可以体谅，毕竟她不是他们的亲骨肉嘛。他们把她卖了，就算把她卖给一个不存在的男人，她也没有怨言，权当是对他们抱养之恩的补偿。

正因为这样，出嫁那天引娃还是哭了。周家寨的人都以为引娃不会哭，他们说这女娃要逃离阎罗殿了，该高兴才对。他们说得也大抵不错，引娃确实盼着嫁出去，而且把这种高兴流露在脸上。这与一般待嫁的女子不同，别的女子即使再怎么期待嫁人，也不会把这种情绪流露出来，相反，越是临嫁越是要表现出不舍父母的凄楚。一直心情不错的引娃以为自己不会哭，可是在跨上驴背的一瞬间，她回头望了一眼养父母，竟然看见他们的眼睛里也噙着泪。那个八岁的弟弟忽然跑了过来，他个头刚刚够得上驴背，把自己的棉坎肩脱了，往引娃的尻子下面塞，说："姐，你把这个垫上，北山路远啊。"周郭氏说："宝娃你赶紧穿上，别着凉，叫你爹拿褥子去。"周拴成立即回去，出来时拿了一个塌塌枕头，给引娃垫好，拍了一把驴尻蛋子说："委屈我娃了，甭怨爹，爹也是为了过光景啊！"

驴一起步引娃就哭了。跟周家寨所有出嫁的女儿一样，她哭得很伤心，不过别人哭出寨子就不哭了，她们知道那是一道程序，过了就行了。可引娃哭了一路。她伤心的事情太多了，周家寨哪个女娃有她这么命苦的！

十年前毛驴驮走了引娃，十年后毛驴又把她驮了回来。不同的是，驮她走的是毛驴妈，驮回她的是毛驴女儿，引娃去了北山畔不但引出了小丈夫，还引出了一头小母驴。这一双喜事同时发生在引娃出嫁的第三年，可把北山畔那家人高兴疯了，觉得他们的钱花得值当。那家人跟周拴成不同，他们没有因为儿子的出生就忘了引娃，相反，还对引娃很不错。他们要靠引娃照看他儿子呢，让十三岁的媳妇伺候襁褓中的小丈夫，他们既省心也放心。引娃也觉得自己真是时来运转了，把这家人当成救命恩人，把怀里的婴儿当作终身依靠，精心呵护，真正是捧在手里怕摔了，噙在嘴里怕化了。

就在引娃沉浸在做贤妻良母的美梦中时，老天爷猛地给了她一个耳光子，五岁的小丈夫出天花，死在了她的怀抱里！北山畔的这家人悲痛欲绝，引娃更是哭得死去活来。一个哭自己绝了后，一个哭自己守了寡。不过绝后的这家人想了想，觉得自己还可以不绝后，引娃不是很灵验吗，只要她在，就会再引出一个儿子来，这个儿子还可以娶引娃当媳妇嘛。引娃也采纳了这个主意，谁叫她这样命薄呢？

可是事不过三，已经灵验了两次的引娃这次失灵了。三年过去了，女人肚子仍然瘪塌塌的，北山畔的男人把责任归结到他老婆身上，认为人老珠黄的老女人是肥尽水干的盐碱地，难得长出庄稼了。这时身边的引娃二十出头，正是开花的盛季，不用简直是浪费。于是这男人跟老婆商量，要纳引娃做小，说为留后也顾不得别人说闲话了。没想到那老女人居然同意了，还跑来把引娃叫妹妹，劝她尽快圆房。

引娃臊得面目涨红，公公娶儿媳妇是天底下最见不得人的丑事了，这家人咋这么不要脸呢！她当天晚上就骑毛驴偷着跑了。

她能跑到哪里去呢？只能跑回周家寨。周拴成收留了她，好歹他是她爹，再说了引娃已经是大人了，没有缠过脚，壮壮实实一个好劳力，干活不输男子汉，比雇一个长工划算多了。

可笑的是北山畔男人还跑到周家寨要人，说儿媳妇回娘家也不能没有期限嘛，引娃左一个扒灰右一个骚包，把他骂得狗血淋头。临走他要牵走毛驴，周拴成没说啥，引娃却硬拽住缰绳不放，说这毛驴是我引出来的，凭啥给你，我怕你把毛驴拉回去圆了房！

北山畔的男人落荒而逃。

十四

　　大年初一清早，周立功还在做梦，听见他爹在院子里吆喝："都起来了，初一起得早，全年都吃饱，初一不下炕，全年吃麸糠！"昨晚守岁差不多到天亮才睡，周立功这阵子还迷糊得很。周梁氏进来了，她系着围裙，显然是从灶房里来的，怀里抱着一堆衣服，她拍拍还在赖床的儿子说："赶紧穿，还是热乎的。"周立功明白这是咋回事了，他立即爬起来踢里腾楞就把衣服穿上了，果然热乎乎的。看着儿子舒坦的样子周梁氏满脸笑容，小时候儿子冬天最怕起床了，从热乎乎的火炕上爬起来钻进冰凉的衣服里，他总是冻得龇牙咧嘴。为了儿子少受罪，她常常把他的棉衣拿到灶房里，借做饭的灶火给他烤热。自从儿子上学离家，周梁氏就再也没有机会给他烤衣服了，每年冬天她都惦记着儿子起床，经常坐在灶火前怅然若失。

　　周立功眼睛湿润了，看着两鬓斑白的母亲，他弯腰深深鞠了一个躬，说："孩儿给母亲拜年了！"周梁氏觉得怪怪的，给老人拜年是要磕头的，哪有弯弯腰凑合的？不过虽然觉得别扭，她也没有质问，心想这大概是啥新礼节，老二是见过大世面的，他这么拜肯定有他的道理。她只是说："我娃不敢乱了次序，你爹是一家之主，要先拜你爹！"

　　周立功走出房间。嚯，漫天的大雪纷纷扬扬，他爹正在院子里扫雪。老汉头上戴的斗笠落了厚厚一层雪，像顶了一座汉白玉宝塔。他过去换他爹，他爹说："你干不惯这活，还是我来，你去收拾明德堂吧。"

周立功走进明德堂，他妈已经把先人供桌上的凉饭换成热饭了，他帮着把八仙桌和太师椅摆放好，这是为拜年做准备。祖宗三十晚上已经拜过了，今天是拜长辈。先是在家里拜自己的长辈，然后族里的小辈还要挨家挨户去拜同族的长辈。无论是拜哪个长辈，长辈都是要给压岁钱的。

周克文扫完雪回来，立即进屋换衣服。这老汉平时都是一身粗布衣衫，上身大襟袄，下身大裆裤，腰上缠腰带，腿上绑裹腿，头戴白布巾，脚踏黑布鞋，后领口别一根烟锅，跟一般乡下农民没啥区别，根本看不出他是前清秀才。可一到庄重场合，比如出席婚丧嫁娶，逢年过节，他都要改换行头。周克文并不认为这是要派，而是守礼，穿啥衣服不是个人的小事，而是关乎敬天祀神的大事，马虎不得。今天他穿的是黑织贡呢棉袍，外罩一件羊毛坎肩，头戴黑礼帽，脚蹬棉窝鞋，手捧锃亮锃亮的水烟壶。人一出来，就端端正正地坐在太师椅上，一脸肃穆，等着子女拜年。

周立德不在家，周立功就是老大了，先由他拜，可周立功只给老人家鞠了一个躬，就退到一边去了，这让大家都很惊讶。周立言说："二哥，你咋不磕头呢？"周立功说："磕头是老风俗了，现在皇帝都打倒了，要移风易俗，文明的方式是鞠躬。"

这成啥事了？儿子竟然连老子都不肯拜！周克文气上心头了，但想着今天是大年初一，就忍住了。他问道："今天过的是啥年？"周立功不知道他爹啥意思，说："农历年啊。""农历年又是啥年？"周克文紧接着问。周立功莫名其妙，说："农历年就是旧历年嘛。"周克文说:"这就对了,既然是旧历年,那你就得按旧风俗办,等到过阳历年时你再给我鞠躬不迟。"

周立功没想到会被他爹套住,这个套又设得近乎胡搅蛮缠。他从事的乡村建设运动首先就是移风易俗,看来这改造旧风俗的事首先得从他们家开始。周立功正要辩解,他爹又说了:"皇帝打倒了,难道人伦也不要了?亏你还念了一肚子书。"

周立功说:"爹,你不能强迫人,现在都民国了!"

"民国又咋的!"周克文实在忍不住了,这话不就是说他老而无用了,跟不上时代了?他把水烟壶在八仙桌上蹾得咣咣响,说:"只要是中国人,啥时候都得按礼数行事。今天你这个头必须给我磕,我不为你敬我,为的是教你咋做人,不要以为读了几天洋书,就不知道天高地厚了!"

周立功的革新要从自家开始,坚决不磕头,周克文要教儿子人伦礼数,坚持一定要磕头,这爷俩大年初一就杠上了。

周立言觉得大过年的还惹老头子生气,二哥也太不该了,磕一个头又咋了,难道老爷子养大你不值你磕一个头吗?不过他没有这么说,他从屋外搬进一个蒲团来,放在周立功面前,笑着说:"我二哥没出过力,膝盖嫩,裤子也是料子的,地面脏,他跪不下去,我给你拿垫子了。"周梁氏也笑着说:"老二自小就干净惯了,蒲团我天天坐,上面一星灰尘都没有。"周立言拽拽周立功的衣角,给他使眼色,可周立功偏不顺着竿子爬。

周克文哼了一声,要是放在以往,他肯定一巴掌扇过去了,他的家教严着呢。可现在他老了,没有这个力气了,再说今天还是大年初一,出手打人不吉利。可是他也不能让,让了不光丢他的老脸,也惯了这小子的瞎脾气。他只能软缠硬磨了,说:"今天你要不给我磕头,咱就坐这里等你一天。"

周克文不走，大家谁也不敢走。周梁氏着急了，因为别家拜年的人随时都可能进来，要是让人看见不是笑话吗？特别是隔壁，叔伯兄弟的更是第一个要过来拜年的，要是让他们看见，更会幸灾乐祸了，这丑事不出半天就会传遍全寨子！她数说儿子："你这娃咋这么犟呢，磕一个头就把你辱没了吗？一会儿别人见了丢脸不？"

周克文又哼了一声，说："我就等别人来看呢，让大家见识一下天底下不拜父母的忤逆之子！"周克文之所以敢跟儿子赌这口气，正是心里有这个底，他估摸儿子担不起这个骂名。

没想到周立功今天真是吃了秤砣了，铁了心跟他老子顶牛，就是不拜。这时一直没吭声的春娥说话了，她挺着一个大肚子走到蒲团前扑通跪下，说："二弟，我让肚子里的你侄子给你磕一个头，换你给咱爹磕一个头，行不？"说着她朝周立功磕了一个头。周立功傻了，春娥是双身子，弯腰磕头都极不方便，她一跪下就把棋将死了，周立功无论如何都不能僵持了，他赶紧把嫂子搀起来，说："我拜我拜。"立即给周克文跪下，敷衍了事地磕了一个头。

大家都长舒一口气。

磕头的事刚刚了结，门外就传来脚步声，原来是周宝根来拜年了。周克文是老大，当然是周拴成的子女要先给大伯拜年。过来拜年的只有周宝根一个人，周立功就觉得奇怪，他问周宝根："你引娃姐咋没来？"周梁氏给他使眼色，他浑然不觉。周宝根只好笑笑，说："大伯你还没有给我压岁钱呢。"说着嬉皮笑脸地向周克文讨钱，向周梁氏讨核桃枣儿。周立功还是追着问，周宝根见躲不过去，就说："她不在家呀。"周立功就更奇怪了："这大过年的,她不在家待着又能跑到哪里去呢?"周宝根说:"你问问大伯大妈,他们知道的。"然后表情很不自然地离开了。

周立功赶紧问他妈,周梁氏叹了一口气说:"可怜见的,还能在哪里?就在黄龙塬的烂窑洞里。"周立功大吃一惊,大过年的,这么冷的天,咋能让她待在荒郊野外呢!周立功不知道缘由,周梁氏讲了出嫁女儿不能在婆家过年的风俗。

又是风俗!这简直是杀人!周立功很后悔刚才给他爹让步。他义愤填膺,说:"我二爸咋这么狠心?我把引娃接回来,住咱家!"

周梁氏吓得脸色煞白,她说:"我的爷,这可不敢,要能住妈前几年就让她住了,那是要招祸的!"

周立言说得委婉:"不光是招祸,咱二爸也不高兴,这是拿大耳刮子扇他的脸呢。"

"他不高兴又咋了,你们怕他我不怕他!"周立功梗着脖子说。

周克文又火了,他觉得这娃咋越来越不明事理了。他说:"书把你念瓜了?你就不想想,这家是你一个人的吗?"

周立功看了看大嫂和三弟,他们都在斜视自己。他不能再坚持了,否则就犯了众怒。

"我去看看她总可以吧?"周立功说。周克文虽然还在气头上,但他是通情达理的人,知道引娃的苦楚,是该有人看看去了。他们老两口不便出面,周立言和春娥未必愿意,只有这个二百五老二去最合适。事后隔壁要是找麻烦,他也好推脱:"那是洋书念坏了的人,不懂人情世故,咋能跟他计较呢?"

周克文点点头说:"叫你妈把蒸馍猪肉打点好,你带上。"

十五

引娃是周家寨第一个迎来新年的人，倒不是她住在黄龙塬上离太阳近，而是因为她一夜没有眨眼。引娃一直在窑洞里跑圈圈。她不敢睡，怕一睡过去就冻硬了，也不敢停下来，停下来就冷得打战。窑洞里有柴火，是干草、枯树枝、玉米秆，那是下雪前她捡回来的，用来做饭的，不多。今年的雪下得时间长，不知道啥时才能放晴，这些柴火要支撑到元宵节的，只能用来做饭，不到万不得已不能拿来烤火。

引娃藏身的这孔烂窑坐落在黄龙塬半腰上。这里有一长排窑洞，以前应该是住过很多人家的，后来废弃了。烂窑其实并不烂，没有坍塌，有些窑洞里面的炕台锅台还是好的，只是没有人住，荒废了。这些烂窑经常成为叫花子流浪汉的落脚处，偏僻的可能变成野兽的窠窝。引娃这个烂窑是她这几年经常住的，位置比较好，靠近上下黄龙塬的坡道，而且里面宽敞，只是主人搬家时把门窗都卸走了，引娃把玉米秆扎成捆堵住那些窟窿。

引娃在窑洞里跑一阵，就会忍不住挪开玉米秆，钻出来朝塬下眺望。虽然雪花弥漫，像隔了一层幕帐，她仍然可以看见村子里此起彼伏的炊烟，闻见臊子面尖锐的香味，听见鞭炮噼里啪啦的炸响和喧哗嬉闹的拜年祝福声。这一切都让引娃想起出嫁前在家里过年的情景。新年的一段光景是引娃一年中最幸福的时刻，虽然她不像弟弟那样每年都有新衣服穿，想吃啥就有啥，但她没有怨言，因为过年期间，周拴成两口子怕惹来晦气，不再打骂她，这太难得了！只有在这个时候，引娃才可以给自己的辫子扎上红头绳跑出跑进，不必担心周郭氏骂她小妖精。才可以到门外跟一大伙女娃娃们跳绳踢毽子，不必担心周拴成的大耳刮子，吆喝她圈里的猪没有喂棚里的牲口要添料。才可以一顿吃两碗饭，不必战战兢兢地看父母翻白眼。

可惜过年的时光太短暂，而且她很快也长大了。原指望长大以后就好了，谁想到今天竟然沦落到这种地步！引娃想着想着，不禁滴下一行热泪。

眼泪再热也经不起寒风，一出眼眶就结成了冰凌，引娃赶紧退回窑洞，继续跑步。

引娃也不是没有想过再嫁，可她知道这事情太难了。寡妇不能再醮，这是老辈子传下来的规矩，她虽然还没有跟那个小男人圆房，可毕竟是出了嫁的闺女，别人不管这些，反正死了男人就是寡妇。当然，以引娃的性子，她可以不顾别人白眼，但问题在于她从哪里出嫁？谁再把她嫁出去？周拴成倒是乐意把她再嫁一次，有彩礼不收白不收！可引娃现在的身份是北山畔那家的儿媳妇，周拴成要再嫁闺女就得把彩礼退回去，这样才能把女儿赎回来，要不北山畔那家人不干。周拴成愿意这么做吗？引娃当年嫁给北山畔时可是收了大礼的，那是双倍的价格，一是媳妇，二是引蛋。今天引娃要是再嫁，那是卖寡妇，只能半价。这一出一进差得太远了，周拴成能吃这个亏吗！至于返回北山畔，再从那里嫁出去，也基本不可能，既然已经撕破脸皮了，还怎么再进人家门？即使人家不计较，谁敢保证那个老男人不使坏，明里暗里逼她做小？在这里毕竟是自己的家乡，在那里她两眼一抹黑，人家怎么整她都没人关顾。

即使别人都不干涉，一切都由她做主，引娃还是很难把自己嫁出去。但凡稍微过得去的人，谁愿意娶寡妇？娶寡妇是很丢人的事，这种男人不是呆傻，就是病残，或者老丑。引娃愿意把自己这样打发了吗？她当然不愿意，她还是黄花大闺女呢！可是这话没人信，她也不能脱光衣服让人验。别人下眼看她，反而逼出了引娃的抗拒心，她心里说，哼，你们嫌我，我还看不上你们呢！在引娃看来，这二十多年来她两次转换命运，其中的苦痛难以言说。如果再嫁，她一定要自己做主，仔细挑选，找一个可以终身依靠的男人，从此跳出苦海。在没有合适的人选之前，她就先赖在周拴成家，反正她也不是白吃白喝，是拿汗水换一个立足之地。有了这样的主意，引娃后来情绪就逐渐平复下来，反而不怎么着急自己的出路了。

在烂窑里跑得出汗了，引娃再一次走出去眺望。她看见坡下远远的有一个人往上爬，虽然面目不清楚，但凭猜测就知道是弟弟周宝根。她在烂窑落脚后，只有这个弟弟隔三岔五地偷偷跑来看望她，给她带些吃的用的。今天下着大雪，又是大过年的，别人不会到这儿来的。

引娃欣慰自己没有白疼这个弟弟。这个弟弟自小是她带大的，跟她感情很好。周拴成夫妻确实把儿子当宝贝，但他们太忙，两口子憋足了劲要发家致富，一个主外，带着长工在地里苦做苦受，一个主内，管大大小小主家伙计七八口人的吃喝穿戴，没有多少时间经管儿子，引娃顺理成章地成了伺候周宝根的贴身丫鬟。周宝根自小身子弱，周拴成两口子不让他跟别的娃娃一起耍，怕受欺负，他唯一的玩伴就是引娃。为此引娃没有少受父母的打骂，无论何时何地，只要周宝根哭了，那就是引娃的罪过。

正因为这样，引娃把这个弟弟一直当菩萨一样敬着，生怕惹他不高兴：他要干啥，只要引娃能做到，一定满足他。所幸那时候周宝根还小，没有别的嗜好，就是喜欢吃好的。

按说周拴成两口子这么爱儿子，啥好吃的都可以尽着他。可问题是有些东西自家未必有，上街买也不一定能碰上。要命的是周宝根就要这个，而且当下就要得到，不给他就大哭大闹，这就逼得引娃经常要自己动手热蒸现做。凡好吃的总离不开两样原料，白面和香油，偏偏周拴成两口子抠门得紧，把这两样东西看得跟金子一样贵重，不到逢年过节谁也不能动，就是他们自己平日里也是粗粮淡饭。可周宝根不管这些，他想吃了就闹，不给他就哭，他一哭引娃就得受罪。如果做了，让周拴成两口子看见了，他们不分青红皂白就收拾引娃，他们不说自己儿子嘴馋，反说是引娃把他们的宝贝儿子惯坏了。引娃夹在两难中，最好的办法就是背着周拴成两口子做给周宝根吃，这样两方相安无事。

有一天周宝根忽然要吃油饼，引娃悄悄告诉他，等一会儿，父母都出去了就给他做。上午周拴成套了牛去犁地，周郭氏娘家来人告诉她老娘有病，她急急忙忙赶过去看望。见家里没人了，引娃立即进入厨房和面倒油忙碌起来，刚刚把油烧滚饼子团好下了锅，忽然听见外面传来牛叫声。引娃一愣，坏了，应该是周拴成提前回家了，她赶紧跑出厨房一看，见周拴成还没有进门，在外面给牛卸套呢。她急忙又钻进厨房，从瓦罐里抓出两把黄豆，跑到门口撒在地面上。忙完这些，锅里的油饼刚好炸熟了，她捞出来端给周宝根，让他悄悄地吃，然后自己去厨房收拾锅灶，消灭痕迹。

周拴成卸了套刚跨进门槛，脚下一滑差点摔了个跟头，弯腰一看地下那么多黄豆，心疼得圪蹴下一颗一颗地仔细捡，边捡边骂人。骂老婆不该拿黄豆去喂鸡，骂长工给牲口添料不小心，骂引娃吃闲饭不操心，骂自己运气差一辈子遇不到一个会过光景的人。等他骂得口干舌燥了，地上的黄豆捡净了，时间也已经过去一个时辰了。一个时辰里周宝根的油饼早就吃完了，引娃的锅也洗净擦干了，一切权当没有发生。当周拴成走进厨房喝水时，他好像闻见了一丝香味，他疑惑地撮起鼻子仔细闻，却吸进了一股浓重的酸腐味，原来是引娃故意揭开浆水缸的盖子，拿酸味遮盖香味。两个小孩听见厨房传来饮牛一样的喝水声，他们相视一笑，又赶紧一把将笑容抹走了。

后来周宝根长大了，由于娇生惯养染不了少毛病，比如好吃懒做，不爱念书，任性妄为，等等，但有一点却是值得称道的，那就是同情他姐姐。尽管在家里他做不了主，但在力所能及的范围内他总会帮助引娃。就像这每年一度的外出躲难，周宝根挡不住习俗，也拧不过父母，可只要得空，他就会爬上山来看望姐姐。

引娃目不转睛地盯着山下的影子，猜想弟弟今天会给她带来哪些好吃的。今天大年初一，臊子面最好吃，可汤汤水水的没法带，饺子一定是有的，肉包子也少不了，最好有大条子肥肉，膘厚五指，夹在热蒸馍里最解馋。过去是她给弟弟做好吃的，现在轮到弟弟照顾她了。

看着看着，引娃忽然哦了一声，胸口剧烈地跳动起来。是立功哥！那人大冷天没有戴帽子，傲然挺立着一个洋楼头，这在周家寨没有第二个人。引娃没有想到立功哥会来看她，这么大的雪，还是大过年的！引娃激动得手脚并用连滚带爬跑到坡口，来不及走，就尻子坐在地上，居高临下滑了下去。她得赶快接上立功哥，道路被雪掩埋着，他会走到沟里去的。

周立功眼睁睁地看着引娃像炮弹一样从高处急速滑下，身体在积雪上犁出一道深沟，哧溜溜一阵就飙到脚下。他怕她收不住势头，就猫下腰去接她，恰好就把引娃接到了怀中。

在周立功怀中的引娃，忽然没来由地放声大哭起来，哭得响亮，哭得放纵，哭得悲切。她从来没有这样痛哭过。以前无论别人怎么欺负她，她顶多是暗地里流流眼泪，不会哭出声的。并不是她特别坚强，也不是她心硬，她是看惯世态炎凉了，知道自己没有亲骨肉，再怎么哭天喊地也没有人心疼她，她哭给谁看呢？可是今天不知道是咋了，引娃竟然就哭出声了。

引娃把周立功哭得不知所措，她附在他怀里，紧紧抱着他，他既不能挣脱，也不敢反过去环抱她。这毕竟不是十多年前的黄毛丫头了，虽然是他妹妹，可这样一个青春勃发的大妹妹抱在怀里是有忌讳的。周立功只能轻轻拍着她的背安抚说："不哭了，不哭了。"没想到，这像哄小孩一样的温馨动作，不但没有让引娃止声，反而让她哭得更伤心了。

周立功没法子，只得说："大过年的哭鼻子不吉利，不哭了，啊！"他没有想到自己竟然也拿旧风俗说事，可这样的话真管用，引娃立即不哭了，她拿袖子抹掉眼泪，望着他嘿嘿嘿地瓜笑。

进了烂窑门，周立功心酸不已。这哪里是住人的地方？他们家的牲口棚都比这里好多了！等适应了里面的黑暗，周立功看到炕上没有席子，铺的是麦草，他摸了摸炕面，冰凉冰凉的，根本没有烧过。引娃笑笑说："钻在草窠里睡觉很暖和，狼虫虎豹都是这样的。"再看看锅台，是塌的，地上有一口用三块料礓石支起来的锅。引娃说："锅台去年就塌了，今年宝根说帮我拾掇拾掇，可他今年有烟馆的事，就忙忘了。"周立功知道宝根忙，刚才出门的时候还看见他去烟馆，说镇上的商铺之间要相互拜年。

窑洞里面更黑了，周立功不敢贸然往前走，不由自主地牵着引娃的后衣襟。他问引娃："你晚上怎么过，不害怕吗？"引娃说："习惯了。"周立功想象着这荒山野岭的黑夜，狼肯定是有的，还有传说中的鬼怪，一个手无寸铁的姑娘面对着这危机四伏的黑暗，该有多恐惧！可是引娃竟然这样淡定，如果不是麻木那就是完全绝望了。

引娃把周立功带到窑洞中央，让他站着别动，然后点燃了煤油灯，周立功这才看清了窑洞的空旷和幽深。引娃从炕上抱来被子，垫在周立功身边的一块大料礓石上，让周立功坐下，在他旁边生起一堆火，让他烤着。安顿好这一切，他对周立功说："二哥，中午你不要回去了，我给咱们做饭，咱们一起过年。"

周立功把他带来的食品拿了出来，对引娃说："这是你大伯大妈给你的，你不用做了。"引娃眼睛一酸，心想她累死累活的给养父母家当牛做马，苦作苦受，他们根本不把她当自家人，还没有大伯一家对她亲呢。她接过蒸馍和臊子罐，因为天冷，它们已经冰凉了。

"馍和肉都凉了，我给咱做热乎的，二哥，你不要走了，咱们就一起过年，好吧！"

引娃眼睛蓄满期待，周立功不忍拂了她的好意，他说："好哎，这是野餐嘛。"

引娃高兴得浑身暖洋洋的，僵硬的关节立即活泛了，蹦蹦跳跳地像娃娃一样忙碌起来。她变戏法似的搬开窑里面的一堆玉米秆，露出下面遮盖着的一个大笸篮，揭开笸篮，从里面叮零当啷地拿出了案板刀铲筷子碗勺等一应器具。她边取边说："这些平时都得藏起来，怕我不在时别人偷了去。"周立功说："你这里的东西还很齐全嘛。"引娃说："我在这里过了好几个年了。"

让周立功惊讶的是，引娃还从笸篮里拿出了一些冬天难得一见的糖柿子、苹果、鸭梨等水果，如果不是富户人家藏在地窖里，这些东西根本无法保存这么久的。他问水果是从哪里来的，引娃说："二哥，我告诉你，你不要骂我。"周立功说不会的。

引娃说："那是供品。"

周立功愕然了。引娃说："在这里我有时没吃的，只得到外面去觅食。年节前家家户户都要给先人送供品，我饿得没有办法，只得去捡人家坟头上的供品。遇到好东西，我舍不得吃，就藏起来，反正冬天冷，也不会坏的。"

周立功一时不知道说什么好。他想起了孟子的《齐人有一妻一妾》，乞食祭品的事情两千多年后又重现了。不过孟子描绘的那个良人并无衣食之忧，他仅仅是为了在妻妾面前显摆，夸耀有富贵的朋友请他吃饭，而引娃却是被饥饿所迫。一个人，一个女人，如果不是被逼到无路可走，她会去吃死人坟头的供品吗？

周立功把自己跟前的火踩灭，走到引娃的灶火跟前借暖，他要节省一些柴草。

把饭做好，引娃一抬头刚好跟一缕阳光打了一个照面。她惊喜地喊了一声："二哥，天晴了！"大年初一的太阳没有辜负人们的美意，在寒冷中挣扎着露出脸来与人同乐，它竟然没有忘记这烂窑中的苦命人，透过窗户上的玉米秆缝隙跟她打着招呼。

引娃和周立功合力搬开了堵在门口窗口的玉米秆，把阳光请了进来。阳光驱散了寒冷和晦暗，窑洞储满黄金一样的光辉，两个人沐浴着灿烂的阳光吃了年午饭。

这顿饭虽然简陋，可引娃吃得很香很甜。

十六

　　春节过后,关中道的地面就跟耍把戏一样变换着颜色。先是白色越来越淡,积雪正在融化,渐渐地褐色越来越多,土地脱去雪袍子,裸露了本色。大概这样赤身裸体很难为情,很快绿袄就罩在身上了。起初是淡绿,再是嫩绿,然后是深绿。光是绿色也太单调了,迎春花开了,桃花开了,梨花开了,黄的红的白的花朵点缀在绿袄的前襟后背裤腿衣袖上,把春天的原野打扮得花里胡哨。

　　颜色驳杂了,声音也跟着喧闹了。渭河开冻了,哑静了一冬的河水再也憋不住了,它们打着滚儿吆喝着;蝴蝶和蜜蜂给花哼着曲儿,软缠硬磨地要采人家的花粉;鸟儿一拨一拨地返回村庄,见了面叽叽喳喳地打着招呼;北还的大雁在高空呼儿唤女,一家子一家子地飞过人们的头顶。

　　春季是闲季,无论是小麦还是大烟,现在刚刚起身,它们伸出毛茸茸的嫩芽,密密麻麻地铺满田野,就像一张望不到边际的绿色毯子。这样娇嫩的苗芽是不需要侍弄的,冬季人们给它们施饱了肥,老天爷又给它们喂足了雪水,这阵子它们会自顾自地往上拔节。这样的季节,村民们除了靠在寨墙下晒暖暖,谝闲传,就是到田埂上蹲守着,陪着自己的庄稼,给它们说说话,鼓鼓劲,看着它们一天一个样地给自己长大。

别人闲了，周克文却忙了起来。去年秋末，他只种了十几亩麦子做口粮，其余的百十亩地全部歇茬，准备今年种棉花。现在二月了，正是棉花下种的季节。

棉花种子是周立功从西安搞回来的，周克文一见就很喜欢。这新品种一看就跟老种子不一样，籽儿饱满厚实，好像里面憋足了劲道，就等着在土里伸胳膊蹬腿了。

这样的好种子当然要好土地匹配了。周克文留下的都是好地，是塬下的旱涝保收田。就算是这样的好地，周克文也不敢大意，从土地一歇茬开始，他就不停顿地精心侍弄着它们，为棉花播种做准备。

侍候土地周克文是老手了。去年秋末，别人种大烟时，周克文已经给空地施了一遍肥了。别人看着可惜，说给歇茬地上粪不是浪费吗，秀才真是富得烧包了！周克文笑那些人眼窝浅，他这么做是养地，是让地蓄力。秋末施的肥正赶上冬季的大雪，厚厚的积雪捂着肥料，让它充分发酵，然后随着融化的雪水细细渗进土壤里，把土地滋润得膘肥体壮。现在开春了，土地一冻一消变得酥脆，正是下犁的好节口。

犁地那天，周克文和长工们都下田了。来到地头，大家等着把式先开第一犁。这第一犁有讲究，叫扎畔子，它要在自家和别人的土地之间划出一道界线，端端正正，既不伤了别人，也不折了自己。除了划清界限，还要确定深浅，是深翻还是浅犁，后面的人要跟着前面的走。一般这第一犁要由把式来下，功夫不硬的人不敢造次。今天这把式当仁不让地就是周克文，资格再老的长工也比不上他。周克文下的是深犁，他要把已经吃饱肥力的熟土翻上来，给棉花坐床培好地基。

翻出来的熟土尽管已经酥碎，周克文仍不满足，他把所有的人都吆喝到地里，每人一把木槌，一字儿排开，敲打地里的土块，哪怕指头蛋大的疙瘩都不放过。经过这样整饬的土地，平整暄软得像铺了十层褥子的大火炕。

周克文就是给棉花盘炕呢。他要让他的棉花在这样软乎乎油腻腻的大炕上生儿育女。

下种的前一个晚上，周克文把长工全部留在自家住宿，谁也不能回去，他自己也到另一个屋子住，不跟老婆一起睡。早晨起来，他罕见地拿出洋碱来让每个人把手脸仔细洗干净，然后对长工说："今日到地里谁也不能骂牲口，脏话一句不要说，忌口一天！"

周立功想笑，他觉得他爹神叨叨的，不就是种棉花嘛，有必要搞得这么庄严肃穆吗？周克文看见儿子憋不住的样子，说："要笑你尽管笑，咱不怕笑。"

有长工问："唱可以吗？"周克文说："唱也尽管唱；这棉花是从河北那边传过来的，听惯了河北梆子，你给它吼秦腔，叫它尝尝咱这大秦之音，它肯定觉得这高喉咙大嗓门的调子过瘾，立马就服咱这里的水土了。"

那天的下种果然欢歌笑语，周克文赶着犁哼着曲儿，犁头轻轻划开地面，周梁氏把压碎的油渣溜进犁沟里，周立功跟在他妈后面把棉花种子撒在油渣上，再后面是长工套上糖耙过去，寄托着希望的种子就这样落了地。

棉花种下地就像把周克文的心种在了地里。他整天在地头转悠，有时嘟嘟囔囔自言自语，不知跟谁说话，有时圪蹴在田埂上一声不吭，一袋一袋地吃闷烟。到了饭时也不回家，周梁氏只得一次一次地指派周立功去叫他爹。叫得多了周立功就烦，见了他爹一跺脚正要数说，他爹剜了他一眼，倒先开口了。周克文说："你轻点，打夯呢，脚步这么重，吓了种子！"周立功实在忍不住了，数说他爹："真是在鼓闲劲嘛，庄稼入了土要靠它自己长呢，人把它有什么办法？"没想到他爹比他脾气还大，说："你这娃咋这样没心没肝？种子憋在土里是最难受的时候，好歹我得陪陪它们，人对庄稼有情，庄稼才对人有义！"

周立功撇撇嘴说："你还真把庄稼当成人了？"周克文惊讶地说："那你把庄稼当成啥了？夫子曰岁寒然后知松柏之后凋也，俗语所说人生一世草木一秋，不都是把草木当人看待吗？草木尚且这样，人种下的为了人的庄稼岂不是更通人性！你没种过庄稼，不知道庄稼的灵性。"

周立功不跟他爹辩论了。他承认自己没有种庄稼的经验，但他相信科学，科学把种庄稼划归植物学和园艺学，那些学问他多少接触过一些，其中根本没有他爹那些神神道道的东西。他没有办法把科学给他爹讲清楚，即使讲清楚了他爹也不信，就像他跟他爹争论过中医和西医的长短一样，最终谁也说服不了谁。

更叫周立功觉得过分的，是后来发生的事。

棉花种下第五天了一直没有发芽，这可急坏了周克文，他不知道出了啥麻达。周克文首先怀疑墒情不足，可去地里抓一把土还能捏成团，就知道水分是充足的，如果这时再灌溉就可能沤坏种子。那是个是肥力不济呢？周克文的地施过两遍油渣了，真正是肥得流油，再施肥就会把种子烧死的。如果说是气温太低，这也不对，阳春季节人们已经脱了棉袄换夹袄了。

要是种的老棉花，周克文早就知道咋办了，可现在种的是新式棉，他心里没底。打发周立功到西安请教别人吧，路上来回耗费十多天，那棉籽早就捂死了！情急之下周克文只有采取邪方子了。

周克文把周梁氏叫来，在她耳边咕哝了几句。周梁氏狐疑地望着周克文说："这能行吗？"周克文说："总得试试吧。"周梁氏去了一会儿，回来说："我问了，也拿手摸了，那小家伙淘气着呢，在他妈肚子里踢哩腾楞地耍拳哩。"

周克文高兴地说："好，绑轿！"

在周克文的指挥下，伙计们给太师椅两边绑了两根椽，做成一个简易轿子。周梁氏小心翼翼地把春娥搀了出来，扶着她坐在轿子上。春娥身子已经很重了，她两只手惊恐地护住自己的肚子。周梁氏安慰她说："不害怕，有妈跟着呢，放心。"

周立功看到这个阵势，不知道要干什么，他问他爹，他爹说给棉花催生。周立功火了，说："这简直是胡闹，你就不怕惊了孕妇的胎气？"

春娥和周梁氏望着周克文，她们心里都不踏实，只不过口里不敢讲出来而已。周克文说："没那么娇气的，你妈生你的时候还在碾坊推碾子呢。我来抬，走慢些行稳些，没事！"

"你这么做没有一点科学根据！"周立功气愤地说。"科学你妈的脚！"周克文骂道，"你有办法把棉花苗给我科学出来？没有办法你就闪开，拿我的办法试试。"

周克文拨开周立功，自己弯腰去抬轿子，长工赶快来抢，周克文说："我抬前面，你们抬后面，跟着我的脚步就是了。"

那一天，周家寨人开心得跟过节一样。他们像围观耍猴一样跟着周克文的轿子，笑看老公公抬着儿媳妇转悠。人们觉得这秀才还不至于到老糊涂的年纪吧，咋行事越来越乖张了？大烟的价格那么高，别人恨不得把院子都腾出来种大烟，他是土地大户，却偏偏不种大烟种棉花！棉花不出苗，大家正看他的笑话呢，他却抬着儿媳妇巡游，成心给大家添乐呢。

周梁氏臊得满脸通红，头都不敢抬。春娥干脆用头巾包住自己，既防风也遮羞。只有周克文面不改色，行不慌乱，他领着轿子在自家所有的棉花地绕行一圈，整整走了一上午才回家。

说来也怪，就在周克文用大肚子儿媳妇给棉花催生的第三天，那满地的嫩芽一夜工夫忽然都钻出地面了！那天早晨周克文是第一个发现奇迹的，他高兴得放声大笑。没想到这一笑笑出了麻烦：他尿裤子了！原来周克文有个习惯，每天早晨憋着肚子到自家地里去撒尿，这一来免了倒尿壶的周折，二来直接给地里施了肥。今天一到地头就看见了这满地的棉苗，他乐得忘了撒尿，人忘了撒尿可膀胱没忘，他一笑膀胱兜不住了，哗啦一下就放了水。

提着臊哄哄的裤子，周克文连颠带跑回到家，大呼小叫地告诉大家这个喜讯。

喜讯接着又来了。三月十五日早晨日出时分，随着一声雄壮的哭叫，春娥产下一个大胖小子，明德堂后继有人了。

不知道是孕妇催生了棉苗还是棉苗催生了孙子，反正这两件事都随了周克文的心意。周克文对自己的英明决断得意扬扬，他给全家人说："你们看看，你们看看！"别人无话可说，觉得这老汉真有些神通。

周立功不服气，说："这不过是碰巧了而已。"

周克文说："你做一件碰巧的事给我看看？"

周立功无话可说。

十七

这个春天，周克文忙碌，周拴成父子也没有消停。周克文忙着种棉花，周拴成忙着开烟馆。这兄弟俩是周家寨最会过光景的人。

春季是闲月，越是清闲，抽大烟的就越多；抽大烟的越多，烟馆的生意就越好。本来依周拴成的主意，这烟馆是开给儿子的。儿子经商，他自己经管土地，就像他哥周克文跟儿子周立言的分工一样。可他终究没有他哥的定力，还是时不时地要跑到烟馆去给儿子帮衬。这一是因为春季地里没活，他是闲不住的人；二是他不放心，知道自己的儿子根本不能跟他哥的儿子相比。这话他嘴里不说但心里明白。把烟馆交给儿子一个人，他不踏实。

在烟馆里，这父子俩有明确分工：周宝根主外，在前面招呼客人，指挥伙计迎客送客，端盘掌灯，敬枪烧泡，献茶奉果；周拴成主内，后面的一应勤杂，像烟土分装、果茶采购、烧水煮饭等，都由他管。

每天烟馆一开门，周宝根就站在门口躬身迎候客人，后面的一切准备工作，周拴成早早就督促伙计完成了。那些烟客们已在门口等候多时了，门一开他们就争先恐后往里面挤，对老板的殷勤笑脸看也不看一眼，直接就奔烟榻而去，十几张烟榻眨眼就被占完了。烟客一上烟榻，伙计就把烟盘端上来，烟盘里有烟灯、烟枪、烟钎、烟牌等全套烟具。盘子一放下，烟客立即从烟牌里抽出一张来，在伙计面前晃一下，表示他已经选定了烟膏的品种，然后伸出几根指头，表示烟泡的数量。烟牌是竹片做成的，漆成不同颜色，写上烟膏的名称，形状很像麻雀牌。一般金黄色上写云土，白色上写川土，绿色上写本土，分别代表来自云南、四川和本地的烟土。黄色是金，白色是银，绿色是草，颜色不同，价格自然不同。常逛大烟馆的人无须看上面的文字，即使文盲也知道这些颜色代表什么。

从进门上榻到选定烟种，烟客们一般都不说话。他们并不是惜言如金，而是经过一夜的烟瘾熬煎，根本没有力气说话了，能从家里挣扎到烟馆，已经够神勇的了。现在躺在烟榻上鼻涕眼泪哗啦啦的，只能打手势了。这烟牌其实就是专为这种情景设计的，让人不得不佩服烟馆经营者的精明周到。

点中的烟膏送上来后，烟客们赶紧接过来，凑在鼻子底下长长地嗅一下，就这一嗅鼻涕眼泪立马就打住了。这叫鼻吸，也有烟鬼把它叫过鼻瘾的。趁这空隙伙计把烟灯点着，把烟客刚才来不及脱的鞋子褪下来，扶着他头朝里尻朝外侧身躺舒服了。有刚才鼻吸的一口烟垫底，烟客现在多少有点劲道了，他一只肘子支棱着身子，两手同时动作，小心翼翼地剥开烟土上的蜡纸，蜡纸包裹的油黑锃亮的大烟膏这时就露出真容了。一见这东西，烟客们的眼睛立即瞪得溜圆，恨不得拿眼珠子去亲烟膏。这叫眼吸，也有烟鬼叫它过眼瘾。

无论是鼻吸还是眼吸，毕竟还是过干瘾，第三步才是过真瘾。这时烟客一手托起大烟枪，一手操起烟扦，把烟泡按在烟斗上，对准烟灯美滋滋地吸进一大口，然后一动不动，长时间地屏息，让人担心他爽得闭过气去了。也有人真的这样美死了，不过在赛仙堂这事还没有发生过。周宝根是行里人,知道这时烟鬼是沉浸在极乐的神仙境界里,一般没事。所以他时常及时制止要去救人的伙计,这样的伙计一般是刚刚进店的,没见过世面。你要是在这时候去掐烟客的人中,就好像一个人正在做美梦却被摇醒了,他不骂你才怪呢。本来按照烟客的意愿,这吸进去的烟最好不吐出来,全部憋在肚子里,把五脏六腑泡在烟雾中,直泡到肠肠肚肚被熏熟了,这钱才花得值当。可无奈人要呼吸,烟就不能不吐,既然这样那就憋吧,能憋多久算多久,实在憋不住了就尽量少吐些,这时候的烟客一个个都憋成气鼓鼓的癞蛤蟆。

一个烟泡进肚,烟客把烟枪放下,坐起来伸个懒腰,精神为之一振,跟刚进门时判若两人。这时候他啜一口茶润润喉咙,话匣子立即打开了,跟左邻右舍的烟客们东家长西家短、南家婆媳北家汉地谝上了。这一谝就是一大晌,反正烟鬼们都是闲人,天底下没有他们操心的事,他们唯一的活计就是烧钱。

他们要是真的能烧钱也好,周宝根就巴望他们可劲儿烧呢。可是他们不,吸完一个烟泡后任凭周宝根怎么撺掇他们再来一个,他们就是不干。如果不吸那就走人呗,还有客人等着这烟榻呢,可他们就是不走,把这里当成了谝闲传的茶馆。周宝根示意伙计收拾他们的烟具,他们马上说我还要吸啊。他们真的又吸起来,不过吸的不是烟泡,而是烟灰。他们拿烟钎把烟斗里的烟灰刮出来,然后在烟盘里揉成疙瘩,再放烟斗眼上,用烟灯一烤,仍旧可以再吸一遍。这样的复吸高手能重复七八遍,一直从早晨玩到天黑。烟鬼们的说法是:七茬八茬尽管抽,九茬烟灰不进斗。管它进斗不进斗,抠到手,扔到口,吸到肚里雄赳赳!

这样的吸法叫周宝根忍无可忍。这是典型的穷鬼吸法,这种烟鬼进店来只点最末等的烟土,一个烟泡对付一天,你能在他身上赚多少钱？进项不多但烟馆的开销不少，除了伙计的工钱，大头是各种税捐，像营业费、执照费、戒烟费、枪捐、红灯捐等，工钱尚可以拖欠，可税捐是必须按时缴清的，否则立马让你关门。

周宝根不知道别人是咋维持的，他自己扮作烟客，考察了外地几家老字号的烟馆，回来就有主意了。周宝根决定提升赛仙堂的档次，吸引有钱的主顾，这些客人来了才舍得花钱，他也才能赚到钱。

周拴成觉得儿子的想法有道理，就问他："那咱咋提档次呢？"

周宝根给他爹说："我留心观察过，凡是富人爱去的烟馆都有这三大好处：一是环境好。地段闹中取静，门面漂亮，里面陈设讲究，家具排场，雅间里挂着名人字画，摆着古董宝贝，烟榻也是红木制作的。"

周拴成吐吐舌头说："我的爷，这是皇上的金銮殿吧，那得花多少钱呀？"

周宝根说："我也觉得咱这方面差得远，名人字画我大伯送的那一幅勉强可以算，其他的根本没办法跟人家比，就说这烟榻吧，咱那能叫榻吗？就是一个土炕！"

周拴成笑着说："你大伯也算名人？也就是哄哄咱们周家寨人罢了。这个咱财力达不到，你往下说，看别的咱有办法不？"

周宝根说了第二点，烟具好。富人吸烟讲究烟具，他拿凤鸣阁烟馆为例，说那里的烟盘是紫檀木的，烟灯是景泰蓝的，烟枪更讲究，噙嘴是象牙的，枪身是湘妃竹的，烟斗是玉石的，烟钎是铜的，烟盒是银的，灰盒是玻璃的。

周拴成听得一愣一愣的，他大小也算个财东，这些东西别说见到,听也是第一次听到。他壮着胆子问:"那一杆烟枪值多少钱?"

周宝根说:"一百个银圆左右。"

周拴成又叫了一声我的爷,这是三亩好地的价钱啊,让他拿塬下三亩旱涝保收田去换一根尺把长的大烟枪,那不是疯了吗?这还不算别的烟具啊,那些银的、铜的、玻璃的,哪个是便宜的!周拴成叹口气说:"这个咱还是没有办法。"

周宝根说:"我倒是觉得咱们可以想想办法。"周拴成问:"噢,你有啥办法?"

周宝根说:"这富人除了喜好名枪,还爱老枪。名枪咱置不起,老枪咱有办法。"

"啥叫老枪?"周拴成对大烟界一窍不通。周宝根是行家里手,他说:"老枪就是有年纪的烟枪,用过几十年甚至上百年的。"

周拴成就更不懂了,这又老又旧的玩意有啥好?"富人把这当古董啊,古董就值钱嘛。当然了,"周宝根解释说,"除了当古董,这老枪还有一个神奇的功效,抽起来特别过瘾。"

"这是为啥呢?"周拴成觉得奇怪。周宝根说:"我也不知道,反正人都这么传,也这么抢老枪吸,他们这么做总归是有它的道理的。"

周拴成说:"老枪这么抢手,那一定很值钱了。"周宝根说:"值钱是肯定的了,不过咱不用花那个大价钱。"

周拴成问:"那咱有啥办法?"

周宝根说:"咱自己造。"

"啊,"周拴成说,"咱咋能造出上百年的东西?"

周宝根说:"这个容易。咱造假的,再把它做旧就行了。卖字画的造假就是这么弄的,我都打听好了,咱绛帐镇上就有能造假的小炉匠。"

"这样造出来的老烟枪就能特别过瘾?"周拴成不大相信。

"当然不能,"周宝根说,"不过我已经打听到这个秘密了,我花了十个银圆从凤鸣阁的一个伙计那里买来的。他说只要每天在烟枪的筒杆里塞一些生烟土,烟客用这个烟枪抽起来就特别过瘾。他叮咛说,这生烟膏的量一定要把握好,吸多了会死人的。"

周拴成啪地在儿子后脑勺上拍了一把,周宝根一愣,周拴成却笑了,他说:"我娃长大了,真的长大了!"看到儿子这样敢想敢干,谋事周密,周拴成由衷地高兴,他现在该修正以前的看法了,他儿子不比周立言差,甚至超过他!

周拴成一高兴,就催促儿子快说第三点。

周宝根说:"这第三点有点埋汰,这富人爱去的烟馆全都有女招待。"

周拴成说:"这有啥埋汰的?女人烧个水啊扫个地啊,哪个烟馆都要的。"

周宝根说:"不是那种女的,做的也不是那种活。"

"那就是到前堂去烧烟泡?递茶水?"周拴成问。

"这对,也不对。"周宝根说,"她们烟泡也烧,茶水也递,可她们还干别的。"

周拴成不解了:"那还干啥?"

在他爹面前周宝根还真不好开口,"还干……窑姐,你知道不?"

"噢,"周拴成说,"我明白了。那烟馆不成了窑子了吗?"

周宝根说:"烟馆还是烟馆。"

"明的是烟馆,暗里是窑子,两头赚钱。"周拴成说,"这是高人啊，我佩服。"

"没有窑子，只有烟馆！"周宝根很生气，他爹把话说得这么难听，真是土鳖，对新玩意一窍不通。他继续说："烟客来这里就是为了吸烟，烟吸饱了，有精神了，他就喝喝茶，搓搓麻将，玩玩那个……那个，这是捎带的，所以仍旧是烟馆。"

周拴成问儿子："那你的意思是咱也这么干？"

周宝根说："对啊，这个不用花钱，叫个窑姐到咱们烟馆来，咱不管吃不管住，只教她学会烧烟泡就行了，有这种女人就能招来客人。她跟客人做成生意算她的，咱只管抽头。这是两头赚的生意！"

周拴成更看重儿子了。他们家终于出人才了，有压过他哥的一天了！不过儿子毕竟还年轻，需要历练，有些事本来还可以谋划得更周密一些。他把儿子赞扬了一番，然后说："请窑姐的事就交给我办吧。"

周宝根很惊讶，他爹这人虽然毛病不少，但毕竟小时候还念过几天私塾，对妓女之类的下三烂是很反感的，他老人家怎么愿意去蹚这个浑水？他说还是自己去合适。

周拴成说："你是年轻人，不要跟那些人打交道，我人老了，脸皮厚，不讲究。"

其实周拴成根本就没有去找窑姐。他找到了引娃，给她说了，请她到烟馆帮忙，说现在人手不够，要她去学学烧烟泡，顺便给客人端茶递水。他当然没有说那些事，不过他觉得只要她去了慢慢就会明白，那些吸惯花烟的客人会教她的。

这事周拴成也没有直接给周宝根说，他知道儿子一定不同意。不过这不要紧，只要引娃自己同意了，她愿意干，儿子的事就好办。儿子毕竟还嫩一点，他只知道请窑姐咱不花钱，可她赚的钱也不归咱呀，这肥水不是流了外人田吗？咱自己的烟馆，自己的包间，自己的烟榻，自己的烟客，凭啥让一个不相干的女人拿它们去挣钱？肉烂了也应该在自家锅里嘛。这道理儿子应该懂。引娃说起来是他姐，其实不是他亲姐，再说了，还是嫁出去的他姐了，嫁出去的闺女泼出去的水，她现在是北山畔的寡妇了。

引娃被周拴成的和颜悦色感动了。这是她爹几十年来第一次这样对她说话，他说了家里的难处，说了做生意的不易，说了自己年纪大了病痛缠身，希望她帮家里一把。他的语气里甚至带有一些乞求的味道。引娃答应了，她不能不答应。

不过引娃立即把这个事情告诉了周立功，她啥事都不会瞒她二哥的。

周立功一听就火冒三丈，他是见过大世面的，这女招待是干什么的他能不清楚？"猪狗不如！"他骂道。

引娃吃了一惊，问他骂谁呢？周立功说："还会有谁？我二爸嘛。"引娃觉得奇怪，他爹对她好，她二哥为啥还要骂他？周立功告诉了她真相，引娃傻了。她不敢相信，那个人毕竟还是她爹啊，亲也罢，不亲也罢，他总该对得起这个称呼吧？那么难道是她二哥吓唬她吗？故意挑拨父女关系？她想都不会这么想，她从来不怀疑她二哥对她好。

引娃不知道该咋办，她说："我都答应我爹了。"

周立功说："这要看你自己，你到底愿意不愿意？"

"当然不愿意！"引娃有些生气，她二哥咋能这么问她呢，他难道不知道她心里是怎么想的吗？

"他们会逼你的，"周立功说，"你要有思想准备。"

"我不怕，"引娃说，"大不了我再去住烂窑。"

周立功打心眼里佩服这个妹妹，他说："不过你放心，我有办法叫他放下这个念头。"

引娃兴奋地说："真的？"

周立功说："你就看好吧。"

那天下午，周立功在寨门口截住了从镇上回来的周拴成，两人在寨子外面聊了起来。他不想让事情扩散，这毕竟是丢人的嘛。这是周立功从北京回来后第一次跟他二爸会面，稍微寒暄了几句，他就切入正题了。周拴成很不高兴，说："当女招待咋啦？她是这家里人，不该为家里出把力？"

周立功笑笑说："女招待是干什么的你告诉引娃了吗？"

周拴成没有说话，他知道在这个侄子面前狡辩没有用。

周立功说："二爸也是念过书的人，年纪也比我大，什么钱该挣，什么钱不该挣，肯定比我清楚。就算引娃不是你亲闺女，她做这丢人事你老人家脸上也不好看嘛，别人会在背后戳脊梁骨，说我宝根兄弟是开窑子的。这多难听啊，他以后还怎么在人面前行走？"

周拴成被问得很不好意思，特别是周立功后面的话让他不能不有点顾忌。他反正老了，不顾脸不大要紧，可儿子还年轻啊，得给他留点脸面吧。心里虽然露怯，但周拴成嘴上仍然强硬，他说："这是我家里的事，要你多管闲事？"

周立功说："二爸，话可不能这么说，上次你烟馆的事就是别人给你管好的！"

周拴成知道他指的是啥，不吭声了。

周立功问："二爸，引娃的事就算了吧？"

周拴成哼了一声说:"这事不是你说了算!"

周立功说:"我哥说了算不算?他能叫你烟馆开门,也就能叫你烟馆关门!"

周拴成蔫了。

十八

  周立功说他大哥的时候，他大哥正在行军途中。周立德的部队奉命剿匪，从西安出发浩浩荡荡开赴凤翔。
  西安解围后，冯玉祥的西北军被武汉国民政府改编为国民革命军第二集团军，东出潼关，参加北伐战争。宋哲元被任命为国民军第四方面军总指挥兼陕西省主席，留守三秦。他向冯玉祥请求从各军中挑选一些陕籍军官，以利于他在陕西行使治权。宋哲元在西北待了多年，很清楚陕西人的乡党观念，用陕人治陕可以省去很多麻烦。冯玉祥很欣赏宋哲元的主意，顺便提到了周立德。就这样周立德又转到四方面军，留在了西安。宋哲元已经风闻过周立德的枪法，像孙良诚一样，他也舍不得把他下放连队，就收在自己身边，在手枪营里当连长。

  西北军赶走了镇嵩军，只是占领了西安及周边地区，陕西大部分还在军阀和土匪手里。他们自霸一方，不服调遣，根本不把省政府放在眼里。为了政令军令统一，巩固国民军后方，宋哲元必须荡平这些地方割据势力。
  军阀中有两个势力最强，一个是同州的麻老九，一个是凤翔的党拐子。他们一个在东，一个在西，遥相呼应，像钉在关中道两头的大橛子，扎得宋哲元心疼。宋哲元先是出兵东征，经过两个月的鏖战，攻克同州城，毙了麻老九。部队稍做休整，立即挥师西进，矛头直指党拐子。

党拐子全名叫党海清，拐子是他的外号。这外号名不副实，党拐子的腿根本不拐，这拐子是指他拐骗人口。这事情说起来也有点冤。党拐子是把人家一个闺女带跑了，至于算不算拐骗那还真难说，只是因为他后来当了土匪，大家厌恶他，硬把这屎盆子扣在他头上了。

其实党拐子出道前也不是瞎怂，相反还是一个情种。他自小跟村里的一个郭姓姑娘相好，也算是青梅竹马了，可党拐子家贫，出不起彩礼，一直无法向郭家提亲。他家不提别人自然会提，这郭家姑娘长得心疼死人，多少人抢着娶呢。郭家闺女十六岁那年出嫁，男方是本地有名的一家富户。郭家本身并不富裕，他们贪财，在男方高额彩礼的诱惑下，等于把闺女卖了。

为啥这么说呢？因为这富户实际上是买童养媳，男方比郭家姑娘小一半。富户之所以愿意结这样一个门不当户不对的穷亲家，一是看上郭家姑娘的美貌，二是门当户对的人家谁愿意大闺女配小女婿？尽管郭家闺女寻死觅活地闹腾过一阵子，可胳膊哪里扭得过大腿，婚姻大事向来都是父母做主的。

党拐子那时十八岁，正是血气方刚的年龄，自然怒火中烧，他不能眼睁睁看着自己的女人被别人抢走。党拐子想约郭家姑娘私奔，可无奈见不到她。郭家早知道他家闺女跟党拐子的事，唯恐有个闪失，越是临近出嫁越是防得紧，不让闺女走出家门半步。党拐子没有办法，只得另想主意。

郭家姑娘出嫁那天，党拐子怀里揣着一把尖刀，埋伏在中途，准备半道上劫了新娘。娶亲的队伍过来了，党拐子却不敢下手。男方是大户，娶亲的队伍人多势众，他冲不到轿子跟前去的，光八个轿夫手里的四根大杠子就够他受的了，更别说敲锣打鼓的手里都有家伙。

党拐子只能眼睁睁地看着花轿一颠一颠地从他面前晃过去。可他不甘心，就远远地尾随着人家。到了富户家门口，党拐子马上发现有机可乘。这结婚是乱事，双方的客人来来往往，乱哄哄地你方吃罢我登席，谁也顾不了谁，党拐子乘机溜进院子。他在里边乱窜，窜着窜着就窜到了新房所在地，这时新郎新娘在外面拜天地，所有人都被热闹场面吸引去了，党拐子乘机钻进新房，藏在了衣柜里。他想等夜深人静时带新娘逃跑，要是这姑娘不跟他走，他就先睡了她，不能把这初夜便宜了别人，权当拿她这最宝贵的东西抵了自己这些年的痴情。

到了夜晚，好不容易熬到闹新房的人散去，党拐子以为一对新人马上就该睡觉了。只要他们一睡着他就钻出来，然后偷偷弄醒新娘子，两人一起私奔。可奇怪的是，这对新人面对着撒满花生枣儿的婚炕却同时哭了起来。新娘哭自己命薄，嫁给这么小的瓜娃娃，新郎也哭自己命薄，这么小就被大人从父母的炕上赶到了一个陌生女人的炕上。这娃娃不明白为啥昨晚上他还在他妈怀里睡觉，今晚上他爹就要把他撵过来。刚才他赖在父母的炕上不走，朝他爹吼道："为啥叫我跟她睡？我又不认识她，她是你弄来的，要睡你去睡，我就跟我妈睡！"他妈扑哧笑了，他爹说："你真是个瓜娃么。"这个瓜娃后来硬是被他爹抱到新房，明摆着他爹妈不要他了嘛，他咋能不伤心？哭完了，新娘自己上炕钻进被子，新郎却跑过来开柜子。原来这八岁的娃娃还尿炕，晚上睡觉要垫褯子。褯子平时晾在外面，今天他妈怕人看见，特意把它藏在衣柜里，叮嘱儿子晚上记住取出来塞在裤裆中。新郎把柜盖儿一揭开，当下就看见了猫在里面的党拐子。党拐子猛地跳了出来，一对新人被吓得失声大叫。

党拐子赶紧压低声音对新娘说："我是海清，海娃子！"新娘这才敢正眼看他，一看之后眉开眼笑，不叫了。可那新郎还在尖叫，党拐子咋吆喝他也不听，党拐子只好亮出尖刀，那娃娃由叫喊变为哭喊，直到党拐子把刀子架在他的脖子上才噤声。

即使噤声也晚了，新郎的父母已经听见了。本来这老两口就没有睡踏实，他们惦记着儿子。儿子一直跟他们睡，现在把儿子赶走了自己反而不适应。儿子的第一声吆喝他们就听见了，老汉戳了一下被窝中的老婆说："你听，看把咱娃舒坦的！"老婆拧了他一把说："老不正经的。"可一听到后面儿子的哭声，他们就睡不住了，这媳妇也不能霸王硬上弓吧，毕竟新郎还是娃娃，牛犊子拉不起大车。两人爬了起来，要去提醒新娘。他们到了新房前就发现事情不对：房门关着，里面黑着，任凭他们咋叫都不开门。

老两口慌了，当下大喊大叫。夜深人静的，这一番折腾吵醒了长工，也引来了邻居，大家把新房团团围住，有人建议破门而入，看看里面到底出了啥事情。

党拐子知道自己已经错失了最佳的逃跑时机。他应该从柜子里跳出来后立即拉上心上人颠了，不要理会新郎倌。不过新郎父母也来得太快了，让党拐子一时没有了主意。他只得解下新郎倌的裤袋把他绑在椅子上，堵上嘴，关紧门，自己和新娘抱在一起，一声不吭。现在外面要破门了，一旦破了门，事情将无法收拾，就算他能砍倒几个人，侥幸逃了活命，这姑娘无论如何是带不走的。情急之下党拐子忽然高叫道："我是太白山的白眼狼，今天特来此地娶我的压寨夫人郭娘娘，我看谁敢进来！"

这一喊外面立刻哑静了下来。白眼狼谁不知道啊，恶名在外的大土匪！党拐子要先镇住外面的人，然后再想办法脱身。这老两口果然被吓住了，他们知道白眼狼是惹不起的，这恶物杀人不眨眼，谁敢跟他作对！新郎父母不知道咋办，有人说这土匪是冲新娘来的，新郎应该不打紧，跟他谈判，要他放了儿子。有人反对，说："他放了儿子咱们敢放他吗？放了他是要跟他同罪的！"原来这白眼狼早就被县衙悬赏缉捕了，通风报信者赏银五十两，斩获首级者赏银二百两，窝藏包庇者与案犯同罪。这同罪是啥罪？当然是死罪！

老两口没有主意了，可别人的主意倒很多。他们轮流给新郎父母出主意，他们越说，这老两口就越乱，越乱就越不知道咋办。一来二往就耽搁了时间，让巡防营得到了消息，他们的骑兵像刮风一样飞来了。他们一下马呼啦啦地包围了新房，枪栓拉得哗啦哗啦响。

巡防营驻地离这里不远，邻居中有人贪图赏金，早就悄悄报了案。巡防营一到事情就麻烦了，他们不管别的，只要白眼狼的人头。

党拐子本来还得意呢，觉得自己借钟馗打鬼的计谋不错，谁知道却假鬼招来了真钟馗。外面巡防营的把总喊道："白眼狼你听着，你已经被包围了，就是插翅也难逃，识相的就乖乖出来投降，免你死罪；要是负隅顽抗，我们冲进来乱枪把你打死！"党拐子一听傻了，自己真成大土匪了！他吓得直冒冷汗，本来要承认自己的真实身份，但一想不能，这一要给爹妈惹麻烦，二是巡防营才不管你身份真假，打死的就是白眼狼，他们就指望着这个领赏呢。

党拐子打算装到底，借着白眼狼的威名说不定还有生机。他清楚人质在他手里，外面的人总有忌讳。党拐子喊道："外面的都听着，谁敢乱动弹，我就宰了这新郎倌！"说完他把堵新郎嘴巴的袜子拿掉，用刀在椅子背上磕得咣咣响，吓得那小孩杀猪一样哭喊。

效果很好。新郎父母的心都碎了。他们向巡防营求情放过他们儿子。把总说："我们不要你儿子，要的是土匪。"这话里有话，新郎父母是能听出来的，他们赶紧将把总请到里屋去，悄悄说："这土匪值多少钱我们就出多少钱。"团长说："你们替土匪出钱？那你们不就是通匪了？"他把脸一变，说："本把总连你们也拿了！"这父母知道话说错了，巡防营如果真放跑了土匪，那是要受追究的，就连忙改口，说："这里没有土匪，是小两口在屋里闹着玩的，惊动了大人，我们再给兵爷加些辛苦费。"他们把辛苦费一直加到把总满意了，把总才走出去对士兵说："狗舍的报的是假案，哪里有土匪？里面是小两口耍怪呢。"新郎父母接上说："是的是的，娃娃小不懂事，给各位添麻烦了。"把总很生气，说："以后再报假案，小心你的狗头！"然后朝士兵一挥手："咱们撤。"

这个把总是兵油子爬上去的，狡猾着呢。他知道白眼狼是亡命之徒，如果真是这悍匪在里面，那就是困兽之斗，而且他们也不知道对方在屋里埋伏了多少人，这样贸然冲进去风险很大，弄不好自己还会丢了小命。他们剿匪是为了钱，可拿命换钱就不划算了。就算能得赏金，那也是大伙一起的，他即使分到人头，也不会很多。现在这事主家已经把钱私下塞给他了，这是吃独食，他何必去冒这个险？去他妈的白眼狼，谁爱逮谁逮去！

巡防营一撤走，老两口赶紧跟里面谈判，只要不伤害他们儿子，啥要求都可以满足。党拐子说他要把压寨夫人带走，外面连说行。不过，党拐子说："大爷我饿了，先给我做一顿臊子面，吃饱了我天亮走。"

党拐子心里鬼着呢，外面天黑，他怕有埋伏。不一会儿面条就从窗户递进来了，他首先给新郎倌喂了一口，不是心疼这娃，是防备外面下毒，见那娃没事，他才放心大咥。然后劝郭家姑娘一同吃，那姑娘愁得哪里吃得下？党拐子安慰她说："没事，有我在你就不要怕，巡防营都让我吓走了，怕啥？只管吃，就是死也不当饿死鬼！"姑娘勉强吃了一碗。两人吃完饭天还没有亮，党拐子竟然把女子按到炕上扒了衣服，郭家姑娘欲拒还迎，糊里糊涂让党拐子破了身。

天亮之后，党拐子从炕洞里刨出一些柴灰，在上面撒一泡尿和成泥，拿它涂黑脸，吆喝外面给他备一匹快马牵到门口。他把床单撕成条编成绳子，将新郎捆在自己背上，扶着新娘先上马，然后手提尖刀也跨上马背。那家人远远央求他放了新郎，党拐子拿刀子指着他们说："这娃娃是死是活全在你们，你们要是敢找巡防营，我就叫他变成无头鬼，要是没人追我，我就放了他，我白眼狼说话算数！"

党拐子打马狂奔数十里，确定后面没有追兵了，才把那娃娃解开放在马背上，他调转马头，在马尻上猛击一掌，老马识途，那马就把新郎倌送回了家。

党拐子冒充了一次土匪，觉得当土匪太过瘾了，要吃有吃的，要龟有龟的，人见人怕，干脆就真当了土匪，拉起了杆子。他的杆子发展迅猛，几年后他加入靖国军，被封为团长，参加了陕西的辛亥革命，再后来靖国军失败，他就占据西府重镇凤翔，自立山头，占地为王。

宋哲元的队伍到达凤翔后，凤翔城早已壁垒森严。党拐子知道宋哲元打完麻老九肯定接着打他,早就做好了充分准备,专等着宋哲元碰钉子。

宋哲元首先布置队伍把凤翔城团团围住,切断内外交通,然后再想破敌之策。那天他带领副指挥参谋长等一杆人来到凤翔城外东南方的一块高地上,通过望远镜观察凤翔城防。大家看了后都咋舌,说这狗肏的党拐子,简直是把西安城搬到了这里!凤翔城墙宽大厚实,上面能跑马车,一色的青岗石砌就,看起来就像是把秦岭山推到这儿来了,炮弹打上去只能磕一个白点。城上重兵布防,每隔三五米就有一个垛口,每个垛口都架一挺机枪。城墙下碉堡林立,一道三丈深五丈宽的护城河环绕城郭,河里蓄满浑水。这样的布防,说它是固若金汤也不为过。

同州城比这里差远了,宋哲元还打了二个月,损兵折将五千人。硬拼显然不行,党拐子就等着宋哲元跟他这么干呢,宋哲元自然不会上当。有人建议道,咱们干脆围而不打,困死他。这意见立即被宋哲元否决了,他说:"党拐子在这里苦心经营了九年,城里粮多弹足,他们支撑三年都不成问题,咱们能等三年吗?中原前线战事吃紧,冯总司令随时可能把我们的队伍调走,时间不等人!"

宋哲元提议仍然用地道爆破法,这办法是在同州战役中摸索出来的,效果很好。攻城一方从城外挖地道通到城墙下,然后放置巨量炸药从地下爆破,炸塌城墙,一拥而入,直捣匪穴。

参谋长提醒宋哲元,这法子党拐子肯定知道了,他会防着我们。宋哲元说,我们这是跟他斗法,他认为我们不敢重复使用老法子,可我们偏用,这叫反奇为正,虚实相生。不过你的提醒有道理,我们得假设他已经在防着我们。

地道爆破最怕对方预先侦听到开挖的方位,人家在前方横挖一条深沟，地道马上暴露。同州战役中多次开挖地道，都被麻老九发现了，挖地道的士兵全部被炸死。

　　如何预防泄密，除了开挖地点严格保密之外，最重要的是防止地下挖掘的声音传播开去。前一点宋哲元可以做到，后一点就难了。

　　参谋长说："这好办，我们不停打炮，用炮声遮掩挖土声。"宋哲元问他："你有多少炮弹？"参谋长不吭声了，他听出了宋哲元的不悦。宋哲元说："我们偶尔打一打是必须的，那是吸引党拐子的注意力，让他知道我们还是想在地面攻城，不停地打炮那是疯话。"

　　"你们都想办法，"宋哲元对军官们说，"怎样把挖地道的声音遮过去？"

　　宋哲元说话的时候，周立德就在他身后不远处。作为手枪营一连连长，宋哲元外出的警卫任务就由他负责。周立德知道宋哲元所说的你们并不包括他，可他的脑袋却没有闲着，在回去的路上周立德一直琢磨着，最后终于想出了一条妙计。

　　回到指挥部，周立德大着胆子觐见了宋哲元，向他报告了自己的想法。宋哲元听了高兴极了，拍着周立德的肩膀说："怪不得冯总司令看中你，你小子智勇双全啊。"

　　他立即批准了周立德的计划。

十九

　　那天早晨天气很好，一辆马车滑过田间道路，船一样驶到凤翔城下。守城的兵士老远就盯住这辆马车，它刚一到护城河的石拱桥边就被喝住了。城头上和城门口的守卫兵士同时拿枪指点着车把式，问他是干啥的。车把式回答是给周家烧坊送料的，为了证明，他把车上的麻袋解开一个，掬出一捧黄灿灿的麦子来。城楼上一个军官模样的人吆喝道，原地等着，我们查明再说。

　　周家烧坊在凤翔城是有名的商号，那军官立即派人去找周家烧坊的掌柜，让他前来辨认，不一会儿周立言就出现在城头上。他朝下一看，喜出望外，叫了一声："大哥，是你啊！"

　　楼上的军官朝车把式招招手，马车就靠近城门洞。门洞里的兵士围上来，搜了车把式的身上，然后要用刺刀捅车上的麻袋。车把式赶紧说："老总，这不行呀，麻袋一破粮食全漏了，我给你捅条。"这捅条是验粮的工具，是细铁条做成的，可以捅进麻袋把最里面的粮食取出来。一个兵士拿捅条接连捅了几个放在上面的麻袋，还要把压在下面的翻出来再捅，从城楼上走下来的军官看到捅条，知道这人是送料的老把式了，身份可信，就说："罢了，有周掌柜作保，没麻达。"周立言说："老总要不放心，就跟我一起去卸车，一包一包查。"

　　那军官摆摆手说："走吧！"这军官之所以放了马车，是因为前几天党拐子有令，凡是往城里送生活用品的，只要检查没问题都可以放进来，增加城里的物资储备，要准备打持久战。不过，党拐子的命令还有后半截：凤翔城只准进不准出，防止奸细给外送情报。所以那军官又补充了一句："周掌柜，你这车把式是走不了啦，打完仗才能回去。"

马车离开城门洞一段距离后，兄弟俩才敢亲昵，他们激动得互相捅了对方一拳。周立言问周立德："大哥，你不是在队伍上吗，咋又赶起马车来了？"周立德说："这话说起来就长了，咱先把车卸了，你给哥找点饭吃，哥慢慢给你说。"周立德确实饿了，昨天下午从宋哲元那里领了钱，他立即去附近的村庄买大车买牲口买粮食，等把这些都准备齐全天都快亮了，早晨马马虎虎喝了几口稀糁子就上路了。

在去烧坊路上周立德问弟弟："店里的伙计知道你大哥是干啥的吗？"周立言说："这不好说，我没有告诉过他们，可难保他们从别的地方得到消息。"周立德说："为了保险起见我就不是你大哥了，我当长工吧，名字叫刘三。"周立德没有来过周家烧坊，烧坊的人都不认识他，说他是刘三他就真是刘三了。周立言笑着说："好的，刘三。"

到烧坊卸了车以后，周立言在东湖给他哥接风。东湖位于凤翔城东南角，面积二百多亩，波光潋滟，水荷交融，环湖杨柳依依，其间掩映着无数亭台楼阁。周立言领周立德登上巍峨高耸的鸣凤阁，在一张临窗的桌子旁坐下来。从这里可以俯瞰整个凤翔城，即使城外的阡陌庄稼也依稀可辨。周立德是第一次来凤翔，只知道凤翔是历史名城，古称雍州，是周秦两代的龙兴之地。苏东坡曾经在这里当过官，主持过疏浚东湖的工程，写下了大量与东湖有关的诗文，著名的就有《喜雨亭记》《凌虚台记》等，这是他爹早年告诉他的。以往是耳听为虚，今天算是眼见为实了。

周立言指着窗外，让他哥在星罗棋布的亭台楼榭中辨认喜雨亭和凌虚台。周立德的目光在那些令人仰慕的建筑物上徜徉了很久，然后越过湖区转到了一侧的街道上。那里商铺林立，最多的是酒家，各种色彩的酒幌子在和煦的春风里漫卷翻飞，坐实了陕西酒都的盛名。街道宽阔，青砖铺地，行人如织，熙熙攘攘。卖泥塑的吹糖人的卖马勺脸谱的轮番吆喝："泥人——""糖人——""脸谱——"……

周立德忽然想起他爹收藏的清明上河图。那幅画他二弟说是假的，可画假景不假啊，这凤翔街道多像那张风俗画。

酒菜上来了，兄弟俩痛快淋漓地喝起来。距上次在家里喝酒时间已经过去一年多，他们谁也没有想到今天会在这里见面。喝着喝着，楼下传来咿咿呀呀的曲子声，有人在唱秦腔。可能是喝高了，舌头大了，咬字不太真切，不过周立德还是隐隐约约逮住了几句："腊驴肉、西凤酒、东湖柳、姑娘手……"唱的人带着酒劲，越发慷慨激昂。看到周立德侧耳倾听的样子，周立言说："他唱的是啥嘛，驴叫唤一样，多好的曲子给糟蹋了，兄弟给你唱一段。"周立言多少有些酒意，他拿筷子击打桌帮，放开嗓子吼了起来：

> 腊驴肉，西凤酒。东湖柳，姑娘手。
> 凤凰飞，麒麟走。雄鸡鸣，秦腔吼。
> 古雍城，始西周。文王兴，穆公守。
> 苏东坡，植莲藕。笙箫奏，太平有。

听完弟弟的戏文，周立德叹了一口气说："太平不会有了。"

"要打仗了吧？"周立言问他哥。周立德点点头，周立言说："你一来我就知道是咋回事了。"

"多好的地方啊，历史名城，"周立德说，"我真不敢想万炮齐轰时这凤翔城会变成啥样子！"

周立言说："大哥，你这时候进来找我们，一定是来救我们的。"

周立德佩服弟弟的聪明，他说："是的，我虽然不敢保证把全城人救下来，可有办法把咱们烧坊里的人全救下。"

周立言问："是啥法子？"

周立德说："挖地道！"

第二天上午炮声响了，周立德知道这是信号，宋哲元已经在城外开挖地道了。炮声一响，城里的人立即陷入恐慌。毕竟凤翔城十多年没有战事了，大家已经习惯了和平生活。尽管攻城的军队已经兵临城下，可人们觉得那好像是闹着玩的，不相信真的会打仗。现在大炮响了，炮弹就在城墙上开花，巨大的响声震耳欲聋，不时有弹片被坚硬的青岗石迸起，飞到靠近城墙的街道上，擦伤个把行人，激起一阵阵凄厉的尖叫。炮弹当然不会落在居民区，这是周立德跟宋哲元约好的，尽量不要伤及无辜，但炮兵能控制住落弹点却未必能完全控制住弹片的散溅。不过也算是歪打正着吧，尽管周立德不愿意看到平民流血，可不流一点血，城里人是不会害怕的。周立德现在需要恐怖。

周家烧坊的人就害怕了，因为这里挨着城墙。周立德对惊慌失措的弟弟说："赶快挖地道！炮弹不长眼，有了地道，枪炮声一响立即钻地道，贵重值钱的东西也可以挪到里面去。现在党拐子已经封城了，跑是跑不出去的。"周立言立即集合伙计，交给长工刘三，让他指挥人在后院挖地道。

周家烧坊一动手，哐哐哐的挖土声被左邻右舍听到了，他们赶过来一看，都称赞周立言有主意，立即回去学样子，几天之内这一片街道到处尘土飞扬，哐哩哐啷的挖土声吵得人们啥也听不见。

这就是周立德给宋哲元想出的妙计：用城里挖地道的声音遮掩城外挖地道的声音，这叫以毒攻毒。

关中平原是瓷实的黄土堆积，挖地道就像凿石头，可事关自己的身家性命，再难挖也要挖。一家挖十家学，十家挖百家学，这挖地道像传染病一样在凤翔城里传播开来了。周立德算了算，等全城都进入挖地道的高峰期，那时外面的地道也差不多挖到城墙底下了，地下的挖土声正好完全被上面的嘈杂声淹没了，党拐子就是狗耳朵，恐怕也听不出一点动静。

周立德的计划进行得很顺利，他只要坐等其成就可以了。无事可干的日子，周立德就在凤翔城到处溜达，他当然不仅仅是看风景，更重要的是侦察。尽管现在无法出城，不可能把情报送出去，可一旦大军攻入城内，他就可以立即做向导。随着对城内情况的逐渐了解，他发现党拐子这土匪跟他见过的土匪大不一样。

首先，党拐子在凤翔施仁政。按一般人的理解，土匪一定是杀人越货，欺男霸女，无恶不作。党拐子以前可能也这么干过，要不他凭啥积敛财富壮大杆子？可参加辛亥革命后就不这么做了，作为靖国军他们有固定的军饷。靖国军失败后他跑到凤翔，作为叛军，政府的给养当然没有了，他们只能自己解决生存问题。凤翔是西府重镇，党拐子决定在这里盘踞下去。既然要拿凤翔当根据地，他当然不能对这里的民众施行暴政苛政，兔子还不吃窝边草呢。可不吃窝边草总得有草吃啊，党拐子要养活他的军队，不可能不搂钱。不过他搂钱的方式不是加重老百姓的赋税，而是想邪方子。

这种邪方子也只有土匪才能干。

一是掘古墓。凤翔及其周边地区是周秦故地，素有青铜器故乡的美名，这里古墓遍布，古迹林立，党拐子把凡是能找到的古墓全部挖了个底朝天。掘墓这种事是要天打五雷轰的，一般人不敢干，可土匪不忌生冷，他们干得出来。古墓中出土的古董不计其数，党拐子把这些价值连城的宝贝全部换了钱。

二是贩大烟。党拐子收购本地烟土，然后武装贩运到外地获取高额利润。武装贩运这种事本来是黑道私下干的，现在党拐子明火执仗地干，他人多势众，政府拿他没办法。

这两种事情都不会骚扰老百姓，相反老百姓有时还能从中获利。先说挖古墓吧，古墓里埋的是古人，与今人没关系，谁胆大谁挖去，土匪走了老百姓去捡洋落，运气好的还能从土堆里翻出一两件宝贝呢。再说收大烟吧，陕西遍地都是大烟，又不单单是凤翔种，谁也不能说是党拐子祸害凤翔。相反，为了跟政府抢货源，党拐子经常提高收购价格，吸引凤翔本地甚至外地的烟农跟他交易，这样烟农们就得了实惠。

有了可靠的来钱渠道，党拐子在凤翔轻徭薄税，相比起政府的管辖地，凤翔倒成了乐土，很多外地人宁愿离家别舍，也要到凤翔来做生意。周立言就是其中一个。他对大哥说，就周家烧坊来说，如果开在绛帐镇上，每年少说也要多交五六百元的苛捐杂税。

就这样，凤翔的老百姓虽然生活在匪区，可他们并不觉得土匪可恶，相反，他们对党拐子还有些感恩戴德呢。

除了对百姓施仁政，党拐子也把士兵当弟兄。在凤翔城里有这样一个传说，凡在党拐子的队伍里当兵，无论是谁，党拐子都把他的生日记得一清二楚，生日那天一定要陪寿星佬吃一碗荷包蛋。每天早操后集合队伍，党拐子站在司令台上把过生日的士兵名字叫一遍，伙房里立刻端上一碗碗热气腾腾的荷包蛋，党拐子和这些士兵圪蹴在地上围一个圆圈，呼哩呼啦就把这碗蛋咥了。完了后党拐子总是要说，你们在家里都是宝贝，在我这里就是兄弟。大哥我穷，只能这么招待大家了，可你们记住大哥的话，今日吃鸡蛋，来日分金蛋！这些士兵大多穷得卵蛋磕腿叮当响，从来就不知道鸡蛋是啥滋味，现在能吃上鸡蛋而且是司令亲自陪着，早就感激得眼泪兮兮的了，至于以后会不会分金蛋，他们也不多想，就冲今天司令这个情分他们也决定跟着党拐子干。

　　传说还有一个细节，说是有一次党拐子给士兵过生日，点过名后队伍里忽然多出一个人，那人是昨晚上才从别的杆子投诚过来的，刚好赶上今天过生日，伙房不知道，就少了一碗荷包蛋。党拐子立即把自己的那份让给他，让伙房赶紧再做一碗，可偏偏伙房是按名单采办的，没有备货。党拐子本可以不吃，但他觉得不陪弟兄们就有点对不起他们，恰巧这时一声老鸹叫，党拐子抬头一看，操场边上有一棵大槐树，树顶上坐着一个老鸹窝，这时是春末，刚好是老鸹孵蛋的季节。党拐子来到树下，噌噌噌爬上槐树，在老鸹窝掏了两个蛋。伙夫赶紧过来说，司令我给您煮上。党拐子说，等不得了，大家碗里的鸡蛋已经凉了，吃凉的肚子疼。说完他把两个蛋相互一磕，倒进嘴里，咕叽一声咽了下去，拱着手对大家说，让弟兄们久等了，准备不周，请大家原谅。那些弟兄看到司令这样仗义，他们端起碗都有些发愣。

　　当然这都是传说。周立德不敢贸然到土匪那里去印证，可他相信凡是传说多少总有些依据：大家不会平白无故地给一个好人捏造坏事，同样道理，老百姓也不会给一个坏人编排好事。就算党拐子那样做是装样子收买人心吧，可他要长期装下去也不容易啊，他的队伍有万把人，光要把这么多人的生日记住要下多大的功夫！有些土匪之所以感动，就是因为他们父母都忘了他们的生日，而党拐子却记得！周立德把国民军与党拐子做了比较，国民军号称实行官兵平等，强调军官爱兵如子，其实只是口号而已。就拿宋哲元来说吧，不要说叫他记住士兵的生日，就他身边的参谋、副官、警卫等亲近的人，他也一个不记得。周立德自己也一样，部下一百多号人，他也不知道他们的生日是哪天。在这一点上他觉得脸红。不要说这是一件小事，小事是最能见出人的精神，一个人连区区小事都做不好，还能指望他做大事吗？

党拐子是一个让周立德难以捉摸的土匪。他到底该不该打？就他掘坟贩毒而言，这都是伤天害理十恶不赦的事，打他狗肏的没麻达；可就他不扰民讲义气这点，合法的政府机构堂皇的政府官员也未必比得上他，这似乎又不该打，打他就有些理亏。原先对土匪恨之入骨的周立德，在党拐子这个土匪面前犹豫了。尽管他知道大战在即，有这种情绪很不该甚至很危险，可理智有时就是管不住情感。

十天后的中午时分，周家烧坊的人正在吃午饭，一声惊天动地的轰鸣猝然响起，地面剧烈地跳动起来，房梁嘎巴嘎巴地叫唤，圪蹴在地上吃饭的伙计们扑踏扑踏都摔了尻子蹲儿，周立言手里的老碗当啷一下掉在地上。周立德的饭碗端得牢，可头顶上掉下来的尘土把白白的搅团染成了灰泥，他把筷子往碗里一插，大声吆喝道："钻地道！"

吓傻了的人们这才失急忙慌地往后院跑。周立言跑在后面，还招呼刘三，刘三说："你们先下去，我撒泡尿就来。"

刘三一出烧坊门就变成周立德了。他朝城墙西北方奔过去，凭声音他断定爆炸发生在那里。街上的人像受惊的老鼠一样四处乱窜，周立德一面跑一面大声喊叫："不要乱跑，赶快钻地道！"

周立德还没有跑到城墙跟前，远远就看见城墙裂开了一个大口子，城外的军人潮水一样涌了进来。

攻城大战开始了。

战斗仅仅持续了半个下午就结束了。守城士兵完全被打蒙了，他们根本没有料到，铜墙铁壁一样的城墙会忽然坍塌，政府军从天而降。土匪死伤有三四千人，其余都当了俘虏。

宋哲元最关心的是党拐子，他活要见人，死要见尸，这种人是祸根，绝不能放跑了。可清点战场，尸体里没有党拐子，把所有俘虏捋了一遍，也不见他的踪影。

这家伙跑到哪里去了呢？

"他跑不了，"宋哲元说，"我在城外放了三万人的部队，把凤翔城包围得水泄不通，一个老鼠也跑不出去。"

"那他就是藏起来了。"参谋长说。

"肯定的，"宋哲元说，"挖地三尺也要把他找出来。"

参谋长说："党拐子在凤翔经营这么多年，他一定会给自己弄一个十分隐蔽的避难所，我们恐怕一下子找不到他。"

"找不到也要找！"宋哲元说。他脑筋一转，命令参谋长："把所有俘虏押解到城关小学操场，派人到城里所有的街道里巷敲锣布告：限党海清天黑之前自首，否则所有俘虏一律枪毙！"

五六千俘虏很快被集中起来。外面围观的老百姓人山人海。在这两群人之间是荷枪实弹的政府兵，他们的刺刀在夕阳下红艳艳的，没有杀人已经见血了。

黄昏时分，宋哲元登上操场司令台，手里拿着一个铁皮卷成的喇叭筒，高声喊道："党拐子你听着，我知道你就在凤翔城里，有种你站出来，好汉做事好汉当，你自首我就饶了你的部下。我现在数数，到十为止！"

宋哲元喊一，操场两边的教室顶上立即架起了一长溜机枪。宋哲元喊二，操场上看守俘虏的士兵立即往后退，拉开了与猎物的距离。围观的民众吓得也往后退，被踩倒的人哭爹喊娘。宋哲元喊三，屋顶的机枪手咔嚓咔嚓地打开弹药箱。宋哲元喊四，看守的士兵哗啦哗啦地推弹上膛。宋哲元已经喊到八了，下面还没有反应，那些俘虏吓得瑟瑟发抖，使劲往一起挤，力气大的挤到最中间，好像外面有人挡子弹就不会被打死一样。宋哲元数到九，俘虏里有人哭了，很快就哭声一片。

宋哲元正要喊十，忽然从围观的人群里挤出一个老头来，厉声高呼："宋哲元，你爷爷来了！"

宋哲元喊道："绑了！"

周立德就在现场。他看这人上身黑粗布夹袄，下身黑粗布大裆裤，腰里扎着红腰带，别着一根旱烟锅，咋看都像是一个老实巴交的庄稼汉。不会是有人假冒吧？周立德有点怀疑。他知道这有可能，党拐子平时待部下不错，说不定真有人会替他死。

不过这种担忧立即被排除了。俘虏群里已经有人发出惊叫声了："看，党司令！"周立德立即明白了，这党拐子已经化装混进百姓中，现在被宋哲元激出来了。

党拐子被押到宋哲元跟前时，宋哲元笑着对他说："这就对了嘛，是个男人，还算讲义气。"宋哲元的笑充满胜利者的自负。他掐中了党拐子的命门，讲义气的人就拿义气去算计他，应该不会错。这样做当然有赌博的味道,可事实证明他赌赢了。宋哲元为自己的聪明高兴。

"可你不是男人!"党拐子轻蔑地笑了一声说,"有本事我们明着干,老鼠一样挖地洞不嫌丢人!"

宋哲元大笑起来:"你知道宋襄公的故事吗?"宋哲元说:"兵不厌诈,打仗能讲信义吗?孙子兵法曰:兵者,诡道也!"

"去你妈的鬼道人道,老子不服!"党拐子是大老粗,不懂宋哲元的之乎者也,气得蹦儿蹦儿跳。

"不服你还想咋样?"宋哲元嘲弄他。

"你毙了老子吧,爷爷不怕死!"党拐子梗着脖子说。

宋哲元说:"还算是有自知之明,我不会留你的。"

那人盯着宋哲元说:"你好歹也是一军司令,男子汉大丈夫说话要算数,放了我的兄弟。"

宋哲元说:"你安心走吧,后面我自有安排。"

党拐子说:"好,爷爷就信你一回,你要失信了,爷爷化作厉鬼来缠你。"

宋哲元吆喝道:"准备行刑!"

党拐子说:"老子枪林弹雨中滚了一辈子,身上没有落下一个疤痢,这也算是本事吧。今天没有别的要求,就想落一个全身,别给爷爷身上留枪眼。"说完这番话后他张开大嘴,怒目圆睁,等着刽子手。

行刑的人不知道咋办,看着他大张口的样子反而害怕了。宋哲元也有些发蒙,他戎马倥偬数十年了,从来没听说过枪毙人有不留枪眼的。

周立德挺身而出说:"让我来!"周立德以前干过护寨队,跟土匪打过交道,听说过这种死法。他佩服这种汉子,要成全这人。他担心自己不出手别人会辱没了党拐子，把他吊死或者淹死，也可能宋哲元不耐烦了会乱枪把他打死。

宋哲元朝周立德挥了挥手。

周立德来到党拐子面前，把枪管伸进他的口中，党拐子噙住枪管，脸上露出一丝笑意，这是遇到知音的喜悦。周立德轻声对他说："党司令，放心走吧。"说这话的同时枪也响了，子弹从咽喉打进从尻眼钻出，党拐子应声倒地，身上没有留下任何枪眼。

毙了党拐子，宋哲元把俘虏分成五队，命令五个师的国民军把他们押回去。俘虏们情绪激动，说："党拐子已经死了，为啥还不放我们？说话要算数！"周围的老百姓也跟着起哄。宋哲元说："你们现在是分头去领路费，领了钱，饱饱吃一顿饭，然后就回家，别不知好歹！"

俘虏们欢天喜地地走了，宋哲元却把五个师的师长留下来，下达了处置俘虏的命令。

"全部杀光？"参谋长吃惊地瞪大眼睛。

"对！"宋哲元说。

"那是五千人啊，老天爷！"参谋长提醒他。

"五千人怎么了？打同州打凤翔我们死的不止五千人吧？我把这五千人杀了，就是要给剩下的各路土匪军阀做样子，凡是拒不投降胆敢顽抗的，城破之日一律格杀勿论，这叫杀鸡给猴看。我今天杀了他们就是为了以后我们少流血，少死人，谁要是骂我残忍就骂去，我不怕！"

天黑后大屠杀开始了。凤翔城到处是枪声哭声，整个城市变成了阎罗殿。宋哲元的指挥部设在城隍庙的大殿里，他在这里等待各师汇报处理结果。忽然有一个人进来报告，说他是三师五团二营的营长,他们团长把俘虏悄悄放跑了,他给师长报告,师长骂他多嘴,他只好直接来找总指挥了。

宋哲元骂道:"真是娘们带兵,靠不住!"他立即命令周立德集合他的手枪连,火速骑马追赶那些逃跑的俘虏,"追上之后就地枪决,一个不留!"

周立德带着骑兵冲出凤翔城,到了城外他把队伍分散了,命令他们沿着几条大路分头追击,他自己却独自跃进庄稼地里。他知道逃跑的人绝不会贸然走大路,只可能四散逃进庄稼地里。庄稼不高,人站着藏不住,可趴下完全可以隐蔽,况且庄稼地有田苗铺垫,走起来没有脚步声,不会引起别人注意。果然,半袋烟的工夫,周立德就隐隐约约看见前面有人影了,他猛磕马肚子,那马飞一般狂奔起来,很快就赶上了那帮人。

周立德低声吆喝一句:"站住!"他的声音虽然不高,那些人却像被施了定身法一样僵住了。这些人大概有七八个,应该是跑散了的一部分俘虏,周立德看不清楚他们脸面,但可以听见他们急促的喘气声。那些人看到高头大马上的周立德,都扑通扑通地跪在地上。

周立德说:"你们跑错了,这个方向有部队驻扎,你们现在转一个身,朝西南跑,那里是七师和八师的结合部,有缝隙。你们都是当兵的,知道咋穿插。"

那些人一时愣了,反应不过来。周立德说:"赶紧跑吧,再耽误就来不及了。"他们醒悟过来后撒腿朝西南方跑过去。

周立德没有立即离开,他得在这里等一等,如果有人追过来了,他好把他们支开,为这些俘虏争取一些时间。这时他忽然发现,有一个人远远地落在后面,别人都跑得没影了,他还在磨叽。周立德立即追了上去,那人转过身来看着他,气喘得像拉风箱一样，明显是没有力气了。周立德跳下马，朝他走过去，对方警惕地往后退。周立德说："你不要害怕，我骑马送你一程。"那人不再躲了，周立德把他扶上马，然后自己一纵跳上马背，两人飞马前进。

马儿一颠，周立德觉得有啥东西掉了下去，他朝下一看，看见了一只尖尖的小脚。

女人！

怪不得走不动，小脚套了大鞋子，多累赘。

女人哭了，她的眼泪被风刮过来，洒在了周立德脸上。

穿过两座村庄之间的一片乱坟岗子，爬上对面一道土塬，周立德把马勒住，让女人下来，"现在安全了，你去吧。"

那女人往前走了几步，又折了回来。她对周立德说："你是个好人，我不知道咋谢你了，我把这个东西给你吧。"女人从怀里掏出一个碗大的布包递给周立德。周立德问："这是啥呀？"女人说："宝贝，古董。"

周立德推辞不受，说："我救人是自愿的，不要人谢。"

女人说："这是稀世珍宝，当家的一直叫我带在身上，你甭嫌轻。"

周立德说："我不是嫌轻，而是嫌它太重了，我承受不起。"

女人说："你要是嫌重，就把它卖了，拿钱给凤翔城里遭兵灾的人分一些，也算是对他们的一点补偿，他们无辜受了牵连。"

女人这么一说，周立德犹犹豫豫地接了布包。

女人走了。她走了没多远，周立德却追了上去。他说："我听见你哭了，看来你是舍不得，要不你还是把它拿回去吧，我不能夺人所好。"

女人说："我哭的是我男人。当年一匹马驮着我俩一起逃走的，今天同样是一匹马驮着两个人，我男人却死了。"

　　周立德听得懵懵懂懂的，这女人好像不一般啊。他站在塬边目送女人远走，心里在琢磨，她是谁呢？

二十

周立德骑着高头大马走到寨子门口,周立言挑在竹竿上的鞭炮就响了。看热闹的娃娃们吓得哇啦哇啦四散躲开,就连围在寨门口的大人都捂紧耳朵。

周立功赶紧给三弟说:"快把炮掐灭吧,惊了大哥的马!"

周立言笑着说:"大哥的马是战马,连大炮都不怕,还怕鞭炮?"

那马果然镇静自若,瞧都不瞧炮仗,把四颗铁蹄有节奏地叩在街道的石板上,敲出叮当叮当的响声,就像秦腔戏台上的铜钹撞击,清脆嘹亮。马一色枣红,衬着身穿淡青色军装的周立德,就像红萝卜长着青缨缨,煞是好看。周家寨的人一街两行站着,仰望着端坐在马背上的周立德,就像看天神降临。

"哎呀呀,真是关老爷下凡了!"黑丑咂着舌。

"分明是赵子龙!"毛蛋抢白道,"没看见他有枪吗,是长坂坡的赵子龙。"

不管关云长还是赵子龙,都是周家寨人心目中的大英雄。周家寨现在终于出人物了!邻村有出武举的,出乡约的,出师爷的,出税警的,他们村就出了一个秀才,还没有考上举人。这下好了,老子不行儿子行,周立德当大官了!这官大得叫人咋舌,整个西北冯玉祥是老大,周立德是老二,这是周克文说的,他儿子是冯玉祥的副官嘛。这么大的官出在周家寨,往后谁还敢欺负周家寨人?我们都是周副官的乡党啊!周家寨人打心里自豪。其实周立德早就不是冯玉祥的侍卫了,可周克文在人面前依然那样显摆。

街道上挤满羡慕和敬仰,周立德不理会他们,双腿夹了一下马肚子,那马骤然放快了脚步。他想快点见到父母,还有日思夜想的宝贝儿子。

凤翔战役结束后,国民军要休整几天,周立德向宋哲元请假,说这里离自己老家不远,想回家看看。宋哲元念他这次攻城有功,爽快地答应了,让他安排好防务即行离开。周立德是认真的人,交接工作要耽误两天,本来他跟三弟约好了一起走的,周立言等不及了,周立德就让他先回家,早给父母报一个平安。凤翔打仗的事情老家一定听说了,父母虽然不知道大儿子就在攻城部队里,但小儿子在凤翔城里是笃定的,他们肯定急死了,先让他们见到老三他们就安心了。

周克文两口子见小儿子囫囵归来,别提有多高兴了,当得知大儿子也要回来时,更是喜上眉梢。周克文说:"这真是太巧了,老大回来正是孙子满月,双喜临门!"

"三喜临门!"周梁氏更正说,"老三平安还是一喜。"

"那咱们就喜上加喜吧,"周克文说,"老大回来那天就给孙子做满月!"

现在周克文就在家门口等着大儿子呢。周梁氏等不及了,几次要到寨门口去,都被周克文拉住了。他说:"你再心急也得稳住,咱是长辈,哪有迎出寨门接晚辈的道理。"可是话虽这么说,他自己却不断地拨拉围在门口看热闹的人,不让他们挡住视线。

周立德的人影从人浪里一浮出来,周克文就把手里的鞭炮点着了。噼里啪啦的响声吓了周梁氏一个激灵,她失急忙慌地朝门里吆喝道:"春娥,赶紧把娃耳朵捂住!"

周梁氏对周克文说道:"老东西,看把你轻狂的,哪有当长辈的给晚辈放炮的!"

周克文不言传,光是笑。他举着竹竿,竹竿上挂着鞭炮,鞭炮在空中炸响,鲜红的炮屑桃花一样飘落下来,铺了满地,也铺了周克文老两口一身,活像穿了大红袄。

门外看热闹的人笑着说:"四喜临门嘛,老两口还要拜天地!"

周克文说:"要拜么,老天爷送给我们一个大胖孙子,天恩浩荡啊!"

见了大儿子,周梁氏禁不住老泪纵横,周克文说:"你这个老婆怪得很,昨天老三回来你哭,今天老大回来你还哭,这都是好事嘛,哭啥呢。"周梁氏泣不成声,说:"我没想到两个儿子都会摊上打仗嘛。"

周克文叹一口气说:"这是乱世嘛,谁叫咱们摊上乱世呢。"这么一说他就想起了杜甫的《羌村三首》,少时读它是承平时代,没有多少体会,今天再回味其中"世乱遭飘荡,生还偶然遂"的句子,真是感慨万千啊。

这边周梁氏刚刚住了眼泪,那边周立德却哭出声来了。周立德见过父母就回自己房间,他一心惦记着儿子。这个汉子钻过枪林弹雨,见过杀人流血,从来都没有心软过,现在面对襁褓中的儿子却泪流满面。尽管孩子一降生二弟就写信告诉他了,他早就高兴过了，可那毕竟是想象中的高兴，空泛的高兴，现在这个红扑扑白生生胖乎乎的小生命就呈现在他面前，一切的思念，一切的想象，一切的挂记都落到了实处，周立德禁不住喜极而泣。

这孩子来得太不容易了！土匪断送了周立德第一个孩子，他根本不知道媳妇羸弱的身子还能不能再次怀胎。如果不是当兵，他也不必担心，只要守着媳妇，哪怕她身子再弱，总会有调养好的一天，他不怕好地长不出庄稼来。可他不能不当兵，没有后台，他们家就得受土匪欺负，这次土匪只是吓了他媳妇，下次说不定奸了她杀了她。当兵就是跟阎王爷藏猫猫，随时都可能吃枪子。所以每次上战场周立德都提心吊胆，他不是怕自己被打死，而是怕绝了后，他绝了后不光是对不住媳妇，更对不住爹妈。

现在不怕了，这个四仰八叉的小家伙骄傲地翘着小牛牛，以这种没羞耻的姿态宣告周家后继有人了！

周立德再也不用担心了，哪怕明天战死沙场，他也没有遗憾了。

周立德的眼泪滴在了儿子粉嘟嘟的圆脸上，惊醒了熟睡的婴儿。他睁开眼睛望着眼前这个陌生男人，双手双脚都扑腾起来。春娥惊喜地说："哟，这就认得你爹了！"周立德破涕为笑，慌乱地伸出双手，却不知道该把手往哪里搁。他的手太大了，太糙了，太笨了，不敢去碰这个嫩生生的物件。

春娥拿薄毯子把儿子裹好了递给丈夫，周立德小心翼翼地捧着儿子，就像捧着一尊名贵的瓷器。他弯下腰去亲了一下儿子脸蛋，没想到这家伙哇一声哭起来，吓得他赶紧把儿子还给媳妇，诚惶诚恐地说："我没有把他咋的嘛。"

媳妇说:"胡子,你的胡子。"

周立德记得他昨天刚刮过胡子的,看来这娃娃的皮肤太嫩了。"他把自己的下巴凑近春娥,在她脸上蹭了一下,问扎不扎,说看来以后要亲儿子先得亲儿子他妈。春娥红了脸说:"别人看见了。"周立德说:"在屋子里怕啥呢,我多长时间没亲我媳妇了,说完了他就去抱媳妇,要把媳妇跟儿子一起抱起来。春娥赶紧说:"咱妈马上就来了,只要娃娃哭一声,她老人家就坐不住了,比我对娃还精心呢。"

就像是印证春娥的说法,她的话音刚落,周梁氏就在外面搭声了。她问道:"我孙子咋哭了,啊?"春娥知道婆婆是先导,后面一定跟着公公。未满月的婴儿是不能抱出去见风的,老两口爱孙心切,一天几趟过来看孙子。婆婆进媳妇房间是顺茬,公公进来就有忌讳了。不过周克文有办法,他每次都拉老婆一齐来,而且让老婆先进去,婆婆进来等于给媳妇打了招呼,让她把不方便的都收拾起来,他进屋就自然了。

周梁氏一进来就接过孙子,说:"我毬蛋娃是咋了?"她把娃娃的包裹解开,查看了裆子,说:"我娃没屙没尿的,哭啥呢?"

"他爸的胡子把毬蛋娃扎疼了。"春娥笑着说。

周立德问道:"咱这宝贝就叫毬蛋娃?"

"就叫毬蛋娃。"周梁氏说。

周立德笑了,说:"我小时候就叫毬蛋娃,我儿子还叫这名字?"

"这名字好嘛,"周梁氏说,"你看你,当了大官,枪林弹雨都不怕。"

周立德说:"好是好,可有点丑,叫不出去。"

周梁氏说:"不怕,丑名好养活,咱自家叫,另外再起一个大名给外人叫就行了。"

周克文说:"早就该起大名了,就等你回来起呢。"

周立德说:"我不敢,咱家里就爹的学问大,这名字只能爹起。"

周克文说:"我是爷你是爹,隔了一层的。"

周立德说:"我这名字爹起得多好,没有这名字说不定就没有我的前程,孙子的名字一定要爹起!"

周克文说:"你这么说我就当仁不让了。我早就想好了,叫忠信,周忠信。忠诚待人,信义为本。"

周立德说:"好,好名字!"

做满月的高潮是搽黑脸,这是关中道奇怪的风俗。不知道是为啥,过满月这天要把孩子的爷爷奶奶脸涂黑。这种事当然是很好耍的,一对老人被搽成包公,还要拉出来示众,大家哄笑嬉闹,把满月的欢乐气氛推到高潮。这天的老人既要防备被人偷袭,弄一个大花脸不好看,让人当猴一样耍,可又期待着别人袭击,要是没有人跟你这般耍闹,这满月就没有意思,显得冷清。这冷清背后是众人对你的态度,大家对你敬而远之,你不是没人缘就是讨人嫌。这事就跟闹洞房一样,明知道它是折磨人,可没有人闹就更尴尬了。

周克文这天一直提高警惕,出门都盯着别人的手,随时准备躲避锅墨的袭击。袭击的一般都是同村的人,他们早早就把手心在自家锅底上蹭黑了,握成拳头藏起来,让人看不出破绽来,只等接近目标后来一个突然袭击。这天明德堂前围拢的人太多了,每个人都可能是袭击者,周克文出出进进时浑身都长满眼睛,唯恐稍不留神让人得了空子。

大概是周克文防得太紧了，直到快吃午饭了还没有人把老汉搽成黑脸。再耽搁下去就要散场了，大家都得回去吃饭。周克文有点沉不住气了，他这时故意出来混在人堆里，给这个敬烟，给那个倒茶，顺便从衣兜里掏出核桃花生招惹小孩子。可是大家烟也吸茶也喝，就是没有人动手，娃娃们从周克文手里接过吃货，马上就被他们父母拽到身背后。

周克文觉得奇怪，我把这老脸都伸出来，你们咋还不动手呢！其实他不知道村民此时的心理，他们现在是敬仰他，崇拜他，当然也就害怕他。周克文是谁啊？是周副官的老子！周副官是谁啊？是西北老二！这老爷子耍大了，真正是周老太爷了。这样的人谁敢随便把他脸抹黑？不想在周家寨混了？如果说以前谁轻慢过他老人家，现在早就诚惶诚恐了，还敢造次。虽说这搽黑脸是耍的，可耍也要看对象，耍错人是要惹麻烦的！

一直没有人给自己搽黑脸，周克文就急了，可再急也没有办法，总不能自己把自己脸抹黑吧。别说是自己抹自己了，就是自家人去抹也是要闹笑话的，除非这人跟全村人都闹了别扭，一点人缘也没有了。可眼见着有人起身回家去了，周克文还得眼巴巴地跟没有走的人殷勤着。总不能让我开口求你们吧？周克文心想，我平时待你们不错啊，你们咋不给我一个面子，让我这老脸往哪里搁？这老汉快要绷不住了。

引娃看到了大伯的狼狈相，赶紧回家去把自己的双手在锅底蹭黑了，然后溜到周克文身边，两手齐出，三下两下就把大伯搽成了包公。

周克文根本没有想到会是引娃来救他，旁边的人也感到新鲜，哪有亲侄女耍大伯的？这反而让他们觉得好笑，大家一阵哄闹，把做满月的气氛推到极致。众声喧哗，周克文轻声对引娃说，快进去把你大妈的脸也搽了。引娃举着一双黑手，跑进院子把周梁氏也抹黑了。

本来事情闹腾到这份上也算完满了，可周克文意犹未尽。他肚子里憋着一口气，这村里人好像故意难为他，如果不是侄女解围，他今天真要丢脸了。你们不是不愿给我搽黑脸吗，想出我的洋相吗，我今天偏要把这黑脸让你们好好瞧瞧！他吆喝周立德把那匹枣红马牵过来，他要骑马巡游。

这老汉真是疯了！周梁氏说："你会骑马吗？"

周克文说："啥不是学会的，老大，给爹把马牵上！"

周立德把马牵过来，小心翼翼地把他爹扶上去。周克文是要给全村人做样子看的，故意把身子挺得直直的，可马刚一起步，他就有点摇晃，周梁氏吓得赶紧叫老二老三跟在马两侧侍候着，随时准备接住掉下马背的老头子。

周克文在三个儿子的保护下起驾了。这一闹腾果然吸引了全村人的目光，没有出门的人也被惹出来了，这架势一点不输他儿子早晨荣归故里的盛况。老汉看到全村人夹道欢迎他，更加来劲，一张口就吼起秦腔：

> 猛想起当年考文会，
> 包拯应试中高魁。
> 披红插花游官闱，
> 国母笑咱面貌黑。
> 头戴黑，身穿黑，
> 浑身上下一锭墨。
> 黑人黑相黑无比，

马蹄印长在顶门额。

三官主母有恩惠，

她赐我三尺红绫遮面额。

叫王朝与爷把红绫取，

三尺红绫遮面额。

甭看老汉快六十岁了，《铡美案》中包相爷的花脸唱得地动山摇，一街两行的人耳朵震得嗡嗡响，大家齐齐赞一声：好！

回家第二天，周立德去看望他二爸。他是懂礼数的，晚辈外出归来一定要拜会长辈的，他就这一个叔父，非见不可。可去了隔壁，却只有婶娘和引娃在家，不见叔父和堂弟。婶娘告诉他，叔父和堂弟都忙得不可开交，在绛帐镇的烟馆里住着呢。

"你去镇上吧，"婶娘说，"你二爸每天都念叨你呢。"

周立德出来时引娃送他，她小声告诉周立德："甭听我妈瞎说，我爹是早晨才走的，他知道你今天会来看望他，故意离开的。"

周立德有些纳闷。他刚出门没几步，婶娘又追了出来说："骑上你的马，一定要骑，镇上路远。"

其实镇上不远，周立德又不是没去过。不过他还是骑了马，没几步就到了镇上，很快找到了赛仙堂。周宝根就站在赛仙堂门口，一见周立德过来了，高声打招呼，迎上来牵住周立德的马。

周宝根的声音很响亮，赛仙堂里的人都听见了。周拴成跟一帮人在里面喝茶，这些人都是绛帐镇的头面人物，有驻军排长、商会会长、税务所所长、各家商号掌柜，等等。按说周拴成没有这么大的面子，可他脑子好使，昨天周立德荣归故里的消息已经在周边传得沸沸扬扬,作为周副官的叔父,在这当口他请别人喝茶,哪个不趋之若鹜?

八仙桌正对着门口,在座的人都看见了外面枣红马背上那个魁梧的军人,驻军排长首先呀了一声,说:"这不是周副官来了吗?"其他人都急忙站了起来。

周拴成淡淡说了一句:"我侄子。"

大家赶紧迎了出来,周拴成却坐在原地不动,只管喝茶。

周立德下了马,人们都围着跟他寒暄,他一个都不认识,周宝根给他一一介绍了。他没有发现叔父,就问堂弟。周宝根把他领进门,他看见叔父背对着门口稳稳地坐着。他赶紧向叔父问安,周拴成依然没有起身,说了声:"噢,是大懒啊,回来了。"

大懒是周立德的外号,他们兄弟三个分别叫大懒二懒三懒,这外号现在连他自己都忘了。

周立德跟叔父说:"本来昨天就应该给你老人家请安,可家里事盘缠住了,还望二爸见谅。"

周拴成说:"我还当你就这么走了呢。"

周立德说:"岂敢岂敢,我就你一个亲叔父,再忙都要看望的。"

周拴成说:"你看你今天来得不巧,正碰上我请朋友来喝茶呢。"周立德赶紧说:"我不打搅,给你老人家请了安我就走。"

那些人一听周立德这么说就急了,他们都想借机巴结周副官呢,怎么舍得让他走?都说:"我们跟周掌柜是老熟人,不碍事的,好不容易见了将军,这机会拿钱都买不来的!"然后又求周拴成,让他把周立德留下来。

其实周拴成也唯恐周立德走了。他刚才的做派都是为了拿架子,让这些人看看他有多牛,连冯玉祥的副官都不当一回事儿。

他是拿大毯吓瓜女子,周立德要是真走了,他的戏就唱不成了。现在这势已经蓄足了,该转圜了,于是就说:"看在二爸这些朋友的面子上,你就留下吧。"

周立德说:"我听二爸的。"

坐定之后,那些人对周立德毕恭毕敬,轮流上来敬茶,一口一个"周副官"。特别是那个驻军排长,一上来就跟他套近乎,说他们早有书信来往,应该是老熟人了。周立德一时想不起来他是谁,看到周立德茫然的表情,周宝根机灵,说赵排长的内弟以前在咱们赛仙堂高就,后来病逝了,大哥写信安慰过赵排长。噢,周立德想起来赛仙堂的那个敲诈案了,他笑着朝赵排长点点头,赵排长受宠若惊,赶紧双脚一磕,啪地给周立德敬了一个军礼,说:"以后赛仙堂的治安就包在下属身上。"

周立德忽然明白这些人应该是冲着他来的,不是他二爸面子大,是他的官大。他本来想纠正一下他们对自己的称谓,告诉那些人他本来就没有当过冯玉祥的副官,充其量就是一个卫兵,现在就更不是了。但想了想又打消了这个念头。他知道他二爸把他们招来的用意了,是要拿钟馗吓唬小鬼。他佩服他二爸的精明,也体恤他二爸的可怜。

后来他二爸有意无意地提示他讲讲冯玉祥的故事。他明白那意思,无非是要显示他这个侄子与总司令关系不一般,把吓人的效果再加强一些。他顺着他二爸的杆子爬,讲了一系列冯玉祥的逸闻趣事,特别突出了自己监督总司令戒烟的段子,那些人听得目瞪口呆。

周立德觉得戏演得差不多了,就跟他二爸告辞。在他骑马离开的时候,还听见他二爸在后面说:"你们看那马多威风,那是冯总司令的坐骑,送给我侄子了。"

周立德狠狠地抽了马一鞭子，马骤然受惊，飞一般奔出绛帐镇。

第三天，周立德就要离家归队了。军务在身，不能久留，宋哲元就准了他三天假。离家之前他向父亲请教了一个问题，中国历史上有没有杀俘的先例？周克文略一思索，说有啊，最有名的是白起坑杀四十万赵国降卒，项羽坑杀二十万秦军降卒，曹操坑杀袁绍七万降卒，北魏道武帝拓跋珪坑杀五万燕国降卒。周立德吓得吐舌头，说："哎呀我的爷，这些人可真能下得了手。"周克文说："一将功成万骨枯，黑心人才能成大事嘛。"周立德问："这杀降的人后来结局好不好？"周克文说："都不好，杀降不祥嘛，这些人后来都没有善终：白起让秦王逼得自杀了，项羽让韩信逼得自杀了，拓跋珪被亲儿子杀死了，曹操虽然不是横死，却落了千古奸贼的骂名。"

周立德说："这是老天爷惩罚他们，我看宋哲元怕也要短寿。"

周克文觉得奇怪，问宋哲元咋啦。周立德给他爹说了凤翔杀俘的事。周克文惊讶得瞪大眼睛，说："现在还有这事？这不是都民国了吗？"

周立德说："是啊，我们这队伍还是国民革命军呢。"

周克文说："爹不懂政治，也没有打过仗，不过爹是念过书的人，从秦始皇往下看，总是施仁政者得天下，你们这个宋总指挥听说也是念过书的，咋能做这种缺德事呢？"

周立德说："不光是他做了缺德事，你儿子也做了！"

周克文说："你只是一个连长，人家总指挥叫你杀人你能抗拒命令吗？你是没有办法嘛。"周克文以为儿子参与了杀俘，心里难受，忙为儿子开脱道。

周立德说："事情不是那么简单。"他给父亲述说了凤翔战役中他给宋哲元出谋划策的事。这个事当时他很得意，现在却成了他的精神包袱。他说："要不是我那个主意，地道就有可能被发现，这仗就变成明打了，虽然最后守城的士兵也难逃一死，可他们是战死的，死得算是体面，不像现在这样，完全没有准备就被活捉了，然后像绵羊一样任人宰杀，死得憋屈。"

听了周立德的讲述，周克文叹了一口气说："我不杀伯仁，伯仁却因我而死。"周立德不明白他爹的话，周克文接着说："各为其主，这也不能算是错事，况且你们这队伍还是官军嘛，谁能料到官军也干这种事？一定要说有错，那也是无心犯的错。"

听了他爹的话，周立德心里才稍觉宽慰。这些天他被这事缠磨着，心情很沉重。攻城结束后，部队举行庆功宴，团级以上军官在指挥部摆了一桌，宋哲元把周立德也叫了过去，特意给他安排了一个座位。酒会上，宋哲元给大家介绍了周立德的妙计，这计策一直是保密的，大家都称赞周立德，轮番给他敬酒。别人越是这么做，周立德心里就越不是滋味。看着大家畅怀痛饮，他却一滴酒也喝不下去。连宋哲元都看出来了，问他咋啦，他搪塞说："跟这么多高级军官在一起，害怕嘛。"宋哲元笑着说："这有啥害怕的，跟着我好好干，以后也会跟他们一样！"

这样的话别人听了也许很受鼓舞，可周立德听了却心里发凉，要干到他们那份上得杀多少人啊？

周立德这次回家除了探亲，还有一个目的，就是想听听他爹对这事的看法，他知道他爹学问大，他佩服他爹。刚才他爹的一番话让他轻松了不少。

不过周克文的话还没有说完。他刚才是顺着儿子的情绪安抚他的，现在儿子的情绪缓和下来了，他觉得应该把话说得再透彻一些。"我还是那句老话，"周克文说，"天下无主，有德者居之，这杀俘的人咋说也不能算是有德者，杀俘的军队也难成仁义之师。古人常说良禽择木而栖，贤臣择主而事，你要多想想这句话。"

周立德说："我这两天也一直在琢磨，问题是仁义之师在哪里呢？"

周克文说："是啊，仁义之师在哪里？爹蜗居山村，目光浅陋，你是闯荡天下的人，眼界比爹宽阔，慢慢找吧，总会遇上的。"

周立德离家之前先到东厢房跟老婆儿子告别。他一进屋子老婆就叫他把裤子脱了，他很惊讶，说："大白天啊？昨晚上不是刚那个过吗？"春娥脸一红，说："你想得美！"她把一条红短裤递给丈夫，说："刚给你缝的，穿上这个，辟邪，逢凶化吉。"周立德说："部队的衣服都是统一发的，连短裤都一样，再说了，我一个大老爷们穿一条红裤衩子，别人看见也笑话嘛！"春娥说："贴身穿，上面再盖上你们部队发的短裤不就行了？"周立德笑着说："穿两层短裤？那我真要练铁裤裆功了。"他磨蹭着不想穿，春娥就扒他的裤子，他怕万一父母进来看见了笑话，只得依了媳妇。

小孩还在睡着，周立德想抱又怕把他弄醒了，他弯腰去亲孩子，这次他用手捂着下巴，把胡子挡住，尽管动作很轻，可小家伙还是醒了，醒了就哭。周立德很无辜，对春娥说："我下次要亲儿子一定要拿火把下巴燎一燎。"

春娥说："这次不是你扎了他，是他看你要走伤心了。"

儿子果然定定地望着周立德，两只黑白分明的大眼睛蓄满眼泪，小嘴一撇一撇的，表情很凄楚。周立德忽然有些伤感，眼睛也不由得一酸。他解开自己的领口，把那个洋菩萨取下来，挂在儿子脖子上，说："宝贝，这神物保佑你爹枪林弹雨安然无恙，可灵验了，现在叫他保佑你吧，保佑我儿子长命百岁！"

春娥赶紧挡住，说："使不得，你是要上战场的人，你要紧，没有你我们娘儿俩靠谁啊！"

周立德说："我还有呢。"他从衣兜里掏出那个圆坨坨让春娥看，"这东西是宝贝，比洋菩萨功力还大呢，我怀里揣着它，刀枪不入。"

春娥问这是啥东西，周立德说是照妖镜。其实周立德也不知道它是啥，只是看到这铜铸的家伙一面磨得很光，能照出人影，另一面有一个凸起的钮，可以捏住，就猜想它应该是传说中的照妖镜。

这东西就是那天晚上得到的，他还没有想好应该把它咋办。春娥看见照妖镜后面的钮上有一个孔，她立即把自己的红头绳解下来穿上，给丈夫挂在胸前。周立德笑着说这东西护在心口，正好挡子弹。

春娥撕了一下他的耳朵说："叫你胡说！"周立德趁势把媳妇揽在怀里，狠狠地亲了一口，然后一转身就出来了，他怕一耽误自己撑不住流眼泪。

看到儿子出了屋子，周梁氏朝东厢房招呼说："春娥你跟娃千万不能出来，小心招了风。"春娥没有回应，那嘤嘤的哭声算是搭话了。

周克文两口子和老二老三把周立德送出寨子，在寨门口的大槐树下立住身子，周立德跪在地上给二老磕了一个头，就翻身上马疾驰而去。

村外的田野上罂粟花正是盛期，周立德和他的马跃进花浪中，融在花海里。

二十一

农历四月以后,关中道就进入了骚情季节。满世界都是花,罂粟花红,豌豆花紫,油菜花黄,大麦花白。溜溜的南风一吹,花就乐得摇头晃脑,东倒西歪,任性地拿颜色胡涂乱抹,在田野上画成各种图案。这图案没有消停的时候,风向一变它立马换一个花样,就像一个骚情女人,不停地变换自己的花衣裳,把人晃得眼花缭乱。

还有这花香。漫山遍野,排山倒海,浓得化不开。花的香味淡了提神,浓了就熏人,不管是谁,让这花香熏久了都腰酥腿软,晕晕乎乎,啥事也懒得干。

这是老天爷让大家憋劲呢。四月是一年中最后的闲月,到五月就大忙了,一忙起来就收不住,割烟收麦,秋播秋种,冬灌冬管,一直要忙到春节才消停。

周家寨的人都抓紧时间享福呢。只有周立功没有闲着,他得利用这最后的农闲时间搞他的乡村建设。周立功的工作目前依然停留在宣传鼓动阶段,方式就是办夜校。这个阶段很重要,周立功知道,改造旧乡村建设新乡村,关键在转变人的思想观念,只有观念变了,才能有移风易俗的行动。在这一年最后期间的夜校教学中,周立功决定讲解婚姻自主的问题。这是一个很难讲的课题,弄不好就会惹麻烦,他一直不敢涉及。可现在是夜校的末期了,再不讲就没有机会了,他决心硬着头皮碰一碰。

巧的是,南京国民政府在这时颁布了《婚姻法草案》。周立功收到了北京同学寄来的《婚姻法》小册子,他浏览了全部条款,心里有底气了。他知道长期以来在乡下实行的都是包办婚姻,谁要是敢反对这个那就是大逆不道,干犯众怒。可是现在他有办法了,《婚姻法草案》贯彻的是婚姻自主精神,这是他的靠山。他就拿这个吓唬乡民,说谁敢反对自由恋爱就是犯法,犯了法就要被五花大绑关到监狱里去!乡下人没见过世面,特别害怕官,这拉大旗作虎皮的招数一定会吓住他们。他还可以给自己编造一个新婚姻法宣传员的身份,让自己说话更有权威。反正农民都胆小,不会有人跟他较真,查他的身份;就是去查,他们也搞不清委任跟委托的区别,宣传法律是所有国民的义务,他说自己是受国家委托也没错。

那一天晚上,周立功讲《农民千字文》中的《婚姻自主》一课。课文的内容是:

> 男人和女人,天生都平等。
> 男大须娶亲,女大要嫁人。
> 婚姻由自己,结婚自决定。
> 父母和兄弟,不得强迫人。

周立功把这些内容抄写在黑板上,就开始讲解婚姻自主的意义。他没有干巴巴地讲大道理,而是从他们男女自由交往的大学生活说起。他讲了大学里的舞会、郊游、演文明戏、拥抱、接吻和自愿同居。

周立功的话把下面的学生听傻了,他们觉得这好像是天上的事！不，天上也没有这等好事，那里还有玉皇大帝管着呢，要不猪八戒跟嫦娥早成了夫妻。黑丑抹了一把一拃长的涎水，结结巴巴地问道："你……你说的都是真……的？"

"千真万确。"

"谁想跟谁就跟谁？"

"谁想跟谁就跟谁！"

"他爹他妈不管？"

"父母也可以管，可不能强迫人。"

"这事美得很嘛！"黑丑说，"啥时咱这地方也能自主弄？"黑丑这话是有所指的。他前年去北山挖草药，在一户山民家里借宿，认识了那家姑娘，姑娘也看中了他，可姑娘的父母要彩礼，黑丑穷得毬磕腿杆叮当响，没有一分钱，姑娘的父母坚决不同意，硬是把她嫁给别人了。

黑丑的话刚说完，引娃接上了茬。她问周立功："二哥，看你说得跟真的一样，那我问你，你跟你的女同学亲过嘴吗？"

这个问题叫所有人都瞪圆了眼睛，刚才擦了涎水的黑丑涎水又吊成一条线。周立功脸色稍微有点红，他没想到会有人问这个，乡下人一般都抹不开脸，更别说女人了。可这女人是引娃，也只有她才敢问这样不嫌羞的问题。周立功本来可以打哈哈滑过去，可是那样就没有说服力了，他必须回答。

看着周立功就要张嘴，引娃紧张得要命。这话头是她挑起的，可一说出口她又后悔了。她现在既希望周立功回答，又害怕他回答。周立功不是引娃肚里的蛔虫，他不知道这些，就照直回答了，他说："亲过。"

引娃脑袋轰的一下，心里乱了，当即说不出话来。倒是黑丑来了劲，他情不自禁地吧唧着嘴，兴奋地问周立功："亲嘴是啥滋味呀?"

还没等周立功回答,引娃朝黑丑呸了一声,骂道:"不要脸!"

谁也没有想到引娃忽然变了脸,说发火就发火了。黑丑也不是省油的灯,他质问道:"我咋不要脸了?我又没问你,碍你毬事了?"引娃回敬道:"做了不要脸的事还要拿出来说,就是不要脸!"黑丑不干了,他指着引娃说:"我做啥不要脸的事了,你给我说明白,说不出来看我扇你!"

周立功一看吵架了,赶紧把他们分开,说你们俩的话也太多了,都把嘴闭了,给旁人一些机会。他转而问道:"谁还有不明白的,提出来大家讨论。"

一个年轻女人怯生生地站了起来。周立功有点面生,不知道她是谁。看到老师疑惑的表情,单眼自豪地说:"我媳妇,刚过门的!"单眼当然自豪了,他这么丑的人却娶了这么俊的女子做媳妇,周家寨谁有这么好的运气?这媳妇不光漂亮,还伶俐呢,你看她第一次来上课就敢站起来发言,这让单眼脸上多有光彩!单眼这人好占便宜,他一直在夜校念书,不用交一分钱学费,还发书发本子,这太合算了。因此新媳妇一进门,他也把她拉了来,不图识几个字,起码也可以赚几张糊墙铰鞋样的纸张吧。这新媳妇一来就赶上了老师讲婚姻自主的事,她是刚结的婚,最有感触了,于是不由自主地站了起来,想说几句话。可一站起来她就害怕了,张了张嘴又赶紧坐下。周立功知道她是紧张,毕竟是刚嫁到周家寨的,这里都是生人,就安慰她说:"不要紧的,大家都是一个村的,说说话也就熟了。"新媳妇尻子在板凳上顿了顿,好像要站起来了,可她最终没有站起来。周立功有些失望,单眼更失望,他站起来把媳妇拽起来说:"你看你这个人,扭捏啥呢，有话就说嘛！"

新媳妇被架了起来，不得不开口说话了。她刚说了一句，单眼慌忙把她摁到凳子上，吼了一句："你胡说啥呢！"

新媳妇的声音很小，周立功没有听清楚，他问道："你说的是什么？"

新媳妇被单眼喝住了，不敢再吭声。坐在新媳妇跟前的黑丑听得很清楚，他替她回答了："换亲！"

"我兔你妈！"单眼骂道，"就你狗兔的嘴长。"单眼急了，他身有残疾，小时候帮他爹牵牛犁地，犍牛受惊，顶了他一犄角，把一只眼睛剜瞎了，长大了寻不下媳妇，没奈何只好拿亲妹子跟别人换亲。对方也是家里太穷，拿姐姐给弟弟换媳妇。单眼知道他媳妇不愿意这门亲事，是娘家老爹和兄弟硬把她绑过来的。她现在问这事，明显是要出麻达。

虽然新媳妇只说了两个字，可周立功明白她的意思。换亲在关中道也不是新鲜事，周立功早就听说过。凡换亲的，一定是男方娶亲有困难，或是身体残疾，或是一贫如洗，反正都跟女方不般配，这种婚姻大多是违背妇女意志的，由此引发的家庭悲剧数不胜数。不过那些寻死觅活的事都是发生在外村的，周家寨人一般把它作为笑话闲谝，周立功听了也只能苦笑一声了之。可现在这事就出现在本村了，周立功就不能那么超脱了，他得管。可单眼跟他是一村一族的，一笔写不出两个周字，低头不见抬头见，他怎么好随便插手！

但周立功必须插手，他今天晚上是宣传婚姻自主的，这事摆在他面前，他要是从这事上绕过去了，他说的话就是放屁，从今往后谁也不会相信他！周立功望着新媳妇说："你的意思我明白，这换亲的事不能一概而论，关键是看当事人的态度，这两口子要是愿意了,那就是自主婚姻。"

单眼连忙说:"我们愿意,愿意得很!"他拽拽媳妇的胳膊,意思是让她也这么说。

可新媳妇没有附和,周立功能看见她泡在泪眼里的幽怨。她的可怜和无助让周立功心疼,一股英雄救美的豪情油然而生。可周立功没有昏头,他知道插手这事的后果。换亲的家庭都是很脆弱的,外人稍微撺掇就会破碎;同时这种家庭又是很艰难的,不艰难不会走到换亲这一步。谁要是把这样的婚姻给搅散了,他们会跟你拼命的,旁人也会谴责你,说你不厚道。

周立功略一斟酌,他有办法了,这办法就是暗示法,说大话不指实事,让别人无把柄可抓。

周立功拿出那本婚姻法小册子,对着大家说:"你们看,这是《中华民国婚姻法草案》,政府刚刚颁布的,我给大家讲讲新婚姻法。"

周立功重点讲述了婚姻法的三大立法原则:一是承认男女平等,二是增进种族健康,三是奖励亲属互助而去其依赖性。这其中又以第一和第三为重心,周立功说这男女平等就是指婚姻关系中男人和女人都是人,不能像以往那样把女人当作货物来买卖。奖励亲属互助去其依赖性,指的是父母兄弟之间有事情可以帮忙,但不能强迫妇女去做她不愿意的事,那是违背妇女意志的野蛮行为。讲到这里,周立功用打比方的形式解释买卖婚姻,他说:"做买卖我们都知道,不管买的还是卖的,都要拿钱交易,不过还有一种买卖的法子,咱们通俗的说法是拿货换货,文雅的叫法是以物易物。比如我想买一个羊羔,手头没有钱,就逮自家猪圈里一个猪娃,拉到集镇上去,碰巧有一个人想买猪娃,他也没有钱,却拉了一个羊羔上街来,我们俩相互交换,各得其所,这买卖就算做成了。"

周立功的话还没有说完，黑丑就捅一捅坐在他身旁的单眼，笑嘻嘻地问："你是那个羊羔还是猪娃？"

单眼一听就火了："骂道，我𡥐你妈！"

黑丑要回嘴，让周立功制止了，他说："你这个人就是嘴长，不要捣乱，咱们还没有下课呢。"

周立功接着讲解了婚姻法中列举的五种无效婚姻，包括早婚、重婚、与精神错乱者结婚、与不能人道者结婚以及因被欺诈胁迫而结婚。指出这五种里面的前四种最明显，一看就知道是包办买卖婚姻，而第五种"因被欺诈胁迫而结婚"是隐蔽的非法婚姻，危害很大，造成男女青年终身的痛苦。什么叫"因被欺诈胁迫而结婚"呢，周立功解释说："欺诈就是被骗，胁迫就是被逼，凡是本人不愿意而被欺骗和逼迫结婚的，都是犯法的。"

讲到这里，周立功有意停顿了一下，然后反问："如果有这种婚姻怎么办呢？"他用眼睛扫了一下那个新媳妇，只见她眼睛瞪得溜圆，紧紧地盯着自己。周立功拿起那本婚姻法小册子说："这里明文规定可以撤销。"

"咋撤销呢？"引娃急切地问道。她对照了一下周立功列举的五种无效婚姻，发现自己就属于其中的早婚一列。

"撤销的办法很简单，"周立功说，"就是自己散伙，新婚姻法采用了当然无效法，不用经过法庭裁决就可以确认无效。"

引娃惊讶地啊了一声，她说："那我跟北山畔的那家也可以这么干，只要我离开他们家就是自动离婚了？"

周立功说："是的，就这么简单。"

"就这么简单？"引娃说，"我不敢相信，他们要是跟你死缠硬磨咋办？"

"他敢！"周立功再次拿起小册子，指着封面上的中华民国国徽说："大伙往这里看，这个蓝圈里装一个十二角星的图案是什么？这是国家的章子，也就是官印，凡是盖了这个章子的就是法律，我刚才讲的都是这上面的。法律是什么？通俗地说，就跟过去皇上的圣旨一样，谁犯了都要治罪的，轻的五花大绑关监狱，重的砍头枪毙！"

周立功把书册当砍刀斜劈下来，卷起一股凉气扇到了下面座位上，大家不由自主地摸摸脖颈，肌肉一阵抽紧。周家寨人没见过枪毙，砍头可是亲眼看见了的。那年西府老土匪白眼狼带人到法门寺盗抢文物，谋事不密，被保安队设伏捉住。对这个为非作歹数十年的惯匪，县衙觉得一枪崩了太便宜，也没有威慑效果，还是杀头解恨。行刑那天，西府各地成千上万的人去观看，周家寨人也去了不少。白眼狼一行十五人被拉到城壕边上跪下来，十五个手持鬼头刀的刽子手齐声呐喊，抡刀劈将下去，立即喷出十五柱血泉，十五颗人头疼得龇牙咧嘴地滚下壕沟，把看热闹的人吓得直尿裤子。

周家寨的寨门处在村子正中间。出了寨门就有一棵大槐树，槐树有四搂粗，树冠撑起一把大伞，能遮盖半亩地。每年槐花盛开的时候，树顶一片雪白，远看好像白云坐在树梢上歇息。槐花是上好的野菜，生吃熟吃都满口喷香，这一树繁花够全村人吃十天半月的。

传说大槐树是周家寨老先人刚在黄龙塬下扎根时种植的，至今已有百岁年纪了。大槐树下一直是周家寨人的公共场所，村里人有事没事总爱到这里逛荡，谝闲传，下象棋，晒太阳，吃旱烟。

最热闹的要算是老碗会。一天三顿饭,村里人总爱把碗端到这里来扎堆吃,人山人海,活像赶庙会,这就叫老碗会。碗一定是耀州老碗,口阔腰深,赛过瓦盆,这碗盛上饭一次管够,不用再添。吃饭的姿势一定是圪蹴着,双腿曲蹲,尻子悬空,样子很像解手,可用劲的不是下面却是上面。这姿势全身紧绷着,好使力,咬铁嚼钢也得劲。

大家为啥喜爱老碗会?除了图热闹,还有炫耀的意思。炫耀啥呢?吃食嘛。在乡下,家境的好坏除了看住的穿的,就是看吃的。住的穿的都是面子上的事,一眼就能分别,只有这吃的是在自家锅里,外人一般看不到。现在有了老碗会,富裕的人就把自家好吃的亮出来,你吃粗粮我吃细粮,你吃黑的我吃白的,你吃素的我吃荤的,我就压了你一头。贫寒的人不比这个,他比老婆的手艺,你有细粮你吃拉条子,我没细粮我吃荞面饸饹,你有白面你吃蒸馍,我没白面我吃糜子蒸糕,你有肉你吃臊子面,我没肉我吃蒜辣子搅团,这粗粮细做比你还有滋味,我媳妇比你婆娘能多了!吃面条的有意把面条吸得吱溜溜响,让人眼馋他;喝糁子的也不示弱,夸张地吞咽,咕咚咕咚的喉音地动山摇,硬是要压倒对方:我是没钱,可老子有的是好胃口,喝凉水也长膘!

老碗会不光是往肚子里吃,还有往外吐的,光吃不吐会把人憋死。这里吐的不是食物,是闲话。老碗会是谝闲传的好地方,村里的家长里短,村外的鸡毛蒜皮,伴着饱嗝臭屁在大槐树下流传。谁要是不来老碗会,那他就是与世隔绝了,里外远近的啥事儿都不知道。

这天老碗会传出一个惊人的消息:单眼的媳妇跑了!这消息是单眼他爹大头说出来的。有人不相信,说不会是回娘家了吧?大头气愤地说:"她是回娘家了,可她不回周家寨了,说是不愿意嫁给我家单眼,跟相好的跑了!"有人说:"你这不是换亲吗?怕啥呢,她跑了你叫你女儿也跑了,他儿子不就也没有媳妇了?"大头骂道:"我那驴禽的女子不愿意回来嘛!她说她跟她男人过得好好的,为啥要拆开?"

有人笑话大头了,说:"你这真是赔了女儿又折兵,亏大了。"他们煽呼大头:"告她去,没王法了!"大头叹气道:"你们没听说新婚姻法吗?告不赢的。"

一提到婚姻法,话题立即转到了周立功身上。大头说:"单眼媳妇头晚上进夜校,第二天就跑了,这不是明德堂的老二给捣鼓的吗?单眼回来说了,老师讲只要是父母包办的婚姻都是犯法的,媳妇跑了那是活该,谁敢阻挡政府就收拾谁!"

真是这样?有人惊讶得咬了舌头,他们都是没进过夜校的人。

真的这样!进过夜校的都证实。

有人把碗往地上一蹾,说:"这不是专门挑拨别人家庭吗?"他这一说,激起大家共鸣,周家寨人的婚姻基本都是包办的,这么搞不是要家家散伙!很多人附和说:"这还了得,不叫人安宁了!"

他们正说着,周克文端着老碗也来了。他一来,大槐树下立即哑静了。这哑静来得太不自然,周克文觉得奇怪,就问:"大伙刚才说啥呢,唱乱弹一样,我一来咋不言传了?"

大家都不说话,瞅着大头。大头看到了目光里的支持,就鼓起勇气说:"议论你家老二呢!"

周克文哦了一声,问道:"议论他啥呢?"

"议论他给咱们做好事呢。"大头说。

周克文听出大头话里有话,就说:"他十三叔,立功还年轻,行事毛躁,有啥磕碰到你的你给我说,我指教他。"

大头说:"我的爷啊,我敢说他不对,那不是寻着五花大绑挨刀子嘛!"

"啥事这么邪乎的?"周克文把老碗咣的一声蹾在地上,过来拽住大头的胳膊,"十三,你甭给老哥耍笑了,有事直接说!"

"那我就冒犯了。"大头脸色铁青着说。

"你说,你说嘛!"周克文能感觉到这是一件大事,而且还不是好事。

"你家老二专门挑拨人家离婚呢,单眼媳妇就是让他挑拨跑了!"大头红脖子涨脸地说,唾沫星都溅在周克文脸上了。

"你说啥呢?"周克文也生气了,"我娃能做这种缺德事?"他指着大头说,"你一把年纪了不能乱嚼舌头。"

旁边的人给大头帮腔说:"老十三没胡说,就是这么回事。"

大头把他儿子叫到周克文跟前说:"娃,你给你族长伯把夜校的事说一说。"

单眼把那天晚上的课程加油添醋地学说了一遍,周克文听了当下脸就气得煞白,一脚把自己的饭碗踢翻了,骂道:"这驴肏的!"

大头说:"你是族长嘛,你满口三纲五常仁义道德的,你儿子就干这事?"

周克文不搭话,扭过身子就往回走。

回到家里,周克文奔过去就要扇儿子的耳光,被周梁氏挡住了,她说:"这死老汉,你疯了!"

周立功躲过巴掌,生气地质问他爹:"你是咋啦?"他长这么大他爹从没有打过他,今天这老汉是吃炸药了!

周克文吆喝道:"你还有脸问!你在夜校都给人讲啥了?"

周立功明白他爹发火的原因了。他预计着会有麻烦事，没想到麻烦来得这么快。既然他已经有了思想准备，所以现在也就不怎么慌张。他平静地对他爹说："没有讲什么啊，就是男女平等，婚姻自主嘛。"

"放屁！"周克文骂道，"那都是胡说八道，是洋鬼子祸害人的东西，老祖宗的规矩还要不要？"

周立功说："现在都什么年代了，你还抱着老古董不放。就说这包办婚姻吧，害了多少人！"

周克文说："包办婚姻咋了？婚姻是合两姓之好，牵连着两个家族，这是大事，岂能由得娃娃们自己胡来？自古都是父母之命，媒妁之言。我跟你妈就是包办的，咋样？不是很好嘛。咱村人十有八九都是包办的，你叫人家都散伙？"

周梁氏也对儿子说："宁拆十座庙，不毁一桩婚，挑拨人离婚的事咱不能干，那会引起公愤的。"

周立功说："你们都是凭空瞎猜，我挑拨谁了？"

"你还嘴硬，"周克文说，"单眼媳妇为啥跑了？"

"她为啥跑了我咋知道？"周立功说，"这得问她自己，还要问单眼。"

"可单眼他爹一口咬定是你干的！"周克文说。

"我找他对质去！"周立功说着就要往外走。

"你咋对？"周克文说，"你已经讲过婚姻自主了，别人赖都会赖到你头上。你犯众怒了，你出去村里人的唾沫都会把你淹死！"

"他们都骂我就说明我的宣传有效果，"周立功自豪地说，"唾沫把我淹死我也认了。"

"这么说你还不悔过？"周克文气得满脸乌青，问他儿子，

"你还要一条道走到黑？"

"那当然，"周立功说，"移风易俗不是一件容易的事，我回家来就是干这个的。"

"我叫你干！"周克文拔腿就往外走，周梁氏气得骂儿子："你这个犟驴，看你把你爹气的。"她颠着小脚赶紧在后面追，问老汉："你干啥去呀？可不能气糊涂了干瓜事啊。"

周克文不回答，几乎是半跑着往前奔。周立功也赶紧跟上去，他也怕他爹有啥闪失。

他们没想到，周克文气呼呼地奔到周家祠堂，一进门就把夜校的黑板掀翻了，再把桌子上放的书本粉笔等一呼啦揽在自己衣襟里，兜到外面倒在了粪堆上。

周立功看见了赶紧去抢救，没料到他爹把祠堂的门咣当一声锁上了。

"我叫你再满嘴喷粪！"周克文狠狠地说。

二十二

周立功坐在塬边上，失神地望着塬下。无论是高兴还是伤心，周立功都会跑到黄龙塬上来平息自己的心情。塬下是一眼看不到边的秦川道，川道里的庄稼蓬蓬勃勃，像洪水一样高涨，把黄龙塬都淹了一截。这么好的长势预兆着夏季的好收成，农民一年的辛劳该有丰硕的回报了。

可这景象却让周立功很难受。他忙碌了差不多一年，自己的收成又在哪里呢？说起来实在惭愧，除了办夜校教大家识字这件事还算有点眉目外，乡村改造计划的其他项目，比如卫生保健、组织合作社、移风易俗等，这些凡是涉及公摊钱物或者改变老习惯的，一概推行不开。夜校识字现在也让他爹给砸了，他简直输得一干二净。

关闭夜校这件事对周立功打击太大了。他伤心的不光是夜校办不成，更痛心自己的无能。他把他爹没办法！一个立志改造旧乡村的人连亲爹都改造不了，你还能改造谁呢？别人谁还能相信你的宣传？如果他爹是个大字不识一个的睁眼瞎，没知识没文化，什么道理都听不懂，那也罢了。可他爹不是，老汉是方圆百里最有学问的秀才，也是全村人崇敬的公道人，县乡公祭要请他撰写祭文，村里有纠纷都请他去排解。就这样一个学识渊博又通情达理的人，自己却不能说服他，这不是无能又是什么？

不能说服他爹，可能有两种情况。一种是他自己没有把道理讲充分，这需要耐心，他相信火到牛肉烂，只要他反复跟他爹磨，总有磨下的时候，就像去年弃大烟种棉花，他爹最后还是听了他的。周立功最怕的是另一种情况，那就是他把道理都讲尽了，却说不倒他爹。就像婚姻自主这事，他爹反对的说辞一套一套的，既引经据典，又拿出眼前脚下本乡本土的实例，让他理屈词穷，只能拿大道理去应付，显得不是对手。每当这种时候，周立功就不免有些犹豫，是我的大道理错了呢，还是这些大道理离乡村的现实太远了？不过这种犹豫只是一闪念，他不能也不允许自己有这种怀疑。这些大道理是他追求多年才获得的，并且有老师在河北献县的成功范例做支持，绝对没有错。这是他的精神支柱。如果在这一点上动摇了，他的精神世界就坍塌了，那他根本就没有信心和力量在乡村待下去。

如果大道理没有错，那错的只能是他自己，归根结底是他的本事不到家。

"唉——，"周立功重重地叹了一口气。

"甭发愁，没有过不去的坎！"周立功忽然听到身后有人说话，回头一看，原来是引娃。她就蹲在自己身后，手里托着一双鞋。引娃对他说："你尻子抬一下，把这个垫上，地上潮，坐久了会受凉。"

周立功看见引娃赤着双脚，赶紧说："你把鞋穿上，小心脚扎破了。"引娃笑着说："我这脚是铁板脚，早就磨得硬邦邦的，不要说草刺，锥子也扎不透。"

周立功问她啥时候到塬顶上来的，引娃说："我上来有一阵儿了，是到塬上来割猪草的。"

周立功看了看她提的绊笼，里面除了一把镰刀，一根草都没有。心想，到底还是我的尾巴，小时候这样，现在还是这样，总能找机会跟上我。引娃说："我还没来得及割呢，看见你一个人坐在崖边发愣，怕你想不开，就在你身后给你做伴呢。"

周立功确实是在发愣，而且还愣得瓷实，根本没有觉察到有人护着他。引娃看见周立功专注的样子，不知道他在想啥大事情呢，不敢打搅他，只是傻傻地把鞋拿在手上，等待周立功挪动屁股时，伺机塞在他尻子底下。关中农民有这种习俗，坐在地上时，往往会脱下自己的鞋垫在屁股下面，这样既防潮又隔凉。可周立功坐得太踏实了，他一动不动像泥塑的一样，引娃不得不打搅他了，坐时间长了，恐怕真的要得病了。

"不要再坐了，地上凉。"引娃说。

周立功看着赤脚蹲在地上的引娃，心里一阵感动。他赶紧从地上往起站，可腿曲得太久了有些麻痹，一下子竟站不起来。引娃撇掉鞋过来拉周立功，把他拉了起来。

引娃问周立功："二哥，啥事吗，唉声叹气的？"

周立功给她讲了他爹关闭夜校的事，说："那个老顽固把祠堂门锁了，钥匙拿走了，咱们没地方办夜校了。"

引娃说："你甭急，咱们想想办法。"

"能有什么办法？我爹脾气犟得很。"周立功沮丧地说。

引娃说："正是大伯脾气犟，要面子，你才不能跟他顶牛。"

"那你叫我跟他认错去？"周立功说，"咱根本就没错嘛。"

"咱是没错，不过说个软话也不等于认错。"引娃说，"有时要办事就得说软话，何况你是跟大伯说的，又不是对外人，不丢脸。咱先把大伯哄转了，开了祠堂门，别的好说。"

"别的咋好说？"周立功问。

引娃说："咱接着办夜校嘛。"

周立功摇摇头说:"我爹不傻,你能哄了他?你要是再办夜校他会来听课的,你一宣传新思想,他立马又给你关了!"

"那你非要谝传你那新思想吗?"引娃不解。她只知道办夜校好耍,一大帮年轻人聚在一起热闹,顺便认几个字也不错,至于夜校该讲啥,她觉得都无所谓。

引娃的话让周立功哭笑不得。首先,她把"宣传"说成了"谝传",这虽然是一字之差,意思却完全弄反了。"谝传"是关中方言,扯淡的意思,"宣传"怎么可能是"谝传"呢?其次,是她不理解他所做工作的意义,恐怕只把他当成了娃娃王了,组织夜校纯粹是为了让大伙好玩。引娃算是他最得意的学生了,对他的认识尚且如此,别人就更不用提了。这让周立功心凉,更印证了他前面的感觉:他在这里的辛苦算是瞎忙活了!可是尽管这样,周立功还是不愿舍弃。他知道开启民智是非常艰难的事情,中国封建社会几千年了,农村又是愚民最集中的地方,他离开北京回乡时,恩师晏阳初就告诫他做事要有耐心。相比起恩师他们在河北几次被农民打跑的遭遇,他觉得自己现在的状况还不算太糟,起码村里人还能容纳他吧。或许再坚持一阵,情况就会有所改观,如果他现在放弃了,那前面的所有工作真是白做了!

可是,他做的这些事又不是一两句话能给引娃说清楚的,所以他只能简单地回答她:"是的,办夜校的目的就是为了宣传新思想。"他特别咬重了"宣传"二字的读音。

引娃虽然不完全理解周立功,可她认一个死理,那就是:只要是她立功哥做的那就一定是对的,她理应无条件地支持他。她想了想说:"那咱就变个花样谝传嘛,不让他老人家抓住把柄。"

周立功忍无可忍了,他纠正引娃说:"是宣传不是谝传!你说说,能变个什么花样宣传呢?"

引娃说:"甭急嘛,咱俩一起想。"

想了一阵,还是引娃先开口了。她说:"我有一个主意,你看行不行?咱唱戏。"

"唱戏?"周立功觉得莫名其妙。

"对,唱戏。"引娃说,"唱戏就是给人讲道理的,咱农民的道理都是从戏里学来的。就比如这婚姻自主吧,秦腔戏里就有念叨的,像《西厢记》《五典坡》《杨门女将》都是的。"

"对啊!"周立功觉得有道理。他记得小时候他爹带他去看戏,看《风波亭》就让他学岳飞当忠臣,看《三娘教子》就要他铭记父母养育之恩。后来他长大了,离开了乡村,就忘了戏曲对下层民众的教化作用。他对引娃说:"好妹子,你这主意好!"

"到底是妹子好,还是主意好?"引娃故意问。

"都好,都好!"周立功笑着说,一扫刚才的愁容。

"不光是主意好,时机也选得好!"引娃受了周立功的夸奖,越发得意地说:"端午节眼看到了,咱就说给端午节排戏,要用祠堂做场地,大伯肯定会答应的。"

"端午节真要唱戏吗?"周立功问,"我以前怎么只见过耍社火,没有见过唱戏?"

引娃说:"端午节是大节,外村都唱戏的,咱村以前没有人张罗,所以没有唱过,今年你张罗,咱们唱,还要跟外村比赛呢!"

周立功一拍大腿说:"好,咱就这么干。我爹是族长,这演戏是给全村人造福呢,还关系到周家寨的脸面,他没理由拦着。"

"大伯也是个戏迷呢,他铁定支持。"引娃说。

周立功说:"不过咱要唱就唱新戏,老戏怎么说都有封建糟粕,唱了会害人。"

"新戏是啥戏呀?"引娃不解。

周立功说:"文明戏!"

"啥是文明戏呀?"引娃更糊涂了。

周立功说:"文明戏就是话剧,只说不唱,到排练时你就知道了。"

"不唱那还叫戏吗?"引娃嘟囔着。

周立功这么对他爹一说,周克文果然就同意了,不但同意了,而且还叮咛说,一定要好好排练,到时候拉出去跟外村唱对台戏,长一长咱周家寨的威风。

有了场地,周立功立即开始准备剧目。大学里他参加过剧社,他回想了一下自己参演的剧目,最后选定了田汉的《获虎之夜》。这出戏写的是乡下的事情,又是批判包办婚姻的,很切合周家寨的现实。不过这剧名得改一改,它太文气也太拗口了,没文化的人不好理解,不如叫《仙姑岭》通俗,因为戏里的故事就发生在仙姑岭。

一听说村里要排戏,大家伙呼啦一下全涌到祠堂里,这可是热闹的事。乡下人太寂寞了,终年没啥好耍的,到了晚上,除了吹灯睡觉就没有别的事情可干。结了婚的还算好一点,好歹有被窝里的乐趣;单身的就只有硬憋着,直到把自己憋得头昏脑胀,迷迷糊糊,睡着了拉倒。这么多人钻进祠堂里,挤得人转不过身来。周立功把原先夜校的学员挑了出来,其余人全往外赶。大家不干,里面的不出去,外面的还往进拥,老人娃娃不敢往人堆里挤,站在一边干着急,干脆使劲拍门敲窗户,嚷嚷着要看戏。周立功一看这情景又喜又恼,喜的是有这么多人爱看戏,不愁这戏教育不了人,恼的是现在戏还没有排练呢,这些人纯粹是捣乱。

就算这些人捣乱，周立功也没奈何。他不能发脾气，怕得罪了大家以后人家不看他的戏了。只能耐着性子给大家解释，说现在只是排戏，不装不扮，不带家伙，看着没意思，等排好立马演给大家看。听了周立功的劝解，有些人回家了，可还有人守在门口不走，说反正晚上闲着没事，看排戏也算解闷。最后周克文来了，他吆喝了几声，那些人才不情愿地回家了。

大家都走了，周克文却不走，他自恃是唱戏的行家，要给这些年轻娃娃指导呢。他不走周立功就不敢排练，他怕他爹看出这戏又是宣传婚姻自主的，岂不是露了马脚！

还是引娃机灵。她先跟周克文搭讪，说："哎哟，大伯来了，你老人家可是名角啊，你一来我们就吓得不知道咋动弹了，我们都是唱戏的生瓜蛋嘛。"引娃的话明里是捧老汉，暗里却是给老汉下逐客令。

周克文是聪明人，他能听出引娃话里的意思，不过他乐意接受这样的逐客令。引娃的话让他听着受用，他确实把自己当角儿的。想当年绛帐镇组织秦腔自乐班参加西府赛戏会，他可是头牌花脸，方圆几十里的人都叫他挣破颡。要不是他爹嫌唱戏丢人，死活跟他闹，他真想放下读书人的架子，跟戏班子去走江湖。他知道以他这种老名角的身份，眼下这些没唱过戏的毛娃娃，根本不敢在他面前张口，真会吓着他们的。为了让娃娃们放开手脚，他还是回家的好。

可是爱唱戏的人就跟爱喝酒的人一样，一到了场面就技痒，有点管不住自己，爱喝酒的一定要喝几口，爱唱戏的一定要吼几声，这才算是过了瘾。周克文既然来了，他就想唱几声，一来是自己解解馋，二来是给这些年轻人树个样板。这个念头一上来，周克文就扎起了架势，可架势一扎起，周克文就发现问题了。

他觉得奇怪，问道，文武场面呢？锣鼓家什也没有？板胡二胡也没有？

引娃笑着说："大伯，我们演的是话剧。"

"啥？"周克文觉得耳生，"啥是话剧？"

这时轮到周立功说话了，他给他爹解释了什么是话剧。

周克文说："一句都不唱，也能叫戏？"

周立功说："这是新戏，北京上海西安这些大城市都在演，时兴得很。"

"可咱这里是乡下，我的娃娃。"周克文不满地说。

周立功说："咱们不是要跟外村唱对台戏吗？要赢他们就得有新花样，他们唱秦腔咱们也唱秦腔，不容易分出高低。别人唱戏咱们演话剧，人们都没见过这种新戏，就算看热闹也能把观众吸引过来了，这叫一招鲜，准赢！"

周克文觉得这话有些道理，尽管他不太情愿，可为了周家寨的荣誉他答应试一试。既然是演话剧，他就没办法显能耐了，只能走人。不过，临走时周克文还是不甘心，说："要是再换了演秦腔，一定记得给我留一个角儿！"

引娃笑着说："那是一定的，没有我大伯，这戏就撑不起来。"她说着就在周克文身后把祠堂大门关上了。

送走了他爹，周立功舒了一口气，现在可以放心排戏了。他先给大家说戏，这是排练的第一步。

周立功简要地介绍了戏里的故事，说它讲的是一个爱情悲剧。青年农民黄大傻父母早亡，家境败落，从小寄居在姑父家，姑父魏福生是猎户，家境富裕。黄大傻与表妹莲姑青梅竹马，萌生恋情，可魏福生嫌贫爱富，不准女儿与黄大傻相恋，把他赶出家门，并将女儿许配给地主陈家。黄大傻知道莲姑要出嫁的消息，非常伤心。因为思念莲姑，白天见不到，晚上就到魏家附近的山上遥望莲姑房间的灯光。不料，那天晚上魏福生在山上设下打虎的抬枪，准备猎取老虎给女儿做嫁妆，黄大傻误中抬枪，受了重伤，被抬到魏家。莲姑见到悲痛万分，要求当夜看护表兄，但父亲坚决不同意，说莲姑已是陈家的人，这样做违背礼教。莲姑与父亲矛盾激化，黄大傻见自己与莲姑的婚姻无望，最后以猎刀自杀身亡。

大家听了周立功的介绍，都感叹唏嘘，引娃的眼睛竟然湿湿的，差一点落下泪来。仅仅只是介绍了一下剧情，大家就这么受震动，这戏以后演出的效果就不用说了。周立功真感谢引娃给他出的这个主意。他以前小瞧这个女娃了，她表面上有点愣，缺心少肺的，其实还是蛮有城府的。

周立功让大家自报角色，说话剧比秦腔戏好演多了，只要会说话就会表演，不像唱戏，不光要会板腔，还要声音好听，话剧没有那么多讲究。

周立功这么一鼓动，报名的果然很踊跃。黑丑说他演猎户魏福生，这是莲姑他爸嘛，黑丑得意他抢了一个辈分高的角色，演起戏来有人把他叫爹呢，这太占便宜了。他的话音刚落，毛娃的媳妇就报名说，我演莲姑她婆，黑丑把我叫妈呢。大家听了哄堂大笑，连周立功都笑了。黑丑在那婆娘的胸口上摸了一把，说："行嘛，妈哎，叫娃吃一口奶嘛。"大家又一阵大笑。

周立功把嬉闹制止住，说："继续报名，还有角色没人演呢。"接下来大家陆陆续续都报了名，连魏家几个几乎没有台词的长工都落实了，可唯独剩下戏里两个主角莲姑和黄大傻没有人应承。

这就奇怪了。

周立功问:"莲姑,莲姑谁演呢?这可是戏里头号角色啊。"按他的经验,这头号角色一般都是抢着演的,就像他们学校的那个剧社,当年排练《获虎之夜》时,几个女演员为了莲姑的角色争得一塌糊涂,彼此都伤了感情,最后是赵丹娜抢到了,原因是她父亲愿意为这出戏提供全套服装费用。周立功也就是在这个戏里认识了外语系的赵丹娜。同样的,他也是经过几轮竞争才赢得黄大傻的角儿。

尽管周立功的眼光瞄了这个瞄那个,下面的女学员就是没人应声。"怕什么?"周立功鼓励说,"演不好也没关系,咱们不是排练嘛。"其实这些女人们不是怕演不好,是怕挨骂。通过刚才的介绍,她们知道了这莲姑是啥人,她不听父母的话自己找男人,那是要被人骂为忤逆不孝的,还要被骂为不要脸的!谁演这个就是找骂。

看到别人都不出头,周立功最后把眼光锁定在引娃身上。他觉得引娃今天有些反常,按理说她早该站出来了啊。其实引娃是想站出来的,可她却一直忍着。她没有那些女人的顾虑,才不怕别人嚼舌头呢。她有另外的担心,她得看哪个男人演黄大傻,只有那个男人落实了,她才能决定自己,所以她一直没报名。现在周立功拿眼睛罩住她了,她没地方躲了。

引娃说:"我演。"

大家齐声叫好,给引娃鼓掌。其实他们也不是认定引娃一定演得好,而是觉得终于把一个难题克服了,到底有人演这挨骂的角色了。

不过引娃又加了一句话,她说:"我有一个条件,那个黄大傻必须是戏头亲自演才行。"

戏头就是戏班的掌柜,这里当然是指周立功了。大家又给周立功鼓掌，这一下把周立功给将住了，他没有办法推托，只好说："行！"

看起来这结果好像是逼出来的，其实周立功心里倒觉得这般搭配最恰当。黄大傻他以前演过，轻车熟路，莲姑的性格大胆泼辣，只有引娃能做到。

角色分配完了，周立功很满意，他宣布说："明天晚上我们正式排练！"

二十三

　　一投入排练，引娃就被《仙姑岭》这个戏拉住了。以前她看过很多戏，没事时也爱哼几声秦腔解闷，可从来都没有细想过戏文的意思，那真是小和尚念经有口无心。这次就不一样了，因为她要演戏，就不得不琢磨戏文，越琢磨越有感触，有时禁不住就落下眼泪来。

　　这眼泪是为莲姑流，更是为自己流。她觉得自己跟莲姑一样可怜。不，她比莲姑更可怜。莲姑不管咋说还有亲生父母，她到现在连自己的身世都不知道。莲姑的父母不愿意让她跟黄大傻结婚，要把她嫁给地主，其实是怕自己的女儿受穷吃苦，不管咋说，他们的用心是好的。可她就不同了，她爹妈当年把她嫁到北山畔，目的就是卖钱，这事从一开始他们就没安好心。在戏里莲姑死了相好的，这当然让人心疼。可翻过去想想，莲姑不管咋说还跟黄大傻厮守过一阵子，这个男人后来一直都那么痴心地爱着她，愿意为她死，一个女人一辈子能有这么一段经历，也不算枉过。比起莲姑，引娃觉得自己简直是白活了，长这么大，没有一个男人真正疼过她，爱过她。莲姑没结过婚但尝过爱，她倒是结了婚却没有尝过爱。北山畔的那个小娃娃不能算是男人，他或许爱过她甚至很依恋她，但那是另一种情感，就像民谣里唱的那样：十八姐姐三岁郎，尿尿屙屎抱上炕，睡到夜半要吃奶，吧嗒吧嗒两巴掌：我是你媳妇，不是你的娘！至于那娃娃他爹，他可能真的爱她，可她能爱那个老骚包吗？没有尝过爱的女人是最可怜的，就像一根劈柴一世都没有燃烧过，最终朽成木渣。

戏里到最后莲姑也没有嫁出去，别人可能觉得这是悲剧，但在引娃看来却未必，起码跟她比起来莲姑算是幸运的。莲姑还可以再嫁人，毕竟她还是一个黄花闺女，就算最坏的结局是嫁给那个姓陈的地主，好歹也有一个实实在在的男人。不像自己，结了婚没有捞到一个男人却捞了一个寡妇的名头，到现在糊里糊涂没有一个名分，想要嫁人也嫁不出去。

别看引娃平时疯疯癫癫的，一副没心没肝的样子，好像从来都不考虑自己这一辈子到底咋着落，其实这是没奈何的举动。她咋不想自己的出路呢？她说过，这辈子就老在娘家，那是气话。她爹妈倒是希望这样，一个不给工钱的长工不用白不用，可她愿意为那两个黑心鬼把自己一辈子搭进去吗？根本不值！落脚在这里是没有办法，只能先赖着。父母不张罗把她再嫁出去，她总不能自己找婆家吧？那样别人会说她骚情，守不住了想男人，不光骂她，连她父母也一起骂。可父母有充足的理由不嫁她，因为她是北山畔的媳妇，嫁出去的闺女泼出去的水，他们做不了别人的主。

就这样，引娃成了天不管地不收的人，连她自己也不知道这婚姻该咋办，只能这样糊里糊涂地拖下去。

可现在不一样了。自从听了周立功宣传的新婚姻法，引娃知道该咋办了。北山畔那边本来就是包办婚姻，何况那个名义上的娃娃丈夫也死了，按照新婚姻法，她只要离开那个家庭，这婚姻就自然解除了。既然已经解除了婚姻，她现在就是自由身，嫁人应该没啥障碍。不过，这次如果再嫁，引娃决定自己做主了。以前瓜着呢，只知道婚姻要听父母的，现在才明白了，女娃本来就应该自己找婆家。这次不要说父母不愿意给她找婆家，就算他们愿意，她自己还不愿意呢。

自己做主当然好，可问题是嫁给谁呢？谁才是她的黄大傻呢？《仙姑岭》有这么一段戏：黄大傻中了抬枪，受了重伤，被抬到了魏福生家，魏福生感到晦气，质问他，夜已经那么深了，你跑到仙姑岭干啥去？黄大傻说，他为了远远地看一看莲姑房间的灯光。戏里的台词是这样的：我每晚都是这样的，哪怕是刮风下雨的晚上都没有间断过。我只要一望见这家里的灯光，就像见了亲人一样，把苦楚都忘记了。每当扮演黄大傻的周立功深情地说出这段话时，引娃都会泪流满面。

这样的男人才是真男人！这样的男人才值得她去爱！

这样的男人在哪里呢？引娃以前没有想嫁人，一方面固然因为她自己不能做主，另一方面也是她根本找不到要嫁的人。她看看周围，没有一个能让她上心的，要是让她嫁给黑丑毛娃这样的男人，那还不如单身的好。当然，黑丑毛娃也不是坏人，甚至还是很不错的男人。黑丑对他妈很孝顺，毛娃做事很踏实，可引娃就是觉得他们不是她要嫁的人。别看引娃身世可怜，她的眼头还高着呢。

那引娃想嫁的人是啥样的呢？其实很长时间引娃自己也想不清楚。她只知道自己看不上的，至于那个想嫁的一直都是一个模模糊糊的人影子在她眼前晃动，她好像能看得见却看不清。直到有一天一个人出现了，她才恍然大悟。

这个恍然大悟把她吓了一大跳：咋能是他？

可竟然就是他：周立功！

这事要是说出去能把人吓死！这不是乱伦吗？周立功是引娃

没出五服的堂哥,她咋能对他报这种想法?

可是引娃就是萌生了这个念头,而且认定了这事就得这么做。这念头看起来突如其来,其实细想一下,就发现它早有伏笔。引娃跟周立功真正是青梅竹马,小时候就形影不离,两个人一起还打过狼呢。虽然中间周立功在外地上学,他们十几年不见,可引娃始终没有忘记她二哥的救命之恩。在周家寨,引娃因为寡妇身份明里暗里被人嫌弃,可周立功回家后从不弹嫌她。不但不弹嫌,简直就像对待亲人一样热络!大年初一,她们家人都嫌她晦气,避之唯恐不及,只有周立功一个人到烂窑看望她,陪她一起过年。他爹要逼她当女招待,别人都装聋作哑,又是她二哥出面救了她。人心都是肉长的,这个男人在她危难之际三番五次拯救她,引娃咋能不感念他呢。何况他又有知识,有文化,长得体面,见过世面,热心给大伙办事,这样的男人世上少有!

至于血缘辈分,引娃不是没有考虑过,可她得出的结论跟大家不同。《仙姑岭》中的莲姑跟黄大傻不是姑表亲吗?他们都可以相好,她跟周立功咋就不行呢?有人说姑表亲出了五服,不妨碍的,俗话说姑表亲,亲上亲。引娃觉得既然姑表亲都可以,那她跟周立功就更没有问题了。虽然她把周立功叫堂哥,可周家寨谁都知道她是抱养的,别说跟周立功,就是跟整个姓周的都没有血缘关系,那她为啥就不能嫁给周立功呢?关中道盛行童养媳,大媳妇跟小丈夫圆房前就是以姐弟相称的,这并不妨碍他们以后成亲,事实证明,没有血缘关系的哥哥妹妹姐姐弟弟结婚,不算乱伦。

不过,婚姻是双方的事情。引娃把自己这一方想妥帖了,还得琢磨周立功那边。她爱周立功,那周立功爱她吗?引娃觉得有一点她是有把握的,周立功喜欢她。这不用去找证据,女人的直觉就够了。可喜欢不一定是爱，她知道要让周立功爱她是有一定困难的，困难起码有三点：

第一，她跟他的层次有差别。他有知识有文化，她基本上是个文盲，现在上夜校认了一些字，算是个半文盲。

第二，他可能已经有媳妇了，他不是说他在学校跟女娃亲过嘴吗？

第三，他要跟她结婚，就可能在周家寨待不住，别人会骂他乱伦。

不过，这些困难在引娃看来都能克服，她有办法叫周立功把喜欢转化成爱。文化不够她可以学嘛，谁都不是天生的秀才。周立功有没有媳妇先不管，只要他还没有结婚她就有机会，他现在不是还没有结婚嘛。至于第三点，《仙姑岭》已经把主意告诉她了，莲姑跟黄大傻曾经准备私奔，只要离开家乡就没有人干涉他们了，可惜他们的计划没有来得及实施。

那么周立功愿意跟她私奔吗？这事在别人眼里也许根本不可能，可在引娃看来没有不可能的事，凡事只要敢干，就会有结果。

四月下旬的一天晚上，《仙姑岭》进行彩排。别人的戏都很顺利，轮到引娃了却连续出错，不是台词记不住就是感情出不来，磕磕绊绊的。该哭的地方不哭，不该笑的地方却笑，搞得周立功很恼火。他觉得奇怪，这引娃是中邪了？前面的排练好好的，在所有角色中她最老练，还表扬过她呢，怎么到关键时刻就卡壳了？马上就到月底了，演出迫在眉睫，这怎么行？彩排是不带观众的演出，周立功不能在引娃身上过多耽误，只得暂时放下她，先过别人的戏。

彩排结束后已是深夜了，周立功让大家解散回家。引娃要求加戏，由戏头指导她，周立功也觉得很有必要，引娃再不抓紧排练，整个戏都要受拖累了。

大家都走了，祠堂里只剩下引娃和周立功。他们在里面排练了一会儿，引娃说，这屋里太闷了，咱们到外边去排练吧。农历四月底麦子都黄了，确实有点热，引娃和周立功早就出汗了。

周立功说："外面黑咕隆咚的，咱们忍耐一下吧。"

引娃说："在这里我的情感出不来啊，莲姑跟黄大傻的事发生在仙姑岭上，那里可是荒山野岭嘛。"

周立功想了想也是，演员只有在规定情景里才可能激发出情感来，就同意了。周立功一答应，引娃就乐了。祠堂是供奉祖宗的地方，有些事情是不能在先人眼皮底下做的，她必须把周立功带到野外去。

外面果然凉风习习，下弦月淡淡的，蕴出薄薄的白雾，熟睡的村庄裹着白纱，静静地躺在庄稼的怀抱中。空气中充满香味，那是成熟庄稼呵出的气息。引娃领着周立功往寨子外面走，周立功问："还要出村子吗？"引娃说："当然了，夜深人静的，我们在村里大呼小叫的，别人会以为是闹鬼呢。"

在路上，引娃对周立功说："二哥，我给你说一件事。"

"你说嘛。"

"我不是你妹子。"

周立功笑了，他问："那你是谁？"

"是引娃嘛。"

"引娃是谁？"周立功笑着说，"引娃就是我妹子。"

"我不是这意思，"引娃说，"引娃是抱养的。"

"抱养的也是我妹子嘛。"

"可抱养的跟你们周家不是一个血脉。"

"怎么是你们周家？是咱们周家。"

"咱们不是一家人，"引娃说，"你也不要把我当妹子。"

"那我把你当什么呀？"

"你把我当……生人吧。"

周立功扑哧一声笑了，他觉得引娃今天晚上有点反常。刚才排戏时颠三倒四的，现在说话又让人莫名其妙。他问引娃："你没事吧，要是太累了咱们就回去，以后再练。"

听了周立功的话，引娃鼻子一酸，她分不清楚到底是感动呢还是委屈。她忍住眼泪说："不要紧，咱们已经出来了，就坚持排练吧。"这话她既是说给周立功的，也是说给自己的。开弓没有回头箭，事情既然已经开始了，她就一定要把它做到底！

周家寨自从周立德当了副官后就再也不用守寨门了，晚上寨门大开着。引娃带着周立功来到寨外的田野上，那里有一坨苜蓿地。苜蓿不怕践踏，浅浅的，软软的，就像铺了一层褥子。苜蓿地周围是半人高的大烟和麦子，把这里围了起来。引娃说："咱们就在这里排练吧，我白天看好的，这地方就像舞台。"

周立功看看这里，背后是莽莽苍苍的黄龙塬，眼前是密密麻麻的庄稼地，月光暗淡，四野寂静，确实很像仙姑岭荒凉压抑的气氛。看来引娃是懂戏的。

引娃确实很懂戏。她对周立功说："二哥，你知道我刚才彩排时为啥老出错吗？原因不光在我，还在你。"

"哦，"周立功问，"我怎么啦？"

引娃说："排戏关键是要让演员入戏，要入戏就要有入戏的气氛，你跟我是演对手戏的，你都没有入戏我咋能入戏？"

周立功佩服引娃的眼睛。刚才彩排时他确实没有充分入戏。

不是他入不了，而是他不能入。他是导演兼演员，在自己表演的同时还得监督别人表演，如果完全沉入角色，那就是忘了自己的职责。不过他这种半醒半醉的状态一般人是看不出来的，他是老演员了，这戏的台词他也熟，原以为能蒙过去，没想到还是让引娃给识破了。引娃说得对，演戏是互相影响的，你入戏了才能给对方创造出氛围来，把对方带入戏中去。

引娃说："现在咱们到外边来了，这里的背景是对的，也没有人干扰，你要放开演，你入戏了我保证就入戏。"

周立功怎么觉得现在好像引娃是导演，他反而成了演员。不过演员就演员吧，谁当导演无所谓，只要能把戏练好就行。他对引娃说："放心，我这次一定演好。"

周立功开始酝酿情绪，这是演员入戏的必要条件。酝酿情绪就是把自己想象成戏里的人物，体验那个人物在规定情境下的内心活动。好演员能够在短时间内完成从自我到角色的转换，为塑造人物提供巨大的情感能量，这种境界的极致就是失神忘我，完全进入戏剧的虚幻世界中出不来。周立功虽然不是专业演员，但他有表演的天赋，这大概是受了周克文的遗传吧。

周立功现在已经不是周立功了，他是那个苦命的黄大傻，他深爱表妹莲姑，可姑父魏福生却一定要拆散他们，把他从魏家赶了出来。他忘不了莲姑，就在附近的张家为人看牛，可他姑父怕他再找自己的女儿，就叫张家辞了他。他没奈何，准备去城里当学徒。走到半路又折了回来，他舍不下莲姑，宁愿当叫花子，也不愿意离开莲姑。后来仙姑庙的王道人可怜他，让他帮庙里做些杂事，准许他在庙前的戏台下面安身。碰上他讨不到饭的时候，王道人会给他一些残羹剩饭。就这样他在仙姑岭附近待了一年多，为的是能看见他心爱的莲姑。其实他是看不到的，因为他姑父严禁他接近莲姑。有一次，他冒险来到魏家门口，被姑父发现了，挨了一顿痛打不说，姑父还通知民团，要把他这个流浪汉赶到外地去。从那以后他就再也不敢冒险了，只能每天晚上爬上荒凉的仙姑岭，在那里遥望莲姑窗口的灯光，直到被抬枪射中，抬到了魏家客厅。

周立功哀怨悲愤的情感已经发酵到爆炸的程度，黄大傻的台词脱口而出：

一个没有爹娘、没有兄弟、没有亲戚朋友的孩子，白天里还不怎样，到了晚上独自一个人睡在庙前的戏台底下，真是凄凉得可怕呀！烧起火来，只照着自己一个人的影子；唱歌，哭，只听得自己一个人的声音。我才晓得世界上顶可怕的不是豺狼虎豹，也不是鬼，而是寂寞啊！

我寂寞得没有法子。到了太阳落山，鸟儿都回到窠里去了的时候，就独自一个人挨到这后山上，望这个屋子里的灯光，尤其是莲姑娘窗上的灯光。看见了她窗上的灯光，就好像我还是五六年前在爹妈身边做幸福的孩子，每天到这边山上喊莲妹出来同玩的时候一样。尤其是下细雨的晚上，那窗子上的灯光打远处望起来，是那样朦朦胧胧的，就像秋天里我捉了许多萤火虫，莲妹把它们装在蛋壳里。我一面呆看，一面痴想，身上给雨点打得透湿也不觉得，直等灯光熄了，莲妹睡了，我才回到戏台底下。

一年多的风霜饥饿，身体早已不成了。这几天又得上了一点寒热，所以有两个晚上没有看这边窗上的灯光了。我怕到我爹妈膝下去的时候不远了，又听说莲姑娘就是这几天要出嫁，所以我今晚又走到这边山上来，想再望望我两晚没有望见的，或许以后永远望不见的灯光，不想刚到山上便绊着药绳，挨了这一枪。我只望那一枪把我打死了倒好，免得再受苦了，没想到还能活着见莲姑娘一面，我挨这一枪也值了，死也死得过了。

莲姑啊！——

随着最后一声撕心裂肺的呐喊，周立功泪流满面，浑身像打摆子一样颤抖不已，似乎力气已经用尽，随时可能倒下。

"大哥！"引娃一声应答，"莲妹就在这里。"她扑到周立功怀里，紧紧抱住周立功，把自己的双唇送到了他的嘴边。周立功像溺水的人逮住输气管一样急促地吸住引娃的双唇，两具颤抖的身躯缓缓地倒在了苜蓿地上……

周立功完全忘记自己是谁了，也不知道怎么回事，糊里糊涂的，他的衣服掉了，引娃的衣服也掉了。

就在这两具年轻的躯体热烈地交缠在一起时，一个黑影忽然从旁边的麦田里窜出来，捡起他们的衣服狂奔而去，一边跑一边高喊："快来看啊，兄妹两个奂屄了！"

这突如其来的变故把他们惊呆了，他们瞬间从剧情中回到现实。引娃想，不对啊，我的计划里没有这么一招嘛。

引娃的计划是在今天晚上引诱周立功，让他把生米做成熟饭，这样她就把周立功拴住了，他是喜欢她也罢，爱她也罢，反正他都跑不了。最好是怀上娃娃，这样周立功就不得不带她私奔了。她无所谓，反正已经当过寡妇了，不在乎名声，可周立功丢不起人，他是知书达理的，走州过县的，他得顾面子。他私下搞女人，而且这女人还是他堂妹，村里人的唾沫星都能把他淹死，他只能一走了之。她知道这么做有点缺德，是给周立功下套，可不下套她就逮不住周立功，她太爱他了，不想失去他。这点周立功应该理解，也应该谅解。再说了，她料定周立功不会长久在家乡待下去，将来一定会离开周家寨的。像他这样有学问的人咋能甘心一辈子窝在土坑里，别看他现在兴致勃勃地搞啥乡村改造，乡村是那么好改的？人老几辈子都过顺了，你改了人家还不习惯呢！总有他干不动干烦了的时候，到那时候他只能拍尻子走人。既然都是离开周家寨，那么周立功是自己走还是因她而走，结果是一样的，这不能说是她害了他吧？再说了，他走了也不是白走啊，从村里带走一个大姑娘，他不亏吧？

这些道理引娃都想好了，包括今天晚上的引诱步骤她都是精心设计好了的。可她根本就没有设计捉奸啊，咋会有人忽然从中间横插一杠子，在紧要关头搅了好事？

这人是单眼。单眼是给自己报仇呢。自从媳妇被周立功说跑了以后，他就对周立功恨得咬牙切齿，立志要报复。他曾经想猫在黑暗中砸周立功一砖头，让那狗肏的头破血流在炕上躺一年半载。他把这想法给他爹说了，他爹骂他是猪头狗脑袋，说："你也不想想，别人都知道咱家最怨恨周立功，他要是有个三长两短，瓜子都知道是咱干的，人家明德堂有钱有势，收拾咱还不容易？你得用巧劲，咱不用暗地里弄，要弄就明着弄，寻一个光明正大的借口让他当众出丑，他就是再横也只能打了牙往肚里咽。"单眼说："那咱到哪里去寻借口啊？"大头说："周立功这么张狂，在村里磕磕碰碰的，总会惹下麻烦的，你把眼睛睁大盯着。"后来要演戏，单眼也混在里边，他是夜校的学员嘛。在排戏过程中他发现引娃跟周立功有猫腻，她总是黏在他身边，看周立功的眼神都不对，就觉得这事有些怪，于是告诉了他爹。其实引娃黏周立功大伙都是看见了的，不过别人不把这事往歪处想，认为那不过是妹妹给哥哥发嗲而已。可单眼父子不同，他们是盼望那两个人出丑的，自然把这事当作了出丑的苗头。大头一听眼睛发亮，跟儿子说："俗话说得好啊，学堂戏坊骚情的地方，果然是这样，母狗都翘尾巴了公狗还有不上的？"单眼说："他们可是兄妹啊，能弄这事儿吗？"大头说："引娃是单荒了的小寡妇，她渴着呢！我也不能肯定他们一定会出事，可要是出了事那就是大丑事，保证叫周立功身败名裂！你要想报仇，你就得下苦功，牢牢把他们盯住了。"单眼记着他爹的话，从那以后每次排戏他后脑勺都长着眼睛，仔细观察着两个人的一举一动，就连他们晚上回家，他都要悄悄跟到家门口。今天晚上排练结束后，他听见了引娃要求加戏的话，因此出了祠堂门就没有走远，猫在一个玉米秆摞子后面窥视着祠堂。后来见两个人出来了，他也远远地跟到了寨外，在苜蓿地旁边的麦田里藏了起来，麦子半人高了，正好可以掩护他。当那两个人紧紧地抱在一起时，他激动得心都要跳出来了。周立功，你也有今天！他从麦田里一跃而出，捡起他们的衣服狂奔而去。

单眼边跑边喊，他的声音在寂静的夜晚特别响亮，把很多人从睡梦里吵了起来。单眼飞快地穿越街道，跑到了周拴成家门口，把两件衣服团在一起，里面裹上一块料礓石，从院墙上扔了进去。单眼的做法很聪明，他不去捉奸，荒郊野外的，人家两个他一个，那不是找打吗？他只要抢了他们的衣服，把全村人喊起来，叫大家看到他们赤身裸体的，他们还有啥话说？为了保证这把火一定烧起来，这两个人的衣服必须交到周拴成手上，谁都知道周拴成跟他哥哥不和，跟他这个洋学生侄子更是别扭。

可惜单眼沉不住气，太着急了些，没等到两个人入港就跳了出来，只抢了两件外衣。

赤裸相对的周立功和引娃傻了眼。周立功一直迷迷瞪瞪的，他们是怎么抱在一起的，他的衣服是怎么脱掉的，他好像被人施了魔法，都不太清楚。刚才的惊吓让他清醒了，看到光着上身的引娃，他目瞪口呆。这是怎么回事呢，他怎么可能干这种荒唐事呢？

"跑吧，二哥，"引娃说，"咱们跑吧。"引娃虽然也惊讶，但她不慌张，设计好的事情被人打搅了，这让她懊恼，不过她觉得这未必不是好事。她原先打算并不想立即让村里人知道她们的私情，只由她私下里索勒周立功，可现在既然捂不住了，那索性就由它张扬吧，这会逼得周立功不得不立即离开周家寨，带着她私奔。

周立功慌里慌张地说："好，我们走。"引娃一听高兴得差点跳起来，他不但说走，而且还说我们，可见他已经把她看成一家子了！不过引娃的高兴没有持续多久，周立功忽然停止脚步了。他想，我为什么要跑？我做什么了？我什么都没做呀，我这一跑反倒说不清了，让别人在背后污蔑我。

周立功不走了。引娃很失望，但她不敢过分执拗，怕周立功识破了她的用心。她说："不走也行，这事我担着！"

二十四

周家寨人捉住这一对偷情人时，他俩狼狈不堪。周立功全身光溜溜的，只穿了一条短裤，引娃虽然穿着裤子，可上身半裸着，胸前裹着周立功的裤子。村民们欢腾雀跃，都说这比看戏热闹多了，还排啥戏嘛！

周克文气疯了。他怎么都不敢相信儿子会做下这么丧德的事，可眼前的情景叫他不得不信。他吆喝道："拉回去，绑到祠堂去！"祠堂是处理宗族大事的地方，这事闹大了。

这当然是大事了。兄妹偷情，这不光有违礼教，更乖悖人伦，周家寨亘古未有！周克文知道这事没法蒙过去，他不能包庇儿子，否则以后咋在周家寨立身？咋有脸在人面前说话？

单眼和他爹一马当先，扭着周立功的胳膊，周拴成拽着女儿的头发，一村人簇拥着把两个犯人押到祠堂里。祠堂大厅里正好有两根柱子，一边绑一个。

周立功挣扎着大喊大叫："你们凭什么绑我？我犯什么法了？"

单眼他爹嘿嘿一笑说："你犯啥法了问你爹去，你爹是族长嘛。"

周克文面色铁青，大头的话是臊他的脸皮呢。他朝周立功吼了一声："你这个畜生！"

周立功说:"我什么都没干,我们只是在外面排戏。"

周拴成把那两件衣服抖得哗哗响,说:"排戏要脱衣服吗?羞你先人呢,你排的啥戏嘛!"周拴成太畅快了,他说过要让周立功有好看的,今天算是等到了。

一阵哄笑,单眼说:"怕是炕上的戏吧。"

周立功说:"排热了才脱的,你问你女儿,我们什么都没干!"

周克文表面上对儿子很严厉,在这种情况下必须这么做,可他心里还是有疑惑,觉得儿子不至于这么糊涂。能洗刷这事的只有引娃,他希望她开口说话,可这事他不能直接问引娃,他问就有为儿子开脱的嫌疑,别人会说他拿族长吓唬人。周立功是等周拴成问,毕竟周拴成是引娃他爹,他总得关心一下女儿吧,了解一下女儿让别人咋整了。可周拴成不问,他知道引娃跟周立功是穿连裆裤的,他问了她肯定会替周立功开脱,这不是便宜了那狗禽的!

周拴成不问,周克文只好自己问。不过他依然不开口,是拿眼睛问的,他威严地盯着引娃。引娃看着大伯,吞吞吐吐地说:"我俩……有……有。"

"啊!"现场炸了锅,大家骂声一片。

引娃要把他们抹黑,只有这样他们才能成为一条绳上的蚂蚱,才能逼得周立功离开这里,为此就是吃些苦头也值得。

"你这个卖屄的!"周拴成痛快地扇了女儿一个耳光,骂道,"牲口都不干这种事。"

周克文脑袋嗡的一下,险乎站不住脚。

"引娃,你胡说什么!"周立功大叫。

引娃说:"这事不怪我二哥,是我不好,惹我二哥的。"

227

周立功气得蹦蹦跳，要不是被绑着，他真要扑过来打引娃了。他高声骂道："引娃，你是个什么人啊，你这样害我！"

周克文啪地给了儿子一个耳光，骂道："男子汉大丈夫敢作敢当，咋能把事往女人身上推。"周立功脸上立即现出五道红印，这是他平生第一次挨他爹的打。

周立功还要分辩，周克文厉声说："周立功，你要是男人你就把事情背上，再推脱就叫人看不起！"

周立功说："我叫你们冤死了！"

周克文让人给引娃松了绑。说这种事女人都是受害的，况且引娃没有隐瞒，应该从轻发落。周克文这么做明显的是大义灭亲，谁都知道偷情这事一个巴掌拍不响，现在他却让自己儿子一人扛了，大家不由得对他生出几分敬意，这敬意好歹化解了一些对他教子无方的鄙夷。可引娃却不识好歹，说要放就两个人一起放，不放她就在这里陪她二哥，绳子已经解开了，她还抱着柱子不松手。周克文吆喝道："没有家教的东西，这事情还能由了你！"他叫毛娃媳妇等几个婆娘把引娃从柱子上拉下来，说："你们把她给我送回去，甭在这里丢人现眼了。"毛娃媳妇从周拴成手里抢过引娃的衣服，给她穿上，然后硬把引娃拽了出去。

下面是商量如何处罚周立功。周立功大叫道："你们这么做是犯法的，不要说我没做那种事，就是做了，男女双方你情我愿，谁也无权干涉。你们把我绑起来上私刑，这是违反中华民国法律的！"

周克文冷笑着说："你胡搞没事，我们把你绑起来反倒犯法了，你这中华民国的法律是啥狗屁东西？这东西不要也罢，它管它的中华民国去，在周家寨就得按周家寨的族规办！"

周立功的心彻底凉了。他搞了一年多的乡村改造，这帮愚民竟然一点公民意识都没有，他简直是对牛弹琴了。

周克文把族里几位长者召集在一起议事。这事没有先例，族规上自然没有相关的处罚条款，只能临时提议。可碍于周克文的面子，大家不好说话，谁也不愿意得罪人。其实这种场合最好是当事人回避，别人才好说话。周克文不是不明白这个道理，可他偏不走。他当然也有自己的理由：当事人是周立功又不是我，我虽然是他爹可我还是族长，这事得由族长主持嘛。见大家都不言传，周克文就逐个点名，被点将的人没办法，只好吞吞吐吐地说出一个个罚法来，这些罚法自然是轻描淡写的，谁愿意当面做恶人呢？周克文把这些罚法一一否定了，说："轻，太轻了，要狠狠收拾这怂东西，叫他长记性！"他让大家说狠的，而且还提醒说不要看他面子，他今天就要大义灭亲！于是大家再次集体沉默。耗了一段时间，周克文又不得不逐个催促，别人被催急了，干脆说，你是族长你做主吧。这一下把难题甩给周克文了，不过周克文立即就推托了，他说，我儿子的事我咋能做主，这不是徇私吗？我罚重了罚轻了都不能服人，还是要你们定规程！

最后大家耗得呵欠响成一片，周克文只得说："算了，已经后半夜了，人困马乏的，大家脑袋都乱了。这样吧，犯人押在这里，咱们都回去睡觉，明天接着商议。"

周克文点名让黑丑毛娃两个守着周立功，正告他们不得懈怠，跑了犯人找他们算账。单眼自告奋勇要求当看守，周克文说："你眼睛不好，晚上会误事，抓到这一对奸夫淫妇你已经立功了，这事就不麻烦你了。"

大家折腾了一夜确实都困了，周克文跟村里人一起离开祠堂，回家休息。

人们走了后，黑丑和毛娃给周立功松了绑，毕竟他是他们的老师嘛。他们也想过把老师放跑了，可他们不敢，周克文是黑脸包公，罚起人来不讲情面。他们替周立功可惜，说他不应该犯这种糊涂。周立功也不跟他们分辩，他知道，即使分辩别人也未必相信。大家都清楚女人是最怕坏了名节的，现在连引娃都认了，他还有什么好说的。他只是后悔，早知道这样，还不如听引娃的话，跑了就什么事也没有了。他不知道接下来会怎么处罚他，就问黑丑和毛娃，他俩说："这真不好说，前年麻子老六跟他嫂子胡来，被逮住后打尻板，五十尻板打得他尻子开花，在炕上躺了三个月。你这事比他严重，引娃可是你妹子啊，处罚恐怕会比他厉害。"

周立功立即腿软了。

就在这个时候，外面忽然有人敲门，黑丑和毛娃赶紧又把周立功绑上，这才喝问："谁呀？"

外面答道："我，周克文。"

黑丑和毛娃伸伸舌头，幸亏他们手脚快，族长还查岗呢。他们开了门，周克文走了进来，手里提着一个包袱。他叫黑丑和毛娃把周立功解开，从包袱里拿出一套衣服让周立功穿上，然后说："你走吧，趁现在天黑。"

周立功愣了。

黑丑和毛娃也愣了。

周克文提高声音对周立功说："还愣着干啥，赶紧走！"说着把包袱挂在周立功肩膀上。"这里面有盘缠，走得越远越好。"

黑丑和毛娃胆怯地问道："秀才叔，你这是……"

周克文瞪了一眼黑丑和毛娃，那两个人不敢言传了。他朝周立功厉声说："走！"

周立功犹犹豫豫地走出祠堂，他不敢相信这事，出了祠堂门，见没有人阻拦他，才知道他爹是真放他走。他立即撒腿朝村外狂奔。可是刚跑了几步，又折了回来，周克文一愣，只见儿子扑通一下跪在他面前，叫了一声爹，然后深深磕了一个头。正月里他不愿磕，现在磕成响头了。

周克文扶起儿子，擦去粘在他额颅上的土，说："你本来就不该从城里回来，你回来是给人添乱呢。"

周立功哭了。他抹了一把眼泪，点点头走出祠堂，钻进浓黑的夜色之中。

看着儿子走了，周克文对两个目瞪口呆的看守说："把我绑上。"

黑丑和毛娃更吃惊了，他们不敢动。周克文说："咋啦，一个族长还顶不上一个狗屁娃娃吗？"他自己走到柱子跟前，双手背在后面，朝看守吆喝："绑！"

第二天，全村人再次聚集在周家祠堂。大家都傻眼了，绑在柱子上的不是周立功，而是周克文！周克文说："圣人曰，子不教父之过，儿子犯罪错在老子，要罚就罚我吧。"

大头嘿嘿冷笑道："狸猫换太子，好一条妙计，你就这么包庇你儿子！"

周拴成说："这个人一辈子都爱耍心眼，这一回把全村人都耍了。"

"谁说我耍心眼了？"周克文厉声说，"我不是在这里顶着吗，难道我一个有功名的族长顶不上一个乳臭未干的屁娃娃？我甘愿受罚，再厉害的王法我都认了！"他叫道："老八，你们几个年长的接着商议，定下一个惩罚的条款来，我等着。"

老八笑了笑说："秀才哥，还真罚呀？你这是明摆着拿大肚子顶人呢，你是族长谁敢罚你？再说了，你又这么大年纪了，谁忍心罚你？要是罚出个三长两短来，谁担这个责任？"

大家都笑了，他们看出周克文的心机来了。

可周克文不容别人这么看他，要是那样他成啥人了？投机取巧，坑蒙拐骗，族长能是这样的人吗？他说："你们不罚，好，我自己罚，皇上还下罪己诏呢。"他让黑丑和毛娃把他解开。

大家饶有兴趣地围成一个圈，看周克文咋罚自己。罪己诏他们在秦腔戏里看过，可是哪个皇帝不是对自己轻描淡写，做做样子？他们认为周克文这次罪大了，他不光是要给儿子顶罪，他还犯了私放犯人的罪，两罪并罚，那可不是闹着玩的！他该不会像戏台上的皇上一样耍大家吧？

周克文说："我要是自己定一个条款罚自己吧，大家一定说不公，那我就让老天爷定，老天爷说咋罚就咋罚。"大家正纳闷他到哪里去请老天爷，只见他来到老八跟前，逗老八的孙子玩。这娃娃三四岁的样子，他爷爷领他看热闹来了。周克文从兜里掏出擦涎水的手帕，三两下就叠成一只小老鼠，在手里还一跳一跳的，惹得那娃娃眼馋，伸手就要。周克文说："狗剩，爷问你几句话，你说了爷就把这耍货给你。"那娃娃高兴得直点头，周克文问："一个人要是做了瞎事，咋办？"

狗剩张口就说："打尻子。"

"打多少啊？"周克文又问。

"把尻子打烂。"狗剩说。这些话原是大人们吓唬娃娃的口头禅，娃娃们把这口头禅都记住了。

周克文把老鼠送给狗剩，高声对大家说："你们听到了吧，童言无忌，这就是天意，按天意罚吧。"

大家没想到周克文是这么得到天意的，不过狗剩的话肯定不是周克文教的，这天意可以接受。

既然定了罚法，惩罚总得有人来执行。周克文叫黑丑和毛娃把祠堂的顶门杠子拿过来，由他们两个轮流打。那两个人一听这话就溜了。罚不罚关他们屁事，那顶门杠子像铁棍一样重，弄不好要出人命的，他们才不愿当刽子手呢。周克文接连点了几个人，他们都摇头拒绝。单眼从人堆里往前挤，他倒是愿意抡杠子，可周克文偏偏不点他。他忍不住举手报名，却被跟在后面的大头硬把胳膊按住了。大头觉得儿子要是这么干，那携嫌报复的意图就太明显了，会招人骂的。

周克文见没有人愿意执法，只好从人群里招呼自家的长工常贵。常贵没办法，他不能不听掌柜的。常贵把顶门杠子拿在手里掂了掂，连声说："使不得，使不得，这家伙只要擂一下，铁打的腰杆也砸断了！"周克文就吩咐他回家去取扁担，顺便搬一张条凳来。

常贵一回家，周梁氏和春娥也失急忙慌地跟了来。她们自从周立功出丑之后就羞得不愿出门，现在也顾不得了。周克文是家里的顶梁柱，也是五六十岁的老汉了，咋能经得起这么折腾？她们得出来劝阻！

周克文让常贵把条凳放在祠堂门外，他要趴在那里挨罚。祠堂里面祖宗在上，是不能赤身裸体的。常贵把条凳摆好后周克文走到跟前，他鼓一口气把凳面吹了一遍，常贵这才发觉自己疏忽了，掌柜的是讲究人，咋能光身子直接趴木板上呢？他赶紧把自己的坎肩脱下掸了掸凳面，然后再把它垫在上面。周克文趴上凳子正准备脱裤子，周梁氏和春娥扑了过来。周梁氏说："你这个老疯子，你还当你是十八九岁的愣头青，你这个岁数了还能挨得起几扁担？"周克文吆喝说："你快走开，挨不起也得挨，谁叫你养出一个好儿子!"周梁氏指着大家说:"我看今天谁敢打我老汉,打出麻达我就把人抬到你屋里去!"

一听这话,常贵手一软,扁担当啷就掉在地上了。

周克文骂道:"你这个麻糜不分的老婆,一点都不明事理。"他吆喝春娥:"把你妈搀回去!"周梁氏还在纠缠,周克文唰一下就把自己裤子褪下了,露出尻蛋子。春娥一见羞得不行,低着头死命把周梁氏拽了出来。

周克文的尻蛋子袒露在四月的阳光下。肥硕暄腾,锃白瓦亮,全村人情不自禁地啊了一声,惊讶中夹杂着兴奋。这亢奋的声音像刀子剜在周克文的心头,他羞愧地闭上眼睛。这真是天大的耻辱啊!从小到大他啥时丢过这种人?他是啥人啊?前朝秀才,一族之长,平时端庄威严,不苟言笑,一副绅士派头,可今天竟然要赤身裸体,把一个人最羞耻的部位暴露在大庭广众之下!可是他有啥办法呢?为了儿子,也为了他在周家寨的脸面,他豁出去了!

周克文对常贵说:"打!"

常贵不敢拿扁担。周克文说:"常贵,你听好了,我叫你打你就打,你要不打,我立马就把你解雇了。"常贵没奈何,只得拿起扁担。他不想离开这掌柜的,当长工半辈子才碰上了这么一个好东家,容易吗?

常贵虽然打了,可打得很轻。周克文说:"你使劲,打不破不算数,打破了咱回家。"常贵一听这话没办法了,只得咬着牙抡扁担,只几下,那扁担上就显出殷红色了。

周克文咬着牙一声不吭。疼痛钻心,可他没有一丝怨言。他觉得自己愧对周家寨全体父老,也愧对自己读了一肚子的圣贤书,他应该挨揍。比起一个月前骑马唱戏的荣耀,老汉现在真的羞愧万分。

引娃那天晚上从祠堂回来,就被他爹锁在屋子里。周拴成说了,做下这么丢人的事,族里不罚我家里要罚,要不还有规矩吗?

引娃在屋里急死了。她不知道村里是咋惩罚她立功哥的,他现在到底咋样了?她出不去,连屙屎撒尿都在屋里的脚盆里,只有扒门缝才可以看见外边。她瞅见他爹从门口路过,赶紧打听消息,结果招来了一口唾沫。好不容易等到弟弟从门前经过,她叫住他,才得知周立功跑掉了的消息。这个消息让引娃既高兴又伤心还担心,高兴的是他安然无恙,伤心的是他丢下她一个人走了,担心的是周立功没有受罚就跑了,她爹一定气不平,以她对她老子的了解,他肯定会把怒气转嫁到她身上。她不知道自己要遭啥罪呢!

引娃的推测很准。第二天一起来,周郭氏做好早饭端出来放在院中的石桌上,周宝根给他爹拿来板凳,全家人等着他吃饭呢。周拴成从里屋出来了,没有走向饭桌,手里提着斧头气势汹汹地朝关押引娃的窑洞走过去,嘴里恶狠狠地说:"养下这样的骚货,把老子的脸都丢尽了,看我打断她的腿,豁出去一辈子养着她!"周宝根赶紧跑过去拦住他爹,硬把他拖过来。

引娃在里边听得清清楚楚的,心彻底凉了。她知道她爹本来就不疼她,这次更是恨死她了。他这人心硬得很,啥伤天害理的事都做得出来。当天她瞅空子叫住弟弟,让他赶紧去找周克文想办法,现在只能靠大伯了。她知道大伯虽然怨恨她,但不会见死不救。

周宝根找了在家养伤的周克文。周克文说:"我知道了,你爹的声音跟叫驴一样亮堂，他骂人我在隔壁还听不见？你回去问他到底想干啥？咋就没有一点护犊的心呢？"

周宝根回去把这话告诉他爹。周拴成呸了一声说："他护犊都不要脸了，我还要脸呢！"周宝根问他爹："那你还真要把我姐打残了？"周拴成说："我不把她收拾了我脸往哪里搁？有这样偷人养汉的女子我以后还咋在人面前说话？"

周宝根赶紧又去找大伯商量。周克文说："罢罢罢，就算引娃是我女子，权当叫土匪绑票了，我把她赎回来，你回去问你爹要啥呢。"周克文知道他兄弟爱钱，啥事都可以当买卖谈。

周宝根把话传给他爹。周拴成骂道："谁是土匪？他儿子才是土匪呢！他糟蹋了我闺女还没事了，这世上哪有这么便宜的事？叫他赔偿！"周宝根问他爹："咋赔？"周拴成说："叫他把去年骗咱家的四亩祖田还回来！"

周宝根过去一说，周克文立即把那四亩祖田的地契给了他。周拴成一见地契，笑得眼泪都淌出来了，他得意地哼了一声，心里说："周克文啊周克文，别看你奸，你比你兄弟差得远呢。"

周拴成用的是苦肉计。

当然了，周拴成知道有人会在背后议论他，说他敲竹杠。他觉得这是往他头上扣屎盆子呢。那四亩地本来就是他的，虽然他不知道周克文在买地一事上捣了鬼，但就凭这块地最终落到他哥手里这一点，他就断定自己被人骗了。现在他把被骗走的土地要回来，咋就是敲竹杠了呢？再说了，这事原本就是他儿子害人的，他放点血是罪有应得！

引娃放出来的当天就来到大伯家，打问周立功的去向。周梁氏和春娥都不理她，周克文说："我们不知道，就是知道也不会告诉你，你不要缠你二哥了，他叫你害苦了！"

听了这话，引娃两眼立即噙满眼泪。人家明显地不待见她，可是她却没有立即离开大伯家的意愿。她在他家院子的葡萄架下独自坐了好久。去年正是葡萄开花的季节，他二哥风尘仆仆地回来了，那时候院子挤满了人，她借着土匪的威名吓跑了别人，才见到了那个意气风发的洋学生。今天葡萄架上又挂满了绢丝一样的白花，可院子却空荡荡的，没有了昔日蓬勃的人气。引娃明白这一切都因为她，她对不起二哥，对不起大伯，对不起这一家人。可她不想道歉，她觉得她爱周立功没错，这一切亏欠她会千方百计偿还的。

直到眼泪把衣襟打湿了，引娃才默默地离开了明德堂。

第二天上午，引娃背了一个小包袱出了门，说她要回北山畔去了。周宝根觉得奇怪，他姐怎么忽然想到要回夫家去了呢？他挽留她，引娃说："我给爹妈丢人了，没脸再待在周家寨了。"周拴成也挽留女儿，说："爹那是气头上说的话，哪有爹妈不护犊的？"周宝根挽留他姐是爱她，周拴成留人是舍不得一个好劳力，虽然目的不一样，可他们都是真诚的。引娃去意已决，谁也留不住，她是回夫家，别人也没有理由强留。

引娃走在街道上，身后不断有人吐口水，更刺耳的是女人们快活的招呼声：

"哎哟，这是回去呀？回去好！回去当个好媳妇！"

"哦，你走啊，你走了村里就不热闹了！"

引娃没有答话，她能听出她们的言外之意，她们庆幸拔除了眼中刺。

引娃快步走出村子，爬上了黄龙塬。站在塬顶她最后看了一眼周家寨，缓缓地跪下来，朝村子磕了一个头。

她是在跟这个村子告别。她不知道自己生在哪里，但她一直长在这里。这里盛满了她的欢乐，她的辛酸，她的希望，她的苦难。她爱这里，也恨这里。留恋这里，也期盼离开这里。曾经离开过这里，后来又回到了这里。不过这一次她要彻底离开了，从此再也不回来了，也没脸再回来了。眼泪在她的眼眶里打转转，她拿袖子抹去泪水，让目光没有遮挡，把这寨门口的大槐树、城壕上的拱形桥、街道上的青石板、祠堂门前的拴马桩深深刻印心底，从此以后她只能在梦中跟它们相会了。

　　引娃站起来拍拍膝盖上的尘土，迈开大步朝东奔去。她根本不是回北山畔，而是去西安，到那里去寻找周立功。她从黑丑那里打听到了，周克文叫儿子走得远远的。远远的能是哪里呢？只能是远处的大城市了，周立功本来就应该是大城市的人。引娃听周立功说起过两个大城市：西安和北京，还描绘过那里的美好生活。她不知道北京在哪里，可她知道西安在东面，那就先到西安找他吧。她没有去过西安，不知道西安有多远，可她认准了只要朝东走，总会走到的。

二十五

周立德探亲归来的第二天，部队就开赴太白县剿匪。凤翔大战后国民军仅仅休整三天，宋哲元就下令开拔。这一是因为冯玉祥东线战事吃紧，屡次催促宋哲元分兵支援，宋哲元不敢拖延；二是凤翔新胜，部队锐气正盛，正是用兵良机。

太白土匪花豹子虽然没有凤翔党拐子势力大，但盘踞在秦岭深山，地势险要，易守难攻，官军在人数和武器上的优势都难以施展。再加上花豹子心狠手辣，杀人如麻，百姓畏他如虎，根本不可能给剿匪部队提供任何援助，宋哲元料就一场恶战势不可免。

出乎意料的是，大军一开到城下，城门竟然敞开，花豹子带领他的弟兄们齐刷刷地跪在门口欢迎宋哲元，这让宋哲元喜出望外。原来花豹子已经知道了凤翔的杀俘惨剧，吓得不轻。他反复掂量，自知不是国民军对手，即使凭险而拒，也无法长久周旋，一旦县城陷落，他们必然步凤翔后尘，死无葬身之地，不如主动投降，这不光能保全性命，还可能升官发财。花豹子当然知道投降的风险，官军有可能会杀了他。但他觉得这种概率不大，他是第一个投降官军的，他们要是杀了他，那就断了和平剿匪的后路，陕西大小土匪多着呢，这些绿林好汉没有退路，就会跟国民军死拼到底，那他们付出的代价就大了。相反，他觉得宋哲元最可能优待他，他不但没事，还会高升呢。花豹子虽然是文盲，但水泊梁山的故事听烂了，他佩服宋江的机灵，知道招安是升官发财的终南捷径。这当然有点赌命的味道，可当土匪本身就是赌命，再赌一次又如何？

事实证明花豹子赌对了。宋哲元自然不会放过这个唱红脸的机会。本来剿匪就是软硬并用，剿抚兼济，以抚为上。抚既可以避免流血，还可以扩充自己的队伍，是上上策。他在凤翔大开杀戒，目的就是杀鸡给猴看，逼其他土匪俯首就降，现在看来这个手段有立竿见影的效果。既然初见成效，就应该乘势而为，巩固效绩。宋哲元决定大肆封赏花豹子，给所有土匪树立榜样。宋哲元任命花豹子为上校副团长，赏大洋一千，每天都在指挥部宴请他，进出都跟他搂腰搭背的，让花豹子挣足了脸面。

那一天，周立德在指挥部外面执勤，忽然来了几个乡民喊冤。他们跪在地上痛哭流涕，口口声声要见总指挥大老爷。周立德见他们哭得可怜，心想他们一定有天大的冤屈，就进去通报。周立德一进门，就看见房间东南角的一个卧榻上躺着两个人，一左一右围着一盏烟灯正在吞云吐雾。他有点吃惊，谁这么放肆啊，竟然明目张胆地在指挥部吃大烟？走近一看，他更加吃惊，原来是宋哲元和花豹子。他们眯缝着眼睛陶醉着，没有觉察到周立德的到来。周立德原先风闻过宋哲元是瘾君子，今天算是亲眼看见了。他心里一阵难受，一时无法接受这个事实。宋哲元可是国民军的高级军官，冯玉祥的左膀右臂啊，怎么也嗜好这个？周立德心里不高兴，喊报告的声音不自觉就大了。

宋哲元被突如其来的声音吓了一跳，打了一个激灵，心里也不高兴，睁眼一看是周立德，不耐烦地问道："什么事？"周立德给他报告外面的情景，他生气地说："这些蠢货，真是秦腔戏看多了，到处拦轿告状啊，告诉他们，现在是民国了，军政分开，告状找政府去！"

周立德出来转达总指挥的训示，这些人跪在地下不起来，说他们找过县政府了，县长不受理，他们才找总指挥的。周立德见一个个哭得泪人似的，心里实在不忍，便有心帮助他们，就说："你们都起来，总指挥发话了，叫你们找县政府，他们不敢不理。"那些人还是不动，他们知道这是敷衍他们，就凭他们空口无凭地去找县长，县长咋会相信这是总指挥的训示？周立德说："好吧，我带你们去。"这些人听他这么说，才住了哭声，从地上爬了起来。周立德这么做不光是帮这些人，也是出于自己的责任。如果告状的一直在门口哭闹不休，惹恼了宋哲元，他这个执勤官脱不了干系。

周立德把警卫工作安排好，就带人来到县衙。县长一见告状的，吆喝道："你们怎么又来了，没完没了啊！"周立德啪地立正给县长敬了一个礼，亮明身份，说明来意。县长一看犯了难，他是官场上的人，知道手枪营的人是干什么的。既然是总指挥的亲兵传达口谕，他敢不执行？

可他真的不敢受理这案子，因为这些人告的是花豹子。花豹子眼下正是总指挥的红人。县长是前天刚任命的，太白县以前是土匪当道，没有政府。新县长是读书人出身，良心是有的，但很油滑。他不是不想为民做主，而是没有这个胆量，所以他才一再把那些告状的轰出衙门。现在既然是总指挥叫他接案，他没办法，不妨先接下来，至于怎样处置再相机行事吧。

县长请周立德先坐下来，然后差人叫来警察局长，让局长审案，他不会直接去蹚这浑水的。县长告诉周立德，说民国政府是警政分开，办案是警察的事，县长不能越俎代庖。他笑着说：

"我跟你一样，都在这里旁听吧。"

局长喝问这些告状的姓名住址，书记员将这些一一记录在案；又喝问他们状告何人，他们异口同声说："胡猪蛋！"

周立德心想，这胡猪蛋是何方神圣，竟然吓得县长都不敢惹他？

局长再问他们状告胡猪蛋何事，这一下告状的群情激愤，他们争相控诉，公堂乱作一团，局长咣的一拍惊堂木，这些人才被镇住了。"一个一个说，狗抢屎呢！"局长骂道。周立德瞪了那个局长一眼，局长没有觉察。告状的吃了局长一吓，又都不敢吭声了。局长不耐烦地说："开口啊，嘴里噙屎橛子了？"周立德看见一老者，刚才大家抢着说话时他在哭，现在依然哭，眼泪把胸前的衣襟都泅湿了。他过去把老汉扶起来，说："老伯，你先说。"老汉颤颤巍巍地站起来，大概跪得太久了，腿麻，摇摇晃晃地站不稳。还没等周立德把自己的凳子让给老汉，局长赶紧把他的凳子塞在老汉尻子下面。局长见这位军官对老汉如此热情，以为他们有什么关系，立即改变了自己的态度。

你说："甭害怕，有我呢！"局长鼓励老者。老汉看了一眼周立德和局长，开口说话了。他一开口就把周立德吓了一跳："狗肏的胡猪蛋，杀人取胆呢，我儿子就叫他活活弄死了！"

"啊！"周立德一声惊叫，可县长却不动声色。局长说："这还了得，仔细说，仔细说。"他回头招呼书记员："伸长耳朵，认真记录！"

老汉仔细一说，周立德的头发都竖起来了，世上竟然有这样的恶人！这胡猪蛋得了白癜风，多方医治无效，有江湖郎中给他开了一个偏方，要用人胆做药引子，他叫手下兄弟带着江湖郎中到外面寻人。喽啰们在路上碰到了采药下山的老汉儿子，见他身强力壮，是做药引子的好材料，于是把他捉住，硬是按倒在路边开膛破肚，摘了胆子。路边行人看见了，赶紧跑去告诉老汉，等老汉赶到现场，土匪已经走了，儿子早已气绝身亡。老人痛不欲生，可也没有办法，惹不起土匪嘛，只好把儿子遗体背回去安葬。谁知道刚刚埋进墓坑撮起坟堆，一群土匪又呼啸而来，原来这江湖郎中是第一次摘取人胆，没有经验，拿回去要入药时才发现弄错了，把人肝误认成人胆，于是他们把死人从墓里刨出来，重新取胆……

周立德的拳头握得嘎巴响，他忽然意识到了这胡猪蛋是谁，既是土匪头子又得了白癜风，太白县不会有第二个人吧？

"花豹子？"他问老者。

老汉点点头。

县长也对着周立德点了点头，显示他早就了然于胸。周立德怒火填胸却不能不有所顾忌，老者见他问了话却没有下文，扑通一声又跪下了。老汉说："以前我们惹不起人家，现在剿匪大军来了，政府成立了，土匪也投降了，我们才敢告他，请青天大老爷给我们做主！"

其他告状的捣蒜一样磕头，他们一一控诉了花豹子杀人放火绑票勒索欺男霸女的罪行。他们越说越难过，县衙里哭声一片。

"狗禽的！"这次警察局长倒是首先坐不住了。"签发逮捕令，把这东西抓住千刀万剐！"他给书记员发话。

"先别急！"县长说话了，他拦住局长，说："怎么抓人，我们得商量一个方案。"他让书记员把记录拿到告状的跟前，叫这些人一一画押，然后说："各位父老，案子我们已经受理了，你们先回吧，等候处理结果。"告状的没有立即起来，他们觉得好歹总得有一个说法嘛，不能就这么不明不白地回去吧？县长说："你们要相信政府，相信宋总指挥，他都派了副官审理你们的案子了，你们还怕什么？一定会给你们满意的答复！"

众人望着周立德，周立德不知道该怎么答复，只好胡乱点点头。人们才犹犹豫豫地走了。

县长问局长："你到哪里去抓人？你知道花豹子在哪里吗？他就在剿匪指挥部里！那里的人能是你随便抓的吗？"听了这话周立德有些脸红，县长没有看他，可他觉得县长的眼光里有芒刺。

县长训完局长，转而笑眯眯地问周立德："周副官，你看这逮捕令是不是马上签发了？"

周立德犹豫了。他心想，逮捕令一签发这事就捂不住了，传出去对总指挥，对剿匪大军都不好。毕竟花豹子现在被我们抬举得上了天，即使要逮捕他，起码也得先让总指挥知道吧，给他一个回旋的机会。周立德相信总指挥是容不得恶人的。他对县长说："我觉得还是先让总指挥看看案情吧。"

"说得太好了，"县长对局长说，"你看人家周副官，办事多周到，哪像你这样毛手毛脚的！"他给书记员说，"把案情记录呈送周副官。"

周立德回到司令部已是下午了。他问了执勤的卫兵，得知花豹子还在司令部里，他不便呈交案情记录，只能等待。可是他又怕花豹子一旦离开司令部就会得知告状的事，这世上没有不透风的墙，花豹子要是因此逃跑或者哗变了怎么办？土匪耳目众多，消息灵通，不能不防。周立德焦躁不安，犹豫了好一阵，最后横下心在外面喊了报告，就进去了。宋哲元和花豹子正在欣赏一张虎皮,见周立德进来了,就对他说:"周连长你来看胡团长送给咱们的礼物,这可是稀世珍品华南虎啊,撞到胡团长的枪口上了。俗话说打虎亲兄弟,上阵父子兵,可惜胡团长打虎时我不在场啊!"总指挥把花豹子比作亲兄弟,这让周立德心里抽紧了,可他豁出去了,他眼里容不下吃人肉的恶魔。周立德啪一个立正,把案情记录拿出来:"报告司令,太白县政府呈送的公文!"

宋哲元看完案情记录,面无表情,把它转给花豹子。花豹子受宠若惊,这是多大的信任啊,他装模作样地瞄了几眼,得意扬扬地说:"兄弟我不识字,啥事都听司令的!"宋哲元笑了笑说:"这公文跟胡团长有关呢,我给你读读吧。"他挑了几处要紧的地方念起来,花豹子的脸色由红转白,由白转灰,额头的汗珠争先恐后地冒出来。

周立德的手按在枪把上,只等宋哲元的命令,一举拿下花豹子。他知道总指挥对土匪向来恨之入骨,不会放过这畜生的,而且由总指挥拿下花豹子转交给太白县政府,更能显扬国民军赏罚分明除恶务尽的威名。

可是周立德万万没有想到,宋哲元哗哩哗啦把案情记录撕碎了,骂道:"胡说八道,无中生有,胡团长是那样的人吗?本司令就那样有眼无珠吗?"

花豹子抹了一把汗水,脸色回阴转阳,他结结巴巴地说:"总指挥……眼睛亮,他们给我扣屎盆子呢!"

"我知道,"宋哲元笑着说,"我相信你,你回去准备一下,我们明天就回西安,你跟我到那里去享福吧。"

宋哲元把花豹子送出司令部,周立德瓷在那里。

宋哲元感觉到了周立德的反应,不过他没有理会。这是政治，政治只认利益，不论是非。政治是长期投资，不能只图眼下痛快。杀人还是不杀都要从长远计较，周立德对此不理解，说明他还年轻，也说明他还是可造之才。他不会给他解释，圣意难测是驭下的策略，况且，一个总指挥还要看自己侍卫的脸色，这是可笑的。他想，花豹子最后的结局，或许会让周立德明白他的用心，他准备让花豹子充当攻打下一个匪巢的先锋，这家伙不是死于敌人的子弹就是死于背后的黑枪，反正不会让他善终，他死了再给他颁一个英雄的名号，谁也无话可说。

可宋哲元低估了周立德的情绪。周立德岂止是吃惊，简直是义愤填膺。他没有想到宋哲元竟然如此是非不分！剜人心吃人胆的故事，他以前只在书上看到过，那些书都是传奇说部之类的，荒唐不经，可现在却在身边遇到了。就是这样一个恶魔，宋哲元偏偏把他尊为上宾，难道他眼睛瞎了吗？联系到上次凤翔杀俘，周立德对宋哲元的好感消失殆尽。晚上他辗转难眠，反复思想，最后决定离开宋哲元，不在其身边待了，省得每天看见心里添堵。离开的理由他也想好了，就是要求下基层连队锻炼，到作战部队去冲锋陷阵，这是冯玉祥当年嘱咐他的。他猜想宋哲元不会轻易放人，甚至可能跟他翻脸，实在不行他就把冯总司令抬出来。

第二天，他把要求提出来，没想到宋哲元非常痛快地答应了，这让周立德很意外。其实宋哲元是有自己的小算盘的。他有一个远方亲戚的儿子在他的队伍里混世事，这次回师西安，剿匪队伍要东调河南前线支援冯玉祥。东征是血战，他不想让自己的亲戚去冒险，决定把他留在太白驻防。国民军每收复一地都要留下若干部队驻防，以协助地方维持治安。这位混事的亲戚是一个营长，宋哲元知道他的能力根本不能胜任这个职务，所以要给他配备一个得力助手。想来想去他想到了周立德，没有人比这小伙子更适合了。宋哲元也没有想到周立德会提出下调连队，给长官当侍卫是多少人眼馋的肥差啊！他心里当然略微有点不舒服，知道周立德是因为花豹子的事对他有看法，不过他正要用他，也就不深究这些了。宋哲元当下任命周立德为太白县驻军副营长，限令当天报到。

宋哲元带领剿匪大军班师西安，太白县父老锣鼓喧天鞭炮齐鸣给他送行。已经换了正规军装的花豹子，骑着高头大马夹杂在队伍中，脸上很有些不舍。他昨天曾提出让他带领自己的队伍驻防太白，理由是他熟悉地面，在当地有威望，可没想到被宋哲元婉拒了，他的队伍被分散编入了国民军。

周立德跟太白守备营的全体官兵站在城墙上立正敬礼，为大军送别。他从高处俯瞰欢送的人群，没有看见那个告状的老者。他是没有来呢，还是被拥挤的人流挡住了？

二十六

转眼到了夏收，关中平原进入最繁忙的季节。

首先成熟的是大烟。成熟的大烟结了果，鼓成一个拳头大的青包，顶在两三尺高的枝干梢头，乍一看就像是耍把戏的玩顶碗。这是安静的时候。如果有风吹来，它们马上变了样，成了无数根此起彼落的鼓槌，猛烈地敲打天地。它们是在擂鼓呢，龙口夺食的关口到了，它们擂响了农民出征的战鼓，督促着庄稼汉携镰带刀奔赴田野。

收大烟叫割烟。割烟是个细活。割烟的人拿刀子在大烟果上划一道十字，切破果壳，壳里的白色汁液会慢慢渗出来，几个时辰后这些汁液渐渐变黑，凝聚成黑色的胶泥。割烟的人用手指把胶泥抿进随身携带的瓷碗里，这就是生烟膏。干这活儿急不得，割烟的人要心细手巧有耐心。

可大烟的成熟期是短暂的，烟果子说熟就熟了，一旦成熟必须立即收割，慢了它就会自己胀破，烟汁流失，烟农忙活一年就白搭了。割烟时间紧，活儿多，这就叫龙口夺食！

龙口夺食的不光是大烟，还有麦子。割完大烟麦子就熟了，农民放下刀子拿起镰，气都不能喘一口。农谚讲得好，麦子一黄，时间一响，割麦子更是紧打紧的事，稍慢一点麦粒就从麦穗上脱落了，割回家的只有光麦秆。

该收的收完，又得吆牛下地播种秋庄稼。五月早一天，八月多一石，季节不等人，种晚了赶不上五月的多雨天，没有墒出不了苗。

这前前后后二十多天，关中道上的人忙得脱了人形，一个个面目黑瘦，头发蓬乱，眼窝深陷，指甲尖长，嘴唇焦裂，声音飘忽，活脱脱从阴曹地府跑出来的厉鬼！不过到了五月端午，他们都超生了。该收的收完了，该种的种上了，他们长吁一口气，终于熬过了一年中的鬼门关。

五月端午是一年中最喜庆的节日，农民们既庆祝自己的解放，也庆祝一年中的丰收。他们大吃大喝，大戏大舞，乐得忘乎所以。

在太白县政府机关里，却有几个人愁得坐立不安。他们正在开会，主持会议的是县长潘云鹏，参加会议的有税务局长、警察局长、守备营正副营长等。会议的议题是如何完成省政府下达的税收任务。

今年四月太白县刚刚光复，潘县长是个有心人，他知道夏季一到，省政府必然要征税，所以提前给上面打了报告，说太白县多年来惨遭土匪蹂躏，百姓贫困到了极点，请求省政府免除一年赋税，让太白县休养生息，恢复生产。没想到他的申请非但没有获准，省政府不肯减税也就罢了，反而类比平原市县加重了赋税。

上峰的理由是太白县半山地半平原，得两种地形之利，可收黍米亦可收山货，平原市县岂可望其项背？况且太白县新近解放，端赖政府之力，更应感恩回报，减免赋税下拂民众拥戴政府之热望，上背国家依法征税之规定，实属颠顶之议！

上峰就是省政府主席宋哲元。他刚从太白县回去，哪有不知道该县实情的？可他不能开这个先例。东线战场耗费巨大，武汉国民政府拨付的军饷有限，冯玉祥只能在陕甘两省就地筹措，而陕西富于甘肃，理应承担大头。上面电令宋哲元，陕西今年赋税翻番，只能多缴，绝不能拖欠！在此关头，宋哲元如果免了太白县的赋税，那其他县都可以用各种名目跟他纠缠，太白是遭匪灾了，可遭匪灾的远不止太白一县！现在陕西境内虽说大股土匪都剿灭了，可小股土匪依然多如牛毛，他们几乎天天都在骚扰生事，那被他们祸害的地方岂不是都可以要求免税？况且匪灾只是一灾，还有水灾旱灾虫灾雹灾火灾瘟灾，等等，这些要不要免？这——免下去，他宋哲元拿什么去补冯玉祥的大窟窿？完不成征税任务，他的陕西省政府主席当不成是小事，上军事法庭的可能性都有！冯玉祥素以军纪严明著称，作为他的老部下，宋哲元太了解总司令的脾气了。

既然冯玉祥不让他，他宋哲元就不能让潘云鹏。宋主席在公文中严斥潘县长，说完不成赋税不光就地免职，而且要以渎职罪拘押入狱！大战当前，一切以前线事务为要，怠慢延误者，本主席决不宽宥！

在上峰严令苛勒之下，潘县长只能硬着头皮去干。可他知道即使挖地三尺，在普通百姓身上也榨不出多少油水，要筹足如此巨款，只能另想办法。他在家里苦思冥想，最终憋出一条无奈之计。这条计策需要各方配合方可实施，所以他今天召集各位前来开会。

潘县长把开会的议题一说，守备营的两位头儿就纳闷，这征粮催款是地方上的事，与军队何干？潘县长看出了他们的疑惑，他诉了征税之苦，说万般无奈才请守备营帮忙，况且所征赋税多用于东线战场,这与军队关系密切。

两人见他说得既可怜也入理,就问他这忙如何帮法,潘县长这才讲出了他的计策。

潘县长说:"我也是迫于无奈,想出了这无法之法,暂且就叫劫富济贫吧。每年端午前后是烟粮入库的当口,也是土匪发财的关口,他们专抢大家富户,干一票一年的吃喝都有了。今年我们要赶在他们前面,也去发财。今年的赋税数额诸位都看到了,光凭一般百姓缴纳的根本不够,让大家富户多缴也有一个限额,人家交齐应缴的你就没有理由让人家多缴。那我们的赋税怎么完成呢?还是要依靠大家富户!土匪去抢他们,我们为什么不能去抢呢?谁抢都是抢,反正他们在劫难逃。当然了,我们是政府的人,不能公开去抢,那我们就化装成土匪去抢,叫土匪背黑锅!"

周立德听得目瞪口呆,潘县长竟然能想出这样的计策!他还是国民政府的官员吗?还是百姓的父母官吗?

潘县长看见周立德一脸愕然,说:"我已经声明了这是无奈之举,不过,这也实在是减轻老百姓负担的可行之法,让穷人能活得下去。"

周立德本来想问,大家富户是不是老百姓?可是一想,这县长也是被逼得没辙了,否则他也不会叫政府的人去当土匪。再仔细一想,这虽然是个馊主意,但里面多少还有一点人情味,于是也就默认了。

潘县长对两位军事长官拱拱手说:"那就偏劳守备营的弟兄了。"

啊!说来说去,原来是叫守备营去当土匪!还没等营长说话,周立德首先开口了。他说:"你们县政府不是有警察局吗?

叫他们去就行了，他们比我们更熟悉地方情况。"

守备营跟县政府的关系很微妙。名义上驻军归当地政府节制，实际上地方政府没有指挥权，遇事只能跟驻军协商；相反，驻军却有监督地方政府的权力，是省政府主席延伸下来的耳目。正因为这样的关系，周立德才有底气对县长提出异议。他想，哼，你放着自己的枪杆子不用，拿我们驻军去抹黑。

潘县长笑着说："周营长不要多心，正因为警察局的人对地方太熟悉了，才不能叫他们扮土匪，那容易让人家认出来。更重要的是，那些大家富户一遭抢，肯定要报警的，警察局装模作样也得派出人去破案剿匪吧，他们要是都扮土匪去了，就没人扮警察了，老百姓到上面去告他们渎职罪怎么办？"

周立德一想这也有道理。

潘县长接着说："我知道二位都是宋主席的得力部下，我们都是给他老人家办差的，务请二位鼎力协助。"这话其实主要是说给营长刘风林听的，这是你叔叔的事，你看着办吧！

刘营长被点醒了，他说："没问题，守备营愿意出力！"

回到营地，刘风林对周立德说："多亏我前面阻挡你，要是把土匪都剿灭干净了，我们这次怎么装扮土匪？"周立德一听笑了，没想到留下土匪还有这样的用场。

太白解放以后，县境里还有很多小股土匪，他们藏身深山峻岭险沟高崖，只是不敢到县城里公然骚扰罢了，在偏僻处他们依然干着烧杀抢掠绑票勒索的勾当。周立德对土匪恨之入骨，主张立即出兵，荡平境内所有土匪。可刘风林不同意，他说剿匪的事急不得，我们刚刚来，扎稳了脚跟再说，剩下的都是小毛贼了，迟早收拾了他们。其实，刘风林是不会把自己的真实意图告诉周立德的：没有土匪了还要我们干啥，我们还有什么理由驻扎在太白县？乖乖到河南前线打仗去吧！

周立德是聪明人，他一揣摩就明白刘风林的用意了。不过他想，你可以推脱一时，不可能推脱长久吧，你驻扎在这里，总得有些政绩吧，否则也难给上峰交代啊。守备营的政绩就是剿匪。因此趁闲工夫他多方收集情报，县境内都有哪些土匪，他们的巢穴在哪里，武器装备怎么样，他都了如指掌，只等哪天刘营长发话了，他愿意率部打先锋，把那些害人精扫荡干净。

现在让周立德哭笑不得的是，他不但不能打土匪，还得扮土匪，不但不能恨土匪，还得感谢土匪，这叫什么事啊！既然刘风林已经答应潘县长了，他也不好再说什么，况且这主意也多少有些道理。但他心里总是腻歪着，像吃了苍蝇一样不是滋味。

周立德正烦闷着，忽然一个念头冒上心来。他想起了一句成语：螳螂捕蝉，黄雀在后。我们根本犯不着去抢大家富户，直接打土匪的主意就行了。土匪富得流油，又全是不义之财，逼他们献宝岂不更好？这既不用冒被百姓揭穿的风险，也可打击土匪的气焰，一举两得，何乐而不为？

他把这主意给刘风林说了，刘风林半信半疑："你能断定土匪就愿意把吃进去的吐出来？"

周立德说："他们当然不愿意，可我们威逼他，他敢不从！"

刘风林说："你该不是要打他们吧？"

周立德笑着说："吓一吓总是必要的。"

刘风林同意了。不管怎么说，让官军去扮土匪他心里也不舒服。

刘风林和周立德把他们的主意告诉了潘县长。潘云鹏觉得这个主意也不错，况且筹款这事得靠守备营，既然是人家的主意，他最好顺着他们。

太白县境内的数十股小毛匪陆续都接到了守备营的红帖子。旱地龙也不例外。旱地龙乐了，他想以往都是我们给别人下帖子，现在倒好，轮到别人给我们下帖子了，这就叫你做初一，别人就做十五。下帖子本是关中风俗，凡家里有喜事，要给亲朋好友发请帖，请人来家喝喜酒，后来土匪拿它当敲诈勒索的符码，他们看中哪家，就给哪家下帖子，意思是你们家有喜了，限定某月某日在某地缴纳钱财多少。接到红帖子的人一般都会乖乖放血，他们知道土匪是先礼后兵的。

嘿！旱地龙说："还真有老虎嘴里拔牙的！"他对马猴子说，"给我念念，看谁不想活了！"旱地龙不识字，他的喽啰里只有马猴子上过几天私塾。

马猴子识字也不多，帖子上共襄北伐盛举，辅助东征伟业，扫荡北洋妖孽，统一中国全境之类的话他半懂不懂，但捐款大洋一万的数字他是认识的。他把这数目读出来。旱地龙骂道："狗肏的，胃口不小嘛。"他叫马猴子快看是哪个胆大的发来的帖子。马猴子一看落款，上面写着：太白县县长潘云鹏，太白县守备营营长刘凤林，副营长周立德。

旱地龙一听又乐了，这政府也变成土匪了，给人下帖子？怪不得人常说兵匪一家！

马猴子说："把帖子回了去？"

回了帖子就是把这个帖子退回给下帖子的人，表示不愿与对方交往，这是打对方的耳光。土匪也有碰到这事的时候，他给人家下了帖子，可人家有背景或者增加了看家护院的，不怕你，就把帖子给你退回来。这时候你就为难了。硬碰硬去抢一次吧，也可能抢成了，那就算对方倒霉，他得加倍给你报酬；可要是抢不成被对方打下来了，你就得按帖子上索要的数目倒赔给人家，这才叫赔了夫人又折兵，那你的脸面就算丢光了，从此就甭在江湖上混了。一般敢退帖子的都是有把握赢你的，你识相就不要再去碰人家，乖乖收了帖子，权当没有这回事。当然，自己认栽的事万一传出去了也丢人，可它总比让人打回来好看一些吧。

　　旱地龙说慢，他不知道收到帖子的只是自己一家还是各个山头都有。这帖子上有一个人的名字他耳熟，那就是周立德。他是不是周家寨秀才哥的大公子？传说他不是给冯玉祥当副官吗，吓得这些年谁也不敢去抢周家寨，咋降职到太白县当副营长了？如果真是他，那他就是公报私仇，专门整我来了！不过他又一想，觉得不大可能，他们两次抢劫明德堂都是化装的，没有人能认出来，他咋知道是我旱地龙搞的事呢？

　　旱地龙派人到别的山头打探，结果是所有的同道都接到了红帖子。这一下他不急了，帖子先不退，退帖子你得掂量自己的势力，他们这几十个人根本不是县守备营的对手。可他也不愿平白无故地放血，况且还是一笔大数目。他知道不愿出钱的肯定不止他一个，总会有人去硬碰一下的吧？先看看形势。

　　果然有这样的愣怂。五道梁的周鳖蛋自恃人多枪硬，撇着嘴把红帖子退回去了。三天以后周鳖蛋的人头就挂在太白县的城墙上。守备营全部出动，只一天就拿下五道梁。周立德知道会有人当出头的椽子，他必须杀鸡给猴看，狠狠打下一窝土匪，做出样子给那些观风的人看看。

　　十天的期限一到，各路土匪都按数目缴了捐款。

二十七

进入七月，狼就来了。

刚开始时狼在塬顶上。哑静的晚上，狼嚎的声音刀子一样尖利，把人从睡梦中剜醒了。娃娃吓得钻进女人怀里，女人吓得钻进男人怀里，男人抱紧老婆娃娃，黑暗中睁大眼睛，想看清楚门窗拴紧了没有。即使看不清楚，他们也不敢点灯，唯恐亮光把狼招了过来。后来狼嫌塬上太荒凉，没人气，就下塬了，在寨子旁边的田野和城壕里撒欢。周家寨人心惶惶，好久不关的寨门，不等天黑就关上了。太阳一落山，村子里就空荡荡的，所有人都早早缩进被窝里，不敢大声说话，连打呵欠放屁也憋成哑的。

按说周家寨人不该这么怕狼，他们不是有猎户吗？这话平时说他们高兴，现在这关口上说，周家寨的猎户可就不乐意了。他们说我们哪里是猎户？我们跟大家一样，都是种庄稼的，只是农闲了到沟沟洼洼里打一些小野物补贴家用，哪能叫猎户？秦岭山里放倒老虎豹子的人才叫猎户呢。人家有抬杆和铁铳，我们有啥呢？咱手里的土枪只能吓唬吓唬野兔山鸡，对付狼就跟拨火棍差不多！除了不愿承认自己胆小，武器和技术不精都是实情，周家寨这些半吊子猎户根本不敢去打狼的。狼这玩意别看个头不大，可它凶起来不亚于老虎豹子，咥牲口不说了，伤人也是常有的。这家伙平时藏身在深沟烂窑里，一到秋季就出来撒欢了，青纱帐是掩护它们的天然屏障。

"甭把毽蛋娃往出抱了!"周梁氏叮嘱春娥,她唯恐自己的宝贝孙子有啥闪失。周梁氏疼孙子,可她孙子却不领情,你不把他往外抱,他在屋里就哭闹。"这是个野娃娃嘛!"周梁氏说。这都是周克文惯的,自从孙子满月后,周克文一有空就抱着他满村转悠。他爱孙子爱疯了,觉得把孙子关在屋里就委屈了。当然了,满村转也是炫耀,他要让全村人看看他们明德堂有后了。娃娃就这样逛野了,不愿在屋里待。他虽然还不会说话,可他会哭会笑:一进屋就哭,一出门就笑。这可叫人作难了。

春娥没辙,忽然想起了一件宝贝,她把它拿出来给儿子戴上。"有护身符呢,我们不怕。"春娥对公婆说。

周克文看见孙子脖颈上的物件,大惊失色,立即卸下来厉声问道:"这是哪儿来的?谁敢给我孙子戴这个!"

春娥吓得脸色煞白,她不知道自己犯了啥禁忌。

周梁氏看见了,问春娥:"是立德给你的吧?"

春娥说:"是他留给毽蛋娃的,说能辟邪,保护他长命百岁。"

周梁氏朝老汉吼了一声:"你这么凶干啥?这是洋菩萨,灵得很。"

"啊呸!"周克文吐了一口痰,比老婆的声音还高,"啥洋菩萨?你瞎眼了,这叫移鼠!"他指着十字架上的小人说:"传洋教灭国粹的老鼠,你爹当年入义和拳,打的就是他们,亏你还是他闺女!"

周梁氏不服,她说:"这就是我爹给我的,我爹能从洋人的枪炮里逃出活命,全凭它保佑。"

哦,周克文恍然大悟,他说:"怪不得我老丈人后来好端端的吃搅团噎死了，原来是这东西害的！我孙子不能戴这个。"

周克文一扬手，要把东西扔到院墙外边的坟堆上去，可在脱手的刹那间他又把它捏住了。周克文掂出了它的重量，这是纯银子的呀。

"我要给我孙子戴真神的护身符！"周克文说。他把移鼠拿到绛帐镇的银匠铺里，让人把它熔化了，铸成孔子。银匠问："孔子是谁吗？"他没见过，没办法描影。周克文真想抽这银匠一个耳光，马融讲经的地方竟然还有不知道至圣先师文宣王的！他拍出一个银圆，对银匠说："这是路费，你跟我走，我带你去见圣人。"他把银匠领到扶风县城的文庙里，在孔子塑像前三叩九拜。回来后，银匠照猫画虎给周克文铸了一个桃子型的银饰，里面錾了一个大脑袋人像。

周克文把孔子请回家，周梁氏一看，撇了撇嘴说："就这个奔儿头老汉，还没有那个洋菩萨好看呢。"周克文承认这银匠手艺差，把圣人錾成了牛头马面，可他不嫌弃，他说："好看顶啥用，关键是灵光！"

护身符一戴上，他们心里都踏实了。

护身符灵得很，也可以说怪得很，谁戴它，它护谁，别的人一概不管，哪怕这些人跟它的主人是至亲骨肉，也沾不上光。这不，毯蛋娃戴上护身符的第三天，周克文就碰见狼了。

那天早饭时节，周家寨的人仍然在大槐树下开老碗会。虽然已经闹狼了，可它毕竟是晚上闹腾，白天还不至于那么张狂，更何况狼折腾这么久了，周家寨却没有一个人见过狼，也没有人畜受到伤害，渐渐地大家也就麻痹了。说到底，周家寨人还是割舍不下老碗会，不聚集在一起吃饭就寡味，吃了也权当没吃。因此，如果不是天崩地裂，周家寨人照例要开老碗会。

老碗会上的话题不知不觉就扯到了狼身上，大家正说得起劲，忽然看见一只羊疯了一样窜过来，遇见人群也不避让，径直从人缝里穿了过去，撞翻了一大堆饭碗和菜碟。有人认得这是周克文家的奶羊，就觉得奇怪，秀才的羊跟秀才一样平时稳重得很，今天是咋了？被撞翻了饭菜的人正要骂羊，只见周克文失急忙慌地奔过来，脸色煞白，气喘得话都说不连贯："狼……塬上……"他停也不停一下，惊慌失措地往寨里跑。

咀嚼的嘴巴都僵住了。有人朝着周克文的背影喊："秀才叔，大白天的能有狼？你看花眼了吧！"

大家知道狼是昼伏夜出的动物，一般不会白天出来的。不过凡事都有例外，那年周立功和引娃就是白天碰见狼的，六爷可以做证。

周克文头也没有回，不过他的话大家还是听见了。"羊先看见狼的……它挣脱了缰绳……"

周克文放羊是用缰绳牵羊的，怕羊糟蹋别人庄稼。羊刚才逃命的样子大家是看见了的，就算是人能作假，羊不会作假吧？这狼看来是真有了，而且胆子大得出奇，白天也敢出来游逛！

大家虽然不会把害怕立即表现出来，但回家的借口还是有现成的。有人说："嘿，你看这饭吃得一个快，我回去添饭了。"他端起碗一走，要回去添饭的立即多了好几个。这几个人一走，剩下的人说："这老碗会就图的是人多热闹，他们都走了，还有啥意思？咱也走。"

大头和单眼父子俩也在这伙人里面。单眼说："这真是怪了，明德堂的人咋总能碰见狼呢？"大头哼了一声说："亏人的事做多了嘛！"

周克文一回家，立即给羊端来一盆精料，还往里面拌了盐和香油。

周梁氏一看这情景，说："看你大方的，不过日子了？"精料是豆子和玉米，偶尔拿来喂喂高脚牲口，也只有马和骡子干了重活才有这口福，牛都别想吃一口，更别说羊了。羊每天都是由周克文牵出去吃青草，吃得肚子鼓鼓的，奶头翘翘的，回来挤出羊奶，一半给圈里的猪娃喝，一半给周克文和老婆喝。

可今天这老汉不但给羊喂精料，还给里面掺了调料，他变菩萨了？

"羊叫狼给吓日塌了嘛！"周克文说。

怪不得羊和人进了院子都喘得上气不接下气。周梁氏问："还是那年吓老二的那个狼？"

"你这老婆问得怪，"周克文边给羊揉尻蛋子边说，"谁敢仔细看吗？"

"狼咬羊尻蛋子了？"

"是啊。"

"老天爷啊！"周梁氏啊呀呀地惊叹着。她说："你看这多玄乎，差点要人命了！"她也急忙圪蹴下给羊揉另一半尻蛋子。她心疼羊，也心疼老汉。揉了一阵，她觉得奇怪，狼咬了咋没有伤口呢？

她问老汉，这一问周克文再也憋不住了，哈哈大笑起来。他一笑把周梁氏笑愣了，她直直地盯着周克文，怀疑这老汉是不是被狼吓瓜了！周克文没瓜，他是笑老婆的瓜样子，他边笑边说："哪有你这么瓜的人，狼把羊尻蛋子都逮住了羊还能逃活命？"

"那你给羊揉尻蛋子干啥？"

"我拿皂角刺扎羊尻蛋子了嘛。"

"你又不是娃娃,扎羊尻蛋子好玩吗?"

"不扎羊不跑嘛,扎疼了它才能飞起来!"周克文笑眯眯地说。

"你叫羊飞起来弄啥呀?羊又不是野雀!"周梁氏气哼哼地说,赶紧再给羊揉尻蛋子。

"羊只有飞起来了才说明它见了狼,村里人看见了才会相信狼来了!"周克文像说绕口令。

"啥?"周梁氏惊讶地问,"你是说没有狼?狼咬羊尻蛋子是你编的虚话?"

"对嘛。"

"不对!"周梁氏说,"没狼咋有狼叫唤呢,你晚上没听见?"

"那是我叫唤!"

"啥?"周梁氏眼睛瞪得拳头大。

周克文问她:"你听见狼叫唤时我在你身边不?"

是呀,这正是周梁氏奇怪的地方。每次狼叫唤,她被吓醒了,想握住老汉的手壮壮胆,可每次身边都是空被窝,她还以为他给牲口添草去了,要不就是去了茅房。

周克文得意地又学了一声狼叫,跟周梁氏晚上听见的一模一样,只不过声音压得低一些而已。

"这是为了啥吗?"周梁氏觉得老汉疯了。

"为了咱的棉花!"周克文说。

进了七月,棉花慢慢就开花了。今年周克文家的棉花格外好。由于土地肥力足,又加上精心伺候,眼看就是一个丰收年。可是却有一件事让周克文揪心,他怕这么好的棉花自己收不到,全进了贼的口袋。棉花成熟时节恰好青纱帐漫山遍野,贼娃子出没很方便,他们悄悄地来,偷偷地去,就在人眼皮底下行事也很难被发现。周克文现在不怕土匪，就怕毛贼。土匪是不会抢棉花的，这东西体积大，不好带，不如抢大烟实惠，况且现在老大威名在外，没有哪个土匪敢来骚扰。可毛贼就不同了，那些人不是瞎怂，就是一些贪小便宜的人，多半是自己村或者邻村的，他们白天跟你谝闲传拉家常，天一黑就钻进你的地里摘棉花去了。他就是摘一整夜也值不了多少钱，你把他逮住了也不能咋样，乡里乡亲的，他好意思你还不好意思呢。可你不收拾他，其他人就学样子，大家都来偷，你几百亩的棉花就甭想要了。关中这地方是传统的产粮区，这些年又时兴种大烟，很少有人种棉花，可不种棉花的人却都是要穿衣服的，衣服总得从棉花中来嘛。现在方圆数十里只有周克文一家种棉花，他不担心才怪呢。

这真是狼多肉少啊！周克文感慨道。"狼"字一出口，周克文忽然灵机一动，一个保护棉花的妙计浮上心头：用狼吓唬毛贼。

听了老汉的妙计，周梁氏拿指头戳着周克文的额颅说："你真是比猴还精啊。"

周克文又得意地一笑，然后严肃地叮嘱老婆："别说出去啊，说出去这法子就不灵了！"

周梁氏说："长工都下地去了，羊又不会说话，这院子里就咱俩，你怕啥呢。"

狼来了的消息从周家寨一传开就不可收拾，很快邻村都有狼了。谁都知道狼是流窜的，不会只贪恋周家寨。刘家沟一个没入圈的牛犊被狼咬断了后腿，白龙湾邓秃子的大肥猪晚上叫狼驮走了。更可怕的是，大陈庄的一个女娃跟他爹走亲戚，半路上尿憋了钻进高粱地里解手，半天不出来，他爹等得不耐烦了进去寻，只寻见了一只鞋子和半截裤带，人悄没声息地不见了！这样的事越传越多，越传越瘆人，谁也没有见过，可说起来比见过的还逼真，让人不能不信。

正是在甚嚣尘上的传言流传之际，周克文家的棉花开花了。棉花开花是笑着开的，它们的嘴巴一点点咧开，舌头一点点伸长，最后笑成一个白胡子白头发的老爷爷。棉花一旦绽开，就得赶快采摘，否则碰上下雨就会霉变。感谢狼的看护，现在这些成熟的棉花还没有折损。眼下要紧的是赶快把它们收回来。

棉花成熟是分期分批的，这有利于棉农有条不紊地管理它，如果你种的少，可以不慌不忙地对待它。可周克文种了几百亩，这第一拨开花就是铺天盖地，站在地头一望，就跟下了大雪一样，这么多的棉花就靠他们家几个长工去采摘，显然顾不过来，第一拨还没有摘完，第二拨又该开花了。

周克文有办法，他想到了换工。

换工就是拿自家的东西换人家的人工，可以是人工换人工，也可以是畜力换人工，还可以是技术换人工。可以当下换，也可以错时换。比如我家现在盖房子缺人手，你来给我帮忙，等你盖房子时我自然会去给你搭手，或者等你明年种地时我借一头牛给你拉犁，或者你家要盘炕，这是一个技术活，我去给你把关，这都是换工的形式。啥都可以拿来换工，只要是双方需要的，但钱除外。要是出钱，那就是雇短工了，都是一个村的人，熟得脸贴脸，咋好意思说钱？谁要是把这个字说出口了，那就是把自己也把别人当外人了。

换工表面上一团和气，好像跟谁换都一样。其实不然，大家心里还是有盘算的，都会去挑选对家。周克文是大家都愿意选择的对象，因为他人好。有些事是大家都看到的，那一年冬季种麦，黑丑家遇到了难处，他没有牲口，也没有爹，就孤儿寡母两个人，母亲有病，儿子还小，把五亩土地没办法。周克文自动提出换工，套上自家牲口给他们种了地，这事搁在别人身上是不可能的，黑丑家有啥可换的？跟这种家庭换工其实就是白帮忙。大家都以为周克文这是行善呢，他不会叫一个十二岁的娃娃给自己干活，连黑丑他妈都这样认为。她对黑丑说，你去给你秀才伯磕几个头吧，算是还了人情，你人小力薄，能给人家干个啥！可是大家都看走眼了，周克文真的是坚持换工。到了第二年夏季，麦子割上场，周克文把黑丑叫来，让他跟着自己摊场吆碌碡扬场。都是技术活，黑丑干得怯生生的，周克文在一旁手把手地教。大家这才明白了他的用意，也更佩服秀才的为人。黑丑他爹死得早，没人教这娃娃农活技术，他不学本事，以后就是一个废人，周克文这是调教他呢。当然教本事也可以不用换工，可黑丑他妈是寡妇，周克文得避这个嫌，他对这娃太好了，别人会说闲话，况且无故施恩，别人会觉得欠了人情，成为负担。通过这件事，周家寨人看出来了：跟周克文换工不会吃亏，何止于不吃亏，占便宜都是可能的。

当然了，大家愿意跟周克文换工，不光因为他人好，更重要的是他家境殷实，能换的东西多。一个穷人除了人力别无长物，而在乡下，人力是最不稀缺的，大家最缺的是牲口、农具和文化，这些东西周克文都有，大家想换的是这些。比如种地，赶不及季节时需要牲口，把粮食拉到外地贩卖时需要大车，天旱无雨时想借人家畜力水车吊水，红白喜事时要请人写贺帖和铭旌……

周克文知道他的优势，只要他愿意换工，在村里随便吆喝一声，周家寨没有不乐意来的人。

话是这么说，可周克文终归没有耍大拿，还是挨家挨户给人下话。春娥看见他爹东家进西家出的，跑得辛苦，就说："爹，你把钟敲一下，全村人不就都出来了，你一起给他们说多省事。"周克文说："咱是求人呢，不能那样张扬，别人哪怕再愿意跟咱换工，咱也得去请人家，这不光是礼节，更是给人面子，让人觉得受了尊重。"春娥说："那我去请吧，你歇着。"周克文说："你是小辈，怕人家说轻慢了他们，还是我这张老脸管用。"

可周克文没有想到这次他的老脸竟然不太管用，很多受请的人都有为难的表情。这太出乎周克文的意料了。不要说现在村里人大多都清闲着，因为他们都是种大烟的，大烟一年一熟，五月收九月种，这阵子正是空当。就算是农忙时节，以他的人缘，他开口请人，别人也会挤出时间帮忙的。现在这事让他的老脸太挂不住了，他厚着脸皮问人家原因，别人吞吞吐吐的，最后不好意思地说，怕狼。嘿，你看这事弄的，真叫自己挖坑自己跳！周克文不能说狼是自己装的，那样挨骂事小，棉花保不住才是大事。他只能给别人解释，说咱们这是白天下地，况且还是成群结队的，狼不敢来。别人说，我去可以，可拾棉花的人一定要多！周克文拍着胸脯保证，几十个人呢！这样一家一家拍下来，周克文的胸口都拍疼了。

到了第二天，来了三十多个人，几乎每家都有了，这让周克文很受活。当然了，来的都是女人，这绝不是别人应付周克文，而是他自己想要的。摘棉花这活是凭手巧而不是凭力气，男人绝对不如女人。既然全是女人，周克文就让儿媳妇春娥去带队，他不好混在女人堆里。

一帮女人叽叽喳喳来到棉田，她们惊叹自己掉进了云山雾海里。多好的棉花！白得耀眼，韧得像丝，无论纺线还是絮衣服，都是上等料子。周家寨多少年都没有人种棉花了，更不要说种出这样的好棉花!

　　春娥是个心细的人,她知道自己的职责不光是领头摘棉花,更是管理这些娘子军。她隔一阵子就从棉田里走出来,到田埂上观察干活的人。摘棉花要戴一个布兜,挂在脖颈上,摘下的棉花就装在布兜里。布兜很大,一般是用包袱皮扎成的,一个人一晌午摘的棉花都可以装下。棉株差不多高到人腰,摘棉花时人要弯着腰,双手并用。活不重,只是时间长了腰酸背疼,时不时要站直了伸伸腰解乏。

　　春娥发现连成媳妇摘得最快,远远地把大家甩在后面。她本来是要夸连成媳妇的,可这女人奇怪的动作引起她的注意。别人摘棉花无论是弯着腰还是直起腰,大家都可以看见她,唯独连成媳妇好像跟人藏猫猫一样,时不时就会蹲在棉田里,这时棉株就淹没了她,让人看不到她的踪影。春娥起初以为她是解手,女人嘛,总是要找能藏住人的地方方便,可观察了一阵,春娥觉得不对劲,这女人蹲下的次数太多了,哪里会有那么多的屎尿要排泄?略一琢磨,春娥明白了,这家伙是在给她的眼睛里插棒槌呢。

　　在乡下,女人偷东西常用这法子。那些手脚不干净的女人偷了东西,最保险的地方就是藏到裤裆里。不要以为裤裆太小,藏不住东西,其实那里只是一个入口,东西入了裤裆就掉进了裤腿。女人都是扎裹腿的,脚踝以上的裤腿就是一对大口袋,除了猫,装啥都可以。被偷的人碰到这种女人一般会自认倒霉,不会穷追猛打,你要去追,女人就会钻进庄稼地,知趣的人到此为止。如果你不屈不挠,还要继续追击,她就会装作解手,唰一下把裤子褪下来,这时候你就傻了,不得不捂着眼睛落荒而逃。你不是怕她,是怕她的裤裆。在乡下,女人的裤头是最恶毒的咒符,平白无故地撞上这个物件,你非遭殃不可。

明白了这些,春娥很生气。他爹想得多好,每个人都给足面子,哪怕是个屁娃娃也尊重他,可这些人咋不尊重自己呢?这真是给脸不要脸!可她也不能确定连成媳妇一定就是偷棉花,毕竟她们离得比较远,况且还有棉株遮挡着,看不真切。春娥想了想,对连成媳妇吆喝说:"喂,五嫂,你慢一点,走得太快了小心狼!"

这么一说还真管用,连成媳妇的速度果然慢下来了。连成媳妇就是在偷棉花呢,她摘的棉花有一半进了自己裤裆。这么好的棉花叫人眼馋,再加上自己糟糕的家境,连成媳妇不由得起了贪心。连成和他爹都是痨病鬼,两个药罐罐把家当熬干了,连成媳妇拿啥去买棉花!她家一直盖的是麻袋片,到了冬天把炕烧热挤在一起还勉强凑合,可人不能总是坐在炕上吧,一下炕就冷得打战,更别说出门到外面去了,没有棉衣出门就会冻死!连成媳妇正为这事发愁呢,恰巧碰上了周克文来换工,这真是瞌睡遇见枕头了。连成媳妇进了棉田双手飞舞,很快跟大家拉开了距离,在人看不到的地方玩起猫腻。可能她太投入了,忘了狼的事,春娥一提醒,她抬头一看,吓了一跳,自己已经孤零零地跑得很远了,万一棉花地藏了狼,把她叼走了旁人看都看不见。女人本来就胆小,她赶紧让自己慢下来。

摘了一晌午,大家口袋都塞得满满的,春娥招呼收工了,说给大家管饭,油泼辣子䒤䒤面!大家听了那个高兴啊,都夸周克文是善人。换工从来是不管饭的,周克文不但管饭,而且是好饭。八九月也是青黄不接的关口,一般人夏粮早就吃完了,秋粮还没有收进来,除了财东家,能吃得起细粮的没有几个人。

摘棉花的回到周克文家倒空口袋,欢天喜地端起老碗咥面去了,连成媳妇却要回家,说家里还有两个病人等她做饭呢。春娥看见她的两条裤管胖乎乎的，证实了自己的猜想，就开玩笑说："五嫂，几天不见你就胖成这样了，有啥好吃的这么养人，怪不得看不上我家的饭。"

连成媳妇说："哪里是吃的，是今天摘棉花站得太久了，腿肿了。"

"哎呀呀，看把我五嫂累的，"春娥说，"我给你捶捶腿。"说着就要摸连成媳妇的腿，连成媳妇赶紧后退说："折我的寿呀大奶奶，我咋敢劳动你！"

春娥说："那你今天就更要在我家里吃饭了，要不我心里咋过意得去。"她拦住连成媳妇，急得连成媳妇红脖子涨脸的。

这时候周克文开口了，他说"春娥，你甭跟你五嫂客气了，她是孝顺媳妇，家里有两个人要伺候，她咋能安心在这里吃饭？你叫你五嫂回家吧，就算咱欠你五嫂的了。"

连成媳妇这才得了大赦，拧过身子要走。周克文却说："甭急，稍等一下。"这一声又让连成媳妇紧张起来，她看着周克文走到她跟前，不知道他要干啥。周克文从连成媳妇手里要过空口袋，走到刚刚摘回来的棉花堆前，把空口袋装满了，然后拿来给连成媳妇，说："这点棉花你带回去，给你爸和连成絮一身棉衣吧，冬天眼看就到了，病人不耐冻。"

连成媳妇和春娥都愣住了。连成媳妇以为周克文是在嘲讽她呢，他肯定看出来她偷他家棉花了，就用这一手臊她的脸皮。她像火烫着手一样推挡着口袋，周克文说："我不光是给你，今天摘棉花的人人有份，这是头茬棉花，肥水不流外人田，卖给别人可惜了，我孝敬咱村的人。"正在吃饭的人听了这话，高兴得都噎住了，他们三口两口吃完饭，赶紧去棉花堆前给自己装棉花。

春娥正纳闷他爹为啥这么做，周克文给她说："春娥，你看

268

你五嫂腿肿了,你给她把棉花送回去吧。"连成媳妇一听这话,连忙说:"我背得动,背得动。"然后背着口袋一溜烟走了。

春娥气得都快要流眼泪了,没见过他爹这么窝囊的人,把贼娃子放走了不说,还莫名其妙地把这么多棉花分给全村人!她气呼呼地说:"爹,你难道没看出来连成媳妇日鬼弄棒槌吗?"

周克文说:"我看出来了。"春娥说:"看出来了还放她走?"周克文说:"你不放她走又能咋样,你总不能把她的裤子脱了吧?"

"我要她受一阵难堪,"春娥说,"叫她在大家伙面前丢人现眼!"

周克文说:"树怕伤皮,人怕伤脸,你伤了她的脸就是跟她结了仇,为几斤棉花结一个仇人划不来。"

春娥想,即使他爹说得对,那也没有必要给全村人都分棉花吧。这话虽然没说出来,可周克文从儿媳妇紧绷的脸上能看出来。他说:"咱舍出这点棉花是为了保住更多的棉花。你想,今天连成媳妇偷棉花大家都看见了,也看见了咱不能把她咋样,那紧接着她们就会学样子,除非咱不跟村里人换工了。可咱不跟村里人换工就得雇短工,那就要花更多的钱,还会落下村里人的埋怨,说咱信不过乡亲。说到底咱只能跟村里人换工,这样与其让人偷,还不如咱自动给,我想人心都是肉长的,咱这么对待人,他们还好意思偷咱吗?"

春娥说:"爹,你总是把人想得太好了。"

周克文说:"人就跟牲口一样,你把他往正道上引,他才能往正道上走嘛。"

说完这话,他叫周梁氏调好一盆子油泼辣子𰻝𰻝面,吩咐春娥给连成媳妇送家里去。春娥不愿意,周克文说:"宁叫人欠咱，别叫咱欠人，做好事还是做到底吧。"春娥说："就是送也送不了这么多嘛，撑死她？"周克文说："给她一家人的，人家媳妇给咱做活耽误了做饭，咱得补上。"

春娥把饭送到了连成家。她没有想到连成媳妇脸皮那么厚的人，见了这一盆面条竟然流下了眼泪。

这一季棉花从八月收摘到十月拔秆，基本上没有折损，明德堂厅堂里堆起高高的棉花垛子，连先人的供桌都挡住了。周克文乐得合不拢嘴，他研磨展纸给周立功写了一封信，让他立即联系纺织厂来收棉花。

"棉花丰收，堆积如山，东望长安，翘首以盼。"周克文在信的结尾这么说。

二十八

　　引娃一直朝东走，走了十几天，终于走到了西安。当她一头扎进西安城时，欣喜的心情无法形容，她情不自禁地叫了一声："立功哥，我寻你来了！"
　　引娃高兴的不光是她找到西安城了，还觉得这是一个好兆头，应验了她心里许的愿。自从离开周家寨，引娃一路上吃了多少苦！她这一辈子除了北山畔，从来没有出过远门。北山畔是别人拿毛驴把她驮过去的，她既不用走路，当然也就不担心走失。可西安不知道比北山畔远多少，她既不知道它在哪里，也没有牲口供脚力，在一个兵荒马乱的世道里，她一个单身女娃在外面胡跑，其中的困难和危险可想而知。一路上她饥了啃干粮，渴了喝河水，困了睡烂窑，凭着一张嘴打问路程，坚定不移地往东走。在路上她向老天许了愿，老天要是有眼，让她能找到西安，那就意味着她跟她立功哥有缘，他一定在西安等着她；要是他们无缘，老天爷就不会把她引到西安，她不是自己走失了，就是叫狼吃了，叫土匪抢走了，叫人贩子拐卖了，反正时势凶险，一个单身女子在外面，啥事都可能发生。现在她居然毫发无损地走进了西安城，那就意味着老天爷要成全他们。这是让她欣喜若狂的事。
　　可是引娃高兴了没几天就发愁了。西安城太大了，她到哪里去找她立功哥？她原先已经想到西安城会很大，比绛帐镇大得多。可它再大，就算有十个绛帐镇那么大吧，那也没有关系，她豁出去十天半月挨家挨户去打问，总会找见她立功哥的，哪怕是他藏在老鼠洞里，她也能把他掏出来。可当她置身西安城时，她才发现自己的想法太幼稚了，绛帐跟西安根本没法比，就算是把绛帐扩大一百倍，也只能顶西安城的一个小角落。她一进西安城就像一滴水掉进了渭河里，根本不知道河岸在哪里。

可是引娃不怕，西安城再大总有边界，她一寸一寸地找，总会把它找遍的。只要她立功哥在这里，她豁出去一辈子去找他！她是从西门进城的，就从西门一家一家地问。别人问这人长的啥模样，她就给人从头到脚地描绘，人家听了摇摇头说："女娃，你这样寻人不行，你说得再详细，别人还是不得要领，你有他的相片没有？有相片别人一看就清楚了。"引娃不知道相片是啥，人家给她解释半天她还是不懂，解释的人见她是个乡巴佬，啥世面也没见过，就没有耐心了，说这街道上就有照相馆，你进去看看就明白了。她经过打听，果然找见了一家照相馆，进去一看，墙上贴了许多年画，不过这些年画上的人好像不是画出来的，简直就是拿真人拓出来的，太清楚太逼真了。人家告诉她这就是相片，她立即给人家说："我也要一张。"她相信手上拿了她立功哥的相片，西安城里只要见过他的，立即就可以把他认出来。照相馆的师傅把引娃领到一个拿黑布蒙起来的匣子面前，摆弄了一会儿，说好了，叫她第二天来取相片。第二天，她急不可待地来到照相馆，人家给她一张一寸见方的纸片，她一看立即叫道："错了！错了！"照相馆的师傅以为把她的相片跟别人的弄混了，拿过来跟她一比照，说："没错，就是你嘛。"引娃说："我不要我，我要我立功哥！"师傅被弄糊涂了，问她："你立功哥在哪里？

引娃说:"我也不知道他在哪里,我就是要拿着他的相片寻他呢!"师傅说:"照相要本人来,本人不来照不了。"引娃说:"年画不是想画啥就画啥吗?我要财神人家立即就能画出财神。"师傅说:"我这是照相馆不是卖年画的。"引娃质问他:"那你咋不早说?"师傅倒被她气笑了,说:"这还用提前说明吗?谁进照相馆都是给自己照相的,没人替别人照相,你说给你来一张,当然照出来的就是你了!"

引娃一尻子坐在柜台前的凳子上,心里凉了半截。她倒不是心疼钱,虽然照相的价钱相当于两斗麦钱,她是心疼这个寻人的好法子不能用了。不过年画的说法倒是提醒了照相师傅,他经常修底片,还会把黑白相片修成彩色的,多少有些绘画功夫,于是就对引娃说:"我会画像,要不我给你哥画一张?"照相师傅怕引娃要退钱,这些乡下人有时会胡搅蛮缠,闹起来影响生意。

引娃一听眉开眼笑,说:"太好了!"照相师傅准备好纸笔,问引娃:"你那位哥是你亲哥吗?"引娃问:"这有啥关系吗?"照相师傅说:"是你亲哥我就照你的样子画,一母同胞长相接近。"引娃说:"比亲哥还亲。"照相师傅摸不着头脑,说:"亲的就是亲的,不亲就是不亲,啥叫比亲哥还亲?"引娃说:"你这个人啰嗦得很,你按我的样子画就是了。"引娃常听人说夫妻会有夫妻相,夫妻相肯定是长得像,那她跟她立功哥就应该像得很。照相师傅比照引娃的模样画出了一张美男子像。引娃看了,觉得跟她立功哥有几分像,又有几分不像,不过越看越觉得像,反正只要是漂亮的那就是她立功哥。

引娃赞叹照相师傅的手艺,没提退钱的事,拿起画像欢天喜地地走了。照相师傅乐了,他干这一行久了,知道无论长得多难看的人,你只要把他往漂亮整,不管像与不像,他都高兴。

引娃拿着画像在西安城里找了十几天，还是没有寻着她立功哥，身上的盘缠马上就要花完了。有好心人劝她，说："娃家，你这么找人是大海捞针呢，西安城这么大，随便那个旮旯都能藏人，你能把角角落落都找遍吗？再说了，你找的人在不在西安也难说。你还是回去吧。"

　　引娃不，她犟着呢。她坚信她立功哥就在西安，这是老天爷的意旨。至于说西安城大，她现在是领教了，可再大的地方架不住人的两条腿，我花一辈子时间总能走遍吧。引娃决定在西安城待下去，直到找到她立功哥为止。

　　在西安城待下去可不是一件容易的事，得有吃住的地方，像现在这样睡城墙门洞吃饭馆剩饭肯定不是长久之计。引娃在寻人时留心观察，发现西大街城隍庙有一个劳务市场，很多乡下来的人都在那里等候雇佣，男人女人都有。男人都是做苦力的，拿着木匠泥瓦匠的工具，女人倒收拾得干干净净的，提着小包袱，一问，知道她们是进城做用人的。引娃觉得自己也可以做用人，于是换了一身干净衣服，也到这里等待雇主。

　　不过引娃有些别出心裁，她跑到照相馆找那个照相师傅要了一张纸，在上面写了"我识字"三个字，举在胸前，给自己做招牌。这一招很有效果，在乡下女人中，识字的人简直是凤毛麟角，她立即显示出了跟别人的不同，再加上长相俊俏，吸引了不少雇主上前打听。雇主各种人都有，那些稍有身份的人，当然希望自己的用人多少有点文墨。一位自称是报馆主编的孔先生对引娃很感兴趣，他考了引娃几个简单的字，让她写出自己的名字和籍贯，发现这姑娘果然粗通文墨，就有意雇她。引娃看这孔先生一身书卷气，跟她立功哥很相像，就答应了下来，尽管他出的工钱并不高。

孔先生名叫孔鹤琴，家住书院门，每天去报馆上班。其妻是小学老师，早出晚归。他们有一个五岁的女儿，尚未到上学年龄。引娃的工作就是带小孩，做饭，打扫卫生。这些事情她都干得得心应手，特别是带小孩。引娃已经带过两个小孩了，她弟弟是一个，她丈夫是另一个，很有经验，比孩子她妈还会经管，这很得孔先生夫妻的欢心。

在孔家帮佣期间，引娃始终没有忘记自己的使命，她利用一切机会打听她立功哥的消息。只要有出门的机会，她都会把她立功哥的画像揣在怀里，去菜市场买菜问小商小贩，领小孩踏青问游人，甚至去公共厕所都向一起蹲坑的人询问。可是让她伤心的是，这一切都毫无结果。

一年时间过去了，引娃把西安城里的犄角旮旯都找遍了，可她立功哥还是一点音信也没有。到这时候引娃心里有点没底了：她立功哥会不会根本就不在西安城？这样的念头一冒出来，引娃被吓了一跳，她竭力否定这种可能。要是她立功哥不在，那就意味着她这一年来的辛苦白费了，更可怕的是，她可能从此再也见不到她立功哥了！引娃不敢设想没有她立功哥，那样她咋办？她到哪里去？她这一辈子还有啥指望？

不，他一定在！引娃相信老天爷不会欺骗她，也相信心诚能感动天地。

正是在这种信念的支持下，引娃继续寻找。第二年秋季的一天早晨，引娃起床后发现灶房里的火炉灭了，她要做早饭，必须赶紧把炉子生起来。引娃到孔先生的书房去拿报纸点火，凡是过期报纸孔先生都当废纸，嘱咐引娃可以拿去卖破烂，也可以拿来生火。引娃在点燃报纸之前一般都会翻阅一下，她平时没有看报纸的习惯，也不可能有看报纸的时间。可一旦这些报纸要被烧掉了,她又觉得有点可惜,觉得不看看就对不住它。引娃识字不多,也没有空闲仔细阅读,她只能快速浏览标题。就在快速浏览中,报纸上一行大字忽然像针扎一样刺疼了她的眼睛:周立功被逮捕!她赶紧细看这行标题下面的文字,这是一条发自陕西省政府的通讯稿,内容大意是,此前恶毒诋毁省政府禁烟令在全国造成恶劣影响的狂妄文人周立功,现已被西安市警察局依法拘捕,不日将公开宣判,望对政府心存异志者以此为鉴,切毋效尤。

这是一张十天前的《秦声报》,孔先生就是该报的主编。引娃的心都要从胸口蹦出来了,她把这张报纸揣在怀里,换了一张报纸点火做饭。等孔先生吃完饭了,她才小心翼翼地把那张报纸拿到他跟前,打问起这件事。孔先生奇怪地问:"你怎么关心这个?"引娃眼泪唰地就涌出来了,她说她哥就叫周立功,她到西安就是来寻他的,寻了一年多了都没有消息。

孔先生说:"你咋不早说呢,我认识这个周立功。"引娃眼睛一亮,她怯生生地解释说,她不敢说,怕主家辞了她,说她做事不专心,帮佣是假,来西安找人才是真。孔先生说那个周立功是另一家报馆的记者,前一段在上海《申报》发表批评政府的文章,引起轰动,惹恼了当局,也给自己惹来麻烦。不过,孔先生说:"天底下同名同姓的人多了,你哥未必就是这个周立功。"孔先生给引娃描绘了他认识的那个周立功,引娃觉得他很像她立功哥。这让她太高兴了,他果然人在西安,而且有了他的确切消息。这时引娃忽然想起她有她立功哥的相片嘛,她把它拿出来让孔先生看,孔先生看后摇了摇头说:"不像,不是。"引娃的心又凉了。

引娃现在心里乱极了。

她既希望那个周立功就是她立功哥,又强烈希望他不是。如果是,那她就可以找到他,大海捞针终于把他捞着了;如果不是,那说明他没有蹲监狱,没有受罪。监狱是啥地方啊,那是阎罗殿呀!

其实那个周立功就是这个周立功。

一年前的那个四月下旬,周立功逃出周家寨后就来到西安。这里是他中学求学的地方,现在又有许多大学同学在这里供职,无论地缘还是人缘,都适合他藏身。在朋友介绍下,他进了《新秦日报》当记者,他是文化人,只能以文化谋生。乡村改造工作的挫折对他打击很大,他的心情极为苦闷,不知道下一步该往哪里走。乡村已经让他伤透脑筋,虽然从情感上他依然割舍不下家乡,可眼下显然是不可能再回去了。城里确实很好,环境干净整洁,生活安静裕如,可周立功却感觉自己提不起劲儿来。同事们每天上班写写花边新闻,下班溜舞场泡剧院,过得有滋有味,可这些事没有一件能让周立功上心,他觉得这是浪费生命,人总得做一些有价值的事情。可有价值的事情是什么?他很茫然。周立功深切地感受到,自己目前的情境就像一个战士陷入了无物之阵,他记得这个比喻来自那个名叫鲁迅的小说家。

就在此后不久,周立功接到了父亲的来信。信中说棉花大丰收,让他立即联系纺织厂收购,这让他陷入了巨大的难堪之中。赵子昂的工厂至今未搬迁到西安,别说西安,就是整个西北,当时都没有一家纺织厂,他叫谁来收棉花?可种棉花是他鼓动的,而且允诺有纺织厂来大量收购。现在这不是把自己晾起来了吗?而且也把家里人误导了。

周立功给赵丹娜写了一封信,询问其中的原因,并委婉地表达了自己的委屈。没有几天他就收到回信，回信不是赵丹娜写的，而是由赵子昂亲自执笔。信中说，他并不是不想在西安设厂，实在因为陕西的棉花种植不成规模，难以满足纺织厂的需求。而民众之所以不种棉花，是因为陕西烟毒猖獗，罂粟获利比棉花丰厚，只有陕西禁毒，棉花才能成为最佳的替代经济作物。在全国一片禁毒声中，陕西非但不革除陋习，反而暗中策纵，实在是逆历史潮流而动。而陕西之所以敢冒天下之大不韪，盖由于军阀拥兵自重，对民国政府阳奉阴违。他希望周立功借记者之便，调查陕西烟毒状况，写成一篇有分量的文章，揭露黑幕，让陕西弊政大白于天下，上达视听，下启民智，促使陕西当局痛下决心，禁绝烟毒。此实乃利国利民之义举，有志者当为之！

看了准岳父的信，周立功精神为之一振，他终于找到了有意义的事情了。这件事情往大里说是利国利民，往小里说关乎他跟赵丹娜的关系，而且与他割舍不下的乡村改造息息相关。今日乡村如此凋敝，烟祸荼毒实在难脱干系。

在此后的一年时间里，周立功借下去采访之机跑遍了陕西各地。烟毒的泛滥远远超出他的想象，他收集了大量资料，写出了洋洋五千言的长文《试看今日之陕西烟祸》，发表在上海《申报》上。

在文章中，周立功首先描述了烟祸在陕西泛滥的现状："三秦自古乃膏腴之地，固有天府之美誉，从来民勤于稼穑，五谷丰登，百业兴旺。然今日之陕西已不见黍粟之花，不闻稻麦之香，阖境上下，不分平原川谷，水田旱地，悉尽植罂粟，可耕地十分之九，皆为此物所据。烟毒流布，染此恶习者众。陕西人口不满千万，嗜毒者竟至三十余万矣，比例之高使人瞠目，雄居中华之首而傲视域内。如此盛况，莫怪他人哂陕曰：境中皆罂粟之花，治下尽芙蓉之鬼。"

对烟祸泛滥的后果,周立功如此分析:"一曰民食不足。罂粟占尽田亩,平时粮食尚不能自给,一旦天灾降临,更无贮备以应饥荒,万千生灵定做饿鬼。二曰吏治腐败。烟税烟款之征收尽委于胥吏,上课其一者下必扩之于十,假公济私贪污受贿者层出不穷,竟至于横征暴敛、逼死人命者时有所闻,长此以往必生民变。三曰兵匪滋扰。有枪者视鸦片为黑金,明抢暗夺,杀人越货,盗贼横行,良善遭殃,社会不宁。有司畏兵匪如虎,莫之奈何。四曰摧残身体。使我三秦之地尽生烟鬼,骨瘦如柴,遇风伏地,秦王扫六合之虎贲竟化为今日之鼠辈!"

至于烟祸泛滥的原因,周立功一针见血:"陕西之烟毒未能禁绝,盖因当局惜烟税之利,补饷费之阙,遂行寓禁于征之策所致也。"

对此政策,周立功痛加针砭:"陕西当局知禁烟乃国际潮流,民心所向,惮于舆论,亦画猫类虎,倡行缓禁。其言曰,烟祸绵延日久,渗透上下巨深,遽然禁之,恐生事变,宜循序渐进,缓缓图之,方能步步为营,终达目的。缓禁之法即寓禁于征。然禁与缓禁绝不相容,寓禁于征实为欺人之谈。盖因吸烟者一经成瘾,苟非强力所迫,不易戒除,虽倾家荡产售妻鬻女亦在所不惜。故寓禁于征实则为明禁暗纵,使吸毒者陡生钱可通神之骄横,视禁令如笑谈。如若深究,则寓禁于征重在征而非禁。此策实在是饮鸩止渴,养虎为患。"

文章最后,周立功向陕西当局呼吁:"民国开元,孙中山先生已然发布《临时大总统禁烟令》,训令曰:鸦片流毒中国,垂及百年,沉溺通于贵贱,流行遍于全国,失业废时,耗财殒身,浸淫不止,种姓沦亡,其祸盖非敌国外患所可同语……为此申告天下，须知保国存家，匹夫有责，束修自好，百姓与能。其饮鸩自安，沉湎忘返者，不可为共和之民，当咨行参议院于立法时剥夺其选举一切公权，示不与齐民齿。并由内务部转行各省都督，通饬所属官署，重申种、吸各禁，勿任废弛。先生之言犹在耳畔，陕西诸公皆自称中山信徒，当揽镜自照，观其肖与不肖？今年四月，南京国民政府颁布《修正禁烟条例》，规定三年之内完全禁绝鸦片，此法令昭告天下，设定期限，陕西当局应谨行遵守，立改无期之缓禁为有期之严禁，限期铲除毒祸，还三秦大地于清朗。倘若依然故我，则我赠诸位中山先生一段箴言，敬请诸公手书于中堂之上，日诵三遍，可有赧颜否？公曰：迩来有以谓我国鸦片复兴，遍地皆毒，不如法律正式允许烟土之营业，海关放任外洋鸦片人口，以充裕饷源，此等主张绝对不当。中国之民意未有不反对鸦片者，苟有主张法律准许鸦片营业，或对鸦片之恶势力表示降服者，即使为一时权宜之计，均为民意之公敌。今日国内情形至为恶劣，拒毒运动之进行，备受艰阻，以至成绩甚少。然对鸦片之宣战绝对不可妥协，更不可放弃。苟负责之政府机关为自身之私便及眼前之利益计，对鸦片下旗息战，不问久暂，均属卖国之行为。"

《申报》影响力巨大，周立功的文章又是经过实际调查写出来的，所列事实数据翔实具体，很有说服力。此文一经刊出，舆论哗然，大报小报批评谴责陕西当局的文章连篇累牍，势如暴风骤雨，南京国民政府也严饬陕西当局，这让陕西当政者极为恼火。尽管周立功的文章署了笔名，他们还是很快就查清了作者的真实身份，并把他逮捕入狱。

周立功出身北京大学，五四学生运动的事迹耳熟能详。当年学长们不要说骂政府了，就连交通总长的官邸也敢烧，驻日公使也敢打,从这个学校出来的学生多少都有些愣劲儿。虽然周立功料定自己这篇文章会惹火陕西当局,也采取了一些自我保护措施,比如署笔名,发表在外地,但他知道这些并不十分管用,如果当局真想找他麻烦,他们总会找到他的。他之所以敢冒险发表这篇文章,而且引发舆论风暴后还敢待在西安不走,在于他料定陕西当局不会把他怎么样。当年北洋政府够坏的吧,学生那样闹事他们也没有把学生怎么样。警察倒是抓了几个人,可他们进局子不是蹲囚室,而是吃大菜喝香茶,过几天就安然回府了。陈独秀有胃病,警察局还给他请医生治病,陈独秀等人不但没有吃苦,反而因此爆得大名。陕西当局不是已经归附国民政府了吗?国民政府的机构总不至于连北洋政府也不如吧?再说了,自己也没有像当年学长们那样出格,他既没有游行也没有示威,更谈不上放火和打人了,只不过说了几句真话而已,陕西当政者这点雅量总该有吧?

可是周立功没有想到,自己竟然被捕了。这虽然有些出乎意料,但他并不怎么担心,他知道无非是待几天就出来,说不定自己因此还成了名人呢!最坏的结局就是交法院审判吧。现在是民国了,司法独立了,案子移到法院是要讲理的。陕西当局的所作所为哪一件是占理的?凭他的口才,他会把法庭变成讲坛,让当局无地自容,最终他不但无罪,还会成为揭露黑幕的英雄。

周立功毕竟年轻。他以自己的单纯揣度政治,不知道自己面临的凶险。当年北洋政府宽容学生不是他们仁慈,而是举国上下强大的民意压力让他们忌惮,他们怕严办学生激起更大的事变。而今天他被陕西当局拘捕,不要说全国了,陕西本省连一个声援的都没有,当局一点忌讳都没有。况且,占据陕西的国民军本来就脱胎于北洋军,他们现在虽然拥护革命,反对北洋政府,可骨子里依然未脱军阀习气，而军阀向来只认利益不认公理。军阀的利益就是扩充军队抢夺地盘，而扩军就得有军费，在陕西纵容、勒逼百姓种植鸦片，正是为了筹措巨额军费。周立功揭他们的老底，就等于断他们的财源，当局能不忌恨他吗？他们一旦恼羞成怒，法律之类就会成为儿戏。

周立功走到了生死关口。

绝秦书

张浩文 ◎ 著

下卷

新星出版社 NEW STAR PRESS

黄土之下 魂灵静默

二十九

雪下到天明才停了,西安城穿上了厚厚的棉衣。沿街的店家开了门,掌柜的率领伙计打扫门前道路。昌茂货栈走出一个人来,他穿着狼皮大氅,戴着狐皮护耳帽,向掌柜的打声招呼,"我喝茶去了。"就穿过忙碌的人群,径直走出骡马市。掌柜的在后面毕恭毕敬地说:"您走好!"他连头也不回,鼻子里嗯一声算是回应。

这人是在昌茂货栈学生意的徒弟,名叫秦山魁。他不常来,每年定时不定时地在货栈待几天,掌柜的对旁人说,这人家里有钱,他学生意纯粹是玩儿,不指望这挣钱。奇怪的是,这学生意的徒弟比掌柜的还牛,掌柜的见了他就像见了爹。

秦山魁走出骡马市,拐上东大街,来到钟楼下的北街口。那里有一家气派的凤来仪茶楼,西安市的有钱人都喜欢到这里消遣。里面不但可以喝茶,还可以叫易俗社的名角过来唱秦腔佐茶,叫曲江春的妓女来打围子陪茶,饿了叫伙计去同盛祥端羊肉泡,去春发生端葫芦头,去老孙家拿肉夹馍,去老贾家取面皮。

秦山魁进了凤来仪,里面的热气轰一下扑面而来。茶楼里生着大火炉,跟外面的冰天雪地简直是两个世界。伙计热情地帮秦山魁脱下大氅,卸了帽子,把他引到桌前坐下,沏上一壶酽酽的紫阳毛尖。秦山魁刚吩咐伙计给他要一碗面皮两个肉夹馍当早饭，忽然听见邻座的几个人拿着一张报纸在热烈地议论什么，他别的没听清，只逮住了一句话——"周立功被逮捕。"秦山魁之所以能逮住这句话，是因为"周立功"这名字，它跟另外一个人的名字太接近了，他当下没有分辨清楚。

"老哥，"秦山魁走到那几个人跟前打招呼，"刚才说谁被逮捕了？"一个戴眼镜的指指报纸说："这里登着呢，自己看。"秦山魁说："兄弟不识字，麻烦老哥给念念。"然后他招呼伙计说："这几位老哥的茶钱记我账上。"戴眼镜的斜了秦山魁一眼说："我们有钱。"另一个留分头的说："光钱多不行，还得识字，我给你念。"他给秦山魁读了《秦声报》的那条消息，其中说狂妄文人周立功恶毒诋毁政府已依法拘捕云云。分头一读完，眼镜把其他几位手上的报纸都扯了过来，一并塞给分头说："今天西安的所有报纸都登了这个消息，麻烦你这位富翁的秘书全部给老板读一遍。"秦山魁能听出他是在嘲讽人，就笑着说："这位老哥，有文化的人应该是厚道人，对吧。"他在心里还叽咕了一句话，只是没有说出来："狗禽的，看我不弄死你！"

秦山魁其实不叫秦山魁，他真名刘寿娃，外号旱地龙。昌茂货栈是他开办的，打着销售秦岭山货的招牌，暗地里倒卖大烟，同时变卖土匪抢夺的各种货物。掌柜的是他请来的，他不能抛头露面，每年以当学徒的借口到西安逗留一段时间，既是运筹生意，也是打探各种消息。消息里面有财富，也有辨别风向的信号，这对他太重要了。他势单力薄，凡事不能硬干，只能借机钻空子，消息就是给他提供空子的。凤来仪茶楼是西安最大的消息市场，这里三教九流鱼龙混杂，党政军警商，黑道白道黄道，各色人等川流不息，各种传言说法满天飞。旱地龙一坐在这里耳朵总是竖着的，连别人说笑话都不放过。

旱地龙逮住"周立功"是因为周立德,他对这个人太敏感了。这人就驻扎在太白县,直接管着他,他现在是在人家的枪口下讨生活,不知道哪天人家不高兴了就把他给灭了。就算不灭他,像现在这样动不动给他下帖子,他基本就算白干了,长此以往咋受得了?他得想办法解决这个问题。所有办法其实就是一个办法:兵匪一家。要想兵匪一家首先得跟人家攀上关系,有关系才能买通他。

怎样才能攀上关系?旱地龙一直苦思冥想都没有想出啥办法。刚才的那个消息虽然无关周立德,这让他有点扫兴。可一个肉夹馍咥完以后,他忽然想起周家寨的秀才哥有三个儿子,这周立功会不会是周立德的兄弟?如果是,那他的机会就来了。他要是能把周立德的弟弟从监狱里捞出来,这不就巴结上周立德了吗?

想到这里,旱地龙高兴得啪一拍桌子,另一个肉夹馍在桌面跳一下,跌到地上。伙计吓了一跳,赶紧跑过来招呼。旱地龙把那个沾了土的肉夹馍捡起来,掰开,朝里面吐了一口唾沫,然后合上,对伙计说,把这个肉夹馍送给那个戴眼镜的茶客,就说他叫的早饭到了。

当那个戴眼镜的莫名其妙地四处张望时,旱地龙已经结了两张桌子的茶钱,走出凤来仪了。他要赶紧搞清两件事:一是这个周立功到底是不是周立德的兄弟,二是这个人能不能捞出来。

两件事中最要紧的是第一件,只有确定了周立功的身份,才能决定捞不捞他。知道他身份的当然是警察局,他们抓人是不能乱抓的,只要托人去局子里查询一下这个犯人的籍贯,问题就解决了。这人如果是关中道周家寨人氏,必是周立德的兄弟。旱地龙警察里面有朋友,塞了钱这事情不难办。

可查询的结果让他失望。这人不是周家寨人,而且办事的人告诉旱地龙,说这个犯人你最好不要插手,省得给自己惹麻烦,他是上面点名严办的,弄不好你吃不上肉反而磕了牙。对方以为旱地龙是捞人挣钱的,那时专门有人串通警察做这种买卖。旱地龙问:"花大价钱呢?"对方说:"再大的价钱也不行,这案子通天了,有本事找省主席去!"

旱地龙也不过是顺便一问,既然这人不是周立德的兄弟,他根本就不需要去捞他,钱多钱少关他屁事?

事情虽然如此,可旱地龙仍然有点不甘心。这是他目前唯一能接近周立德的机会了,他无论如何不想失去它。他想事情可能还会有另外一种情景,那就是犯人没有说实话,他有意隐瞒自己的真实身份。这跟当土匪是一个理儿,土匪平时用假名,抢人要往脸上涂锅墨,被抓住了打死也不说真实身份,目的是不株连家庭。他决定亲自去会会这个犯人,晓谕利害,让他说出真实身份。如果他真是周立德的兄弟,即使救不了他,他跑回太白县给周立德报个信也行啊,那样周立德也会感激他的。

主意已定,旱地龙又使了一笔钱,狱警把他作为犯人的亲戚,安排了一场探视。

那天的探视对方明显很愤怒,他说:"我根本就不认识你,你为什么要冒充我亲戚?"

"你不认识我不要紧,你肯定认识一个人。"

"谁?"

"周立德。"

对方哈哈一笑:"周立德是谁?"

"你哥。"

"我家三代单传,哪里会有哥哥?"

旱地龙急了,因为探视时间有限,他不能再绕弯子了。就直接说:"娃娃,你得跟我说实话,我是来帮你的,你犯的案子太大了,只有你大哥才能救你!"

对方厌恶地说:"你不要演戏了,你以为我识不破你?我不认识什么周立德,好汉做事好汉当!"

旱地龙知道对方误解他了,把他当作警察局伪装的密探。这也难怪,一是对方根本就没有他这个亲戚,二是他的态度又太急切了,不能不引起人家怀疑。可他不这样又不行,事情明显地僵住了。

对方对他有敌意,再问下去也不会有结果。尽管对方否认他是周立德的兄弟,可旱地龙分明观察到他听到"周立德"这个名字时眼睛亮了一下。可是光凭这点就断定他是周立德的兄弟又太冒险,万一不是呢,周立德会说:你这不是咒我兄弟吗?那他真是拍马屁拍到马蹄上了,不但得不到好处,反而可能搭上老命。

不管怎样,旱地龙现在没有机会分辨对方的身份了。狱警已经催促他离开,时间一长这种私下安排的会见就会露馅,给大家都带来麻烦。在走出会见室之前,旱地龙对那个犯人说:"好汉,你的事情我听说了,敢跟官府叫板,我佩服你这样的写字先生,算是站着撒尿的爷们!不管你是谁,以后出来了就到东大街骡马市昌茂货栈找秦山魁,我认你这个朋友!"

旱地龙掏出一把银圆搁在桌子上,对狱警说:"这位老哥,这钱一半是你的,一半是我这位兄弟的,他要啥你给他办,花完了再到我店里取。"说完他给犯人和狱警分别作了一个揖,走出了北郊看守所。

外面的雪化了,结成了冰凌。俗话说下雪不冷化雪冷,这是真的。一出门,寒风像长了牙,狠狠地咬了旱地龙一口,他赶紧

287

裹紧衣服。

周立功被捕后第一天就过了堂。人家按惯例询问他的身份籍贯,他当时留了一个心眼,名称职业之类他们已经掌握了,隐瞒没有意义,可籍贯他报了假的,以免连累家人。没想到第三天就有人自称是他的亲戚来探望他,他觉得奇怪,他的籍贯都是假的,怎么可能有人通知家乡的亲戚来看他呢?他一见到这个陌生人就很愤怒,显然是警察局不相信他的供述,设了骗局来套他。这未免太卑劣了,幸亏他聪明,识破了他们的诡计。这件事让周立功有所警惕。他感觉陕西当局对待文化人跟当年北洋政府的做法差远了,进了监狱没有好酒好肉招待就不说了,竟然使出这样的阴招!

更让他吃惊的是第四天的提审。审讯官一上来就声色俱厉地指控他是北洋军队的探子,故意在东征大后方陕西捣乱,通过诋毁陕西政府,削弱它的控制能力,进而瓦解国民军的后方秩序,中断它的保障供应,最终破坏北伐革命大局。周立功一下子就懵了,他根本没有想到对方会给他栽上这样的罪名!

"胡说八道!"周立功反驳道,"你们这是栽赃陷害,你们有什么证据?"

对方说:"证据由你提供。你老老实实交代是如何接受张作霖派遣,潜入陕西刺探情报散布谣言的?"

周立功喝道:"你们真卑鄙,这完全是凭空捏造!"

对方轻蔑地一笑说:"我劝你还是招了吧,就你这细皮嫩肉的,能扛得住啥刑具!皮鞭?烙铁?老虎凳?辣椒水?这些都是轻的,到时候大刑一排开,你就知道啥叫死去活来了。多少江洋大盗土匪头子都拿下来了,还拿不下你一个耍笔杆子的?"

周立功说:"你别吓唬我,我是吃饭长大的,不是吓大的!"

"吓唬你?"审讯官说,"你不信咱现在就试试。"他吆喝一声:"行刑队,操家伙!"

话音刚落,从审讯室里间呼里哗啦涌进几个彪形大汉,他们手执麻绳皮鞭烙铁等凶器,阴森森地将周立功围定了。周立功一见这阵势,膝盖一软,差一点从凳子上溜到地面。

"给你点颜色你还要开染坊了,"审讯官厉声说,"给我提起来!"两个大汉分别扭住周立功的左右胳膊,另一个揪住他的头发,呼一下就把他架了起来。

"要不要现在就试试老虎凳?"对方问他。周立功脸色煞白,不敢应答,刚才的锐气不见踪影了。

"我看你没有这个胆量!"审讯官一拍桌子说,"给你笔和纸,回去把犯案事实写出来。"

周立功犹犹豫豫地不想接,审讯官一声断喝:"拿上!"周立功一个哆嗦,不由自主地接住纸和笔。

"不老实交代,下次就打你一个皮开肉绽!"审讯官命令道,"押回去。"

回到牢房,周立功终于意识到事态的严重性。给他罗织一个探子的罪名,明显是要置他于死地。现在国民军跟北洋军战事正酣,战争期间处死间谍不必有烦琐的法律手续,军事法庭就可以判决。军事法庭是不公开的,你想当英雄都没有表演的舞台。更可怕的是,为敌方当间谍是人人痛恨的行为,死了也要落下骂名。周立功佩服对方的想象力,也感到自己的孤立无助。直到这个时候他才知道,自己太天真了,把政治想得太简单了,把政客想得太善良了。他在心里咒骂这些人的卑劣无耻,也为自己的简单冲动而后悔。

可这一切都晚了,他必须面对当下的处境。招还是不招?招了就是死罪。尽管你是屈招,可没人追究也没人知道你是屈招。不招肯定要受皮肉之苦,而且受尽皮肉之苦最后还得招。周立功庆幸自己今天躲过了刑具,可他知道下一次就不会了,重刑之下能坚持得住吗?周立功自忖不能。

其实不光周立功,办这案子的警官也知道他不能,所以先摆出架子吓他一次。本来他们没打算对周立功这么客气,吓什么吓?直接动刑就是了。可上面有忌讳,怕把他打出问题,万一让什么报纸再捅出去,那陕西就要落一个挟嫌报复的恶名,形象就更差了。最好是不给他动刑,让他自动招供,他只要招了,到时候怎么收拾他都是名正言顺。办案的人觉得这也不难。他们有经验,耍笔杆子的就会嘴上功夫,只要把势扎足,狠狠地吓他一吓,他立即尿裤裆!

周立功左想右想,觉得自己难逃劫数。一种巨大的恐惧攫住了他,他紧张地思索获救之法。首先是尽量拖延时间,那个招供书不能不写,但也不能痛痛快快地写,找各种理由往后推,比如时间长了记不起来了,被吓糊涂了,头疼脑热浑身酸疼拿不起笔了,等等。拖延时间的目的是等人来救他。谁能救他呢?他忽然想起昨天来探望他的那个陌生人,那个人提到了他哥周立德。他虽然无法判定那个人到底是什么人,可他提供的这个思路无疑是正确的,现在唯有他哥能救他!可问题是他怎么才可能跟他哥取得联系呢?

事到如今周立功顾不得许多了,不管那个陌生人是什么人,只要他能把他的消息传递给他哥就行。至于暴露了真实身份会不会连累他哥,他现在不考虑了。周立功等那个狱警巡查他的牢房时叫住他,让他火速联系他那个亲戚,他要见人家。没想到那个狱警回答道:"你说啥?哪个亲戚?我不知道。"周立功惊讶地说:"昨天不是你带他来的吗,还收了他的钱!"狱警说:"你没做梦吧,咋说胡话,昨天我轮休,根本就没上班。"周立功还要理论,狱警恶狠狠地说了一声:"再敢胡说,看我弄死你!"

周立功再次领教了监狱的黑暗。他不知道那种私下会见是犯禁的,狱警绝不会承认这种事,传出去会砸了饭碗的。

周立功绝望了,他知道自己难逃生天。

可是周立功没有想到就在他入狱的第八天,又是那个狱警通知他,说有亲戚来探视。周立功大喜过望,心想肯定是这狱警拿了钱过意不去,又偷偷给他联系上那个陌生人了。他兴冲冲赶到接待室,眼前却站着一个女人,他仔细一看,是引娃!

周立功打死也想不到。

引娃同样想不到,这犯人竟然真是她立功哥!她又惊又喜,心里感谢孔先生为她安排了这次会见,让她从茫茫大海里捞出了一枚金针。

那天引娃从孔先生那里知道了周立功的消息后,心里瞀乱了一上午。等中午孔先生回来吃饭,她向他打听犯人的关押地点。孔先生问她干什么,她说她要去见见这个犯人,是不是她立功哥她要证实一下。孔先生说,犯人宣判之前是不允许会见的。引娃说,我不管这些,你只要告诉我人关在哪里,我翻墙打洞也要见到他。孔先生笑了,他说:"你以为监狱是你们乡下的牲口圈,那样不结实?"引娃说:"那我就天天到监狱门口软缠硬磨,他们能把我一个女人家咋样!"孔先生说:"你就不怕人家把你也抓起来?"引娃说:"那正好,这不就能见到我立功哥了吗?"

引娃的执着让孔先生感动。他羡慕那个周立功有这样重情重义的好妹妹。同时，这女佣一年来在他家尽职尽责，也让他对她颇有好感，再加上孔先生内心深处对周立功有一种深重的愧疚，想为他做点事。周立功义无反顾地揭露陕西烟毒真相，让作为资深记者的他脸上发烧，他以及大批在陕记者不是没有看到烟祸横行的现状，而是慑于当权者的淫威不敢发言而已。周立功是回陕不久且涉世不深的热血青年，他不知道陕西的水有多深多浑，初生牛犊不怕虎，愣着劲儿就干了，结果锒铛入狱。他其实是替陕西的新闻记者还债。可他被捕之后，陕西的媒体竟然没有一家为他仗义执言，包括他主持的《秦声报》。不是他们不想说，而是不敢说。这种耻辱让孔先生心如针扎。现在引娃要去见周立功，不知道这个周立功是不是她要找的那个周立功。万一是，他们兄妹能见面，也算是对他的一种安慰。这事要是做成了，孔先生自己心里也好受一些。

"我帮你想办法吧，"孔先生对引娃说，"让你去见那个周立功。"

引娃喜出望外。她知道孔先生是能人，他出面总会有办法的。"要花钱吧？"引娃问。她把自己所有的积蓄都拿出来，一共五块银圆。

"不用花钱。"孔先生说。其实他心里想的是，你那几个钱够干什么的，那是要花大价钱的。孔先生作为一家报纸的主编，虽不能说神通广大，一些要紧的门路还是走得通的。可他知道不管什么样的门路都得花钱。他的本事在于花了钱能办事，不像别人，背着猪头找不着庙门。

在孔先生的协助下，引娃第二天就进入监狱了。当看见眼前这个犯人时，吃惊得说不出话来，他果然就是她立功哥！

引娃哇的一声哭了起来，千言万语都凝聚在这眼泪里。

周立功觉得喜从天降,是老天爷让他绝处逢生!他顾不上怨恨眼前这个女人害得他无家可归,也不问引娃是如何找到他的,更没有耐心听引娃急切的倾诉,他打断引娃说:"快!你赶紧去太白县守备营找我哥周立德,叫他立马来救我!"

"快!"引娃还想说什么,周立功隔着栅栏推了引娃一把说,"不要啰嗦了,我没时间了,再耽误我就死了!"

引娃没想到,刚一见他就轰她走,她连一句囫囵话都没说上呢。可看她立功哥焦急的样子,意识到这事情性命交关,不能耽搁,只得忍痛离开。引娃恋恋不舍地离开会见室,出门时还回头看了她立功哥一眼。周立功吆喝她:"你跑啊,怎么还慢腾腾的!"

引娃果然跑起来。这次见面前后不过几分钟。从看守所出来,引娃在泡馍馆买了一个箩儿大的锅盔,拿麻绳穿了挂在脖颈上,在杂货店买了两双鞋提在手里,双腿抡圆跑出西安城,朝西南方向狂奔。

西安离太白县三百多里路,引娃五天就赶到了。多亏了她一双大脚!当她找见周立德时,第三双鞋的鞋底都磨穿了,脖子上拴一截麻绳,瘦得脱了人形。周立德吓了一跳,以为是吊死鬼来缠他。

三十

　　听了引娃的介绍，周立德知道他兄弟闯了大祸。他在军队里，知道大烟对军队的重要，前一阵子他们还勒逼土匪的烟款弥补军饷呢。在全国一片禁烟的呼声中，他兄弟揭了陕西的老底，这不是捅了马蜂窝吗？人家不收拾他才怪呢！周立德心急如焚，略一思索，立即从军营牵出两匹马，直驰西安。引娃不会骑马，周立德抱着她，两匹马交替驮人，一天一夜就赶到了西安。

　　咋救他兄弟，周立德在马背上已经想出了一个大概，这办法灵不灵，只能听天由命了。他知道这案子非同一般，要捞人得花大价钱，可这大价钱也要送给对路的人，弄不好钱打了水漂不说，还要耽搁人命。他决定直接去找省政府主席宋哲元。虽说陕西标榜司法独立，可周立德知道那是骗人的，要是真那样，花豹子早被太白县枪毙了！陕西的大小事情，没有宋哲元管不了的。

　　见到宋哲元对周立德来说并非难事。毕竟他是宋哲元的老部下，屡立战功，虽然在化豹子的事情上可能有些不愉快，可现在他正辅佐着宋哲元的亲戚呢，宋哲元这点面子还会给的。

　　宋哲元问周立德："你不在太白县好好驻守，跑省城来干什么？"

　　周立德说："我是到西安出差的，顺便给总指挥带了一点土特产。"他依然沿用老称呼，为的是唤起宋哲元的袍泽之情，从战场滚出来的人都念这个。山货是他离开太白县时匆忙带上的,他知道这东西能派上用场。虽然它不怎么值钱,不能指望它办大事,可它却是登堂入室的由头。山里来的人嘛,送山货理所当然,这叫千里送毫毛,礼轻人意重。

不过宋哲元不太相信周立德的说法。因为他对这个部下是了解的,他从来不做这种吹吹拍拍的事,于是说:"你不会光为了给我送几斤山货吧?"

周立德笑着说:"总指挥火眼金睛啊,部下当然不敢拿几斤山货打扰总指挥。我为的是另一件事。近日我在太白县的旧货摊上淘换了一件东西,摊主说是宝物,我不识货,总指挥是这方面的行家,我斗胆请总指挥掌掌眼。"说着周立德从身上掏出一个红色绸缎布包,小心翼翼地打开,取出一件圆盘形的青铜器,递给宋哲元。

宋哲元一见这东西,眼睛立即发亮。周立德说得没错,宋哲元确实是这方面的专家,他从小饱读诗书,后又喜欢金石学,投笔从戎之后有了金钱和实力,又好收藏。攻打凤翔之所以一定要置党拐子于死地,有人说宋哲元就是为了谋取党拐子的宝贝。

这件东西恰好正是党拐子的,只不过他当时没有带在身边,由老婆单独保管着。他老婆就是周立功救出的那个小脚女人,她把它送给了周立德,感谢他的救命之恩。当然周立德当时并不知道那女人的身份,他是过后才猜出来的。她送东西给周立德时说,这不是给他的,而是叫他卖了抚恤凤翔死难者。不过双方都明白这话的意思,它只是让大家的脸上都好看一些而已,送的人不是买命,收的人不是贪墨,不可认真的。

周立德当然没有把它拿出去抚恤。收拾战争残局那是政府的事,与他一介百姓何干?不过这东西毕竟来路不正,他不敢轻易示人，除了春娥见过一面外，他连他爹也瞒着。他太了解他爹的为人了，一旦知道，肯定骂死他。

这东西是啥，周立德虽然不认识，但他猜得到一定是值钱的宝贝，要不党拐子那么多宝贝，为啥唯独让老婆把这件带在身上？后来，周立德在秦岭张良庙碰到一个学识渊博的道士，把这件宝贝让他看了。道士连连惊呼："了不得，了不得，这是久已失传的阳燧，古籍上只有记载，没有人见过实物，我算是开眼界了！"

周立德尝试拿这个宝贝在宋哲元身上打开缺口。

宋哲元把东西拿在手中，立即取来放大镜仔细研究。他翻过来倒过去，一会儿拿到太阳底下瞄，一会儿拿手电照，完全忘记了周立德的存在。周立德见状心喜，悄悄地退出去了。

他知道宋哲元一定还会找他。

果然，第二天下午宋哲元传来话，让周立德去见他。见了周立德，宋哲元满脸笑容问道："你知道这是什么东西吗？"周立德说："不就一块锈铁疙瘩吗？""锈铁疙瘩？"宋哲元说："锈铁疙瘩你愿意卖给我吗？"周立德说："就这玩意还说卖？总指挥不嫌硌手就留下玩吧。"宋哲元说："我这么留下就是欺你不识货了，这不但是宝贝，还是大宝贝，国宝！"周立德问："啥玩意吗还是国宝？"宋哲元说："阳燧，古人利用阳光生火的器具！"

周立德说："我不懂，反正现在生火也不用这玩意了。"宋哲元说："这是文物，文物是没有实用价值的。"周立德说："那就对了，这东西留给我，顶多就是一个砸核桃的铁器。总指挥认识它，那就是它跟总指挥有缘，俗话说，宝马送勇士，宝剑配英雄，这东西在总指挥这里才有价值。"宋哲元问："你买这东西花了多少钱？"周立德说："就几块银圆的事，我还敢跟总指挥要这几个钱？"说完周立德就向宋哲元告辞，说他还有公务在身，不能久留，日后有机会再来看望总指挥。

周立德还没有走出客厅，宋哲元一声断喝："你给我站住！你在我面前打马虎眼，以为我看不出？有什么事，直接说！"

周立德等的就是宋哲元这句话，求人的事最好不要自己说出口，要对方来问，这样既避免了求人者的尴尬，也满足了施援者的优越心理。他知道宋哲元聪明过人，不会看不出他的心机。

周立德赶紧啪地给宋哲元行一个军礼，诚惶诚恐地站在他面前，低头说："总指挥火眼金睛，属下确实有事相求。"

"讲！"宋哲元板着脸说。

周立德于是说了周立功的事。说完了，他痛骂他兄弟年轻不懂事，也自责没有尽到教育的责任。

宋哲元没有想到这人还真是周立德的兄弟。他说："我当时就有点奇怪，觉得这个犯人的名字眼熟，跟谁有点像，现在看来我的奇怪不是没来由的嘛。"

周立德见宋哲元说话的口气比较和缓，觉得这事有些眉目。没想到宋哲元忽然严厉起来，他说："你这个兄弟简直是胡闹，现在大烟哪里没有？那些口口声声喊禁烟的，哪个不种烟？北洋那里就不说了，他们禁烟令颁布了几十条，有一条管用的吗？直隶和东北哪块地不种烟？就说广东革命政府吧，北伐的军费大头是从烟税里面来的。南京政府颁布的禁烟令也是分三年禁绝，为什么呢？打仗需要钱，大家都在种！你兄弟却偏偏盯住咱陕西，这不是有意找茬是干啥！现在北伐尚未结束，东征战事正酣，陕西地薄民穷，不靠大烟靠什么支应前线？你兄弟这时候拆陕西的台，怪不得人家说他是北洋探子！"

周立德赶紧说："我兄弟无知，是硬充好汉，鼠目寸光，他哪里知道这里面的利害，体谅不了政府的良苦用心。可他绝不是北洋探子，这一点总指挥火眼金睛，一定能看出来的。"

"是不是北洋探子，我说了不算，他自己说了才算。"宋哲元说，"你叫他写一份悔过书，承认前面对陕西的描绘完全是胡编乱造，把悔过书登在《申报》上，给陕西消除影响。陕西的法官看了，念他悔罪心切，或许会轻判他。"

"不过，我只是一个建议。"宋哲元继续说，"看在你战功卓著，又为国家献宝的面子上，我给你出了这个主意，管用不管用，一要看你兄弟悔罪的程度，二要看法官的量刑判决。现在司法独立，我做不了主。"

周立德听了这话，一块石头落了地，他庆幸自己赌赢了。周立德赶紧回话："我保证他彻底悔罪，完全悔罪。"

宋哲元说："你今天献的宝贝是顶级国宝，打它主意的人太多了，一定要保守秘密。一旦泄密，国宝被盗或者被抢，我们会成为国家罪人的。"

周立德双脚一磕，啪地行了一个庄重的军礼，朗声说："请总指挥放心，保守秘密是军人天职，这事情只会烂在属下肚子里，随棺材埋进地下。"

看着正步走出客厅的周立德，宋哲元心里笑了。用一个莫须有的罪名换一个价值连城的宝贝，这生意值！像周立功这样耍笔杆子的文人，讲究的是气节，顾忌的是脸面，你撕他们的脸面比要他们的命更难受。对一个悔罪的人轻饶了，还能体现陕西施政者的仁慈。况且，周立德这样的干才他还是要用的，目前他正在太白辅佐自家亲戚，这面子卖给他，不愁他不对自己死心塌地。这是一石几鸟的买卖，反正生杀予夺的权力都在咱手里，不做白不做。

《申报》登出悔罪书的第二天，周立功就出狱了。周立德和引娃去接他。出了监狱大门，周立功抱住哥哥放声大哭，引娃看到这情景也流下了眼泪。周立德拍着他的肩膀劝说他："都过去了，不要难过了。"

周立德把兄弟接到同盛祥泡馍馆，这既是给兄弟接风，也是给自己饯行。他已经在省城盘桓十几天了，人捞出来了，他得立即赶回去。临行前向营长请了十天假，现在已经超期了，身为军人，他受军纪约束。席间周立功又伤心落泪，他抓住周立德的手问道："哥，你说我错了吗？"周立德说："你不是已经写了悔过书了吗？"周立功默然无语。过了一阵他又说："我满腔热情，想为社会做点事，可怎么总是四处碰壁呢？到底是我错了呢，还是社会错了？社会错了咱改变社会，我错了就改变我自己。"周立德说："兄弟，你这问题我也遇到过，也想过，可没有想出眉目来，等想通了，我再告诉你。"引娃说："做不成了就不做，回来过自己的日子吧。"

周立德说："兄弟，这次你可要好好感谢引娃，没有她通风报信，你就是死在监狱也没人知道！"

周立功没有表示，他心里想，这也算是两抵了。可他没有说出来，他不想让他哥知道周家寨发生的那件事，丢人嘛。

引娃赶紧说："大哥可不敢那样说，二哥早就从狼嘴里救过我。"

周立德对引娃说："现在还得再麻烦你。你看他虚弱成这个样子，必须在西安将息一阵子，我军务在身不能久留，只能托付你照顾他了。"

周立功的身体确实很糟糕，走路都要周立德和引娃搀扶。这倒不是在狱中挨过打，而是被吓的，精神几乎崩溃，吃不下睡不着，二十多天下来，人彻底垮了。

引娃高兴地说："没问题，我把房子都租好了，就等着伺候我二哥呢。"

临走的那一天，周立德给他们留下一笔盘缠。他叮咛周立功说："陕西不可久留，你身体恢复后立即离开，我担心他们再找你麻烦。军阀是没有常性的，翻手为云覆手为雨，说不定哪天他们又反悔了，你去了外地他们就鞭长莫及了。"周立德拿军阀吓唬周立功，说的是实情，但也不全是实情，目的只让周立功离开陕西。他二弟这人重乡情，有热情，老想在家乡改造这改造那的，哪一天头脑发热，说不定又闯出啥祸来。

其实周立功也不想留在陕西了，这里已经伤透了他的心，他对大哥点点头。只有引娃着急了，她说："怕啥呢，甭去外地，就在西安待着，我把我二哥藏起来，谁也找不见。这么大的城市藏一个人还不容易，我二哥前一阵子藏在西安，我找死了也找不着。"

周立德笑着说："最后还不是叫你找到了？你一个人都能把他找到，人家政府派成千上万的人找，他就是钻进老鼠窝也能掏出来。"

"那我带我二哥钻北山里去！"引娃说。

周立德说："你问你二哥愿意不？"

引娃望着周立功，周立功苦笑了一下。

"现在还是先钻你们的出租房吧。"周立德笑着说。他们把周立功送到了租来的房间里，安排好这一切，周立德返回太白县去了。

引娃去了孔先生家，告诉他们周立功出狱的喜讯，表达了对他们的谢意。孔先生衷心祝贺他们兄妹重逢，然后问引娃："你是不是来向我们辞工的？我们真舍不得你离开啊。"以孔先生的理解，年关将近了，无论引娃兄妹回老家还是在西安待下去，她都不会给别人帮佣了。可没想到引娃吞吞吐吐地说："先生要是不嫌弃，我……还想做下去。"孔先生说："哪里的话，我们欢迎还来不及呢。""可是，"引娃说，"我要过一段时间才能来，你们等不及就另找人吧。"孔先生说："现在学校放寒假了，我太太可以做一段家务，你放心办你的事吧。"

　　从孔先生家里出来，引娃去了杂货店和菜市场，买了锅碗瓢盆一应灶具和一大堆肉蛋果菜。从今天起，她要全心全意伺候她立功哥了，让他尽快恢复健康。这不仅是为了他，也是为了她，为了实现她内心一个迫切的愿望。

　　那天晚上，当锅里炖的鸡汤冒出香味时，引娃已经把这个简陋的小房间拾掇得焕然一新。墙壁用白土泡出的泥浆抹过了，窗户糊上了崭新的白纸，纸上粘着新剪的大红窗花，炕头上贴了一张观音送子的大年画。引娃把饭菜盛好放在炕桌上，把她立功哥扶起来坐在炕桌边上。当忙完这一切时，她额头已经冒出细细的汗珠。这是数九寒天，可引娃一点都不觉得冷，相反，她心头暖呼呼的。这屋子，这热炕头，这男人，全是家的感受啊，多少年来她一直寻找这种感受。

　　引娃笑了。从今天开始她要收拾好心情，过一段温馨的家庭生活。

　　可周立功却没有反应，只顾埋头大嚼。也可能是饿得太久了，他只对食物有感情，其他的都麻木了。引娃不计较，相反，看着她立功哥狼吞虎咽的样子很高兴。别的不说，起码这个男人的胃需要她。

　　到了晚上睡觉时，周立功有点警惕，他怕周家寨苫蓿地的事再次发生。可没想到引娃打了地铺,她从院子里抱来烧火的麦草铺在灶台下面睡了。躺在热炕头上的周立功心头一震,想说什么,最终却没言语。睡到半夜,周立功要解手,他拉开电灯,只见引娃蜷缩的身子紧贴在灶台壁上,灯光一亮她马上就醒了。看到周立功要下炕,她立即说:"你不要动,我拿夜壶去。"周立功哪好意思这么干,他摇摇晃晃地坚持去屋外的厕所方便。引娃赶紧给他披好衣服,扶着他出去。回来后周立功开口了,他说:"地上冷,你到炕上来睡吧。"引娃说:"我挨着灶台呢,不冷。"仍旧去睡她的地铺。

引娃说不冷那是假的。灶台的热气早就散去了,滴水成冰的季节不要说睡在地上,就是在地上站久了也冻得脚疼。可引娃宁愿挨冻也不会睡到炕上去。她知道她立功哥还气她,很可能还防着她,她贸然睡到炕上去会吓着他,说不定会把他吓跑了。如果那样的话,她就失去了一生中最向往的一段生活:跟她最心爱的男人单独厮守一阵子!她预计这种生活在她这辈子只有一次,而只要有了这段经历,她这一生就满足了,死了也甘心。

到了第二天,周立功的脸色就和缓一些了。他这才问起引娃是怎么来西安的,又是怎么找见他的。引娃把一切告诉他,周立功听了心头有点发热。他能想象出一个从未出过远门的乡下姑娘在大城市乱闯乱撞的艰辛。如果不是她这么执着,他真要冤死大牢了。就算她前面给他抹过黑,可他能体味出那不是她有意害人,而是包含着另外一种感情。这种感情虽然幼稚,却很纯真。这样一想,周立功的怨气就消退了大半。

那天晚上引娃仍旧去睡地铺。周立功叫她到炕上来,她不肯。周立功说:"你怕啥呢,我都不怕。"引娃说:"我不怕你,我怕我!"

就这样，在引娃的精心伺候下，半个月后周立功身体就恢复了。毕竟他没有病，又是年轻人。转眼到了农历二十三，过小年。那天，周立功对引娃说，过了小年他就走了。引娃一愣，问他去哪里，他说去上海。周立功已经跟赵丹娜联系过了，赵子昂得知周立功入狱的事情，很愧疚，叫周立功立即来上海避祸。引娃听了半晌没有言语，提着篮子出了门，回来时采办了一大堆东西，从中午一直在灶台上忙碌，到黄昏时才熄了火。

忙完灶台，引娃解了围裙，认认真真地洗了脸，褪去脸上的烟火色，仔仔细细地梳了头，扎上红头绳，然后又换上一件红棉袄。把自己打扮好了，她取出一对大红囍字贴在门板上，然后点燃一挂鞭炮在门口噼里啪啦地放了。鲜红的纸屑落满院子，就像院子里陡然开满了玫瑰花。

看着引娃做这些，周立功不明所以。引娃说："二哥，今天是我的好日子，你陪我一起过吧。"周立功问："什么好日子呀？"引娃说："新婚大喜。"

周立功赶紧问："跟谁结婚啊？"

引娃凄然一笑："跟自己。"

周立功还有些不放心，重复了一遍："你说跟谁？"

引娃说："二哥，我知道我留不住你，我就留你这一天。就这一天你叫我高兴高兴，也不枉我到西安找你一趟，好吗？"

周立功犹豫着点点头。

引娃把菜当啷当啷摆上来，挤挤挨挨一桌子。她说这叫十三花，结婚嫁女的喜宴一定要吃的。又点上一对大红蜡烛，把电灯熄灭了，柔和的光线让屋子充满融融的暖色。引娃请她立功哥在上首位坐了，先给他倒上满满一杯西凤酒，再给自己斟上，然后举杯对她立功哥说："二哥，明天一早你就要走了，这一走，不知哪年哪月才能回来,我这辈子还能不能见上你也难说,说不定这就是生离死别……"说着说着引娃眼泪就下来了,她和着泪水猛地喝下第一杯酒。

周立功惶然举杯,啜吸了一杯。

引娃又倒上第二杯。她说:"二哥,临走了,我问你几句话,你一定要对我说实话。"她端起杯子吱溜一声又喝了一杯酒,接着说:"二哥,你要是能答应,也把这杯喝了。"

周立功端起杯子,把酒喝了。

引娃说:"我的好二哥,那我问你,引娃好不好?"

周立功说:"好。"他没法说不好。引娃善良,他二爸家从抱养她那天起就没有把她当人看过,她就是一个给不下蛋的母鸡暖窝的引蛋。他们打她骂她虐待她,她从来没有怨言,精心照料弟弟,诚心孝敬父母。即使被人卖了,她也逆来顺受,最终还是跑回二爸家当长工。他回到家乡开展乡村改造活动,哪一件事不是引娃尽心尽力帮助他?为了他,她被大伯骂过,被他爹打过,被全村人白眼过。就说这一次吧,明知道他怨恨她,不待见她,可她依然不屈不挠地寻找他,救助他。这样的姑娘不好,谁好?

听到她立功哥这样回答,引娃脸上笑成一朵花,她一仰头,又喝了一杯酒。她说:"我感谢二哥的夸奖,我喝了,二哥也陪我一杯吧。"周立功端起酒,随了一杯。

引娃接着问:"二哥,你喜欢引娃不?"

周立功有点犹豫,这是他一直回避的问题。他喜欢引娃,这毫无疑问。即使她有这样那样的毛病,甚至让他出丑丢人,这都可以谅解,因为她本质是好人。可他害怕由此引出的另一个问题:爱不爱她?周立功觉得喜欢是一回事,爱是另一回事。爱了当然喜欢,可喜欢未必就一定爱。他喜欢引娃,甚至发自内心地喜欢,可他无法对她产生爱意。这当然不光有伦常障碍,更重要的是,他觉得引娃与他不是一类人,这其中横亘着教育、见识、志向、能力等鸿沟。她跟不上他,帮不上他,只能拖累他。爱情不光要情投意合,更要志同道合,他是要干大事的人,跟引娃可能志同道合吗?显然不能。不过,话虽这么说,可他不能违背自己的良心和感觉,即使害怕引起连锁反应,他也必须诚实,实话实说。

"喜欢。"周立功说。

这句话一出来,引娃哽咽了。她哭着说:"谢谢二哥,谢谢二哥喜欢引娃。"引娃在孔先生家待了一段时间,也学得文雅和礼貌了,会说谢谢了。她说完猛地又喝了一杯酒。看着引娃泪流满面的样子,周立功也陪了一杯。

引娃接着问:"二哥,那你知道引娃的心意吗?"

感谢引娃,他没有直接问爱不爱的问题,周立功松了一口气。这个问题好回答,周立功说:"知道。"

"你不知道!"引娃说,"你只知道引娃死皮赖脸地缠着你,一心一意高攀你,拿你当跳板,想跳出周家寨的火坑苦海。你错了,引娃不是那样的人,她不是攀高枝,她爱一个人是爱他的心,不管他是干啥的。引娃也不会拖累别人,她自小就自己照顾自己。就像这次,没有人帮引娃,她不是也跳出周家寨,跑到西安城了吗?她不光自己在这里安了身,还找到了你!引娃知道自己没有多大本事,可她有一种本事别的女人未必有,那就是她爱上一个男人会死心塌地,愿意为他上刀山下火海,就是送命也眼睛不眨一下!引娃知道她比不上你,可没文化引娃可以学,不洋气引娃可以打扮,只要真心爱一个人,没有过不去的坎。谁娶了引娃谁享福,引娃把他当神一样供着,给他当一辈子牛马,生一炕的娃娃。请问二哥，这世上还有比引娃更好的女人吗？还有比引娃更瓜的媳妇吗？"

周立功无法回答。他接触的女人就引娃和赵丹娜二个。他相信引娃能说到做到，对赵丹娜，说实话他没有把握，因为他们之间的交往并不深。可周立功觉得爱情并不仅仅是谁向谁奉献，那样可能有悖平等，它应该有更充实的内容，至于那内容到底是什么，他也很茫然。不过，此时此刻周立功强烈地意识到，他可能正在错失生命中最宝贵的某些东西，对这些东西他既珍惜又惶惑。

见她立功哥没有言语，引娃凄然一笑说："这些本来是要你自己感受的，我说出来就没意思了。"她脖子一仰，又喝了一杯酒。

周立功端起杯子，犹豫着，引娃说："二哥，你心疼引娃不？你要心疼，今晚就陪引娃喝醉了，引娃心里难受。"说完，她勾住周立功的胳膊，连喝三杯，说："这叫交杯酒。"引娃喝了，周立功就不得不喝。

引娃和周立功酒量都不大，喝到这份上两人已经晕晕乎乎的了。引娃把自己的铺盖抱到炕上，说今天是她的大喜日子，她要睡到炕上了。

周立功迷迷瞪瞪地，引娃把他扶上炕，服侍他脱了衣服。周立功躺好之后，引娃忽然咯噔一下跪在他面前，她说："二哥，引娃这一辈子没有求过人，今天是个特殊的日子，引娃就求你一件事。"

周立功不知道引娃求的是什么事，疑惑地望着她。引娃说："二哥，你这一走，引娃也就死心了，一辈子也不嫁人了，婚姻已经把我伤够了。可我不能一个人过一辈子，我得有一个伴儿，我想生一个娃娃！这是我男人留给我的念想，是我活下去的支柱。"

周立功虽然有点醉酒，可他还没有完全糊涂，他的眼睛一下子瞪得溜圆。

引娃给他磕了一个头，泣不成声地说："二哥，你就可怜可怜引娃吧，帮我圆了这个梦！你放心，这娃娃不攀扯你，我一个人能把他养活大。"

周立功的眼睛也不禁一红，他没有点头也没有摇头。引娃擦干眼泪，缓缓地脱了衣服，把自己光溜溜地呈现给周立功。这是一个雪白、娇嫩、饱满的肉体，猩红的烛光敷在上面，透出诱人的光泽。周立功的脑袋嗡地一响，一股热血涌上头顶。二十六岁的周立功是第一次看见女人的裸体，而且近在眼前，他的情感或许还有节制，可肉体却自行其是了。

引娃钻进被窝，覆盖住周立功。周立功本来就喝多了，仅有的一点理智在引娃的抚摸下也荡然无存，他的肉体被完全激活了，膨胀锐利，舒展坚硬。昏头涨脑的周立功茫然无措，任由引娃驾驭，他们扑下浪谷，攀上潮头。

"啊——！"引娃发出一声畅快的呐喊。

第二天早晨，漫天大雪纷纷扬扬，引娃送周立功来到东关汽车站。年关将近，车站上人迹寥寥。远处不时响起高高低低的鞭炮声，烹炸煎炒的香味随风飘来，西安城里的年味越来越浓，这个时候没有多少人出门远行。汽车艰难地穿过雪幕，又摇摇晃晃地钻进雪幕。就在汽车开动的同时，引娃的眼泪喷涌而出，她久久地伫立在站台上凝望东方，直到脸上的泪水结成冰蛋蛋……

三十一

棉花堆在家里一时卖不出去,这在周家寨成了笑话。大家都说,放着赚钱的大烟不种,胡折腾嘛!周克文脸上挂不住,他种了一辈子庄稼,从没有遇上这么窝囊的事。这当然要怨老二,嘴上没毛,办事不牢,年轻人靠不住嘛。不过也怨自己耳根软,不稳重,轻信了老二的撺掇。可奇怪的是,在接下来种植啥作物的问题上,他却听从了老三的意见。老三不是更年轻吗?

老三更年轻不假,可他少年老成,在周克文眼里,这个小儿子不像老大那么胆大,也不像老二那么冒失,性格更像自己。今年老大老二都不在,周克文只能跟老三商量,老三斩钉截铁一句话,种粮食!这主意很对周克文的心思。周克文是绝对不会再种大烟了,再赚钱也不种,现在他不怕土匪,是怕天谴,那东西是祸害人的呀。庄稼汉嘛还是种粮食稳当,民以食为天,啥时候都不会错。

这一年,周克义的四百亩土地全种了小麦。下种时墒情好,冬季适逢大雪,春季雨水及时,到民国十七年夏季喜获丰收。周克文家中大屯小屯全冒尖也装不下,其余的都拉到了周立言的烧坊里。

民国十七年也是大烟的丰收年。这一年是南京国民政府《修正禁烟条例》规定的禁烟第一年,烟价骤涨,种烟的赚狠了。以这样的势头，村里人预计烟价还会大涨，所以把全部土地都种了大烟。

只有周克文照例种粮食。他带领长工们犁地下种时，周家寨全村人都到地边看热闹。他们都是闲人，种大烟的土地一年只能种一茬，现在收了大烟到九月才下种，他们有差不多半年的时间享清闲。周克文问他们："你们也不多少种点粮食，人总是要吃饭的。"他们笑着说："有钱还怕买不到粮食，你操的是闲心么！"

周克文真的是操闲心。他说："要是大家都种大烟，哪有粮食卖给你？"大家又笑，说："总有瓜怂种粮食的，不怕。"这些人言下之意你就是个瓜怂嘛。周克文确实瓜，而且还要瓜到底。他说："要是遭了天灾咋办，地里打不下粮食你到哪里去买？"

这些人笑得更欢了。他们说："秀才叔，你管了你一家人还能管住老天爷吗，你说遭天灾就遭天灾么？"他们不信。

他们不信，老天爷不高兴。就像为了印证周克文的预言，天灾真的来了。

自从种下玉米，天就一直没有下雨。借着下种时的余墒，苗倒是出齐了，可长得蔫不拉唧的，立不住身子。幸亏周克文的地大部分都能浇水，塬下靠渭河，塬上靠水井。看到周克文忙不迭地抗旱，周家寨人都乐了。他们心想，你老汉不是盼望天灾嘛，那就先灾你吧。他们知道天旱是暂时的，黄土高坡嘛，一个月两个月不下雨是常事，这期间反正我们没种庄稼，旱不旱跟我们有啥关系，正好歇闲。到秋季就是关中雨季，那时候还能不下雨？老天爷跟人一样，憋久了总要撒泡尿吧，只要天下雨，我们正好种大烟。

可他们的如意算盘打错了。老天爷好像有意要教训他们，这一年直到秋收都滴雨未落。周克文虽然全力抗旱，可玉米依然比往年减产一两成。他因此很后悔自己信口开河，胡说啥天灾人祸的，把旱灾招来了。周克文歉收了，可毕竟损失不大。对周家寨其他人来说，他们可就惨了。到了种大烟的时节，没有一丝墒情，根本没法下犁，硬种下去只能是死苗。有水浇地的人情况稍微好一些，像周拴成，勉强把地种上了，后面的事只能听天由命了。可周家寨有水田的人并不多，这种好地都让周克文占了。

别人种大烟碰到了麻烦，周克文种小麦也一样。首先是出苗不齐，尽管下种时浇了地，可浇不透，渭河水位下降，河水已经不容易流到地里来了，塬上的水井也不敢过分使用，地下水位同样下降得厉害，必须给后面的灌溉匀一点库存。小麦出苗后依然干旱，麦苗颜色泛黄，分蘖不足，稀稀拉拉的遮不住田垄。

就这样，干旱持续到十月，人们才慌了，知道天灾真的来了。村外大路小路上已经出现了逃荒的人，听口音都是北山畔的。那地方土地贫瘠，更经不起老天爷折腾。周家寨人害怕了，他们知道要是再旱下去，他们就得步这些人的后尘了。

天不下雨，咋办？大家一开口都是这句焦灼的话，你问我，我问他，最后问到了族长周克文那里。

"咋办？祈雨嘛！"周克文说。

祈雨是神圣的事情，不敢马虎。周克文让黑丑沿村敲锣宣示，十日内不准杀生，不准嬉闹，不准同房，不准吸大烟，违者棒打出村，不得归籍！

周宝根一听火了，不吃肉不贪屄都能忍，不抽烟咋能行？要死人的！他说："我就抽，看我大伯能把我毬咬了！"周拴成说："我娃甭胡来，不是怕你大伯，是怕全村人。祈雨是全村人的事，要惹公愤的。"他赶紧打发儿子去镇上守烟馆，暂时不要回村。

周家寨立即肃穆起来，连动物都很懂事，狗不爬胯，鸡不踏蛋，猫不叫春，喜鹊飞过村子都不敢落下。

祈雨就是祭龙王。可周家寨只有娘娘庙，没有龙王庙，自然就没有龙王。按老辈子留下的规程，要去别村借。可大旱当前，哪村的龙王都很忙，咋愿意外借？没奈何只得去偷。偷龙王的事只能女人干，还要没出阁的大姑娘，七人一伙，叫七仙姑。说是龙为乾，女为坤，只有女人接近龙王他老人家才不发火，乖乖就范，这叫阴阳谐和。装龙王的袋子是女人的大裆裤，用这东西把龙王一捂，他老人家就晕了，分不清东南西北，分不清生人熟人，当然也就分不清自己村还是别人村，只要有人祈祷他就降雨。

周家寨这次要偷刘家沟的龙王。刘家沟离得近，龙王也灵。偷龙王是一种民俗游戏，双方有默契，不会把它当作真正的盗窃。可这种游戏也有规则，做贼的万一被人家逮住了，还是要吃一些苦头的。虽然不会挨打挨骂，可嬉闹羞辱却是难免的。因为贼娃子是大姑娘，对方就爱吃豆腐，亲嘴摸奶甚至扒裤子都干得出来。做这事非要一个泼辣女人领头才行，不但能偷，还能镇住对方。周克文连派几个人，她们都不愿意，这时候他才想起引娃，心里一阵惋惜。要是引娃在，他就不用伤脑筋。周克文最后发火了，他说："这几个女娃要是不去，她们就不是周家寨人，以后嫁出去不准回娘家。"那几个女娃害怕了，这才战战兢兢地去做贼，所幸对方毫无防备，她们轻轻松松就得手了。

龙王偷回来，祈雨就正式开始了。

首先是设坛。选择吉日良辰，全村人聚集在娘娘庙前，等待龙王爷升帐。大家头带柳条圈，赤脚不穿鞋，男人光脊梁，女人围兜肚，肃然静立，不敢弄出一点响声。忽然一声炮响，锣鼓齐鸣，偷来的龙王爷被两个壮汉抬上来安置在供桌上，画匠当场给龙王重新着彩，经他一番修饰，龙王爷容光焕发，龙颜大悦。主事人周克文跪倒在龙王爷脚下，三叩九拜之后，开始宣读祭文。他摇头晃脑，抑扬顿挫，声音悠扬却不失威严：

维中华民国十七年十月初二，陕西关中道周家寨弟子百人，谨具香烛酒馔之仪，上叩于龙宫龙庭：苗得雨露方见长，人食五谷乃得生。不意旱魃作祟，巫尪横行，自夏初至冬初，迢迢五月，全无雨泽。大造如炉，果阳似火，八方赤焰腾腾，四海烈风荡荡。众草皆枯，群芳尽槁，井中泉断，河内水竭，农夫陇内泣绝，父老田中叫苦。伏恩龙王早降甘霖，以解倒悬之危，广施雨露恩泽，方救涂炭之灾。三牲俱备，是祝是酬，神其不远，来格悠悠！尚飨！

周家寨人听得晕晕乎乎的，不知道周克文念的是啥经。黑丑小声嘟囔："秀才叔说鬼话呢。"毛娃对他耳语道："龙王本身就是鬼嘛。"两人声音虽小，还是被周克文听见了，他拿白眼一翻，吓得他们赶紧猫下腰往人背后藏。幸好这时司仪一声吆喝："叩拜！"人家全部趴下，以头触地，向龙王行大礼。周克文把誊写祭文的黄表焚化了，双手捧起纸灰扬向空中，他一忙活，就顾不上黑丑和毛娃了。

设坛已毕，就要迎水了。龙王爷坐上神楼子，由两个精壮小伙子抬着，从周家寨出发，去秦岭山青龙潭取水。神楼就是刚才供奉龙王的香案，拿两根木椽绑起来做成轿子，抬轿子的是黑丑和毛娃。他俩一听周克文点自己的名,就知道族长是罚他们呢,心里暗暗叫苦。从周家寨到青龙潭几十里路,山路多,还不能穿鞋,受的罪大了!可他们不敢不从,祈雨是关乎全村人命的大事,一切都得听主事的,违者重罚不饶。

　　神楼在前开道,紧跟后面的是护水童子,他怀抱圣瓶,圣瓶是装圣水的。圣瓶是娘娘庙的法器,娘娘就是观音菩萨,她手里拿着一个甘露瓶,取水的龙王就先借她的宝贝用一用。反正他们都是神仙,好商量。再说了,娘娘的甘露水也是救人命的,他俩是殊途同归嘛。护水童子后面跟着护驾的队伍,他们由周克文带领,全部赤脚光背,一边焚香烧纸,一边呼喊乞水诀:龙王爷——哟,降甘霖——啦!下大雨——哟,救万民——啦!乞水诀由周克文领呼,众人和呼,声音高亢悲切,听得人心酸楚。

　　到了青龙潭,再祭龙王,在潭里取了水,队伍原路返回。进了周家寨,先去田野巡游布施。周克文拿一根细柳条,从圣瓶里蘸出圣水,洒在干枯焦灼的土地上,每洒一次,全体人员就地跪拜一次,呼喊乞水诀一次。到了周家寨街道,家家户户在门口设香案迎接龙王爷,走到谁家门口,这家人就赶紧焚香下拜,叩头作揖。龙王爷一路领受虔诚,最后回到娘娘庙前的广场上。

　　取回圣水,下面就是连续三天祭拜。下不下雨,关键就看这三天了。周克文安置好龙王和圣水后,带领全村人进行第一轮拜谒。焚香化表磕头作揖之后,周克文威严地一声咳嗽,然后开腔说话了。

　　他说:"天不下雨,不能怨天,这是天罚人呢。天为啥要罚人?人做了瞎事了嘛。有些人把瞎事做在人面前,有些人把瞎事做在人背后,不管你明做还是暗做,老天爷都看得清清楚楚的,他老人家生气呢。今天做瞎事的人要给老天爷认罪,请求老天爷原谅，老天爷气顺了，才会给咱们下雨。"

周克文这一手厉害，他不光是祈雨，还是整治乡风呢。平时说这些人，他们未必服气，现在借助天威，他们不敢不服。他不光要让他们口服，还要叫他们打心眼里自省。周克文为自己这个主意自豪，历朝历代的祈雨他从史书上见多了，还没有他这么搂草顺带打兔子的。

周克文说完了，见没有人响应，就厉声说："难道咱周家寨都是圣人吗？有没有吃大烟的？耍钱的？不孝敬父母的？偷鸡摸狗的？你要是不说，那就是有意欺瞒老天爷，硬要一个老鼠坏一锅汤，叫咱们求不来雨！我告诉你，你这就是跟全村人做对头了，要害全村人性命了，大家能饶了你？谁也甭想蒙混过关，你自己不说，别人就会揭你的老底，这不是为难你，是救全村人的命呢！谁要是被别人揭出来，大家就给他脸上吐唾沫，这些人是给脸不要脸嘛！"

周克文这么一说，全村人的情绪被激发出来了，他们同仇敌忾，吆喝说："做瞎事的人，站出来！"

周拴成心里一惊，他哥把吃大烟列在头条，明显是针对周宝根的，全村就数他儿子抽得凶。不过他暗暗得意，觉得自己料事如神，早就叫儿子躲到烟馆里去了，当事人不在现场，他就装糊涂吧。可没想到他哥开腔了，周克文说："正人先正己，悔罪先从我家里人开始吧，我兄弟周拴成有话说，他要把开烟馆的事给老天爷说清楚。"

嘿，这老狐狸！周拴成气得牙痒痒，他竟然拿兄弟祭旗，落一个大义灭亲的好名声。谁跟你是一家人，我们早就分家了！周拴成想跳起来质问他哥。可一想他哥说的也在理，他跟他哥虽然分家了，可他们是一母同胞，在别人眼里还是打断骨头连着筋的血亲。再说了，他就是不认他哥，也没法不认开烟馆的事，那是秃子头上的虱子。开烟馆是祸害人的，这是谁都明白的道理，他哥正是捏住了他这个穴位，让他动弹不得，他要是当场抵赖，恐怕要激起公愤的。

周拴成只得从人堆里走出来，到香案前跪下，把自己开烟馆的内情一五一十陈述给老天爷，痛哭流涕地表示将关闭烟馆，不再害人。

看着周拴成出丑卖乖的样子，周克文心里有说不出的畅快。周家寨种大烟的人多了，可开烟馆的就周拴成一个！按说种大烟也是害人的事，可它毕竟是拿出去换钱，至于买烟的人是自吸还是贩卖，反正没有祸害在当前，大家眼不见为净。可开烟馆就不一样了，它是明目张胆的眼前祸害，多少良家子弟都毁在这些人手里了。正所谓：一支竹枪，杀死英雄豪杰不见血；半檠灯火，烧尽田园家业并无灰！他曾经劝说过他兄弟不要见利忘义，可他兄弟却认为这是断他的财路，想让他一辈子赶不上他，居心不良。他一直想找一个机会教训他，让他幡然悔悟，今天总算达到目的了。人在神面前是不能说假话的，给神许愿不兑现是要天打五雷轰的！

周拴成一开头，别的人就坐不住了。族长家的人都逃不过，谁还敢抱侥幸心理？单眼说他耍过钱，百锁说他掰过别人的玉米棒，黑丑说他偷偷骂过他妈是老不死的……甚至偷过汉的媳妇、扒过灰的公公、盗过嫂的叔叔都出来了，他们一个个鼻涕眼泪地悔罪，赌咒发誓要痛改前非。

周克文满意极了。这次祈雨是否成功先不论，那是天管的事，起码督行风化的目的达到了，这是他的功劳。朱子说，饿死事小，失节事大。圣人都看出来了，修身养性比忍饥挨饿还艰难。可在他周克文的治下，这么难的事却轻而易举地办妥了，饥饿还没有来呢，周家寨已经人人皆可为尧舜了！他虽然不敢说比圣人能干，可起码称得上是圣人的得意门生了。

不过周克文没有得意多久，第二天就遭到了当头棒喝。第二天祭祀一开始，周拴成率先在龙王爷面前祭拜说："我等愚笨，也常看戏文，一遇灾荒，戏文上的皇上就要降罪己诏，还要自罚自身。现在周家寨遭了旱灾，族长难辞其咎，今天就请老天爷睁大眼睛，听周家寨族长周克文悔罪，看他是不是真心诚意。"

周拴成的话一说完，全村人的眼睛都瞅着周克文。周克文没有料到这一招，当下有些慌乱，他兄弟是一报还一报啊，来得真快。不过他略一思索，就稳住了阵脚，跪在神像前焚香化表，开始悔罪。

周克文说，古时候遇到灾害，凡是圣君明主都会反省自身。史书记载，商朝的开国皇帝成汤在位时七年大旱，他一个人到桑林祈祷说，"余一人有罪，无及万夫。万夫有罪，在余一人。无以一人之不敏，使上帝鬼神伤民之命。"康熙皇帝当政期间偶遇旱灾，史书记载他在宫中设坛祈祷，长跪三昼夜，只吃粗米淡饭，连盐都不放，到第四日天降大雨。成汤康熙都是圣君明主，他们下罪己诏，自罚自身，不是他们真的有罪，是他们爱民心切，代民受过。

周克文这一番话引经据典，洋洋洒洒，目的是给自己铺垫脚石，把自己比作圣君明主。圣君明主是没有罪的，他们的悔罪是代民受过，这不仅不是罪，反而是功。有了这个台阶，周克文开始反省自己。他说作为族长，村里有忤逆不孝的人，他没有教育好他们；村里有懒汉，他没有督促他们；村里睁眼瞎太多，他没有给他们扫盲；村里人爱种大烟，他没有把利害给他们讲清楚……作为家长，他没有管好自己家里人，兄弟开烟馆，侄子吸大烟，侄女常年不回娘家，儿子犯了族规……

周家寨人听了周克文的悔罪供述，一时品不出个滋味来。你说他是检讨自己的短处吧，可他分明又是在指责别人。你说他把责任都推卸给别人吧，可他分明也提到了他儿子。

周拴成又挨了一闷棍。他本来打算出他哥的洋相，没想到让他哥拐弯抹角地骂了一顿。他真服了这家伙，骂人不带脏字，给自己评功摆好不显山露水，周家寨没有哪个人能把事情做得这么滴水不漏，就连在神面前他都敢这么干！

第三天是舞龙。前两天的祭祀，龙王爷已经在供桌上饱享牺牲了，酒足饭饱之后他老人家该干活了，舞龙是要让龙飞起来，上天取水。龙是拿麦秆连夜扎起来的，大红枣镶嵌的眼睛，玉米缨子粘贴的胡子。龙长约三丈，栩栩如生。舞龙时要不断放铳，火光耀眼，声音震耳，这是电闪雷鸣。还点燃柏树叶子，捂出浓烟，形成乌云滚滚的效果。龙穿行在雷电云朵中，上下翻动，左右交缠，威风凛凛，气势骇人。只有这样才能镇住旱魃，驱使雷公云母风伯雨师降下甘霖。

舞龙是力气活，特别是掌龙头的人更是费劲。龙头起伏大，花样多，舞它的人不光自己要做好动作，还要带领龙身协调前进，是舞龙的灵魂。以往舞龙，掌龙头的当然是周克文。可今天他上去舞了一阵，明显感觉吃力了。毕竟年纪不饶人，都快六十了，胳膊酸困，脚步也凌乱，整个龙有点蔫不拉唧的，提不起精神。周家寨人有些着急了，这样的龙咋能取来雨水？旁边的人商量着要替换周克文，让周拴成上场，毕竟周拴成比他哥年轻。周家兄弟都是村里拔尖的舞龙高手，得了他爹真传的。周牛娃在世时参加过西府舞龙赛，夺得本县第一名，县老爷都给他披过红。

周拴成当然高兴，可周克文不愿意。现在是啥关口？祈雨啊！要是以往过节耍龙助兴，那是图热闹，他让就让了，可今天不行。祈雨是神圣的事，他是族长又是主事人，龙头当然只能是他执掌，这不光关乎他在周家寨的地位，更体现了对龙王爷的尊重，为了这些他累死也心甘情愿。他现在这种拼尽全力的样子正好适合给老天爷来看，他累死了该感动龙王爷了吧？再说了，把龙头让给周拴成他不放心，他不是不放心他的技术，是不放心他的人品，当龙头的人咋能是开烟馆的？这不是亵渎神灵吗！

可周拴成不这么想，他觉得今天机会来了，他要露一手。这不光是露脸，更是正名，你周克文一再糟蹋我，可我最后还是当了龙头，盖了你。龙头不是啥人都能当的，也不是谁想当就可以当的，要技艺超群，还要德高望重。今日天赐良机，不是我周拴成要替代你，是村里人这么提议的。

周拴成急切希望上场，可周克文就是咬牙不换。别人也没有办法，他是主事人嘛，他说了算。周拴成眉头一皱，计上心来。他瞅空溜回家，找出几颗巴豆，泡了一瓦罐水提到舞龙现场。周宝根身子弱，周拴成家里几乎是中药铺，啥草药都找得到。周拴成贴在舞动的龙头旁边，亲切地叫了一声哥，说喝口水吧，看把你累的。周克文满头大汗，喉咙正干得冒烟，顾不上思量，就张大嘴巴，让周拴成给他灌水。周克文喝得痛快淋漓，精神一下就涨了许多。周拴成拿袖子给他哥去擦脸上的汗水，另一只手提着的水罐不小心碰到了龙架子，掉在地上当啷一声摔碎了，多半罐的水全洒了，别人想喝也喝不成。周拴成又送水又擦汗的，周克文心里一阵感激，他双手腾不开，只能用眼睛向兄弟表示谢意。毕竟是亲兄弟，打断骨头连着筋，尽管他这两天没少敲打他，他好像都不怎么介意。

可周克文没想到自己中招了。半个时辰后，周克文肚子开始擂鼓，五脏六腑都往下坠落，他咋往上提都提不住，随时都可能喷出体外。周克文赶紧叫喊换人，他不是不想以身殉职，而是怕秽物冲撞了神灵。

这一下去周克文就没有再上场。他一泡稀屎接一泡稀屎地拉肚子，最后拉得连提裤子的力气都没有了，只能眼睁睁看着周拴成在场上耀武扬威。他感叹自己老了，也痛恨自己身板不争气，咋能在这关口出麻烦。周克文没有想到会是他兄弟使坏，祈雨这事太大了，没人敢拿它开玩笑。周克文只当是自己累坏了，心里一个劲地自责。他担心没有他这个主事人亲力亲为，老天爷会不会觉得受了怠慢？天意难测啊。周克文心急如焚，他不知道祈雨的结果会咋样。

结果让人失望啊！老天爷不眷顾周家寨。那天舞龙舞到天黑，满天星斗眨着眼睛嘲笑筋疲力尽的舞龙人。

周家寨一片恐慌。老天爷不管咱们了，要灭绝咱们了！咋办呀？

有人提出晒龙王。这办法是恶祈，是勒逼龙王，把龙王爷神位放在太阳下暴晒，还拿鞭子抽打，直到他老人家受不了了，施云降雨为止。周克文说："不可，咱不能干这冒失的事，这是跟老天爷绝交呢。咱们是农民，靠天吃饭，啥时候也不能得罪老天爷。再说了，这龙王爷是借人家刘家沟的，你晒人家龙王，打人家龙王，人家能答应？弄不好两个村子要打架，出人命都可能！"

"那你也不能看着饿死人嘛，"村里人说，"你是族长！"

周克文知道自己责任重大，可他不是老天爷，也管不了老天爷。他着急，急得两眼赤红，口舌生疮，也想不出办法来。

这时老八给周克文出了一个主意：给龙王爷献童男童女。说这法子丁戊奇荒时咱村就用过，他爹告诉他的，很灵验。丁戊奇荒是光绪初年的事。那时周克文还小，不记事，只听老人说饿死过不少人，至于后来下雨是不是求来的，他不知道。可村里有人知道，现年七十多岁的老疙瘩是经过那场事的，他说："灵得很，早晨把童男童女献上去，傍晚就下雨了。"老疙瘩是那场灾难的唯一见证人，他的话让周家寨人看到了活命的希望。

"献童男童女！"周家寨人异口同声。

周克文也觉得这法子可行，它求中有逼，软中带硬，应该能祈得雨来。

问题是童男童女从哪里来？谁愿意把自己的儿女拿出来献祭？

村里人都是嘴上功夫。别看他们群情激昂的，可一到贡献童男童女时，却没有一个人吭声。谁都想让别人拿出儿女，自己坐享其成；别人的孩子不值钱，自己的娃娃是宝贝。事情到这里就僵住了。

周克文说："我孙子当童男！"他率先出头。

这话传到春娥耳里，她当下就晕过去了。周梁氏扑过来就要跟老汉拼命。周克文自知理亏，不敢恋战，拔腿逃出家门。老婆在后面夯追不舍，骂道："你这个老不死的，你真狠心呀！"周克文吆喝老婆说："你这个麻縻不分的人，啥是大事啥是小事你弄不清？咱舍出一个娃娃救一村人的命，这是舍生取义的事，会上史书的！"周梁氏说："你不怕你儿子回来一枪毙了你！"周克文说："他敢，我是他老子！"

周梁氏见老汉油盐不进，一扑塌坐在地上号啕大哭起来。他知道这老汉是犟驴，他定了的事扭不回来。

周梁氏一哭一闹，全村人知道这件事了，他们对周克文的为人佩服得五体投地。明德堂的孙子那是宝贝疙瘩啊，周克文把他爱到了心坎里。村里人看到，只要有闲时间，周克文跟孙子总是形影不离。快两岁的娃娃已经能走路了，可周克文从来不让他脚沾地，不是抱在怀里就是架在脖子上。要是娃娃尿在他身上，他就高兴得大喊大叫，童子尿，长寿药，只能喝，不能倒，立即把孙子的小牛牛嗍几口，香得吧唧吧唧地咂嘴唇。只要孙子在身边，周克文的脸啥时都是菊花样，这时村里人找他办事，哪怕再难他也乐呵呵地应承。这孙子也太惹人爱了，白生生，胖嘟嘟，活像从观音送子年画上跑下来的，嘴巴也甜，周克文让他叫谁，他就奶声奶气地爷爷奶奶叔叔伯伯叫个不停。就这样一个宝贝疙瘩，全家人的命根子，周克文说献就献出来了，这样的好人哪里有？这样的族长哪里找？

人常说疾风知劲草，板荡见英雄，周家寨人这关口上才真正见识了周克文。他们把周克文当佛敬，见了他差不多都想跪下来。周克文前不久被儿子连累得灰头土脸的，连自己都觉得不好意思见人，现在他翻过身了，威望像天上的太阳，红得耀眼。

童男有了，童女也应该有，周家寨女娃娃多的是。女娃娃的家长们一面惭愧着，一面推诿着。他们相互指责，相互揭发，都觉得童女应该落在别人家。这样的混战无休无止，最后大家得出一个结论，要划定一个框框，框住谁家算谁家！有女娃娃的家庭都同意这么做，说这样公平合理。

周克文料定事情会这样。他说，这框框只能天定，我定不了，咱们去娘娘庙里问道人吧，他是通神的人。

周克文叫上老八等几个人，去娘娘庙找孙道人。孙道人常年住在娘娘庙,既驱魔除鬼,也治病救人,还打卦占卜,算是一个通人。周克文说明来意,孙道人沉吟了一下说:"这童男童女的年龄应该一样大吧?"周克文点头说:"那当然,这才好配对嘛。不过,"周克文问孙道人,"这童男童女年龄多大才合适?"孙道人伸出指头掐算着,半天没有结果。周克文说:"道长你看,这童男童女是献给龙王的,叫他们龙子龙女更合适。"孙道人一拍手说:"属龙的,龙年生的都是龙子龙女,他们是龙王的子孙,叫他们去要水,龙王爷肯定给面子!"

"属龙的,"周克文对一起来的人说,"你们都听见了吧。"大家都点点头。

今年恰是龙年,属龙的娃娃周家寨有,不是半岁就是十二岁,这当然不包括周克文的孙子,周克文的孙子是属虎的。周梁氏听了谢天谢地,春娥也活过来了。周克文说:"谁让你们担心的,我做啥事情冒失过?"

明德堂高兴了,可被选中的两家却哭声震天。这是天选,人力无法设计,选中的谁也不能怨,只能怨娃娃生在龙年。属龙本来是最荣耀的,龙子龙孙嘛,将来最可能大富大贵,没想到现在却成了最倒霉的。他们向全村人哭诉,可村里人不干,他们说:"没选上你家娃娃时,你不是也叫唤着要献童男童女嘛,现在轮到你就要赖,那不行!"

这两家人就哭到明德堂来了。周克文说,你们哭啥呢,童男童女一献上去,龙王爷就高兴了,他老人家一高兴,就下雨了,一下雨,娃娃就回家了,啥事都没有。可哭的人依然哭,他们担心的是万一。其实周克文自己心里也不踏实,他咋能保证龙王就那么心软,要是那样,他孙子献出去时周梁氏就不会着急。可现在他只能这么说,这既是给这两家人宽心,也是给自己宽心。

周梁氏和春娥看着哭成泪人似的这两家人,她们也心酸,这婆媳俩能体会出这些人的心情,前几天自己也这么死去活来过。周梁氏劝老汉想想办法,春娥也说:"爹,人心都是肉长的。"周克文长叹一口气说:"这样吧,你们出点钱总愿意吧?"

这两家人像得了大赦令,立即止了哭声说:"愿意。"

周克文问:"多出一点愿意不?"

他们异口同声:"愿意!"

周克文让他们回家筹钱,说拿到钱后他就去找童男童女。

周克文来到绛帐镇,这里聚集着大批难民。他们从北山南下,到相对富庶的关中平原来逃荒。周克文从街道这头走到那头,一路上到处都是讨饭的、卖苦力的、卖衣物首饰的,当然也有卖儿卖女的。

卖儿卖女的集中在骡马市场旁边,那边卖牲口,这边卖人口。周克文来到人口市场,一个一个看那些头插麦秆的人。他们有大人也有娃娃,有父母卖子女的,有丈夫卖妻子的,也有自卖自身的。周克文不看大人,只看娃娃,不问价钱,只问属相。他运气不错,总算挑到一对属龙的男娃女娃,都十二岁。他问价钱,对方说十个银圆,周克文一阵心酸,这价钱也就值一个牛犊。他没有吭声,分别给他们二十个银圆,那两个家长愣住了。他们本来还等买主还价呢,没想到对方出了双倍的价钱。他们以为碰上活菩萨了,扑通就给周克文跪下了。周克文羞愧难当,拉了娃娃就往外走。别的卖家看见这位买主如此慷慨,都争着把娃娃往周克文怀里塞,周克文一面抵挡,一面领着娃娃往周家寨跑。

献祭在买回娃娃后的第二天举行,这是周家寨人的最后一搏。献祭现场先供奉好龙王爷神位,在香案前树立起像秋千架一样的横杆,横杆下面支起一口大油锅,锅里的菜油被猛火烧得翻滚。吉时一到,一声铳响,周家寨人在周克文的率领下跪倒在横杆前,焚香化表,磕头作揖。司仪一声吆喝,献祭!只见两个大汉抱着两个全身赤裸的娃娃来到油锅前,把他们架起来,用绳子吊在横杆上。两个娃娃现在才知道了自己的处境,一齐放声大哭。绑人的大汉问道,要不要把这两个娃娃的嘴堵起来?周克文说:"不要,叫他们哭,哭得越伤心老天爷才知道咱越可怜!"这时孙道士走上前来,嘴里念念有词,手上比比画画,然后在吊娃娃的麻绳上拴上一截一拃长的火绳。一切准备停当,司仪宣布:宣颂祭文!

主祭人当然是周克文,他在童男童女撕心裂肺的哭声中读完祭文。前面无非是陈述旱情,可后面却与上次不同:"吾辈诚心可鉴,特贡献童男童女一对,望苍天体恤民苦,怜悯性命,立时普降甘霖!"

这分明是以敬为逼,拿人质要挟龙王了。

祭文读罢,司仪高声宣布:"哭祭!"

孙道士点燃了火绳,周家寨人放声哭吟:龙王爷哟下大雨啊——老天爷哟降甘霖啊——可怜可怜啊咱受苦人哟——

周家寨人雄浑的哭声和童男童女尖厉的嚎叫组成悲怆的大合唱,神鬼有灵,理当动容。

火绳在嘶嘶燃烧,像毒蛇吐着信子,火点离麻绳越来越近。童男童女的嗓子已经哭哑了,他们悬吊的身子也不再扭动。油锅里的滚油不时迸出锅沿,溅在地上滋起一股白烟。

周家寨人今天才看到了周克文的另一面:心硬如铁。别看他平时弥勒佛似的,狠起来也够狠的,他眼睁睁地看着两个娃娃下油锅啊。其实他们不了解周克文，他现在心里比谁都紧张，比谁都痛楚。他不忍心拿周家寨的娃娃去献祭，才迫不得已去买人。他没有想让这两个外乡娃娃下油锅，他抱着十二分的侥幸来做事，宁愿相信童男童女祈雨一定会成功。丁戊奇荒都灵验的，这次没有道理不灵验。只要老天爷可怜周家寨人，火绳烧断麻绳之前一定下雨，那这两个娃娃就即时放生。

天空果然有云了，从西北角方向涌起一股浓重的乌云，它们翻滚着朝这边扑来。这是下暴雨的兆头啊，关中雨季的暴雨就是这么酝酿的。周家寨人哭声更高了，它们相信自己的诚心有了回报，龙王爷果然到这里领取童男童女了。

火绳已经烧到尽头，引燃了麻绳，麻绳的丝线一根根绷断，周克文的神经也在一根根绷断。要不要立即解下童男童女？雨现在还没有求下来，就差一点点了，万一此刻解下了祭品，龙王爷嫌你没诚意；可是不解，这麻绳眼看就要烧断了！

再坚持一会会儿！就坚持一会会儿……

雨就要来了！

嘎嘣一声脆响，麻绳断了，两个娃娃瞬间跌入油锅。

周克文眼睛一黑，晕了过去。

黑云是过路的，它们从周家寨人头顶上气势汹汹地冲过去，到别处布阵去了。

三十二

　　干旱持续，赛仙堂的生意也不好做了。

　　首先是赋税翻番了。南京国民政府的《修正禁烟条例》是寓禁于征，同年颁布的《陕西禁烟办法》更是借机生财，凡是经营烟馆者，营业费、执照费、戒烟费、烟枪捐、烟灯捐等都要加倍缴纳。

　　其次是客源减少了。按说吃烟跟天气没关系，烟瘾的脾气很犟，它不管天旱天涝，说来就来，来了你就得伺候它。不过这是有钱人，有钱人把烟瘾当爷一样伺候。没钱人就不一样了，他首先得保命。不吃烟会难受，甚至很难受，可总不至于死人吧？比起烟瘾来，饥饿是要人命的。手里要是有钱，他肯定是去籴粮食，哪里顾得上吃烟？天旱了烟客少这是常理。

　　成本上涨，客源减少，烟馆为了盈利，不得不提高烟价。涨价就让更多的人吃不起烟，客源就更少了。这就陷入了恶性循环。

　　要拉住客人，最好是不涨价。为了不涨价，周宝根父了俩就只能在烟膏上做文章。做文章就是做假，往烟膏里掺烟灰。可掺了假的烟膏很容易被人认出来，因为烟膏本色是黑的，烟灰是白的，这两种东西掺在一起怎么搅拌都无法均匀，总是有麻点子。他们给这种烟膏起了一个好听的名字叫"风搅雪"，糊弄烟客说它是经过特殊手法烧制的。

名字好听可劲道不咋的,抽的人觉得味道寡淡,下次不来了。周家父子的小聪明不但没有留住烟客,反而落了一个欺客的恶名,赛仙堂眼看混不下去了。

这一天,周宝根父子正在烟馆发愁,忽然进来了一个烟客。父子俩赶快迎上去,这骨节眼上客人就是财神爷,比爹妈都亲。以往生意好的时候迎客的是伙计,现在生意清淡,得笼络客人,父子俩亲自上阵。这客人一落座,他们才发现他是个瞎子,可奇怪的是这人上台阶、跨门槛、寻座位一点都不碍事,如果不是他翻白眼,你根本看不出他瞎了。

不管他瞎不瞎,只要有钱就行。伙计把他伺候着在烟榻上躺下,先给他上了一疙瘩风搅雪,他吸了一口就坐起来连声吓吓,吆喝道:"你给我吃的啥烟呀,欺负我看不见?拿好烟来!"伙计赔着小心说,好烟价钱高啊。

"你怕我没钱?"瞎子一瞪眼,瞪出满眶的白翳来,怪吓人的。伙计望了一眼周宝根,周宝根点点头,示意他拿好烟伺候。他看这人相貌不咋的,可穿戴还讲究,长袍马褂,皮鞋礼帽,说不定是有钱的主。再说了,你只要吃了烟就得付钱,难道我们这么多人还怕一个瞎子吃霸王烟?

周宝根没想到他还真碰上吃霸王烟的了。那瞎子过饱瘾,伸了一个舒坦的懒腰,问多少钱,周宝根让伙计报上烟钱,这是一个让他高兴的数目,许多天了还没有这么好的收入。可那人说,"我没钱。"

嘿!一个瞎子,竟然都到他这里吃霸王烟了,这是啥世道啊!稽烟局的老爷来吃,驻军的兵爷来吃,商会管事的来吃,街上黑道的来吃,这些也就罢了,现在连一个瞎子也欺负到老子头上了。

"没钱你吃你妈的屁烟呢！"周宝根骂道。

"嘴放干净点！"瞎子喝道，"我没钱不等于我不付钱。"

"那就甭废话，掏钱吧！"

瞎子一笑说："我是凭嘴巴吃饭的，我一张嘴就是钱。"

"你张嘴就能吐出钱？"周宝根说，"那你现在就给我吐！"

"我吐的是比钱还值钱的东西，是天机！"

这人一看就是耍赖的。周宝根骂道："我看你吐的是狗屎，嘴巴欠抽！"说着他扬起巴掌就要扇过去。

周拴成把儿子拉住了。他怕儿子惹祸，瞎子耍横，说不定有来头，这年月啥事都可能发生。上次那个死在店里的伙计就是教训，如果不是周立德，麻烦就大了。周拴成问："这位烟客，你说你凭嘴巴吃饭的，我没有听明白，你到底是干啥的？"

"连这都听不明白？"瞎子一撇嘴说，"算卦的！"

"算卦的也不能吃白食呀，"周拴成说，"你的意思是你拿卦钱顶烟钱，可你得问一问我们要不要你的卦。"

"告诉你，"瞎子说，"今天如果不是路过你们这里被烟逼的，你请我都不来。你去打听打听，西府有钱人哪个不想请我苟铁嘴算卦？有钱也未必请得动！"

"你就是苟铁嘴？"周拴成听说过这个人，名气大得很，据说冯玉祥都请他算过卦。冯玉祥准备跟蒋介石争天下，让苟铁嘴算输赢，苟铁嘴说冯总司令赢。冯玉祥问何以见得，苟铁嘴说，"冯"字取左边是水，"蒋"字取上头是草，没有水草就活不了；"冯"字取右边是马，"蒋"字取下头是将，马一旦卧了槽，将就困死了。冯玉祥很高兴，赐给他一个腰牌，上面写着四个大字：西北神算。说你拿这个在西北行走，没人敢挡你。

周拴成问道："你的腰牌呢？"那人在腰间摸索一阵，掏出一个一拃长四指宽的木片子,上面刻着四个字:西北神算。周拴成见了有些失望,这木牌咋看都不上台面,冯总司令恩赐的东西,不是金的就是银的,最不济也应该是铜的,总不至于是木头的吧!戏文上演的,皇上给的腰牌是金的,王爷给的腰牌是银的,冯总司令是孙大总统的得力干将,好歹顶得上一个王爷,他给人木腰牌不怕丢份?周拴成怀疑这人是在冒充苟铁嘴,反正苟铁嘴的故事到处传扬,谁都可以模仿的。不过他没有直接说,而是委婉地问道:"你这么大的名气身上会没有钱?"这话的意思是苟铁嘴不会沦落到这份上,到这份上的就不是苟铁嘴。

瞎子反问道:"我身上还要带钱吗?"

周拴成一想也是,他要真是苟铁嘴,一张嘴就是钱。可问题是周拴成没见过苟铁嘴,因此无法判定这人是不是苟铁嘴。

瞎子也猜出了周拴成的心思。他说:"这样吧,我给你算一卦,你就知道我是不是苟铁嘴。"

周拴成问:"咋算呢?"

"我苟铁嘴算卦就是测字。你只要说出一个字来,我就能把你的秘密破出来。"

周拴成听了,觉得这倒是像是苟铁嘴,苟铁嘴就是给冯玉祥测字的。他刚要开口说字,瞎子又说话了:"你可甭让我猜你的尊姓大名贵庚几何这些鸡零狗杂的事,这些事我一说一个准,可你不会信,你一定认为我是提前打听过了的。"

周宝根不耐烦了,这家伙左一个道道,又一个摺摺,虚张声势的,一看就不是正经的卦师,他吼了一声:"滚!"

"好,"瞎子说,"咱就测这'滚'字。'滚'字右面是一个人的衣服被扒开,两只手在胸口胡揣乱摸,嘴巴还在下面吮吸,这么一弄,左面的水就喷出来了。这字说的是炕上的事,是公子你做的事，对不对？"

周宝根吃了一惊，啊呀！他差点叫出来。为了不让瞎子继续往下说，他赶紧点头，是是。前几天村里祈雨，他爹打发他在烟馆躲清闲，他乘机逛了一回窑子。这事没有人知道，瞎子咋就算出来了？

周拴成一看儿子的神色，就知道瞎子算中了。虽然炕上的事是啥事他还不清楚，但这事一定是他儿子心中的秘密。周拴成也决定试一下，他顺口说了一个"烟"字。周拴成是开烟馆的，这瞎子是吃烟的，"烟"是嘴边的字。

瞎子说："这'煙'字有讲究，拆开来是三个字：'火'、'西'、'土'。'火''土'为灶，'西'是方位，合起来是指锅灶的西边，这'西'又在'土'上，是说锅灶西墙的上面……"

"啊呀呀呀，"周拴成急忙打断瞎子，"领教了领教了。"

周宝根狐疑地看了他爹一眼。周拴成心想，麻烦，露宝了。他在灶火西墙的墙壁里藏了一罐银圆，这是背着儿子的。他知道儿子靠不住，他们老两口得有一些私房钱养老。这事情只有他和老婆知道，瞎子真神了！

这时候周宝根父子都相信这人就是苟铁嘴了。周宝根赶紧给瞎子赔不是，周拴成给瞎子献上茶。苟铁嘴说："刚才那两个卦是为了验明正身，免费的。下面再算就是顶烟钱了，你们说吧，还是测字。"

周拴成这时刚好端来茶，他就说了一个"茶"字，请苟铁嘴算算他这烟馆还能不能开下去。

苟铁嘴说："这'茶'字拆开来是'草''人''木'，'人''木'合而为'休'，草休就是草枯了，活不成了，从卦象上看，这烟馆是不能开了。再者，这草休还是草干的意思，干旱了就更不应该开烟馆了。"

周拴成一听在理,就目前的情况看,这烟馆确实难以为继了,况且他还在龙王爷面前发过誓,要关闭烟馆的。

周拴成又说了一个字"旱",问苟铁嘴这大旱啥时候才能停歇。

苟铁嘴说:"你这个卦问得好。现在人们都牵挂这个事,只有你老哥运气好,碰到我了。要问干旱到啥时候停歇,就得问啥时把旱灾推倒了。这'旱'字颠倒了就是上'土'下'日','日'落'土'下则月升,'土'和'月'合起来就是十一月。从卦象上看,这大旱前后要持续十一个月,目前已经旱了六个月,还有五个月就到头了。"

两个卦都是周拴成的,周宝根急了,他还一个也没算呢。可是他刚想开口,瞎子却说:"休得再问,这两个卦都是大卦,卦钱顶烟钱绰绰有余了。"说完一翻白眼,抬腿就出了烟馆。气得周宝根狠狠地剜了他爹一眼,这老东西也太贪了吧,啥事都自顾自。

周拴成关了烟馆,这出乎很多人的意料,连周克文都对他兄弟刮目相看,觉得他言出必行,回头如此之快,可见善根尚存,他对自己借祈雨整顿乡风的效果尤其满意。其实他们都没有看透周拴成,周拴成关烟馆名义上是给龙王爷兑现诺言,实际上是为了集中财力做新生意。这生意比开烟馆强多了,利润大,名声还好。

这是啥生意呢?

土地生意。

这时候地价便宜了。大旱持续,地里长不出庄稼,没有余粮的家庭眼看就要断顿了，许多人不得不卖地买粮食。周拴成看到这是一个机会，决定趁机吃进土地。他觉得他这一辈子比他哥差就差在土地上，他一直暗暗鼓劲要超过他哥，成为周家寨头号地主。他哥之所以在周家寨趾高气扬的，不就是仗着地多嘛。农民嘛，有地就有命，有地就有钱，有地就有胆，有地就有势！现在机会来了，而且这机会只属于他。

为啥这么说呢？因为只有周拴成知道天会旱到啥时候，啥时候出手才合适。早了不行，地价还没有降到位呢；晚了也不行，只要天下雨地价马上涨。周拴成把时间选在十八年正月里，这时候离苟铁嘴断定的下雨日子不远了，同时又有相对裕如的时间完成一系列交易。在接下来一个月左右的时间里，周拴成大张旗鼓地买进土地，只要地价合适，他不管村里村外，水地旱地，一概收到自己名下。

周克文坐不住了，他认定他兄弟是找死呢。天旱得这么厉害，粮食才是最金贵的，别人都在攒粮食，他却在攒地，地里长不出庄稼就是废物，你买它吃土啊！有钱就买吃的，这才是正理儿，谁知道这旱灾闹到啥时候呢！再往后你就是有钱也买不到粮食了。周克文觉得有必要去提醒他兄弟，毕竟他们是亲兄弟。再说了，那一家子除了周拴成还有别人呢，他不怕饿死，别人还怕呢，周拴成不心疼老婆儿子，他还心疼弟媳侄子呢。他知道他兄弟不待见他，可他还是要去说，他觉得这是兄长的责任，至于听不听那只能由人家决定了。

周拴成果然不听。他说："你不要老觉得咱们是一家人，我们早就分家了！"周拴成这话是有所指的，周克文能听出来。周拴成继续说："你管好你家就行了，不要操闲心。你放心，我就是当叫花子，也不会到你门上去要饭！"

周拴成知道他哥的用心。明里是关心兄弟，暗里是怕兄弟超过他。不错，这个时候大家都是卖地的，没有买地的，正因为这样，地价才一跌再跌，跌得只有平常年份的两三成。这不是收地的好机会吗？他手头的粮食是紧张，他哥说的没错，他本来就是种烟的，平时只留一点口粮田，种的粮食当年够吃就行了，根本不存余粮。现在干旱持续这么久，粮食很快就完了。不过他不怕，苟铁嘴算过了，旱灾马上就要结束了，到时候粮食肯定会降价，那时再买也不迟。可那时候地价就升了，只要一下雨，土地就成宝贝了，你想买也买不起了。他哥不知道这一层，还以为自己聪明呢！不过他不会告诉他哥这秘密，谁也不告诉！

周拴成现在手里有钱。他开烟馆赚了一些钱，剩余的烟膏更是卖了大价钱。现在烟价因为禁烟再加上旱灾，翻着跟头往上涨。他把藏在灶房的银圆也拿出来了，一来他眼下需要钱，二来他知道那钱也藏不住，儿子已经起疑心了。与其让儿子偷偷把它挖了去，不如光明正大地拿出来办正事。周拴成把所有的家当全投在土地上，他知道这是天赐良机，不容错过！

从正月到二月，周拴成买了三百多亩地，加上原来的两百多亩，他一下子成了周家寨的头号大户。周拴成高兴啊，这么多土地，留在手里他就压倒了他哥，出了一口恶气。要是不留，等干旱结束了再卖出去，他就赚大发了。低买高卖，这是多划算的生意，这生意也只能是他做，别人想都想不到。

二月二，龙抬头。这在关中是一个小节日，周拴成却要在这一天耍社火。大家都以为周拴成疯了，平常这个节是不耍的，何况今年干旱肆虐，人们更是无心过节了。他老婆骂他："你是哪根葱啊，就是要耍社火也轮不到你张罗。那是族长的事，我看你是钱烧的！"

周拴成得意地说："我就是钱烧的，咋啦！"周拴成耍社火有两层意思，这一，当然是炫耀自己了，大旱当头，大家都愁死了，只有他周拴成有心情取乐，这叫有恃无恐，这叫财大气粗，这叫扬眉吐气！更要紧的是在第二，他要尝试一下当族长的滋味。以往这种公共活动都由族长主持，这次他要绕过他哥主持一次。他心想，如果当族长是凭土地多的话，那么他很快就要坐上这个宝座了。不过更换族长还要经过阖族商议，现在人心惶惶的，谁也没心管这事。他可等不及了，他要提前享受一下人上人的荣耀。当然，这也不光是为了满足虚荣心，还有检验自己能力的用意在里面，他得看看自己能不能把一场大事办利索。他哥可是干这种事的行家里手，指挥若定，活像统率千军万马的大将军，人的威信就是这样树起来的。

周拴成没有去找周克文，他知道他哥一定不同意。理由是现成的，一是二月二耍社火没先例，二是他没资格主持这种事。他干脆不去找，自己搞自己的。自己搞自己的就得花自己的钱，他老婆一听惊讶得眼珠子都要掉出来了。她说："你细得屙出的米都要涮着吃，耍社火是大家的事，你愿意花钱？"

周拴成说："有粉咱要往脸蛋上搽嘛，你女人家头发长见识短，该花的钱要舍得花！"其实他知道这花不了几个钱，装社火的行头是现成的，只要有人扮演就行了。现在这节口上，你只要答应给耍社火的人吃一顿饱饭，他们抢着来。

关键是耍社火的理由。以往没耍过，现在凭啥耍？周拴成的理由很充分：二月二，龙抬头，给龙王爷耍的，想下雨就得娱神。这背后的意思很清楚，上次是舞龙祈雨，周克文主持的，龙王爷不给他面子，没求来一滴雨，这次我耍社火祈雨，看我的吧。周拴成这一招很厉害，他这次要是求来雨了，那他就成了周家寨的圣人了，他哥就得靠边站。问题是他有把握求来雨吗？周拴成信心百倍。苟铁嘴不是已经算出来了吗，一个月左右就有雨，他只要借机代神立言就是了。

周拴成的社火耍得威武森煞，气势远远盖过了以前的血社火。与以往不同的是，这次周拴成自己亲自扮社火，他骑在高头大马上，扮的是羽扇纶巾的诸葛亮。他摇着鹅毛扇，舞着七星剑，口里哇哩哇啦一阵子，忽然吹胡子瞪眼，高声叫嚷："三月三，雨下山！"观看的人都明白这是降神了，诸葛亮的神灵在周拴成身上附体了。周拴成这番装神弄鬼的样子是从戏文上学来的，诸葛亮《祭灯》的段子他很熟。

"三月三，雨下山！"大家重复着这句话，这是神的预言。不过周家寨人现在已经不大信神了。经过上次祈雨，神已经伤透了他们的心。那次他们给神供奉了那么多好东西，连人命都献上了，神都不动心，这次就凭周拴成这几架社火跑一跑，闹一闹，他就开恩了？哪有这么便宜的事！

周拴成知道周家寨人不相信他，他也不希望他们现在就相信。他们要是真相信了，那不是看破天机了？那他低买高卖的生意还能做下去吗？正因为这样，他才不能告诉他们苟铁嘴的卦。他要的是他们到时候的验证，到时候的惊讶，到时候的佩服。

当社火队伍走到周克文家门时，周拴成看见他哥两口子都在门口看热闹。他勒慢马的步子，猛吸一口气吊起嗓子，忽然唱起秦腔来：

    后帐里转来了诸葛孔明，
    有山人在茅庵苦苦修炼，

修就了卧龙岗一洞神仙。
恨师兄报君恩曾把亮荐，
深感动刘皇爷三请茅庵。
下山来我凭着神掐火箭，
直烧得夏侯惇叫苦连天。
……

　　周拴成自比诸葛孔明，得意于自己的足智多谋。他不但耍了社火，连周家寨的人都耍了。他哥不是自恃精明吗，现在不也在马下傻呵呵地仰望他吗？
　　看到周拴成得意扬扬的样子，周梁氏忽然想起了前年给孙子做满月的情景。那时周克文骑在马上唱包公，一街两行的人给老汉叫好。她拐了周克文一肘子说："你看你兄弟，他学你呢。"周克文一撇嘴说："我是啥气势，他是啥气势？人的底气不是装出来的。他就是憋出一裤裆稀屎也学不像！"

三十三

引娃送别了周立功,也送别了民国十七年。

民国十八年的新年,她是在孔先生家过的。她已经好久没有在家里过年了。

虽然去年春节也是在孔先生家过的,但那时她立功哥还没有找到,她根本无心过年。今年不一样了,引娃的心情好极了。尽管这里仍然不是她的家,可引娃知足了,这总比她去钻烂窑强吧。在这里不用忍饥挨饿,更不会半夜三更被狼叫唤吓个半死。既然是沾别人的光过年,而且她还是用人,无论是出于感激还是职责,引娃总想多做一些活儿,让主人家的年过得丰盛舒坦。可她知道城里不是乡下,人家的过年习俗肯定与她不一样,她得顺着主人的习惯来。引娃问孔先生城里过年的礼数,孔先生笑着说,今年有你在,机会难得,我们就过乡下的年,年年都是老花样,人都腻了。孔太太和小孩不但赞同,而且很兴奋,他们对乡下年充满好奇。

引娃太高兴了,这让她有了施展本事的机会。虽然她好多年都不在家过年了,可以往过年的记忆早就刻在她心头了,她要把那些美好情景尽情展现出来,让孔先生这个城里长大的南方人领略一下北方乡下年节的魅力,也让自己好好重温一下儿时的梦境。况且,孔先生这里要啥有啥,不缺材料,她能把乡下想到做不到的东西都做出来。

腊月二十五扫社，她把孔家上上下下里里外外打扫一遍，把被褥床单全部拆洗干净。腊月二十七蒸年馍，引娃使出浑身解数，蒸出了各种各样的礼馍，桃子、石榴、柿子……凡是能见到的水果，引娃都能捏出来。不但有形，还有色呢。她拿胭脂、红糖、黑芝麻给这些水果妆彩，真是到了以假乱真的地步。她蒸的包子都是动物形状的，老鼠的眼睛拿黑豆粘上，兔子的眼睛是镶嵌的红瓜子，活灵活现。孔先生的闺女爱不释手，她蛮横地宣布，谁也不准吃它们，我要养。腊月二十八迎先人，要到坟头把祖宗请回家一起过年。孔先生为难了，他是外地人，父母坟墓在老家。引娃说，不要紧，能请来的。她叫孔先生带上香烛，到郊外找一个十字路口，烧香跪拜，说这样先人的灵魂就跟着来了。孔先生这样做了，回家后一脸凝重，在堂屋的父母牌位下长跪不起。那个牌位也是引娃帮着敬立的，孔先生是留洋的新派人物，一向不大讲究这些。孔太太第一次看见丈夫给祖宗下跪，而且竟然流下眼泪。

腊月三十是最忙碌的。早晨起来引娃就剪窗花，孔先生一家三口围着引娃，就像看她变戏法。他们早就见过这种质朴的民间艺术，赞叹它的神奇，更敬佩剪纸匠双手的灵巧。孔先生在国外见识过很多大画家的作品，尤其喜欢毕加索的平面立体画。可到陕西一看，这里遍地都是毕加索，陕西剪纸休现的想象力和创造性一点不输那些洋画家。他一直都想亲眼见识一下剪纸艺术的创造过程，可惜没有机会。没想到今年春节天上掉下一个林妹妹，让他一饱眼福。孔先生一直认为，像剪纸这样精湛的艺术品只能出自林黛玉那样有艺术气质的女人之手，所以他才有天上掉下林妹妹的感慨。他没想到，在眼前变戏法的竟然是引娃这样一个粗粗笨笨的村姑！他不得不感叹秦地文化积淀深厚，也惊讶引娃的外蛮内秀。

孔先生眼中神奇的剪纸，在引娃看来再平常不过了，周家寨的女娃媳妇都会剪。她从拿得起剪刀起就跟别人学，后来熟练了，闭着眼睛都会剪。只不过乡下穷，没有那么多彩纸让她发挥。现在她可以尽兴了，孔先生家彩纸要多少有多少，要啥颜色有啥颜色。引娃把彩纸对折叠好，拿起剪刀想都不想，很随意地剪、挑、划、割，一张张巧夺天工的剪纸就诞生了。喜鹊登梅、金牛送福、三阳开泰、鲤鱼卧莲、龙凤呈祥、鸳鸯戏水、榴开百籽、刘海戏金蟾、老鼠娶媳妇、梁山伯与祝英台、嫦娥奔月……引娃每剪出一幅，孔先生一家就发出一阵惊叹，孔太太和女儿欢天喜地把它们贴到窗棂上。

贴完窗花就要贴对联。今年的对联除了贴在大门口祝福的，还有给土地爷和灶王爷敬礼的。孔先生说这个就免了吧，我们不信。引娃说别的可以不信，土地爷和灶王爷不敢不信。这两个老人家是管咱们肚子的，地里不打粮食，厨房凉锅冷灶，人就饿死了！孔先生笑笑说，那就依你，暂且信吧，反正今年咱过乡下年，你说咋办就咋办。引娃就让孔先生给土地爷写了"土中生白玉，地内长黄金"的对联。至于灶王爷的对联，引娃早就在街上买来了，她在厨房一贴出来，孔先生一家都笑岔气了，它们竟然是"槽头兴旺，膘肥体壮"！这应该是给牲口棚贴的吧？孔先生连连说错了错了，引娃说没错没错，你看你们都笑了。孔先生不解，问道："为什么？"引娃说："我们乡下就这么贴的，图一个乐和。大家愁苦一年了，就等着过年有一顿好吃的，可家家穷得叮当响，哪里能有好吃的？吃饭的人到厨房一看这个，不由得咧嘴一笑，这一年的愁苦就算给赶走了，过年就有喜气了！"

孔先生脸上的笑容变成苦笑了，他说，那就这么贴吧。

除夕夜，引娃给主人家包了饺子。孔先生一家是南方人，孔太太不擅长做面食，他们平常很少吃饺子。吃了引娃的饺子，他们赞不绝口，连孔先生的女儿都说比外面三秦面馆的还好吃。可引娃自己觉不出来，她大概十几年没吃过饺子了，早就忘记饺子是啥滋味了。主人一家不停嘴地吃，引娃在厨房不停手地煮。孔先生招呼引娃一起过来吃，引娃说天气冷，饺子要现煮现吃才香。伺候主人一家吃饱了，引娃赶收拾餐桌，腾出地方让他们守岁。

孔先生留引娃跟他们一起守，引娃笑着说："我还没有吃饭呢，得先填饱肚子。"她把剩下的饺子端到自己屋子，一个人去守岁。守岁是一家人围在一起享受团圆，她一个外人，咋好去掺和到别人家里去？

孔先生的住宅是租来的四合院。主人家住上房，引娃住的是右厢房的一间小屋。房子虽小，可引娃收拾得很干净。她坐在炕上，炕烧得热热的，拥着被子，把碟子搁在膝盖上，身子暖洋洋的，饺子香喷喷的，这种感觉让她恍惚得好像做梦。引娃没有想到自己也会有这样的好日子，会遇到这样的好人。尽管她还是做用人，还是人下人，可遇到这样的主家，她真是心满意足了。以往无论在娘家还是在夫家，她名义上倒不是用人，可那日子比在这里当用人不知苦了多少倍！引娃打心眼里感激孔先生一家，因此她心里暗暗生出一个奢望，祈求老天爷可怜她，让她后面能在孔家生下娃娃。她现在孤身一个，如果不落脚这里，去哪里安身？到时候谁来照看她这个月婆子？周家寨和北山畔她是不想回去了，也回不去了，在那里她的名声本来已经坏透了，要是再挺一个来历不明的大肚子回去，别人的唾沫都会把她淹死！去找周立功也不可能。她不知道他去了上海啥地方，就算知道她也不会去找他，她已经说过了她不会缠着他，人说话是要算数的。老家不能回，爱人不能找，她总不能一个人把娃娃生在野地吧？况且女人生娃娃是生死攸关的事，谁来帮她一把？引娃想好了，拿人心换人心吧，她现在尽心尽力地伺候孔先生一家，到她坐月子的时候，他们一定不会嫌弃她的。她觉得孔先生一家都很善良，这个人心是换得来的。生娃娃只需十天半月，在这前后都不影响她干活，她只需要他们照顾一阵子。

想到娃娃，引娃眼睛不由自主地挪到墙壁的那张年画上，那张送子观音年画是她从原先那个出租屋带来的。虽然月信的日子还没有到，但引娃坚信自己应该，不，是已经怀孕了。想到这里，引娃慌忙跳下炕，她觉得自己忘记了一件最要紧的事，得赶紧补上。引娃到外面拿了香烛和香炉，在年画下面的地上安置好神位，虔诚地焚香磕头，嘴里不断地念叨观音菩萨。

拜完神，引娃再钻进被窝里。不知咋的，她忽然觉得自己的肚子一跳一跳的，这难道是胎动吗？引娃大喜，菩萨真灵，真是有求必应，刚烧了香，菩萨立马就给她送来儿子了。对，一定是儿子，她引娃怀的一定是长牛牛的！引娃激动得手都颤抖了，她颤颤索索地去摸自己的肚子，可是不知咋的却又不动了。引娃意识到很可能是自己饿得肠子蠕动，胎动没有这么早的。她虽然没有生过娃娃，可她是当过媳妇的人，早就问过村里婆娘生娃娃的事。刚才显然是误会，可引娃宁愿相信这是真的，是胎动，是她儿子在她肚里拳打脚踢呢。

引娃双手捧腹，幸福地闭上眼睛。她朦朦胧胧地似乎都要睡过去了，忽然一阵欢声笑语吵醒了她，那是从堂屋传来的，孔先生一家还在守岁呢。

引娃一激灵起来了。守岁是不能睡觉的,她也是守岁呢。人家守岁是一家人,她刚才拿香烛时看到了孔先生一家其乐融融的情景。可她的一家人呢?谁跟她是一家人?周家寨的不算,不是她不想算,是人家不算她。北山畔那家倒是愿意算她,可她不愿意让他们算进去。那她的家人还有谁呢?引娃茫然地望着屋顶,不期然又看见了那张送子年画,引娃忽然意识到了什么。她欣喜地从贴身口袋里掏出她立功哥的画像,把它挨到脸上,一只手按着自己的肚皮,这不是一家三口人了吗,她们不是也团聚了吗?

"我们一起吃饺子吧,这是团圆饭。"引娃说。可是一口饺子还没有咽下去,她的眼泪竟流出来了。

引娃的好日子延续到这年的三月份。三月下旬的一天晚上,孔先生忽然被抓走了,抓他的人说他是共匪。引娃不知道啥是共匪,可她知道土匪。这两个名字中都有匪,可见这共匪不会是啥好东西。可让引娃疑惑的是,孔先生这样的好人咋会是匪呢?她怎么也无法把和蔼可亲的孔先生跟凶神恶煞的土匪联系起来。

这真是晴天霹雳。引娃比孔太太还着急,还难过。她真的怀孕了,两次月信都没有来,这事确信无疑了。可这样的关头却失去了孔先生,引娃的心一下子掉到冰窟窿里了。她往后的日子咋办?引娃再着急也没办法,她出不上力。她能做的就是把所有家务都包揽下来,让孔太太全力奔走营救丈夫。引娃没想到,紧接着更可怕的事情发生了。那天她去菜市场买菜回家后,孔太太和她女儿忽然都不见了!她当下意识到她们也是被人抓走了。她很气愤,这些人连女人小孩都不放过,难道她们也是共匪吗?引娃在屋里到处寻找,希望能找到一点有关她们失踪的线索。最后在厨房的案板上看见一只倒扣的碗,她揭开一看,下面是几块银圆压着一张纸条。纸条上写着:引娃工钱五块,转告房东,我们走了。

我们?我们是谁?除了孔太太和女儿,是不是孔先生也被救出来了?走了?是逃走了,还是被抓走了?去了哪里?引娃不知道。看样子不像是抓走的,那样的话就不会有机会留纸条。孔先生也应该没有救出来,否则他好歹会告诉她一声。那剩下的就只有一种可能:孔太太觉得营救无望,怕自己和女儿被连累,逃走了。不过仔细一想,引娃又觉得不像,孔太太跟孔先生感情好得很,她不会丢下丈夫不管的!

不管哪种情况,引娃都觉得她们不应该这样对待她,好像她会坏她们的事一样。好歹主仆一场,这点信任总该有吧。不过引娃反过来一想,觉得别人既然这么做,必然有这么做的理由,毕竟她只是一个用人,人家不是所有事情都适合告诉她的。

这猝不及防的变故让引娃不知道咋办。她像一只被放到天上的风筝,牵引的线绳忽然断了,风筝被风吹得飘飘荡荡的,不知道会飞到哪里。引娃的腿一软,扑通一下坐在堂屋的地面上,失神地望着院外。院子里很安静,阳光很暖和,柳树落下一地白絮,像下了一层雪,槐花刚刚鼓起花苞,淡淡的香气若有若无。这真是一个好地方啊,是她一生最安逸的落脚处,可她却不得不离开了。引娃不由得想起了一年前离开周家寨时的情景。那时大致也是这样的季节,也是这样的院子,可是那时的她跟现在大不相同。那时她的目标是明确的,知道自己要去哪里,而且无牵无挂。可眼下就不一样了,她不知道该去哪里,而且更要命的是她怀了娃娃,这极大地限制了她,她无论干啥都得考虑另一条生命。她不是为她,而是为他活着。

就在引娃茫然无措的当儿,外面传来了敲门声。引娃开门一看,是卖水的人送水来了。引娃苦笑了一声,告诉他从此以后这家不需要水了。卖水的觉得奇怪,就问道:"为啥呢?"引娃说:"没人了。"卖水的更奇怪了,问道:"哪你呢?你把嘴扎起来吗?"这卖水的天天来,都是引娃接待的,也算是熟人了。一个大男人碰上一个大姑娘,有点开玩笑的意思。可引娃心里难受,不想接他的茬,就说:"你这人咋这么啰嗦,不买就是不买了。"那人一看引娃不高兴,连忙说,算我多嘴,我走,我走,说着就挑起水桶离开了。

扁担的吱呢吱呢声在狭长的胡同里回荡着。引娃看着渐渐走远的卖水人,心里忽然一动,朝他招呼道:"哎,你等一下。"卖水的很高兴地放下担子,等引娃来到跟前,他又开玩笑说:"你把嘴解开了,要喝水了?"引娃说:"我不喝水,我也要去卖水。"卖水的惊讶地说:"就你一个女人家?"引娃说:"女人家咋了?你让开,我挑担子给你看看。"说着她轻松地挑起担子走了几步。卖水的赶紧说:"你放下你放下,闪了腰我赔不起。"引娃问他水桶和扁担从哪里买来的,他告诉了她木器行的地址。卖水人离开的时候,引娃问他:"大哥,咱俩很熟的,就是不知道你叫啥名字。"卖水人笑着说:"我姓石,瘦得像猴,大家都叫我石猴。"引娃仔细一看,他果然瘦得可怜,不过这人看起来很面善,应该不是个瞎人,她要入这一行,得结识个行里人,万一碰到事也有一个帮衬的。

引娃选择卖水维生是有自己打算的。首先她需要攒钱。引娃知道一旦离开孔先生这里,她在西安就彻底无亲无故了。坐月子没人管,她得花钱请保姆伺候,娃娃生下万一有个头痛脑热的,也得花钱。要是自己产后身体恢复不好，不能干活，母子俩要吃要喝的，还得花钱。她要趁自己现在还能动弹抓紧攒钱。卖水这活儿能挣钱。它不像当用人挣的是死钱，这是活钱，你只要勤快，多卖就能多挣。再者卖水是自在活儿，它不像当用人把人绑死了，你不能无故缺勤，卖水是自己给自己当老板，想干就干，不想干走人。引娃图的就是这个自在，身子轻省时干一阵子，身子重了就歇业，不像当用人耽误人家的事。

至于这活儿会不会影响胎儿发育，引娃不怕。她是有把握的，她没有那么娇气。从小就是吃苦的，身板子结实着呢，力气也不输男子汉。如果往后肚子再大一些，她就少挑一点，反正扁担是在自己肩上，轻重她是知道的。

引娃辞别房东，去木器行买了一根扁担两个木桶，来到西关，准备加入卖水的行列。

西安这地方怪得很，全城只有西关的井水是甜的，其他地方都是苦水。离西关越远，井水就越苦，南门东门北关一带的井水，不要说给人吃，就是饮牲口它们都不喝。因为这个原因，西安城但凡有钱有力气的人都吃西关的甜水。有力气的自己挑，有钱的坐在家里等别人送水上门。这样就催生了一个特殊行业：水行。水行是专门靠卖水赢利的行当，这一行的头儿叫水头。他花钱在西关包一眼水井，然后雇工给别人送水，按量收费。这是一个庞大的行业，它供着全西安城的饮用水呢。西关有多少眼水井，就有多少个水头，每个水头手下都有几十上百的送水工。送水工按量取酬，送得越多挣得越多。

引娃原先以为卖水是很简单的事，只要你有力气，有工具，水头就会收下你，可当她到了西关，才发现事情远不是那么简单。关中旱灾已经持续快一年了，成千上万的饥民涌进了西安城，他们除了当叫花子，稍微有点力气的都想找一些活计来谋生，卖水这事不用投入多少本钱，他们很多人也盯上了这个行业，一时间西关水井旁人山人海。

水行根本不需要这么多送水工，另外水头也怕鱼龙混杂坏了自己的名声。水行之间竞争很激烈，每个水头都希望自己的水能多赢人，水是靠卖水的送货上门的，他们的人品关乎水行的行情。大多数水行都已经满员了，即使招人的也设定了苛刻的条件：一是要交三元押金，二是要有老送水工当保人。引娃不解，就问人家，人家说，交押金是怕把水井上的辘轳井绳啥的弄坏了，要赔偿。老送水工当保人是连坐，保证你是有来路的人，正派人。引娃想了想，现在兵荒马乱的，水行这么做也有道理。

押金引娃交得起，孔太太不是刚付了她工钱吗。可保人这一项让她作难了，她到哪里去找这样的人呢？引娃略一思索，立即想到了石猴。他不就是在这里当送水工的吗？找他去。引娃不敢保证人家就愿意，可她得试试运气。

引娃挑着担子在西关一带溜达着，一个水井一个水井地打听。这里街道两边全是杂货铺子，经营的多是跟卖水挑担相关的货物。她看见很多挑水的肩上都衬着垫肩，也就买了一副。引娃问了一圈都没有问到石猴，干脆不找了，来到西关城门洞等着。卖水的都要从这里出入，她不信截不住他。

在这里引娃，看到了送水的全景图。有人赶着畜力水车，有人拉着人力水车，更多的是挑着担子的，这全看各人的经济状况，能置办啥工具就是啥工具。有钱的轻省些，没钱的拼老命。引娃等了半个时辰，果然看见石猴从城里出来了。也可能是太累了，他低着头走路，没有看见引娃。引娃猛地招呼了一声，石猴打了一个激灵，他抬头一看是引娃，笑着说："你把嘴解开了，跑井边喝水来了？"引娃说："看你这个人，累成这样了还开玩笑，是寻你来了。"石猴问："寻我干啥，买水啊？"引娃的担子在墙根放着，旁边有摆小摊的挡着，石猴没有看见。引娃说："我瓜呀，买水我在家门口等就行了，跑这么远撑的？"石猴说："那你干啥来了？想我了？"引娃说："还真是想你了，给你送件东西。"石猴问："啥东西？"引娃把藏在身后的垫肩亮出来。石猴以为引娃跟他开玩笑，没想到引娃真的把垫肩往他脖子上围。他连忙往后躲，说不要不要。他想，我跟这个女人非亲非故的，凭啥要人家的东西。引娃说："你别扭捏了，看肩膀已经磨成啥了！"引娃边给石猴戴垫肩，边抚摩他的肩头。

石猴的肩膀有一层厚厚的死皮，比鞋底还硬。他卖水三年了，从来舍不得给自己买一副垫肩，硬凭着血肉去扛着。不过也算好，左边磨破换右边，右边磨破换左边，三番五次后就磨成老茧了。老茧是死皮，没感觉，也就不知道疼了。虽然肩膀是麻木的，可石猴的心不麻木，他当下感觉到一股暖暖的热流在身上蔓延开来。就在两个人为垫肩推推让让的当儿，有卖水的同行路过这里，他们认识石猴，就问他："哟，媳妇来了，给你送垫肩来了？"石猴和引娃都闹了大红脸，他对她说："咱们走，甭让人胡说了。"引娃过去挑起自己的担子，石猴这才明白引娃是干啥来了，他眼睛瞪得溜圆，说："你还真卖水呀！"

引娃给石猴讲了自己的事，然后请他当保人。石猴一口答应，说："没问题，我那个水行也招人，我带你去。"石猴把引娃引荐给水头，水头见是个女的，不想要，石猴一再给水头说好话，还让引娃挑一担水在院子里走几个来回叫水头验看。水头见这女人是出力的坯子，也看在石猴多年勤勉的份上，收下了引娃。

办好手续出来，石猴把垫肩解下还给引娃，说："这个还是给你垫上吧。你刚入行，肩膀嫩，我早就磨老了。"引娃说："这是给你买的嘛，我要的话自己再买。"石猴说："你手头也不会宽裕，不要乱花钱了。其实你不必给我买东西的，有事你就说，我这人面皮薄，经不起人求的。"引娃脸上有些发烧，觉得自己低看了石猴，这是个好人，她昨天的判断没错。

　　第二天，引娃开始卖水。卖水是送水工先到水行的水井里吊出水，水行按量给你记账，每桶多少钱是定死的，你挑出去卖多少钱是你自己的事，卖水的实际上就是赚这个差价。水行跟卖水的每天结一次账，互不赊欠。引娃那天挑上一担水高高兴兴上路了。她为自己顺利谋得一份差事而兴奋，这可是不容易的事，那么多的人抢这个饭碗呢。刚挑上担子，引娃还不觉得累，嘴里竟不由自主地哼起秦腔《卖水》中梅英的唱段：

> 行行走，走行行，
> 信步儿来在凤凰亭。
> 这一年四季十二月，
> 听我表表十月花名：
> 正月里无有花儿采，
> 唯有这迎春花儿开。
> 我有心采上一朵头上戴，
> 猛想起水仙花开似雪白。
> ……

　　可是引娃的高兴劲没有持续多久，她的难场事就来了。这卖水都是有固定地盘的，谁开拓了这一带的市场，这片地方就归谁经营，别人是不能掺和的。引娃是后来的，附近区域都被人占完了，她到哪个地方，那个地方的送水人就驱赶她。没奈何，引娃只好往远处去，找那些偏僻的角角落落。这个时候引娃渐渐感觉到担子的重量了，气也开始喘得急了。不过引娃安慰自己，跑得远一点水就卖得贵一点，自己不就是为了挣钱嘛？吃点苦值得。

等引娃跑到南稍门附近，已经离开西关十里路了，她想这里应该没有人跟她抢地盘了，就拐进了一条狭窄的胡同。引娃高声吆喝："卖水了——"她喊了几声，都没有人应承她，只有一伙娃娃围着她看热闹。引娃想，这里的人大概还没有吃过西关的甜水，她得挨家挨户推销去。引娃挑着担子往里走，看见一家大门敞开着，就来到门口，她刚想开口打问，冷不防里面呼地扑出一条大黄狗，直奔她的脸面而来，引娃吓得急忙往后退，连退几步收不住身子，连人带桶倒在地上……幸亏这家主人听见动静跑出来，那狗已经把爪子搭在引娃身上了。那人喝住了狗，也呵斥引娃："你是干啥的，不打招呼往人家里钻！"他把自家的狗叫了回去，然后吭的一声关了门。引娃从地下爬起来，看见流了一地的水，不由自主地哭了。这水是从水行买来的呀，她挑了十几里地，肩膀压得烧疼，腿走得酸困，好不容易才来到这里，一分钱没卖，都泼在地上了。一路上她口渴了也舍不得喝一口，却这么糟蹋了！引娃心疼啊，她想把淌到低洼处的水掬出一点，可掬出的都是稀泥，她伸舌头舔了舔，润了润干燥的喉咙。

引娃回去时一路都在掉眼泪。回到西关水行，恰好遇见了石猴。石猴见她眼睛红红的，就问咋啦，她说没事，石猴说没事你哭啥呢？引娃说谁哭了？她想咧嘴笑一下，没想到笑容没出来眼泪却不争气地跑出来了。石猴说："你看你看，眼泪比你实诚，它都招了，你还不说。"引娃不知咋的，就像遇见亲人一样，委屈一下子就上来了，她抽抽噎噎地一时竟说不出话来。石猴笑着说："不伤心了，不伤心了，再哭眼泪就把鼻子冲歪了。"引娃缓过劲了，这才把事情叙说了一遍。

石猴听了以后说："我还以为是啥事呢。这好办，咱们轮换一下，你去我的地方卖水，我去南稍门那里。"引娃很感动，越发觉得石猴是个好人。可她不愿意无故沾别人的便宜，石猴跟她非亲非故的，人家已经为她当保人了，她凭啥一再白得别人的好处？于是便说："你的好意我心领了，到处都有狗的，你那里就没有狗吗？"石猴一听，对啊，他怎么没想到这一点呢，他的地盘确实也有狗。引娃接着说："再说了，我还是想往远处去，越远卖的钱越多嘛。"引娃这句话是客套，也是实话。

石猴想了想说："这样吧，从现在开始，咱们俩一起走，我教你对付狗的办法。"引娃高兴了，说："这就对了，有了防狗的法子，以后就不怕了。"引娃和石猴先挑水到石猴的地盘，把这里的用户打发了，再去南稍门。先去的地方果然有狗，可奇怪的是，那些狗见了石猴都顺溜溜的，既不叫也不咬。引娃问为啥呢，石猴说它们认识我，跟我熟嘛。引娃想这有道理，那她也得让狗认识她。问题是咋让那些狗认识她呢？石猴说，看我的。到了南稍门，一拐进上午去的那个胡同，咬过引娃的那只恶狗闻见生人味，呼地一下又扑了出来。可奇怪的是，它一见石猴立即掉转头，夹着尾巴就往回跑。石猴"喔"地吆喝一声，那狗像被施了定身法，直直地站在那里不敢动。石猴走到它跟前，那狗浑身颤抖，好像随时都会散了架。石猴叫引娃过来，引娃还心有余悸，怯怯地不敢过去，石猴笑着说："有我呢，你怕啥！"引娃试探着走到狗跟前，石猴说："你摸摸它，就跟它熟络了。"引娃不敢动手，石猴拉着她的手在狗身上摩挲，说没事吧。引娃战战兢兢地摸了一阵,石猴对狗说:"驾!"那狗这才回过神来,敢动了,它垂着耳朵,尾巴摇得像风车一样,围着引娃转圈圈。石猴对引娃说:"这狗认识你了,你现在叫它干啥它就干啥。"引娃对狗说:"回去!"那狗望了望引娃,赶紧夹着尾巴跑回家了。

就这样,石猴带着引娃把这一带的狗全驯顺了。引娃觉得石猴真是神了,使唤狗就跟使唤牲口一样,引娃问他咋有这本事的,石猴说:"我是神汉啊,降妖除魔都会,治一治狗还不是小菜一碟?"引娃疑惑地看了石猴一眼,问是真的吗?石猴说,真的。引娃说:"那我得离你远一点,我害怕。"石猴憋不住,扑哧一声笑了,说:"我要是有神汉的本事,就把小鬼捉来替我担水了,还用我出这个傻力吗?"引娃也笑了,不过她还是不解,石猴说:"很简单,我杀过狗,以前在乡下穷得活不下去,没办法,就专门到外面逮野狗杀,自己吃,也卖给别人。后来杀了有钱人的狗,被撵得没地方跑了,才窜到西安来了。我身上有杀气,狗能闻出来,再凶的狗都怕我。"

"怪不得!"她凑近石猴,使劲抽动鼻子,说我咋闻不出来啊。石猴说你不是狗嘛。引娃说我身上要是也有这种杀气就好了。石猴说:"这好办,你杀一只狗就得了。"引娃说:"吓死我了,我鸡都不敢杀。"石猴说:"那还有另外一个办法。"引娃问啥办法,石猴说:"把我身上的杀气给你分一点。"引娃高兴地说:"这个好啊,那咋分呢?"石猴嘻嘻嘻地笑,不说话,引娃说:"你笑啥呢,告诉我。"石猴说:"你……你叫我抱一下,就沾上杀气了。"引娃一愣,然后说:"这有啥嘛!"她大方地张开胳膊。这一下倒叫石猴不好意思了,他赶紧往后退,说我是开玩笑,你也当真。引娃说:"只要让我能卖水,做啥都行。"石猴看到引娃认真的样子,不敢开玩笑了,说:"其实你身上已经沾上杀气了,我们刚才挨得那么近。"引娃说:"那以后狗就不敢咬我了?"石猴说:"那当然,除非狗吃了豹子胆。"

回来以后天快黑了,一天的劳累也结束了。引娃把石猴的扁担要了过来,石猴问她干啥呀,引娃说:"不告诉你,明天早晨就知道了。"引娃回到新租的住处,打开包袱,取出自己的红缎棉袄。这是引娃当年的嫁妆,唯一的料子衣服,不到过年过节是舍不得穿的。它不光面料好,里面的棉花也絮得厚。引娃把它捧在手里摩挲了很久,咬了咬牙,拿起剪刀把一条袖子裁下来,穿在扁担正中腰,穿针引线缝结实了。缝好后她拿手捏了捏,又搁在自己肩上试了试,觉得不够软和,然后狠狠心,把另一只袖子也剪了,缝在外面,双层的棉垫子舒适多了。

第二天一早,引娃把扁担给石猴,石猴搁在肩头一试,软绵绵的真舒服,就像有温暖的手捂在肩头。

三十四

毡蛋快三岁了，已经可以屋里屋外乱跑了。这天早晨，他一起来就到门外玩耍，手里拿着一块锅盔。锅盔是周梁氏专门给宝贝孙子烙的，细面里掺了鸡蛋、白糖和核桃粉，又香又酥，牙嫩的娃娃吃起来正好。在连续两料庄稼歉收的大旱年月，恐怕只有周克文的孙子才有这个口福。

毡蛋一出门就碰见了黑丑。黑丑是到塬上去剥树皮的，路过这里。黑丑一见毡蛋手里的锅盔，涎水一下子就流了出来，他赶紧伸出舌头，把口水抿了回去。现在吃不饱肚子，口水也是珍贵的。可口水毕竟不是粮食，它只能滋润喉咙，不能撑饱肚子。黑丑已经有一两个月没见过粮食了，现在猛一跟这锅盔碰面，肚子里的饿虫一下子被惊醒了，它们大口大口地啃咬他的胃，黑丑当下觉得五脏六腑疼得难受，恨不得一把抢过毡蛋手里的锅盔。可他不敢，这娃娃一哭，家长立马就会冲出来，他一个大人抢娃娃的东西吃，脸往哪里搁？

抢不敢抢，不抢又饿得慌，急中生智，黑丑有办法了。他笑嘻嘻地对毡蛋娃说："娃娃，叔问你，你见过马没有？"

毡蛋奶声奶气地说："见过，我家牲口棚里有。"

黑丑说："那是真马，你不敢碰的。你想不想要一个耍货马，拿在手上耍？"

毡蛋毕竟是娃娃，他说："想啊，哪里有？"

黑丑说："你手上的锅盔就能咬出一匹马，你试试看。"

毡蛋把锅盔举在眼前端详着，不知道咋咬。黑丑说："你不会咬，把锅盔给叔，叔给你咬，保证咬出一个活生生的马。"

毡蛋高兴地把锅盔交给黑丑，黑丑接过锅盔，立即咔嚓咬了一口，嚼都来不及嚼就咽了下去，噎得他直翻白眼。粮食的味道真香啊，再好的野菜树皮都没法比。黑丑以前没有这种体会，现在有了。有了这种对比，黑丑就越发觉得他把家里剩下的那点粮食留给妈吃这事做得太对了。老人胃口本来就不好，咋能吃得下又苦又涩的野菜树皮呢？就算是她能吃得下，又咋能克化得了呢？

看见黑丑噎得像母鸡叫蛋一样咯咯喘气，毡蛋好奇地瞪圆眼睛。这娃娃太小，还不知道挨饿是啥滋味。他问黑丑："马呢？"

黑丑缓过气来说："甭急，叔给你慢慢咬。"他又狠狠咬了一口，说马尾巴出来了。

毡蛋说："在哪里呢，不像！"

"哈，"黑丑说，"是不像，我再咬。"他又咬了一口，说马头出来了。

毡蛋摇头说还不像。黑丑就再咬。他一口一口咬下去，一拃见方的锅盔一会儿就变得只有鸡蛋那么大了，他不敢再咬了，就把奇形怪状的锅盔还给毡蛋，说你看这马，都能飞起来了。

毡蛋把马拿在手里，咋看都看不出马的样子，趁他还在发愣，黑丑赶紧溜了。

毡蛋自己看不出来，就把马拿回家让大人看。毡蛋一进门，周梁氏就夸孙子，说我娃今天真乖，锅盔吃得这么快。毡蛋把锅盔举给他婆看，说："这是马，我有马了。"周梁氏愣了一下，马上明白是咋回事了。她问孙子："谁给你咬的马？"毬蛋还小，认不全村里的人，只是说，是叔，那个叔，黑黑的叔。周梁氏气得骂道："哪个短寿鬼，连三岁娃娃都欺哄。"

周克文也在场，他苦笑了一下说，你看这世道。

就在这时，长工常贵急急忙忙地跑回家，对周克文说："掌柜的，你快去看看，咱地头的树全叫人把皮剥光了。"

周克文哦了一声，心想咋这么快呢，昨天他去地里转悠，树还好好的嘛。他对常贵说，走，看看去。

周克文这人爱栽树。庄前屋后的空闲地方他全都栽了树，就连田间地头那些犁不到浇不上的旮旯犄角他也栽了树。别人说那会荒地的，他说荒就荒一点吧，我图一个好看。他说的是真话。周克文栽树不是为了木材，而是为了风景。别人觉得他有毛病，你是农民嘛，种庄稼的么，你要风景那么好看干吗？它能吃还是能喝？连他老婆都这么认为，她老是说他，你是属鸟的，就喜欢树！周克文是田园诗读多了，老把周家寨朝桃花源的样子弄。陶渊明的"狗吠深巷中，鸡鸣桑树颠"，王维的"漠漠水田飞白鹭，阴阴夏木啭黄鹂"，孟浩然的"绿树村边合，青山郭外斜"都是他向往的境界。村庄要是没有树木那还叫村庄吗？村庄没有树木就没有韵味，没有神气，那样的村庄他一天都待不下去。他真是在吃树木喝树木呢，他摄取的是树木的魂魄。

周克文来到地里一看，啊呀，心疼死了。田埂地头一排排的树木都被剥了皮，露出白森森的树干，就像人被开膛破肚一样。周克文不是觉得树在疼，而是觉得自己身上疼，好像谁把他身上的皮一绺一绺揭去一样撕心裂肺地疼。树木的伤口还在往外渗汁水，一滴一滴地淌下来，那是树木在流泪。人常说人活脸树活皮，把树皮剥了树还能活吗？周克文气得面目青紫，他高声骂道:"剥树皮的,我奍你妈,没有粮食吃了你吃屎去吧!"

常贵惊讶得瞪大眼睛,掌柜的竟然会骂粗话!他来明德堂许多年了,还是第一次听见周克文这么恶毒地诅咒人。

周克文当然知道是谁干的,那都是些被饥饿逼得没办法的人胡作非为。现在是青黄不接的春季,没粮食的人太多了。种大烟的人本来就不存粮,现买现吃,现在两料庄稼都歉收了,哪里还有卖粮食的?那些饿急了的人就铤而走险了。

问题是这些树皮不是都能吃的呀。榆树桑树勉强可以吃,可臭椿苦楝连牲口都不啃,他们把这些树皮剥了干啥呢?难道他们比畜生还口粗?

地里有很多淘食的。有的挖野菜,有的掏老鼠窝,有的拾雁粪,周克文的叫骂他们都听见了,不少人抬起头来瞅着周克文,眼睛里憋着一股怨气。他们当中可能有剥树皮的人,也可能没有,不管有没有,他们都是没有粮食的人,周克文骂没粮食的人去吃屎,这就是一篙打翻一船人,他们听着就来气。有粮食的人就这么牛皮,也太不把没粮食的人当人了吧!

挖野菜的老八说话了:"秀才哥,甭骂了,这都是叫老天爷逼的了,又不是光你家的树被剥皮了,你往远处看,哪一棵树还有皮呢?吃树皮的人本来就够可怜的了,你还叫人去吃屎,也太不厚道了吧!"周克文刚才只顾自家的树木了,现在往远处一看,果然如此,凡是看得见的树木都露着触目惊心的白茬,就像它们在给老天爷披麻戴孝一样。周克文气消了大半,也意识到自己刚才失态了,话说重了,有犯众怒的嫌疑。

他打了一个哈哈,对老八说:"我就随口这么一说,谁当真啊。"紧接着他问老八:"他八叔,这树皮剥了还有救吗?"老八说:"和一些泥巴糊上,说不定还能活。"周克文立即给常贵说:

"听八叔的，回去和泥去。"其实这法子他早就知道，他这是要卖一个面子给老八，缓和一下气氛。

不过老八似乎不太领情。他说："秀才哥，人常说花无百日红，人无百年富，富人也得想一想，他说不定会变成穷人呢！"

老八的话当然有刺，可周克文不计较，相反还觉得这是给他提了醒。人要居安思危，常把有时当无时，只有这样好光景才会世代相传。可现在他家里人谁受过苦？他们都是在富窝里打滚的，把好光景看得比屁还淡。就说眼前这干旱吧，两料庄稼都歉收了，可他家的生活还是老样子，该吃啥吃啥，该喝啥喝啥，跟村里人相比简直是在两个世界里。这不好，周克文想，这是娇惯了他们，应该让他们也过一过苦日子，跟村里人一样受一受罪，他们就知道咋过日子了。现在是个好机会，这旱灾多少年才来一次！

有了这个想法，周克文就满地里转悠，看别人咋淘粮食。野菜他吃过，知道是啥滋味，老鼠洞里掏出来的粮食虽然腥臭也还是粮食，这都是他熟悉的，只有雁粪他没有吃过。这东西以前也有人捡，是喂猪的饲料。周克文认为它应该是最难吃的，他打定主意，让家里人都尝尝雁粪的滋味。

周克文自己捡了一坨雁粪，这东西是麻钱大的绿色疙瘩，带着黏液，很像没有嚼烂吐出来的菜渣子。周克文放在鼻子跟前闻了闻，有一股浓重的腥臭味。粪毕竟是粪，哪怕它是鸟粪，可就是这种粪便也有这么多人争抢呢。周克文想，这大雁一路从南方飞来，碰上庄稼啄庄稼，碰上野草啄野草，它们的粪便里好歹应该有一星半点的粮食颗粒的。即使没有，粪便里的青草渣子也能吃，而且吃起来安全，保证没有毒性。

周克文放眼望去，平坦的原野上大雁此起彼伏，它们在南方越冬后回到了老家。往年这个时候正是春意盎然的季节，花红柳绿，碧草连天，田里的麦子也已经从冬眠中起身了，它们挺立株秆，伸展叶子，在温暖的阳光下拔节分蘖。可今年到现在却看不见一丝春意。绿色消失了，树叶被捋光了，野草野菜也被铲光了。去年冬天干种的麦子基本没有发芽，有一些水浇田的麦苗勉强挤出地面，但由于墒情不济，蔫黄蔫黄地趴在地上，像得了重病一样缓不过气来。农谚说，春分麦起身，肥水要紧跟，天不下雨有啥办法呢？周克文的麦子差不多都是这样，去年下种时浇了一水，后来就再也没浇过了。不是他不想浇，是水井都快干了，汲不上水来了。大雁现在就在他这样的麦田里此起彼伏，它们也要吃东西。它们归心似箭，长途跋涉，牵挂着北方的好日子，一想到故乡的花香草肥就口水横流，可没想到回到家乡，这里竟然变成了这样子！它们没有办法，口焦舌燥，肚空腹饥，只能啃啄这些蔫黄的麦苗敷衍胃口。

周克文眼看着大雁糟蹋他的麦苗，也没有办法。大雁太多了，赶走一拨又来一拨，一拨去了一拨来，况且他那么多地，就是把所有长工都派去吆雁也吆不过来。再说了，他要是真去赶，村里人肯定骂他，多少人等着雁粪下锅呢，你这不是断了别人的粮道吗？看着满地拾雁粪的人，周克文叹了一口气。

回到家里，周克文就打发春娥去拾雁粪。春娥问：“爹，咱拾那个东西干啥呀，喂猪吗？”周克文脸一黑说："扪嘴呀，给人吃！"周梁氏说：“你白米细面吃腻了，要换口味？”周克文说：“不是我一个人，全家人都换！”

春娥去了半天，拾了一拌笼雁粪回来。这东西到底咋吃，全家人都不知道。周克文对春娥说：“咱不会吃总有会吃的，村里那么多拾雁粪的，你去问一问。”春娥心里很不乐意，觉得他爹的口味也怪得离奇了，放着家里的白米细面不吃，硬是要吃鸟屙下的。可腹诽归腹诽，他爹的话她是不敢违拗的，于是去了狗剩家。刚才在地里拾雁粪碰到狗剩媳妇了，狗剩媳妇来得早，拾了一绊笼早早回去了，她肯定知道咋把雁粪当饭食做。

　　春娥一进狗剩家，就听见里面哭声骂声响成一片。狗剩他爹直挺挺地躺在窑洞地面上，脖子上还缠着半截绳子，狗剩满院子追着打他媳妇，媳妇被打得杀猪一样叫唤。春娥吃了一惊，不知道是咋回事。问了拉架劝说的人，才知道狗剩媳妇闯祸了。这媳妇拾雁粪回来，发现她爹在厨房生火烧锅，她揭开锅，热气蒸腾，里面的东西看不见，却有一股肉香味直冲鼻子。狗剩媳妇很生气，家里已经很长时间没有东西吃了，她在外面弄点啥填肚子的，首先想着给公公吃，可这老东西却把家人当贼防，自己藏了好吃的，趁她不在家偷偷吃！狗剩媳妇黑了脸，咣地一甩厨房门走了出去。狗剩他爹知道儿媳妇误解他了，他说他把家里的牛笼头拆了，那是牛皮做的，他想煮一煮看能不能吃。媳妇哼了一声，根本就不相信。狗剩他爹急了，说谁偷吃天打五雷轰，媳妇回了一句，现在谁还怕天打五雷轰？天打五雷轰是享福呢，死了就不受饿罪了。狗剩他爹是个耿直的人，没想到老了老了被儿媳妇当贼看，一气之下就上吊了。

　　春娥悄悄溜了出来，回去把这事告诉了她爹。周克文听了，愣了好长一阵，啥话也不说。春娥小心翼翼地说："爹，咱家的粮食还多着呢，你看咱给他们……"周克文打断她的话说："凭啥呢，给他们？"春娥说："我不是说送给他们，是借给他们，卖给他们。"周克文说："这不是借和卖的事。我早就跟他们说了，农民嘛，天生就是种粮食的，他们不听，得让他们受受天罚！"

春娥还想说啥，周克文问："你打听到了没有，雁粪咋吃？"春娥伸了伸舌头，赶紧往外走。周克文在后面说："我就是要让你们也受受这饿罪，你们就知道光景咋过了！"

春娥去了毛娃家，毛娃今天也去拾雁粪了。她进去时毛娃媳妇正在做饭，她说明来意，毛娃媳妇问："你们家粮食多的是，还要吃这玩意？"春娥说："碰上了荒年嘛，粗细搭配着吃。"毛娃在一旁说："还是秀才叔会过光景呀，我告诉你，这雁粪不能单独吃，太腥气了，我们是这么做的，把雁粪添上水，再加上白土，熬成糊汤，味道喷喷香。"

白土春娥知道，就是观音土，这东西老崖下面就能挖到，颜色又白又细，人们常拿它和泥抹墙面，没想到这东西还能吃。"能吃，"毛娃说，"你看，我窑门口放的就是，刚挖的。"

春娥噢了一声，说："那我也挖去，挖了给他们涮糊汤。"

春娥走了，毛娃媳妇问毛娃："咱啥时候喝过加白土的雁粪糊汤？你不是日弄人嘛。"她知道这白土不到万不得已是不能吃的，已经有人吃过了，吃进去屙不出来。

毛娃说："我看见他们就来气，家里藏那么多粮食不吃，还这么抠，明摆着是要趁饥荒卖大价钱了。我让他们受受罪！"

周克文一家人果然被塞住了。周克文在茅房里蹲了几袋烟的工夫，腿都圪蹴酸了，憋出满头青筋一脸汗水，也屙不出来，没奈何只好提上裤子叫来老婆，让周梁氏在茅房里拿手给他抠出来。周梁氏刚笑完老汉，没想到自己也屙不出来了，只好让老汉把自己的动作也重复一遍。轮到春娥就难了，她一个小媳妇，咋有脸让别人抠那个地方，只能窝着身子自己来，差点没把身子折断了。

这一家人把茅房占着，可憋坏了长工。他们吃的是白米细面，不知道主人一家是干啥呢，老猫在里面不出来，难道那里的气味好闻嘛？

第二天一早，绛帐镇商会秦会长派人来请周克文吃饭。周克文觉得奇怪，他在绛帐镇又没有商号，商会会长找他干嘛。他到镇上吓了一跳，多日没有来这里，这个关中名镇眼下差不多变成阎罗殿了。街道两旁隔三岔五地就有死人躺在地上，不小心会把人绊一个跟头。这些尸体各种年龄的都有，老人、妇女和娃娃最多。在城门洞里周克文看见有一对倒毙的母子，可怜的娃娃死了还噙着他妈的奶头。最可怕的是那些露天的锅台子，这里白天是食品摊架锅的地方，晚上把家伙撤了以后里面还有余温，那些叫花子就挤在炉膛里过夜。初春的夜晚还是很冷的，这些又冷又饿的叫花子很多人挨不过去，没等第二天天亮就死了。他们的尸体密密麻麻地插在灶膛里，就像香炉里插满了香头。周克文从这些锅台子跟前走过时头发都竖起来了，他没有见过这样死人的！

秦会长在西府泡馍馆迎接周克文。他们一坐下，伙计就拿出两个耀州老碗，四个锅盔，让他们自己掰馍。没想到他们还没有动手，就呼啦围上来一圈叫花子，伙计赶也赶不走。他们无奈，只好把锅盔掰开了，分给每人一块。这些叫花子走了，还有一拨叫花子围着另一张桌子，那里有一个人自顾自地吃羊肉泡馍，不理叫花子。一个叫花子生气了，噗地朝那人的碗里吐了一口痰，那人火了，掂起板凳要抢过去。秦会长赶紧把他拦住了，说千万不敢，你看他一股风都能吹倒，要出人命的。那人气不过，把一碗羊肉泡馍端起来泼到门外去，说我叫你们吃！没想到那些叫花子争先恐后地挤出门，有些在地上捡着吃，有些干脆趴下吸啜。

秦会长说："抱歉，咱们一顿饭都吃不安然。"周克文说：

"你甭客气，我也不欠这一顿饭，有事请讲。"秦会长说："你刚才都看见了，咱这街道上到处堆着死人，都快成阴曹地府了。镇上本来有收尸队，可现在死人太多了，他们忙不过来，尸体不能及时清理，臭大街了，害得生意没办法做了。我们商会决定出钱雇人来收尸，大家都说周先生是急公好义的人，所以这为难的事就要麻烦你了。"

这的确是一件为难的事。商会找过好几个村子，人家都不干，因为抬死人是晦气的事，商会又不愿出大价钱。商会不愿出大价钱是因为死人太多了，也不知道还会死到啥时候，那要贴进去多少钱？秦会长当然不会把这些告诉周克文，他听说这周秀才是爱戴高帽子的人，所以就拿高帽子捂他。

有人夸自己周克文当然高兴，可他也不是高帽子一捂就昏头的人。他对秦会长说："这事恐怕不好办，除了父母，谁愿意给别人收尸呢？"秦会长知道又碰到石头上了，可这事情又拖不起，越拖死人越多腐臭越浓。他有些着急，就说："那你们也不愿意干了？"

秦会长这话就露出了马脚，周克文猜测他一定找过别人。就说："别人都不干，我们又不是瓜子！"秦会长不甘心，说咱再商量商量。周克文说："商量啥呢，我不要钱。"秦会长吃惊地问："不要钱，白干？"周克文说："凭啥呢？我要粮食！"他知道周家寨人现在最缺吃的，钱用处不大，有钱也不见得能买到粮食，况且相对于粮食，钱每天都在贬值。秦会长一听，心里骂道，这家伙还是读书人，心比大老粗还黑，谁不知道现在粮食金贵，他直接就要粮食了！他说："这不好办吧，你知道我们商会是做生意的，手上多少有几个钱，哪来的粮食啊？"周克文说："我给你出个主意，不用商会破费，这粮食就来了。"秦会长说：

"哪来这样的好事？"周克文说："咱们绛帐镇不是设有义仓吗？你去找义仓的仓头，我想你们肯定都熟络，让他拿出粮食来支付收尸的工钱，义仓本来就是应付灾荒的，现在正当其时。"

秦会长一听，拍了拍脑袋说："对啊，我咋就没有想到这一招呢？"他对周克文说，"你回去招呼人，我这就去找仓头，应该没问题。"

周克文离开时忽然想到一个问题，他问秦会长，现在旱灾闹得这么厉害，镇上的义仓咋还不放赈呢？秦会长说，我前几天碰见仓头，也问过这个。仓头说，现在绛帐镇来的都是外地难民，咱这义仓是给本地设的，只有咱这里荒得不行了才会开仓的。再说了，现在放赈就等于把难民往这里招呢。他们是哪里有吃的往哪里涌，镇上难民已经够多的了，再来咱们本地人都让叫花子挤走了。

周克文一想也是。这绛帐镇义仓是绛帐人纳的粮，他们纳粮的目的就是防年馑。这阵子本地虽然还没有闹到死人的份上，可谁知道这旱灾会持续到啥时候，再闹下去保不住就会饿死人，那时候就得凭借义仓救人了。现在开仓给外地人吃，到时候本地人咋办？

周克文回到周家寨，详细估摸了村里人的困难状况，挑了几十个小伙子招到祠堂，说了去镇上埋人的话。有人听了高兴得恨不得给周克文磕头，说秀才叔给大家办了好事；也有人不愿意，说沾死人是倒霉的事。按说谁不愿意可以不去，想去的人多的是，可周克文犯了倔，他偏要这些人去。他把他们臭骂一顿，说不是看在你们还有父母高堂的份上，我坚决把你们换掉。可你们还有父母，你们得养活他们，让他们受饥挨饿就是逆子，周家寨没有逆子的立足之地，你们去也得去，不去也得去！

那些人被骂得不敢说话，最后只得去了。

周家寨收尸队来到镇上。他们有的推车载，有的拿门板抬，商会的人给他们计数，按收尸的数量发粮。黑丑和毛娃两个人抬一个门板，开始跑得风快，他们觉得有推车的人比他们占便宜，人家是一个活人对付一个死人，他们是两个活人才对付一个死人，得多跑才能跟人家扳平。可他们早晨没有吃啥硬货，都是雁粪汤就榆树面饼子，一阵子后就顶不住了。抬死人的路挺远的，要从镇上走到郊外的城壕里，那里有万人坑。这次他们俩抬了一个瘦男人的尸体，走了一半路就累得不行了，到城墙外的一棵槐树下他们搁下门板，坐下喘口气。毛娃从兜里摸出一疙瘩糠团子啃起来，黑丑眼巴巴地瞅着，口水一绺一绺地往下滴。他恳求毛娃说："给我掰一点吧，我也饿得不行了。"毛娃不给，黑丑说："你不给我一点劲儿都没有了，一会儿你就一个人去背死尸吧。"这是威胁了，毛娃没办法，只得给黑丑分一些。黑丑要是真耍死狗了，他一个人咋弄？不要说他现在根本背不动，就算背得动他也不敢，死人趴在背上那是啥感觉！

两个人双手捧着糠团子，专心致志地吃着，唯恐撒掉一星半点。这时忽然一只手从背后伸了过来，一把抓住毛娃的胳膊。毛娃以为有人要抢他的吃货，回头骂道，亸你——他还没有骂完，声音却变成了惊恐的呐喊：

"诈尸了！"

黑丑回头一看，啊！门板上的尸体不见了，那个瘦男人爬到了他们跟前，向他们伸出枯瘦的手。

鬼啊！

原来那个瘦男人根本没有死，只是饿昏了，现在一闻到食物的香味，又活过来了。这把毛娃和黑丑吓了个半死。

毛娃和黑丑哪里舍得给他吃？他撑了一阵子又昏过去了。黑丑问毛娃："这咋办呀，他还没有死，我们总不能把他活埋了吧？"毛娃说："你甭瓜了，我们把他抬这么远容易吗？埋！"他招呼黑丑又把那个男人抬到门板上。他们一搬动，那个男人又被摇醒了，他有气无力地说："给我吃一点吧，我不想死。"黑丑有点不忍心，对毛娃说："你兜里还有吃的吧，给他吃点。"毛娃说："你这个瓜怂，给他吃了他就死不了啦，咱白抬了。"他转而对那个男人说："老哥，我劝你最好死了，就你这样子，有今天没明天，终究难逃一死，算你运气好，今天碰到我们给你收尸，落一个入土为安，要是以后死了，没人埋你，野狗就把你撕成碎片了，我们这是行善做好事呢。"

那人已经没有力气说话了，可两只眼睛依然睁得大大的，让毛娃黑丑不好下手。毛娃拿手把他的眼睛抚上，他又顽强地睁开来。黑丑知道啥意思了，他对毛娃说："他是不想当饿死鬼，你好歹给他吃点吧。"毛娃从兜里抠出一撮糠团子，捏到那人的嘴边说："我给你吃了，你就要去死啊，说话算数。"毛娃把吃货塞进那人的嘴里，他连嚼都没有嚼，咕叽一声咽下去了。他果然要死了，乖乖地闭上眼睛，可眼睛在闭上的同时眼角里却渗出两行眼泪来，泪珠很重，滴在门板上砸出咣的响声来，吓了毛娃黑丑一跳。

毛娃和黑丑心慌意乱地把他抬到万人坑边，一人抱头一人提腿，扑通一下抛到死人堆里，那里面横七竖八的，谁也分不清死和活。

到天快黑时，周克文带着一大捆香表纸钱和娘娘庙的孙道人来到镇上。他把收尸队集中到万人坑前，要在这里给亡灵做一场法事。在这之前周克文没有来过万人坑，他只是听说过这地方。当他现在站在城壕边时,万人坑里的惨象让他头皮噌地抽紧了。里面的尸体横七竖八层层叠叠,老的少的,男的女的,穿衣服的,光身子的,就像胡乱堆起的劈柴棒。这太吓人了,太揪心了!这里面有多少小孩的父亲,娃娃的母亲,爷爷的孙子,婆婆的媳妇!他们跟他的孙子、他的儿子、他的媳妇一样,是好孙子,好儿子,好媳妇,可现在他们却魂断异乡,被人潦潦草草地抛进了万人坑!

孙道人把香表纸钱焚化了,口里念念有词,双手在空中比画一阵,然后叫收尸的人——从火堆上跷过去,说没事了,我已经把他们超度了。

大家一下子都轻松了。法事一做,他们就不怕野鬼缠身了。他们感激周克文,还是他想得周到。收尸的人拿铁锨从壕岸上往下抛土,一会儿就把尸体遮住了,就像给他们盖了一层黄被子。可是这被子太薄了,收尸的人明显地敷衍了事。周克文说,再抛土,埋厚一些。毛娃说:"秀才叔,算了吧,这万人坑是一层一层往上埋的,他们上面还要再撂死人呢。""胡说!"周克文训斥道:"你咋没有一点敬畏心呢。人常说死者为大,他们活着遭罪,死了总该让他们在黄泉之下安然吧。"毛娃嘟嚷说:"他们死都死毬了,还知道个啥。"周克文瞪了毛娃一眼,一把抢过毛娃的铁锨,说你不愿动弹我来!毛娃赶紧要过铁锨,说咋敢劳动你老人家,我来,我来。大家再一起动手,给坑里填了厚厚一层黄土。

周克文这才好受一些。经念了,亡魂超度了,死人虽然没有棺材,可封土很厚的,不会有野狼野狗去打搅他们。他能做的都做了,好歹对得住这些死去的异乡人了。

收尸的人到商会领了金灿灿的麦子。这时候麦子比金子还珍贵,他们闻一闻粮食的香味都醉了。

三十五

　　那天清早起来，周克文按老习惯憋了一肚子臊尿要出门去解手。走到院子里，忽然听见空中传来一阵咔嚓声，他抬头四顾，只见院墙外面的桑树上攀着一个人，正在折树枝，摘桑葚。周克文很生气，这人也太胆大了吧，大白天的，别人门口的果子也敢偷？这哪是偷啊，分明是抢嘛！

　　周克文喜欢树，尤其喜欢桑树。他心中的大同圣境是孟子描绘的，亚圣曰：五亩之宅，树之以桑，五十者可以衣帛矣；鸡豚狗彘之畜，无失其时，七十者可以食肉矣；百亩之田，勿夺其时，数口之家，可以无饥矣；谨庠序之教，申之以孝悌之义，颁白者不负戴于道路矣。七十者衣帛食肉，黎民不饥不寒，然而不王者，未之有也。为了实现这种圣境，周克文首先在宅院周围广植桑树。不过他栽桑树与圣人稍有不同，圣人是为了养蚕，他是图嘴上快活。周克文喜欢吃桑葚，那是上好的果品，据说历朝历代都把它列为贡品。周克文吃法别致，一般人是直接摘来生吃，吃得满嘴紫红汁水横流，像是喝了鲜血。周克文讲究，他把桑葚洗净晒干，研成细末，加入蜂蜜调成丸药，每天嚼两个，长年不断，这是强身健体的秘方。周克文觉得自己快奔六十的人了，发不白，眼不花，腰不疼，腿不酸，就是得益于这个秘方。周克文爱看闲书，古人的医书也胡乱翻过一些，望闻问切那一套他按图索骥也悟了一个十之八九，觉得自己差不多已经是郎中了。他经常跃跃欲试给人看病，可没人信他的，包括他老婆。周克文很委屈，他开的方子都是有来历的，不是本于《黄帝内经》就是取自《千金方》，绝不是虎狼剂。别人不信，他只好自己信，自己给自己开方子，像这桑葚的方子就是《本草蒙筌》上的，那上面说："椹收曝干，蜜和丸服。开关利窍，安魂镇神。久服不饥，聪耳明目。"

桑树虽好，却不能栽在院子里。桑跟丧谐音，不吉利，周克文只好把它们栽在门外。不过它们都靠近院墙，整个树冠在院子里面都可以看到，周克文图的就是便于监督，怕桑葚熟了有人去糟蹋。往年还好，周家寨人都守规矩，偶尔有人嘴馋，路过树下，扔一个土疙瘩上去，砸下来几枝桑葚，也没有大碍，所以每年都能收得不少果实，够周克文做一年丸药的。可没想到今年竟然有人攀到树上去，折断树枝采桑葚，这咋叫周克文不生气！周克文想，我地头的树都让你们剥了皮，现在连我门口的树也不放过，这也太过分了吧！

这是谁呀？周克文刚要吆喝，可仔细一看，却发现是一个娃娃，一个眼生的娃娃。他赶紧把要冒出喉咙的喊声咽回去，蹑手蹑脚地走到门楼下面，把自己藏起来。他知道这么小的娃娃肯定不是老贼，胆子小，万一受了惊吓一失足掉下来可不得了，五六丈高的树，好歹都会摔一个腿断胳膊折的。

周克文也不敢开院门，怕弄出响声。可不开门他憋这一肚子尿没处放，再憋就要尿裤裆了。还好这时春娥起来了，她端了尿盆走出屋门，看见她爹躲在门楼下的样子，不知道要干啥。周克文指了指头顶，春娥抬头一看，发现了桑树上的人。她刚要喊，周克文赶紧捂住自己的嘴巴给春娥示意，春娥也把喊声憋了回去。她明白了她爹的意思，心想这老人家也太宽厚了吧，别人都欺负到门上了，他还这样待人。周克文又招手示意，让春娥把尿盆端过来，春娥以为她爹叫她倒尿盆去，她心想，你都不能出门，我咋出去？没想到她爹让她把尿盆放在他脚下。春娥正不知所以，周克文边解裤子边对她摆手，她脸一红，明白是咋回事了。春娥悄悄地退回屋里，周克文这才痛快淋漓地撒了一泡尿。

解除了负担，周克文就猫在门楼下等着那娃娃。约有一袋烟工夫，他听见树上传来哧溜哧溜的摩擦声，知道娃娃往下爬了。就在娃娃落地的一瞬间，周克文开门出去，一把抓住了他。那娃娃吓得一哆嗦，周克文正要扇他一巴掌，胳膊抡在半空中却收住了。那娃娃惊恐的脸朝着他，他认出这是谁了。虽然眼生，但他见过。

他是隔壁那个外路女人的娃娃，这两天一直在村子周围转悠，大家都看到了的。周克文生出了恻隐之心，他知道这娃娃是饿得没办法了才爬上树的。还有，他大概还想在高处看看他妈。周克文把紧绷的脸皮放松一点，问那娃娃："你叫个啥名字？"那娃娃紧张地望着他，不敢开口。周克文说："甭害怕，我不打你。"他想用手摸一下那娃娃的脑袋，缓和一下气氛，没想到那娃娃见他的手伸过来，吓得直往后躲。周克文想这时说啥都没用，只有行动才能消除这娃娃的恐惧。恰好这时候春娥倒尿盆回来了，他就对儿媳妇说，回去给娃娃拿个馍馍来。春娥连手都顾不上洗，立即拿了一个蒸馍出来。周克文把它递给娃娃，那娃娃愣怔着不敢接。周克文说："娃家，麦面馍，香得很。"那娃娃迟疑地接过去，小心翼翼地咬了一口，看见周克文笑着对他点头，立即狼吞虎咽地吃起来，一个馍一眨眼不见了，噎得他呼哧呼哧直喘气。周克文拉着娃娃说："走，到爷爷家喝点水去。"这娃娃现在不抗拒了，被周克文牵进自己家。

春娥给娃娃舀了一勺水喝了。周克文说："娃家，馍馍咱还有，可你现在不能吃了，饿急的人一次吃多了会撑坏的，一会儿给你带些馍馍拿回去吃。"那娃娃怯生生地点点头，周克文问他叫啥名字，几岁了。他说他叫猪娃，八岁了。周克文对他说："猪娃，你以后不要再折我家桑树了。你没吃的跟我要，我给你。你想看你妈了我把你妈叫到我家串门子，你到这里跟你妈见面。"那娃娃又点点头。周克文说，你真是个乖娃。他可怜这娃娃，也疼惜这娃娃，看他虎头虎脑的，虽然黑瘦干枯，可机灵劲藏在一双滴溜溜转的大眼睛里。这样的娃娃放在谁家都该是宝贝疙瘩呀，为啥他妈就不要他了呢？周克文心里不免有些气愤，这世上竟有这么狠心的妈，为了自己活命连亲生儿子都不要了。他不由得试探性地问了一句："隔壁的是妈吗？"

"是。"

"是你亲妈？"

"不是，是我婶娘。"

这就对了嘛！周克文证实了自己的猜测。他接着又问："那你婶没娃娃吗？"猪娃说："有，她撂了。""啊！为啥呢？"周克文一听，就觉得这里面有蹊跷。他对猪娃说："娃家，你给爷爷把这事说道一下。"

猪娃觉得这老汉慈眉善目的，又给他吃的，是个好人，就详细给周克文说了起来。猪娃说他是北山畔的人，他爷他婆他爹他妈都饿死了，他二爸和他婶有一个男娃，怕一家人都绝门了，就带着他和堂弟出来逃荒。四口人一路上沿门乞讨，走到半路上实在走不动了。一天晚上等他和堂弟睡着了，他二爸和婶娘商量事。他被婶娘的哭声吵醒了，听见了他们的对话，他二爸说咱一家四口人负担太重,这样逃不了多远都会饿死,必须撂掉一个娃娃才能逃出活命。婶娘问撂谁呀,二爸说撂了狗娃。婶娘一听就哭了,说你好狠心啊,亲生儿子你也下得了手?二爸说,我们总不能撂了猪娃吧,他是咱哥咱嫂的香火人,得给他们留一条根,咱还年轻,逃出荒年咱再生。到了半夜,他二爸和婶娘把他弄醒,拉上他就跑,把睡梦中的堂弟撂在那里不管了。第二天他们走了十几里路在一处歇脚,没想到堂弟跟着逃荒的队伍找了来,竟然找见他们了。一家人见面抱头痛哭,狗娃给爹妈说,爹,妈,我以后当乖娃娃,再也不尿炕了,你们不要撂了我。第二天晚上堂弟死活不睡觉。他五岁了,多少懂一些事儿了,他叫婶娘把他抱在怀中,眼睛瞪得圆圆的,生怕睡着了再被人丢下。到天亮时二爸把狗娃抱过来,说你尿一下吧,一会儿又把你妈衣服尿湿了。他抱着狗娃往一边走,狗娃说我就在这里尿,二爸说,再远一点,大家都在这里睡觉呢,一股尿臊味。一会儿二爸一个人回来了,拉了我们立即起身。婶娘问狗娃呢,二爸说,你甭管了,咱们走。婶娘疯了一样撕住二爸,哭着问,你把我娃咋么了?你把我娃害了!你还是娃他爹不?二爸打了婶娘一个耳光,把她的哭声打没了,他说,你这个女人咋这么不懂道理,赶紧走!狗娃我绑在树上了,拿他的裤带绑的,死不了,天亮就会有人看见给他松绑的,至于能不能逃活命,那就看他的造化了。我婶娘一路走一路回头,可再也没有看见堂弟追上来。后来为了养活我和婶娘,我二爸一直不吃东西,硬说他讨饭时在外面吃过了,不久他就饿死了。再后来我们就来到了这里,我婶娘给人当了媳妇。

周克文听完了,眼泪在眼眶里打转转。他错怪人了,这真是一对仁义夫妻啊,世上难得有这样的好人!可他仍然有些不明白,这女人既然花了那么大的代价把猪娃带出来了,为啥现在又不要他了呢?

周克文问猪娃原因,猪娃刚想照实回答,忽然想起婶娘的告诫,就说:"我不告诉你。"

周克文说:"你不告诉我就不给你馍馍了。"

"不给就不给,"那娃娃说,"我饿不死的。"说完他转身就往外走。

嘿,这娃娃!周克文佩服这小家伙的志气,也就不追问了,笑着说:"猪娃,爷跟你耍笑呢,来,拿上馍馍。"他对春娥说,"给娃多装一些,够吃个十天半月的。"

春娥也听得眼泪汪汪的,对她爹说:"爹,咱家还缺一个放羊的。"周克文说:"这么小的娃娃,咋敢叫放羊,羊把他扯到崖下去咋办?"春娥给猪娃饱饱装了一布袋馍馍,周克文对猪娃说:"吃完了再来取,爷给你管够。"

周克文牵着猪娃的手,把他送到门口。临走时对猪娃说:"乖娃,你要把你婶娘当亲妈啊,她太不容易了!"

猪娃说:"她就是我亲妈。"

周克文拍拍猪娃的后脑勺说:"真是个懂事的娃娃。"

打发走了猪娃,周克文一回到屋里,就听见春娥在自言自语:"可怜的娃娃,到哪里歇脚呢?"

周克文知道春娥是说给他听的,抱怨他没有把猪娃留下来。他不是没想过,可不能。隔壁硬是不要这个娃,把他赶到外面去。他要是收下了,就是故意给人眼睛里插棒槌。毕竟那人是他兄弟,他不能让事情对比得那么鲜明,那比扇人耳光还伤人!

"外面烂窑多的是,哪里住不下一个娃娃!"周克文对儿媳妇说。

猪娃婶娘给周宝根当媳妇了，这在周家寨算是奇事。周拴成咋会给儿子娶一个寡妇？而且还是北山畔来的难民，这从哪方面都说不过去嘛。

　　其实这是没办法的事，周拴成败家了。

　　周拴成去年关了烟馆，大量买地，终于成了周家寨最大的地主。可他得意扬扬没多久，就发现自己被那个算卦的坑了。大旱并没有在一年内结束，三月过后到眼下，一星雨都没有落过。他家的粮食早就吃完了，为了买粮不得不卖地。可现在粮食的价格涨到了让人咋舌的程度，一斗麦子十块银圆，一斗玉米七块银圆。相反，土地的价格一降再降，一亩上好的水田卖不到四块钱，旱地就更低了，一块两块都没有人要。土地长不出庄稼那就是废物，要它何用？再说了，人都饿得走不动路了，哪有力气种地呀？现在把土地抛荒全家逃难的人都有了，那些无主的地到处都是，谁愿意要随便种。周拴成还算反应快，三月一过，眼见没有下雨，就知道上当了，赶紧卖地换粮，这多少有些进项，到了后来他想卖都卖不出去了。他的家当全部押在土地上了，卖不了地，哪有钱买粮啊？到眼下这份上，你手里没有粮食，哪怕有成百上千亩土地，你也是穷光蛋，跟叫花子差不多！

　　周拴成现在差不多就到这份上了。尽管他还有一百多亩地，可手里的粮食却少得可怜，旱灾要是再持续下去，他真担心自己一家人难逃活命。他恨死那个算卦的了，要是再碰上，他肯定掐死那个家伙！他也恨自己，精明一世，咋就在这事上犯糊涂了呢？每想到这里，周拴成恨不得一头碰死算毬了。

　　可后悔没有用，过去的事不会重新开始，恨自己也不公平，谁不想发家致富？现在最要紧的是想想眼下咋过。

　　当然，办法不是没有，最直接的就是去给他哥低头认个错，求他哥接济。可他早就把话说绝了，也把事做绝了，现在咋有脸去求人！他要是这么做，周家寨人会拿尻眼笑话他。人是要有点志气的，他周拴成在周家寨好歹也是个人物，不能这么糟践自己！

可不这么做，周拴成实在想不出啥好办法。到这份上了周拴成才忽然发现，人生一世其实是很无奈的，很多事情是想得出做不到，人命硬不过天命。就拿他来说吧，一辈子要强，不服人，不停地折腾，可结果总是鸡飞蛋打。是他不聪明？不勤勉？不节俭？周拴成觉得那要看跟谁比，跟他哥比他样样占先，可老天就是不公，他哥做啥事都顺手，偏偏他每次都砸锅！人的命天注定，胡思乱想没有用，老辈子传下来的话太对了！

周拴成从来都很自负，对自己的光景充满信心。可没想到这一回的跟头栽得这么重，把他一辈子的积蓄全搭进去了，这彻底打掉了他的锐气，让他一下子蔫了。他觉得自己力不从心了，拿世事没有办法了。这样的心境让他忽然记起了自己的年龄，他已经五十多岁了，是实实在在的老汉了！以前他从没有老的感觉，总觉得自己生龙活虎，还是一个小伙子，顶多算一个壮年人，走路卷得起尘土，放屁砸得出深坑，吐口唾沫也能淹死癞蛤蟆。可眼下他猛然发现自己腰弯了，眼花了，耳背了，连撒尿都射不远了，尽往鞋面上漏。这一切都告诉他，人老了，暮年逼到脚下了，前面的日子已经看得到尽头了。人生短促，他不能再浪费时间跟天命顶牛了，趁现在他还站得起爬得动，得赶紧办一些该办的事。

还有啥事是该办的？周拴成略一思索，一股自责涌上心头，他还没有给儿子娶媳妇呢！作为父亲，这是他人生最大的责任。

其实这不光是为儿子尽义务，也是给自己续香火。自从败家之后，周拴成内心深处一直有一种说不出来的恐惧：就他这年龄，就他这身体，他不知道自己还能不能活出灾年。周拴成急切地想在有生之年抱上孙子，看到自己香火永继。只要能享受上这样的天伦之乐，他就是饿死了也会瞑目。这种心理在他去过几次绛帐镇后更加强烈了。那么多的难民说死就死了，谁能保证关中道的人不会步他们的后尘？只要大旱再持续几个月，他们这里绝对要饿死人！在死人堆里他看到最多的是老人和娃娃，他们身子弱，最不扛饿。要是周家寨也到死人的份上了，那他们家最先饿死的就是他和老婆。而且必须是他们老两口，因为他儿子有病，身体不好，要保证他活下去，他们老两口一定要先死！

还有更深的一层恐惧，周拴成想都不敢想：即使他们老两口为了成全儿子饿死了，他儿子就一定能逃出活命吗？宝根单薄得就像一根豆芽菜，一阵风也能把他吹折了，这样的人也是经不起饿鬼纠缠的。

要是他和儿子都死了，那他家不是绝户了？

这简直太可怕了！

趁现在还来得及，赶紧给儿子娶媳妇，赶紧给周家留后。

主意已定，周拴成就留意起到周家寨逃荒讨饭的女人来了。从去年冬天到现在，每天到村里乞讨的外路人络绎不绝。周拴成为啥尽瞅这种人呢？他心里有自己的盘算。他给儿子订媳妇也不是现在才开始的，以前也张罗过，可多少媒婆跑断腿也没有结果。关键在于他儿子是病秧子，还是大烟鬼，这是远近闻名的，正经人家谁愿意把女儿嫁给他？现在周拴成不在本地打主意了，他知道那是瞎耽误工夫，只有外路人不明就里，容易哄到手。就算她后来知道真相了，也不会离开，这里有吃的，活命要紧。再说了，娶本地女子好歹都得花一笔钱，彩礼啥的少不了，现在他手里哪里还有钱？钱都买粮食了。逃荒的女人根本就是白捡，只要有饭吃，她就把你当爷了，还敢要钱？

按说现在不是添丁加口的时候，多一张嘴就多一份负担。可事情逼到这份上了，不这么做不行。再说了，周拴成现在也想通了，有一利必有一弊，这世上没有万全的好事。自己以前办事就是因为太想得利而不肯吃一丝亏，所以才屡屡受挫，这叫聪明反被聪明误。眼下他得吸取教训了，想事情要把两面都想到。现在给儿子娶媳妇肯定不是最好的时候，可反过来它又是最好的时候。为啥呢？这年馑不是说有就有的，多少年才碰一回，有年馑才会有难民，有难民才会有啥都不计较的儿媳妇，一旦过了荒年他到哪里找这样的便宜货？为这样的便宜货家里就受点难场吧，好在存粮还有一些，够支撑一阵子，多一张嘴无非多给锅里添一瓢水，原先吃稠的现在吃稀一点就是了，她一个逃难来的女人还敢计较？稀饭掺野菜，说不定全家就这样挨过荒年了。如果捱不过，那是老天爷要灭绝人，谁也没办法。

就在周拴成这样盘算的时候，猪娃跟他婶娘来到周家寨，讨饭讨到了周拴成门上。周拴成见了眼睛一亮，这女人胯骨宽，肩膀厚，一看就是能生养能干活的坯子。虽然饿得尻蛋子和胸脯瘪塌塌的，周拴成知道那不碍事，只要一沾上粮食，该鼓的地方立马就会鼓起来。更让周拴成感兴趣的是她身边的娃娃，他问那女人，这是你娃娃？女人点点头。这太好了，她已经生过了，而且是儿子，这证明她不但能生养，而且还是一块肥田！

就是她了。

周拴成把那女人领进院里，给了她和娃娃一人一个馍，然后把他的意思给她说了。那女人听了真是不敢相信自己的耳朵，愣了半天才反应过来。她一扯身旁的娃娃，扑通一声给周拴成跪下，对猪娃说："赶紧给爷爷磕头！"

周拴成把猪娃拉起来说:"我不是你爷,这里没娃娃的事。"女人愣了。

周拴成说:"我只能收留一个人,我缺儿媳妇,不缺孙子。"

女人说:"可我们是母子俩啊,我不能撂下我娃不管。"

周拴成说:"那是你的事,你自己想好了。你是想两个人都饿死呢,还是要留一个人的命?要饭的女人多的是,可要儿媳妇的就我一家。"

那女人从地上站起来,拉上猪娃慢慢地走了。她确实走得很慢,她知道从这个院子里走出去意味着啥。

周拴成看着女人走出家门,心里很有些不舍。他留意过不少讨饭的女人了,没有哪个比她更合适的了。而且周拴成现在还对这女人生出了一丝钦佩,这样把亲情看作比命重的人太难得了,有这样的儿媳妇是家门之幸。

周拴成正在惋惜呢,没想到那女人又回来了,她满脸泪痕。周拴成问她:"你想好了?"那女儿抽噎着点点头。周拴成说:"就是嘛,留着青山在,不怕没柴烧。"那女人一听这话反而哭出声来了,眼泪把衣襟都打湿了。周拴成说:"甭伤心,你还会再生嘛。"

周拴成以为这女人把娃娃撵跑了,其实不是。女人跟猪娃在外面商量好了,为了他们都活下去,她给这家当媳妇,猪娃就在周围流浪着,她想办法给他偷吃的。只要她在这家站住脚,总有办法养活他。

可是这女人没有想到周家会把她看得那么紧,她几次想把馍馍揣出家门都被发现了。周拴成精着呢,他知道这娃娃虽然被撵跑了,可没有死。只要娃娃还活着,当妈的就会牵挂,他不能不防。

猪娃就这样被饿得爬上了周克文家的桑树。

三十六

布谷鸟又叫起来了，村里村外都回荡着它们清脆的声音：算黄算割！算黄算割！往年它一叫，人们都喜上眉梢，总算熬过了青黄不接的春季，要吃上新麦了！大家取出镰刀，在磨石上蹭得山响，急不可待地要下地割麦了。可今年布谷鸟嗓子都喊哑了，人们却无动于衷，镰刀都急得生锈了，大家也懒得去磨它。

镰刀派不上用场了。地里空荡荡的，去年干种的庄稼基本没有发芽，在土里就捂死了。水田的情况稍微好一些，浇过一水的出了苗，可后续的墒情跟不上，发育不良，至今长不到半尺高，吐出的麦穗只有指甲盖大。这样的麦子个头矮，没法下镰，只能拿手拔。拔下的麦子差不多都是秕壳子，能收回种子就算烧高香了。

这个五月端午，周家寨人是在愁眉苦脸中度过的。夏粮绝收了，他们彻底断了指望。俗话说荒年怕尾不怕头，开头容易结尾难啊，年馑刚开始大家多少都有一些陈粮，能支撑一阵了，到后来粮食吃完了灾荒还没有过去，他们就慌了。关中大旱已经持续快一年了，去秋今夏两料庄稼绝收，除了积蓄深厚的大家富户，有多少人能撑到现在？很多人早就没有粮食了，靠的是野菜树皮度日。

逃荒开始了。腿脚灵便的，有力气能走路的，他们不愿意窝在老家等死,出去逃荒了。逃荒的去处是南山。那里是秦岭腹地,山上潮湿,总可以长庄稼的,即使没有粮食,也可以找到山货野味充饥。更远的是翻过秦岭到陕南,那里是北方的小江南,鱼米之乡,混一口饭不是难事。

五月的关中出现怪事了。北山畔的人逃到了这里,这里的人却要逃到南山里,他们一拨来了一拨走,就像接力赛。

能逃的逃走了,不能逃的只能死守家里。老人们都没有走,他们一是走不动,二是不愿走,宁愿饿死也要埋在祖坟里。老人不走,他们的儿女就被拖累住了,孝顺的晚辈不能丢下长辈不管。不逃荒的咋糊口呢?他们也得活下去呀,这时他们想到了一个办法:背粮。

背粮就是到南山以至陕南一带去买粮食。那里没有遭灾,粮食便宜,从那里买来粮食,大人背一百多斤,娃娃背三五十斤,几百里路程运回来。背一趟要走二十多天,秦岭全是山路,陡峭湿滑,没有走惯山路的平川人空走都要手脚并用,更不要说负重百十斤了,稍不小心就会掉下悬崖。每运一次粮,总有人回不来。这百十斤的粮食背到家其实只剩一半多,因为背粮的人每天还要自己吃,住店喝水之类也要拿粮食换。就这点粮食也不敢保证一定就是自己的,路上还有土匪呢,遇上土匪能逃活命就不错了,饿急了的土匪连人肉也吃。

就算这一半粮食背回来,也不能全部留给家人吃,还得再分一半卖出去,换来下一趟买粮的资费。要是家里人口太多,那就不能卖粮食了,必须另想办法筹集钱款。能有啥办法呢?屋里屋外转圈看,寻思还有啥东西可以卖。地是最不值钱的了,现在没人要,那就把桌椅板凳柜子条案拿到集市上试试运气。实在不行,就上房拆檩条,把窑洞的门窗挖下,甚至把老人的棺材寿衣豁出去典当了。有这些东西可卖还算是幸运的,有些家里穷得叮当响,没啥可卖的,最后只有卖人了。卖啥人?女人和娃娃。就这两种人有人要。不过这卖的方式有讲究,不同的市场价格不同,在老家卖连牲口的价格都不如,牲口可以杀了吃肉,可吃人终究还是有些忌讳。要是把人弄到南山那边去卖,价钱就翻跟头了。山里的光棍跟树木一样多,那里的女人都往山外跑,难得有山外女人嫁进去的。

周家寨的毛娃就是这么干的,他要卖媳妇。毛娃干得很巧妙,去南山时他对媳妇说:"咱家人多,我一次只能背几十斤,你这次也跟我一起去吧,给我当个帮手,多少也能背一些。"他不敢提前把话说穿了,怕媳妇不愿意,先把她哄去了再想办法。毛娃媳妇心疼男人,明知道背粮受的是牛马罪,连男子汉也未必顶得住,还是一口答应了。到了南山,毛娃借口先去跟山民谈买卖,让媳妇在外边等着,他挨家挨户给媳妇找买家。

毛娃心里那个疼啊。他跟媳妇成亲十年了,媳妇给他生了四个娃娃,整天忙着带娃娃,伺候父母,外带经管毛娃的傻大伯。大伯得过羊羔风,光棍一辈子,时不时犯病,犯了病吃屎喝尿都做得出来。这样的媳妇他咋舍得卖?可不卖她又卖谁啊?娃娃当然也能卖,可没有女人好卖呀。山里最缺女人,只要是女人,不管老少美丑都很抢手。带娃娃来就不一定了,要是娃娃卖不出,不光是没有钱买粮,而且他们俩也会饿死在半道上。毛娃一家一家地走,他的腿像绑了石头一样沉重,他既盼望有人立即要了他媳妇,让他赶快从痛苦的熬煎中解脱出来,同时又怕有人会这么做,那是从他心口生生剜去一块肉!

毛娃很快就找到买家了,一个是三十多岁的猎人,一个是五十多岁的老汉。毛娃掂量了一下,选了老头。这有点不合情理，可不知咋地他就这么做了，他给自己的解释是那个老头出的价高，可那仅仅是高了五毛钱。

当毛娃把媳妇领到那个老汉家里时，他才跟她说了实话。媳妇当下懵了，她不相信毛娃会这么做！可毛娃的神态告诉她这是真的，他低着头，不敢看她。她的眼泪淌下来了，她啥话也没有说，只是定定地看着毛娃。毛娃能感觉到那目光的冰冷和刺疼，让他身体急遽收缩。他承受不住愧疚的挤压了，抡起巴掌扇自己的耳光，咒骂自己："我不是人，我没本事！"媳妇拉住他的手说："娃他爹，我不怪你，要怪就怪这瞎了眼的老天爷。"

老汉拿出身价钱交给毛娃。毛娃数钱，媳妇看着他一分一厘地认真清点票子，这情景让毛娃恨不得有个地缝钻进去。点清钱他立马要走，媳妇却叫住他。媳妇把自己穿的夹袄和鞋子脱下来，交给毛娃，叮咛说："你把这衣服给咱妈带回去，她一辈子穿的都是补丁衣服，我出门穿的这件衣服是当年的嫁妆，还是半新的，给她老人家遮寒吧。我这媳妇没当好，十年了也没有给她缝一件好衣服。这鞋子给咱大女子，跟她说妈对不起她，半道把她撂下了，以后就靠她经管一家人了。"

毛娃一听，眼泪唰一下奔涌而出，他一把抱住媳妇说："我不卖了，要死咱死一起吧！"

两个人抱头痛哭，哭得那老汉不耐烦了。他说："你不卖了把钱还给我，我退货就是了。"这一句话让两人都住了哭声，他们当下陷入绝境。退了钱拿啥买粮食？空着手回家，不要说家里那七张嘴没指望，就是他们两个人也会在半路上饿死！这道理谁都明白，可要说出来却太难了。

最后还是毛娃媳妇张口了，她说："你就把我卖了吧，我愿意。"

"可我不愿意！"毛娃说。

"你把我卖了是好事，我在这里享福呢。"毛娃媳妇惨然一笑说，"这里有粮食吃，不挨饿。"

毛娃知道媳妇是给他宽心呢，可越是这样他心里越难受，越不舍这样的好媳妇。他把卖身钱掏出来塞给老汉，对媳妇说："咱不管老家那一摊子了，都饿死算毬了，咱两个在这里不回去了，开荒种地！"

媳妇愣了一下，她明白毛娃的用心，拽着他的手说："你说啥气话呢，那是七条人命啊，都是咱的骨肉！就算老人你舍得下，娃娃都还没有成人呢，你舍得下？你是娃他爹呀！就算你狠心舍得下，我还舍不下呢，我是娃他妈，我自卖自身！"

毛娃握住媳妇的手，泣不成声地说："我……我不知道咋办呀。"

看着这一对难分难舍的苦命夫妻，买人的老汉感动了。他给他们出了一个主意，他白给毛娃一口袋粮食，叫他留下媳妇陪他一个月，毛娃不用卖媳妇，下次来背粮时把她领回去就是了。

这哪里是白给啊！

毛娃媳妇立即同意了，还代毛娃谢了老汉。

毛娃背着一口袋粮食回程了。这一次他觉得背上的口袋格外重，压得他几乎挪不动腿。离开那个山村时他一步三回头，媳妇站在高处给他送行。他看见媳妇身上披着一件黑褂子，那应该是那个老男人的。山里天气跟平川不同，早晚很凉的。毛娃心里很难受，他不敢设想自己走了以后媳妇跟那个老汉咋过活。一个男人活到这个份上还有脸面吗？把自己的媳妇租给人，这还是长毬的人干的事吗！

一路上毛娃坚决不让自己往这事上想，他背着口袋拼命跑，让脚上打泡，让腰酸背疼，叫疼痛把自己淹没了。到了晚上，极度的疲乏正好让他倒头就睡，连梦都不做。就这样，十天后他进入了关中道，这里的平路好走多了。

那一天上午毛娃走到一个村庄跟前，路两边有不少叫花子。他们有的坐着，有的趴着，有的跪着，向过路的人乞讨。毛娃不理他们，快步走路，没想到走着走着却被一个人扑过来抱住腿。这是一个趴在路边的女乞丐，她大概看出毛娃是背粮的人，让他好歹给她一口吃的，说她已经三天没有吃东西了。毛娃想挣脱她，可她却像膏药一样粘在他腿上，咋也甩不掉。毛娃火了，他说："我凭啥要给你吃的，我一家人还饿着呢！"

女乞丐说："大哥，你给我一口吃的，我就给你当媳妇。"

嘿，这女人！毛娃低头看了看她。这女人瓜子脸，大眼睛，虽然饿得精瘦精瘦的，可模样还算好看。那女人见毛娃瞅视她，立即往手心吐了口唾沫，在自己脸上蹭，硬是在污垢中蹭出一道白亮来。毛娃断定这女人也就二十多岁，他心里动了一下，说："我这粮食是生的。"

那女人说："大哥，生的也能吃。"

毛娃把口袋放下来，解开勒口，抓了一把玉米递给她。那女人急切地把它塞进嘴里，咔嚓咔嚓地嚼起来，她一只手捂着嘴巴防止粮食漏出来，一只手又伸向毛娃。毛娃再给他一把粮食，看着她狼吞虎咽地咀嚼，心里想，我干脆把这女人领回家吧。

毛娃说不让自己想媳妇，那是不可能的。他睁眼闭眼都是媳妇的影子。山里的老男人说让他媳妇留下陪他，你以为就是陪他谝闲传吗？他们三个人其实都心知肚明，接下来的事情是顺理成章的。毛娃似乎看见他媳妇被那老光棍抱上炕，解了衣服，压在身下！那老东西可是憋了几十年，他才逮着机会出邪火了！这样的情景让毛娃刀戳一样心疼，他是男人，这样被别人睡过的媳妇还能……要吗？他心里难受，胸口像塞满猪鬃一样扎得慌。

这样的念头刚刚冒出，就被毛娃自己一个耳光扇回去了。你还是人吗？毛娃骂自己，媳妇为啥要那样？她愿意吗？还不是为了救一家人的命，她在那里受罪，你却在这里想着换媳妇，就不怕天打五雷轰吗？

趁着那女人撒开双手，毛娃赶紧走路，可那女人不放他。大概吃了粮食有了劲，那女人竟然可以站起来走路了，她跟着毛娃，要给他当媳妇。毛娃不要，她不干，两人拉拉扯扯的，引来很多人围观。那女人让大家评理，路人都指责毛娃说话不算话，毛娃说我没有答应要她当媳妇嘛，那女人说你没答应咋给我粮食了？毛娃说，我不是看你可怜嘛，再说了，我家里有媳妇。围观的人更谴责他了，你这小伙咋这么轻狂的，有媳妇还惹人家闺女？那女人说，你有媳妇我不嫌，我给你当小的。毛娃说，我养活不起你呀，家里还有一大堆人靠我呢！毛娃坚决不要，女人一定要跟，最后经过大家调解，毛娃再给那女人一碗玉米，算是赔偿，解除了婚约。毛娃本来不想给的，一个弱女子能把他咋样？可路人堵着他，而且看热闹的越聚越多，万一这些人见财起意抢了他咋办？这时候只要碰见粮食，良民立马变土匪！脱身要紧，耽误久了要出麻烦。

摆脱这些人紧走一阵路，直到看不见他们了，毛娃这才敢骂人，真他妈的是碰见鬼了！他庆幸自己没有把这女人领回家，她简直就是害人精嘛，还是自己媳妇好！他也暗自得意，多亏给媳妇找了一个老家伙，他五六十岁的人了，少气无力的，能把我媳妇咋样？

多数人的粮食就是这样弄来的。他们豁出命从南山背回来，数着颗粒往锅里煮，稀汤寡水熬日子。可他们那点救命的粮食也保不住了，五月底县衙下达了征粮令，每亩地需缴纳麦子五十斤。这是平常年份的五倍！

这完全出乎人的预料！从去年大旱到现在，年馑已经持续一年了，大家预计今年肯定要免税了。遭了荒，不纳粮，这是自古以来的老规矩。可眼前的事实是，今年不但没有减免，反而要加倍征收了，说是提前预征五年的田赋，民国十八年要收民国二十三年的税粮了。

大家哪里有粮缴？你不缴县府就派保安团下来搜，搜到的一律充公，搜不到的就把人绳捆索绑吊起来打，催逼你去借粮买粮完税。一时间到处哭声震天，人们眼看着活不下去了。

就在这一天，周家寨收到了一份鸡毛帖子，帖子上只有四个字：起事抗税！这帖子不知道是谁最先收到的，反正传到周克文这里应该是最后了。周克文捏着这份帖子就像捏着一块火炭，不能撂了也不敢揣着。他知道要出天大的事了。这鸡毛帖子可不是随便发的，只有聚众造反才会用这种方式秘密串联。凡是接到鸡毛帖子的村庄必须响应，否则起事后视为仇寇，杀光荡平。就周克文的阅历，他就亲见过两次，一次是光绪二十六年的关中拳乱，一次是光绪三十二年本县张化龙挑头的抗盐税事件，都是拿鸡毛帖子联络的，周家寨也都派人参与过。这两次起事最后失败了，死了不少人，为首的被砍了脑袋挂在县城门楼上示众。所幸周家寨去的都是小喽啰，除了毛娃他大伯在跟着拳民攻打宝鸡天主教堂时被大炮震得羊羔风发作外，其他人既没有伤亡，事后也没有受到追究，大概当政的也知道法不责众，采取了首恶必办、胁从不问的善后策略。

现在又来鸡毛帖子了！周克文的头嗡地一下子大了。他知道这事情的利害，起事可不是儿戏，那是犯杀头之罪的！而且更让他着急的是，他现在是族长，要不要参与起事得由他决断。如果派人参与，万一派去的人战死了，那他就得担责任，这责任太重了，他担不起！如果不理鸡毛帖子，拒绝参与，那别人起事后肯定要报复，周家寨在劫难逃。

周克文被夹在了两难中，解决这事的最好方式是说服大家不要造反。可他知道这很难，因为官府已经把人逼到死路上了，不造反就活不下去。不过周克文还是想试一试，说不定还有回旋的余地。可麻烦的是，他不知道挑头的人是谁，没办法跟他们说话。

事情巧就巧在当周克文想找这些人时，这些人也正好来找他。这些人都是周家寨周边村庄的，周克文认识他们。还没等周克文劝说他们，他们说出了一个吓死周克文的计划：推举周克文做起事首领！他们的理由是，周克文是方圆百里的名儒耆宿，德高望重，由他出面更有号召力，百姓拥戴他，官府忌惮他，事情一定成功。周克文脸色蜡黄，这不但是要坏他的一世名声，更是要把他一家人搁在刀板上，他断然不能答应！

可这些人也不答应。他们威胁说："你要是不答应，我们起事就不能成功，那我们还不如先抢了你们家，你们家粮食多，也够大伙吃一阵子的。"

周克文叫唤道："你们还有没有王法？"

"王法在哪里？你应该去问官府！"

"你们就不怕枪子吗？我儿子是带兵的，说回来就回来！"

"反正是一死，不是饿死就是打死，谁怕呢！"

周克文没辙了。起事说不定还能胜，让这些人抢了可就倾家荡产了。这些人都是村寨的强梁之徒、亡命之辈，啥事不敢干？

不过他也不能就这么被他们胁迫了,他要讲条件。周克文提出,他不当头领,他没有领兵打过仗,头领必须是武人,他是读书人,可以当师爷,写檄文,发布告,跟官府办交涉等他更拿手。

对方还是不答应。周克文说:"咱们各退一步,你们要是不退步,我是宁死不从的,大不了放一把火把这家当烧了,全家去要饭!"对方原来也没指望周克文一定会入伙,依他们的估计,要让家大业大读书守礼的周秀才造反那是上天摘星星的事,不过他们还是想试一试,现在看来叫周克文当卢俊义是不可能了,那弄来一个智多星吴用也是意外之喜啊!水浒的故事他们早就听得烂熟了,吴用在梁山可是比宋江都管用的,哪一次打胜仗不是靠吴用的神机妙算?

他们答应了周克文。

周克文赢得第一步,就开始设计第二步。他问他们:"咱这回起事为的啥?是坐天下还是免粮税?坐天下那得拿人头换,免粮税就未必,各位要想好了。"

这些人从来就没有想过坐天下,只想着能吃一口饱饭就行了。大家相互瞅了瞅,差不多同时说:"免粮税!"

"这就对了。"周克文说,"说到底咱是为了活命,能活命比啥都好。"

大家一齐点头。

"不过免粮税这事也不好办啊,"周克文说,"那是虎口夺食,弄不好要出人命的。那一年张化龙抗盐税不就死了好多人,他的头还被剁下挂在城门楼上。"

这事大家都知道,有些人还去县城看过那颗血淋淋的人头,惨着呢。虽然说这回起事他们事先都有赴死的准备,可那只是凭空的臆想,这豪气要是真的碰上砍头的钢刀,谁敢保不会当下泄漏掉。他们当然希望不流血。

"我这里有不流血的办法。"周克文说。

大家眼睛一亮，都望着周克文。周克文说："只要大家听我的，我保证不伤一兵一卒，让官府把粮税全免了。"

这些人太高兴了，他们真的找到智多星了。大家齐声说："愿听军师调遣！"

六月初一是黄道吉日，周家寨周边几十个村庄的数万名农民忽然包围了县城。县保安团吓得在城墙上架起枪，远远地与农民对峙着。保安团只有上百号人，即使有快枪也挡不住人山人海的起事者。可奇怪的是这些村民并没有朝县城里面冲，他们只是把县城东西南北四个大门围起来，不让人通行。

县长孙雨田慌了神，他爬上城墙一看，下面黑压压的全是人，每个人手里都提一个空瓦罐，不知道要干啥。这时一个随从指了指队伍中的一面白色条幅，他仔细一看，上面写着十六个黑色大字：王法难犯，饿罪难受，免除粮税，才有活路！

孙雨田知道事情的由来了。他站在城墙上大声喊道："各位父老，鄙人是县长孙雨田，有什么事好商量，大家千万不要鲁莽，请派一位代表进来，咱们当面商讨。"

他的话音刚一落，只见一个人把他手里的瓦罐抡起来哐一声摔在地上。这一声好像是号令，其他人全都抡起瓦罐摔下来，这声音惊天动地，像打雷一样震得孙县长两腿哆嗦，要不是随从搀扶着他就坐在地上了。

下面的队伍中走出一个人，他对守城的喊道："快开门，我是使臣！"

孙县长在县衙接待谈判代表，没想到代表竟然是周克文！周秀才他当然认识，岂止认识，他还拜会过这位老贤达呢。周克文是本县著名士绅，还是国民军周营长的高堂，凡是在本县做官的，没有不去结识他的。

孙县长给周克文敬座看茶，然后问道："您老怎么也……参与这事？"

周克文心想，你以为我愿意来？我是被人逼来的呀。可话出口却变调了，他说："路不平有人踩，理不通有人辩嘛。"被人挟持的事不能露馅，丢人嘛。

孙县长说："这是……造反的事啊。"

周克文说："不是吧，他们没拿武器，也没有攻打县城，这咋能叫造反？这是请愿！"

周克文在这里用了一个新词：请愿。这是他从老二嘴里听来的，周立功给他爹吹嘘过母校学生到段祺瑞政府门前请愿的事。周克文最怕的就是搅进造反的事里去，出发前他给起事的人约定了和平的规矩，不给官府动武的借口，这既是保护自己，也是保护乡亲们。当然这和平的底子只在他心中，他不能透露给孙县长。所以他接着说："再说了，就是造反，那也是被你们逼出来的。孟子云，君之视臣如手足，则臣视君如腹心；君之视臣如犬马，则臣视君如国人；君之视臣如土芥，则臣视君如寇仇。你把人逼疯了，他们就会上梁山！"

周克文义正词严，似乎忘记了他是被迫出使的，说着说着气上来了，平添了一股为民请命的豪情。

孙县长说："我没有逼他们呀，这粮税是省上定的，我只是奉令行事。"

"自古以来都是逢灾免粮，现在都已经民国了，咋还不如皇上好？"

"前方要打仗啊,将士用命,百姓纳粮,这是天经地义的。"

"张大帅不是已经被撵回东北了吗,咋还打?"周克文奇怪了。

"这您老就不知道了,现在是冯总司令要跟蒋介石开打。"

周克文更奇怪了。"他俩不是一伙的嘛,还是结拜兄弟呢,咋也打上了?"

"这事我不管,也管不了,咱只管催粮。"孙县长说。

"催粮也不能不讲道理嘛,哪里有丁收卯粮的?你翻一翻二十四史,看里面有没有记载过一次收五年田赋的?商纣王秦始皇都没干过这事!"

"您老不敢这么比附,咱冯总司令是替天行道的圣人,蒋介石是南蛮,南蛮都是野人,难打得很。这次打的是大仗,消耗自然就多,预征也是没有办法的事。"

周克文说:"你征也要能征得来,老百姓都要饿死了,哪里有粮?"

孙县长得意地说:"我已经征了几百石了!"

"你那是催命,知道吗?眼下老百姓吃的啥?说吃糠咽菜那是好的,吃老鼠屎吃白土的多的是,你催出来的那点粮是他们卖儿卖女换来的,到南山赌命背回来的,他们舍不得吃,指望最后关头拿出来救命的。你现在把他们的救命粮抢走了,他们就没有活路了,要活命只得跟你拼命了。"

"他们敢!"

周克文说:"你刚才听到了也看见了,他们把装粮食的瓦缸全摔了。那是啥意思?我告诉你,宁为玉碎不为瓦全,他们把吃饭的家伙都砸了,表明没打算活着回去!"

孙县长一怔,脸色有点发灰。周克文心里暗自得意,摔瓦缸是他精心设计的场面,声势吓人却不犯法,能给官府一个下马威。

孙县长还是嘴硬，他说："我就不信他们不怕王法。"

"你能拿他们咋样？把他们全关进监狱里？他们求之不得呢，监狱里有吃的嘛。你把他们全杀了？且不说你能不能把他们全杀了，就算能，杀这么多人那就是震惊全国的大惨案，全国人声讨你，你能有好下场？你说我不多杀，就把领头的杀了示众。可你想过没有，这会激起民变，现在是大灾之年，民怨沸腾，一点火星都会烧起燎原大火，再加上饿死战死都是死，饿死还不如去战死，他们肯定跟你死拼了。崇祯皇帝是谁逼死的，李自成嘛，李自成为啥能一呼百应，陕北大旱灾啊。遇到灾年流民，只能抚不能剿，民不畏死，奈何以死惧之！这是为官牧民的要诀，《资治通鉴》你看过没有？"

孙县长让周克文给吓住了，他惶恐地问："那您老说咋办？"

周克文装模作样地看看孙县长周围，孙县长明白他的意思，挥手把随从撵出屋子。周克文说："我这个使臣不是来谈判的，是救你来了。念在孙县长一贯爱民如子的份上，我硬是挡住那些流民，叫他们不要胡来，一个人钻进来给你出主意来了。"

孙县长连声感谢，问道："您老的主意是……"

"停止催粮，免除田赋。"周克文说。

孙县长心想这不是屁话吗？这老东西不是耍我嘛。可他没有把这粗话说出来，反而和颜悦色地问周克文，那上峰压下来的粮赋我到哪里去筹呢？

"有地方。"周克文说，"你找大家富户去借，他们手里有粮食。"

"你说让我去借？"

"你不要怕，不是你借，是你替老百姓借。"

"凭啥我替他们借？"

"他们去借人家不给，你面子大，能借到。"

"我去借，谁来还呢？"

"当然是他们还了。灾年借丰年还，老百姓都是这么度荒年的。"

"万一人家大户不借呢，我总不能带上保安团去抢吧？"

周克文心里想，你狗肏的就会欺软怕硬，穷人你不知道抢了多少家了！可他嘴里没有这么说，他继续给孙县长支招："你带上这些难民去借，他们肯定给。"

"要是我不愿意去借呢？"

"我觉得你还是去借的好，你这么硬催，会激起民变的，到那时你不是被查办就是被暴民伤害，这轻重你是掂量得来的。"

孙县长一想，确实是这个道理。

"还有，"周克文继续给他出主意，"同时你修书给上司，陈述灾情，请求减免粮税，就说为了缴纳赋税你已经带领灾民四处借粮了，如果在本县借不够的话，我们数万灾民就去省府了，那里富人多，应该好借。"

孙县长心想，这人不愧是秀才，心眼够多的，蔫坏。这些招数，无论对付大户还是应付上司，都是软硬兼施的，看来会有效。他设想了一下，如果他去那些大户门口借粮，他们看在县长大人的面子上，多少会给一些的，万一碰到啬皮，铁公鸡一毛不拔，这黑压压的难民队伍就派上用场了，他们往他家门口一站，把那里围一个水泄不通，吓都吓死他，他还敢不给吗？至于去省府借贷，表面上可怜，暗地里却藏着威胁，这么多的难民涌上西安，那不是把祸水引过去了吗？

周克文看见孙县长不吭声，知道他心动了，问道："你看咋样？"

孙县长点点头说:"这法子……还行。"

周克文心里暗自高兴,孙县长被他引进套子了。他正得意着呢,不料孙县长一句话立即让他心疼得滴血,那家伙说:"您是咱县有名的大户,我先向您开口了,请您为了全县黎民慷慨解囊吧。"

这真是眼前报啊!周克文出这个主意时绝对没有想到会把自己装进去,可现在孙县长这狗㞗的就来了个请君入瓮,他后悔得直想抽自己嘴巴子,真不知道是孙县长进了他的套,还是他进了孙县长的套。现在粮食多贵啊,拿出去换钱换地正当其时,谁愿意借给人?可主意是他出的,再心疼他也得拿呀。周克文咬咬牙说:"责无旁贷,理所当然,我出两石玉米!"

孙县长说:"周老是全县士绅的楷模,拿这点粮食别人会笑话的。"

"那就再加点,三石吧。"

孙县长笑着说:"要不要叫难民到您门口排队去?"

"我豁出去了,五石!"

孙县长说:"麦子吧,玉米让人家说您出的是饲料。"

周克文无奈地点点头,心里骂道,你狗㞗的就敲我的竹杠吧。他咬咬牙说:"那你要给我立一个借据吧。"

孙县长说:"那当然了。不过您老也得给我立一个字据,保证我借的粮食以后都由灾民偿还。"

周克文这才看清了孙县长的精明,他不是能随便糊弄的。不过这字据周克文敢立,有借有还这是人之常理,况且是灾年借丰年还,这是救人的事,有良心的人是不会赖账的。

既然自己已经放血了,那就应该趁热打铁,让孙县长赶紧了断此事。他催促孙县长去城墙上宣布免粮的公告。可孙县长还犹豫，他说："万一我借粮借不了那么多，省府又不答应减免粮赋咋办呢？"

周克文说："凡事都在人为，你不能光想不利的，那是后话。你先要解燃眉之急，围城的都是粗人，不懂王法，万一他们不耐烦了冲进城来，那后果就不堪设想。先把他们打发走才是上策！"

孙县长想想也是，这些人饿疯了，啥事都敢干的。北面的麟游、西面的陇县已经发生暴民抢劫县城的事了，谁敢保证本县的饥民不跟他们学样子？何况他们已经包围县城了！

孙县长和周克文登上城墙，下面人一看这情景立即哑静下来。孙县长拿一个铁皮话筒朝下面喊道："父老乡亲们，大家好！经本县长和士绅领袖周克文先生商议，决定暂缓征收夏季粮赋，请大家立刻返家，安心务农！"

城墙下面一片欢腾。周克文辞别孙县长回到队伍中，激动的村民们用手搭成轿子把他抬了起来，有人竟然高呼："周秀才万岁！"这引来一片响应。周克文吓得脸色土灰，他声嘶力竭地制止道："甭喊了，这是要我的命！"村民愚钝，万岁岂可随便领受，那是要犯杀头之罪的。

说到杀头，周克文真有点后怕。他今天做这事是很冒险的，事前他心里并没有底，毕竟免除粮赋这事不是他能决定的。之所以前面要人包人揽，目的是为了稳住那些起事的人，不让他们胡来。胡来就是造反了，一旦造反，他揽在里面就无法脱罪。至于后面的结果，只能走一步看一步了。没想到他竟然这样能干，硬是凭着三寸不烂之舌，把一个堂堂的政府县长说倒了，让他乖乖地钻进圈套，当年诸葛亮舌战群儒也不过如此吧。说是一个圈套，是因为周克文根本就没打算叫难民冲进城，如果那样就真是造反了。他只是造势，引而不发跃如也，要的是一个吓劲儿。而且，他也不能确保孙县长借来的粮食一定够应付差事，呈送的报告上峰一定批准。他只要诱骗孙县长答应灾民的条件，让他从起事者那里解脱出来就行了。至于孙县长后面筹备不够粮食，会不会又转过来向百姓征粮，或者孙县长凭着那张字据以后怎样向灾民追讨欠账，那都不是他考虑的，他只顾眼下。

周克文实际上是两面行骗，不容有一丝差错。如果起事的人不听他的话，没有耐心，冲进县城造反，或者孙县长看透了他的心机，死硬到底不惜一战，他都无法脱身。那时不是起事人拿他问罪，就是政府拘捕他，后果不堪设想。好在他骗技高明，对手都被他蒙住了。他有一种死里逃生的庆幸感。

这真是不容易啊，不是非常之人，不能为非常之事！周克文禁不住陶醉起来。

可周克文刚刚高兴起来，却立马又想起了那五石麦子。那是多好的麦子呀，金豆一样值钱的麦子呀，说搭进去就搭进去了，庆幸个屁呢！

周克文被大家抬着往回走。在高过人头的地方往下看，地是往下降的，人是往上飞的，有一种飘飘欲仙的感觉。周克文这一辈子从来没有坐过轿子，小时候看当官的坐轿子，很眼红，发誓自己一定要考一个功名，也当坐轿子的人，可袁世凯那狗禽的生生把他这条路砍断了。没想到现在他终于坐上轿子了，而且还是人肉轿子。这样的轿子只有备受敬重的人才能享用，皇上也未必有这个福分！就为这，周克文想，那五石麦子也值了。

更何况，这次起事兵不血刃，既保护了他，也保护了十里八乡的老少爷们，更值！就这一点他把张化龙比得无地自容了，匹夫之勇，何足道哉！

周克文把自己的心情调整过来了，这是个凯旋的时刻，咋能叫自己心里不痛快呢！

几天后，孙县长接到了省府的回信。信上省主席把他骂了一个狗血喷头，说粮赋一斤一两都不能减免，必须限期征齐，如有拖欠，严惩不贷！

孙县长倒吸一口凉气。省主席是武夫出身，杀人不眨眼的，谁敢跟他讲道理。幸亏他早有预料，并没有把宝全押在这上面。

孙县长真的去借了，而且借来的粮食还不少，可即使这样也不够粮赋的总数。他这次没有把手伸向百姓，一次围城已经叫他领教了饥民的厉害，他有办法弥补这个缺口。

孙县长下令保安队出动，到全县十五个义仓去武装拉粮。义仓的保管员哪能挡住他们，眼睁睁看着救荒的粮食被运走了。义仓的粮食加上借来的粮食，孙县长完成赋税还有结余，他把余粮悄悄转卖了，落了一笔巨款装进自己腰包。

这办法孙县长在答应周克文要求时就想好了，他只是没说出来而已。他不傻，难道不知道那样承诺的风险吗？万一上峰不同意减免粮赋，借粮又凑不够总数咋办？他当时就打定了义仓的主意。

这叫羊毛出在羊身上！孙县长笑了。你们这些饥民自以为聪明，本县长比你们更聪明，你们不愿意缴家里的粮，那我就取你们义仓的粮，反正这粮食都是你们的。你们缴了粮赋我没有理由抄义仓，你们不缴我拿义仓的粮食顶账天经地义！

义仓空了，这可是天大的事！

三十七

　　西关的水井很深，都在三十丈开外，井水清澈甘甜，喝一口五脏六腑都醉了。要问井水为啥这么好喝，水行的老板会告诉你：井深，打到老泉了！老泉埋在很深的地下，还隔着一层石板，钻一眼好井，就得使劲往下挖，直到打穿那层石板，这时冒出来的水就是老泉的水。按水行的说法，这老泉的水是龙脉，西安为啥能成为十三朝的都城，靠的就是这个！这水不光好喝，而且健体长寿，更重要的是能养龙子龙孙。其实这是水行在吹牛，为的是哄骗更多的人吃他们的水。这里的水井要真通到龙脉的话，就会长流不息的，为啥还会有枯水期？西关水井打到老泉不假，可这老泉不是啥龙脉，说到底也是地下水，再深的地下水还是地下水。只要是地下水，就跟地面有关联，地面不下雨，没有渗漏，地下水也会枯竭的。

　　眼下的西关井水就碰到麻烦了。大旱持续快一年了，井水越来越浅，越来越浑。这可急坏了水行老板们，要是再不想办法，供水就难以为继了。能想啥办法呢？最好的办法是叫老天爷下雨，可谁有管天的本事呢？天要是听人的，还会有这年馑吗？指望不了天，就只能指望人，淘井！

　　淘井就是清除井底淤泥，疏通渗水的通道。水井下面潮湿，时间长了井壁就会坍塌，坍塌的泥土沉淀下去就成了淤泥。要是地下水充足，老泉喷口顶力大，淤泥一般盖不住泉口，井水不会受多大影响。可一旦天旱了，老泉水量不足，喷口顶力减弱，淤泥就会沉降在泉口，慢慢堵塞了泉眼，水井就进入枯水期了。

淘井的活儿是赌命的，它要把人降到井底去，在下面铲泥。井底深不可测，黑咕隆咚，谁知道都藏着啥凶险？下井跟下地狱差不多，稍不留神就会出人命。吊人的井绳会不会断了？井底有没有瘴气？井壁会不会忽然坍塌？这些事谁都不敢打包票，能不能遇上就看你的运气了。正因为这样，水行的规矩是，一旦淘井，凡水工轮流下井，哪怕你今天不干了，也得淘了井才能走人，否则押金概不退还。

引娃他们水行也要淘井了。那天是四月初八，天气已经开始燥热了，街上行人都穿着单衣，可水工们却抱着棉袄棉裤来到井边，他们今天要轮流下井了。井下的温度正好跟地面相反，冬季上面冷井下暖，夏季上面热井下冷，凡下井的人都得穿棉衣。穿棉衣当然是为了保暖，不过它还有另一个用处，防勒。淘井的人是拿绳子吊下去的，棉衣能防止勒伤。

淘井的工具都摆到了井边。一架风箱连着一根三十多丈的布管子，把布管子下到井里去，拉风箱给井底鼓气，以防闷死人。两面玻璃镜子，一个人站在井口，一个人站在太阳下，外面的人持镜把阳光反射到井口的镜子上，井口持镜的人掌握好角度，再把阳光反射到井底去，给下面照明。

准备工作就绪了，水行老板摆好香案，带领全体水工祭奠龙王，祈求神明保佑。祭拜一毕，把埋在香灰里面的纸团掏出来，这些祈了福的纸团写着数字，大家抓阄决定下井顺序。石猴抓了一个五号，引娃抓的是十二号。

淘井开始了。下井的人穿着棉衣，被绑得像粽子一样，用井绳吊着，慢慢往下放，直到放至井底。到底后解开自己，然后摇晃井绳，那是信号，上面的人知道他已经妥当了，再把水桶铁铲吊下去，他就在下面干活了。淘井人把淤泥铲到水桶里，上面的人扳动辘轳，一趟又一趟地吊出倒掉，周而复始。这样的活一般干一个时辰就得换人，因为下面的人棉衣很快就湿透了，时间一长冻得受不了。

第一天下午就轮到了石猴。石猴是老水工了，他以前淘过井，并不害怕，站在井口还说笑话。他说大家听过猴子捞月的故事吧，我今天就要捞月了。可引娃却很紧张，她来到井边要当把绳的。吊人的井绳要靠上面的人用手拽住往下放，井口跟前第一个拽绳人是关键，他掌握着绳子下放的速度，同时负责观察井里出现的突发情况，这人叫把绳的。别人朝她吼道，让开，大肚子女人，你开玩笑！这事确实不是闹着玩的，人命关天，别人没说错。

可引娃不干了，正因为人命关天，她才要当把绳的。她也吼道，你让开，老娘有的是力气，谁不信来把老娘扳开！这女人往那里一蹾跟碌碡一样踏实，谁能把她扳动？引娃是有蛮力的，平时挑水男人都跟不上。她把着绳，慢慢地往井下放，石猴的笑脸起先还看得清清楚楚的，一会儿就模糊了，好像被一张大嘴吞没了，咽进了黑暗的肠肚里，不知道要送到哪里去。引娃感觉自己的心往下坠，她一边放绳一边呼唤石猴的名字，石猴也不断应答着，这样子很像叫魂。后来石猴觉得一呼一应太麻烦，干脆自己唱曲儿了，让上面的人放心。唱腔顺着井筒传上来，带着嗡嗡的回音，像戏文中的苦音慢板：

卖水人儿真可怜，
下磨脚底上磨肩。

> 脚底磨穿肩磨肿,
> 只为挣个糊口钱。
> ……

这是西关的《卖水谣》,这里的卖水人都会唱的。可从井里面唱出来,大家还是头一次听到,井场一时哑静下来,大家都有些愣怔。

老板不耐烦了,催促大家快点。可引娃不愿意放快,她觉得下降太快井里人难受,手里的绳索依然捏得很紧。可放得太慢拽绳的人费力,他们难受,大家都叫快点。引娃不让,她说怕出力你们走开,我一个放。谁敢让她一个放?那是要出人命的。大家没法,只得陪着她。老板气得问:"引娃,你是石猴他妈吗?"

大家哄地笑了。

引娃说:"咋的,你眼红了?"

老板被逗笑了,他说:"我眼红石猴他爹!"

石猴不知道大家在上面编排他,他已经下到井底了。

第二天下午轮到引娃,她犯了难,害怕了。按说引娃是不该怕的,她天生就是一个愣货,啥事都敢做的。她现在不是怕自己送命,是怕肚子里的娃娃受亏。如果她是一个单身子,不要说下井,就是下地狱她也不眨眼的。可眼下她肚里的娃娃已经四个月了,都显怀了。这娃娃是她的命,不,比她的命还贵重,她咋能带着他下井?下井的人要拿绳吊下去,吊人的绳子就勒在腰上,那还不把娃娃给勒出来?

引娃穿好棉衣,慢腾腾地走向井口,拽绳的人都等了好一会儿了。他们催促她快点,老板看到后问她:"你能行不?"淘井从来没有用过女人,何况还是一个孕妇。井是老板的,他是主事人,出了事他总有干系。引娃说:"驴一杠马一杠,我也没办法呀。"她这么说的时候眼睛看着井边的人,希望有人说一句话,免了她这趟差事。可大家都不愿跟她的眼睛对视,没有人开腔。

引娃没办法,只得拿起井绳往自己身上套,她反复尝试着,希望不要绑得太紧,可又不敢太松。就在她觉得把自己绑好了的时候,旁边拽绳的石猴忽然开腔了。他对老板说:"女人不能下井。"老板问:"为啥?"石猴说:"不吉利,要得罪龙王爷的。"

老板说:"是呀,这是忌讳啊。"老板也不想让引娃下去,正需要借口呢。

"那你说咋办?她不下去大家就得多下去。"老板问,"大伙同意吗?"

"不同意!"有人说了,"谁提出这事谁替她去。"

石猴说:"我替,屁大点事嘛。"他说着就从引娃身上解绳索,引娃感激地望着他,可石猴不看她的脸,权当她是旁人。

老板笑着说:"石猴,你应该的,引娃可是你妈哦。"

石猴朝引娃笑着说:"那我可就占便宜了,儿子是要吃奶的。"

大家全笑开了,就在这快活的笑声中石猴又下井了。

没入黑暗中的石猴在想心事。他不知道上面的人会咋看他,大家一定觉得他是瓜怂。为这么一个带肚子的女人,他到底图啥呢?其实他也一直在问自己这个问题。要说他就是一个大好人,见谁帮谁,石猴自己也不信。他知道一开始他对引娃是有想法的。他是一个光棍,早就到了娶媳妇的年龄,可家里穷,父母几次托媒人提亲都空跑路了,他明白这事只能靠自己解决。他没有钱,长相也不咋的,凭啥赢得女人呢,只能靠人心!他起先看到引娃时，她是一个人，而且也是外来户，跟他差不多，觉得有机可乘，就对她大献殷勤。引娃也不是没有看出他的心机，她说她有男人，可他不相信。哪有男人这么苛待自己媳妇的，让她一个人在外面干这么重的活？他总以为那是她的托词，这托辞背后是引娃对他还不够放心。正因为这样，他才加倍帮衬她，他相信石头揣在怀里总会暖热的。

可是他傻眼了，引娃竟然怀孕了！她真是有男人的，没有骗他。

明白了这点让石猴透心凉。他该咋办呢？去骂她？那是没有道理的，人家一开始就说明了的，是你自己不信。从此坚决不理她了？那就显得他太势利了，太精于计较了。石猴觉得他不是那种人，做不到那么绝情。相反，一旦证实了引娃是有男人的，这让石猴觉得她更可怜了，天底下真有这么混账的男人，把自己的媳妇不当人！

人是有恻隐之心的。这女人活得太不容易了，就算她不能给自己当媳妇，当朋友总可以吧，而且还是好朋友。好朋友遇到难处，他该出手相助的。

帮也要帮得机巧，既不要给别人留下他为女人献殷勤的借口，也不要给引娃留下他有所求的印象。女人下井不吉利是最好的借口。

石猴为自己的聪明自豪，更为自己还这么善良而感动。

咚的一声，他到底了。他的感动泡到了凉水中，石猴一个激灵回过神来。该干活了。

井淘过以后水旺了一些，可是没有能恢复以往的水位。那是没指望的，天还在旱着呢。这样打水就费劲多了，以前吊上一桶来，水是满满的，现在吊上来一次只有半桶水，扳两次辘轳才能打满一桶水。

打水费劲了，引娃的肚子越来越大了。两方面相加，引娃就觉得自己越来越笨，有点力不从心了。引娃考虑自己是不是该收手了，不能再干这重活了？可她又有点不服输，在老家她见过的孕妇太多了，很多人肚子大得快要坠地上了还在劳碌。她眼下不过五个月，肚子也就刚刚鼓起，现在就歇下了，也未免太娇气了吧？她是苦出身，又不是孔太太那样的大家闺秀，咋能那样享福！

引娃抱着侥幸心继续撑着，直到五月初的那一天。那天早晨醒来引娃觉得不舒服，头懵懵的，胃也有点酸，浑身没有力气。她懒懒地躺在炕上，打算今天歇一歇，毕竟已经是大肚子了，不能把自己使唤得太狠了。可就在这时，没来由地，她忽然感觉到肚皮在跳动，五脏六腑也在摇晃。这是以前从没有过的体验，引娃一阵紧张，不知道是咋回事。她想用心揣摩一下，这动静却没有了。没有了引娃也就放心了，以为是肚子饿得胀气，她挣扎着准备起身下炕，给自己弄点吃的。她刚撑起身子，忽然那种动弹又来了，而且比刚才还厉害，好像有人在她肚里翻跟头，拳打脚踢。引娃这下感受真切了，是胎动？是的，是胎动！老家的那些孕妇就是这么告诉她的。

引娃高兴得快要喊出来了。这是她儿子给她打招呼呢！叫她妈呢！引娃的喜泪淌下来了。怀孕以后引娃一直高兴着呢，可那时候娃娃只是一个说法，她知道他在，可她感觉不到他在。只有今天，只有刚才，她才真真切切地体味到他是她身上的一块肉，他跟她血脉相连，他能跟她呼应呢！她早晨不舒服，没精神，儿子也感觉到了，他伸胳膊蹬腿给她鼓劲呢！

引娃一高兴，精神立即来了。她抚摩着自己的肚子给儿子说，乖娃娃，妈结实着呢，你就好好睡觉吧。娃娃真乖，果然不闹腾了。引娃赶紧下炕做早饭，她饿不得，这不是为了她，是为了肚里的娃娃。这一点引娃跟别的送水工不同，那些人早晨起来是空肚子干活的，直到半晌午才吃早饭，为的是把午饭往后推，推成晚饭。引娃不敢，尽管眼下的粮食贵得跟金子一样，她也得咬着牙买，现在光吃饭就几乎把她的工钱花完了，她轻易不敢停工。

　　吃了早饭，引娃感觉自己完全恢复了，就挑上水桶出门。来到井台，她把水桶套到井绳的钩搭里，下到井底，扳着辘轳吊上了第一桶水。这是半桶，她又吊上一个半桶，两下折在一起才装满一大桶。第三个半桶吊上来时引娃已经吃力了，这比以前费劲多了，她把这个半桶倒在井边的一个水缸里，再去吊第四桶，等最后这个半桶上来，舀出水缸里的水，正好装满另一个大桶。

　　可是就在最后一趟扳辘轳时，意外发生了。那桶水眼看要吊上来了，引娃却忽然一阵恶心，紧接着剧烈地呕吐起来，她眼前一黑，身子绵软，手不由自主地松开了辘轳把。辘轳上缠着井绳，井绳上吊着水桶，它像发条一样吃饱了劲，在引娃松开的一瞬间辘轳把猛地反弹回来，咣地一下打在了引娃身上，这一下有千钧的力量，当下把她打得昏了过去。

　　引娃醒来时，已经躺在自己屋里了。石猴侧身坐在炕沿上焦急地看着她。见她醒了，竟然高兴得落了泪，他和着眼泪说："妹子，你两天没睁眼了，吓死人了。"引娃闻见了一股浓重的血腥味，她知道自己流血了，头像裂口子一样疼，她明白伤在了脑袋上。引娃想摸摸自己的头，却找不到手，她转动眼珠，发现她的手握在石猴的手掌中,他给她按摩呢。石猴把引娃的手搓得有感觉了,引娃拿它哆哆嗦嗦地去摸她的头。

这一摸让她大吃一惊,头上没有伤!

引娃当下意识到什么了,她赶紧去摸自己的肚子。肚子的疼痛一下子被摸醒了,那是一种塌陷的疼,剥离的疼。

"我的娃娃!"引娃撕心裂肺地叫了一声,痛哭起来。

石猴安慰说:"妹子,你不要难过了,应该高兴才对,你算是捡了一条命啊。你倒的地方离井口就差几寸,再往前一点就跌井里去了!"

引娃哭着说:"我宁愿自己死,只要能保住我娃娃!"她忽然质问石猴:"你把我娃娃弄到哪里去了,你说,你说!"

石猴告诉她,她倒在井台上后,工友们把她抬了回来,然后他才知道的。她当时血不拉叽的,他慌了,不知道咋办,想起她是孕妇,就赶紧找到了西关的接生婆崔妈。崔妈看了以后说是小产了,娃娃已经打下来了。她让他把那团肉疙瘩埋了去,然后把孕妇清理干净交给了他。

石猴没有告诉引娃,崔妈当时跟他发了脾气,说你这个娃他爹是咋当的,媳妇都是双身子还叫她挑水,真狠心啊!

引娃听了哭得更厉害了,要石猴现在带她去,她要看看她娃娃。

这不是胡闹嘛,可石猴容忍这种胡闹,他知道这女人的内心。她是一个很皮实很通达的人,不疼到心碎她是不会这样的。

石猴说:"好吧,不过你得吃点东西,攒点劲,要不你连动弹的力气都没有。"

引娃点点头。

石猴赶紧点火做饭,他想给引娃做点好吃的补补身子。他听说女人坐月子是很伤身体的,何况引娃是小产。可引娃这里除了玉米糁子啥也没有,到他那里去拿吧,他还不如引娃呢。石猴将就这些给引娃做了一碗稠糁子,一筷子能挖一疙瘩,这样的稠糁子在年馑里太难得了,引娃平时哪敢这么吃?

石猴给引娃喂完饭,引娃立即就要去。石猴说:"你试一试,看能下炕不?"引娃动了一下,肚子钻心地疼,她强忍着,还想爬起来。石猴赶紧制止她说:"你这样不行,就算能下来,你能走得动吗?"

引娃咬咬牙说:"你背我。"

"啥?"石猴说,"凭啥我背你?我又不是你男人!"

石猴不是不肯背,是不能背。引娃现在要是见了她娃娃,还不难过死?就她现在的身子,能经得起这么折腾吗?石猴要断了引娃这个念头,等她身体恢复以后再说。

引娃无话可说了。

石猴说:"你好好歇息,好好吃饭,有劲了我立即带你去。"说完他跟引娃告辞,就走了。

石猴知道引娃暂时没事了,她已经吃过饭了,难过劲儿也发泄出来了,大咧咧的人只要把气撒出来了就不要紧了。他要立即去办一件事。

可是石猴想错了,直性子人不会憋屈,但直性子人也可能遇事不拐弯。引娃就是这样的。

石猴走了后,引娃一个人躺在炕上。窗纸由白慢慢变灰,最终屋里黑得严严实实的。引娃睁大眼睛,跟黑暗对峙着。忽然她看见一道亮光闪烁,一个娃娃从墙壁上跳了下来,咯咯咯笑着钻进她的怀中。这不是墙上年画中的那个胖小子吗?噢,这是观音送给她的宝贝!她的宝贝就是这样的,光瓢头,大耳朵,重下巴，肉鼓鼓的胳膊腿，最喜人的是那根像蚕宝宝一样肥胖的小牛牛！引娃高兴地去抱他，可她扑空了，伸出的胳膊碰到了肚子上，一阵钻心的刺疼让她一个激灵。她从恍惚中清醒过来，哪里有娃娃呀？

引娃泪如雨下。

这个梦是重新出现的。引娃记得第一次做这个梦是在孔先生家。那时她跟她立功哥分别差不多一个月，正是要来月信的日子，做了那个梦后，月信就没有了。她相信神是灵验的，观音真的给她送了。她那个高兴啊，走路时脚下连颠带跳的，干活时都哼着戏文。孔先生见了很惊讶，他从来没有见过引娃这么开心过，就问她啥事嘛，乐成这样了。引娃只是瓜笑不说话，孔先生说，也罢，那你把哼的戏唱给我听听总可以吧。引娃就给他唱了一段《三娘教子》，孔先生赞叹道，这秦腔就是有味，南戏比不了的。其实这戏引娃不是唱给孔先生的，而是唱给自己听的，她沉浸在戏文中，想象着自己教娃娃识字念书，那种幸福难以言表。她那时就立下志愿，一定要让自己的娃娃上学念书，就在西安念最好的学校，为此她哪怕当牛做马都愿意。她这一辈子亏在没文化，她立功哥才看不上她，她要让儿子给她争气，这样的事情戏文上演得多了，儿子中了状元，他妈就要被封为诰命夫人的！她以后就靠儿子了，他是她的指望，她的命！

可是，这指望一眨眼就没有了！

我的命咋这么苦呢？引娃泣不成声。我一生下来就被亲爹妈送人了，在养父母家受尽折磨，出嫁是被人卖了的，嫁了人却死了丈夫，找了一个我喜欢的人，可人家不喜欢我，想有一个儿子跟自己相依为命，就这点可怜的念头老天爷也不答应，一巴掌给打没了！我这人是啥命嘛，我活着还有啥意思呢？

引娃真的不想活了。黑暗中她寻思着了断的法子。跳井她走不动，上吊她没力气，只有案板上放着一把菜刀，她就奔那个吧。引娃不怕流血，她已经流了那么多血了，不在乎把血流干。

引娃挣扎着侧过身来，艰难地向炕边爬去。她打算爬到炕边溜下去，再爬到案板跟前去拿刀。可她太虚弱了，爬到炕边已经精疲力竭了，控制不住自己的身体，再加上挪动让她的肚子发生剧烈疼痛，她眼前一黑，一头栽下地……

第二天一大早，石猴来看引娃。面前的情景让他大吃一惊：引娃面朝下趴在地上，一动也不动。石猴慌了，赶紧去抱她，她浑身冰凉，软绵绵的。石猴把她放到炕上，试试鼻息，还有气儿。赶紧烧一点热水给她热敷，同时掐她的人中。经过一阵折腾，引娃终于醒过来了。

石猴责备她说："你咋这么不小心呢，大人睡觉还能掉下炕？"

引娃叹口气说："你跑来干啥呀，我想死都死不了。"

石猴忽然明白是咋回事了。他当下火了，骂道："你是个啥人呀，你还有良心不？我不说你这么折腾对得起你父母，对得起你男人，我问你对得起我吗？我是你啥人？八竿子打不到的过路人，为了救你我受了多大的难？我不怕别人笑话，把工停了，跑前跑后给你找郎中，伺候你，给你做饭，给你洗血衣服。就是昨晚上我也一夜没睡，到城外去打狗，回来褪毛剥皮洗干净给你炖狗肉汤，天一明就给你端过来。我这么做为了啥？还不是为了叫你好好活下来。可你在干啥呢？你寻了短见不是把我闪了吗？不是故意打我的脸吗？不是叫别人笑话我拿热脸贴冷屁股吗？你这人咋这么自私，光想自己不想别人呢！"

引娃被骂呆了。她一想确实是这样，石猴跟她非亲非故的，人家这么救她，她却要拧着来，真有点对不起人。

石猴看见引娃不吭声，知道她已经有点心动了，接着说："你怕啥，你还年轻，只要人好了，再怀一个娃娃容易得很。关键是你要活着，有妈就有儿！"

引娃一听这话又伤心了，她说："我……怀不了啦。"

石猴说："我不信，你知道大家咋说你吗？他们说你尻蛋肥奶子大，是养娃的好身坯。"

引娃说："我不是指我，是指……唉……"她叹了口气，没有说下去。

石猴心里一动，同时又有些疑惑，她不是说自己有男人吗？不过他没有把自己的意思流露出来，而是顺着引娃的话往下说："这么好的女人，愁啥呢！"他边说边揭开盛狗肉的瓦罐，一股浓香扑鼻而来。

"来，吃狗肉，大补的！"石猴招呼着。

石猴每隔三五天就去郊外找狗。这时节野狗多得很，也肥得很。城外到处都是乱坟岗，饿死的人太多了，有些埋了，有些抬出来就扔了。死人肉是野狗的美餐，它们食物丰盛，繁殖得很快。荒年是人的荒年，野狗的肥年。这些野狗膘肥体壮，跑起来健步如飞，一般人拿它们没办法，可一碰见石猴，它们就碰见克星了。石猴一声吆喝，它们就像被点了穴，直愣愣站着不敢动，乖乖让他抹了脖子。

在石猴带来的狗肉汤滋养下，引娃十几天就恢复了。

那一天石猴起了一个大早，送完水后就陪引娃去城外上坟。引娃买了香表纸钱，在石猴的带领下来到儿子坟前。

这坟是石猴撮起来的，它静静地躺在沣河岸边。这里地势高翘，近可以看沣河，远可以观秦岭，风水很好。引娃一看见坟墓，立即泣不成声，一屁股坐在那里，石猴替她插上香，点上火，焚烧纸钱。

　　河滩风很大，引娃哭完了，纸钱的灰烬也被刮完了。它们像黑蝴蝶一样随风飘舞，消逝在苍茫的原野上。引娃心想，这难道是天意吗？娃娃没有了，她跟那个男人就彻底断绝了，一切都像梦一样消失了？

　　她难道又要重新开始吗？

　　引娃不由得看看身边的男人。

　　石猴伸出手，把她从地上拉起来。

三十八

周拴成的儿媳妇跑了!

这事不能怪那女人,不是她没良心。要怪就怪周宝根,是他打走了媳妇。

给儿子娶媳妇是周拴成说了算,与周宝根没关系。在他眼里,儿女婚事只能由老子做主,他说啥就是啥。女儿嫁的是望门夫,她到夫家时她男人还没有生出来呢,他说嫁了还不是嫁了?轮到儿子娶妻自然也是这样,只能由他拿主意。这倒不是他霸道,自古传下来的老规矩就是这样,没人敢违反的。周立功不是狂过一阵吗,鼓动青年人闹啥自主婚姻,咋样,最后还不是被赶出了周家寨?

周宝根不敢公开忤逆他爹,只能把怨气撒在女人身上。周宝根当然不愿意娶一个二婚的,况且还是逃荒来的外路人。他觉得自己好歹当过赛仙堂的大掌柜,在绛帐镇的街面上也是数得着的少东家,咋说也是场面上的人,怎能掉价到这种地步呢?他这种人娶媳妇,当然要大家闺秀,最不济也该是小家碧玉吧?谁料到他爹竟然给他捡了个叫花子!叫花子也罢了,是黄花大闺女也行。再退一万步,是二婚头也忍了,只要她没生过别人的娃娃,也算是给他留了一点面子。可这女人不但生了娃娃,而且这娃娃还时不时在村庄周围晃荡,这不是活生生给他眼睛里插棒槌吗?

全村人谁不笑话他！也不知道他爹是咋想的，那老家伙就是一个抠门精，啥事都爱贪便宜，连给儿子娶媳妇也乘机捡破烂。

周宝根咽不下这口气，就使劲整那女人，希望把她整跑了，一了百了，这样他就可以把责任推到那女人身上，不受他爹责骂。周宝根不敢明里整，怕他爹发现，就暗里来。晚上他不准那女人上炕睡觉，说她脏，让她睡在地上。到了半夜他上茅房，又故意踢她踏她，说她挡了他的道儿。那女人没铺没盖地躺在地上，头下枕一块砖头，一晚上都睡不踏实，炕上稍有响动她就醒来，提防着周宝根。睡不好，第二天就没精神，做家务免不了犯困打盹，周郭氏看见了不是呵斥就是谩骂。婆婆指教媳妇是天经地义的事，周郭氏盼这事盼得头发都白了，哪能轻易放过？半辈子媳妇熬成婆。自从那女人进了门，周郭氏就把所有家务全卸到她身上了，心安理得地当起了婆婆，全身心扑在挑毛病上。周郭氏觉得这不是挑剔，是教她学规矩呢。北山畔都是野人，缺礼少教的，她得手把手教她咋当媳妇。周郭氏也是打心底里不满意这个媳妇的，可她跟儿子一样，都拿周拴成没办法。

这女人白天晚上都不得安生，可她咬紧牙关忍受着。为了活下去，为了外面的娃娃，她啥苦啥罪都能受。周家虽然把她盯得很紧，可老虎也有打盹的时候，她总有办法给娃娃弄点吃的。周拴成家粮食很少，每天都要搭配野菜树皮，这些东西是要她去采集的，她就把馍馍揣在裤腰里，来到沟里塬上，装着去烂窑解手，把它埋在那里，做个记号，娃娃就会找到的。有时去担水，娃娃会远远尾随着她，看见周围没人，她掏出馍馍使劲扔过去，娃娃捡起来撒腿就跑了。有时实在被看得紧，出不了门，晚上半夜她起来去茅房，把馍馍从门槛下塞出去，娃娃天不亮就拿走了。

女人苦做苦受，想赢得这家人的怜悯心，说不定哪天他们会把她娃娃也收留了。当然她也不敢有太大指望，荒年添口如割肉啊，她理解周拴成的狠心。正因为这指望不大，她必须死活耗在这里当贼娃子，偷着去养她娃娃。他们无论咋折磨她，她也打掉门牙往肚里咽。只要过了荒年，她娃娃没事了，那时候让他回老家去顶门立户，她在这里实在受不下去了，抹脖子上吊都无所谓。

女人耐得住，可周宝根耐不住。一有机会他就呵斥女人："叫花子，快滚回北山去！你那个崽娃子在外面等着你呢，还不快滚！"说起来怪，对那个娃娃，周宝根起初恨得要死，真想找机会掐死他。可后来他不恨了，不但不恨，相反还希望他活得好好的，只有这样女人才有牵挂，在这里才会待不踏实。要是那个娃娃死了，女人就没指望了，她一定会死心塌地跟他过下去，那他这辈子就彻底完蛋了。

周宝根骂人的话很恶毒，可女人皮实，对男人的辱践一声不吭，每天照样脚不沾地忙家务。周宝根一看不行，他得再狠一些，要不这女人真是狗皮膏药黏上他了。他想到了一招，吃大烟的时候叫那女人给他烧烟泡，教她学烟馆里的女招待，脱光衣服陪侍，女人含着眼泪这么做了。周宝根过足瘾了，有精神了，忽然抓起烟枪，拿烧得滚烫的烟斗去戳女人的大腿根和奶头，烫出滋滋的响声。女人疼得眼泪都流下来了，可她没有哭出声。周宝根笑出声了，他说："我叫你守，你不走看我整死你！"

女人就是不走，她穿上衣服照样忙里忙外。烫的地方是羞处，周宝根下的是黑手，这地方衣服遮着看不见，只要女人不说，谁也不知道。周宝根真佩服这女人的韧劲，她难道是铁打石雕的，身上没感觉？

周宝根继续加码,他现在不光烫,还在烫出的伤口上撒辣椒面。女人疼得牙都咬出血来了,可她依然扛着。周宝根没办法了。他说过要整死这女人,其实那不过是一句狠话,如果真要他去杀人,他没有那个胆。像这样层层加码去整她,周宝根相信还没等把她逼死,自己倒先被逼疯了。说到底周宝根不是那种黑透心的恶人,到最后他反而向女人服软了。

周宝根说:"你饶了我吧,我求你偷偷跑走吧!这是积德行善呢。"

女人说:"我这么走了对不起咱爹,叫别人骂我没良心。"

周宝根说:"我爹那是害我呢,他也在害你,他要是菩萨为啥不把你娃娃也收留了?"

女人说:"咱爹是想要自己的亲孙子,你要是能叫我怀上娃娃,我给咱爹生一个亲孙子,坐完月子我立马走人,这算是报答了他老人家的救命之恩。"

周宝根喜出望外:"真的?"

女人点点头说:"真的。"

周宝根只得认了,除了这个办法他把女人没办法了。

这事说好了立即就来,早生早解脱。两人脱光躺在炕上,憋足劲儿要办事,临了周宝根却发现自己不起头。这不可能呀,他以前还嫖过窑姐的,家伙邦邦硬!他努力摆弄自己,可就是弄不醒它,从头至尾都像一截猪肠子。周宝根急得满头大汗,他承认自己不喜爱这女子,听说男人碰上不喜爱的女人就不来劲,可他也不喜爱窑姐啊,为啥在她面前就能竖旗杆呢?既然窑姐能让他精神抖擞,那他就把这女人当窑姐吧。

可这样也没用,腿根处照样软不拉塌的,周宝根这下慌了。人早就说过,吃大烟的最后会把自己吃成骟驴,他一直不信,并且以自己能嫖娼而自豪,难道这话眼下要在自己身上应验了?嫖娼也不过是去年的事,难道这病就来得这么快?周宝根吃不准,可他知道自己的烟瘾是越来越大了,就是这难熬的年馑中他也照抽不误,他觉得饭可以不吃,可烟不能不吸,饿死人是慢劲,不吃烟立马活不成。他爹卖地的钱除了买粮食,剩下的都被他烧成烟灰了。

那女人比周宝根还着急。怀孕是她想出的计策,这是她在这里待下去并且能免受周宝根虐待的唯一办法。十月怀胎,这旱灾再持续十个月总该过去了吧,到那时娃娃逃出年馑了,她是走是留都好办。女人想尽办法撩拨周宝根,可咋弄都没用。她以为男人太累了,就歇了几天,还想办法给他滋补。她到老崖上去挖长虫,那玩意儿最像男人的阳具,听说补劲最大。挖长虫是赌命的,女人现在吃不饱,饿得头晕眼花的,往高处爬腿都软,长虫还有带毒的,咬一口当下送命。可女人不怕,她晚上搭上梯子摸黑爬老崖,趁长虫睡觉时下手,终于挖到一条擀面杖粗的青花蛇,弄死了给周宝根炖汤喝。等将息了一段时间,他们摆开阵势再来,这次女人豁出去了,用嘴给周宝根啜,可腮帮子都啜麻了,周宝根还是软瘫的。这下女人绝望了,她知道自己碰上骗驴了。她听人说过,吃大烟的多数是软蛋货,她不幸就搭上了一个。她现在才明白了为啥这男人一直叫她睡在地下,为啥烧烟泡时她脱光了衣服他也没反应,不但不想干那事,反而拿烟斗烫她的羞处。他根本就是一个假男人!

女人想到逃跑了。跟这种男人在一起太可怕了,或者是眼下被整死,或者是以后守活寡。

女人把逃跑设计得天衣无缝。那天做晚饭时她在糊汤里煮上了巴豆。这东西家里有,她认得,也知道用处。糊汤是玉米糁子掺野菜熬成的，巴豆在里面看不出来。周家人吃了以后半个时辰就开始窜稀，轮流往茅房跑，三五趟下来就瘫了，躺在炕上动不了。甭说走路，连说话的力气都没有了。

后半夜，女人开始动手了。周家人折腾了半宿，现在睡踏实了，谁把他们抬出去埋了都不知道。要是没睡着更难受，稀屎把人整软了，他们只能眼睁睁地看着女人为所欲为。女人把周家的粮食全部装进一个口袋里，两边一折，像褡裢一样背在身上，开了大门，娃娃就在门口等着呢，他们提前约好的。

娃娃小声问道："妈，你背的啥？这么重，给我。"

女人说："你背不动，粮食。"

娃娃高兴地说："这么多啊，可够咱们吃了。"

"就是的。"

"那他们还有吗？"

"没有了。"

"轮到他们当叫花子了。"

"活该！"

"叫花子太可怜了。"

女人听了一愣，她迟疑了一下，又折了回去，把口袋的粮食给面瓮里倒了一点，然后领着娃娃走出周家寨，消失在夜色里。

周家人第二天早晨才发现被盗了。周拴成看着面瓮脸色乌青，周郭氏开口骂道"驴肏的北山……"她的话还没有说完，嘴就被男人捂住了。周拴成不想让村里人知道这件事，特别是隔壁的，那样大家把他笑死了，这事只能打掉门牙往肚里咽，吃一个哑巴亏，对外就说儿媳妇回娘家了。

周拴成后悔自己失策，没有把那娃娃的事情处理好，女人就是被这娃娃攀缠跑了的。他原先不要这娃娃，按理就该把他弄死,那样的话,女人就会死心塌地跟他儿子了。可周拴成下不了手,这是一方面原因。更主要的是,周拴成觉得自己犯不着去造这个孽,老天爷会灭绝那娃娃的。离开大人照看,一个人在荒原野外流浪,不是饿死,就是给狼吃了,活不了几天的。这时候真有狼了,遍地是死人,把狼招来了。可他没想到这娃娃的命硬得很,就是死不了。看着死不了就应该把他收留下,留下那娃娃,这女人肯定不会跑了嘛!周拴成叹了一口气,后悔自己太抠了。

世上没有后悔药。现在别说药,连粮食也没得吃了,面瓮底那点玉米面能撑几天?这日子咋过呀?

周宝根与他爹妈不同,他们愁,他才高兴呢。总算把这叫花子撵走了,多不容易呀!他不管过日子的事,那有他爹呢,他只管自己。

周拴成要赶紧谋划吃饭的事,他决定打发儿子去背粮,这是万不得已的事,不到饿死人的关头他是不会这么做的。儿子是宝贝疙瘩,他们舍不得叫他吃苦。

没想到周宝根不耐烦地说:"费那个力气干啥,跟我大伯借点不就得了!"

周拴成说:"人要有点志气的,甭看别人脸色。"

周宝根说:"又不要你开口,我去借。"他知道他大伯不会不管他们的,只要他去,大伯连借字都不会提的,直接就给他们粮食了。

"不争气的东西!"周拴成火了,"你敢,你只要敢往隔壁迈一步,看我不砸断你的腿!"

周宝根实在想不通,那是你亲哥哥,我是他亲侄子,我跟他借点粮咋了?他家又不是没有,人家粮食堆得跟山一样。他还想说啥,周郭氏挡住了,她怕男人发了脾气真打人。她跟周宝根说:"你都这么大了,要想着自立啊,不能一遇到难处就靠别人,别人能帮你一时帮不了你一辈子!"

周宝根不吭声了。

周拴成接着说:"儿啊,爹是年纪大了,倒退十年我自己去,还求你?你长得一墙高了,该替爹分担一些家务了,这个家终归要交给你的。"

听了这话,周宝根心里一动,他抬头看看他爹。他爹确实老了,头发几乎全白了,本来就精瘦的身材更加干瘪了,衣服套上空荡荡的,腰弯了,个子比自己矮了一个头。一年前他爹还是一个龙马精神的壮汉子,眼下忽然就老态龙钟了。灾荒这么快就把一个倔强的人压折了,叫人不能不服老天爷。周宝根有点心酸,他鼓足勇气说:"我……去背,可我到哪里去找盘缠呀?"

周拴成高兴了,他说:"这就对了,我娃长大了。钱不用你愁,我预备着呢。"

周拴成拉着儿子来到牲口圈。牲口早就卖完了,里面空着。周拴成挪开牲口槽边的水瓮,水瓮底下压着一块石板,揭开石板,下面有一个坑,坑里藏着一个小瓦罐。周拴成掏出瓦罐打开,一股浓烈的烟土味窜了出来。周拴成给儿子说:"这就是盘缠,你路上的花销连买粮食的本钱都够了。"

周郭氏一愣,藏大烟的事她咋不知道呢?她眉开眼笑地夸赞老汉:"亏得你,要不就叫那个北山卖炭的偷光了!"

周宝根更是不知道,他想起一年前苟铁嘴算卦的事。那家伙一开口就算出了他爹藏在厨房墙壁中的一罐银圆。他不知道他爹到底藏了多少宝贝,这老汉咋连家里人也信不过呢?

周拴成叮咛儿子,这是最后的家当了,一定要把烟土带好,路上小心,快去快回。周宝根告别父母,第一次踏上去南山的路。

周宝根以前只是听说过背粮的苦楚，现在亲自走一遭才知道这根本不是人干的活。他身体本来弱，加上以前娇生惯养，哪里受过这种罪？连爬带滚走到秦岭，胳膊腿都不是自己的了。可秦岭现在没粮食了，要背粮只能翻过南山到汉中去。奔到汉中，周宝根差点没累死。他真感谢带在身上的大烟土，没有这宝贝给他提神镇疼，他根本爬不过秦岭。

来是来了，大烟直接就可以换粮食，可换了粮食他能背回去吗？周宝根犯了难，思前想后，他觉得不能。他空身子爬过来都要死了，驮百十斤重的口袋爬回去肯定死！不是累死就是失足掉下悬崖摔死。就他这个身板，绝无生还的可能。与其死在半路上，把粮食让别人捡了便宜，还不如拿烟土在这里办些实事。

退一步讲，就算这次幸运没有死在路上，把粮食背回去了，可这粮食能维持多少天呢？末了还得他再去背。他不敢设想再背一次会是啥样，这个罪还能受第二次吗？第二次阎王爷还能饶了他吗？再退一步讲，就算他爹他妈心疼他，不让他背粮了，那守着家里吃啥呀？最后还不是饿死！

回去绝对是死路一条，周宝根不回去了。汉中是多好的地方啊，山清水秀，鱼米之乡，比起眼下燥热的关中来，这里就是天堂！在这里想吃米有米，想吃面有面，想吃鱼有鱼，想吃鳖有鳖，不像关中，平时就是搅团疙瘩煮蔓菁，遇到灾荒更是连麸皮都吃不上。主意拿定了，周宝根揣上大烟，找到汉中城一家烟馆，要把烟土折成份入股，在那里当伙计。烟馆老板收下他了，这样带本钱的伙计少见，他不要工钱只求食宿，外加几口免费的大烟，要求不过分，况且他还有一手烧烟泡的好功夫呢，能留住客，无论如何烟馆是赚了。

周宝根这样贱卖自己,为的是尽快找一个落脚的地方,既度过荒年,还满足烟瘾。至于老家的父母,他知道他们有办法,他爹肯定还藏着宝贝呢,挖出一个就够他们支撑一阵子了。临行时他爹说这罐大烟是最后的家当了,谁信呢?反正他不信,他爹嘴里哪有实话?其实周宝根现在宁愿不信,有想象中的宝贝在家里镇守着,他不回去就心安理得了。

把我搭上也是白搭嘛,荒年了,各人顾各人吧。周宝根知道他爹他妈一心一意要他好,他们要是知道他找了这么好的地方躲灾荒,一定会高兴的。

把这个事情想通了,周宝根就没负担。他来到街上,找了一家饭馆,把身上剩下的钱全掏出来拍在柜台上,点了大米饭红烧鱼炖鳖汤一顿猛咥。俺他妈,一年多了就没有吃过饱饭,这汉中的吃货也太香了!

周拴成老两口在家里苦等苦熬,天天盼着儿子回来。

起初家里还有北山女人留下的一点粮食,他们细水长流,一颗一颗数着吃,准备支撑到儿子回来。周郭氏去挖野菜,掺和着粮食一起吃。这事情以前是北山女人干的,现在轮到她了。周拴成在家里转悠,寻思还有啥可以卖的,换钱去买粮食。现在他手上再没有埋藏的宝贝了,那罐子大烟确实是最后的家当了。当初藏它并不是打算用来换钱,而是给儿子留的救命药。他知道儿子一天都离不开那玩意,怕以后万一接不上顿了再拿出来救急。现在它真是救急了,不光是救儿子,还救了一家人。

周拴成看来看去,已经没有啥值钱的了。土地倒还有一百多亩,可眼下白给也没人要。牲口早就卖完了,没有牲口大车就成多余的了,也卖了。八仙桌和太师椅是祖上传下来的,分家时他硬从他哥手里抢了过来，前些天也卖了。笼头缰绳这些皮货不值几个钱，可好歹也能换两把豆子，他也拿去换了。房上还有檩条和木椽，那都是上好的松木和槐木，可他没有力气上去拆，只好罢了。

最后他在上房东厢看见了他和老婆的寿材。这是两副漆得油光锃亮的柏木棺材，通体釉黑，两头的档板却是朱红的，既敦实又富贵。这阴宅也是周拴成的宝贝，他每年都要请漆匠给它们刷漆，到现在已经刷过五层了，它们简直亮得跟镜子一样，能照出人影来。伏天里周拴成有时就打开盖子躺在里面，里面凉飕飕的，柏木的香味能让人醉倒。周拴成现在打起了它们的主意，家里也只有这东西值钱了。

周拴成圪蹴在寿材面前，一个白发老人赫然映在棺板上，跟他对面。周拴成吃了一惊，这是谁呀？他回过头去看自己背后，背后根本没有人。这难道是他吗？他咋变成这样子了！周拴成慌忙伸手摩挲它，想把那影子抚去。棺板玉石一样光滑，他屈指敲一敲，有低沉的回响，像疼得在呻唤。周拴成忽然心里一酸，两行老泪掉了下来，他不忍心了。难道他劳累一辈子，要落到一个死无葬身之地的下场吗？

周拴成最后提了镢头把厨房的门挖了，现在要啥没啥，门成了摆设。他把门搁在推车上推到绛帐镇，那里有饭馆小吃摊，他们需要劈柴。

在后来的一个月里，周拴成隔三岔五地卸一个门扇，拆一个门框，挖一个窗户，锯一棵树，到街上去换一把半把粮食。家里能换粮食的东西越来越少了，他心里的希望反而越来越大了，因为儿子背粮回来的日子越来越近了。

可是一个月过去了，儿子没有影子。他安慰老婆，说宝娃子身板弱,走得慢,比别人要多费一些时间。四十天过去了,儿子还没有回来。他沉不住气了,跟老婆两个人轮流到村外的大槐树下眺望,看见村里其他背粮的人回家,就打问儿子的消息,别人都说没有看见。这些人出门时周拴成知道,他们比他儿子去得晚,可晚去的人都回来了,他儿子到哪里去了呢?周拴成不敢细想,背粮的道上凶险太多了,周家寨已经有好几个人出事了。从开始背粮算起到现在半年多,舍娃、柱子、满成、宝祥、碎虎五个人都没影了,这次会不会轮到他儿子?

到了五十天,周拴成两口子彻底绝望了。这是背两趟粮食的时间了,他儿子一趟还没有回来!周郭氏哭成了泪人,她给男人发脾气,说:"你还我儿子,你把他逼出去背粮,他背给阎王爷了,要饿死咱们死在一搭呀!"

周拴成自知理亏,可他还是能找出理由呵斥老婆:"闭上你的臭嘴,谁把粮食背到阎王爷那儿去了?咱宝娃福大命大,还在路上歇着呢。"话是这么说,其实他自己都不信。可他又不敢不信,儿子要是有个三长两短,他们老两口咋活啊!

周拴成跟老婆的精神一下子垮了。前面即使吃不饱,可他们心里还有盼头,这一口气支撑着他们瘦弱的身体。可现在不但没有粮食了,连儿子都不见了,他们像脊梁上挨了一闷棍,人一下子就塌下去了。

可再没有精神他们也得活呀。周郭氏每天都要出去找吃的,那天早晨起来,她喝了一碗菜糊汤,提着绊笼爬到塬上。近处的树叶草根都被人吃光了,要找就得到远处去。上了塬,周郭氏气喘得慌,眼前一阵子发黑,她赶紧坐在地上歇一口气。就在这时她闻见了一股苦涩味,循着这个味道,周郭氏看见了塬边的栲树叶。栲树耐旱,叶子厚实,但是味道难闻,平时牲口都不吃的。

周郭氏很高兴,这东西再难吃,总比观音土好吃吧,现在只要有吃的,谁还敢弹嫌?她来到塬边,枸树就长在老崖口的下面,很难够到。这得感谢它长的地方,要是容易采别人早就捋走了。周郭氏趴了下来,准备探下身子去折枸树。就在伏地的这一刻,周郭氏朝前看了一眼,这里地势高,眼界宽,一下子就看到了远处的秦岭山。天气晴朗,万里无云,秦岭就像站在她跟前一样。周郭氏心里一怔,不由得想起了儿子。宝娃就是到南山去了,南山看起来并不远啊,他咋就走不回来呢?她目光往下落了落,就落在塬下的官道上,这时节土地焦黄,树木光秃,没有啥遮挡,官道上人来人往都能看得清清楚楚的。忽然,远远地周郭氏看见了一个人,瘦不拉叽的,驮着口袋,踉踉跄跄地往这边奔。她心一紧,这人是谁呀,咋这么像她宝娃!那人越来越近,尽管口袋压得他弯着腰,低着头,周郭氏看不见他的脸,可他背上那个黑白条纹的口袋她太熟悉了!

"宝娃!"

周郭氏激动地叫一声,宝娃听见她妈的呼唤,竟然呼地一下飞起来了,他肯定太想他妈了,他高高地升在空中,像鸟一样朝她妈扑过来。

周郭氏听见儿子边飞边哭:"妈,我累,我太累了。"

周郭氏眼泪唰地滚落下来,儿子太受罪了,他啥时受过这种罪啊!她赶紧去接儿子,她张开胳膊朝儿子扑过去……

周郭氏醒来时躺在家里的土炕上。她腰断了,下半身动弹不得。她从崖上跌了下来,万幸那是一个二台塬,只有十几丈高。周郭氏嘴巴咧一下都疼得打颤,可她还是挣扎着问了男人一句话:"宝娃……回来……了?"周拴成忍住眼泪点点头。周郭氏眼珠努力地往一边转，周拴成知道老婆的意思，她是想亲眼看一看她儿子，周拴成说："宝娃给他舅家送粮食去了，咱粮食多了，给亲戚分一点。"

周郭氏笑了，她儿子回来了，他男人还知道心疼她娘家，这多好啊！年馑看来也不全是坏事，它还教育人呢。周郭氏安心地睡着了。她太饿了，太累了，太疼了，能睡着多幸福啊！

她从此就没有再醒来。

周拴成守着老婆泪流满面。他觉得自己对不住这女人，是他害死了她。虽然他不知道老婆为啥会跌下悬崖，可如果她不出去采树叶，绝对就不会出这事。老婆为啥要去采树叶呢，还不是因为没有粮食。缺粮食是饥荒闹的，这话小户人家可以说，像他这样的大户，又有土地又做生意，完全可以安然无事的。怪就怪他太贪心，良田好地不种粮食种大烟，还想趁着灾荒倒卖土地，这些事没有一件是正经庄稼汉该做的，不但害了自己，还连累老婆娃娃跟上受罪！有粮食儿子还会去南山背粮吗？有粮食老婆何至于出去挖野菜？现在儿子没有踪影，老婆已经咽气了，这不都是他害的？

周拴成疼得心里滴血，可他不敢哭出声来，这时节家里死了人不能让人知道，知道了存不下全尸，饿疯了的人会冲进家里割尸体。他流着泪给老婆穿寿衣。寿衣有两套，他跟老婆的放在一起。衣服都是土布的，染得黑，浆得挺，絮得绵，看见它，周拴成眼前就出现了老婆戴着老花镜穿针引线的样子。她那时候问过周拴成，咱是缝寿衣，要不要扯一点洋布？他立即否决了，说死都死了，还讲究啥！现在想起来真后悔。他这辈子欠老婆太多了，他节俭，老婆也跟着他过紧日子。她没有穿过一件洋布衣服，没有吃过一顿白米细面，没有去过一次县城。就这样有一阵他还想休了她，把她往死里打，打得她住娘家不敢回来。他真是混账呀！老婆把儿子和他当作家里的宝贝，啥事都让他俩占先。这次年馑中，有吃的她都是省着给他们吃，好几次他都发现熬的糊汤不一样，他父子俩的里面有粮食，老婆的里面全是野菜，他不知道她是咋弄的。后来一次做饭时他有意跑到厨房，才搞清楚了这个秘密。老婆熬糊汤时把粮食包在一个布袋里下到汤锅里，熬出的糊汤分成三份，她把布袋捞出来，将里面煮熟的豆子玉米全倒在他和儿子的菜汤里，自己一粒都不要。周拴成当时眼睛就红了，他要把碗里的粮食给老婆拨一些。老婆说："你是家里顶梁柱，儿子是咱们命根子，只要你俩没事，我就没事！"

多好的女人啊！

周拴成还特别感激老婆，她直到饿死也没有提向隔壁借粮的话。这没有叫他难堪，保住了他的颜面，就这一点而言，她不愧是他老婆，有志气。

周拴成决定好好陪着老婆，把以前亏欠的全补上。给老婆穿好寿衣以后，他还给她梳了头，特意给她头发上摸了一点香油，让干枯的头发有点亮色。伺候好老婆，他拼着力气，把厢房的两副棺材推到了上房里，让它们并头躺着。做完这些，他气喘得站不住，一扑塌坐在地上。他已经五天没有吃一粒粮食了，灌进肚子的全是菜汤和观音土糊糊，人虚得一阵风都能刮倒。周拴成点了一锅烟，靠这个给自己提提神。

有了一点精神，周拴成来到院子里，最后再料理一下家务。他把绊笼挂到墙橛上，把镢头上粘的土蹭干净，把铁锨擦得明晃晃的，然后把它们归置到门背后，再操起扫帚刷扫一遍院子，有几片落叶被踩得粘在地上，咋扫都不干净，他蹲在地上一片一片把它们抠下来。本来还想拿土坯把大门垒起来，这样谁也别想再进来，可他实在没劲儿了，只好把门拴上。

好了，这就是原样了，这就是他几十年来呕心沥血操持的家了。儿子如果回来，这还是他熟悉的家。

忙完这些，周拴成把老婆抱到棺材里轻轻安放好。老婆是笑着睡着的，面容很安详。他久久地端详着老婆，有些诧异。平时他看不到老婆笑，笑起来的老婆有些走样，不像他老婆。这笑很美，很舒坦。他赶紧盖上棺材盖子，别让风把笑吹走了，别让尘土把笑落脏了。

周拴成自己也穿上寿衣，躺进棺材里。他要在这里陪老婆，两个人手拉手去走黄泉路。周拴成知道自己活不过年馑了，迟早是一死。趁自己还能料理自己的死，就死在家里吧。只要悄悄地死，谁也不知道，他跟老婆就全身而退了。死在外面可不得了，尸体不但野狗吃，人也吃。就连已经埋了的棺材也会被掘了出来，里面的死人也饶不了。那些人不光自己吃，还有拿去卖钱的。他去绛帐镇卖木材就见过卖人肉的，拿猪肉羊肉打幌子。

死在家里不光是留一个囫囵身子，更重要的是还能给儿子看家呢。周拴成是很会谋划的，考虑得很周全。儿子说不定还会回来，他跟老婆就在这守护着。谁要是想霸占这个院子，他们就化成厉鬼收拾谁！

一对黑漆漆的棺材当屋摆着，这是森煞的镇宅之宝！谁钻进这个院子，猛不丁地碰见了都会吓得魂不附体！

周拴成手脚并用，把横在棺材顶上的盖子撑起来慢慢挪动。棺材的开口一点一点变小，最后哐当一声合严了，黑暗瞬间把棺材填实了。

周拴成跟老婆说了一声："吹灯，睡觉。"

周拴成平展展地睡在棺材里。柏木的香味弥漫开来，他觉得自己在香味中慢慢融化了,变成了一条轻飘飘的丝线在空中飘荡,越飘越高。他正慢慢地晕乎过去,忽然听见有人叫他,"爹,你醒醒,你甭睡了!"他能分辨出那是引娃,她还在蹦蹦跳跳地想逮住那根丝线,可丝线太高了,她够不着。丝线飘呀飘呀,都飘到天顶上了,这时忽然飞过来一只鹰,一口叼住了那根丝线,把它往下拉,周拴成一看,这鹰就是他儿子,他高兴地叫了一声:"宝娃!"

可声音出不来,憋在周拴成的喉咙里。

三十九

死亡像下山风,从北山畔刮过来了。半年前关中道人看到北山畔人死在他们地面上,心里还有些怨恨,抱怨这些山棒子不像话,把咱好端端的渭河平原当成墓地了。可谁也没想到,风水轮流转,时隔半年,死亡也在他们这里撒欢了。

死亡起初是偶然的,阎王爷零敲碎打,谁碰上了谁倒霉。到后来他老人家不耐烦了,一棒子抡出去,砸死多少算多少。这时死人就海了,一家一户地死,一村一寨地死。开始时,死了人还有人埋,到后来,连埋人的人都死光了,只能任由尸体暴露着。太阳高悬,天气燥热,死人三两天就臭了,就烂了,只剩下白花花的骨头,黑森森的毛发。骨头很安生,就在原地待着,可毛发却没耐心,到处生事。风一吹,胡乱走,粘在地上,就像地上长出了黑莎草,刮到树木上,就给树木挂上了黑帘子。野狗成群结队在村庄周围游荡,逮住尸体就地瓜分,一个个吃得滚瓜溜圆的,肚子都拖到地上了。大白天的,狼也不避人,更不避狗,还跟狗搭伙咥人呢。

人咋死的?饿死的!

周家寨也不例外,饥饿把人们逼上绝路了。死人的事接二连三地出现,谁也不知道自己能活到哪一天。发奎老汉去亲戚家借粮,走到半路上眼前一黑,一头栽倒就死了。五寡妇到塬上去挖观音土，抡了一下镢头就没劲了，她刚躺在地上歇息，野狗呼啦一下扑上来把她围住了，她想拿镢头打狗，可胳膊腿都被狗撕住了，动弹不得，最后活活让狗撕碎了。花花这女娃饿得走不动了，知道家里没吃的，就爬出去找。她爬呀爬呀，不知咋的就爬到了塬底的沟岔里，那里僻背，平常是人解手的地方，她大概是想到这里吃大粪了。人饿到极点，只要能嚼填肚子的，啥都不嫌弃。不幸的是，现在这里连大粪都没有了，村里人都饿得没劲了，谁还跑这么远来解手？花花是抱着满腔希望爬到这里来的，她把所有力气都用光了，结果却让她绝望了。没有新鲜的大粪，晒干的也可以呀。她撑起脑袋张望着，竟然惊喜地发现了奇迹：一颗拳头大的梨瓜！这种梨瓜叫粪瓜，吃瓜的人连瓜子一起咽到肚里，后来瓜子随粪便拉出来，就地生根长出蔓儿来，结出瓜儿来。算花花运气好，这瓜长在偏僻处，最近又没有人来这里，就好像专门给她预备的，在这里等着她。花花挣扎着往跟前爬，那瓜跟她的距离也就三四丈，可这三四丈相当于千万里啊，她就是爬不到头啊。她爬呀爬呀，手都在地上抠出血来了，可身子却软软的不能动弹，最终花花累死在瓜跟前，她的手离那颗瓜只剩下一拃远。

　　死的人死了，他们不害怕了，可他们把害怕送给活人了。活着的人怕得要死，他们知道阎王爷就跟在自己身后，随时都会拍他们的肩膀。可他们不想死，只要能让自己活下去，他们啥事都能干出来，人到了这份上就跟牲口一样了。

　　兔娃妈把兔娃领到塬上挖野菜，来到一个枯井跟前，看见井壁上长了一朵野菊花，就给儿子说："娃娃，你腰软，能趴下，给妈把那朵花摘下，妈想插在头发上。"兔娃看了看他妈，他妈脸色青黑，头发纠结，真不像他妈的样子了。他妈以前很俊俏，他为此骄傲。兔娃满心喜欢地趴下去摘花，他想他妈戴上这朵花就能变回去了。兔娃趴在井口边，身子探得很低，他没想到她妈在背后踢了他一脚，他一头栽进枯井。

枯井有二十多丈深，兔娃命大，竟然没有摔死，还能在下面叫唤。他喊道："妈，你把我捞上来，我都七岁了，能给咱家挑水了……妈，我天天给你捶背，天天给你暖被窝……我不吃粮食了，光喝水……"

兔娃妈在上面泪如雨下，她憋住声找石头。这喊声不能叫人听见了，她不怕别人说她杀人，她杀的是自家人。她怕人来救兔娃，救了他又成了累赘。兔娃妈搬来一块料礓石砸下去，声音就砸得小一点，再搬一块料礓石砸下去，声音就砸得更小了，她疯狂地扔料礓石，直到声音被砸没了，她才放声大哭起来。她男人已经饿死了，她要去自卖自身，没有一个男人愿意要带犊子的……

人常说虎毒不食子。兔娃妈只是把兔娃推到井里了，并没有吃他的肉，这算心善的。那阵子还有人吃亲人肉呢。彩莲是嫁到刘家沟的女人，那天她觉得自己快不行了，就赶紧从刘家沟往周家寨爬，想临死前见上她爹妈一面，最好能找见啥吃的。她爹妈就她一个女儿，从小就是宝贝疙瘩，有啥好的都给她留着。她从早晨开始爬，到晚上后半夜才爬回娘家，她爹妈听见门槛响，问是谁，彩莲应了声，彩莲妈以为女儿是回来寻吃的，就跟她说："女娃呀，咱家一口吃货也没有，我跟你爹都饿得躺在炕上起不来了。"彩莲说："我快要死了，有一口麸子也行啊。"她妈说："我娃爬上炕睡一觉吧，睡着了啥都不知道了，明早叫你爹到塬上掏老鼠窝去。"彩莲没有力气爬上炕，就趴在地上睡着了。

第二天早晨，彩莲妈被满屋的浓香熏醒了。她一摸身边，没有老汉，就问："你弄啥呢，这么香？"老汉听见叫喊，从外面进来了，端着老碗边吃边说："煮肉呢。"说着就给她捞出一块骨头。她啃了一口，连嚼都顾不上嚼，呼噜一下就咽到肚子里了，把人噎得翻白眼。老汉赶紧给她灌了一口汤，她才顺过气来。彩莲妈问老汉："啥肉啊，这么香！"老汉说："管毬啥肉，能吃就行。"听了老汉的话，彩莲妈忽然一个激灵，急忙瞅地下，哪里还有女儿的影子？她问老汉，老汉说女儿死了，已经埋了。彩莲妈不相信老汉的话，他哪有力气干这么重的活？她追问老汉，你埋哪里了？我给女儿烧把纸去。老汉说："在……在厨房。"彩莲妈哇一声哭了，她骂道："你这个挨千刀的，这是你女儿啊！"

老汉赶紧上来捂住她的嘴说："你千万不敢哭，你一哭叫人听见了，咱还咋活人呀。"

彩莲妈只能憋住难过在肚里哼哼。老汉说："你也甭难过了，女儿反正死了，咱不吃就便宜别人了，你把她埋在外面，立马就被人刨出来千刀万剐了。女儿要是知道她死了还救了咱，她不知道有多高兴呢，这也算是她孝敬父母了。"

彩莲妈含泪点点头，觉得老汉说得在理。老天爷把人逼到这份上了，要活命就得吃人肉啊！

人肉如果是死人的，吃了也算不得伤人害命，反正人已经死了，活人不吃也就叫野狗吃了。可怕的是有人竟然吃活人肉！那时候活人外出都很害怕，他不是怕死人，也不是怕野兽，是怕另外的活人！有人就是把别人弄死了吃呢。单眼和他参就是这种人。

单眼父子是周家寨最先断粮的人。这父子俩一对光棍，家里没有女人，不会过日子，有粮饱三天，没粮饿半年，从来就不知道啥叫细水长流。平常没粮了，他们就偷鸡摸狗打发日子，东家地里撅几把麦子，西家田里掰几颗苞米，大家看在同宗同族的面子上，也不咋跟他们计较，他们父子俩也可勉强度日。可年馑来了，地里哪有庄稼？想偷也没的偷，饿得不行，他们就开始想邪方子。单眼参加过绛帐镇收尸队，看到城壕里扔的那些尸体，他心里有主意了。

　　从那时候起单眼就开始割人肉了。第一次他挺害怕的，来到万人坑身子像打摆子一样颤抖，眼前是横七竖八层层叠叠摞起来的死人，他混在里边，连自己都分不清他是活人还是死人。死人都是鬼，这当然让他害怕，更让他害怕的是吃人肉的想法，人都要吃人了，这不就变成野兽和魔鬼了吗？吃人这事以前听周克文谝《聊斋》时说过，那里面吃人的是妖精，哪想到自己现在也会干这个？毕竟这是人啊，死了也是人啊，刀子咋割得下去！他正在犹豫间，忽然一个尸体动起来了，月光下那家伙竟然在死人堆里摇摇晃晃地行走，还把别的尸体扒拉来翻过去的。单眼魂都吓飞了！这是鬼还是人啊？是鬼他害怕，那是索命的无常，是人他更害怕，割人肉敢让人看见吗？他腿一软，趴在尸体上也成了尸体。单眼紧张地盯着那家伙，发现对方手里也拿着一把刀，月光下闪着寒光。这下单眼放心了，这不是鬼，鬼不会拿刀的，这大概是自己的同路人。

　　单眼的估计没错，那人在尸体堆里挑来拣去，最后选中一个满意的，动起刀子来。单眼能听到刀刃跟骨头摩擦时发出的咯吱声，这声音彻底打消了他的恐惧和愧疚。已经有人这么干了，他为啥不能？等那人提着肉串子走了后，单眼立即下手，割了身边死人大腿上的一绺腱子肉，他比那人还会割，没弄出响声。

　　割了肉拿回家，他爹大头看见了，问是啥肉，他说是猪肉。烧水煮了，他爹说真香，他说香不香咱知道就行了，不要到外面说。再后来他把肉拿回家，他爹连是啥肉都不问了。大头不傻，他慢慢就知道了这是啥肉，这时节哪有猪肉卖？有猪的都留给自家吃了。就算是有猪肉卖，那得多少钱一斤？他们父子穷得卵蛋磕腿叮当响，哪有钱去买，而且还经常买！

死人肉吃到后来就渐渐供应不上了。一是年馑越来越厉害，吃人肉的越来越多，二是天气越来越热，死人很快就臭了。到这份上，新鲜的死人肉就要抢了。单眼抢过几回，后来不敢去了。抢肉是搏命的，大家打得头破血流，最后竟然有抢肉的被打死了，大家一哄而上，把他也瓜分了。单眼吓得魂飞魄散，回来把这事给他爹说了。

大头听了，沉吟了一会儿跟儿子说："咱也学别人吧。"单眼问啥意思，他爹说："活人死了就是死人了嘛。"这话虽然绕口，可意思他听得明白。单眼啊了一声，他没想到他爹比他还狠。从那以后父子俩就在外面弄活人。这事一个人势单力薄干不来，得有帮手才行。他们整死过好几个人，男人女人大人娃娃都不嫌，只要是单身行路的。整死人不光有肉吃，运气好的时候还能从死人身上搜出钱财和吃货来。刘家沟的刘福娃把女儿和老婆卖给山西来的人贩子，回来的路上很得意，他本来和老婆商量好只卖女儿的。夫妻俩以逛庙会的名义把女儿骗了去，结果人贩子连他老婆也看上了，他真是大喜过望，毫不犹豫就把老婆也卖了，这些得来的钱够他买一斗麸子，支撑两三个月的。可他的如意算盘还没打回家，半道上就被单眼父子勒死了，连人带钱都便宜了旁人。前王庄的碎柱到他舅家走亲戚，他外婆可怜这个十岁的孙子，看他瘦得跟猴一样，回来时给他兜里偷偷塞了两块油渣饼，那是她过生日时儿子孝敬的，她舍不得吃。碎柱回家路上碰上了单眼，单眼一个人就把这娃掐死了。

单眼觉得活人肉确实比死人肉好吃，一是新鲜，二是肉质好。凡是饿死的人，身上基本没肉了，割下来的差不多都是癞皮，煮都煮不烂。

单眼吃着吃着，一不留神把他爹也吃了。

这事说起来蹊跷，可它就这么顺理成章地发生了。这事与另一件事有瓜葛，有点惊了母鸡摔了蛋的味道。周家寨的周有成不想活了，要找一个人活埋他，找来找去找到了单眼。这活儿别人都不敢干，也没力气干，这老汉知道单眼心狠，下得了手，况且他身上还有膘，估计挖墓坑也抡得动镢头。

周有成为啥不想活了呢？理由很简单，活够了。他都六十岁了，活得够长的了，还不死等啥？眼下已经活成儿女的累赘了，再活就活成他们的仇人了！他这个年纪啥也不能干，就是坐在家里吃闲饭，平常日子也就罢了，年馑里简直就是喝人血呢。儿子和媳妇每隔一个月就得去南山背一次粮，每一次回来都跟害了一场大病一样。他可怜他们，知道要是没有他在家里攀缠着，他们早就出去逃荒了，哪至于这么辛苦？他更害怕再这么拖累下去，他们哪天在背粮的道上闪失了。周家寨背粮的人已经死了好几个了。他一个要死的糟老头了，不能害了正在上风头的年轻人。他想还是死了好，死了就把儿子解脱了。

可死得有一个好死法。儿子不可能把他弄死，要死也得自己弄。自己弄就得趁儿子不在家，可儿子不在家谁埋他呢？自杀在家里没人埋就臭了，屋子也就成凶宅了，那儿子以后还咋住？自杀在外面没人埋就让野狗撕烂了，自己也不忍心。想来想去得找一个人帮忙，把他送进坟墓里，还要在坟墓上守卫十几天，防止有人掘墓吃他的肉。十几天后就安全了，那时尸首已经腐烂了，没人挖坟了。帮忙当然是要给报酬的,他手里还有儿子留下的十几斤粮食。

为啥是活埋呢?周有成想得很周到,他如果先死了就啥也不知道了,当然也就不知道帮手埋不埋他。现在这关口上人都没良心,你根本不能相信他。只有活埋才能监督帮手,到最后关头上再告诉他粮食藏在哪里。这当然也不能保证他把你全埋了,但起码能叫他把你脑袋以下埋进黄土里吧。埋一截总比不埋强,这也是没办法的办法了。

周有成一找单眼,单眼就痛快地答应了。他说:"叔,你放心,我把你埋得严严实实的,上面还拿石锤夯了,甭说人挖不开,就是黄鼠狼想打窝也得把牙崩了!"周有成监督着单眼,在塬上风水好的地方挖了一个墓坑,墓坑挖到满意的深度,周有成穿好寿衣,让单眼拿芦席把他卷了放进墓坑里。单眼开始往里面填土,他边填边问周有成:"叔,粮食在哪里放着呢?"他担心这老汉一口气出不来,他就白忙活了。周有成说:"你填你填,还没到呢。"单眼把老汉的身子全埋了,只剩下头了,他还不说。单眼在上面吆喝:"你还不说?那好,我不干了,你在下面凉着吧。"说完他真停下手中的活计了。这下轮到周有成急了,不过他还是说了狠话,他跟单眼说:"侄子,叔给你交代的事你一定要办到,你要是亏了叔,叔化成厉鬼也会捏死你。"单眼说:"叔,你放心,我敢日弄人不敢日弄鬼。"得到了单眼的保证,周有成才告诉单眼藏粮食的地方。单眼并没有当下相信周有成的话,他先跑回周有成家,在院中的麦草垛里掏出了那个装粮食的口袋,验明正身了,才回到墓地里继续填土。有了粮食的鼓舞,单眼干得很欢实,一口气就把周有成埋完了。

夯坟头的事他没做,那太累,可守坟头的诺言他兑现了。那几天单眼就蹲在墓地上，还时不时地给周有成烧几张纸。单眼虽然心硬，可他还是有点害怕，毕竟活埋人这事也太残忍了。

得了这些粮食，其实是得了祸患。单眼把粮食藏起来了，不给他爹吃。人肉香，可粮食更香，毕竟人是吃粮食长大的，这口感改不了。这粮食来得太不容易了，他得留下来，以备万不得已。至于他爹，他觉得能有人肉吃就不错了。这么大年纪的人了，吃好东西都糟蹋了，快进棺材的人了，应该给年轻人让路。你看人家有成叔，为了给儿子减轻负担，活埋的事都做得出来，这才是懂道理的老人，他爹做不到人家那份上，少吃几口粮食应该没有怨言。

可大头不这么看，他觉得儿子得了好东西，就应该拿出来孝敬老子。这是孝道，几百年传下来的，他理直气壮。大头向儿子要粮食，儿子说没有，他是给人帮忙的，同村同族的，哪好意思要报酬！大头当然不信，他儿子他知道，无利不起早，况且村里人都说周有成许了报酬的。可单眼就是不认账，大头干着急没办法。要是单眼一直瞒下去，那也没事，可他扛不过自己嘴馋，时不时会拿粮食打牙祭。因为是偷吃，所以总是手忙脚乱的，免不了留下痕迹，让大头看了窝火。大头决心捉贼捉赃，让儿子无地自容。

那天早晨起来，大头给儿子说他要到妹子家走亲戚，晚上才回来，说完就走了。单眼看他爹离家了，到早饭时间就自己涮糊汤喝。他刚把锅烧开，把麦面搅进去，他爹忽然悄没声息地出现了，把他堵在了厨房里。大头根本就没走远，他在塬坡上猫着呢，一见自己家烟筒冒烟，就知道儿子干啥了。

大头揭开锅盖，看着白花花的麦面糊汤，一个巴掌就扇到儿子脸上了。他骂道："你驴肏的，忤逆不孝的东西，这是啥？没有粮食这是啥!"

单眼捂着脸不吭声,大头骂得越发起劲了。他说:"你这个没良心的货,畜生不如,老鸹还知道反哺呢,你连你爹都不认!"

单眼赶紧给他爹舀了一碗饭,大头呵斥道:"你拿这点打发我?我不是叫花子,我是你爹。你把粮食全给我拿出来!"

单眼说:"没有了,就剩这么一点了。"

"放你妈的屁!"大头骂道。这狗肏的还哄他呢!他火更大了,这怂货明显就没把他往眼里放。

大头提高嗓门问:"你拿不拿?"

单眼说:"没有了!"

大头被闪在空中了,他老脸往哪里搁?大头说:"崽娃子,我再问你一声,你拿不拿?"

"不拿!"单眼这下也火了。这老东西,你给他鼻子,他就蹬鼻子上脸。

"好,你不拿,你可别后悔,我出去跟人说你杀人了,活吃人肉!"大头说。

这一下单眼慌了。杀人这事他都是在外面干的,周家寨没有人知道,这事要是传出去那还了得,杀人是要偿命的!他爹是拿这个要挟他呢。慌乱中单眼忽然想起他还有一张牌,能拿住他爹。单眼说:"你出去说吧,咱俩一块干的。"

大头说:"我不怕,我这把年纪了,死了就算毬了,我现在就是豁出去死,也要把你这个王八蛋扯出来。你不顾我,难道我会顾你!"说着他就往外走,已经走出厨房门了。

大头其实也只是摆出一个威胁的姿势,单眼这时要是给他爹说一句软话,事情大概也就止步了。可单眼是个犟怂,他不但不服软，相反还激大头，他说："你敢！"

　　这把大头给将住了，他没有拿住儿子，反被儿子拿住了，作为长辈，他没有后路了。大头说："我就出去说了，你能把我毬咬了？你就等着挨枪子吧，猪㞞的。"大头继续往外走，眼看就要走出院门了。

　　单眼见没把他爹镇住，这老东西跑到外面去就麻烦了。情急中他操起房檐下立着的一把铁锨搋了过去，意在吓唬他爹。没想到这铁锨却不偏不倚，咔嚓一声扎在大头的左腿上，大头扑通一下就栽倒在地。铁锨的刃子锋利，像砍刀一样砍折了大头的小腿。

　　大头疼得啊地惨叫一声，血流如注，当下晕了过去。

　　单眼傻了，他没想到自己失手闯下这样的大祸。他赶紧跑过去抱起他爹，他爹腿耷拉着，头也耷拉着。单眼想这咋办呀？他摸了摸他爹的鼻子，还有呼吸。手再往下摸，就摸到他爹脖子上，忽然，他两只手在那里一环，狠狠地掐住要害。大头眼睛翻了翻，两只胳膊像鸡翅膀一样扇了扇，然后就全身软瘫了。单眼把他爹平放在地面上，抚平暴凸的白眼。

　　单眼只能这么做了。他爹即使救活了也是个废人，他受罪自己也受罪，他还得落一个忤逆不孝的骂名，不如叫他闭嘴算毬了。反正他已经活了那么大年纪了，也够本了，放在有成叔身上，人家都自己了断了。这阵了死人那么多，一个人不见了很正常，谁也不会在意的，就叫他爹失踪吧，大家都解脱。

　　人失踪了肉不能失踪，这肉是新鲜的，不吃就可惜了。

　　世上没有不透风的墙。单眼父子以为他们做事诡秘，劫道在外地，下手又在偏僻处，还给脸上涂了锅墨，按说是不会被人认出来的，可不知咋的，这事还是漏风了。有关单眼父子吃活人的说法传到了周家寨，周家寨人起哄了。这还了得，活人也敢吃？他们要是吃顺嘴了，还不吃到本村来！家里有娃娃的更坐不住了，大家跑到周克文这里告状，要求族长查禁这事。可周克文不相信，他管辖的周家寨是啥地方？是仁义村，忠孝地，咋能有这种人？你说这年馑中人饿极了，偷几把抢几把，甚至卖儿卖女都有可能，可吃人肉是绝对不会的，更甭说吃活人了！

周克文不相信是情有可原的。他虽然生活在周家寨，可他的生活跟周家寨人不在一个层面上，他不可能看见周家寨全部的悲惨事，况且这吃人都是秘密的，谁也不会明干。周克文自己不相信，当然也就不让村里人相信这传言。他把村里起哄的人集中起来，由他带领到单眼家去查证。他相信单眼父子要是真吃了人肉，家里一定会留下证据的。

事情说来也凑巧，大家来到单眼家的时候，单眼正好把他爹煮熟了。屋里院里香气飘荡，来人的鼻子当下都长大了。周克文问单眼："做的啥饭，这么香？"单眼不知道这么多人到他家来干啥，就打着哈哈说："没啥没啥，年馑里还有啥好吃的。"周克文说："你看我们刚好赶到饭时了，你不请大家伙吃点？"说着他顺手揭开锅盖，里面是热腾腾的肉块。"哈，还有肉啊？"周克文说："我们运气不错，啥肉呀？"

"猪肉。"单眼镇静地说。他庆幸自己来得快，把门口的血迹都铲干净了。

"没见你喂猪嘛，哪来的猪肉？"周克文边说边四处瞅，案板锅台上没有头发指甲啥的。

"我买的，绛帐镇上多的是。"

"啥好日子嘛，割肉吃，还煮一大锅？"周克文问着话，拿勺子在锅里搅了一下，也没有人手人脚掌。

"没啥好日子，就是想吃肉了，煮得多我吃的多嘛。"单眼说着拿筷子从锅里叉起一块肉，大口大口地咥起来，油水顺着他的嘴角流出来，吧嗒吧嗒滴在地上。

看着单眼的馋样子，周克文相信这是猪肉了。吃人肉总不会是这样吧，心里没有一点隔腻？周克文是将心比心，拿自己去推单眼了。可单眼是啥人，吃人肉早就吃惯了。

其他人口水噙不住了，眼巴巴地望着单眼。这些人甭说吃肉了，连正经的粮食味好久都没有闻到了，咋能扛住单眼的诱惑？他们已经忘记自己的使命了，单眼问："大家都想吃吧？"

周克文说："你这不是逗大家嘛？"

单眼嘿嘿一笑，拿来一个瓦盆，把锅里肉全捞出来，端到院中央。大家都跟了过来，单眼又一笑说："我可告诉你们，这可是人肉喽，你们敢吃吗？"

那些人笑着说："是人肉咋了，我们还没有吃过人肉呢。"大家呼啦一下围了上去，手忙脚乱地在盆里抓，抓到了就往嘴里塞，全不顾汤汤水水的洒在身上。看到这样子单眼笑了，刚才周克文的问话他能听出弦外音，这些人来他家的用意他猜得出。哼，查我吃人肉，我叫你们也吃人肉！

周克文没有吃，他不是不馋，只是觉得那样抢着吃不干净，也不雅观。他是啥人？咋能凑那个热闹！那些人一吃起来啥事都忘了，他还记着自己是来干啥的。既然是来查证的，那就把所有的疑点都排除完吧。厨房看来是干净的，那别的地方呢？周克文在单眼家院子里巡查着，转来转去就转到了猪圈旁。猪圈墙不高，他从外边就能看到里面去。圈里没有猪，原先垫的土早就踏平了，可靠近里侧圈墙下有一片新翻的土。周克文觉得奇怪，就在院里找到一把铁锨，跨过墙去在那里刨起来。刨了几下，周克文大惊失色地喊起来："人肉，是人肉！"

吃肉的人没有理他，他们好像没有听见，继续围着瓦盆大嚼大咽。这肉太香了！

周克文急了，本来想把大头的脑袋拎过来给那些人看，可他没有那个胆量。他一吆喝，好像把大头吵醒了，他的眼睛扑腾一下睁开了。周克文吓得蹦过墙，撒腿就往外跑。那些人还在吃，周克文喊道："是大头的肉，人肉！"吃肉的人嘻嘻哈哈地回应他："对着呢，是人肉；香得很，你也来吃啊！"

看着那些人满嘴白花花的肉沫子，周克文喔地一声吐了出来。他提着铁锨去找单眼，单眼早就溜了。

周克文脸色煞白地回到家中。老婆看他这样子，以为中暑了，给他化了一碗蜂蜜降温。周克文一看黄澄澄黏糊糊的东西，喔地又干呕起来。老婆扶着他躺下，这时媳妇春娥走了进来，张嘴要说啥，周梁氏摆摆手，她又不吭声了。周克文说："我不要紧，刚才走得急了点，气喘，有事你说。"周梁氏说："不着急，你歇好了再说。"周克文不理老婆，他知道媳妇是稳重人，不是急事不会找他，就对春娥说："啥事，你说。"春娥说："爹，我觉得隔壁不对劲。"

隔壁是他兄弟。周克文一愣，问道："咋啦？"

春娥说："十多天了都没有一点声息，今天还能闻到臭味了。"

媳妇这么一说，把周克文提醒了。是啊，可有一段时间没见他兄弟两口子了。至于臭味他闻不见，刚才的恶臭还在他鼻尖上没散呢。他问老婆，周梁氏说，我俩都闻见了，才给你说的。

周克文说:"走,看看去。"

他们先跑到院墙跟前,想从窟窿看过去,发现窟窿早就被隔壁堵上了。没奈何他们只得来到周拴成家门口敲门,可敲了半天都没有动静,使劲推门也推不开。周克文这下急了,"赶紧回去,搭梯子翻墙!"

梯子搭好,周克文要上去,媳妇说:"爹,使不得,你年龄大了,我去。"春娥爬上墙头,把梯子拽上来,再搭到另一边,这才下到隔壁的院子里。院子里很哑静,没有一丝人气。春娥试着叫了两声,二爸,二妈!没有人答应。她边往里面走边东张西望,窑洞和房屋都没有门窗了,就像一个人被剜了眼睛磕了牙,露出空洞的疮口,让人惊心。春娥心里慌慌的,她往前再走几步,忽然惊恐地尖叫起来:"啊——"

周克文老两口不知道媳妇出啥事了,只听见隔壁一阵急促的脚步跑向门口,他们俩也撒腿跑出院子。那边春娥已经打开周拴成家大门窜了出来,险乎跟公婆撞在一起。周克文问:"咋啦?"春娥气喘得说不出话来,只是拿手胡乱地往里面指。

周克文仗着胆子走进去。

他看见了两具黑漆大棺材,臭味就是从那里冒出来的。

周克文愣住了。

周拴成两口子饿死的消息传遍了周家寨。周宝根不见踪影,周克文只得给他兄弟料理后事,他要让他兄弟入土为安。可出殡那天却找不到一个抬棺材的人。抬棺材必须是死者的本家人,这不是帮忙,是尽孝。周克文找了五服内的几个本家侄子,可他们一致推却,说饿得没劲,抬不动。周克文说:"我给你们吃扯面,行了吧?"可他们还是摇头,眼睛里有一股怨气。

周克文知道为啥了，没办法，他只好叫自家长工抬棺材。

更麻烦的是，周宝根没有音信了，谁给死者摔孝盆？关中风俗，殡葬仪式上死者的儿子一定要披麻戴孝，头顶一个瓦盆，盆里烧着香火，走到送葬路上的第一个十字路口把瓦盆摔碎，这叫摔孝盆。这既表示子女痛不欲生，也意味死者香火永继。没有人摔孝盆，就说明死者是绝户头，那是人生最大的不幸。可现在谁给周拴成摔孝盆呢？

周梁氏说："去凤翔叫老三，服侍他二爸。"

周克文说："胡说，这还来得及？凤翔一来一往要三四天，尸体已经烂了，还要等化成水？"

"那你说咋办？"周梁氏说，"总不能让他当绝户头吧？"

"当然不能！"周克文说，"我来。"

周梁氏骂道："你疯了，哪有哥哥给兄弟摔孝盆的？乱辈分了！"

"他是我兄弟，我不能让他变成孤魂野鬼！"周克文火了。

出殡那天，果然是周克文为他兄弟摔孝盆。当他把那个冒着火苗的瓦盆顶上头顶时，周家寨很多人都愕然了。开天辟地，他们第一次看到这情景。很多人想笑，却笑不出来，他们更多的是震惊。当然，周克文没有披麻戴孝，也没有当众痛哭流涕，他不能把自己完全弄成他兄弟的儿子。

这是家族墓地，周拴成的坟头与父母的成品字形。从外形上看它比父母的坟头要矮一些，可里面却比父母的讲究多了。当年埋父母时周克文家境并不殷实，加上周牛娃是个抠门精，他弥留时一再叮咛要薄葬，所以周克文只给老人家们用土坯箍了墓，青砖砌了明堂。可这次他兄弟就不一样了，墓全是用青砖砌成的，不但明堂全用青砖，就是整个墓道也是青砖墁地。这不光是因为周克文富了，更是因为他心里愧得慌。

葬礼一毕，周克文把别人都打发走了，自己一个人坐在墓地边。日头很热，风很燥，可周克文心里却冷得很。他哭了。自从看见他兄弟的棺材，他的悲痛就一直憋在胸口，现在四下无人，他终于一泻而出了。他号啕痛哭，鼻涕眼泪在下巴吊成线。这痛苦一方面来自亲情，一方面来自内疚。长久以来别人都知道他们兄弟不和，可谁又知道他们压在心底的爱呢？这爱是血缘凝结的，割也割不断。他们是怄过气，闹过别扭，可这恰恰证明他们关系亲密，都特别在乎对方，一个人是不会跟于己无关的人纠缠的。就他来说，他不满意他兄弟，是恨铁不成钢，是希望他好，盼望他长进。说到底，他是爱他兄弟的，可就这样一个骨肉兄弟，却在他眼皮底下饿死了，他谈啥爱呢？

他不是没有能力帮助他，也不是不知道他们缺粮，可他就是没有给他们施以援手。当然了，他兄弟没有向他开口，甚至可能故意跟他赌气，可他是兄长嘛，咋能跟兄弟计较呢！他是眼睁睁看着他们走到这一步的！

本家的人为啥不抬棺材？他们是看不过眼，故意给他难堪的！他们一定在心里骂，这是啥人嘛，家里藏着那么多粮食，为啥就不拿出来救人呢？年馑都闹到这份上了，不救别人也就算了，连你亲兄弟也不救吗？

是啊，你为啥就不救人呢？

周克文扪心自问。其实这不是他第一次这么问自己了，只是今天饿死了亲兄弟，这问题忽然变得揪心扯肺了。

周克文一直学圣贤，可他发现自己咋也学不像。他是个庄稼汉，尽管读过圣贤书，可依然还是种地的。庄稼汉的梦想就是发家致富，周克文也不例外，他一生的希望就是田地成片，骡马成群，乡下有粮食，城里有生意。这不光是为了叫一家人过上好光景，更是为了实现自己布衣卿相的理想。不能入科举进庙堂治国平天下，那就做一个声名卓著的乡绅，在地方上呼风唤雨。做乡绅是要拿财产垫底的，越有钱才越有势，越有势讲话才越有分量。只不过，周克文发家致富的路子跟别人不一样。他记着圣人的话，富与贵，是人之所欲也，不以其道得之，不处也。他不拐蒙坑骗，不伤天害理，靠的是手上磨出茧子，脑袋想出点子。这次年馑周克文算是歪打正着了，他提前积攒了粮食。灾年里粮食是宝贝，拿它干啥，他觉得要认真谋划。年馑不是总能碰到的，特别像这种大年馑，有了年馑也不是凑巧手里就有粮食。他这次是全遇巧了，要说是运气周克文不反对，但他更认为是老天爷对他的奖励。他是好人嘛，别人都种害人的大烟，唯独他坚持种粮食。既然是老天爷的恩赐，那更得用好了，要不就有违天意。他捏紧粮食，等着合适的时候出手换钱，在地价最低时大量收地，当然，城镇里有撑不下去的商铺他也不会放过。恰在这时候，二儿子周立功来信了，说他在西安筹办工厂，让他爹把家里的粮食保管好，万一他遇到资金困难，他爹就得帮他。周克文特别高兴，觉得老二终于结束浮夸，走到正路上来了，他肯定要大力支持。现在老三在凤翔有生意，老二如果在西安再做了生意，那他们家可就红透天了。

如果说荒年是老天爷对他的奖励，那么周克文也就认为荒年是老天爷对那些不种粮人的惩罚。周家寨现在的缺粮户以前都是种大烟的。周克文劝过他们多少回了，他们根本不听，不但不听，反过来还笑话周克文呢。这种人是听不进人话的，只能靠老天爷教训他们，他们眼下挨饿是遭了天谴，只有狠狠地饿一饿他们，以后他们才知道啥是庄稼汉的本分。

再说了，周克文知道灾害有大小之分，应对的办法也不相同。老话说得好，小灾靠周济，大灾靠运气。平时碰到一点小灾小难，亲戚朋友帮一把也就过去了，可要是碰上像眼下这样的大年馑，要死要活就只能凭运气了。这样的年馑里大家都得自保，谁也不能指望别人，别人既没有这个能力，也没有这个责任。

正因为这样，年馑里周克文很矛盾，一方面他知道灾难当前自己理应行善，当乡绅不光靠有钱有势，还得靠仁义道德。可另一方面他又觉得天要罚人，你得顺应天意。况且荒年对他是可遇不可求的发家机会，他不能只顾别人误了自己。正因为周克文心里矛盾，所以他做善事也犹豫。该做的他还是做，可做得有限度。该借的他借，上一次他一下子就借给孙县长五石麦子。该帮的他帮，从去年到现在，他陆续给周家寨的鳏寡孤独都送过一遍粮食了。不过散过一遍粮食后，周克文就不再出手了。平日里他也不大出门，免得看见外面的事情闹心。他不但自己深居简出，也把家人圈在院子里，没事不让他们到外面晃荡，省得招人嫉恨。你想别人都饿得面黄肌瘦的，你们却吃得白白胖胖的，这对比太鲜明了，别人不眼气才怪呢。周克文一家人很少出门，村里发生的悲惨事他们也就很少知道了。

可这两天发生的事是周克文亲眼所见的，这对他冲击太大了。竟然真有吃人肉的，而且吃的还是他亲爹！史书上记载易子而食，可见古人还是有不忍之心的，眼下人却直接吃亲人肉了！天灾已经把人逼疯了。就算吃人的事与他无关，可他兄弟饿死了，就在他眼皮底下活活饿死了，这可是撕心裂肺的切肤之痛啊！

再不能这样下去了。周克文觉得他必须为周家寨做点事，要不他以后还咋在村子里立足呢？村人的眼睛里已经有刺了。

周克文爬起来拍拍尻子上的土,急匆匆地朝县城方向走去了。荒年救灾,首先是官府的事,也只有官府才有能力应对这样的大灾难。黎民百姓平日缴粮纳税养活官府,不就等着这关口官府拉他们一把吗?孙县长眼睛瞎了吗,难道要等到人都死绝吗?他要去见这个父母官,为周家寨人请命。

太阳把原野晒蔫了,土地打不起一丝精神。路边站着可怜的槐树,光秃秃的身子,没有皮也没有叶子,一群吃饱腐肉的老鸹在上面打盹,嘴上的油水不时滴下来。周克文的脚步惊动了老鸹,它们嘎的一声射向前方,像一拨黑色的箭。看到这荒芜的原野,周克文不禁感慨万千,"周原膴膴,堇荼如饴。"这是《诗经》描写周原美景的句子,他们的黄龙塬就是周原的一部分,以前,这里土地肥沃,庄稼茂盛,简直就是桃花源啊,现在竟变成了这个样子!

四十

　　从儿子的坟上一回来,引娃挑上扁担就要送水去了。她知道自己是啥人,没资格娇气。石猴赶紧阻拦,说你的病没有好利索,还要将息一阵子。引娃说,不要紧,就是身上掉下来一块肉嘛,吃狗肉都补上了。石猴不信,引娃要做个样子给他看看,她把扁担搁在肩上,胳膊平伸往下一压,要是往常那扁担早就弯成弓了,可现在它只是略微闪了闪。石猴受了惊吓,说:"姑奶奶,你甭逞能了,看伤了身子!"引娃说:"我总得练练吧,再躺在炕上要饿死的。"石猴说:"饿不死,有我呢。"

　　石猴的话让引娃心里一暖,她相信这是真的。这次生病多亏了这男人,是他把她从阎王爷手上抢回来的。这是一个好男人!引娃一直抱怨自己命不好,可她也庆幸自己有时命也很好,总会碰上好人。在周家寨有周立功,前一阵子是孔先生,眼下是石猴。这些好人一个一个出现了,也一个一个离开了,她是不是应该赶紧抓住眼前这个人,把自己托付给他?

　　引娃拿不定主意。她知道石猴喜欢她,想娶她,他虽然没有直说,可那意思是明了的。她对石猴也很有好感,况且现在她已经没有娃娃了,对那个男人的最后一丝牵挂也剪断了,应该可以接受石猴了。可是不知咋的,引娃总觉得面对石猴她不来劲,不像见了她立功哥,心跳得慌,脸烧得疼,连说话都颠三倒四的,整个人立即换一个样。石猴在啥地方就差那么一点点。至于这一点点是啥,引娃也说不清。石猴是好人这没问题,可好人不见得都要成为她男人。再说了,她现在刚刚经历了一场大变故,心疼得要命,一时半会也没心情考虑这事情。

还是顺其自然吧,引娃想,要是有缘总会走到一起的。既然现在她还不能答应石猴,引娃也就不能继续心安理得地享受他的照顾了,何况人家已经照顾她那么久了。

引娃执意要去挑水,石猴挡也挡不住,只得依她,叫她慢慢来,逐渐恢复。开始引娃每次只挑半桶水,走一走歇一歇,石猴起早贪黑,把自己的水送完了再来帮引娃送。一个月后引娃就彻底恢复了,挑起担子健步如飞,毕竟她从小就是熬苦力的,身体底子好。

六月天气,太阳暴热,没有一丝风,空气干燥得能擦出火星来。那天中午引娃送完一趟水,正挑着空担子往回走,半道上忽然有人叫她,听声音是石猴的,她停下脚步四处打量,却看不到人影。引娃觉得奇怪,这会儿是一天中最热的时候,别人都歇晌去了,路上本来就空荡荡的,石猴能藏在哪儿呢?正纳闷着呢路边大树上传来笑声,引娃抬头一看,只见石猴拨开树叶,往外探头探脑地朝她嬉笑呢。怪不得找不见,引娃问道:"你爬树上干啥呢?"

石猴说,耍呢!然后唰唰唰溜了下来。引娃见他腮帮子鼓鼓的,问他咋了,马蜂蜇了吗?他喉咙呜呜呜的,摊开双手吐出三个杏子一样的鸟蛋来。"喜鹊蛋。"石猴说。引娃数说他:"你又不是娃娃,还耍这个?"石猴嘿嘿一笑。引娃说:"你把鸟蛋噙在嘴里,不嫌脏?"石猴说:"不噙在嘴里咋下树,双手要抱树嘛。"他说着走出树荫,来到路边,把喜鹊蛋埋在尘土里,然后对引娃说:"咱在树下歇歇。"

引娃不解,问石猴:"你搞啥名堂呢?"石猴说:"烤鸟蛋,马上就熟。"引娃惊讶地问石猴:"这能行吗?"石猴:"你刚从官道上下来的,不知道尘土的厉害?"引娃当然知道,她不由得佩服石猴,这家伙的脑瓜子就是灵光。

天气干旱,官道上被人踏出半尺厚的尘土,太阳把它们晒得滚烫,就像在铁锅里爆炒了一样。人走在路上,脚扑哧一下就陷进尘土里,鞋壳脚面当下都被埋没了,就像把脚塞进了火炭里,烫得人想立即跳起来。可这一脚跳起来另一脚又陷进去了,走路的人真是受罪啊。

他们正说着话呢就听见尘土里传来了轻微的咯嘣声,石猴跑过去刨出鸟蛋,蛋壳已经裂口子了。石猴高兴地说:"熟了熟了,比锅里煮还快呢。"他把鸟蛋剥了皮,递给引娃说:"没鸡蛋,委屈你了。"引娃推让,石猴说:"你甭嫌,鸟蛋说不定比鸡蛋还好呢。"引娃说:"好吃你吃吧,是你掏来的。"石猴说:"这是给你吃的,你是病人,我吃就糟蹋了。"引娃说:"我的病早就好了。"石猴说:"早就好了咋还吃药?"引娃一愣,问道:"你咋知道的?"她这是女人病,只找过接生婆崔妈,别人都不知道。引娃小产后下身一直淋漓不尽,崔妈说是伤了产房,要慢慢调理。是不是崔妈告诉他的?石猴跟崔妈熟,给她接生还是石猴找崔妈的。石猴说:"我不光知道你吃药,还知道这草药长在啥地方。"听了这话引娃一下子明白了,怪不得她每次找崔妈,崔妈给她药从来不收钱,还说这东西本身就是草,要钱就生分了,原来这草药是石猴采来的!

引娃心里一热,她说:"好吧,我吃,可一共有三个鸟蛋呢,我吃两个,你吃一个。"石猴说:"男人不能吃鸟蛋。"引娃问:

"为啥呢?"石猴扑哧一笑说:"鸟蛋嘛……男人也有鸟蛋,那不是自己吃自己了吗?"引娃脸一红,在石猴身上拧了一把说:"叫你胡说八道。"

石猴被拧得心花怒放,赶紧说:"我嘴臭我嘴臭。"引娃说:"咋会呢?嘴张开,我看看。"石猴不知啥意思,傻乎乎地张开嘴,引娃猛地把一个鸟蛋塞了进去。石猴知道上当了,吐了出来,还要给引娃吃。引娃说:"去,去,沾了涎水了,我嫌脏。"石猴没奈何,把那个鸟蛋幸福地吞下去。

吃完鸟蛋,石猴对引娃说:"你闭上眼睛,我给你耍一个把戏。"引娃说:"你越来越长本事了,还会耍把戏?"石猴说:"我的本事多着呢,你以后慢慢就知道了。"引娃说:"我不信,你就吹牛吧。"石猴笑着说:"你就闭一次眼睛嘛,我能把牛吹到天上去呢。"引娃说:"好吧,反正你是吹牛,又不是吹我,我不怕。"

引娃闭上眼睛,就听见窸窸窣窣一阵响,石猴说:"睁眼。"她睁开眼一看,面前悬着一双黑色胶皮高腰雨鞋。引娃一阵惊喜:"哪来的?"石猴说:"买的。"引娃说:"刚才咋没看见?"石猴说:"我把它们扣在水桶下面的。"引娃说:"藏起来干吗呀,你穿上吧。"石猴说:"是给你买的,怕被人看见笑话我,就在半路上等你。"

引娃知道这雨鞋很贵的,她前一阵子问过,根本买不起。连忙说:"我不穿我不穿,你买了你自己穿吧!"石猴把雨鞋放在自己脚上比画了一下,笑着说:"把脚指头剁了才能塞进去。"引娃说:"那你退货去。"石猴说:"人家不给退。"引娃说:"那你就去换,换一个大的。"

石猴把草鞋脱下来,让引娃看他的脚。他说:"我这脚上都是死皮，不要说尘土烫了，就是拿火烧都不知道疼，哪像你的脚，那么嫩。"引娃笑着说："我的脚还嫩？"她穿的是布鞋，本来也打算脱了鞋让石猴看看，可一想到石猴是个男人，又不好意思了，只把脚伸到石猴面前说："你捏捏，看跟石头一样硬不？"她没想到石猴没有捏，却冷不防脱了她的鞋，把雨鞋麻利地给她套上了。

"起来走走！"石猴说。他把引娃硬拽起来。引娃走了两步，这雨鞋真称脚，大小松紧正合适。石猴高兴地说："你穿上真好看，洋气得很！"引娃知道这不光是好看，更是实用，雨鞋夏天防尘土灌进鞋壳烫脚，冬天防水洒在脚面冻脚，雨天更是保护人双脚不泡在泥水里。

这东西绝对是好东西，可它的价钱也够吓人的。引娃知道石猴不富裕，甚至比自己还穷，她光棍一个，石猴还要养活父母呢。引娃坚决不要，她一屁子坐在地上，要把雨鞋扒下来。石猴说："你这个人咋这么犟呢，人常说男人头女人脚，只能看不能摸，那都是宝贝啊，女人脚不好就没有人要了。"引娃边扒边说："没人要就当老姑娘。"石猴问："你当真不穿？"引娃说："不穿！"

"我叫你不穿！"石猴忽然捡起引娃的那双布鞋，挑上担子就跑了。他边跑边说："你穿上吧，你不穿就是打我的脸呢。"

引娃没奈何，只得穿着雨鞋站起来。当她挑着担了走到官道上时，脚上再也不疼了，那种蹚火炭的感觉一下子消失了。引娃眼睛湿润了。这男人真是一个有心人啊，她的一举一动他都留意着，她吃啥药，她脚有多大，他都了然于心。他帮她从来都是不声不响的，也从来没有对她提出过啥要求。这样细心贴心的男人太少了，她还在等啥呢？世上哪有十全十美的人，只要他真心对她好,她就该知足了。

"你等等,我有话跟你说!"引娃在后面招呼石猴。"我不听!"石猴说,"你甭想再叫我上当。"引娃喊道:"我真的有话跟你说!"她边喊边追。石猴看见她追,跑得更快了。他边跑边喊:"雨鞋我给你了,你甭想还给我!"

引娃追不上,在后面笑了,这世上还有撵着给人当媳妇的!眼看石猴跑远了,她只好作罢。还是晚上下工了再说吧,这么大的事,在半路上说也太随便了。晚上豁出去破费一下,做两个菜,烫一壶酒,两个人郑重其事地坐下来盘算这件事。

一想到再嫁,引娃百感交集。她已经跟过两个男人了,两个男人都把她闪在半路上,这次会不会又是这样?不会,不会了!这次跟以往不同,第一个男人说不上爱不爱,第二个男人是她爱人家,人家不见得爱她,这个男人是追着爱她的,只要她不弹嫌,他们一定能白头到老的!

有了这个底气,引娃心里涌上一股幸福的暖流,她对着已经跑得没影的石猴说:"瓜娃嘛,你就等着吧!"

可是石猴没有等到那一刻,事情的发展也出乎引娃的意料。

引娃穿上雨鞋后干劲更大了,那天下午她一连跑了三个来回,就在第四趟送水的路上她被人喊住了。引娃抬头一看,只见墙跟前围了几个人,其中一个给她打招呼:"大姐,给一口水喝。"引娃停了脚步,把担子放在地上,那人就来到跟前,引娃把插在水桶箍子缝隙中的麦秆拔出来,递给那人。那人把麦秆扎进水里吸了一口,还给引娃,赞叹说:"水真甜。"这送水的有个规矩,路上遇见讨水喝的一般都会施舍,不过不能多喝,顶多是润润嗓子。为了不让讨水的多喝,送水的都会拿一根麦秆当吸管,把它别在桶箍上。那人喝完了抹了嘴要走,引娃顺口问了一句:"你们围在那里干啥呢?"那人说:"看布告。"引娃好奇,就问道:"啥布告?枪毙人的?"那人说:"不是,招工的。""招啥工呢?"引娃问。那人说:"招女工。"

哦,引娃起了兴趣,她把担子挑到跟前,也去看那张布告。引娃连认带猜,搞清楚了布告的内容,上面说秦川纺织厂招收纺织女工,年龄在十六到三十岁之间。从落款的时间上看,布告已经贴了一段时间了,只是引娃每次路过这里都挑着担子急匆匆的,从没有注意过,今天要不是有人讨水喝,她还会错过的。

引娃的年龄正合适,她不由得动了心。送水的活儿不可能长期干下去,这倒不是她受不了苦,是井水越来越浅了,要是旱灾再闹下去,水井非见底不可,再淘也没用,到时候她干啥去?不如提前做打算,能找到合适的事就转行。

按照布告上的地址,引娃找到了招工的地方。这是东大街的一家民宅,院子里摆着一张桌子,已经有人在那里排队等候登记了,她随在后面。轮到引娃时登记的人问她名字,她回答了,那人一怔,定眼观察了她一下,疑惑地问引娃:"你咋叫这名字?"引娃问:"咋了?"他说:"你没有瘿瓜呀!"瘿瓜就是大脖子病,咽喉下面挂一个肉袋子,这人把她的名字听错了。引娃说:"不是瘿瓜是引娃。"那人说:"瘿娃还是瘿瓜嘛,把猫叫咪咪嘛。"引娃说:"我这个引不是那个瘿。"那人问:"你是哪个瘿?"引娃说:"就是引娃的引。"那人笑着说:"你这不是推磨子嘛,引娃的引又是哪个引?"引娃见跟他扯不清,就把那人的钢笔拽过来,自己在登记表写上名字。那人吃惊地看着她;然后站起来朝身后的房子大叫道:"周经理,快来,这里有一个识字的女人!"

随着叫声,屋里走出一个人来。引娃一见这个人,眼睛当下就直了。"立功哥！"引娃惊喜地叫了一声。那人愣了一下，问道："你是？""我是引娃呀，二哥！"引娃按捺不住自己的激动，推开桌子就扑到那人跟前了。

　　这人正是周立功。他仔细辨认了一下，惊讶地问道："你还在西安？"

　　引娃急忙捉住周立功的手，使劲摇晃着，"立功哥，二哥，你到底回来了！"引娃的眼泪唰一下就流出来了。

　　那个登记的人愣住了，他问："周经理，她是……"

　　周立功高兴地说："她是我堂妹，就让她当领班吧。"

　　那人说："真不容易找啊，报名的两百多人了，就这一个有文化的。"

　　引娃没听见那人夸奖的话。她心里藏着千言万语要对她立功哥说呢，可千言万语憋在喉咙，一下子竟不知从何说起，只是痴呆呆望着周立功。周立功怕引娃做出傻事，赶紧拽着她说："引娃，咱们屋里去。"

　　进了屋，引娃还没有从愣怔中醒过来。她简直觉得自己是在做梦，这辈子竟然还能再见到她立功哥！周立功给引娃倒了一杯开水，杯子是搪瓷的，周立功要把它放在桌子上，可引娃却直接用手去接，灼热的杯子烫了她一下，她这才清醒过来。引娃看着站在自己跟前的梦中人，急切地问道："立功哥，这半年你到底是咋过来的？"

　　周立功没有引娃那么激动，他平静地述说了自己的经历。

　　去年年底周立功离开西安，辗转到了上海。赵丹娜和赵子昂热情地接待了他，让他安心在这里休养，说上海是中国最繁华也是最讲法制的地方，西北军阀的手伸不到这里来。周立功是闲不住的人，休息了几天缓过劲后，就让赵丹娜陪着在上海到处参观。这里的繁华叫他目瞪口呆。作为一个农家子弟，他做梦都想不到别人的生活会是这样的。从小父亲就让他背诵《桃花源记》，毕业后他之所以要返回故乡从事乡村改造，就是想重建桃花源啊，可陶渊明的桃花源哪能跟十里洋场相比呢！

周立功不知道上海为什么这样富。同样是在中国的土地上，他的家乡为什么那么穷？震惊之后周立功开始思考这些问题。周立功不是贪图物质享受的人，他有自己的远大志向。他想弄清楚其中的原因，就跟赵丹娜探讨，赵丹娜也说不清楚，他只得向赵子昂请教。赵子昂没有直接回答他，而是带他去参观自己的工厂。

赵子昂的东方实业总公司在上海有三家缫丝厂和两家纺织厂，周立功参观了这些现代化的企业，亲身见证了工业生产的神奇。周立功虽然全身的用品都是洋货，可他从来没有见识过咔叽布和丝光袜是怎样造出来的。他的老家当然没有机器，他在西安和北京上学时也没有见过机器，那两个地方虽说都是大城市，可却是千百年遗留下来的古都，古得没有一点现代气息。他现在看到的机器生产简直跟变戏法一样，厂房的这头吞下蚕茧和棉花，那头就吐出丝线和布匹，这过程太不可思议了！

更让周立功惊讶的，是赵子昂告诉他的一组数字，这是原料价格和产品价格的对比，利润竟有十几倍之多！这哪是缫丝和织布，简直就是直接印钞票。看到周立功诧异的神情，赵子昂告诉他上海就是这么富起来的。

周立功明白了。他早就知道无工不富的说法，不过，以前他所理解的"工"就是手工业作坊，他爹也是这么认为的，所以他们都支持三弟去开烧坊。现在看起来太可笑了，那种作坊怎能跟大机器生产相比呢？如果手工业都无法跟现代工业相比，那农业就更不能提了！周立功想起去年家里种的棉花卖不上价钱的事，心里就不是滋味。棉花是经济作物尚且如此，其他的庄稼就更不在话下了。在他的家乡，农民犁地的犁具是从秦始皇手上传下来的，碾场的碌碡是从周文王手上传下来的，耕作方式几千年就没变过，这样的营生还有什么前途？它只能一天比一天衰败下去。比起蓬勃兴起的现代工业，农业的没落不可挽回。

上海的繁华和工业的神奇彻底颠覆了周立功的信念，他对自己以前的执着感到好笑。搞什么乡村改造，那样的烂摊子是他能改造得了的吗？真是太不切合实际了。他觉得自己就像那本西班牙小说《奇情异想的绅士堂吉诃德·台·拉·曼却》中的堂吉诃德骑士，一本正经地跟风车作战，这不滑稽吗？想到这里，他忽然觉得必须感谢陕西军阀，如果不是他们迫害自己，他根本就没打算来上海，不来上海，他大概永远都沉浸在乡村改造的迷梦里，那不是把自己的一生无谓地糟蹋了吗？真是塞翁失马焉知非福！

看到周立功开悟了，赵子昂给准女婿讲述了自己实业报国的理想，周立功听了后对准泰山感佩得五体投地。他以前只知道女朋友的父亲是一位大富商，还以为他不过就是一个暴发户而已，现在才真正体察到了他的胸襟。赵子昂对周立功一直是看重的，一个大学生一毕业就毅然返乡投身乡村改造事业，不管这事情有没有前途，这年轻人无疑是有理想有抱负的。后来周立功在西安毅然投书《申报》揭露陕西军阀纵容烟祸的丑行，更让他见识了这个年轻人的果敢和胆略。赵子昂只有一个宝贝女儿，他必须给自己的事业找一个接班人，他相中了这个青年人。他不在乎他的出身，也不在乎他以前的兴趣，他只在乎他的品德和为人。他知道有他这么一摊大家业在，没有哪个小伙子会不动心的，什么兴趣志愿都是可以扭转的。他只是等待着合适的机会，现在机会来了。

赵子昂问周立功对工业感兴趣不，周立功立即回答，感兴趣！赵子昂问他愿不愿意留在自己身边，帮着料理工厂，周立功喜出望外，这是求之不得的事情，他满口答应。赵子昂说，其实也不是要你完全抛弃你的乡村改造计划，只不过在我看来，乡村的发展必须借助工业带动。你看咱们的工厂每天需要多少原料，这些蚕茧和棉花都来自乡村，这些农产品只有作为工业原料时才可以大量养殖种植，也才可以卖出好价钱，农民才能得到实惠。周立功连连称是，他觉得这老人不光是一个企业家，更是一个社会学家和经济学家，比他想得周到和深远多了。

从那时候起，赵子昂就把周立功带在身边，让他熟悉生产和管理的每个环节。周立功天资聪慧，再加上勤奋好学，很快就成了赵子昂的得力助手。赵子昂一直有一个计划，想在西北开设纺织厂，这个计划由于战争的缘故一直没有实现。现在北伐战争结束，全国军令政令已经统一，禁烟势在必行，棉花肯定会成为最有价值的经济作物，在西安开设工厂的条件已经成熟。他觉得这件事情交给周立功去办最合适，那里是他的老家，他人熟地熟。另外这也是对他的锻炼和考察，可以检验他独立处事的能力。

就这样，周立功在今年四月份回到西安了。

"太好了！"引娃说，"我跟你干。"

周立功说："现在还是筹备，开工还要等一段时间。"

"那我跟你一起筹备。"

周立功一笑说："你能干啥呢？"

引娃想了想说："我能做饭。"

"我们都在外面吃馆子的。"

"馆子没有我做的香,我做得好吃还省钱。"

周立功现在不缺钱,不过他确实爱吃老家的饭。这半年在上海让淮扬菜腻着了,特别想吃西府的臊子面和鹿糕馍,于是就答应下来了。

引娃高兴得像娃娃一样跳了起来。她反正是要赖在这里了,她立功哥如果不答应她当伙夫,她还会找别的借口的。

要留在她立功哥身边,引娃这才想到还有一件麻烦事:把石猴咋办?说实话,在见到她立功哥的一刹那间,这个男人立即把她的心灵占满了,石猴早被挤得没影了。这几乎不需要思索,完全是自然而然的。石猴咋能跟她立功哥相提并论呢,一个是华山,叫她仰望,一个是料礓石,她可以踩在脚下。尽管引娃对她立功哥也不问问她别后的情况略微有一些失落,毕竟她可能怀了他的娃娃呀。可她不计较,男人嘛,总是心眼粗,只要他还愿意留下她,她就心满意足了。

可她如何对石猴开口呢?引娃作难了。虽然她没有对石猴承诺过什么,可她知道石猴对她是有期待的。她已经欠人家那么多了,这一走石猴肯定伤透了心,她咋有脸对人家说这种绝情的话?

那天引娃回家天快黑了。她到水头那里辞了工,退了押金,然后到街上找到一家还没有打烊的百货商店,买了一双男式高腰雨鞋。男式的雨鞋比女式的大,价格也贵,这家的要价更贵,老板知道现在别的店都关门了,顾客没办法货比货了。引娃明知道他们宰人,一咬牙也买了。回来后引娃把雨鞋拿包袱皮裹了,提了出去,来到石猴的门外。她在那里转悠了几个来回,却没有勇气进去,最后她来到崔妈那里。引娃给崔妈说,她明天早晨就回老家了，她男人来找她，这包袱里的东西是她借石猴的，请崔妈代她还了。崔妈问她咋不自己还，她推说石猴不在家，找不到他。崔妈说那他可能去河滩上挖药去了，说着拿出一个纸包交给引娃，叮嘱她继续吃，说这是石猴挖了十几天积攒的，吃完了你自己在老家采吧。

引娃眼睛一酸，赶紧告辞。

那天晚上引娃连夜离开了。她走出门时月亮很亮，井台上散落的积水像银箔一样闪着碎光，引娃蹲在一处积水坑边，手上蘸了水擦了擦脚上的雨鞋，让它们也闪出亮亮的光来。她会把这双雨鞋珍藏着，作为自己的念想。记念自己一段难忘的岁月，也记念一个在危难中帮助过自己的好男人。

引娃对着石猴的屋门深深地弯下腰，鞠了一个大躬，转身离开了。

接下来的一个月里，周立功带着襄理四处勘察厂址，租赁厂房，解决配电配水。引娃每天给他们做好吃的，看到他们兴致勃勃的样子，她很高兴。那一段时间周立功很兴奋，每到饭桌上就谈他的远大理想：从一个厂做起，然后在陕西其他城市开设分厂，然后发展到整个西北地区，然后成立西北纺织托拉斯，最后整合全国的纺织企业，成立中国纺织托拉斯。

周立功谈得入迷，引娃也听得入迷。她把她立功哥佩服成菩萨了，甚至比菩萨还要神！她早就看出她立功哥是干大事的，现在果然干了大事。

可是谁也没有想到，一个晴天霹雳把所有人都震翻了。周立功把一切准备工作都完成了，只等上海把机器运来安装，秦川纺织厂就可以顺利开工了。可他们没有等来机器，却等到了赵子昂的一封信。信上说世界范围的经济危机爆发了,中国企业一片倒闭风潮,总公司在上海的工厂自顾不暇,目前无力拓展业务,一切在外地开办分厂的计划暂时中止。

周立功目瞪口呆。他立即跑到电话局给上海打电话,希望赵子昂能保留西安分厂。赵子昂已经被上海的事情弄得焦头烂额,他说现在根本无能为力。周立功再三请求,赵子昂最后说要是周立功能自己找到资金,他可以考虑继续这个计划。

这当然不能让周立功满意,可目前情况下它是唯一可行的方案了,周立功不敢过分强求,略一思索,满口答应了。

周立功想到了解决问题的办法:让他爹卖粮换钱。他知道家里积攒了不少粮食,饥馑年月里粮食能卖大价钱。从电报局出来,周立功立即去考察西安的粮食行情。周立功首先跑到碑林,他听说那里有一块荒岁歌碑,记录了光绪三年的陕西大旱灾,他想知道那时的粮食价格,以此来推断眼下的粮价走向。到了碑林一看碑文,周立功头皮发麻。碑文是这样描绘荒年惨象的:

> 光绪三年,亢旱甚宽,直旱得泉枯河瘦井底干。天色大变人心不安,处处祷雨,人人呼天,诸物甚是贱,粮食大值钱。壮者饥饿逃外边,田苗枯槁人熬煎。男女逃荒城堡寨,腹中受饿不安然。斗米钱五串,麦卖四串二,榆树皮筒根面,一斛还卖数十钱。大雁粪,难下咽,无奈只得蒙眼餐。山白土,称神面,人民吃死有万千。兄弟无粮难共患,夫妻无面结仇冤。老幼见面无所说,彼此只说饥饿言。饥饿甚,实在难,头重足轻跌倒便为人所餐。别人餐还犹可,父子相餐甚不堪。路旁没人走,街头有女言:谁引我,紧相连,不用银子不用钱。儿叫娘,娘不言,半夜三更哭连天。谁人怜

念,谁人挂牵,哭得魂飞魄散大路边。或死后,或死前,可怜身体不周全。六亲都不念,伤生就在眼目前:人肉竟作牛肉卖,街市现有煮锅煎。家有亡人不敢哭,恐怕别人解机关,尸未入殓人抢去,即埋五尺有人剜。各村皆有习抢汉,即有粮食也不安,四乡争夺不胜算,大街抢物人难看。路有女流辈,不识东西南,随人奔走往外县……

看了这段文字,周立功是又惊又喜。惊的是光绪三年的灾荒竟然到了那种程度,自己侥幸生得晚,要是赶上那样的年馑,非饿死不可。喜的是眼下的灾荒远远超过了光绪三年,那么粮食涨价的幅度也肯定会超过。这个结论是怎么得出来的呢?周立功把现在跟光绪三年做了比较,发现光绪三年有的现在都有了,光绪三年没有的眼下也有了。光绪三年只是天灾,今天却人祸叠加:灾前强迫农民大量种植鸦片,导致粮食储备严重不足;灾中为了打仗又强收苛捐杂税,把人们手里仅有的粮食都搜刮得所剩无几;现在北伐刚刚结束,民众还没有喘过气来,冯玉祥又跟蒋介石翻脸了,西北军又暗中备战,准备跟中央军决一死战。要打仗就要粮饷,政府把储备粮全部充作军粮,根本不愿拿出来救济灾民,甚至连慈善机构筹集的赈灾粮食都不放过。正因为反心已露,中央政府视陕西为匪地,宁愿饿死百姓也不愿出手援助。西北军做得更绝,为了阻止中央军北上,干脆炸毁河南境内的武胜关隧道,瘫痪平汉和陇海铁路。这一炸未必能挡住中央军,却断绝了外地援陕通道,粮食运入极为困难。这一连串的人祸加剧了灾难,灾情远远超过了光绪三年。既然灾情翻番,周立功认为相应的粮食涨价幅度也必然会高过光绪三年。光绪三年"斗米钱五串,麦卖四串二",比平常年景翻了十倍还多,那眼下陕西的粮价至少也应该翻过十倍!

周立功有了信心。他走出碑林,来到南门市场,准备去粮行打问粮价。天气炎热,街道上行人稀少,可每家粮行的门前都聚集着不少人。这些人有的躺着,有的坐着,半圆形地围着店铺,一个个面黄肌瘦,一看就是难民。他们差不多都光着上身,肚子塌到胸腔里去了,肋骨一根一根暴凸着,已经饿得没有力气动弹了。可他们的眼睛却都直勾勾地盯着粮行里的粮囤子,好像眼眶里能伸出舌头舔到粮食一样。周立功从他们身上跷过去,酸臭的气味能把他顶一个跟头。他刚走进一家粮行,正要开口问粮价,却见一个伙计指着他的方向吆喝道:"出去,滚,看我抽你!"周立功气得要命,有这么对待顾客的吗?他正要发作,那伙计朝他走过来,指头却指向他身后。他回过头一看,有一个叫花子跟在他后面进店了。周立功明白伙计是骂叫花子。可那叫花子并不走,他伸着一双黑瘦的手说:"善人爷,给点吧。""给你妈的屁!"那个伙计边骂边推,把那个叫花子撵到了门外面。没想到咣的一声,那叫花子自己拿头撞到门框上,额头上立即鲜血迸流,伙计吓了一跳。叫花子不但不管脸上的血,相反,他抡起双手吧唧吧唧地拍打额头,鲜血被拍得四处飞溅。周立功赶紧往一边躲,店里其他顾客都吓得跑了出去。伙计惊慌失措地叫道:"你甭给我赌命,我可没有碰你!"

那叫花子边拍打边叫唤:"善人爷,给点吧。"

"给他抓一把!"这时里屋的掌柜被惊动了,他走出来吩咐伙计。伙计抓了一把麦粒溜到叫花子血呼呼的手掌上。叫花子一扬手全部灌进嘴巴里,嘎嘣嘎嘣嚼起来,边嚼边往外面走。周立功看见他伸出舌头,把粘在手掌上的麦粒连同血浆一起舔进嘴里。

叫花子走了,那个伙计按住胸口说:"吓死我了。"掌柜的说:"这是叫街的,以后碰上了赶紧打发走。"伙计问:"啥是叫街的?"掌柜的说:"唱戏叫板的知道吧?""知道嘛,"伙计说,"黑头出来发威呢。""对了,"掌柜的说,"叫街就是叫花子发威,是恶讨。不过他不是跟咱赌命,他自残是搅扰咱的生意呢,把咱这里弄得血呼嗤啦的,谁还敢进来买东西?"伙计说:"这人也真是不要命了。"掌柜的说:"都是年馑把人逼的了,人身都是肉长的,谁不怕疼啊。"

　　周立功算是长见识了,不过他高兴,这说明粮食金贵啊。伙计开始清理地上的血迹,周立功就向掌柜的打问粮食价格。掌柜的告诉他,面粉一斗二十个银圆,麦子一斗十六个银圆。这已经比年馑前翻了十个跟头多了。周立功感觉还会涨的。周立功只问不买,粮行老板说:"要买就赶快,一天一个价。"周立功说:"都这么贵了你还涨?"老板说:"命贵不?你刚才都看到了,有人为了一口粮食连命都不要了,你说这粮价还涨不涨?"周立功说:"要是明天下雨了呢?""下雨了能咋的?"掌柜的说:"雨错过了季节就是白下。就算没有错过,庄稼种下地也要生长几个月的,这几个月人吃啥?"周立功说:"横竖你都涨?"掌柜的说:"那当然了!"周立功笑了,掌柜的话说到他心坎里去了。

　　回到住处,周立功立即提笔给他爹写了一封信,陈述了他在西安遇到的难事,最后叮咛他爹:"择机售粮,我要用钱。"

四十一

周克文见了孙县长,说明来意。孙县长说:"赈灾是好事啊,积德行善,功德无量,你来做吧。"周克文觉得奇怪,说:"咋是我来做呢,是你做,赈灾是官府的事,历朝历代都一样,遇荒年要开仓放粮。"孙县长笑着说:"周老先生,我先纠正您一个口误,辛亥以后就没有官府了,只有政府,这两个完全不一样。"周克文不解,问道:"咋不一样?"孙县长说:"政府是民选的,官府是封建的,政府是为民做主的,官府是欺压百姓的。两个目的不一样,做事自然也不一样,您不能拿老框框来套新政府。"

周克文问道:"那新政府都做啥事呢?"

"做大事。"

"眼下最大的事就是赈灾呀!"

"那是你的看法,"孙县长撇了撇嘴说,"政府的眼光高远得多。"

"那政府的大事到底是啥事?"

"打仗!"

"打仗?"周克文惊讶得差点跳起来,他叫道,"人都饿死了还打仗!"

"您老说对了,"孙县长说,"咱不能把人饿死呀,饿死了谁去打仗?所以眼下要把粮食集中起来供应军队,保证他们不饿死，只有他们吃饱了才能打胜仗。您看现在粮食这么紧张，纳了军粮哪里还有粮食去赈灾？"

"那咱不打仗行不行？"周克文焦急地说，"你看眼下旱灾闹得这么重，再不救人咱关中道就死绝了。"

孙县长说："周老先生，您的建议我不敢苟同，这里有小利跟大义的区别。您是饱读圣贤书的，夫子说朝闻道夕死可矣，士志于道而耻恶衣恶食者未足与议也，可见道义比性命重要多了。现在蒋介石背叛了中山先生的遗训，变成了新军阀，打倒他是全中国人的意愿，这是眼下的大道大义，为了实现这个目的，饿死几个陕西人有啥要紧的！"

周克文眼睛都直了，这孙县长的心硬得简直跟石头一样。饿死几个陕西人？他说得轻巧，光周家寨就饿死十几个了！全县有几百个周家寨，全省有几万个周家寨，那又要饿死多少人！他不同意这个大道，对孙县长说："人命大于天呀，啥都没有人命贵，要说大道，仁政爱民才是大道。"

孙县长说："什么是大道你我说了不算，政府的大政方针是上峰制定的。"孙县长的话是要堵周克文的嘴，意思是你一介草民，有什么资格对政府的决定说三道四。

周克文哪能不听出孙县长的意思，这是拿官帽子来压他，多少还包含着对他的轻蔑，这是他不能容忍的。不过他也没有直接顶撞孙县长，毕竟人家是县长，周克文要绕着弯教训人。他顺着孙县长的话往下说："好，咱就算打仗是大道，那也得讲究打仗的谋略，《孟子见梁惠王》里有一个打仗的故事，你知道不？"孙县长刚才给周克文引经据典，现在周克文要给他引经据典了。

孙县长一时半会想不起来，脸上有些挂不住。他是新学出身，国学底子浅，背诵几句先贤的格言警句拿出来卖弄一下还可以，读《孟子见梁惠王》那样的长文章很吃力，就算读了也记不住。

可周克文记得很清楚。开口就给孙县长背诵了一段"邹与鲁哄"的故事，然后解释说，邹国与鲁国打仗，邹国的军队一上战场就四散溃逃，邹穆公问孟子原因，孟子说，饥荒年头百姓饿死你不管，难民背井离乡你不管，一旦你需要他们打仗，他们当然就临阵脱逃了，这叫出尔反尔，你要是能施行仁政，百姓自然就会为你效命了。孟子的结论是：保民而王，莫之能御也！

周克文的故事一讲完，孙县长无话可说了。

周克文见问住了孙县长，就乘胜追击说："今天政府要打仗也得先救灾，西北军都是咱们本地人，他们的亲人快要饿死了，他们咋会心甘愿去为政府冲锋陷阵？你应该走出县城看看，眼下的灾情太重了，绛帐城壕里堆满死人，我一路上叫死人绊了数不清的跟头。"

孙县长淡淡一笑说："我知道，是饿死了一些老弱病残，这是天收人，没办法。"

周克文见孙县长这样没肝没肺，忍不住生气了，他问道："你可是他们的父母官啊，难道一点都不心疼？"

听到周克文的质问，孙县长干脆挑明了说，他也不愿为别人背黑锅了："我当然心疼了，可心疼没有用呀，政策是上峰制定的，粮食也交给省政府了，我有啥办法？"

周克文一听这话心凉了，看来这不是孙县长个人的事，是他那个政府的事。这新政府还不如旧官府呢，起码大清朝就比他们强，光绪三年大旱，关中道台还开仓放粮呢！不过他还是不死心，想争取一下孙县长。毕竟他是一县之长，手里握着权柄的，他要是有心救灾，说不定会想出办法来。周克文于是给孙县长戴高帽子说:"大家都知道县长大人是好人好官,爱民如子,前面你都免了全县百姓的赋税,眼下你肯定不会撇下大家不管的。"

孙县长高兴地说:"还是您老了解我,我确实是想救灾啊,可我拿啥救呢,我手上一颗粮食也没有啊。"

周克文虽然失望,可他见孙县长顺着竿子爬上来了,就鼓动他:"你是县长,你总有办法的。"

孙县长沉吟了一下说:"办法也不是没有,我琢磨出了一个,不过这要您老先生配合了。"

周克文高兴地说:"啥办法,你说。"

孙县长说:"政府没有能力救灾,民间可以自救嘛,你们这些富家大户出头,在各地放赈,肯定能缓解灾情。你们是一村一地的乡绅,平日里享受大家的尊敬和拥戴,现在百姓有难,你们理应出手。周老先生是全县的士绅领袖,就请您当一次楷模如何?您一带头,全县士绅肯定全都效仿。"

周克文一听这话,心里不由得佩服孙县长贼精,他本来想给这家伙上套,没想到人家反手把套子往他身上勒。不过孙县长也小瞧周克文了,周克文顺势一推,把难题抛给孙县长。他说:"好吧,就算老百姓没有养着你们这个政府,我们乡绅来救吧,你把义仓的粮食还回来,我们立即开仓放粮。"

义仓的粮食都是各地大户平日捐献的,目的就是防灾救难,可是今年全县各地的义仓都被孙县长掏空了。

孙县长听了这话,脸色不好看了。他说:"周老先生,义仓的粮食是你们大户借给我的,用它抵除百姓的捐税,这主意还是您给我出的,约定是明年偿还,您不能说话不算数吧?"

嘿,这倒成了我的不是!周克文心里骂道,你那是借吗?分明是抢,带着兵,端着枪,不管别人愿意不愿意,硬把粮食拉走了，跟土匪有啥区别！可这事的确跟他有关系，没有他给孙县长出向大户借粮的主意，孙县长大概也不会想到抢义仓。

那天为民请命不但没有结果，反而叫周克文憋了一肚子气。他离开县衙时孙县长还在他身后说："周老先生，富贵而仁义，才是真圣贤啊，您老回去赶紧开粥棚吧。"这分明是将他的军嘛。

周克文心里骂道，开你妈的脚！你是政府你都不管，我一介布衣我操啥闲心？他一回去就猫在家里不出来了，省得看见外面的灾情闹心。

可周克文猫得不踏实，他毕竟不是那种铁石心肠的人。眼睛可以不见，可心里不能不想啊。他虽然足不出户，可老婆儿媳妇免不了要出门，每次她们回来都带回来忧心的消息，让他的眉头越锁越紧。其实，她们不说，周克文也能猜出外面的灾情，像他兄弟那样的人都饿死了，饿死的人还会少吗？他兄弟虽然后来败家了，可他以前毕竟是周家寨的富户，瘦死的骆驼比马大呀。

灾情一天一天绷紧周克文的神经，逼着他做出选择，要不要赈灾救人？

救人，意味着他要放弃发家致富的好机会，放弃成为绛帐首富的好机会，这机会是老天爷恩赐给他的，百年难遇啊。问题还不止于此，更要紧的是他很可能因此倾家荡产，一贫如洗。他知道赈灾一旦开了头就很难煞尾，救了这个就得救那个，同是一乡一村的人，落下谁都会受指责，好像你该救他一样。现在没粮食的人太多了，弄不好他得把全部家当搭进去。你不救也没事，老天爷没有规定谁救谁的道理，你要救了就把事情揽到自己身上了，好像你该救人了，你就得撑到底，撑不住你就亏欠人了。再退一步说，就算他倾家荡产，能把这些人都救下了，那也值当，怕就怕他被拖垮了，粮食散完了，旱灾还在闹，大家一齐都饿死，你说这冤不冤！旱灾是老天爷的事情，谁说得清楚，他老人家要是使性子接着闹，谁挡得住！

那就不救。政府都不仁，他还讲啥义！他不救顶多落几句骂声，说他为富不仁。要说不仁，那首先是老天爷不仁，天地不仁，以万物为刍狗，才降下旱灾的，要骂也得先骂老天爷。他不过是在旱灾中自保而已，别人骂他没道理。既然说老天爷都骂得，他挨几句骂又有啥大不了？不救了，谁爱说啥说去！

周克文几次都下定决心不再为这事熬煎了。可每次这么决定后他都会不由自主地抬头去看门楣，门楣上"明德堂"三个字像针一样扎他的心，让他不能安宁。明德明德，你是咋明德的呢？你的德在哪里？乡里乡亲的都饿死了，他们都姓周，不是你的近邻就是你的远亲，你眼睁睁地看着他们受难无动于衷，你还有德吗？

救，还是不救？周克文心里剧烈地撕扯着，就像有两个人一左一右拽着他的两条胳膊，要把他拐破一样。

那一阵子周克文时常围着粮食囤子转圈圈。老婆说："你是驴啊，拉磨子呢？"周克文烦躁地一摆手说："去去去，我正发愁呢，你还撇凉腔。"周克文思量着把这满囤满囤的粮食咋办。他想不到粮食眼下竟然变成害货了，害得他如坐针毡，寝食难安。要是没有这么多粮食多好啊，那他就不会为救不救灾的事犯愁了，别人也不会骂他，他当然也不用自责。

就在周克文犯愁的当口，周立功的书信到了。周克文一看大喜，这可把他从熬煎中解救出来了：粮食要派大用场了！

周立功在书信中陈述了他在西安遇到的困难，同时历数了开办纺织厂的重要性。小到为自家积累财富，中到发展经济作物，增加农民收入，大到改变陕西农业种植结构，彻底替代大烟，从肉体和精神两方面重新塑造秦人。这每一条每一款都是为了说服他爹的，周克文果然看得热血沸腾。儿子的书信太及时了，一下子把他从良心的火坑里拉了出来。为自家挣钱先不论，这是小事，后面两条都是为国为民的，这是大事，他把自家粮食卖了去支持儿子办大事，这是用得其所，物有所值啊，谁还有啥理由指责他！

从熬煎里解脱出来，周克文一身轻松，他立即准备卖粮食。

就在这时候，一件怪事发生了。

那天春娥从外面回来，说绛帐镇上放饭了，村里很多人都跑去吃舍饭了。周克文听了不信，谁会来这里赈灾呢？肯定不是政府，孙县长都说了的，政府不管。也不会是义仓，义仓早空了。那会不会是别的大户？周克文觉得不大可能，一般的大户就是施舍，也只会在自己村里，在镇上开粥棚那是面向四面八方的，谁有那么大的财力？能支撑几天？方圆数十里就他最富有了，他即使要赈灾也不敢到镇上显摆，他想不出谁还有这么大的气派。

"你不会听错吧？"周克文问儿媳妇。

春娥说："我都看见人去了。我八叔端了一个老碗，从我面前经过时还白了我一眼，哼了一声，那意思是你们不救人，有人救呢！"

周克文不能不信了，可他信得不踏实，他要亲自去绛帐镇看一看。周克文头上捂了一顶草帽，鼻梁上架了一副玉石眼镜，把自己掩藏起来。自从进入年馑之后，不知咋的，周克文一直不好意思见人。

到了绛帐镇一看，在东关的打麦场上果然围了黑压压的人群。不时有人端了玉米糁子从里面挤出来，圪蹴在外面往嘴里倒，倒得太急了，免不了呛着，鼻子里呛出来的糁子立即被抿回嘴里，看得旁边的人咕叽咕叽直咽口水，他们就把老碗举过头顶，加了劲往里边挤。

还真是有人赈灾呢。周克文很佩服这人，他要见识一下他是谁。

周克文挤进里面去一看，脸都气白了。

洋人！天主教！

这些欺祖灭师的夷狄，男女授受不亲的蛮邦，竟然乘人之危来收买人心了！

周克文看到，凡是要吃舍饭的人，都必须在账簿上按手印，答应从此加入洋教，还要学着在胸口画一个十字。这些洋男女都披着套头的黑大氅，阴森森的活像黑老鸹，脸色惨白，手上长着红毛，咋看都像怪物。

就这样的怪物，饥民把人家当爷爷呢！见了就跪下磕头，人家叫他按手印就按手印，叫他画十字就画十字，还满脸诚惶诚恐地保证：我一定念洋经，信洋神！

周克文恨不得给这些没志气的人脸上唾一口！你知道那洋神是啥东西吗？那叫移鼠，到处乱跑的老鼠，你也信？那洋经就更恶劣了，不拜孔子，不敬祖先，不分男女，这不是禽兽之道吗？周克文恨自己的同胞忘性大，洋人欺负人的事他们这么快就忘记了！

周克文可是记得清清楚楚的。他年轻的时候就有洋人流窜到渭河沿岸传洋教，入了教的人家里不准立先人牌位，村里的不能建神庙，菩萨关公都要砸倒，私塾里不拜孔子，过年也不过中国年，要过啥剩蛋。念经时男女不分，更不像话的是，那洋人黑老鸹经常把大闺女小媳妇叫到一个黑房子里，那屋子严实得连一扇窗户都没有，两个人在里面一待就大半天，这孤男寡女的，能做啥好事！后来有人看不惯了，冲进黑房子打黑老鸹，这一打就点了火，不满洋教的人一下都爆发了，他们烧洋庙，打洋人，竟然把几个洋和尚打死了，尸体撂进渭河里。这事儿闹大了，北京的洋人不干了，他们要求关中道捉拿凶手，斩首示众，给洋和尚报仇，否则就要发兵过来，荡平西安府。官府吓坏了，立即派兵捉了为首闹事的，把他们砍了头，首级传巡各地，以儆效尤。从那时开始，洋人就算跟渭河岸的人结下梁子了。后来闹拳乱，周家寨一带都有人加入义和拳，到宝鸡去烧洋庙。以周克文的身份，他是不可能当拳民的，可他暗中资助过拳党。他恨洋教毁我圣贤，乱我纲常，断我文脉。

可眼下这些饥民真是贱啊，为了一口饭就把祖宗卖了，把魂魄丢了。这些人活该饿死！可他们偏偏饿不死，洋人出手救他们了。这些人活下来肯定就成二毛子了，洋人就是趁这个机会扩编二毛子的。一场年馑下来，遍地都是二毛子，这还了得！他们从此不拜圣贤，不敬先人，不分男女，没有纲常，乱了伦理，那脚下这地方还是周秦故地吗，还是汉唐古都吗？炎黄文脉还能传下去吗？这太可怕了！

周克文被挤到熬饭的大锅跟前了，锅里的糁子稠嘟嘟的，上面竟然还撒了一层下锅菜，这比平常人自己家里的伙食还好。

周克文耳边不时传来感激的言语，有人哭了，泣不成声地称赞洋爷是救命菩萨。周克文很生气，他不知道他们嘴里的洋爷指的啥，因为本地人把神也尊为爷，他们是夸洋人还是夸洋教呢？不管是洋人还是洋教，其实都是一路货，这些黑老鸹真是太有心机了，知道咋样收服人心。

周克文恨不得端起一块石头把锅砸了。可他不敢，这是犯众怒的事，饥民会把他生吃了。他挤到了锅跟前却没有碗，他后面的人叫了一声，让开，就把他拨到一边去了。周克文刚要离开，一个女老鸹和蔼地招呼了他一声，朝他递来一个碗，他没有接。女老鸹操着怪里怪气的中国话问他："你叫什么名字？"说着拿起笔来准备在账簿上登记，在那个地方一落名，就表示你同意信洋教了。周克文说："不食周粟。"女老鸹有些奇怪，问道："你的名字是四个字？"周克文说："八个字，非我族类其心必异！"女老鸹傻了，问道："你到底有几个名字？"

周克文说："道不同，不相与谋。"

女老鸹无奈地耸耸肩。周克文看见女老鸹被他耍了，正得意着呢，没想到身后等着登记的难民不耐烦了，一把将他推开，骂了一声："疯子！"

周克文气得要命，回骂了一声："猪，就知道吃！"

周克文气愤地往回走。出了镇子走了一阵，他碰上了一伙娃娃站在路边东张西望的。他们都皮包骨头，手里拿着比他们脑袋还大的老碗。看见有人从跟前经过，那些娃娃怯生生地问道："老叔，前面是不是绛帐镇？"

周克文知道这些娃娃是远路来的，洋人放饭的消息传得很快啊。他给娃娃指了指路，问道："咋不叫家里大人带了来？"一个娃娃说："大人都饿死了，我们不敢单个来，就结伴来了。"周克文叹了口气，说道："可怜见的。"

娃娃们要走了，周克文又说了一句："舍饭也不好吃呀，要会念洋经的。"

"我们会的。"那几个娃娃争着在自己的胸口上胡乱画十字，嘴里啊木啊米地念叨着。

周克文很惊讶，问他们："谁教你们的？"

"谁也没有教我们,我们看着大人样子学的。"

"你们这些娃娃真不懂事,好样子不学,就学瞎样子!"

娃娃疑惑地说:"老叔,这咋是瞎样子呢?能换来吃的就是好样子,我们那里人都学会了。"

周克文没话了。这洋教也太厉害了,洋人还没有上门传教呢,十里八乡的人就已经信教了。更让他痛心的是娃娃,娃娃是国家的苗苗啊!

周克文不死心,他对娃娃说:"洋人都是鬼,红头发蓝眼睛,你们要是信了洋教,他们就把你们拐跑了!"

娃娃问:"拐到哪里去?"

周克文说:"孤儿院!"

周克文没有说谎。天主教堂在宝鸡就开办了孤儿院,拳乱的时候拳民砸了孤儿院,传说那里经常往外国贩小孩。

一个娃娃高兴地说:"我们都是孤儿,正想去孤儿院呢。"

周克文眼睛瞪得溜圆,问道:"为啥?"

娃娃们抢着说:"大人都说了,进孤儿院就能到外国去。"

"啊?"周克文问道,"你们还想到外国去?"

一个娃娃说:"外国多好啊,饿不死人。"

另一个娃娃说:"外国人好啊,都是善人啊,跑这么远的地方来给咱们放饭。"

周克文生气地说:"你们这些瓜怂,你当人家把你们贩到外国享福去呀?他们坏着呢,骗你们到外国拉长工,累死你们!"

"累不死,"一个娃娃说,"我们生下就是受苦的,我们就想给外国财东放羊去,拾粪去。我们不怕出力,怕饿死!"

"对!"几个娃娃都说,"外国饿不死!"

"滚!"周克文见这些娃娃油盐不进,非要把洋人认大爷,忍不住朝他们吼了一声,"赶紧给我滚!"

那些娃娃不知道为啥得罪了这老汉,吓得失急慌忙地离开了。

他们都是娃娃呀,连娃娃都变成这样了,这关中道真要从根上烂掉了!周克文忽然心疼得要命。他觉得他必须出手了。他知道这不是救人命,是救人心。再不把人心收回来,这饥民就只知夷狄不知中华了,这关中道恐怕就沦落为二毛子的天下了!尽管下这个决心很艰难,毕竟是把白花花的银子往外撒,可他豁出去了。他掂得出轻重,眼前这事情比他儿子办工厂要紧得多,办不办工厂只关乎钱,收不收人心却关乎道统。钱可以少挣一些,可作为士绅,他不能看着孔孟之道在这里断了根啊,这是剜他的心头肉!道统散,天下就散了,那还了得!他现在已经是财东了,就是放弃眼前发财的机会也穷不到哪里去,可要是道统断了,四乡八村的人都入了洋教,漫山遍野都是二毛子,他就被淹没在洋教的洪水里了,那真是生不如死!

不能那样!

回到家里,周克文立即给儿子回了信,然后着手联络其他富家大户,跟自己一起赈灾。他知道这是跟洋人打擂台,光凭他一个人的财力撑不住。

周克文觉得他有把握说服那些大户。这些人差不多都是各村的士绅,入了洋教的人往往会把教会当靠山,不大服从他们的管束,有些佃户甚至会在教会鼓动下要求减租减息。你不从,他们就会跟你打官司,一旦告到官府那里,当官的怕洋人,十有八九判你输。有洋人撑腰,顺民也就变成刁民了。这些事以前在信了洋教的渭河岸边都出现过,周围的大户们应该知道的。这关系到大户们的利益,他们要是不跟他合作阻挡洋人,以后的日子会很不好过。

四十二

收到家书,周立功当下傻了。他爹怎么能这样呢?以前不是答应得好好的嘛,咋说变就变了!天旱怎么了?年馑又关你什么事?谁让你去赈灾的?人家政府都不管,你算老几呢?他气得啪地拍了一把饭桌,饭桌上的老碗被震得跳了起来,引娃赶紧过来把碗捧住。

碗里是周立功爱吃的油泼面。面宽油旺辣子红葱花绿,看着香闻着香吃起来更香,这么好的食物,眼下周立功却没有一丝胃口。引娃端着碗站在周立功身边,口里不住地咽涎水。她已经很久没有吃过面条了。自从上海停止汇款,周立功的日子就一天比一天难过了,他们不得不节衣缩食。可引娃不愿意叫她立功哥受熬煎,生意上的事她帮不上他,生活上她一定不让他受亏。她心疼他,他整天东奔西跑,忙得不可开交,最近因为筹款的事,疲惫之外又增添了忧愁,眼见着一天比一天消瘦下去。在这种情况下,他要是再吃不好,就是铁打的人也扛不住。可要吃好就得有钱啊,现在市面上的东西贵得离奇,周立功交给她的伙食费比以前少得多了,那她咋还能让他顿顿吃饱吃好呢?是引娃把自己攒的钱贴进来了。这些钱虽然不多,但好歹能撑一阵子。为了省钱,她自己舍不得吃一口细粮,总是背过周立功拿粗粮野菜充饥。

引娃捧着碗静静地伺候在周立功身边。她不敢把碗放下去,怕他再拍桌子把碗弹到地上去，一碗面就糟蹋了。可她也不敢催促他吃饭，这一阵子他脾气大得很，动不动就朝引娃发火。

真是老糊涂了！周立功在桌面上擂了一拳，那封信被震得飞起来，飘到地上，引娃腾出一只手把它捡起来。

"你看，你看看，这老东西！"周立功吼道。

引娃这才敢看信了。她知道是这封信把她立功哥惹毛了，可她不清楚信的内容。看了信以后她也心凉了，大伯也真是的，咋能这样呢！眼下只有大伯能帮立功哥，他老人家这节骨眼上收手了，她立功哥还有啥指望！

怪不得立功哥发脾气。

"那……咋办呀？"引娃怯生生地问。

"我知道咋办？我㞗他妈！"周立功眼睛都红了。

引娃吃惊得说不出话了。她第一次听到她立功哥骂人，还骂这么脏的粗话！

周立功在家里待着气憋，就拉开门走了出来。引娃端着饭碗跟在他后面，她惦记着她立功哥没吃饭。可她也不敢拦着他，只能默默地相跟上。周立功已经走到街道上了，回头一看，引娃还跟着，这情景就像尽职的母亲追着给淘气的儿子喂饭，别人看见太好笑了。周立功朝她叫道："你是我的尾巴吗？"引娃说："二哥，你吃点饭吧。"周立功说："你烦不烦啊，我现在还有胃口吗？你回去！"

周立功以为引娃回去了，他走了一阵回头一看，引娃还跟在后头。他哭笑不得，问道："你到底要干啥？"

引娃说："我怕你……想不开。"

周立功没好气地说："你是咒我吗？我的命没有那么贱，我还没活够呢。"

引娃心里踏实了,她说:"这就对了,二哥,没有过不去的坎,你是男人。"

"我不用你教,"周立功不屑地说,"你不要再跟着我了,让我丢人。"

"我不跟了,"引娃说,"我还有我的事呢。"

"那你赶紧忙你的吧。"周立功像赶苍蝇一样连连挥手,把引娃挥走了。

引娃走了几步,又回头看她立功哥。周立功再也没有回头。她一直看着他,看着他越走越远,看着他消失在街道的人流中。引娃在心里呐喊了一声:立功哥,再见!这一瞬间她泪如雨下。

周立功漫无目的地走了一阵,最后不知不觉来到了城墙上。在西安的日子里,一遇到烦闷,他总是一个人来这地方独自排解。这里地势高,眼界宽,能舒心放气。周立功爬上城墙时太阳已经西斜了,南面的秦岭像横列的屏风,挡住了他远望的目光。深秋的山林瘦骨嶙峋,一副不胜寒意的样子。北面的高原光秃秃的没有一星绿色,铺天盖地的黄色刺得人眼珠憋疼。从西到东的渭河平原坦坦荡荡,正是穿堂风的通道,枯草黄叶被卷得漫天飞舞,就像老天在抛撒纸钱。

周立功在一块废弃的砖头上坐下来,身边是蓬乱的蒿草和荆棘,几乎把他掩埋了。几只麻雀在面前的垛口上跳来跳去,秋风把它们的羽毛吹得凌乱不堪,可它们依然坚守在那里,就像忠实的卫兵,不肯随风而去。那里有什么叫它们这么留恋呢?周立功呆呆地望着麻雀,把自己的心绪交给它们。

周立功觉得自己很像这麻雀,它们根本就不是风的对手,可还要在风中挣扎,这是何苦来哉?

天色渐渐暗下去，城墙慢慢融入夜幕，那些麻雀也钻到了旁边的蓬草里，安静地睡觉了。远处隐隐约约传来凄怨的板胡声，不知哪里的自乐班给人唱堂会，一定是哪家富户过白事，祭奠亡灵的。呜呜咽咽的过门曲响过后，接着是苍凉的须生唱腔：

　　　　汉苏武在北海身体困倦，
　　　　忍不住伤心泪痛哭伤怀。
　　　　想当年在朝把官拜，
　　　　朝朝戴露五更来，
　　　　我闲暇无事游郊外，
　　　　闷了花园把宴排。
　　　　我一家大大小小妻子儿郎举家团圆
　　　　　欢欢乐乐多安泰，
　　　　一家人岂不快乐哉。
　　　　到今日牧羊北海外，
　　　　我冷冷清清清清冷冷痛悲哀。
　　　　身上无衣又无盖，
　　　　腹中无食饿难挨。
　　　　我有心将身投北海，
　　　　诚恐落个无用才。
　　　　无奈了忍饥受饿冒风披雪暂忍耐，
　　　　苍天爷何日里把眼睁开？

　　《苏武牧羊》如哭如诉，凄凉的唱腔让周立功心里越发恓惶，他不禁眼睛一酸，感慨起自己的处境来。他从小念书，天资聪慧，能考入京城的大学，百里无双，父母对他寄予厚望，他也自命不凡。可大学毕业至今，他却一事无成。他一心想为乡梓造福，为国家解忧，可一次次都以失败告终。他是何苦来哉？和他一起毕业的同学，不是进入官场，就是进入商场，走的都是读书人公认的正道，虽不见得大富大贵，却也都活得舒心顺畅，唯独他不安本分，不停地折腾着。

他要是像他们那样循规蹈矩，前程一定不在他们之下。可他确实不想那么平庸地过一辈子，他觉得既然读了那么多书，明了那么多理，就应该跟一般人不一样，否则岂不是糟蹋了材料？他是要做大事的！无论是乡村改造，还是禁毒，再到办工厂，哪件不是利国利民的好事，哪件又不是富国强民的大事？可这些大事却都是轰轰烈烈开场，最后灰溜溜结束，让他难堪得无地自容。他知道别人怎么议论他，说他志大才疏好高骛远那是轻的，有人甚至嘲笑他有精神病，做事完全不着调。对这些议论他虽然可以嗤之以鼻，以燕雀安知鸿鹄之志来自慰，可在内心，他却强烈地期望能有一次成功来证明自己。如果一直一事无成，不要说别人看不起他，连他自己都没有自信了。那不是大话欺世吗？不是自欺欺人吗？可做大事实在太难了，起初是家乡人不理解，后来是军阀跟他过不去，现在眼看成功在即，伸手可及了，却不料卡在他爹这里！别人捣乱他可以不计较，他爹可是他的亲人啊，这太让他伤心了。

周立功抹了一把眼泪，把它们甩到蒿草上。伤心归伤心，可他不愿放弃。前面的事情已经过去了，他无力挽回，能抓住的就是眼下。在经历了一连串的失败后，老天给他送来了最好的礼物，现在办工厂各方面的机缘都凑巧了，这太难得了，今生今世都不会碰到这种机遇了。现在只要再往前走一步，即可大功告成。机会不等人啊，如果错过这个机会，他这辈子都不可能证明自己了，更别说出人头地了。

我不能认怂，我是男人！他想起引娃的话。

可是怎么才能干下去呢？光有不服输的劲头不行啊，要能弄到钱！可到哪里去筹款呢？周立功又茫然了。他把自己在西安的熟人一个一个捋一遍，这些人多是他的同学。对他们周立功没有多少指望，因为他的特立独行，他跟这些同学的关系都很疏远，非议他的多数是他的同学。就算他们中间有同情他的，也是心有余而力不足，他们毕业不久，加上灾年，能有多少积蓄呢？他需要的是一个大数啊。

那他还能找谁呢？周立功深重地叹了一口气。

这时夜深了，自乐班的戏声不知何时已经消停了，整个城市都睡着了，远处街道上偶尔闪烁的几点灯光像萤火虫一样暗淡。周立功觉得天地都抛弃了他，他体验到了前所未有的孤独。周立功惶恐地站起来，扒着垛口朝城下瞭望着，他希望能在黑暗中找到一个搭救自己的人。此时此刻，远处忽然传来了几声马的嘶鸣，这声音很像板胡拉出的高音，在寂静的夜晚非常清亮。周立功知道这是从骡马胡同传来的，那里是牲口集市，夜里饲养员要给牲口添草料，得了夜食的马高兴得唱歌了。

骡马市场？周立功眼前忽然一亮，想起一个人来。或许这个人可以助他一臂之力？

这一丝丝的希望立即让周立功激动起来，他就是这么一个容易热血上头的人。周立功一高兴就按捺不住，竟突兀地吼起秦腔来：

喝喊一声绑帐外，
不由得豪杰笑开怀。

某单人把唐营踩,
直杀得儿郎痛悲哀,
直杀得血水成河归大海,
直杀得尸骨堆山无处埋。
小唐儿被某把胆吓坏,
马踏五营谁敢来。

这都是刚才的自乐班惹的。周立功是从来不唱秦腔的,他是洋派人,迷恋的是歌剧话剧,秦腔在他眼里太粗糙了。没想到这会儿他竟然吼起了糙戏,而且他还觉得眼下就只有这大呼小叫的玩意最对他的心思。《斩单童》的唱腔,周立功只听他爹唱过一次就默记在心了,这唱腔慷慨激昂,像驴叫一样高亢。周立功是拿这东西给自己鼓劲,他知道自己心里并不踏实。他也是拿这东西疏通内心的淤积。以往遇到烦心事,他总是跑到城墙上干嚎。那是声嘶力竭地嚎,破死忘命地嚎。干嚎就是放气,就是发泄,嚎得内脏都要吐出来时,心里就舒坦了。不过今天他把干嚎改成吼秦腔了。

周立功的吼声惊天动地,吓得草丛中的麻雀扑棱棱地窜出来,失急忙慌地栽进黑暗中。

吼完之后周立功心里轻松了。他摸黑下了城墙,沿着清冷的街道回家。

回到住处,周立功脱了鞋坐在床边,等着引娃给他端水泡脚。他每天都是这样,习惯了。可等了好一阵,怎么就没有人呢?难道引娃已经睡了吗?不会的,以往哪怕再晚,引娃都是要等他回来的。她说他不回来,她睡不着。

周立功觉得奇怪,他穿上鞋,来到引娃房门口。里面是黑的,他敲了敲门,没人应答。周立功推一下,门虚掩着。他进屋,拉开灯,被褥都叠得整整齐齐的,没有睡觉的迹象。周立功眼光落在桌子上一个搪瓷茶缸上,那是引娃来这里时他第一次给她喝水的那个,茶缸下面压了一张纸条。周立功抽出来一看,上面是引娃歪歪扭扭的字:立功哥,饭在锅里,我找钱去了。

看到纸条,周立功忽然饿了。他来到厨房,灶膛里还煨着火,他揭开锅盖,那碗油泼面坐在热水里。他端出碗来,狼吞虎咽地咥完了。

吃完躺在床上,周立功才琢磨引娃离开这件事。她找钱去?哼,周立功笑了一声,就她这样的人,能到哪里找钱去?谁会把钱给她!莫不是见他这里没钱了,另谋出路去了?或者是嫌他骂她了,赌气出走了?

周立功拿不准。他想,走了也就走了吧,反正她是自己找上门的,又不是他请来的,这样的人除了伺候人,留着也没啥用。他不想了,得赶紧睡觉,明天还要办大事呢。

引娃是当天中午就离开的,她确实是找钱去的。她看到她立功哥的难处了,这事情把他逼得走投无路了。她不敢埋怨她大伯,她知道老人是个明白人,他不给她立功哥粮食,一定有他的道理。可没有大伯的帮助,她立功哥眼看就没办法了,在西安,谁还能拉他一把呢?

她要拉她立功哥一把。她知道自己没有啥能耐,找不来多少钱,但能找来多少算多少,有一点总比没有强,起码给他挣来一点伙食费吧,不要让他连油泼面都吃不上。

像她这种人眼下要弄到钱,引娃知道只有一种方式:把自己卖了。她是急用钱，除了自卖自身，当用人打零工都不行，那些来钱都太慢了。

这个念头是今天中午忽然冒出来的。她立功哥对她那种不耐烦的态度，叫她看出了她在他心里的位置。他确实心烦，可再心烦也不该那样对待她呀，又不是她惹他的，更何况她是为了他好。说到底，是这个男人不爱她，不疼惜她，不把她当回事。以前她一直不愿承认这一点，怕承认了这个事实，她就没有勇气活下去了。或者，她心里已经隐隐约约感觉到这一点了，但她坚信只要她死心塌地爱着他，当牛做马一样伺候他，他哪怕是一块石头也会暖热的，总有一天她会赢得他的心。现在看来这很难，人心毕竟不是石头，它有自己的选择。

既然人家那么不待见她，她赖在他身边还有啥意思！既然她爱的人把她不当回事，她还守着这个身子干吗？失去了她立功哥的爱，引娃的天就塌了。她要破罐子破摔了。可即使这样，她依然对她立功哥恨不起来，这个男人就像一根骨头一样长在了她的血肉里，想割断它除非要了她的命。她还是要帮这个男人。正因为他不爱她，她才选择了自卖自身，拿这个他嫌弃的身子给他最后换一笔钱。他要是爱她，她还不能轻易糟蹋自己呢。

引娃已经知道到哪里去卖自己了。西安城里凡是有集市的地方都有贩卖人口的，她每天买菜都看得见。她来到骡马市场，这里是西安最大的牲口交易市场，眼下也是西安最大的人肉市场。

来这里买人的都是河南山西一带的人贩子，他们专挑年轻漂亮的女人贩往北京南京等地的妓院。现在的人肉价钱很低，一个黄花大闺女也就三四块银圆，这还要挑了再挑。街道边上站了那么多的人等待人贩子挑选，她们有的自卖自身，有的是父母兄弟押来的。人贩子验货很严，他们要伸手到女人的衣服里面去摸奶头，甚至要当着父母兄弟的面解开衣服看奶头。年馑里的女人都饿得皮包骨头，哪里还有奶头？这样的女人是没有卖相的，那些想蒙混过关的女人就在胸口里塞上棉花疙瘩，外面看起来奶头翘翘的，人贩子吃过亏后就学精了。

那些摸奶头的人贩子满脸淫笑，肆无忌惮地相互交流着摸奶的感受。被摸的女人像牲口一样麻木，也有向人贩子谄笑的，希望能被相中。

引娃恶心得快要吐出来了。以前人肉市场不是这样的，咋过了几天就这么糟蹋人了？她无法忍受这种侮辱，再说了，这里的价钱也太低了。

引娃换了好几个地方，每个地方都一样。一直到天黑了，她还没有着落。在往回走的路上，引娃发现了一家张灯结彩的窑子。即使在生计艰难的年馑里，这里的生意仍然热络。衣裳光鲜的客人出出进进，涂脂抹粉的窑姐不时跑到门外来接客送客。

引娃在这里站住了。既然是自卖自身，为啥不把自己卖到这里来？这样不但省了人贩子的盘剥，也免了叫人贩子当众糟蹋。这个念头刚冒上来，她立即就呸呸地唾了几口。你知道这是干啥吗？是卖屄，叫千人骑万人压，是侮辱祖宗三代的！

引娃赶紧离开了。可是她走了没有几步，又停了下来。她问自己，你不是要自卖自身吗？你难道不知道那些人贩子把你卖到哪里去吗？你其实是知道的！只不过你觉得那是在外地，当窑姐没有熟人看得见，既然大家不知道，这事就权当没发生。那么在西安你有很多熟人吗？你没有。仅有的那几个，立功哥，石猴，还有五六个水厂的，他们会来这地方吗？这地方是脏窝子，也是销金窝，他们或者是正派人，或者是穷人，都不会光顾这里的。既然这样，在这里当窑姐跟在外地有啥两样呢？

她又往回走了。其实对引娃来说，最难的不是选择在哪里当窑姐，而是选择当不当窑姐。自从决定自卖自身，她实际上已经把自己豁出去了。这当然很难，一个女人要迈出这一步，比死还要难受。可她没有办法，铁了心，只有这样才能当下弄到一笔钱。

为了她立功哥，她啥都愿意！

引娃进了这家名叫玉堂春的窑子，找老板商讨卖身的事。

老板是一个五十多岁的秃顶胖男人，这让引娃有点意外。她听人说过，窑子的掌柜都是女人，大家把她们叫老鸨。秃顶也觉得有些意外，一般很少有女人自己跑来卖自己的。他问引娃的情况，引娃说自己急需用钱，而且给自己开了一个蛮高的身价。秃顶上上下下打量了她一下，笑着摇头。引娃问他能给多少，秃顶说最多四个银圆。

引娃急了，她说：“你该不会因为我是自己送上门的，就这样压价吧？”

秃顶说：“实话告诉你，眼下女人不值钱，还有女人不要钱往我这里钻呢。”

引娃说：“那都是丑女人，我长得好看。”

秃顶说：“好看不一定是好窑姐，好窑姐身上要有一股骚劲，你没有。”

引娃跟老板软缠硬磨，秃顶就是不肯涨价。这价钱跟引娃设想的差得太远了，最后引娃含泪央求老板，说她家里遭灾，急需钱，希望他高抬贵手。

秃顶说：“这年头谁家不遭灾啊，我这里不是慈善总会，我是做生意的，讲究物有所值。”

引娃不知道该咋办。就这样卖了吧，实在太便宜了，这钱给立功哥顶不了多少天。不卖吧,今天晚上回去她立功哥要笑话她,问她找的钱在哪里?

犹豫了半天,引娃还是决定走。她的身子是一锤子买卖,也是她最后的货物,轻易卖了太划不来。走的时候她狠狠地对老板说:"见死不救,你是要遭报应的!"

引娃刚走了几步,从门外踉踉跄跄踅进一个醉汉来,这人跟她一照面,就伸开胳膊来抱她,嘴里嘟嘟囔囔地说道:"美……人,美人,我刚来你就走,陪大爷去!"引娃一挥手,把他掀了个趔趄。他转身又扑过来抱她,没有抱住,却拽住了引娃的衣服,引娃挣了一下,没有挣脱,就喝问醉汉:"你撒手不?"那个醉汉不但没有撒手,反而把他喷着酒气的嘴往引娃脸上凑。引娃本来就烦着呢,被这人没来由地纠缠着,火气立即上来了,朝他脸上啪地给了一个耳光,那醉汉被打愣了,扑通一下坐在地上。这是一个兵痞子,平常横行霸道惯了,根本没有想到会挨窑姐抽脖子。

玉堂春的老板走了过来,赶紧招呼里面的窑姐把醉汉搀进去。他赔着笑脸说:"军爷,你看这姐儿多俊俏,那是土妞,你咋看上她了。"兵痞被窑姐连哄带逗弄走了,引娃这才得以脱身。

引娃刚要走,秃顶说话了:"女娃请留步,我有话给你说。"

"有话你就说,有屁你就放!"引娃气哼哼的。

秃顶说:"咱们里屋谈吧,这里不方便。"引娃犹豫了一下,还是跟他进了里屋。

秃顶给引娃倒了一杯水,说道:"我看你真是遇到急事了,这样吧,我帮你一把。"

引娃问:"你愿意买我了?"

秃顶说:"我替别人揽了一件事,是拿命换钱的事,你干不干?"

引娃问:"多少钱?"秃顶说:"就是你开始报的价钱。"引娃说:"那是活人的价,要买人命差远了。"秃顶说:"我再加五个银圆。"引娃说:"不够,那是买一头驴的价钱。"秃顶说:"女娃,我是可怜你才给你找了这个活儿,你不要狮子大开口。"引娃说:"你可怜我就再加一些。"秃顶说:"一口价,三十个银圆,成就成,不成你走人!"

这价钱可以买好几个人了。可秃顶知道他要买的不是一般的人,是给别人顶命的,这人要完全自觉自愿,还要有胆量,这样才能不露馅。眼前这女人太合适了,她急需钱,而且连兵痞也敢打,是个狠角儿。

"成!"引娃说。这大大超过了她的预计,她把高兴压在心里。

秃顶说:"这是捞人的事,顶替一个犯人去领死刑。"

引娃心里咯噔一下。虽然她知道别人是买人命,可那是一个笼统的说法,现在这事要具体落实在她身上,她还是害怕了。

秃顶见引娃没说话,就加了一句:"女娃,你可要想好了,这不光关乎你的命,也关乎别人的命,应人事小,误人事大。"

引娃问:"这钱咋付?"

秃顶说:"你要答应了,我去跟人家商量,按规矩应该是先付一半,事成后再付另一半。"

引娃冷笑一声说:"你这不是哄人吗,事成后我都死了,谁来领那一半钱?"

秃顶说:"你要托付一个人,他替你领。"

引娃说:"到时候你不认账呢?"

秃顶说:"女娃,这是你拿命换来的钱,我要是不给,是会损阴德的,我还怕你的阴魂缠上我呢。我是做生意的,讲究信用，你就放心吧。"

"那好，"引娃说，"你现在就付定金吧。"

秃顶说："你决定了？"

引娃点点头，她不怕了。

秃顶说："这钱我现在还不能付给你，你防我，我也得防着你啊。你把钱拿走了，我不知道你的底细，你要是不回来，我到哪里去找你？"

引娃说："那你说咋办？"

秃顶说："你今天先回去，把托付的人找好了，明天带他一起来，我把定金交给他，你就留在我这里，直到事情办完了，我再把最后一笔钱交给你的委托人。"

离开玉堂春时，秃顶叮嘱她说："记住，这事你跟谁都不能说，包括你找的托付人，明天我们在这条街道东头的悦来茶馆见面。"

引娃觉得这老板真是一个精明鬼，不过这样的人她放心，他这么盘算就说明他不打算骗人。引娃在浓黑的夜色中朝西关走去，她要去找石猴。只有他才是值得信任的托付人。

见了引娃，石猴激动得说不出话来，只是嘿嘿嘿地傻笑。引娃离开他快三个月了，他天天都在想着她。每天一挑上扁担，扁担中间缠裹着的棉垫子，换上肩膀，引娃就从他心里跳了出来，陪着他又说又笑地走家串户。这时候他就容易出现幻觉，很多次不知不觉地就把水挑到城南去了，送给了引娃的老主顾，直到人家问他引娃到哪里去了，他才恍然大悟。那个垫肩是引娃给他留下的信物，他怕它磨破了，自己扯了两尺洋布把它牢牢地包了几层。至于引娃送给他的高腰雨鞋，他一直珍藏着，舍不得穿在脚上。他埋怨引娃走的时候不跟他打一个招呼,可是后来他又谅解了,一定是她男人在她身边,她找他不方便。崔妈不是转告引娃的话了吗?她男人来西安找她了,她必须立即走。

石猴一直担心引娃回家后的生活。他猜测她男人对她不会好,一个好男人会舍得自己媳妇一个人在外面当苦力吗?引娃是不是在家里熬不住了,又偷偷跑出来了?可灯光下他看引娃比以前胖了不少,也白了许多,不像是遭了罪的人。他心里又宽慰了。

石猴有一肚子的话要问引娃,可引娃却对他说:"石猴哥,我这么晚来找你,你一定很奇怪,可我想请你啥都不要问,好不好?"

引娃不想把她去找她立功哥的事告诉石猴,这样太伤他的心,也不想把她目前的处境告诉他,免得他为她担心。可她也不愿意说假话。

石猴点点头。可他已经担心了,引娃不愿告诉他的事一定是烦难的事。

看到石猴凝重的神色,引娃倒扑哧一声笑了,说:"你甭害怕,我就请你给我帮一个忙,看把你吓的。"

石猴也笑了,他笑是因为他欣慰。引娃还是把他当作知心人,一有事就来找他。"我不害怕,"石猴说,"头掉了也就碗大个疤!"

引娃心里一热,叫了一声:"石猴哥,谢谢你!"

石猴眼睛立即红了,他第一次听见引娃这么亲切地称呼他。只要有这么一句话,他以前对她所做的一切都值了!石猴对引娃说:"妹子,我啥都不说了,天晚了,你睡吧,有事咱们明天说。"说完石猴就要开门出去。引娃问他干啥去,他说他去找别人屋子挤一宿。

引娃说:"这么晚了,甭去打搅别人了。"

石猴很听话,就在地上给自己搭铺。他把两只水桶一前一后蹾在地上,把扁担搁在桶梁上,就打算躺在上面。引娃笑了:"你还真以为扁担上面能睡觉?"

石猴说:"我真能睡,我人瘦,又练过功夫的。"说着他就躺了下去,还真在扁担上躺住了。

引娃说:"你别受罪了,你要那样,我一晚也睡不踏实。你到炕上来,这么大的炕,还睡不下两个人?"

石猴说:"没事没事,你睡你的。"

引娃说:"你要我把你拉上来吗?我是你妹子,你怕啥?"

石猴磨磨蹭蹭地爬上炕,却远远地缩在炕的另一角。炕上只有一条薄薄的被子,引娃把石猴拽过来,拉扯着被子把两人盖起来。

石猴紧张得气都喘不匀。引娃把他搬成面朝自己的姿势,盯着他的眼睛问:"石猴哥,你想不想我?"

石猴慌乱地点头又摇头。

引娃说:"抱着我。"

石猴的胳膊像木头一样僵硬。引娃抬起头,把石猴的胳膊搬到自己的脖颈下。"抱紧我!"引娃说。

石猴小心翼翼地蜷了蜷胳膊,然后又慌慌张张地伸直了。引娃的一只胳膊绕过脑后,捉住石猴退缩的胳膊,把它折过来。她对石猴说:"你是男子汉,使劲!"石猴忽然像痉挛一样抽紧臂膀,把引娃紧紧抱在怀里。引娃的嘴找见了另一张嘴,两张滚烫的嘴融化在一起。

衣服不知是怎么解脱的,当石猴尖锐地刺进引娃身体的一瞬间,引娃发出一声嘹亮的叫声。这是欢快的,也是痛楚的,是迟到的,也是等到的。

引娃哭了。她不知道自己在哭啥。是惊喜?是悔恨?是痛苦?是受活?

石猴被吓住了,他不知所措。引娃双手紧搂着石猴的腰杆,往上托着他,又往下扣着他。石猴受到引娃的鼓舞,疯狂地动弹起来。

引娃在激烈的撞击中失神了,她身体一阵痉挛,一口咬住了石猴的肩膀,石猴也发出一声痛快的吼叫,一下子瘫在引娃身上……

引娃终于尝到了当女人的滋味。这痛快来得太迟了,也来得太及时了。在生命的最后时刻引娃决定放开自己,她不觉得这是对不住她立功哥。她为他守身守到头了,可他一点都不珍惜她,她难道要把贞节带到坟墓里去吗?她不,她是女人,她当了一辈子女人了,她要痛痛快快地尝一尝男欢女爱的滋味,要享受一次真爱她的人带给她的痛痛快快的爱,要不她这一生太亏了,也欠石猴太多了。她把自己美好的身体交给爱她的人,既不辜负自己,也偿还了情债。

这一切是那么美好,死也无憾了。

四十三

第二天早晨一起来,周立功就很恼火。引娃走了,他的生活用品也跟着走了。他要洗漱,找不到香皂,也找不到牙刷牙膏。平时起床,引娃都给他预备好了一切:脸盆端到跟前,洗脸水兑得不热不冷,香皂搁在手边,刷牙水盛在杯子里,杯口横担着牙刷,牙膏都挤在刷毛上了。可今天一切都乱了套,找啥啥不见,他只得用冷水抹了两把脸,撩起门帘擦了擦,含一口清水咕噜咕噜漱漱口,拿舌尖在上下牙龈来回蹭一蹭,权当刷牙。可让他恶心的是,这漱口水不小心被他咽了一口,他赶紧抠自己的嗓子眼,想把它吐出来,可已经来不及了。

早饭当然没有人伺候了,周立功只能自己去街上的饭馆解决。走到街上,到处都是军人。他看过报纸,知道冯玉祥正联合阎锡山准备跟蒋介石开战,陕西各地的军队都往西安集结。他很烦这些丘八,对西北军更没有好感,就躲着这些人,找了一个僻静的饭馆钻进去,周立功要了一个肉夹馍、一碗胡辣汤。正吃着呢,忽然听见外面传来凌厉的吆喝声,还夹杂着噼里啪啦的拍打声。饭馆的食客不知道外面发生了什么事,纷纷跑出去看热闹,就连饭馆掌柜的都坐不住了。周立功也好奇,端着碗出来,只见门外几个当兵的扭着一个人,把他押在一个军官模样的人面前,军官正扇那个人的耳光呢,边打边说:"我叫你当逃兵,我叫你当逃兵!"

挨打的鼻血都流出来了,他分辩说:"我不是逃兵,我是泰丰粮行的少东家!"

"王连胜,"军官说,"我叫你嘴硬。"他打得更起劲了。

"我不叫王连胜,"那人吐着血沫子说,"我叫白富成。"他忽然看见饭馆老板了,就朝着掌柜的喊道:"秦老板,我爸跟你是熟人,我刚在你这里吃了早饭出来,咋就成了逃兵?你给我作证啊。"

那人一呐喊,军官就盯住了饭馆老板。军官的眼光里有刀子,饭馆老板一声不吭,转身回去了。

其实根本不用别人证明,那人自己就能证明自己。他白白胖胖的,穿着时髦的西服,皮鞋锃亮,逃兵能是这样的?

可军官就说白胖子是逃兵。军官这时把枪拨出来了,拿枪头点着白胖子的脑门说:"军法规定,逃兵一经发现就地正法,信不信我毙了你?"

白胖子被吓得双腿乱颤,要不是两边胳膊被人提着,早就瘫在地上了。

军官再次问道:"王连胜,你是不是逃兵?"

旁边有人提醒白胖子:"娃家,赶紧说是。"

白胖子哭着说:"是是是,我是王连胜。"

"这就对了,"军官说,"给我把这个逃兵押回去。"

那些当兵的扭着人正要离开,一个长袍马褂的中年人气喘吁吁地跑过来了。"慢……慢着,军爷……"他上气不接下气,话都说不匀。

军官厉声喝问:"你要干啥?"

中年人给军官作了一个揖,诚惶诚恐地说:"我是泰丰粮行的掌柜。"

"我不认识啥掌柜的,"军官说,"你走开。"

中年人赶紧说:"我……我是逃兵他爹。"

"这就对了。"军官说,"你儿子当逃兵叫我们捉住了,你说咋办?"

中年人说:"都怨我教子无方,请军爷看在我就一个独子的分上,饶了他吧。"

"饶了他?"军官说,"你说得轻巧,饶了他谁给我上前线打仗?"

中年人立即说:"军爷,我愿意出一个壮丁钱。"

军官正色说:"革命军人不爱钱,你要行贿吗?"

中年人吓得脸色煞白,结结巴巴地说:"那……军爷要啥?"

"粮食!"军官说,"你不是有粮食吗?省政府发布公告了,紧急加征粮食支援讨蒋战争,你知道不?"

"知道,知道,"中年人连连点头,"我已经缴过了。"

"可你的粮食多啊,"军官说,"能者多劳,你为革命多捐一些行不行?"

"我愿意,我愿意。"中年人擦了一把汗水,赶紧答应。

"早这样多好。"军官说,"你要早捐了,你儿子也不会当逃兵了。"

"我愚钝,我愚钝。"中年人说,"我现在补上。"

"走,拉粮去!"军官一招手,一伙人往泰丰粮行方向走去了。

周立功气得要命,这不是明火执仗地敲诈勒索吗?更让他生气的是这顿饭钱,一碗胡辣汤一个肉夹馍,竟然要他一个银圆!

这也是抢劫!他现在全部家当也就十个银圆。他又不是没吃过这些东西,三个月前撑死也就几毛钱!

他一埋怨，掌柜的不高兴了，他说："你翻的是啥时的老皇历？物价都涨成啥样了，我不涨行吗？"

道理是这样的，可周立功还是不痛快。他在交钱的时候呲了掌柜的一句："你心真硬，见死不救。"

掌柜的白了他一眼，说："你嫌贵就不要吃，别找借口发泄。你咋知道我没救人？你比我心软，比我年轻，刚才咋不见你当英雄呢？"

周立功被噎住了，他没言传走出饭馆。这一连串的不痛快让他有不祥的预感，难道今天要办的事会落空吗？

周立功的脚步变得迟缓起来，不过这犹豫只在他脑袋里旋了一圈，就被迅速赶跑了。我是什么人，咋能信这些？现在是华山道上一条路，死活都得往前走，行不行今天都必须硬着头皮闯一回。

周立功来到东大街骡马市，找到昌茂货栈，进去打听秦山魁。周立功记得那个人到监狱看他时的阔绰劲儿，穿的是上等毛货，出手是大把银圆，显然是个有钱人。他当时不是留下话了吗，说他佩服他，叫他出狱后就找他。他现在就找上门来了。

凑巧这时候旱地龙就在西安。他一见周立功就愣住了，这小伙子竟然还活着？以他当时看到的架势，政府非弄死他不可。他们寒暄过后，周立功说出了自己的真实身份，并且告诉秦山魁，他就是被他大哥周立德救出来的。

旱地龙哦了一声说，这就对了。这证明他当时的猜测没错，也解除了他对这小伙子平安出狱的疑问。

周立功亮明身份是有目的的。他虽然不很清楚秦山魁的底细，但从他当时在监狱里急切地要自己承认是周立德兄弟的神情来看,他或者是他大哥的朋友,或者是想结识他大哥。只要跟他大哥有关系这就好办,那就拉近了他们之间的距离,他就有可能出手帮助自己。

"你认识我大哥?"周立功问。

"噢,老朋友了。"旱地龙说。他不打算公开自己的身份,仍然自称秦山魁。毕竟他打劫过他们家,他们肯定是恨他的。

"你是我大哥的朋友,那也就是我的朋友了。"周立功说。

"那还用说。"秦山魁想,说不定他真可以通过这个小伙子跟周立德拉上关系呢。

"既然咱们是自己人,那我们就应该有福同享。"周立功说,"你是生意人,我现在也在做生意,咱们应该相互提携。"

"对,太对了!"秦山魁说。

"我现在手上有一个大买卖,要找一个合伙人。"周立功抛出诱饵。

秦山魁问:"啥生意啊?"

周立功把自己筹办棉纺厂的事情说了一遍,重点放在投产以后的丰厚利润上。"我在上海考察过,那机器不是印布匹,简直就是印钞票!"周立功夸张地赞叹道。

秦山魁被周立功的渲染迷惑住了。他是大老粗,没有出过远门,上海那样的地方在周立功的描绘中简直就是天堂。天堂里的洋玩意要弄到西安来了,那挣钱可不就跟捡树叶一样容易!土匪都是爱钱的,不爱钱谁当土匪?

"老弟你真能干啊,"秦山魁夸赞说,"我以前只知道你能写文章,没想到你做生意也是高手啊。你说,你要老哥我做啥事?"为了攀上生意,也为了攀上周立德,秦山魁把自己降了一辈。他本来跟秀才是同辈人,现在却跟秀才的儿子称兄道弟了。

周立功看到自己煽呼的效果已经出来了，就不失时机地把筹款的事情摊了出来。"这个棉纺厂所有的准备工作都完成了，就差把机器从上海运过来的迁移费，你出了这笔钱，这个工厂就算我们共同经营，这种便宜事我是不会让给别人的，看在你老哥在我危难时搭救我的分上，我找你合作。"

秦山魁被说动了。他其实一直对当土匪不踏实，那不是一个长久之计，说不定哪天就挨枪子了。不是死于黑吃黑，就是死于官军围剿，这种刀尖上舔血的人善终的不多。他总想找一个合适的门道转行了，把黑钱洗白，在西安开山货店就是一种尝试。可山货店多，竞争激烈，生意很难做大。现在周立功送上门的是独门生意，也是大生意，这小伙子看来也是干才，值得他去投资。"这要花多少钱啊？"秦山魁试探地问。

周立功说了一个数字。

秦山魁吐了吐舌头，这钱数太大了，他拿不出来。自从遭了年馑，土匪的日子也不好过，地里长不出庄稼，土匪抢啥去？他和他的弟兄们现在基本上是吃老本，手头紧着呢。就算手头宽裕，他也不会把钱全部投进去。当土匪的讲究狡兔三窟，他不能把鸡蛋全放在一个篮子里，那样太冒险。"老弟，"秦山魁说，"老哥有点不好意思，我手里没有那么多钱呀。"

"那你能拿出多少来？"

秦山魁说了一个数字。周立功一听心就凉了，那还差一大截呢！

"你能不能再想想办法？"周立功不甘心。

秦山魁说："我要做那就是全心全意地做，不会打埋伏的。"

周立功彻底绝望了。他还能再到哪里弄钱去呢？没办法了！他沉默了一阵，慢慢站了起来。这时他的脸色变得蜡黄，人想走，腿上却像绑了磨盘一样挪不动，他强挣着迈开步，险些摔倒。

秦山魁赶紧把他扶住，然后摁着他坐下，说："你甭急嘛，咱们再想想办法。"

"你有办法？"周立功像回光返照一样，眼睛立即亮了。他拽住秦山魁的双手，就像溺水的拽住了捞人的，急切地说："快说说你的办法！"

秦山魁说："我知道老弟的家里是很富有的，你为啥不找家里帮忙呢？"

周立功觉得奇怪了，这西安城的生意人咋知道他的家底呢？不过他既然是大哥的朋友，保不住大哥告诉过他。"我找过家里，"周立功说，"我爹原先也答应的，可昨天他忽然改口了。"

"这是咋回事呢？"秦山魁问道，"你说说，我看还能不能想想办法。"

周立功把事情的原委告诉了秦山魁。秦山魁在心里感慨道，这就是秀才哥！还是那么爱管闲事，爱出风头！可他觉得这事并非扭不回来，毕竟这边是他儿子，他儿子重要还是那些跟他八竿子打不着的饥民重要？再说了，他儿子是给家里办大事呢。他知道秀才哥这辈子的愿望就是发家致富，他们父子的目标是一致的。秦山魁说："这事你不能靠写信，你得回去见你爹，跟他当面谈。"

"你觉得那能成吗？"周立功问。他知道他爹是很犟的，认起死理来不拐弯。

"行不行你得去试，"秦山魁说，"有些道理信上是说不清楚的，见面才能谈得透。再说了，"秦山魁给周立功出主意，"你还可以吓吓你爹，装着跳井上吊抹脖子啥的，看你爹还犟不犟？"

周立功觉得有道理。还是年纪大的人谋事周密，特别是要挟他爹的主意,这会管用,他爹多疼他啊。姜还是老的辣,周立功表扬秦山魁,他说:"我决定了,回去找我爹去。"

"这就对了!"不过秦山魁忽然又问,"你办厂的事你哥知道不?"

"当然知道!"周立功为了笼络住秦山魁,只能撒谎说,"我们兄弟商量好的。"

"那我得告诉你,"秦山魁说,"我估计你家里现在存的是粮食不是钱。你爹是不会轻易卖粮的,他一定是在等待好行情。不过,乡下的粮价再涨都涨不过城市的,越是大城市,粮价就越高。昨天我出去,街上的粮价已经涨到一碗麦子一碗银圆的分上了!你老家的粮食应该拉到西安来卖,这就赚大了!"

周立功一想,确实是这个理,多亏秦山魁提醒。他说:"那我们就西粮东运吧。"

"可现在路上不安全啊,老弟,"秦山魁说,"土匪打劫,饥民哄抢。"

秦山魁不是吓唬人,年馑到这份上,粮食人见人抢。连正规军都变成土匪了,周立功早晨刚刚见识过的。

"那咋办呢?"周立功问。

秦山魁说:"我有个朋友,是道儿上的,我去他那里借一些弟兄,让他们当保镖,事成后给他们一些赏钱就行了。"

"那太谢谢了!"周立功真是打心眼里感谢秦山魁。

两人商量停当,秦山魁送走周立功后,立即奔向太白山。他哪里是去借保镖,人马都是现成的,他回老窝招呼他的兄弟去了。秦山魁的想法是,既然开工厂是周立功和周立德商量好的,那无论是他自己发财还是巴结周立德,这事情都应该不遗余力地去促成,所以他一定要陪着周立功回老家。为啥呢?这是押了双保险：周立功见他爹，谈成了当然好，他和弟兄武装押运，保证粮食安全，到西安卖一个好价钱。万一谈不成，那就该他出手了。他来硬的，抢！只要不伤人，粮食运到西安了，工厂办成了，白花花的银子堆在秀才哥面前了，那时他回过神，一定会感谢他的。说到底，这是给他家做好事呢！

秦山魁想得很周全。

同一天的上午，引娃领石猴来到悦来茶馆。一路上引娃已经给石猴叮嘱好了，说带他去讨债，这笔债分两次偿还，她因为有事，要他代她来收债。收完后把它转交给秦川纺织厂的经理周立功。她把地址告诉石猴，完了还不放心地问："那地方你知道吗？"石猴说："知道，整个西安城都在我心里装着呢。"不过他很想问这里边的细节，引娃现在做啥大生意了，别人还会欠她那么多钱？可引娃马上就看穿他了，她说："石猴哥，你啥都不要问，按我说的做就行了。"石猴很听话，不再多问。

来到茶馆，伙计把他们领进一个叫琼楼玉宇的雅间，那个秃顶老板就在里面等着。他一见石猴，就知道是咋回事了。他从身上掏出一个荷包，抖了抖，里面发出哗啦哗啦的响声，然后把银圆倒在茶桌上，招呼石猴说："数一数。"

石猴望了一眼引娃，引娃点头示意。石猴一块一块数，一块块撞响搁在耳边听。

秃顶笑了，朝引娃说："你真会找人嘛。"

"我哥。"引娃说。

秃顶把数过的钱又装进荷包里，一起交给石猴说："记住，五天后还在这里，我等你。"

石猴点点头，对引娃说："妹子，咱们走。"

秃顶说:"你妹子不走了,我们还有事。"

石猴愕然地望着引娃。引娃笑了一下说:"哥,你先走。"

石猴不肯走。秃顶看着引娃,引娃对石猴说:"哥,你放心,没事的。"她说着把石猴往外推。

石猴退到了雅间门口。他最后一眼看见引娃时,引娃还是笑着的,可那笑容只贴在脸蛋上,眼睛里却是红红的。

拿了定金的当天下午,按照秃顶的安排,引娃在墙上磕破脑袋,被送进一家医院救治。医生把引娃整个头全部包扎了,只留出一双眼睛。她出了诊室走进医院的厕所,在一个隔间蹲下来。恰在这时,一个同样包扎着脑袋的女人也走进这个隔间。引娃知道她要替换的就是这个人,她叫玉堂春,死刑犯。她们在隔间里快速换了衣服,引娃穿着囚服走了出来,被等在外面的狱警押回了监狱。

这个玉堂春就是窑子玉堂春里的头牌。一年前一个富家公子死在了她的房间里,她说他是吸毒过量猝死的,他家里不认,把她告到了警察局,说他是被她毒死的,谋财害命。证据是死者口鼻出血,是中毒的征兆,而且他身上的劳力士金表和猫眼戒指都不知去向。这案子轰动一时,报纸都登了。不久,丢失的金表和戒指都被警察在寄卖所找到了,抓获的卖货人说是玉堂春委托他们变卖的,而玉堂春大呼冤枉,说她根本就不认识他。这案子有点啰嗦,说没有证据吧肯定不对,说有证据吧又不过硬,拖拖拉拉一年多,最终富家使了钱,法院判了玉堂春死刑。

玉堂春的老板觉得这姑娘可怜,她绝对是被冤枉的,加之她给他挣过那么多钱,以后还能给他挣更多的钱,就有心救她。后来,那个公子哥的家庭因经商需要举家南迁广州,案子也就没有人死盯了。这给了秃顶老板机会,他琢磨出一个狸猫换太子的掉包计。这计策要成功,关键取决于那个替死鬼。他一直认真物色着,终于碰到了合适的。

至于监狱那边,这不是难事。那里的头儿是妓院的常客,他熟识他们,只要愿意花钱就能买通。这钱他愿意花,反正不是花他的,早就有一个富商贪恋玉堂春的美色,一直想纳她为妾,对方已经跟他联系好,只要能捞出人,一切费用算富商的,外加一笔丰厚的酬谢费。人捞出来后当然就不叫玉堂春了,也不会在西安城里出现,富商已经在杭州西湖边上买了别墅等着金屋藏娇呢。

在关进监狱的第四天,引娃被行刑队押到了城郊外的沣河岸边,那里是一片乱坟岗。那天天气很好,秋高气爽,万里无云,天蓝得跟青石板一样,一队队大雁嘎嘎地鸣叫着从头顶飞过,越过秦岭奔赴远方了。沣河的河床早就干枯了,淤泥裂成不规则的方块,晒得翘起边角。

就在引娃脚下,一个土坑已经挖好了。警察把她推到坑前,喝令她跪下。引娃想起孔先生的话,他告诉过她,人站起来顶天立地,跪下去一摊烂泥,下跪就是不把自己当人看。引娃不肯跪下去,那个警察在引娃的腿窝子上踹了一脚,引娃撑不住,扑通一声跪了下来。

在跪下的一瞬间,引娃忽然发现她身边不远处的一个坟墓有点眼熟,土包子顶上有一块黑色鹅卵石。啊,这不是她儿子的坟墓吗!那块石头是她第一次给儿子上坟时栽在坟头的,做一个记号,怕以后记不住。埋他时这里空荡荡的,现在已经被挤得几乎看不见了。

引娃的眼泪唰啦一下迸了出来。她竟然在这里跟她儿子见面了!她母子俩是多可怜的人啊,生不能相见,只能死在一起了。

她儿子的坟墓她还记得，可她的坟墓有谁记得呢？她想求他们也在她的坟墓上放一块黑色鹅卵石，说不定以后会有人找了来。

引娃挣扎着想站起来，她要把这个愿望告诉给她收尸的秃顶老板。可就在她拱起身子的这一刻，枪响了。引娃记得她喊了一声立功哥！可她的嘴巴被包扎着，没有人听见她最后的呼唤……

第五天，秦山魁从太白山回来了。他带来二十个弟兄。周立功正准备出门跟他们会合，一个瘦里吧唧的男人找到了他。在确认他就是秦川纺织厂经理周立功后，这人掏出了一个鼓鼓囊囊的荷包，说是引娃交给他的。

"引娃？"周立功吃惊地问。

对方点点头。

"你是她的什么人？"周立功有点怀疑。

"她朋友，一起卖水的。"那人说。

周立功把荷包解开，里面全是银圆。引娃还真去找钱了！

"三十块。"那人说，"你数数。"

周立功没有数，就这点钱够干嘛。他看见荷包里掉出了一张折叠着的纸，打开，上面画着一个人，男人。周立功奇怪，这是谁呢？这人有点面熟，又想不起来。

"这是你吧？"周立功指着画像问那个瘦男人。

瘦男人看了看画像，又瞄了一眼周立功说："我的脸有那么圆吗？是你。"

到底是谁，周立功弄不清楚。这张纸已经揉得陈旧了，他翻过画像，背面有一行新鲜的字：**二哥，钱不多，只够你吃油泼面，引娃没有了。**

啊？引娃没有了！这是什么意思？

"引娃呢?"周立功问。

"我也不知道。"那人说。

引娃没有了？这到底是啥意思嘛。两个男人都在琢磨，他们走出门，一个向东，一个向西。

四十四

周立言打开门，把那个娃娃小心翼翼地抱出来，又放在门前的麦草垛下。这已经是连续四天了。

四天前的傍晚，周立言跟伙计们正在烧坊吃饭，门外忽然传来娃娃的哭声，哭得那么恓惶。周立言知道又是这事了，出门一看，果然看见门口的麦草垛下放着一个包袱疙瘩，哭声就是从那里发出来的。周立言揭开包袱，里面是一个三拃长的男娃娃，瘦得跟老鼠一样，哭得嘴唇乌青。最近总有一些养不起娃娃的人，故意把娃放在烧坊门前，希望周立言捡了去。

这已经是第五个了。周立言把娃娃抱回来，让伙计给灌一些麦面糊汤。那娃娃一有吃的，立即就不哭了。周立言让娃晚上在烧坊过夜，天亮了依旧把娃放到麦草垛下。他不能收留这娃娃，不是他养不起，是不能开这个先例。年馑里你收养一个，后面就有一百个！他是开烧坊的，不是办孤儿院的！况且这些娃娃一般都不是孤儿，他们的父母说不定就在周围看着他呢。

前面四个都已经被家长抱回去了，他希望这娃娃的父母今天就把娃抱走，因为他今天就要回老家了，没有人再来照顾这小家伙了。

昨天他爹派伙计传话来了，要他把油坊所有的粮食都运回老家，他们要在绛帐镇放饭了。周立言是最听他爹话的，况且年馑里喝酒的人少了，烧坊的生意也不好，粮食全堆在这里他也不放心，怕万一遭抢。

放置好娃娃，周立言还向四周望了望，看有没有关注娃娃的人。现在还看不出来，他就离开麦草垛往闹市去了。晚上就要启运粮食，还差一些麻袋，他要去杂货铺买。

一路上的情景让他揪心。到处都是讨饭的，凡是卖吃货的地方都围了一层层的难民，胆小的在外层流口水，胆大的挤在里面，乘人不备冲上去抓一个蒸馍锅盔就跑。卖家也够狠心的，穷追不舍，追不上了自认倒霉，一旦追上就往死里打。反正这年头死人太多了，到底咋死的没人管。

更让周立言看不下去的是卖儿卖女的。有一个卖女儿的父亲在那里高声吆喝："快买了，不要钱领走也行，要不我就把她弄死了！"周立言看那姑娘也就七八岁的样子，她爹掐着她脖子像捏着一只鸡，女娃哆哆嗦嗦的，脸色青紫。还有这样卖人的，这不是要挟么？

周立言以为那人是开玩笑，谁知道他等了一阵没有开张，竟然用力一扭女儿脖子，那女娃声也没吭一下就软倒在地上。行人纷纷侧目而视，那人嘿嘿一笑，说："你们都是证人，我杀人了，快报警察去！"

"把我关进监狱去！"他疯了一样喊，"我要进监狱！"他喊着喊着却哭起来了，撕心裂肺地哭，蹲在女儿的尸体边哭得直不起身。

这事情路人见多了，没人去找警察，找警察也不管。这时节监狱是福地，有饭吃有衣穿，不是你想进就能进的，警察收钱才会关人。周立言不敢看了，买了麻袋赶紧往回走。凤翔都饿成这样了，老家也好不到哪里去，他真该把粮食运回去救济乡亲们。

运粮要连夜走,周立言担心白天遭到拦截。这阵子凤翔粮食紧张,政府不让粮食出境,白天城门看守得很紧,只有晚上想办法溜出去。晚上当然也有守夜的,只是人少,而且是轮流的,周立言准备到时候买通值班的,年馑越是厉害,钱就越能通神。这当然要冒险,可除此之外没有办法了。黄昏时分所有的粮食都已经装包,摞满了整整七辆马车。牲口喂饱了,入了套,人也吃了晚饭,喝足了茶,就等着天黑定了,赶车上路。

可是这时候门口又有娃娃叫唤了。大家相视而笑,周立言说,你看这事,还缠上咱们了。他出来一看,那个早晨放在麦草垛下的娃娃还在,看来他父母是铁了心不要他了。周立言心想这咋办呀?总不至于把他也运走吧。

周立言把娃娃抱了回来,又给灌了一些糊汤,然后找出一条小布袋子,从麻袋里挖了四碗麦子装进去,叫一个伙计过来,说:"你把这娃娃抱到街上去,谁愿意要这娃娃,你就把这袋子粮食给他。"

不一会儿伙计就回来了,他说外边的人抢着要这娃娃呢。周立言说:"咱没有牵挂了。"那伙计却说:"掌柜的,我担心那人是为了粮食才要娃娃的,他会不会又把娃娃丢弃了?"

周立言叹了一口气说:"我不知道,看他的命吧。"大家一时都说不出话来,只听得见马蹄在地上刨土的声音。

天黑定了,周立言一个人先去城门口探路。他腰上挽一个钱袋子,这些钱应该让守门的人动心了。让他高兴的是城门并没有关,一拨一拨的难民出出进进的,守门的人大概被弄烦了,谁有耐心时不时地给这些人开关门?而且这些人又有啥可检查的?守门的自己睡觉去了。

真是天赐良机啊!周立言回来招呼大家,他的马车第一个启动,其余六辆依次相跟着驶出烧坊院子。到了城门口,果然没有人阻拦,他们顺利出了关。周立言悬着的心一下子落到实处了,他让大家点上火把照明,马不停蹄往东赶。按这样的速度,明天下午他们就可以到老家了。

出城二十多里,周立言远远看见路边隐隐约约有亮光。他没有在意,以为黑暗里有村庄,那是村里漏出来的灯火。可是当他们走到跟前时,路边忽然跳出几个持枪的人来,他们横在路心,高声吆喝:"站住!"

周立言慌了。他不知道这些人是土匪还是军队,不管是哪一家,他都要遭殃。土匪不用说了,要是军队,一定是凤翔的驻军,这地方离凤翔县城很近,原来他们是放开城门,在外面设卡截粮啊。他们要是逮住他,麻烦就大了,轻者没收粮食,重者还会治罪。

不能让他们截住!没有粮食他咋见他爹?

周立言心一横,重重地甩了一个响鞭,鞭梢抽在马耳根上,像刀割一样疼,马奋力狂奔,粮车冲了过去。

拿枪的人闪在路边,朝马车开了一枪。

枪声一响,黑暗中亮起了一片灯光,原来这里驻扎了一支队伍。一个长官模样的冲出帐篷喝问:"什么事?"

打枪的哨兵回答道:"报告营长,一队马车冲卡子。"

"车上拉的啥?"长官问道。

"不知道,全是麻袋。"哨兵回答。

"别放跑他们,"长官命令道,"麻班长,骑上我的马,把他们截住!"

黑暗中一个人跨上马,冲出营区,后面一帮人跑步跟着。

车队已经跑出一段距离了。周立言庆幸自己敢冒险,因为那些拿枪的人是步兵，跑不过马，晚上打枪也没有准头。可他没想到，后面很快就有马追过来了，放单飞的马比他的马车快，他回头能看见那人了。只有一人一马，周立言心里不太害怕，还想再碰碰运气。那人命令他停下来，周立言哪里肯听？他狂甩鞭子驱赶马车。这时啪的一声枪响了，周立言腰杆一震，从马车上栽了下来。火把灭了，马看不见道路，往前窜了几步就停下来了。前面的车一停，后面的都堵住了。

那个打枪的人跳下马背，朝躺在地上的周立言踢了一脚，骂道："狗肏的，看你跑得快，还是老子的枪子快！"

后面的队伍很快就围上来了，他们把马车押回营房。周立言浑身是血，被他的伙计抬到马车上也拉回营房了。

一到营房，麻班长立即向长官报告："车上拉的全是粮食。"

啊！那个长官喜出望外，拍了麻班长一把说："麻子，你立功了。"他跟麻子出来，挨个摸了摸每辆车上的麻袋，估计大约有三十多石，这可不是小数目啊。

他高兴地对麻子说："快去告诉周营副，叫他也高兴高兴。"

很快另一个帐篷走出一个长官，他对前面的那个长官说："刘营长，这真是旗开得胜啊。"那个刘营长说："是啊，好兆头嘛。"

那个周营副转头又问麻子："没伤人吧？"

麻子说："打翻了一个，狗肏的疯跑嘛。"

周营副问："死了吗？"

麻子说："不知道。"

旁边的烧坊伙计小声说："没死，人伤得厉害。"

这声音虽然小，但周营副听见了。他问："人在哪里？"伙计把他领到马车边，周立言被搁在喂牲口的料槽里。

"拿火把来!"周营副命令道。马上火把就递过来了,他举着火把趋近周立言,这人的面目咋这样熟悉?周立言伤在肋骨上,子弹从那里打了一个对穿,血不断流出来。血污在身上,不在脸上,他脸色虽然苍白,但可以辨认。

"三弟?立言!"

周营副失声叫道。

周营副就是周立德。这支队伍就是太白守备营,他们前几天接到省政府到西安集结的命令。省政府主席宋哲元已经改任国民军代总司令,随时准备挥师东进。兵马未动粮草先行,现在宋哲元最头疼的是军粮。陕西大旱已久,筹集粮饷比登天还难。可宋哲元不管这些,他在军政会议上公开说,宁叫陕人死绝,不叫军队受饿,要不惜一切代价保证前线供应,各地集结的部队要自行解决粮草。在给刘风林下达命令时,宋哲元私下里对这个亲戚说:"你一路开拔时注意,凡是有筹集粮食的机会都不要放过,只要你筹集的粮食多,我就有理由把你留在后方当军需官,不必去前线碰枪子。"

刘风林因此憋足了劲要搞粮食,这是与他性命攸关的事情。没想到部队出发两天后就碰到了周立言。事情也太巧了。本来这支队伍是不会走到这里来的,从太白山下来去西安,一般是沿渭河走南路,可刘风林这人迷信,他要绕道去西府最大的寺院法门寺给菩萨烧一炷香,保佑他这次能如愿以偿留在西安。这样这支队伍就爬上北塬了,行军第二天在这里野营,他们扎下营盘不久,哨兵就发现了车队。

周立德看见三弟变成这样,立即命令把人抬进帐篷,叫随军医官赶紧抢救。包扎之后周立言醒来了,周立德在他耳边呼唤:"三弟,是我,我是你大哥!"

周立言勉强睁开眼睛。看见了周立德,他嘴巴微弱地抽动着。周立德眼泪流了下来,他把耳朵凑近三弟的嘴巴,断断续续地听完了一句话:"爹的粮食……要运……回去……"

"我一定!"周立德说。

周立言脸上浮现出一丝笑容。

周立德拽住三弟的手,他的手渐渐变凉了。周立德声泪俱下地呼唤:"三弟,立言!"可三弟就是不答应他,只把一副笑容固执地留在脸上。

"给他吃药!打针!"周立德朝医官吼道。

医官无奈地摇摇头说:"营长,他伤在心脏,伤得太重了。"

"我肏他妈!"周立德气愤地去摸枪,可他的手被旁边的三连长紧紧地抓住了。三连长说:"周营长,冷静!冷静!"

"我冷静他妈的屁,我毙了那个打死我兄弟的王八蛋!"

刘凤林和麻班长都在跟前,他们得知伤者是周立德的兄弟后都跟进了帐篷,晓得惹下麻烦了。"误会,"刘凤林对周立德说,"周营副,对不起,这绝对是误会。"说着他踢了一脚身边的麻班长,示意他跪下来。麻子早吓得脸色煞白,他磕着头说:"周营长,我确实不知道啊,黑灯瞎火的,看不清。"

"看不清你就开枪?"周立德吼道。麻脸的枪法很准,他是刘凤林卫士班的班长。

"我喊话,叫他们停车检查,他们不听啊。"麻子分辩说。

"不听你就开枪?你有枪我没有枪?"周立德又去拔枪,三连长比他手快,已经把他的枪卸下了。

"你狗肏的还嘴硬!"刘凤林喝道,"来人,把这狗东西给我押起来。"立即有两个卫士冲进来把麻子拖走了。

麻子喊道:"营长,我冤枉啊。"刘凤林当然知道他冤枉,可他要是继续在这里分辩，周立德说不定真把他毙了。麻子是刘风林的心腹，他必须庇护他。

刘风林对周立德说："周营长，这事我也有责任，我心里也很难受，你兄弟也是我兄弟，咱们厚葬兄弟，这费用我出。"

"那这粮食呢？"周立德问。

"这是令堂大人的，当然要奉还了。"刘风林说。

周立功带着秦山魁他们经过长途跋涉，终于回到老家。这时的老家他几乎认不出来了，离开仅仅两年多，原先渭水环绕绿树掩映的村庄早就变得满目疮痍。地里没有一棵庄稼，树木全部被剥皮摘叶，大多枯死，路边的房屋都被掀了顶揭了盖，断壁残垣龇牙咧嘴，远近听不见一丝鸡叫狗咬，死一般哑静。周立功倒吸一口凉气，他一直待在城市，虽然知道也感受到年馑来了，可没想到旱灾对乡村的打击几乎是毁灭性的。这更加坚定了他的认识，脆弱的农业根本不堪一击，落后的乡村根本没有出路，唯一可以救中国的只能是现代化的工业。眼下的旱灾确实严重，可它不值得去救，因为这样落后的乡村和农业只能靠天吃饭，老天爷是没有定性的，天灾不可避免，你救了今日救不了明日。只有现代化的工业人定胜天，是不看老天爷脸色的，什么时候都是稳赚稳收，所以他爹拿钱赈灾的做法完全是愚昧的。他爹坐井观天，根本不知道时代潮流，他一定要给他爹好好说道说道，让他爹开眼，明白只有把资金投在他身上才是正道。

一行人快到周家寨时，秦山魁却不走了，他告诉周立功，他和他的人就住在绛帐镇，让周立功一个人回家去说服他爹，事情谈妥了，拉粮的车子上了路，他就带人押车，要是有啥问题，及时到镇上来找他。

秦山魁怕秀才哥认出他，当然不愿意露面。事情顺利了，他中途跟上押车，不见周克文。事情不顺利，要来硬的，他跟他的兄弟们把脸抹黑了，周克文也认不出来。

周立功觉得奇怪，这秦山魁是西安人，咋对他老家这地方如此熟悉？他问秦山魁，秦山魁嘿嘿一笑说："我在这里做过生意嘛。"周立功不再怀疑，两人就此分手。

秦山魁把兄弟们带到绛帐镇安顿下来，自己立即换了一身破衣服，脸上蹭上尘土，头上捂一顶破草帽，化装成叫花子，摸进周家寨踩点去了。当土匪养成他谨慎小心的习惯，每次行动前他都要把情况摸得一清二楚。

进了寨子，秦山魁大吃一惊，村里到处都是兵！他找人打听，才知道是周家大公子带队伍回来了。他很害怕，又很向往。他不敢再往村里边走，可也不想立即离开。他想见见这个人，他是他的冤家，也会是他的救星。他猫在街道的一个旮旯处，装着晒暖暖，等着周立德在街道上出现。他虽然不认识对方，但他能猜出来。

功夫不负有心人。等了差不多三袋烟的时辰，一个骑着枣红色战马的青年军官从对面走了过来，他身材颀长，腰身板正，服装干净整齐，牛皮武装带左右肩交叉斜挎，盒子炮挽在腰间，一眼看上去威风凛凛，英气逼人。秦山魁精神一振，感觉这人就应该是周立德，那脸型跟秀才哥太像了，简直是一个模子铸出来的。

秦山魁对旁边的人说："看这军爷，威风的！"

那人是周家寨的，他说："跟他爹一样嘛，显摆呢，到老家光宗耀祖呢。"

秦山魁的猜测证实了。他很激动，很想冲上前去跟大公子说几句话。但他不敢,他要结识对方一定得由周立功在中间搭桥,冒失不得的。

秦山魁退回绛帐镇。

四十五

周立功走到家门口时听见了哀乐声，凄厉的唢呐像人尖着嗓子号哭。他大吃一惊，难道是父母有了闪失？这不可能啊，他们年纪不大，身体健旺，平时连头疼脑热都少有，咋会冷不丁地出事呢？饥饿更不可能难为他们，家里粮食多的是。可是万一呢？天有不测风云，人有旦夕祸福，死亡这事谁能说得准呢？周立功心里顿时抽紧了。

可就在这一瞬间，周立功又蓦然一阵轻松。要是去世的真的是他爹呢？他爹没有了，那粮食就该由他做主了！

周立功加快脚步。来到家门口，他赫然看见门上的白色挽联：如此韶华青犹未老，何来噩耗人竟云亡。横批：此恨难销。这字龙飞凤舞，一看就是他爹的狂草。他一下子疑惑了：从挽联的词意来看，显然是一个年轻人夭折了。他是谁？难道是大哥？他是当兵的，本来就在枪林弹雨中讨生活！

周立功悲从中来，他哭进家门，直奔院中的灵堂，当他跪在灵桌前焚香烧纸时，才看见了摆在桌上的三弟相片。周立功吃惊得哭不出声来，怎么会是三弟呢？

周立德把三弟遇难的事情告诉了周立功。又是因为粮食！周立功气愤地问大哥："你咋不给三弟报仇？我们就咽下这口气吗?"周立功对西北军恨之入骨。

周立德说:"我饶过他们就不是男人!君子报仇十年不晚,你们放心,我有法子收拾他们。"

周梁氏哭成泪人,她说:"你们弟兄三个都回来了,咱家总算团圆了。"

儿子的死讯对周克文的打击已经平缓下去了,他经的事多,不像老婆那样脆弱。他知道自己是全家的主心骨,不能乱了方寸,眼下一大堆事情都要他拿主意呢。给老三讨说法的事情他不逼老大,老大是有主意的人,相信他有办法报仇雪恨。现在最重要的是尽快赈灾。他对两个儿子说:"你们回来得正好,我赈灾正需要人手,老三就是为这事死的,你们要协助爹把这事做好,也算是给老三一个安慰。"他给他们说了自己为啥要赈灾的道理。

周立功一听就傻了。他爹铁了心要赈灾,现在三弟又因为这个出了事,他的要求怎么开口呢?可再难也要迎难而上,他没有退路。

周立功说了自己回家的目的。

"不行!"周克文断然拒绝。

"爹,您老先不要着急。"周立功耐着性子说,"听我给您仔细分析。"

周立功把办工厂的好处详细描绘了一遍,那是在信里没办法说清楚的。他从英国工业革命讲到了现代化,从实业救国讲到了中国的出路。他特别强调了这既是利家更是利民,他知道他爹更看重后者。周立功说:"爹,您想想,有了纺织厂棉花就有出路了,种棉花有利可图农民就不会再种大烟了,您老人家不是最恨大烟吗?我现在做的就是禁烟的事。不光是禁烟,还要让农民挣大钱呢。咱的工厂办起来,棉花就值钱了,咱陕西是最适宜种棉花的地方，大家都种棉花，农村就富有了，您的桃花源就美梦成真了。"周立功把自己的道理尽量往他爹的理想上靠，把工业带动农业的前景描画得活灵活现。"咱要救就应该救长远。"周立功最后强调，"长远看，工业化才是出路。"

周立功一番话把周克文说得心里毛乱乱的。他一时没了主意。"你让我想想。"他说。

周立功暗喜，看来秦山魁的话没错，他爹被他说动了。

周梁氏招呼大家吃饭。老二回来了，她做了他爱吃的油泼面。周立功确实饿了，再加上心情不错，一口气吃了两老碗。他对老娘说："还是我妈的饭香！"周立德把头埋在碗里，应了一声："那还用说，天底下没得比。"周梁氏听了咧嘴一笑，却笑出一脸眼泪来。三个儿子是她一手喂大的，从小吃饭都狼吞虎咽的，可现在有两个在她跟前撒娇，另一个却永远离开她了。周梁氏抹着眼泪，另盛了一碗香喷喷的油泼面，颤巍巍地给老三端过去，供在灵位前。

周立德吃完了，舀了一碗面汤，边喝边说："兄弟，别忘了原汤化原食。""先给咱爹舀嘛。"周立功说，他舀了一碗面汤给他爹端过去。这时候他得巴结老头子。

周克文觉得老二懂事多了，他喝了一口酽酽的面汤，冲着周立功点点头。周立功觉得他爹要开口了，而且看神情，应该要答应他了。

周克文果然说话了，可他却说："不对，还得赈灾。"

这完全出乎周立功意料。

"为什么？"周立功心里刚冒出的火苗被他爹浇灭了，他焦急地问。

"咱得顾眼前，眼下人都要饿死了，还谈啥长远呢？"周克文说,"就算饿不死,剩下的都变成二毛子了,华夏变成夷狄了,要说长远,这才是长远,可怕得很。"

"咱们饿不死就行了!"周立功烦躁地说,"都成了二毛子又怎样,不关咱们的事!"

"胡说!"周克文眼睛瞪圆了,他没想到老二竟说出这样的混账话。"亏你还是读书人!读书人要守住根本,啥是根本?中国的根本就是圣贤之道,叫洋人把咱的根刨了,这个国家迟早要亡。"

"爹!"周立功说,"你看现在谁还管这个国家?蒋介石是国民政府主席,冯玉祥是西北军总司令,他们整天只想着争地盘,死多少人都不在乎,你一个平头老百姓操的啥闲心嘛!"

"我就要管!"周克文说,"圣人曰,礼失求诸野,历朝历代,圣贤都在草莽中。我没官没位,没权没势,可我是圣人弟子,不能眼看着道统绝了。我能管多少算多少,大家都不管,那我们还要这个国家不?"

"大哥!"周立功说,"你劝劝咱爹,你是出过远门见过世面的。"周立功把希望寄托在他大哥身上,在这个家里,大哥一直是支持他的。他爹是个土财东,没有见识。

周立德说:"二弟,你开始不也说是利国利民吗,咋越说越不像了呢?"

周立功说话不连贯了:"我……是利国利民的嘛。"

"既然大家都是救国救民的,那就不要争了。"周立德说,"爹是救眼下,二弟是救将来,叫我看,还是要先救眼下,救眼下才能收人心。我是军人,希望国家强大,不受洋人欺负,爹这一点让我佩服!"

大哥也不支持他,这叫周立功很伤心。开工厂明明是天大的好事，这事搁在谁身上都会动心的，可他们偏偏不开窍！

周立功气死了。

他还要争辩，周克文说："这事不要再说了，眼下的急事是安葬老三。葬礼要隆重，钱让那个刘营长多花，这才能让我心里好受一点。"

"你要是不给我粮食，就把我也埋了去！"周立功再也忍不住，终于爆发了。

周克文和周立德都愣住了。

"你是啥意思？"周立德赶紧问。

"老三已经送了命，爹就不怕我也为粮食送了命？"周立功狠狠地说。

周克文冷笑了一声："你看你这出息！吓唬你爹呢？崖没栏杆井没盖，你去跳吧！"

"你真狠心！"周立功说，"你会后悔的。"说着他就往外冲，周立德赶紧拉住他。周梁氏也过来拽住儿子，骂老汉说："就你心硬，你是石头人！"

周立功向外扑了几次，每次都惹得他哥他妈手忙脚乱。周克文火了，说："你们撒手，看他能咋的！"他知道老二的性子，他没有那个胆量。

周克文把阻拦的人拨拉开，反而把周立功将住了。他确实没有那个胆量，只不过是要挟他爹罢了，这是秦山魁的主意。秦山魁的主意都灵，可这一招看来不灵了。

第二天，周立功就去绛帐镇找秦山魁。秦山魁听了周立功的介绍，摇了摇头说："看来是没办法了，你爹真是一个瓜怂！"秦山魁想不通，他秀才哥这到底是为啥呢？他家老二明明是给家里办大事呢，他不把钱花在刀刃上却要去救灾？人不为己天诛地灭，这秀才真是把书念到屁眼去了。可粮食是人家的，秀才哥不给，他有啥办法呢？

秦山魁原先安排了抢劫这一手，可他没想到周立德带着队伍回来了。人家兵强马壮的，他还敢抢吗？

秦山魁绝望了："没戏了，我回去了。"

周立功急了，他不愿放弃，恳求秦山魁说："你别走，再等等，我再想办法。你走了我要来粮食也运不回去呀。"

秦山魁也不甘心，毕竟这是一笔大买卖啊，他愿意再等几天。

同样不甘心的还有刘风林。他没有想到周家竟然有这么多的粮食！在荒年这简直是奇迹，太招人眼了。刘风林想，如果把这些粮食全部弄到西安去，那宋哲元不知道该咋夸奖他呢，他留在后方当军需官的事肯定砸实了。打定这个主意，他找到周立德，希望他主动捐献军粮，说这对打仗太重要了，并且说只要这么做了，周立德一定会得到宋哲元的赏识。可周立德拒绝了，他说这粮食是他爹的，他做不了主，他爹要拿它救灾。

刘风林惊讶地说："救灾？不会吧？旱灾关他啥事？你的前程要紧还是灾民要紧？"

周立德说："啥事要紧我爹有他的主意。"

刘风林赶紧说："我买，我出钱行不行？"

周立德说："要是愿意卖，我爹早卖了。"

刘风林想不到世上还有这样的瓜怂。他没辙了，可他也不愿让这样的好机会在自己眼皮底下白白溜走，谁知道这一路上还能不能碰到粮食呢，灾年碰粮食比瞎子捡钱还难！他想冒一次险，把这粮食弄过来。

办法是有的，来硬的！只要控制住周立德，这粮食就弄到手了，他家老爷子不用管，大不了到时候给他一点钱。他不怕得罪周立德，这人没有背景，就一个扛枪卖命的，能把自己咋样？已经把他三弟打死了，不也是不了了之？当然了，这样做不仗义，毕竟他们相处这么久了，人家帮了自己那么多，况且他还刚刚打死了人家兄弟。可这种负疚跟他上前线挨枪子的害怕相比，根本不值一提。他可以考虑的是，只要周立德不反抗，他在行动中尽量不伤害他们一家人。

等生米做成熟饭，到西安就放了周立德，在宋哲元面前为他请功，就说他是自愿捐献粮食的，那时候周立德再不情愿也只能认了。有这么多粮食垫底，自己肯定留在后方了，而周立德必定去前线，他们从此分手，说不定一辈子都不见面了。既然如此，还顾虑啥呢？

刘风林决定当天晚上就动手。因为拖到后面，周立言的丧事一结束就要放赈了，一旦开了粥棚，粮食就要损耗了。

刘风林知道这事只能秘密进行，他依靠的是卫士班。这些人都是他的亲信，绝对可靠。他放出麻子，让他召集人暗中准备，后半夜动手。

消息很快就传到三连长那里。三连长耿良忠是中共地下党潜入军队搞兵运的，他发展的一个同伙就在卫士班。那人赶紧联系上耿良忠，因为周立德是他们争取的对象，他们必须确保他的安全。

耿良忠立即去找周立德，周立德不相信，他笑着说："借给刘风林一个胆，看他敢不敢！"

那天晚上，周立德就在家里东厢房歇息。到了后半夜，果然外面有人动弹，他躺在炕上一动不动，生怕惊动了外面拿刀子拨门闩的人。门一拨开，一行黑影呼啦一下涌进屋子。周立德哧啦一声划亮洋火，点亮煤油灯。那些人大吃一惊，他们面前站了一排人，手里都端着枪，同时他们的后背也被硬邦邦的东西顶住了。周立德从炕上溜下来，说："刘营长，夜闯民宅是犯法的，你们还要抢人？枪都给我！"

这些人全部被缴械。

周立德本来不信刘风林会这么做，一是他不敢，二是他总得讲一点袍泽之情吧。可他也愿意试探一下刘风林，就把春娥娘儿俩打发到别处安歇，在屋里布了埋伏。三连长带了十几个人，一半藏在他住的东厢房南间，一半藏在北间。这厢房里面被隔成一明两暗，明的是厅堂，暗的是侧房。刘风林他们一进来，就被前后堵住了。

刘风林的行动是秘密的，他不敢惊动部队，因为他不知道队伍里有多少人拥戴周立德，怕引起哗变。周立德平时爱惜士兵，在队伍里很有威信。同样的，周立德抓捕刘风林也是秘密的，因为他也不敢保证士兵绝对听自己的。周立德把刘风林一帮人押到隔壁周拴成家关起来。那里面的房间没有门窗，为防止逃跑，俘虏都被捆住手脚。对刘风林另有优待，他一个人待在一间屋里，被绑在一把椅子上，可以坐着休息。

周立德离开时指着刘风林说："姓刘的，你太过分了。你指使人打死我三弟，这笔血债还没有清算，你竟然又来这一手。你狗貂的还是人不？"

刘风林无话可说。

周立德继续说："我破死忘命帮助你，你咋是个白眼狼呢？没有我，你在太白县能站住脚吗？"

刘风林向周立德求饶。周立德冷笑一声说："饶了你？饶了你还让你再来害我吗？休想！"

周立德离开时给周拴成家门口放了双岗,告诉哨兵,除了送饭的,没有他的命令,谁也不许进出。哨兵都是三连长的人,他们锁了大门,荷枪实弹守在门口。

第二天天亮,周立德命令所有部队都在村外扎营,没有命令不许进村,以免骚扰民众。部队都知道周立德治军严谨,没有想到另有缘故。私下里周立德让三连长抽出一个排,驻在寨墙上,晚上守在寨门口,以防万一。

周立德把给俘虏送饭的事交给自家人,这是为了不引起别人注意,对外说周拴成家住了做道场的僧人。周立功知道这事后大吃一惊,他没想到还有这么多人惦记着他们家的粮食呢!

那天上午是周立功带着长工去送饭的。这事挺费工夫的,那些人手脚被绑着,送饭的人要给他们一个个喂到嘴里。给刘风林喂饭的是周立功,他走近这个人时闻到了一股尿臊味。刘风林吓得尿裤子了,哪里还有胃口吃饭?他不知道周立德咋收拾他,先杀人后绑架,哪一件都是死罪,搁在他身上他会饶过对手吗?周立德不来见他,他知道凶多吉少。

看到周立功了,刘风林觉得这是一根救命稻草。他对周立功说:"二少爷,求求你,你救救我。"

周立功问:"咋救?"

刘风林说:"你给你大哥说,我没有想害他呀,我对天发誓,谁有这个歹心让雷劈了!"

"那打死我三弟呢?抢我家粮食呢?"周立功说,"就凭这些,我哥打死你一百次都不过分!"

"那些都是误会啊。"刘风林几乎是哭腔了。

趁刘风林张开嘴,周立功把稀糁子从他喉咙往下灌,呛得刘风林眼泪都出来了。灌完饭周立功要离开,刘风林哭着说:"二少爷,你救救我,你救了我,我会报答你的,你要啥我给啥。"

"我要你的命!"周立功说,"给我三弟报仇!"

话虽这么说,可周立功心里一阵瞀乱。是不是挣钱的机会送上门了?他爹不给他粮食,他从别处筹不到钱,咋办呢?

不,不!周立功立即否定了。这事不能做,做了对不起大哥,对不起三弟。

就在这种熬煎中天黑了,又到了送晚饭的时间。周立功本来不想去,他怕自己把持不住做了错事,可周克文支派他说:"你不送谁送,总不能叫我老汉去伺候那些王八蛋吧?"周立功没奈何只得去了。

又是周立功招待刘风林。刘风林一见周立功,急切地问:"二少爷,你给你大哥说了没有?"

"说了。"

"你大哥咋说?"

"明天安葬我三弟,拿你陪葬!"

"啊?"刘风林吓傻了。

其实周立功是吓唬刘风林的,他根本就没有去问周立德。

周立德也没有打算现在处置刘风林。他虽然恨死刘风林了,可他不是鲁莽的人,报仇要讲究策略。刘风林是宋哲元的亲戚,他不能明火执仗地收拾他。他打算借用宋哲元处置花豹子的办法,在战场上打他的黑枪。眼下他只是暂时控制住刘风林,把他押送到西安,交给宋哲元处理。宋哲元是场面上的人,刘风林这样欺负人,明显不在理,他不好过分偏袒刘风林,因此也就不好怎么怪罪他。至于打死刘风林,他相信只要自己有枪在手,那是迟早的事。对他这种没有靠山又想在军界上升的人,隐忍甚至忍辱负重是不得已的生存法则。

周立功这么吓唬刘风林当然是有用意的。刘风林果然魂都快没了。他知道今天晚上是最后的机会了。他恳求周立功："二少爷，你救救我，你是我的救命大恩人啊！"

周立功说："闭上你的臭嘴！"他从这个屋子走出来，来到关押卫士班的那个房间，看着长工给那些人一个个灌饱饭，然后把长工打发走了。等长工出了大门，周立功又回到刘风林身边，他问："我救了你，你拿啥报答我？"

"我有钱。"刘风林喜出望外。

"钱在哪里？"

"你解开我的外衣，"刘风林说，"在我衬衣口袋里。"

周立功拿出来一看，是几张纸，看不清楚。"银票？"他问。

"是的。"刘风林说，"是五万大洋。"刘风林这些年到处敲诈勒索，积累了一大笔财富，他全部存在钱庄里，银票就藏在贴肉的地方，这样踏实。

"是假的吧？"

"我拿脑袋担保，是真的。"

周立功相信，这节骨眼上他不敢蒙人。"太少了！"周立功说。

其实不少。王八蛋，周立功心里骂道，一个小小的营长就有这么多不义之财，这个国家不烂掉才怪呢。有这些钱，跟秦山魁的合在一起，开工厂的费用差不多了。可他还要诈刘风林一下。

"你放我出去，"刘风林说，"你要多少我给多少。我西安有房产，老家有地，我卖房卖地，一定报答你。"

周立功不会相信这些空头支票。他灵机一动，忽然想到他现在就把银票拿跑，刘风林能把他咋样？这个人大哥肯定会收拾掉的，何不让他人财两空！

可这仅仅是一闪念。他不能当这样没信义的人，再说了，万一刘风林把这事告诉了他大哥怎么办？他们总会见面的。

或者，周立功想，他干脆把这王八蛋弄死算了，这样谁也不知道他拿了钱。可这也只是一闪念。他没有弄死人的胆量，别说杀人，从小到大他连鸡都不敢杀。再说了，杀人灭口这不光是没信义，简直是没人性了，这事他做不来。

此时此刻，周立功心里矛盾极了。要不要拿这钱？拿了钱要不要放人？他拿不定主意。周立功捏着银票走到院子里，刘风林以为周立功要黑了他，在里面喊道："二少爷，你不能这样啊，你放了我吧。"

周立功没有理他。院子里黑乎乎的，却很嘈杂。院墙挡住了隔壁的光亮，可挡不住声音。那边的道场彻夜不散，唢呐胡琴笛子锣鼓各不相让，热烈地纠缠着。明天就要举行葬礼了，安葬了三弟，他爹就要去绛帐镇上放赈了。没有人能挡住他爹。

可我怎么办呢？周立功问自己。你们一个一个都活得人模人样的，大哥在军界混得如鱼得水，爹一门心思要当万人景仰的大善人，那我呢？

你们不帮我，那就不要怪我！

没有多少时间了。天亮安葬了三弟，大哥就带领队伍开拔了，到时候他想挣这个钱也挣不到了。

放了刘风林！周立功觉得这不会有啥了不得的。顶多是二弟的仇没有报而已，在给三弟报仇和自己开工厂之间，周立功当然选择后者，活人总比死人要紧嘛。只要刘风林悄悄逃走了，啥事都没有，他大哥要追究，也不会首先怀疑到他头上。犯人逃跑了，总有看管疏忽的地方，为什么会是他放跑的呢？要知道刘风林可是他们家共同的仇人，他没有理由放走他的嘛。

周立功回到屋里，给刘风林解开绳子。

刘风林激动得不知说啥好，"二少爷，你是我亲爷。"

周立功催促刘风林："赶紧走，不要惊动人！"

可刘风林并没有自己跑，却拐进卫士班的屋子里，给那些人解绳子。周立功立即制止："我就放你一个人。"

刘风林说："这些人都是我的好兄弟，我不能一个人走。"他已经解开了一个人，这个人立即又去解其他人，很快所有人都解开了。

周立功愕然了，他没想到事情会是这样。事到如今他也没办法，只得说："也行，也行，你们都走，悄悄的。"

"我们咋走？"刘风林说，"大门外面有哨兵呢，你得帮我们。"

周立功愣了。他问："怎么帮？"

刘风林说："你把他们引进来，我们下了他们的枪。"

"你们不会伤人吧？"周立功害怕了。

"不会，"刘风林说，"我一直就没打算伤人。你出去告诉哨兵，就说有一个卫士死了，尸体快臭了，叫他们进来抬。"

周立功犹犹豫豫地出去了。他得帮这些人，他们逃不掉他就有麻烦。

那两个哨兵刚走进大门，被藏在门背后的人拿砖头砸倒了。这些人抢了他们的枪，刘风林命令说："三秃子，你赶快去外面搬兵，叫他们包围周家大院，其余的人跟我进去，控制周立德一家人！"

刘风林在被解开的那一刻就想好了，他不能空手逃跑。他空手单身跑去见宋哲元，宋哲元保不住会枪毙他，他要是跑到没人的地方躲起来，从此隐姓埋名，那又太窝囊了。他必须扳回一局。扳回一局最好的方式是把粮食弄到西安去。这是要冒险的，但不冒险就得认栽。他现在觉得胜算比较大，周立德不会想到他会出来，没有防备的，他们的行动很突然，在睡梦中活捉他们是完全可能的，再加上外面部队的接应，应该一举成功。

周立功这时完全傻了。他后悔了，张嘴就喊："喂——"他想通知家里人，可一声还没有喊完，就被麻子卡住脖子。麻子恶狠狠地说："你再出声，看我掐死你！"周立功噤声了。

其实那样的喊声根本没用，道场的乐器把它盖住了。刘风林说："二少爷，你老实点，我不想伤害你。"

麻子说："这种怂人，捏死算了。"

刘风林说："他是挡箭牌，留着。"

这些人溜进周家大院，做道场的人没有在意他们，继续念经。刘风林说："快去找枪。"这些人在西厢房找到了他们的枪。也是周立德大意，昨天缴了他们的枪就堆在这里，没有拿到军营里去。他怕那样会引起别人怀疑。

一有了枪这些人就胆壮了。他们立即兵分两路，一路去东厢房找周立德，一路去明德堂抓周克文两口子。

就在这时，"叭"的一声枪响了。这是卫士班那个地下党发出的警报。他一直很着急，想弄出些响声惊醒熟睡的人，可道场的声音太大了，现在这些人要扑向目标了，再不惊醒周立德，他们一家人就完了。他佯装手枪走火，打了一枪。

"你他妈的找死啊！"麻子骂道，抬手就给了这人一枪。"我早就看你小子鬼鬼祟祟的，不是好货。"那人应声倒地。

清脆的枪声吵醒了周立德。他一猛子从炕上蹦起来，在摸出手枪的同时已经跳到地上了。"抱上娃娃，趴到地上！"他高声指点春娥，然后一个翻滚就到屋门口了。从门槛下面一望，外面灯光明晃晃的,几个穿军鞋的脚快速地朝这边移动。周立德的枪从门槛下扫过去,当下就撂倒了几个。

周立德的枪法谁都害怕,那些人吓得要死,赶紧藏了起来。刘风林喊道:"快,进大屋,抓住老人!"

这些人押着战战兢兢的周立功,呼啦啦全钻进了明德堂,把周克文老两口堵在被窝里。

周立德冲出东厢房,躲在墙拐角大声问道:"刘风林,你这个狗杂的,想干啥?"他有点纳闷,绑得那么结实,看得那么严密,刘风林咋会跑出来呢?

刘风林回答说:"周立德,我不想干啥,就想把这些粮食运走。我知道你是大孝子,你拿粮食换你爹娘和兄弟吧。"

周立德知道麻烦了,他们家有三个人在里面当人质呢。他打不能打,放又不能放。

刘风林拿枪逼着周克文给儿子喊话,周克文隔着窗户喊道:"老大,你别管我们,啥土匪我没见过……"他的话还没有说完,麻子在后面把他的嘴捂住了。

刘风林又让周立功喊话。周立功带着哭腔说:"大哥,你就答应他们吧,我跟咱爹娘都在人家手里呢。"

"啊呸!"周克文骂道,"老二,你这个软怂蛋,还是男人吗?"

刘风林说:"周立德,我也不是白要你的粮食,我已经给你二弟五万大洋了,算我买行不行?"

"你啥意思呀?"周立德问。

刘风林说:"我给二少爷五万大洋,他把我放了,可我这钱不能白给他呀。"

"吧唧"一声,周克文扇了周立功一个耳光,麻子赶紧把周克文拉开。周克文骂道:"你这个畜生,你要害死咱们一家人啊!"

周立德现在明白了刘风林是咋跑出来的。二弟真是书生啊,他咋能相信兵痞的话呢?

这时候外面枪声大作。刘风林笑着说:"周立德,你听见没有,我的救兵来了,你赶紧投降吧!这些当兵的都是愣头青,掂不来轻重,他们要是冲进来可就麻烦了,我可不想伤害你家人。"

周立德听出枪声来自寨门口,他心里真有些惊慌,不知道那里发生了啥事。就在这时,守寨门的三连长派来几个人,他们既是来增援的,也是来报告的。三连长请周立德赶快到寨门口去,那里情况紧急。

周立德让来人守在这里,他到寨门口去。他知道这里暂时不会有事,刘风林不敢贸然冲出来,他在等接应他的人呢。万一他们硬冲,周立德告诉士兵,抬高枪口开枪,把他们吓回去。

来到大门口,周立德看见三连长的人趴在寨墙上向下面射击,机枪的声音特别迫切。周立德急了:"三连长,你咋打自己的弟兄呢?"

三连长说:"他们拼命往进冲,不打不行啊!是朝他们头顶上打的,不会伤人。"

正因为不能伤人,下面的人才不怕,他们一拨一拨涌向城壕上的石桥口。冲过石桥的人把机枪架在壕岸上,朝上面射击,子弹泼水一样密集,打得寨墙上的人不敢抬头。

这些人都是三秃子招呼来的。三秃子动作麻利,在周家大院的枪声响起之前就悄悄溜出了寨门,那时候守门的人还在睡觉呢。三秃子找到跟刘风林关系密切的另外两个连长,他们立即集合队伍向寨里进攻。

攻城的队伍人多势众，他们已经有百十号人越过石桥了，再冲就到寨门口了。情况危急，不能再放空枪了，三连长命令道："瞄准前头的人，真打！"

前面的人立即倒下一排，冲锋的人吓得掉转头向回跑。可是就在这时，他们迎面的黑暗中忽然枪声大作，密集的子弹吐出一串串火舌，打了他们一个冷不防，一堆堆的人哭爹叫娘地倒下去了。他们的后路被切断了！

攻寨的部队受到了前后夹击，黑暗中他们不明就里。这下他们慌了，有人喊道："我们被包围了！跑不出去了！"惊恐中士兵的战斗意志开始崩溃，枪声随之稀落下来。

趁这个机会，周立德从寨墙上抬起头来喊道："弟兄们，我是周立德，大家停火，听我说话。"战场一下安静了。"寨子里出了一点事，是我跟刘营长之间的私事，刘营长派人杀了我三弟，这是大家知道的，昨晚上他又企图劫持我们一家人，强迫我们把粮食交给他。这是欺人太甚，我识破了他的阴谋，把他软禁了。大家放心，我不会把他咋样，只是把他送给宋哲元总司令，由上峰处理。这是我们个人之间的恩怨，跟大家没有关系，你们不要掺和，各回军营。如果执迷不悟，那就甭怪我不客气了！"

周立德在部队里是有威望的，这一番话入情入理，软中带硬。当兵的没资格管当官的事，也懒得管，谁要管谁就得吃枪子，划不来，还不如返回军营，睡自己的囫囵觉去，大家一哄而散。有一个人看到这情景特别着急，就偷偷地举枪瞄准寨墙上的周立德，还没等他扣扳机，旁边一个人一枪托就把他砸倒了。这不是挑衅别人，招打嘛，连累大家。

进攻的队伍瓦解了，周立德冲着城壕外面的黑暗问候道：

"帮忙的英雄好汉,周立德感谢了。"

黑暗中传出大笑声:"那你也不请我们喝一杯茶?"

周立德连声说:"欢迎欢迎,不光有茶,还有酒呢。"

"周营长爽快!"帮忙的人说,"那我们进来了。"

没有搞清楚对方身份,周立德不会贸然放他们进寨。他问道:"请教英雄高姓大名!"

"秦山魁。"那人回答。

周立德想了想,他不认识这个人呀,这个人为啥帮他?

那人好像猜出了周立德的心思,他说:"面生是吧?你不认识我,可我认识你,不光认识你,还认识你爹周克文,你爷周牛娃。"

这就奇怪了,周立德心想,他跟老一辈的人都熟悉,我咋就没印象呢?不过既然跟老一辈有交往,想必也不会是来路不正的人。再说了,人家帮了他,他也不能对人太冷淡。周立德下令开门,把他们放了进来。

秦山魁高兴极了,他终于跟周立德牵上线了。这多亏周立功劝他多留几天,其实他仅多待了一天就赶上这机会了。今晚上枪声一响,他在绛帐镇就听出是从周家寨方向传来的。周家寨打枪,肯定是周立德的队伍遇到麻烦了。他立即带领弟兄飞奔而来,支援周立德。到了寨子外面,发现有队伍攻寨,不用说这是周立德的敌人,因为他亲眼看见周立德的队伍是在寨子里面扎营的。只要是周立德的敌人,那就打他狗禽的!秦山魁一伙都是惯匪,枪法了得,战斗力无形被放大了。这一打就形成了前后夹击之势,帮了周立德的大忙。

说是有茶有酒,那是客气话。一进寨子周立德就顾不上这些了，他一家人还关在明德堂呢，他得赶紧跟三连长商议解救的办法。可商量来商量去，咋也拿不出万全之策。

秦山魁在旁边，他听着听着心里抽紧了。啊！惹下大麻烦了，他咋跟守备营的营长顶上牛了！自己一心想找个靠山，却得罪了另一个大靠山，这不是找死吗？不过一阵后他又放松了，现在是周立德控制着局面，那个刘营长必败无疑。他是在官兵鼻子下面讨生活的人，谁的大腿粗他抱谁，更何况那里面关的还是他秀才哥呢。

"我出一个主意！"秦山魁说。

周立德正焦头烂额着呢，赶紧请秦山魁献策。

听完秦山魁的主意，周立德觉得这也不是万全之策啊，可是眼下哪有万全之策呢？相比别的办法，秦山魁的计策胜算还是大一些，不妨就试试吧。

很快，周家大院外面响起激烈的枪声。打了一阵，门外有人喊道："刘营长，你听着，我是旱地龙，我帮你来了。我已经把周立德的队伍打散了，他也被我活捉了。"

周立德心里咯噔一下。啊，旱地龙？他不是说他是秦山魁吗？旱地龙那可是土匪啊。我不会是上当了吧？他盯着秦山魁，秦山魁向他笑笑。这笑容是诚实的。

刘风林听见了。旱地龙？他不信，刘风林在里面吆喝道："旱地龙是太白山的，咋跑到这里来了？"

秦山魁说："我听说周克文要赈灾，方圆百里就他有余粮，来抢他了，没想到跟你碰巧了。"

刘风林还是不信，他问道："你为啥要帮我？"

秦山魁说："我恨周立德，在太白县抢土匪的主意就是他出的，他敲诈了我那么多钱，我得让他还账！"

刘风林有点信了。不过他还是不踏实。他喊道:"你把周立德拉出来,让我看看。"

周立德已经被装扮好了,五花大绑,衣服散乱,秦山魁还嫌不逼真,拿刀子在自己胳膊上划了一个口子,蹭一把鲜血抹在周立德脸上。他把周立德推进院子,院子里灯光明亮,刘风林从里面的窗户看得清清楚楚的。周立德还想挣扎,秦山魁在后面踹了他一脚,踹得他险乎扑倒在地上。周克文两口子听到这话也凑到窗前,争先往外看。看到儿子五花大绑的样子,老汉啊地惊叫一声,老婆哇地哭起来了。

刘风林很高兴,他朝外面喊道:"把人给我押过来!"

可秦山魁不同意,他说:"刘营长,我不能白白送给你,我有一个条件。"

刘风林说:"你讲。"

秦山魁说:"周家的粮食你得分给我一半。"

"好说,好说。"刘风林满口答应,"你把他给我押过来!"

"哈哈!"刘风林在里面大笑,"真是天助我也!"

秦山魁押着周立德往前走,快到明德堂门口时,刘风林在里面喊道:"停下,我们出来接人。"

刘风林心里多了一窍,万一这里面有诈呢?他们要是进了房间,把我控制住了咋办?

其实这正是秦山魁的计谋,他要骗进屋里去,只要一进去,凭他和周立德的身手,眨眼就可解决问题。可现在被人喝住了,他们不能进屋,当然也不能硬攻,只能站住等待。

这时屋里呼啦啦涌出一伙人,秦山魁一看机会来了,拔枪就打。他在开枪的同时一拽捆绑周立德的绳子,那绳子是活结,立刻松开了。周立德一弯腰从马靴里掏出手枪,扣动扳机。

屋里出来的人被打了一个冷不防,全部倒地,秦山魁立即冲进屋子去救周克文,可他刚一闪进门,"啪"的一声枪响,他应声倒地。

"别进来!"这是刘风林的声音:"再进来我就杀人了!"

刘风林并没有出屋,他什么时候都留一手,正是这谨慎救了他。秦山魁刚才看见那么多人涌出来,以为这是刘风林的全部人马,就贸然开枪了。其实秦山魁根本没见过刘风林,他完全是想当然。土匪都是率性而为的人,况且秦山魁又立功心切,周立德要挡也来不及。

周立德知道麻烦了,他就地一滚,退到了大门外。

双方又僵持住了。里面的出不去,外面的也不敢攻。不过这时候刘风林的心态完全不同了。前面他心里有底,身边有卫士班保驾,外面还有接应的部队。现在卫士都被打死了,接应的看来也靠不住,要来他们早该来了。

刘风林喊道:"周营长,咱们谈判吧。"

周立德说:"没啥好谈的,你没有兵了,只能投降!"

"你一家三口还在我手里!"刘风林说。

"我就守在这里,看你能飞上天。"周立德说。

"咱们各让一步,"刘风林说,"我不要粮食了。"

"就是给你粮食,你能拿得走吗?"周立德反问。

刘风林没有言语了。过了一阵他说:"周营长,我放了你家人,你能放了我吗?"

周立德松了一口气,他说:"我保证!"

"你拿啥保证?"刘风林问。

"拿我的人格!"周立德说。

刘风林说:"人格我信不过。"

"那你要咋样？"周立德问。

"我先放了两位老人，"刘风林说，"你二弟留下来陪着我，等我到了安全地方就放了他。"

周立德想了想，同意了。

两位老人很快就出来了，周克文还算好，老汉还硬朗着呢，他搀扶着两腿软软的周梁氏。

放走两个人质，刘风林对外喊道："周营长，你把我的马牵过来，我跟二少爷一同骑马离开，到了安全地方我就放了他，行不行？"

周立德答应了。他立即吩咐人去牵马，同时把三连长叫到跟前，在他耳朵边低声说了几句话，三连长离开了。

一切准备停当，周立德朝里面喊："刘风林，你可以走了。"

刘风林一只胳膊搂着周立功的脖子，把身体贴在人质身上，同时另一只手握着枪，枪口顶着周立功的脑袋。周立功早吓得腿软了，刘风林不得不从后面提着他。他们一点点往外挪。刘风林边挪边说："你们谁也别耍花招，我的枪是顶了火的。"

周立德没有办法，只能看着刘风林押着人质从他面前经过，然后爬上马背。他的枪法再准也不敢射击，这么近的距离，打中刘风林的子弹必然会贯穿到周立功身上。

刘风林骑上马，那马就撒开蹄子，穿过街道，朝寨外奔去。这是一匹好马，驮两个人一点也不减速。马跑过城壕上的石桥，就冲到了路边的大槐树下，这是出寨的必经之地。一到这里，刘风林绷紧的神经一下子放松了，他已经逃出虎口了！

可是，就在刘风林暗自庆幸的当儿，一个藏在树冠中的黑影嗖一下凌空扑下，正好扑在穿越树下的马背上，把刘风林和周立功掀了下来。

这人就是三连长,他受命在这里设伏。周立德当然不能让刘风林逃跑了,那样刘风林就会在宋哲元面前恶人先告状。同时,周立德也不相信刘风林保证他二弟安全的许诺,他必须在自己可以控制的范围内解决问题。只有把刘风林活捉了押到西安去,在宋哲元面前辩解,事情才有转圜的余地。

可三连长不给周立德留下余地。只有把周立德逼上绝路,他才可能弃暗投明。在刘风林落地的一刹那,三连长拔出匕首,一刀捅向刘风林的胸口。

刘风林的腿蹬了几下就没气了。三连长一拔匕首,刀口的鲜血喷得老高。

周立功吓傻了。他躺在地上半晌起不来。三连长拉了他一把,他起来后疯狂地去扒刘风林的衣服。

"我的钱,我的钱!"

可刘风林衣兜的银票已经完全被血浆糊住了。这银票本来在周立功身上,后来又被刘风林收回去了。

"我的钱,我的钱啊!"周立功捧着血浆号啕大哭。

天亮了,周家寨恢复了平静。

周立言的葬礼如期举行。周家墓地里多出一具棺材,里面躺着旱地龙。这棺材是周克文给自己准备的,早些年就抟好了。柏木做壁,黑漆涂面,排场得很。"这是你寿娃叔,"周克文对周立德说,"自小就在咱家拉长工,跟我是兄弟,就埋在咱们家墓地吧。"

"可他抢过咱们家。"周立德说。

"他又救了咱们家!"周克文说,"就把他安置在这里,我百年以后还要跟他一搭耍呢。"

两具棺材缓缓放下墓坑。自乐班的哀乐高亢凄厉，秋风打着呼哨，卷起漫天尘土。

高高的墓堆撮起来了，周立德和周立功双双跪在墓碑前放声痛哭。

安葬了三弟，周立德带领队伍北上，他没有别的出路。周立功被他爹赶出家门，周克文坚决不认这个黑了良心的逆子。

周家兄弟两人在大槐树下洒泪而别。他们不知自此以后何时才能见面，何时才能回家，甚至，他们还有没有机会再见到年迈的老爹老娘？

两天后，周克文在绛帐镇上开办粥棚。

十五口碾盘大的铁锅一字排开，里面煮的全部是稠糁子，这跟洋人一样。不一样的是，他的糁子里除了有下锅菜，还有洋芋疙瘩，这个耐饱。来吃舍饭的人山人海，络绎不绝。全周家寨的人都给周克文帮忙来了，烧火的，挑水的，劈柴的，磨面的，推碾子的……他们在这里忙活，也在这里吃饭。很多人两年都没见过粮食了，他们现在把肚皮都吃翻了。

绛帐镇的洋人跟周克文打了一天的擂台就败下去了。他们当天黄昏就收拾了自己的摊子。临走时，一个黑老鸹跑过来跟周克文告别，说你来了我们就走。他们要到没有赈灾的地方去开粥棚，甚至还说了一句中国的成语："抛砖引玉。"鬼才相信他们的话，他们是给自己找下坡的台阶。尽管洋人的中国话说得不太顺溜，可他们竖起大拇指的神态周克文是懂的，洋人服了！

周克文那个高兴啊！朝廷都打不败洋人，他把洋人打服了。

"给大家再发一个蒸馍！"这是周克文在庆贺自己的胜利。周克文一高兴，吃舍饭的人就有口福了。

第二天来的人更多了,绛帐开粥棚的消息越传越远。

到了第三天上午,周克文带着人正在粥棚忙碌着呢,忽然听见一阵阵沉闷的雷声,轰轰轰……轰轰轰……这声音让周克文喜上眉梢,他以为要下雨了,可抬头看天,天上依然晴得没有一丝云彩。周克文纳闷,这是干啥呢?就在他愣怔的当儿,脚下的地面开始打颤了,远处腾起遮天蔽日的黄尘。黄尘飞快地朝这边滚过来,就像漫天的沙尘暴。

周克文吃惊地瞪大眼睛,眼看着这滔天的洪水涌了过来。

这是无边无际的洪流,从秦岭山下一直充塞到渭北高原,整个关中道全是它的河床!这是吃大户的流民,成千上万的流浪汉。他们从陇西席卷而下,遇见城镇抢城镇,碰到乡村抢乡村,能吃的吃光,能烧的烧光,能拿的拿光!人数像雪球一样越滚越大,富人碰上他们立即变成穷人,大户碰上他们当下变成小户,这些眨眼间变穷的人,为了活命只能跟上这个队伍去抢别人。

这是不可阻挡的洪水!谁也不敢去阻挡他们,谁也阻挡不住他们,只能任由他们攻城略地,拔寨毁村。这些人就像是铺天盖地的蝗虫,他们飞过的地方寸草不留!

绛帐镇从洋人赈灾到周克文放饭已经持续一段时间了,这里有粮食的消息传播得很远,哪里有粮食,吃大户的就扑向哪里!

山呼海啸般的人流奔涌过来,粥棚瞬息间被踏平了,周家寨眨眼间被淹没了,周家寨人眼睁睁地被卷入了洪流中,他们呼喊着,哭泣着,挣扎着,被浩浩荡荡的洪流裹挟而去……

尾　　声

　　民国三十八年农历六月十八,一场大战在关中西府爆发了。
　　这时节热凉交替,麦子早割了,玉米刚种上不久。这一茬庄稼命不好,苗儿刚冒出地面,就碰上了打仗。呼啸的炮弹卷起狂风刮过田野,吓得苗儿瑟瑟发抖。炮声持续一袋烟的工夫才停歇下来,还没等苗儿从惊恐中缓过神来,一双双粗暴的大脚从它们头顶咔咔咔地踏过去,它们顷刻间断胳膊折腿,瘫在地上。一拨队伍从北塬上冲了下来,把另一拨队伍撵到了渭河边。渭河正是洪季,河水汹涌,水急浪大,逃跑的队伍没有退路。他们身后是密集的子弹,打死的人像被割断的麦子一样哗哗哗倒下。没死的只能跳进渭河,河里黑压压的全是人。不会水的很快就淹死了,会水的奋力游向对岸。可他们刚爬上岸还没站稳脚跟,埋伏在岸边树林里的对手就枪炮齐发,把他们打得哭爹叫娘,纷纷举手投降。
　　这一仗打得干净利索,收拾完战场后,队伍集结在绛帐镇休整。一个军官骑马出了镇子,朝五里地以外的一个村子奔过去。
　　到了村口,他就看见那棵大槐树了。军官激动万分,槐树依然健旺,树冠比以前更扩展了。他骑马绕着槐树转了一圈,像辨认一个多年未见的老朋友。槐树的浓荫罩着他,树枝上垂下一条条丝线,丝线的尽头吊着尺蠖虫。他一碰那些丝线,尺蠖就急急忙忙地吞着丝线把自己的身体往树冠上拉，树冠是它们的家啊。军官心里一阵激动，这些虫子多像他呀，不管离开家有多远，还是要回到家里来。他打马踏上小石桥，马蹄铁叩着桥面，声音还像敲磬一样清亮。马驮着他进了寨子，他的心由激动忽然变得慌乱起来：里面的样子很眼生！记忆中的石板路虽然还在，可路两边的房屋全变了模样。他急忙打马向东头奔去，寻找他熟悉的翘檐门楼和大瓦房。

可是找不见。

他向街上的人打听明德堂，这些人都说着他听不懂的外乡话。

他焦急万分，还想找年纪更大的人问一问，这时一匹战马飞奔而来，一个战士在他跟前飞身下马，向他递上一封电报：

周立德师长：
    扶眉战役已经胜利结束，你部作战英勇，彭德怀司令员特令通电嘉奖。现命令你部迅速西进宝鸡，夺取西府粮库，为解放大西北奠定物资基础。此役关系重大，须不惜一切代价完成任务。
    中国人民解放军第一野战军第十八兵团司令员　周士第

军情紧迫，不容滞留，周立德只得当即离开周家寨。

战马穿过大槐树后，周立德再次回头看了看周家寨。一阵清风掠过，大槐树枝条飘飘荡荡，好像他爹他娘向他招手。

周立德眼睛一热，两行泪水冲了出来……

与此同时，上海黄浦码头有一个人在向北遥望。

轮船就要起锚了，他久久不愿踏上舷梯。一个提包的随从在旁边提醒他："周总经理，船快开了，错过这趟船，我们可能就去不了台湾了，船票太紧张。""去不了就不去！"他烦躁地说。"可我们的工厂已经全部迁过去了啊。"随从小声说。这时候船上一个女人朝下厉声喊道："周立功，你快点，还磨蹭什么！"

女人的话让周立功一惊，他赶紧踏上舷梯。

登船之后周立功一直站在甲板上，怔怔地朝北眺望，恍惚中他觉得这艘船是航行在渭河上。南面是秦岭山，北面是黄龙塬，塬下就是周家寨，寨门口的大槐树他看得清清楚楚。

记忆中，每年这个时候树上都挂满尺蠖虫，他们弟兄三个总是跑到树下玩，尺蠖虫的丝线粘在他们身上，他们嘻嘻哈哈地搅在一起，那些丝线就把他们缠绕起来了，像蚕丝包住了蚕茧。这时候他爹总是笑眯眯地在一旁吃烟，看着他们胡闹，他娘就惊喜地叫道："他爹，你看，这真是一胞三胎啊……"

周立功的眼泪不知不觉地淌下来，滴入滚滚的海浪中。

附：初版结局

（上接530页23行）

清脆的枪声吵醒了周立德。周立德一猛子从炕上蹦起来，在摸出手枪的同时已经跳到地上了。"抱上娃娃，趴到地上！"他高声指点春娥，然后一个翻滚就到屋门口了。从门槛下面一望，外面灯光明晃晃的，几个穿军鞋的脚快速地朝这边移动。周立德的枪从门槛下扫过去，当下就撂倒了几个。

周立德的枪法谁都害怕，那些人吓得要死，赶紧藏了起来。刘风林喊道："快，进大屋，抓老人！"

刘风林的呼喊给周立德指示了方向，他的枪立即打向跑在最前面的人，那几个人在明德堂的门槛跟前栽倒了。后面的人吓得改变了方向，跟刘风林一窝蜂退出大门。

这边的枪一响，寨门口的卫兵立即警觉起来。刘风林派出去搬兵的三秃子在寨子里找不到队伍，懵里懵懂地摸到了寨门口，被哨兵逼了回来，迎头正撞上刘风林。听了三秃子的报告，刘风林慌了，村里没有队伍，谁来接应他？周立德仗着地形熟悉，藏在旮旯犄角里打他，他们却看不见他的影子。现在后有追兵，前有堵截，他成了瓮中之鳖。唯一的生路是冲出寨子。可咋冲出去呢？

幸亏他有人质！刘风林对后面追击的周立德喊道："周营副，

你兄弟在我手上,子弹不长眼睛!"周立德奇怪了,这些人是咋逃出来的?二弟又咋会落在他们手里?"你狗禽的讹我!"他吆喝道。刘风林给麻子说,叫他听听声音,麻子把周立功的胳膊一扭,扭得周立功呀呀呀地叫唤。周立德一听,是二弟的声音。他不敢开枪了,他枪法再准,黑暗中也难免误伤。

退到寨门口,刘风林朝寨墙上面喊道:"三连长,耿良忠,开门!"

三连长回应道:"刘风林,有本事你飞出去!"

刘风林说:"你听着,周立功在我们手里,麻子的枪口点着他的头,我数十下,你不开门,我就打死他。"

刘风林开始数了。他数到三,周立德在后面高声命令:"三连长,放他们出去。"

四十六

　　夜黑得瓷实，周家寨被扣在了锅底里。几颗流星慌里慌张地掉在远处，大概是被刚才的流弹打伤了。周立德站在寨墙上，焦急地注视着村外。村外是一疙瘩一疙瘩的黑暗，啥也看不清。可他知道黑暗中一定藏着危机，随时都会爆发。深秋的夜晚很凉，西风划过垛口，蹭出低沉的呼啸，像野兽在不耐烦地咆哮。这么冷的天，周立德却满头大汗。

　　他不明了外面的情况，也不敢贸然追出去。他知道刘风林一定集合部队了，他出去寡不敌众。可不出去他二弟咋办？他不能不救呀。

　　虽然现在寨子哑静下来了，静得连星星眨眼的声音都听得见，可周立德明白这沉寂只是暂时的。刘风林现在手上有兵，还有人质，这么有利的形势他会不利用？这王八蛋不会善罢甘休的。他只是不知道刘风林咋出牌。这是最折磨人的。

　　果然，就在周立德焦急的当口，寨子外面一声呐喊："点火把！"几十支火把同时点燃了，把护城河外面照得通明。周立德吃了一惊，居高临下，这场面他看得清清楚楚：上百个士兵举枪瞄准前面，在他们前方十几步远的城壕边跪着一个人，他面朝城壕，身子几乎悬空了，只要栽倒，就会一头扎进城壕里。

　　这人正是周立功！

这时候周立德听见刘凤林的声音了,刘凤林喊道:"周立德,你听好了,你二弟身上绑了两个手榴弹,引线就牵在我手里。我拿你二弟换粮食,你干不干?"刘凤林躲在大槐树背后,他害怕周立德的神枪。

"大哥,你救我啊。"周立功哭喊着。

"刘营长,你等等,我去叫我爹,粮食是我爹的。"周立德回应道。他现在不能硬来,牌在刘凤林手里,他只能尽量拖延时间,伺机解决问题。

很快周克文就来到寨墙上,周梁氏也跟过来了。老婆子一看这阵势,哇一声就哭了。老汉吆喝一声:"哭啥呢,叫人小看咱!"

周克文威严地咳嗽一声,朝下面问道:"刘凤林,你要干啥?"

刘凤林在树背后喊道:"周老太爷,咱们做个交易。"

周克文骂道:"你这个小人,也配跟我谈生意!"

刘凤林说:"好,我不配跟你谈,那就叫你家老二跟你谈吧。"他朝周立功喊道:"周立功,你跟你爹说话。你不说话,你身上的炸弹可要说话了。"

周立功向他爹哭着喊着:"爹,你救救我!"

周克文在上面怒吼道:"你给我站起来!男人跪天跪地跪父母,哪有跪畜生的。你要还是我儿子,你就站起来!"

周立功双手撑地,颤颤巍巍地想站起来。

"你敢!"刘凤林厉声吆喝,"跪下去,再敢动一下打死你。"

周立功扑通一声又跪下了。身后的士兵一阵哄笑。

周克文脸都气黑了,比夜还黑。

刘凤林喊道:"周老太爷,知道为啥叫他下跪吗?他骗了我。

你儿子收了我的钱，说把粮食卖给我，后来却反悔了。这是罚他！"

啊！周立德和周克文现在终于明白刘风林是咋逃出来的了。

"你这个畜生！"周克文气得声音都在发颤。

"爹，不是的。"

"那是咋回事？"

"我看你敢胡说！"刘风林朝周立功喝道，"再胡说一枪打死你！"

周立功声音很微弱，"是……我……"

"你活该！"周克文看着周立功的窝囊样子，吼了一声，"你死了算了。"

周立功哭了，他说："爹，我错了，你救救我！"

"不救！"周克文斩钉截铁。

周梁氏也哭了，她骂老汉："你把粮食看得比你儿子的命还值钱，把灾民看得比你儿子还亲，你这个没人味的贼老汉。"

老婆骂他没人味，周克文火了，他抡起巴掌要扇老婆，周立德赶紧把他妈护住。周克文说："你这个糊涂婆娘，是我没人味还是你那个宝贝儿子没人味？他为了钱竟然把咱家的仇人放跑了，为了粮食连全家人都卖了，这样的混账东西救他干啥！圣人说，大丈夫富贵不能淫，贫贱不能移，威武不能屈，这怂货一样都做不到，要他干啥？"

刘风林问道："你真不救？"

"不救！"周克文断然回应。

周立功失声痛哭，边哭边喊："爹，你真狠心！"

周克文不为所动。

"没见过你这么没人味的娃他爹！"刘风林说，"周克文，你听好了,我现在开始报数,报到十为止,你要是还不答应,我就拉响手榴弹,把你儿子炸成碎片。"

"你炸吧。"周克文冷笑一声,"想敲诈我老汉,没门!"

"那我可就数了,"刘风林说,"你就等着捡你儿子的肉蛋蛋吧。"他开始报数。每报一个数,周立德的心跳就加快一程,他觉得刘风林不像是口头威胁。这人虽然没本事,却极端自私,为了避免自己上战场当炮灰,完全可能孤注一掷。刘风林数到五,周梁氏跟周克文拼命了,她一头撞过去,把老汉撞了个趔趄。趁大家扶周克文,她麻利地攀上垛口喊道:"贼老汉,你要不答应,我跳下去。"说着她一只脚真的跷出墙外,一个小脚女人,这种金鸡独立的姿势很危险。周立德赶紧扑过去拽住他妈的胳膊,对周克文说:"爹,你看……"

周克文撇撇嘴说:"母子俩一路货,不通事理。"他没有松口,掏出烟袋装了一锅烟,可不知咋的,他划洋火的手不听使唤,洋火梗老碰不到擦板上。

三连长赶紧提醒说:"不敢点火,小心黑枪。"

周克文高声说:"有胆量他王八蛋把我打死!"

刘风林不会开枪。周克文是他的交易伙伴,打死了找谁要粮去?他不紧不慢地报着数,像给钟表上发条一样旋紧螺丝。

刘风林数到八,周克文的洋火终于划着了,可寨墙上的风太大,尽管他双手拢起护着火,火还是太娇气,被风一口吹灭了。虽然只是火光一闪,大家还是看见了周克文嘴角渗出的血。

周立功的哭声黯淡了。他大概绝望了。

刘风林数到了九。寨墙上下所有的人都屏住呼吸。上面的人能听见下面火把舔食夜色的嘶嘶声,下面的人能听见上面人心脏拍打肋骨的咚咚声。

周梁氏吓得不会哭了。周立德的枪口寻找着从大槐树下爬出的绳索，企图把它打断，他好像看见一条蛇样的东西在地上蜿蜒，可他的手抖得不行，怎么都瞄不准目标。周克文的烟锅噙在嘴里，牙一打颤烟锅就掉下寨墙去了，它磕在城壕底下的料礓石上，砸出惊天动地的响声，把所有人吓了一个哆嗦。

周立功软瘫了，骨头化了，人像水一样淌在地上。

刘风林张嘴数十，跟他的声音同时迸出的，是周克文颤抖的回应："停——"

周克文拼不过刘风林了。其实从一开始他就知道会输，他做不到大义灭亲，做不到舍子取义。老二再不成器，也是他的亲骨肉啊，他咋舍得抛弃他！道统重要，人心重要，可他儿子的性命更重要。周克文平时家教很严，儿子都怕他，觉得母亲更慈祥，其实他爱子女一点不比老婆少，老婆是溺爱，他是正爱。正因为他把儿子看作心头肉，刘风林才掐准他的命门了。之所以前面他不答应，一是面子上下不来，更重要的是，他要让老二接受教训，这种教训对他来说会终生难忘。一个人要长大，要成熟，就得经受这种碰得头破血流的历练。

刘风林听见周克文的回应，几乎不敢相信。他试探地问："周老太爷，你答应了？"

周克文说："你是豺狼虎豹，我答应。"

"这就对了，"刘风林高兴地说，"咱们买卖成了仁义在。"

寨墙上的人都长舒一口气。周梁氏喜泪奔流，她双手抹了一把，凌空一甩，甩到周克文周立德身上脸上，他们感到一阵清凉的舒坦。

周立功立即回阳了。由趴着到鼓起腰杆，拾起身子坐在地上。

周立德吆喝道："刘风林，我爹已经答应给粮了，你立即放了我兄弟。"

"那还不行,"刘风林说,"为了保证我拿到粮食,你跟你的人必须全部缴枪投降!"

周立德说:"你放心,我们是君子,说话算数,说给你粮食就绝不反悔。"

"我没有那么傻,"刘风林说,"我知道你枪法好,心眼多,只有你乖乖缴枪了,我才放心。"

"你这个小人,"周克文气得骂道,"出尔反尔,有没有信义?"

刘风林笑着说:"我就是小人了,你能咋样?我已经数到十了,再数三下,你不缴枪我可就拉弦了。"

报数又开始了。即将数到三时周立德屈服了。他说:"我缴,我缴。"

"不!"城壕边的周立功忽然站起来了。他喊道:"爹,大哥,你们不要相信刘风林,他是个骗子、流氓,我根本就没有把咱家粮食卖给他,他骗得我好苦,我已经上当了,你们不能再上当!"

周立功的行为出乎所有人意料。

刘风林吆喝道:"你这个可怜虫,给我住嘴!"

周立功不理会他,继续朝寨墙上喊:"爹,大哥,我总算明白了,对魔鬼不能有侥幸心,你们不能缴枪,缴了枪就被他控制了,后果不堪设想!"

刘风林急了,对身边的麻子说:"去,叫那个书呆子闭嘴。"

麻子胆大,从树背后闪出来,跑到周立功跟前说:"嘿,你这个蔫毯还硬起来了,小心我把你这个鸡巴折断!"

麻子的粗话引起士兵一阵哄笑。

笑声像烈火一样燎烧周立功，他的血被烧热了，涌上头顶。他脖子一梗说："丘八，我不怕你！"

"我叫你嘴硬！"麻子抡起胳膊，啪地打了周立功一个耳光。

"我肏你妈！"周立功骂道，"士可杀不可辱！"他突然像豹子一样扑过来，一把抱住麻子，两人同时掉下城壕。

现场的人目瞪口呆。

咚地一声巨响，黑夜被炸出一个豁口，浓烈的血腥味喷涌而出，弥漫在苍茫的夜空中……

"打！"周立德和着眼泪一声怒吼。寨墙上的子弹像泼水一样倾泻下去，下面的火把立即被打灭了。下面也开始还击，子弹打在寨墙上撞出一串串火星。

上面的地势有利，下面的人多势众，双方势均力敌，战斗进入胶着状态，一时半会谁也无法奈何谁。随着时间的推移，周立德着急了，他担心枪炮声会招来附近驻军，那情势就复杂了。

必须尽快结束战斗，周立德想到不仅要武斗，还应该文攻。他下令上面停火，等枪声稀落后他朝下面喊话：

"弟兄们，我是周立德，今天这场纷争完全是我跟刘风林之间的私仇，与大家无关。刘风林害死我三弟二弟，你们都是亲眼看见的，这东西人面兽心，你们都是有良心的人，咋能帮他呢？我希望大家保持中立，不要参与这件事，不要白白当炮灰，让我跟刘风林单挑，算清这笔血债！"

周立德平时处事公正，在队伍中很有威信，他的话显然说动了很多人。有些士兵枪口朝下，有的干脆把枪扔了。

刘风林当当当枪毙了几个人，躲在树后面大声吆喝："都给我打，打下周家寨，每人分一百斤粮食，不开枪的我现在就打死他！"

当兵的现在不会相信刘风林的许诺,可他们也不敢不开枪,不过他们都把枪口抬高一寸。

底下的枪一响,招来寨墙上猛烈的回击。周立德骂道:"不知好歹的东西,给我狠狠地打!"

底下的队伍被打得抬不起头来,忽然间,他们的身后枪声大作。这些突如其来的子弹嗜血成性,枪枪咬人,弹弹吃肉,顾头不顾尾的士兵被打了一个冷不防,哗啦哗啦倒下一片。

"我们被包围了!"有人惊恐地尖叫。

黑暗中他们不知道对方有多少人,这种强劲的战斗力太吓人了。

"我们投降,我们投降!"很多人呼喊着。他们本来就不想打了。

两面夹击还在继续,哭爹叫娘的士兵噼里啪啦地扔掉武器,底下的人已经彻底丧失战斗意志了。

周立德不知道啥人在帮他,也来不及细想这个问题。他命令道:"打开寨门,活捉刘风林!"

刘风林看到大势已去,转身跑进营房,跳上马背逃跑了。冲出寨门的周立德只看见一道白光闪过,那匹白马就扎进黑暗中了。

"快牵我的马!"他吩咐道。可他的马拴在明德堂的牲口圈里,显然来不及了。他急得跺脚喊道:"不能放走那个王八蛋!"

"他跑不了!"黑暗中有人问道,"要死的还是要活的?"

"活的!"周立德说,"我要拿他给我兄弟陪葬。"

"好!"随着一声朗叫,人群中弹出一个黑影,旋风一样刮将过去。

这人确实是风,他奔跑起来脚不沾地,仿佛是在驾云。他很快就追上了白马,就在马尾巴要拂在他脸上时,他从腰间摸出一块麻石蛋,朝马上的人砸过去。石头不偏不倚,正中刘风林的后脖根,他眼前一黑,从马上栽了下来。

刘风林晕过去了。那人解下刘风林的武装带把他捆了,横担在马背上,然后骑上马风驰电掣地驶回来。

那人把刘风林抛在周立德面前。周立德惊讶地问道:"前辈,你是哪路英雄好汉?"

"旱地龙。"那人答道。

啊?周立德吃了一惊,问道:"你不是太白县的吗,咋跑到这里来了?"

旱地龙说:"是二少爷把我叫来的。"

那天晚上的枪声惊动了绛帐镇上的秦山魁,他一听就辨别出声音来自周家寨方向。周家寨出啥事了?他马上想到了周立德。那里只有周立德的队伍,无论发生啥事都与他有关。秦山魁立即带领弟兄们奔过去,准备给周立德帮忙。这是结交周立德的好机会,决不能错过!

到了周家寨,发现一支部队正在攻城。秦山魁知道周立德的队伍是驻在寨里的,攻城的一定是周立德的敌人。不管三七二十一,打狗肏的!秦山魁一伙都是惯匪,枪法了得,战斗力无形中被放大了,造成了前后夹击合围聚歼的吓人效果。

夕阳搁在黄龙塬西畔,血红血红的,血红流淌下来,原野也一片血红。那天黄龙塬上一下子隆起那么多坟堆,就像土地心疼得痉挛,浑身鼓起疙瘩。活着的人站在墓前,他们无话可说,只有眼泪掉下来,在黄土中滋起一股股尘雾……

周立德祭奠过两个兄弟，拜别父母，带领队伍出发了。他们不是向东，而是朝北。

四十七

周克文的粥棚开张了。

十五口碾盘大的铁锅一字排开，里面煮的全部是稠糁子，这跟洋人一样。不一样的是，他的糁子里还下了洋芋，饭菜都有了，而且每人还配一个白蒸馍。来这里吃舍饭的人山人海，络绎不绝。周家寨的人都给周克文帮忙来了，烧火的，挑水的，劈柴的，磨面的，推碾子的……他们在这里忙活，也在这里吃饭。很多人两年没有闻过粮食味道，现在把肚皮都吃翻了。

旱地龙和他的弟兄们也留了下来给周克文帮忙，他们负责维持饭场秩序。旱地龙被周克文感动了，为了赈灾，他秀才哥把两个儿子都搭进去了，这真是圣人啊。想一想自己以前对明德堂做的事，他心里愧得慌。他现在不是旱地龙，也不是秦山魁，而是几十年前的刘寿娃了，他秀才哥亲切地称他寿娃兄弟。

绛帐镇的洋人跟周克文打了一天擂台就败下去了，他们当天黄昏收拾了自己的摊子。临走时，一个黑老鸹跑过来跟周克文告别，说"你来了我们就走"，他们要到没人赈灾的地方去开粥棚，甚至还说了一句中国的成语：抛砖引玉。鬼才相信他们的话，他们是给自己找下坡的台阶。尽管洋人的中国话说得不顺溜，可他们竖起大拇指的神态周克文是懂的，洋人服了！

周克文的眼泪唰啦一下奔涌出来。他赢了！

道统有救了！人心有救了！两个儿子死得值，他们可以瞑目了！朝廷都打不过洋人，他把洋人打败了！

周克文心硬如铁，可这会儿怎么都管不住自己，眼泪像房檐水一样连成线，最后竟至于号啕大哭。

哭着哭着，老汉忽然又唱起来了，这是挣破颡的秦腔尖板：

> 彦章打马上北坡，
> 新坟更比老坟多。
> 新坟埋的汉光武，
> 旧坟又葬汉萧何。
> 青龙背上埋韩信，
> 五丈原前葬诸葛。
> 人生一世莫轻过，
> 纵然一死怕什么！

《苟家滩》的唱腔慷慨悲壮，高亢激昂，像一阵狂风刮过八百里秦川。漫天的黄尘被吹走了，天空蓝得耀眼。黄龙塬被震得五体投地，匍匐着洗耳恭听。秦岭被唤醒了，揭开云雾盖头，凝神肃立，行施着钦佩的注目礼。

这一刻天地静穆，万物动容。

饭场上的人看傻了，他们分不清这是人唱戏，还是神发威。

"好！"他们齐声喝彩，声如惊雷。

前三天放饭都很顺利，来这里吃舍饭的不光有本地人，还有说外地话的陇西人。人虽然很多，可刘寿娃他们把秩序整饬得井井有条。饥民们都自备碗筷，排队等候打饭。周克文背着手，叼着烟锅，四处巡查。饥民看见周克文过来，都点头哈腰，夸赞周克文是善人。周克文心里很自豪，也很受活，可嘴里却不住地说："不敢当，不敢当，我不是善人，圣人才是大善人，是圣人教我这么做的，要谢就谢他老人家。"

"圣人是谁呀？"有饥民感激地问。周克文一愣，"是夫子呀。"那人一听就摇头，麸子是喂猪的饲料，周克文要他们谢麸子，莫非要拿麸子打发他们？他小心翼翼地问："没有粮食吗？"周克文知道他听岔了，咬重字音再说一遍："孔夫子！"那人更惶惑了，麸子已经够差的了，还是空心的！其实不光是这个人，一大片人的表情都是愕然的。周克文火了，他吆喝道："不知道孔夫子的不给吃饭，要吃饭的人站出来！"队伍里犹犹豫豫的，结果就站出来一大片。

周克文一看更生气了，饥民中竟然有一大半人不认识圣人！他想开口骂人，可还是忍住了，他越发意识到自己赈灾的必要性。他朝这些人吼了一声："跟我来，我叫你们开开眼。"饭场正中央安置着一张八仙桌，桌上供奉着一张牌位，上书"大成至圣文宣王"，在牌位上端还拴着一个拳头大的圆形金匾，金匾里錾着一个奔头老汉，那是周克文孙子的护身符。周克文早就料到会有饥民不通王化的，必须拿赈灾给他们补课，所以提前准备了这个香案，只是他没有预料到愚昧的人会这么多。周克文把这些人领到夫子面前，叫他们磕头作揖，直到记住圣人的名讳才给饭吃。

这是周克文从洋人那里学来的招数，洋人拜移鼠，他拜孔子。

到了第四天上午，周克文带着人正在粥棚忙碌着呢，忽然听见一阵阵沉闷的雷声，轰轰轰……轰轰轰……这声音起初让周克文喜上眉梢，他以为要下雨了，可抬头看天，天上依然晴得没有一丝云彩。周克文很纳闷,这是干啥呢?就在他愣怔的当儿,脚下的地面开始打颤了,远处腾起遮天蔽日的黄尘。黄尘飞快地朝这边滚过来,就像漫天的沙尘暴。

周克文吃惊地瞪大眼睛,眼看着这滔天的洪水涌了过来。

这是无边无际的洪流,从秦岭山下一直充塞到渭北高原,整个关中道全是它的河床!这是吃大户的饥民,成千上万的流浪汉,那里有粮食他们就涌向那里。他们从陇西高原席卷而下,遇见城镇抢城镇,碰到乡村抢乡村,能吃的吃光,能拿的拿光,能烧的烧光!人数像雪球一样越滚越大,富人碰上他们立即变成穷人,大户碰上他们当下一无所有。眨眼间由富变穷的人,为了活命,只能跟上这个队伍去抢别的富人。这些人就像铺天盖地的蝗虫,他们飞过的地方寸草不留!

绛帐镇放饭有一段时间了,先是洋人,接着是周克文,而且周克文比洋人招待得更好,这消息越传越远,终于把吃大户的招来了。

这是气势汹汹的洪水,谁也不敢阻挡他们,谁也阻挡不住他们,只能任凭他们攻城略地,拔寨毁村。

可刘寿娃要挡住这些人。他是维持秩序的,更是保护周克文的,这是他的职责。想抢他秀才哥的粮食,这还了得!他和他的兄弟们高声吆喝:"站住,再敢往前,打断你们的狗腿!"

那些人根本不理。

刘寿娃想脚步声嘈杂,他们大概听不见。他拔出盒子炮,朝天开枪,他的弟兄们都学他,枪声像鞭炮一样密集。

那些人依然朝前迈进。

刘寿娃火了,他是当土匪的,没见过比土匪更横的人。"给我打!"

刘寿娃一声令下,十几支枪口吐出火舌,走在前面的人立即倒下一排。可后面的人看都不看倒下的人,他们踏过尸体,木然地往前涌动。刘寿娃越打面前的人越多,越打这些人离他越近。

刘寿娃害怕了,他从来没见过这种阵势,在他面前的根本不是人,是滚动的石头,是奔腾的洪水,子弹打过去一点反应都没有。况且他们的子弹眼看就没有了。

刘寿娃大叫道:"秀才哥,赶紧跑!"

可他们跑不赢了。刘寿娃和他的兄弟眨眼就被人流吞没了。他们被踩扁了,踏碎了,撕烂了。

粥棚淹没了,圣人牌位踢翻了,绛帐镇挤破了,周家寨踏平了,这里的男女老少瞬息间被卷入漩涡中,他们呼喊着,哭泣着,挣扎着,被浩浩荡荡的洪流裹挟而去……

尾　声

　　民国三十八年农历六月十八日，一场大战在关中西府爆发了。
　　这时节热凉交替，麦子早割了，玉米刚种上不久。这一茬庄稼命不好，苗儿刚冒出地面，就碰上了打仗。呼啸的炮弹卷起狂风刮过田野，吓得苗儿瑟瑟发抖。炮声持续一袋烟的工夫才消停下来，还没等苗儿从惊恐中缓过神来，一双双粗暴的大脚从它们头顶咔咔咔地踏过去，它们顷刻间断胳膊折腿，瘫在地上。一拨队伍从北塬上冲了下来，把另一拨队伍撵到了渭河边。渭河正是洪水季节，河水汹涌，水急浪大，逃跑的队伍没有退路。他们身后是密集的子弹，打死的人像割断的麦子一样哗哗哗倒下。没死的只能跳进渭河，河里黑压压的全是人。不会水的很快就淹死了，会水的奋力游向对岸。可他们刚爬上岸还没站稳脚跟，岸边树林里就枪炮齐发，埋伏在那里的人把他们打得哭爹叫娘，纷纷举手投降。
　　这一仗打得干净利索，收拾完战场后，队伍集结在绛帐镇休整。一个军官骑马出了镇子，朝五里地以外的一个村子奔过去。
　　到了村口，他就看见那棵大槐树了。军官激动万分，槐树依然健旺，树冠比以前更伸展了一些。他骑马绕着槐树转了一圈，像辨认一个多年未见的老朋友。槐树的浓荫罩着他，树枝上垂下一条条丝线，丝线的尽头吊着尺蠖虫。尺蠖一见他就急急忙忙地吞食丝线，把自己的身体往树冠上拉，树冠是它们的家。军官心里一阵激动，这些虫子多像他呀，不管离开家有多远，还是要回到家里来。他打马踏上小石桥，马蹄铁叩着桥面，还像敲磬一样清亮。马驮着他进了寨子，他的心由激动忽然变得慌乱起来：里面的样子很眼生！记忆中的石板路虽然还在，可路两边的房舍全变了模样。他急忙打马向东头奔去，寻找他熟悉的翘檐门楼和大瓦房。

可是找不见。

他向街上的人打听明德堂，那些人都说着他听不懂的外乡话。

他焦急万分，还想找年纪更大的人问一问，这时一匹战马飞奔而来，一个战士在他跟前飞身下马，向他递上一封电报：

周立德师长：

  扶眉战役已经胜利结束，你部作战英勇，彭德怀司令员特令通电嘉奖。现命令你部迅速西进宝鸡，夺取西府粮库，为解放大西北奠定物资基础。此役关系重大，须不惜一切代价完成任务。

  中国人民解放军第一野战军第十八兵团司令员 周士第

军情急迫，不容滞留，周立德只得马上离开周家寨。

战马穿过大槐树后，周立德再次回头看了看周家寨。一阵清风掠过，大槐树枝条飘飘荡荡，好像他爹他妈向他招手。

周立德眼睛一热，两行泪水冲了出来……

2010 年年初—2012.4.12 初稿
2012.4.12—2012.6.19 修改
2012.7.10—2012.7.29 再修改
2017.6—2017.7 再修改
2018.6—2019.7 定稿

初版后记

　　写这部小说可谓蓄谋已久了。

　　作为上世纪五十年代出生的我，是在饥饿的恐惧中长大的。小时候稍不留神撒漏了粮食，老人就会声色俱厉地告诫我：搁在民国十八年，看不饿死你崽娃子！从那时候起我就记住了民国十八年。后来长大了，查了资料，得知那是陕西近代史上最惨烈的大旱灾，当时陕西人口不到千万，饿死三百多万，逃亡三百多万，人口折损过半，真正是"白骨露于野，千里无鸡鸣"！而这仅仅是陕西一地，其实那场灾难席卷整个西北，死亡总人口超过千万。这场大饥荒后来被历史学家称为二十世纪人类十大灾难之一。

　　面对这场大灾难，文学的记忆并不充分。就我的阅读范围而言，只看到了柳青和陈忠实在他们的《创业史》和《白鹿原》里提到过民国十八年年馑。因为服从于整体的艺术构思，这场灾难仅作为故事的局部背景点到为止，并没有充分地展示和描写。我感到遗憾。米兰·昆德拉说过，文学的职责在于抵制遗忘，这场灾难刚刚过去不到百年，难道我们就遗忘了吗？对于多灾多难的我们而言，这种遗忘是不是过于轻松了？从那时候起，我就产生了一个念头，在我的有生之年，一定要写出一部关于这场灾难的长篇小说。

2008年暑假，我们宗族要重修族谱，由我执笔。在阅览族谱时我赫然发现，我们宗族的好多家庭在民国十八年绝户了！灾难如此近距离地逼迫我，让我喘不过气来。我心里涌出一股急切的冲动：不能再犹豫了，必须立即把自己的构想变成现实。恰逢这一年中国作协在全国遴选重点扶持的创作项目，我毫不犹豫地申报了。2009年，这个长篇写作计划获得批准。

由于长期关注这场灾难，已经收集了大量的相关资料，相应的构思也一直在酝酿中，所以写作过程比较顺利，历时三年，终于脱稿。

这部小说是写灾难的，当然要展现灾难的惨烈。惨象不是为了吓唬人，而是要警示我们去思索灾难的根源。诺贝尔经济学奖获得者、被称为穷人经济学家的阿玛蒂亚·森专门研究过饥荒，他认为，自然灾害不一定导致大规模的饥馑，饥荒与其说是自然因素引发的，倒不如说是弊政催生的，它反映的是更为严重的社会政治经济痼疾。这其中最关键的是一个社会对公民权利的保障程度。在民主制度下，即使发生了自然灾害，信息的透明、舆论的监督、选民的制约等压力必然迫使政府立即投入救灾，最大限度地减少灾害的损失；在专制制度下，信息的封锁让外界难以了解灾情，不受制约的政府和官员会利用手中掌握的资源大发灾难财，因而迅速把自然灾害扩大为社会灾难。民国十八年年馑形象地诠释了阿玛蒂亚·森的观点，这场灾难既是天灾，更是人祸。而我们要思索的是，无论科学技术怎样发达，眼下以至将来我们都无法完全避免天灾，如何不让自然灾害衍变成社会灾难，这是我们不息的奋斗目标。

这部小说虽然写灾难，可又不仅仅止于灾难。在篇幅的安排上，起码有一半的文字没有直接涉及旱灾。可能会有人抱怨小说进入情境太慢,不过,我认为灾难是一个累积的过程,它不是当下立即发生的;而且,按照阿玛蒂亚·森的观点,灾难只是一种表征,在它背后潜藏着深刻的社会总体危机。因此我需要花更多的笔墨,以更宽阔的视野,去描绘、还原、打量那个特定的时代,思考近代乡土中国所面临的诸多问题:农村经济的凋敝、社会组织的解体、士绅阶层的退化、传统价值观的溃败、暴力的循环……这一切从根基上啃啮着不断遭遇革命却转身艰难的农耕社会,使它病痛缠身却惯性依然,最终由于急病乱投医和无药可救耗尽了自己的生命,其千疮百孔的庞大躯体只能在更大规模的暴力革命中轰然倒地。

我想说的很多,可到底说出来了多少,我没有把握。毕竟,文学是形象的呈现,而不是理论的宣示,这部作品意旨的薄厚简繁只能由读者去判断。

最后要感谢的是妻子陈海燕,她是这部小说的第一位读者,也是最严厉的校对和最不讲情面的批评家。没有她承担家务和督促写作,我不会这么顺利地完成平生第一部长篇小说,而且是大部头的长篇小说。

张浩文

2012 年初秋于海口

关于修订版的说明

几年前,我曾写过一篇文章《文学经典:时间的朋友和敌人》,要点为:文学经典不是靠造势哄抬起来的,它是时间淘洗的结晶。时间既是文学的朋友,也是它的敌人。有的作品,出版就是死亡;有的作品,出版才是起步。让我高兴的是,《绝秦书》出版已经七年了,至今热度不减,学者评论文章不断,网上讨论此起彼伏,各地《绝秦书》读书会(包括海外境外)轮番举办,光网上听书就有四个版本,听众达百万人,英文法文译本也在翻译出版当中。正像评论家段崇轩所言:"《绝秦书》出版七年,有人读,有人评,有人翻译,已然是经典了。"

感谢段先生的美意,不过七年时间还是太短,经典需要更长时间的考验。因此《绝秦书》需要再版,需要继续接受读者的检阅。所幸在初版合同期满的两年后,我遇到了独具慧眼的新星出版社和一直关注拙著的高晓岩编辑,大家彼此信任,坦诚以待,于是有了这次出版修订本《绝秦书》的机会。

这次修订,除了小说内容有一些文字调整外,最大的变动在小说结局。修订本的结尾是全新的,其中一些主要人物的命运发生重大变化,比如周立功,初版中他死了,现在的结局是,他活着,还去了台湾;土匪早地龙在初版中死于保护粥棚,现在是死于解救明德堂⋯⋯

其实，现在这个结局才是小说原本具有的。初版因为种种原因，对原来的结尾做了修改。修订本等于恢复了小说的最初形态。当然，可能会有读者喜欢初版的结尾。审美有偏好，这是合理的，所以我们也把初版的结尾附录其后，满足他们的要求。

总之，现在呈现给读者的这个修订版《绝秦书》，是最完满，也是最权威的版本。新星出版社的出品向来以精良著称，况且这次还有平装、精装插图本套餐先后推出。修订版无论内容还是形式，都全面胜过旧版。顺便申明一下：在初版合同期满将近三年的现在，网上还在销售的旧版《绝秦书》当为盗版图书。

出版七年来，读者跟我有很多互动，大家提出了一些问题，借再版之机，我集中做一解答。

读者提问频率最高的，是针对书名——为啥要叫"绝秦书"？

作品命名《绝秦书》，是基于以下原因：首先，它写的事情主要是发生在陕西（包括整个西北）民国十八年（1929年）的一场大旱灾，这场灾难造成了当时陕西三分之二的人口折损。陕西古属秦地，简称"秦"，当时的报纸曾以"秦人几绝矣"的惊呼形容灾难的惨烈，所以我借用了这句话，用"绝秦书"来命名这本书。其次，"秦"在甲骨文中是象形字，上部是双手持杵，下部是成堆稻谷，表示用杵状农具打谷脱粒，意为"收获"。民国十八年大旱，庄稼绝收，描写这场大灾难的小说命名为"绝秦书"，不是很恰当吗？第三，更深层次地说，"秦"不仅是指某个地域，并且连带地指向一种文化。秦建立中国第一个封建专制王朝，自此之后"百代皆行秦政"，专制祸害中国千年，民国十八年年馑，既是天灾，更是人祸，人祸肇始于当时的专制政治。这本书起名"绝秦书"，既是对这场灾难深层原因的揭示，也表达了作者对中国社会走向的期望：告别专制，拥抱民主。

所以，《绝秦书》绝不仅仅是一部描写灾难的小说，它是以灾难为切口来思考近代乡土中国所面临的诸多问题：经济的、文化的、政治的、宗教的、伦理的沉沦与转型，在新旧交替中西对峙的大变动中探索中国社会的出路。正像评论家杨光祖所言："《绝秦书》是一部命运之书，是对中华民族命运的深入描写和反思。或者也可以说，它是一部文化寓言小说。"

还有读者问我，为什么会对灾难题材这么执着？特别是年轻读者，他们尤其不解。其实不是我执着于灾难，而是灾难执着于我们，"中华民族是多灾多难的民族"，这是基于历史的事实判断，毫不夸张。可是我们历经灾难却没有灾难意识，所以黑格尔说中国没有历史，意思是中国的历史是无限循环，原地踏步。无论是自然灾害还是社会灾难，我们无辜地经受，在付出惨重代价后就轻易忘却，不会不愿不敢去反思灾难，去探索灾难的成因，进而建立防范灾难的自然和社会机制。没有这样的机制，灾难随时都可能降临；没有灾难意识的人，甚至可能成为灾难的推手。诺贝尔经济学奖获得者阿玛蒂亚·森对饥荒的研究对我们很有启发，他是从灾荒现象入手，对比了不同社会制度下应对灾荒的不同方式，进而给我们提出预防灾荒的根本性的建议。《绝秦书》不是理论著作，它是通过对灾难深入细致的形象描绘还原灾害现场，通过不同人物的不同命运来显示灾害的成因和结局，进而传达出作者对灾难的反思和解读，并且期望以此来影响读者，共同完成对灾难的意识警觉和制度警戒。作为一个自诩为有担当的作家，这就是我执着于灾难题材的原因。

最后，我亮一下《绝秦书》出版七年来的获奖成绩单：

《中国作家》杂志 2013 年度长篇小说排行榜第五名
第三届《中国作家》杂志剑门关文学奖大奖
中国作家出版集团优秀作家贡献奖
陕西省作协 2014 年度文学奖长篇小说奖
海南省第一届南海文艺奖文学类一等奖
第四届柳青文学奖长篇小说奖

一定会有朋友问,这里面缺少中国文坛最有名气的某奖,我觉得就像每个人都有自己的命运一样,每本书也是如此,凡事不能强求,顺其自然最好。还是我开头的那句话:"文学经典:时间的朋友和敌人!"

张浩文
2019 秋于海口

各界评论摘录

第三届《中国作家》杂志剑门关文学奖大奖授奖词

《绝秦书》取材于发生在陕西关中民国年间那场旷日持久的大饥馑，架构雄浑壮阔，线索交错辉映，情节纵横跌宕，人物形象饱满。作品立意高远，作家以深邃的视野描摹、还原、打量那个特定的时代，用高超的艺术手段来探寻风雨飘摇的中国乡村社会的深层病灶，并力图给出一种疗救的办法乃至出路。

第四届柳青文学奖授奖词

《绝秦书》以民国十八年陕西关中的大饥荒为背景，深刻再现了这场天灾下社会失序、人性扭曲的严酷社会现实。小说以家族冲突作为主线，成功塑造了一系列令人难忘的形象。历史场面波澜壮阔，社会悲剧意蕴深厚。作品在展示饥荒所带来的灵肉相残的人性罪恶时，依然表达出中国传统道德文化的强大生命力，在人遭遇绝境的险恶环境下，彰显了人性的诗意光辉。文体上，作者既考虑了书面语言的流畅，同时兼顾了人物生存的方言环境，叙事恰当得体。

《绝秦书》写得惊心动魄，是历史痛感的喷涌，是人道精神的传薪，很值得一读。

——作家 韩少功

作品关于灾荒的描写令人动容，在歌舞升平的世界里让我们记住那消逝在历史缝隙之中的亡魂，拒绝遗忘，反思历史，避免社会灾难的重演。我是一口气读完了此书，感觉非常大气，内涵厚重，让人感动，是我读过的描写灾荒的最为动容的作品。

——灾难文学研究专家 张堂会

《绝秦书》虽不一定能够与《鼠疫》相提并论，却堪称中国自然灾害书写当之无愧的扛鼎之作。

——教授 王学振

将民国十八年的大旱灾置于关中农村社会历史大变革的宏观背景上来叙述，并从人性、社会、文化三个层面上同时抵达了叙事的深度和高度，而且从主体立场、叙事策略、艺术精神等方面，融汇了二十世纪以来中国乡村小说的三大主流传统，成为继《白鹿原》之后又一部全面描写关中农村社会文化历史变迁的雄奇史诗。

——陕西省文艺评论家协会主席 李震

这里有他十年不懈对真实历史材料的访问、搜集、挖掘，有他接近六十年的人生阅历，更有他在历史灾难面前真正的惶恐与震惊，因此整部小说写得真实，写尽了一个年代的苦难，也写尽了一个社会的苦难，更写出了人类生存境地的无以摆脱的苦难。

——海南省文艺评论家协会主席 刘复生

《绝秦书》是一部命运之书，是对中华民族命运的深入描写和反思。它的主题就是两个字：命运。或者也可以说，它是一部文化寓言小说。由于作家思想的深刻，情感的浩茫，这种寓言不是外在于作家的，而是内化于文字之中。《绝秦书》的文字是浸血的，有着深刻的疼痛。这一点，是当代大多数作家都无法企及的，他们还基本停留在功利写作的层面，极难进入这种生命写作的境界。

——甘肃省文艺评论家协会副主席　杨光祖

　　《绝秦书》在许多地方补充和丰富了《白鹿原》的文学世界。《绝秦书》中的周克文这个地主、乡贤形象更为生动真实。《白鹿原》在整体上更为全面，《绝秦书》在局部上更为生动，有韵味。

——评论家　杨柳岸

　　《绝秦书》这本大书第一次使"民国十八年年馑"赫然进入当代人眼里，这无疑是一场迟来的祭奠。作者用细致的笔墨再现了一百年前关中的历史场景——在这些历史场景中，我们的祖辈复活了。

——通俗历史作家　杜君立

　　大年初一上午，我捧着《绝秦书》，在走廊上一边晒太阳，一边又重读了一遍。这是我第三次阅读此书。下午我就要将这本书赠出去了，不知道它会流落到谁的手中，读到它的人又会否如我一般珍惜。读的时候，我跟着民国十八年的岁月，从平朴的生活一直走到灾荒，从人性的温和转变到复杂、疼痛。仿佛把我投放到了那个年代，亲眼看见了一段历史的沧桑。每每读到紧要处，心情更是起伏难平，面庞滚烫，一丝丝的麻意像电流在身体里闪过。我甚至不忍将它赠出——如果不是希望更多的人读到它的话。

——姚志勇

很出色的一本书。虽然中间有的地方单调和不合常理，但仍然很好看。周克文是一个很可爱的老头子，老大是一个真正的爷们，老二真的太让人失望了，刚开始还不错，但是后来没做过几件人事，最后的赴死还是挺让人感动的，老三是个老实的本分人。可怜的引娃，老二你就不能对引娃好点吗？

——完美世界

这场惨绝人寰的大灾难，留在历史上的只有"民国十八年饥馑"短短七个字。村里的老人曾对我讲过这段历史，"咱们这几个村活下去的就十来个"；"草被吃光，树皮被吃光，虫子被吃光，已经没有能吃的东西咧"；"陕西、甘肃……咱们大西北的后生都死光了啊"；"哪有什么救援，全是来征兵抢粮的畜生"；"惨啊，太惨了，西村活下来的人都去卖儿卖女咧"；……唉，老人们常常说着说着就潸然泪下，"道上全是尸体，有些大腿屁股上的肉都被剜掉吃了，关中绝户了！老天爷不让秦人活了啊！"……

雪噤声

对民国历史只有几个印象：孙中山、北伐战争、中原大战等，另外一无所知。这本书给我带来了不一样的视角和思考。

——头_僧

把人性放在灾难面前去考量、拷问，读来催人泪下，发人深思。

——天尘

史诗性作品，对灾难和人性的揭示都震撼人心。

——春花秋月

作家节奏得当的叙事让我有些迫不及待。秦腔、陕西雅言，以及贯穿始终的传统文化理念，甚或是熟识的关中西府地名来历、民俗风物，都是这部作品让我爱不释手的因素。原本已有睡意的我，在读完后记之后，瞌睡全无。不得不说，这部还原了民国十八年饥荒的著作，让我完整地了解了近百年前的那场天灾人祸发生的时弊，心痛、震惊、悲哀、惋惜、庆幸……五味杂陈。

——李慧

语言生动，像滋啦啦正炝着油的辣子，又像刚揭开缸盖的第一茬新醋，把人辣得酸得，却是来劲儿。有了属于自己的语言风格，作品就立住了。

——依娃

看了很多评论，奇怪很少有人提及《绝秦书》前半部分语言的温情、幽默，这种幽默融入民俗风情，几乎不是制造出来的，好像自然就在骨子里嘿嘿流淌。

这本书太有魅力了，当然也很挑战人性认知的极限。我读到花花这娃爬着找屎吃、活埋周有成、兔娃妈抛子填井、单眼杀父煮肉等情节时，四个字：不忍卒读。每读一句呼吸憋闷，推开书，到阳台上抽支烟，想大哭，想大叫……

——燕胜

我从今天早上开始，趴着看，躺着看，坐着看。长篇带给人的震撼和力量，是其他体裁无可比拟的。

——秋天的木偶

《绝秦书》原本是写给三秦大地上的秦人之后的，但文学力量的神奇就在此，它能超越族群、国界，让喜欢文字的人产生共鸣，进而唏嘘，进而沉思。

——史静适

《绝秦书》不是一本有主角的书，写的却全部都是主角，是好书，但是我不知道为什么好。我以为周立言被麻子打死的那一枪是假的，周立言会爬起来，折腾几下，然而周立言没活过来，是真死了。引娃的死也是来得如此突然，寥寥数语，人就死了……人死应该就是这样的，突然，纯粹，死了就是死了。生命就是那么脆弱，生活里面没有主角不死定律。《绝秦书》写的就是血淋淋的生活。

——了尘师兄

新星好书

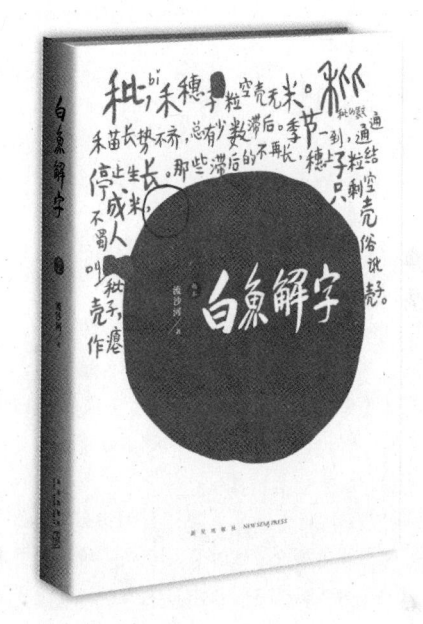

2017 年 6 月出版　定价：68 元

　　这是流沙河先生几十年研究汉字的心得，系统地展示了作者对汉字发生学奥秘的见解，发前人所未发，新意迭出，给予读者相当丰富的思考空间。

　　他纠正了许慎《说文解字》一书里的数处错误。

　　他去除了汉字与生命之间的隔膜，使每一个汉字都有了生命。

　　一部真正的识字字典，亦是一部兼容并蓄的百科全书。

　　珍贵手稿本。原汁原味。

096. 鸟隹之辨

流沙河

鳥的篆文　甲骨文　隹的篆文　甲骨文

鳥（簡作鸟）为何又叫隹zhuī？《说文解字》回答：尾羽长的为鳥，尾羽短的为隹。后人多不赞同这个说法，因为从鸟之字也有尾羽短的，从隹之字也有尾羽长的。今人审视古文字的笔划，发现鳥字张嘴，隹字闭嘴，便认为善鸣的为鳥，不善鸣的为隹。针对这个说法，也能举出若干反证。所以在此另辟思路，提出愚说，就教读者诸君。

1949年底，南下大军入蜀，多属陕西、山西、河北、山东、河南诸省人氏。每与蜀人交谈，呼铁椎、木椎、大锤、钉锤为椎子和锤子，必引起蜀人趣人讹笑。蜀人俗呼男根为椎子和锤子，只在骂架斗嘴时偶用之。盖以隹佳指彼物，正如北人以鸟diǎo代指那话也。蜀中客家千年前曾经是中原的北方人，至今仍保留着这个语词。予昔年在农场劳作，见客家妇呼其幼子小名"大鸟哥"，乃深信方言之难以改易。回到正文来，我由此想到呼鸟类为隹或许是远古时南人的方言。早在甲骨文，鳥隹二字已经并存了。推测距今四千年前，华夏称鳥，南蛮称隹。形成文字时，虽然都鸟隹二字象羽族之形，但是读音各异，所以一物两名，并存至今。

鸟隹之辨
第二七七面

简体鸡字■两个繁体，一从隹，一从鳥，其间并无是非可言，互为异体罢了。奚字放在左旁，■声符。雞雛叫声jījī或xīxī，"其名自呼"。这里不用奚义，仅借■奚声■雞字■读音。奚字象形，本义是抓人的小辫子，被抓者当然是罪人了。不过此事与雞毫无关系。甲骨文两个雞，一象形，一形声。形声的雞张嘴啼叫，头上戴冠，和象形的雞一样，都是公雞无疑。公雞到籀文和篆文被规范为鳥和隹，也是不得已。显然公雞是吃亏了。

雞鷄
鸡的两个繁体

雞的篆文　籀文　两个甲骨文

鳴（简作鸣）指鸟鸣。公雞抗议说："看甲骨文和金文，明明是我在叫，到了篆文就变成鳥叫了！"从前乡下人无钟表，都是雞鸣起床。皇宫都没专职雞人，头戴雞冠帻，鸣锣报■晓呢。鳴字本从雞，而且是公雞。造字如此，反映出先民对报时的迫切需要。

鳴的篆文　金文　两个甲骨文

雛的繁体作雛。本指小雞，北人呼雞娃子，川人叫雞儿，《说文解字》谓之雞子（不是雞蛋）。雛字以芻为纯符。芻（简作刍），牲畜■草料。■割下的两篓草■草料与卜雞不相干，取其鼻声而已。本指雛雞，后来泛指雛鳥。请看甲骨文，右边明明是一只雞，而且是公雞。

予曾■砖石砌雞埘于庭院之一隅，养雞十餘只，日日捡蛋，心中快乐，成为文革时期最美好的回忆。蜀中人家若只养两三只，便用竹编雞罩，比砖石砌雞埘省事得多。雞罩无底，早晨放雞出来，只须将罩提起，彼等■■■■。此时正好净扫雞屎，堆在院角积肥。雞罩上方有洞，便于伸手入内把拿■。只有■雞■市场上，贩子才■设置有底的雞笼，关雞七八只，任顾客挑选。

你看罩的篆文上面是网（篆作網），却非魚网鳥网。网在此就是罩。一切罩子都是无底，由■上扣下罩着。雞罩亦复如此。养雞用罩，养鳥用笼，所以网下的那个隹在这里必定是雞。再看甲骨文，果然是公雞。

现今罩字从网卓声，已是形声字了。《说文解字》解罩为"捕魚器"。养雞之罩形似■捕魚之罩，借用罩字也说得通。

鳥隹之辨
第二七九面